Der bunte Himmel

Das Buch

Nina Larkin, 26, hat gerade ihre Mutter verloren und schlägt sich mehr schlecht als recht in Sydney als Graphikdesignerin durch. Vor vielen Jahren verschwand ihr Vater, ein angesehener Künstler, spurlos. Nun hat sie gar keine Familie mehr. Es bleiben: ihr Freund, ihre beste Freundin und ihr Hund. Da erreicht sie unerwartet ein Brief. Ihr Onkel ist gestorben, und sie ist die Alleinerbin seines Anwesens mitten im Outback. Als Kind verbrachte Nina oft ihre Ferien in Wandalla, und dort hat sie sich auch zum ersten Mal verliebt. Jetzt aber wirkt der verlassene Ort wenig anziehend auf sie. Sie beschließt, das in die Jahre gekommene Farmhaus sofort zu verkaufen. Doch hat es nicht eine letzte Chance verdient? Sie macht sich auf, um das alte Haus zu durchsuchen – vielleicht gibt es einen Hinweis auf den Verbleib ihres Vaters preis?

Die Autorin

Hinter Alice Campion verbergen sich fünf Freundinnen, allesamt Mitglieder des Sydney Book Clubs:
Jane St Vincent Welch hat dafür gesorgt, dass die Heldin Nina ihre Kindheit in einem kleinen verlassenen Ort im Outback verbracht hat.
Jenny Crocker liebt Aborigines und deren Kunst und Kultur, wovon es viel im Buch gibt.
Denise Tart ist eigentlich Hochzeitszelebrantin – die Hochzeit im Buch geht auf ihre Kappe.
Jane Richards liebt Krimis, weshalb sie dafür zuständig war, dass es spannend wird.
Madeline Oliver ist erfolgreiche Kinderbuchautorin und wollte schon lange mal ein Buch für erwachsene Leserinnen schreiben.

Alice Campion

Der bunte Himmel

Roman

Aus dem Englischen
von Elfriede Peschel

List Taschenbuch

Besuchen Sie uns im Internet:
www.list-taschenbuch.de

MIX
Papier aus verantwortungsvollen Quellen
FSC
www.fsc.org
FSC® C083411

Deutsche Erstausgabe im List Taschenbuch
List ist ein Verlag der Ullstein Buchverlage GmbH, Berlin.
1. Auflage November 2015

First published by Random House Australia Pty Ltd, Sydney, Australia.
This edition published by arrangement with Random House Australia Pty.
Titel der englischen Originalausgabe: *The Painted Sky*
Umschlaggestaltung und Titelabbildung: bürosüd° GmbH, München
Satz: Pinkuin Satz und Datentechnik, Berlin
Gesetzt aus der Sabon
Druck und Bindearbeiten: CPI books GmbH, Leck
Printed in Germany
ISBN 978-3-548-61288-1

Prolog

Das Mädchen beugt sich mit gespreizten Beinen nach vorn und legt seine schweißnasse Stirn auf das kühle Metallgeländer des Balkons. Stählern und glatt liegt unter ihr das Meer und wartet auf das Licht der Morgendämmerung.

Sie streicht sich über den gewölbten Bauch und atmet tief ein. Die Schmerzen kommen jetzt im Minutenabstand und explodieren wie Feuerwerkskörper. Der nächste bahnt sich bereits an.

Sie dreht sich um und drückt die Hände gegen das Glas des Küchenfensters, um hineinzuspähen. Sie ist dunkel. Die Angestellten und die anderen Bewohner liegen noch im Bett. Das Mädchen braucht jemanden, der sie beruhigt und ihr sagt, dass sie das Richtige tut. Denn mit jeder Kontraktion überrollt dieses panische Gefühl sie wie ein Gezeitenstrom.

Sie beißt sich auf die Lippe und hält das Geländer umklammert, während der Schmerz aufwallt. Wieder übersteht sie ihn, und die Woge gleitet davon. Was darauf folgt, ist das überwältigende Gefühl, wegrennen, sich verstecken zu müssen. Um das Baby zu beschützen. Sie kommt aus einem Ort in ihr, der ganz tief und urtümlich ist und den sie sich bis jetzt noch nicht nutzbar gemacht hat.

Ich könnte es tun, denkt sie. Ich könnte auf Zehenspitzen hineingehen, meinen Koffer holen und von hier verschwinden. Bevor sie mich vermissen, wäre ich schon kilometerweit weg. Aber wohin? Zu wem? Ein salziger Geschmack. Vom Ozean oder von den Tränen?

Nun wärmt die Sonne den Horizont. Das Feuer kehrt in den Körper des Mädchens zurück. Du darfst es dir nicht erlauben, schwach zu sein, sagt sie sich. Du wirst das überstehen, und dann wirst du es hinter dir lassen.

Kapitel 1

Die Sehnsucht vermag dein Leben zu bestimmen wie ein weißes Rauschen. Es kann Teil des Hintergrundsummens von Gedanken und Gefühlen und damit kaum wahrnehmbar sein. Aber kurz vor dem Aufwachen hören wir es manchmal flüstern, und es sagt uns, dass uns etwas fehlt, doch dann erlauben wir den Alltagsgeräuschen, es zu übertönen.

Und so spürte Nina, wie es zwischen Wachen und Schlafen am Samstagmorgen ihr Bewusstsein streifte. Dann verlor es sich im lebhaften Geplauder der Radiocrew und Theo, der dazu im Badezimmer sang. Er übernachtete äußerst selten bei ihr, aber gestern Abend hatte er zu viel getrunken und Angst gehabt, in seinem neuen Jeep erwischt zu werden.

Nina stellte sich breitbeinig auf die Bodendielen, um sich für den Tag zu erden, und streckte sich.

Um diese Tageszeit war es in ihrer winzigen Wohnung düster und muffig. Sie tapste über den Parkettboden zu den alten Glastüren und öffnete sie. Matt flutete das Morgenlicht herein, als ihr Blick über den Sydney Harbour auf Fort Denison fiel. Im neunzehnten Jahrhundert hatte man diese Inselfestung als abstoßende Warnung errichtet – die Primärverteidigung der jungen Kolonie. Jetzt wirkten der hellgraue Martello-Turm und der Barackenblock winzig angesichts der emporstrebenden Bogen der Brücke und der Dominanz des Opernhauses.

Nina trat hinaus auf den Art-déco-Balkon und lehnte sich an die Säule im Zuckerbäckerstil. Sie atmete die Frühlingsluft tief ein und genoss wie immer das Glück, eine solche Aussicht zu haben. Lächelnd erinnerte sie sich daran, dass ihre Mutter Julia das Fort immer als grauen Wasserkäfer beschrieben hatte, der auf der Wasseroberfläche trieb, und die vorbeikommenden Yachten als schnappende Kohlmotten. Manchmal, wenn sie abends nach Hause kam, rechnete sie noch immer damit, zur Begrüßung die warme, kehlige Stimme ihrer Mutter zu hören. Acht lange Monate wohnte sie nun schon wieder in dieser Wohnung, in der sie aufgewachsen war und in der die Erinnerungen und Geister noch immer keine Ruhe gaben.

»Also gut, ich bin dann weg.« Theo kam in seinen teuren Sportklamotten, das Haar in unordentliche Perfektion gezupft, ins Zimmer gerauscht und brachte dabei den Duft ihres Lieblingsschaumfestigers mit.

Sie kehrte ins Zimmer zurück. »Willst du nicht erst noch einen Kaffee?«

»Nein, ich muss los. Abschlag in einer halben Stunde. Apropos ...«, er beugte sich vor und klatschte ihr auf den Schenkel ..., »nun schau nur, wie das wabbelt. Das kommt davon, wenn man den ganzen Tag am Computer sitzt.«

Nina wollte gerade etwas erwidern, aber da kam Bach, der Terriermischling, ihr zuvor und stürzte sich auf den Angreifer seiner Besitzerin. Nina lachte, als der kleine Hund am Saum von Theos überteuerter Golfhose knabberte, die er für Nächte wie diese immer in seiner Sporttasche im Kofferraum dabeihatte.

»Ruf den Velociraptor zurück, hörst du?« Theo hob sein linkes Bein und schüttelte es. Bach, der mit den Zähnen daran festhing, weigerte sich loszulassen.

»Okay, okay. Ihre Schenkel sind perfekt. Ist es das, was du hören willst?« Er war zwischen Lachen und Verärgerung hin- und hergerissen. »Hier, pass auf, ich werde mich mit ihr versöhnen.« Indem er Bach, der noch immer an seinem Hosenbein hing, mitschleifte, streckte er die Arme nach Nina aus und umarmte sie linkisch. Auf ein Zeichen von Nina hin ließ Bach los und kehrte auf seinen Aussichtsposten auf dem Sofa zurück.

»Hm, du riechst so gut. Wenn ich nur bleiben könnte. Von deinen Schenkeln zu sprechen ist nicht dasselbe wie zwischen ihnen einzutauchen«, sagte Theo.

Nina schob ihn weg. »Du kriegst so schon genug Probleme mit Mama, wenn du zum Golf mit den Onkeln zu spät kommst«, erwiderte sie lachend.

Obwohl er mit seinen sechsundzwanzig so alt wie Nina war, wohnte Theo noch immer im Vorstadtanwesen seiner Eltern mit drei Garagen und den unzähligen überdimensionierten, in Beton gegossenen Gartenornamenten. Ins Haus selbst war Nina noch nie eingeladen worden.

»Weißt du, griechische Mütter machen mir mehr Angst als du und der Köter zusammen«, sagte Theo und zog sie zurück in seine Arme.

Nina lächelte ihm in sein hübsches sonnengebräuntes Gesicht. Schon oft hatte sie ihn zu skizzieren versucht, aber sie bekam diese vollen Lippen und verträumten Augen, die mediterrane Sinnlichkeit nicht zu fassen, die sie so anziehend gefunden hatte. Sie legte ihm die Arme um den Hals und küsste ihn.

»Einen schönen Tag.« Ihr Mund streifte seinen, und er ging zur Tür. »Ich simse dir.«

Ja, überlegte sie, als sie einen anderen Sender einstellte, er war ein hilfreiches Gegenmittel für die Trauer nach dem plötzlichen Tod ihrer Mutter gewesen. Er war sexy, kam in die besten Nachtclubs der Stadt rein und bot ihr die beste Ablenkung, aber vor allem klammerte er nicht. Sie hatte so schon genug um die Ohren.

Nina duschte und schlüpfte in Caprihose und Vintage-Top im Stil der Fünfziger. An Samstagen schlenderte sie gern über Trödelmärkte und durchforstete die Stände nach Schätzen. Aber nicht heute.

Sie betrachtete im wandhohen Spiegel ihr Hinterteil, das runder geworden war. Theo hatte recht, sie musste mehr Sport machen. Ihr Gewicht hatte ihr bisher nie Probleme bereitet, aber offenbar hatte sie sich in den letzten Monaten etwas gehenlassen. Zeit also, sich wieder auf Kurs zu bringen. Sie bürstete ihre dunklen Locken und rollte dann ihren Pony geschickt zu einer Rockabilly-Tolle. Dann fasste sie ihr Haar zu einem hohen Pferdeschwanz zusammen und knotete obendrauf noch ein hellblaues Band. Noch einen Hauch Lippenstift – und fertig war sie.

Normalerweise arbeitete Nina nicht an den Wochenenden, aber sie musste für einen neuen Kunden bis Montagnachmittag einen graphischen Auftrag erledigen. Sie drückte auf den »Doppelespresso«-Knopf der Kaffeemaschine, die Theo ihr geschenkt hatte. Im hellen Licht, das vom Balkon hereinfiel, sah die Wohnung unordentlicher aus als sonst. Schuhe lagen in der Ecke, eine Staubschicht überzog den hölzernen Kaminsims und … wie lange war es eigentlich her, seit sie die Fenster geputzt hatte? Während sie das starke Gesöff trank, ging sie in das ehemalige Schlafzimmer ihrer Mutter, das ihr jetzt als Arbeitszimmer diente.

Die Staffelei, über die sie ihren Arbeitskittel geworfen hatte, lehnte an der Wand. Auf dem Boden waren eine Schachtel mit Farbtuben, Gläser und Pinsel verteilt. Seit sie wieder hier eingezogen war, hatte sie nichts davon angerührt. Allein der Gedanke an die Anstrengung, die es sie kostete, etwas zu malen, erschöpfte sie.

Nina sank auf ihren Stuhl und klickte zu der Seite mit dem Entwurf. Auf einer halbfertigen Seite präsentierten sich die Schuhe der nächsten Saison. Sie stöhnte auf. Immer wieder hatte sie diese Aufgabe auf die lange Bank geschoben. Hätte sie diese wie vorgesehen in Angriff genommen, müsste sie diesen wunderschönen Frühlingstag nicht hier drinnen eingesperrt verbringen, aber je öfter sie sich daransetzte, desto schwerer fiel es ihr.

Ich werde mich darum kümmern, wenn ich meinen Kaffee getrunken habe, dachte sie. Sie klickte auf die Nachrichtenseite und weiter zur Spalte mit den Freizeittipps, um zu sehen, ob sie sich später für ihren Arbeitseifer belohnen konnte.

Damien Nguyen, Begründer der Sydney-Stir-Bewegung, ist tot

Die Schlagzeile jagte ihr einen Adrenalinstoß durch den Körper. Unter dem Text befand sich ein Foto, das sie noch nie gesehen hatte. Es zeigte die acht Mitglieder des Sydney-Stir-Kollektivs, alle weißgekleidet, auf Leitern, Stühlen und dem Boden eines mit Laken ausgelegten Ateliers posierend. Mit Herzklopfen betrachtete sie die Gesichter. Auf dem

Boden lag mit nackter Brust, die ein an einem Lederband befestigtes Goldmedaillon schmückte, und nur mit einer Moleskinhose bekleidet, ein umwerfend gutaussehender junger Mann mit Lachgrübchen und dunklen, welligen Haaren, die ihm auf die Schultern fielen.

Das herzförmige Gesicht, das war eindeutig ihr Vater Jim. Mit seinem schiefen Lächeln schien er einen ironischen Kommentar zu seiner eigenen Berühmtheit abzugeben.

Die australische Kunstszene hat ein weiteres Mitglied des berühmten, aber unter einem schlechten Stern stehenden Sydney-Stir-Kollektivs verloren.
Wie die Polizei bestätigte, war die gestern Nacht im Sydney Harbour treibende Leiche die von Damien Nguyen, 45, einem der acht Gründungsmitglieder dieser Bewegung der frühen neunziger Jahre. Seine Leiche wurde jenseits der Watsons Bay gefunden. Fremdeinwirkung kann nach Aussage der Polizei ausgeschlossen werden.
Nguyen ist das dritte Gründungsmitglied, das in den letzten Jahren verstorben ist. Jenny Lockes Überdosis im letzten Jahr und Dmitri Vassilovs Tod infolge seiner Aids-Erkrankung fielen beide in eine Zeit, in der die Werke dieser Bewegung von der Kritik einer wohlwollenden Neubewertung unterzogen wurden.
Im Kampf gegen den vorherrschenden Nihilismus ihrer Zeit stand diese Gruppe für eine neue und einzigartige australische Vision, die auf lebhafte und kinetische Weise Spiritualität und Sinnlichkeit wiedervereinte. Die geschmeidige Linienführung und das Nebeneinander von menschlicher Gestalt und australischer Landschaft waren die Hauptmerkmale …

Nina scrollte zum Ende der Seite und fand eine Unterrubrik: *Wo sind sie jetzt?* Die Worte begannen zu verschwimmen, und sie musste heftig schlucken und versuchte, ihren Atem zu kontrollieren.

Martin Whit, der vermutlich erfolgreichste Vertreter der Gruppe, wird in diesem Winter seine neueste Sammlung in der West Side Gallery in New York ausstellen. Seine Gemälde von verdrehten Eukalyptusbäumen, die mit menschlichen Gliedmaßen verschmelzen, erzielten im letzten Jahr Höchstpreise auf der …

Nina überflog, was es Neues von David Wirijunya, Vanessa Strong und Elena Rossi gab, und suchte nur nach einem einzigen Namen. Und da war er.

Jim Larkin wurde in den Anfangsjahren als einer der brillantesten Köpfe der Bewegung gepriesen. Seine schwermütige, beinahe den Geist der Bipolarität atmende Serie über den Sydney Harbour wurde von der Kritik gut aufgenommen und bewies für einen so jungen Künstler ein unglaubliches Kreativitätspotential. Seine späteren Werke stießen bei der Kritik nicht mehr auf dieselbe Begeisterung, und er verschwand nach und nach aus dem Fokus. Er wird seit 1997 als vermisst gemeldet, damals war er 29 Jahre alt.

Das war es. Die ganze Karriere ihres Vaters komprimiert in einem einzigen Absatz. »Wo bist du, Dad?«, flüsterte Nina. »Ich bin jetzt ganz allein. Ich brauche dich.« Sie scrollte zurück zu dem Foto und umklammerte das goldene Medaillon, das jetzt um ihren Hals hing. Sie hatte so viel von ihm geerbt, die lockigen braunen Haare, die Grübchen und die dunkelgrünen Augen. Aber in mancher Hinsicht hatte er ihr gar nichts hinterlassen. Sie erinnerte sich, wie sie nach seinem Verschwinden die Familienalben begierig auf der Suche nach Ähnlichkeiten durchforstet hatte. Auf ihrem Lieblingsfoto lagen sie alle drei im Gras auf seinem Familiensitz – sie auf seinem Rücken, ihr Kinn auf seinem Kopf aufgestützt, beide das gleiche kecke Grinsen im Gesicht.

Sie wusste, dass ihre Mutter alles tat, um die Lücke zu füllen, nachdem er vor siebzehn Jahren verschwunden war, aber die Fragen und die Leere in ihr blieben. Die polizeilichen Ermittlungen wurden ergebnislos eingestellt. Wäre er gestorben, dann hätte sie richtig um ihn trauern können, wie sie das jetzt um Julia getan hatte. Aber er war einfach nur von der Erde verschwunden, und jetzt gab es keinen Zeugen ihrer Kindheit mehr – keinen, mit dem sie familientypische Scherze und Feste wie Weihnachten teilen konnte.

Sie stand auf und lief rastlos zurück ins Wohnzimmer. Das Lieblingsgemälde ihres Vaters hatte seinen Ehrenplatz über dem Kamin. Es zeigte die Ruinen eines alten Herrenhauses, dessen eingefallene Wände mit groben Pinselstrichen in der Farbe eines Blutergusses gemalt waren und fast bedrohlich wirkten. Im Vordergrund sah man einen kunstvoll gestalteten Brunnen und einen Baum. Eine sich in die offene Landschaft hinein entfernende männliche Gestalt bildete den Hintergrund. Obwohl das Gesicht des Mannes nicht zu sehen war, hatte Nina vor langer Zeit beschlossen, dass es nur ihr Vater sein konnte. Und immer hatte sie sich gewünscht, in dieses Bild hineinzusteigen und ihm zu folgen.

Sie erinnerte sich, dass sie ihren Vater, als er es malte, gefragt hatte, wer dieser Mann sei, und er hatte sie mit ungewöhnlichem Ernst angeschaut.

»Er ist, wen immer du in ihm sehen möchtest, Nina. Aber einholen wirst du ihn nie.«

Und jetzt stand sie blinzelnd vor der Leinwand, und die Sehnsucht stieg wieder in ihr auf und erfüllte ihre Brust und schnürte ihr die Kehle zu. Sie sehnte sich nach ihrer Familie. Nina presste die Handflächen gegen ihre feuchten Augen. Sie sollte inzwischen darüber hinweg sein.

»Wo bist du, Dad?«, flüsterte sie. »Wo bist du?«

»Hast du die Drahtgittermodelle fertig, Nina?«

»Hä?«, sagte Nina, in das Bild auf ihrem Monitor vertieft. Sie hatte ausgetüftelt, wie sie ein Paar Stilettos aus Glas über eine Wolkenkratzerwand schreiten lassen konnte, und wollte damit jetzt nicht aufhören.

»Hast du die Designs für die Website mit den Drahtgittermodellen verlinkt? Du hast versprochen, dass sie heute Morgen fertig sind. Ich bin nicht dein persönlicher Assistent, weißt du. Ich habe meine eigenen Sachen zu erledigen.«

»Ach Gott, Zac. Tut mir leid.« Dass die Haut ihres Designerkollegen rot anlief, war nicht nur ein Trick des Lichts. »Da sind sie doch.« Sie zeigte auf eine Datei auf dem Bildschirm, dabei stieß sie mit dem Ellbogen eine volle Tasse mit kaltem Kaffee um, der über den Schreibtisch schwappte und auf Zacs Jeans spritzte.

»Mist!« Zac wischte sich die Spritzer mit den Händen von der Hose. »Das hat mir grade noch gefehlt. Kaffeeflecken auf der Hose und in zehn Minuten ein Meeting mit Helen! Und wir haben Montag. Und du weißt, wie sie montags immer drauf ist.«

Helen erschien in ihrer Bürotür und hob die Augenbrauen. Ohne Zac zu beachten, sprach sie mit Nina. »Hören Sie, meine Stimmung würde sich gleich bessern, wenn diese *Footsie Index*-Kampagne ins Schwarze treffen würde. Was ist das denn?« Sie zog ihre orangefarbene Brille aus dem üppigen Lockenturm, um einen Blick auf Ninas Bildschirm zu werfen.

Nina seufzte. Als ihre Mum starb, hatte sie von Helen viel Unterstützung erfahren. Aber in letzter Zeit schien es, als könne sie ihr gar nichts mehr recht machen.

»Ich habe einfach ein bisschen rumgespielt, Ideen für die Anfangsseite ausprobiert. Wenn wir diese Stilettos über die ganze ...«

»Nein. Das ist viel zu viel, das gibt das Budget nicht her. Tut mir leid, Nina. Könnten Sie sich nicht einmal an die Vorgaben halten? Und Sie –«, Helen wandte sich an Zac, »sehen Sie zu, dass Sie den Kaffee vor dem Meeting wegbekommen. O mein Gott, was ist das denn für ein Lärm?«

Ninas Mobiltelefon bellte, als säße Bach in ihrer Handtasche. »Verzeihung, das ist meins«, sagte sie und wühlte danach. »Ich werde es in den Pausenraum mitnehmen und die Drahtgittermodelle sofort ordnen.«

»Hopp, hopp.« Helen klatschte in die Hände.

»Hallo?« Nina schloss erleichtert die Tür des Pausenraums hinter sich.

»Nina Larkin? Guten Morgen, hier ist Harrison Grey. Tut mir leid, dass es so lange gedauert hat. Gute Nachrichten, die Testamentsabschrift ist da, und ich glaube, ich habe einen Käufer für Sie.«

»Wie bitte?«

»Für das Anwesen Ihres Onkels. Sie wissen doch – The Springs?«

»O ja, natürlich, tut mir leid.« Nina setzte sich an den Esstisch. Noch mehr Probleme.

Vor ein paar Monaten hatte sie ein förmliches Schreiben von Harrison Grey, dem Anwalt aus Wandalla, bekommen, mit dem er sie über den Tod ihres Onkels Russell informierte und ihr mitteilte, dass sie Alleinerbin seines Anwesens war. Sie war acht Jahre alt gewesen, als sie Russell, den Bruder ihres Vaters, zuletzt gesehen hatte, und erinnerte sich an ihn als einen stark behaarten Mann, der sich gutmütig auf ein Kartenspiel mit ihr einließ, wenn sonst keiner mit ihr spielen wollte.

The Springs. Sofort fielen ihr der weite Himmel, die Hitze, grauer Staub und verwitterte hölzerne Zaunpfosten ein. Und es war doch so weit weg, mehr als zehn Stunden Fahrt nordwestlich von Sydney. Nina hatte Harrison Grey gebeten, das Haus zum Verkauf anzubieten, sobald der Erbschein da war. Doch seitdem hatte sie nichts mehr von ihm gehört und wegen Julias unerwartetem Tod auch nicht daran gedacht, nachzuhaken.

»Es ist ein faires Angebot«, sagte Harrison. »In wenigen Wochen kann ich es für Sie verkauft haben.«

»Moment, lassen Sie mich kurz nachdenken«, bat Nina.

»Sie werden sich eine solche Gelegenheit nicht entgehen lassen«, meinte Harrison mit Nachdruck. »Es ist ja nicht so, dass sich die Leute um so ein Anwesen reißen. Es gibt kein Wasser auf dem Grundstück, das Haus ist eine Ruine, und die Zäune sind in nicht viel besserem Zustand. Sie werden das schnell über die Bühne bringen wollen.«

Aus Gewohnheit berührte Nina zur Beruhigung das Medaillon. Es war eins der wenigen greifbaren Dinge, die ihr Vater ihr hinterlassen hatte.

»Ich möchte es noch mal sehen, bevor ich etwas unternehme«, platzte es zu ihrem Erstaunen aus ihr heraus.

»Es ist nicht nötig, dass Sie den weiten Weg auf sich nehmen. Wenn Sie unbedingt wollen, kann ich Ihnen auch ein paar Fotos schicken und die Möbel in einem Räumungsverkauf losschlagen. Ich werde mich um alles kümmern. Wäre mir ein Vergnügen.«

Nina richtete sich auf. »Nein, ich muss The Springs noch mal sehen«, wiederholte sie. »Mein Vater ist dort aufgewachsen.« Sie umschloss das Medaillon mit ihrer Faust. Vielleicht lag es an der Zeitungsmeldung, die sie gestern gelesen hatte, aber es schien ihr wichtig zu sein, sich das nicht entgehen zu lassen.

»Nun, das liegt natürlich ganz bei Ihnen«, erwiderte Harrison bedächtig. »Aber den Verkauf werden Sie doch nicht gefährden wollen? Ich werde die Interessen des Käufers vertreten. Was halten Sie davon, wenn ich mir eine Anzahlung geben lasse und den Papierkram mit Ihrem Anwalt kläre?«

»Wie groß ist das Anwesen noch mal?«, hielt Nina ihn hin.

»Gute achttausend Hektar. Hier in der Gegend ist das nicht viel. Ursprünglich hat es zur Durham-Farm gehört, einer der großen alten Landbesetzeransiedlungen. Die Reste des ursprünglichen Farmgebäudes befinden sich in der Nähe des Hauses. Sie werden sich bestimmt nicht mehr daran erinnern können?«

Natürlich erinnerte sie sich daran. Durham House war

die Schauerruine auf dem Gemälde in ihrer Wohnung. Und sie hatte unzählige Erinnerungen, dort stundenlang mit dem Nachbarjungen gespielt zu haben – wie hieß er noch mal? Er war Luke Skywalker und sie Prinzessin Leia gewesen. Um vor den Sturmtruppen zu fliehen, waren sie durchs hohe Gras gerobbt und hatten Deckung hinter den verstreuten Findlingen gesucht. Fast konnte sie den seidigen Staub noch schmecken und das Krächzen der Krähen hören, die darauf warteten, ihren Leichen die Augen auszupicken. Sie musste lächeln.

»Russells Haus ist in den letzten Jahren ziemlich heruntergekommen«, erklärte Harrison. »Sie wären mit Sicherheit nur enttäuscht.«

»Ich komme nächste Woche. Am Montag.« Die Stimme aus ihrem Mund schien ihr nicht zu gehören, und doch war sie sich nie so sicher gewesen, das Richtige zu tun. Harrison Grey war ein Bote aus der Zukunft. Sie würde das durchziehen, und sie würde es richtig machen.

»Wer ist Ihr Anwalt?«

»Peter Pappas. Seine Kanzlei ist in Marrickville.« Er war Theos Onkel – er würde es tun.

Um diese Fahrt in den Westen zu finanzieren, könnte sie ihren schmalen Reisefonds anzapfen. Helen würde wütend sein. Mit Sicherheit war das Vertrauen, das sie bei ihrer Chefin genoss, inzwischen ausgeschöpft, aber wenn es nötig wäre, müsste sie eben kündigen. Und dann käme auch wieder ein neuer Job.

Der Anwalt seufzte. »Also gut, kommen Sie zuerst in mein Büro in der Stadt. Das hier ist nicht Woolloomooloo, wissen Sie. Hier draußen kann es ganz schön hart zur Sache gehen.«

»Dann sind Sie offenbar nie in Woolloomooloo gewesen«, erwiderte Nina lachend. »Dann also bis Montag.«

Auf dem Weg zurück zu ihrem Schreibtisch blieb Nina am Fenster des Pausenraums stehen und schaute hinunter auf die Menschen, die über die Macleay Street liefen. Bald gehörte auch sie zu den Reisenden und Touristen, allerdings mit einem echten Ziel und vielleicht sogar der Möglichkeit, etwas darüber herauszufinden, was mit ihrem Dad passiert war. Sie war sich sicher, dass sich in dem alten Haus noch Gemälde ihres Vaters befanden, auch wenn sie keine Ahnung hatte, wie viele. Diese jedenfalls würde sie mit zurück nach Hause nehmen. Es war an der Zeit, das spürte sie. Und schon begann sie, im Geiste eine Liste der Dinge zusammenzustellen, die sie einpacken musste.

Nina verlagerte das Gewicht und zog ein verschwitztes Bein über das andere, um ihr Tablet zu balancieren. Während ihrer Mittagspause eingepfercht auf dem Rücksitz eines Stadtbusses zu sitzen entsprach nicht ihrer Vorstellung von Vergnügen, aber Olivia hatte darauf bestanden, dass sie sich in Chinatown zu einem Yum Cha trafen. Sie ging die Designs für die künstlerische Lichtshow durch, die Olivia entwickelt hatte. Olivia schien immer wieder auf ihren Füßen zu landen, und Nina war sich sicher, dass ihre Freundin auf die ein oder andere Weise die Kunstwelt beeindrucken würde.

Nina konnte sich Olivia jedenfalls nicht verzweifelt über einer Website für Schuhgeschäfte vorstellen, wie sie sich mit einem Kloß im Magen eingestehen musste. Wenn sie wenigstens das Gefühl hätte, durch die Arbeit in Helens Agentur etwas dazuzulernen oder persönlich weiterzukommen. Aber wie sollte sie die Wohnung sonst halten können? Das entschlossene Sparen ihrer Mutter hatte immerhin dazu geführt, dass ein Teil des Kredits bereits abbezahlt war, aber die Schulden, für die sie monatlich aufkommen musste, fraßen drei Viertel von Ninas Gehalt auf.

Blinzelnd starrte sie aus dem Fenster. Noch immer fiel es ihr schwer, zu akzeptieren, dass ihre Mutter, dieser kluge und beständige Hafen in jedem Sturm, nicht mehr da war. Mit ihren gerade mal siebenundfünfzig Jahren war sie noch immer eine schöne Frau gewesen, als der Schlaganfall sie dahinraffte. Sie hatte oft damit kokettiert, dass die Ehe mit einem um zehn Jahre jüngeren Mann sie jugendlich erhalten hatte. Auch wenn er nicht mehr da war, um das zu sehen.

Eines Abends, nach ein paar Gläsern Wein zum Abendessen, hatte Julia über Jim sprechen wollen. »Man musste ihn einfach lieben. Seine Überzeugungskraft war umwerfend«, hatte ihre Mutter mit einem betrübten Lächeln gemeint. »Lustig war er auch. Aber er konnte an keiner Sache dranbleiben. Weder im Job noch in einer Beziehung, nicht einmal beim Großziehen eines Kindes. In dir steckt eine Menge von Jim«, hatte Julia hinzugefügt und Nina dabei behutsam die Haare hinters Ohr gesteckt. »Du bist talentiert wie er, aber auch unentschlossen. Unkonzentriert. Sei vorsichtig, meine Liebe, sonst endest du wie er, mit einem Kopf voller Träume, doch ohne die Kraft, sie umzusetzen.«

Nina erinnerte sich, dass sie daraufhin schmollend erwidert hatte: »Ich bin nicht so, Mum. Ich bin einfach nicht so.«

Aber nun wurde ihr klar, wie gut ihre Mutter sie gekannt hatte.

Und dann war da noch dieses andere Gespräch gewesen.

»Es gibt Dinge von deinem Vater, die brauchst du nicht zu wissen«, hatte Julia gesagt. »Er führte eine Art Doppelleben. Ich sollte ihn dafür hassen, dass er uns verlassen hat. Aber ich kann es nicht. Ich habe Mitleid mit ihm, weil er dich nicht hat groß werden sehen, du schönes Mädchen. Ich vermisse ihn noch immer. Das ist mein schuldbeladenes Geheimnis.«

Es war eins der letzten Gespräche, die sie mit Julia eine Woche vor ihrem Tod geführt hatte. Da sie nur noch zu zweit waren und die Verwandten ihrer Mutter alle in Großbritannien lebten, standen sie sich näher als die meisten Mütter und Töchter.

Der schwitzende Kerl neben Nina drückte sich an ihr vorbei, um durch den Bus nach vorn zu gehen. Ja, jetzt brauchte sie Olivia. Ihre Freundin war in den letzten schwierigen Monaten eine Konstante gewesen. Unter ihrem schillernden Äußeren war sie eine gewitzte Ratgeberin, die oftmals den Kern eines Zwiespalts hellsichtig erkannte. Und wenn man aus ihrer Gesellschaft entlassen wurde, hatte man gleich ein besseres Gefühl von der Welt.

Als sie fünfzehn Minuten später an der Tür des Golden East stand, überflog Nina die Menge, bis sie Olivias pinkfarbenen Kopf entdeckte.

»Süße!« Sie stürzte sich zu einer angedeuteten Umarmung auf sie. Und musterte dann, indem sie einen Schritt zurückwich, Olivias Outfit. »Mann, du siehst echt klasse aus in deiner Gaga-Matador-Mischung!«

Olivia trug eine blassgrüne seidene Stierkämpferhose, deren Mitte eine Reihe winziger Schleifen schmückte. Die hautenge Hose reichte ihr bis unter die kleinen Brüste und wurde von lächerlich kurzen schwarzen Hosenträgern an Ort und Stelle festgehalten. Unter den Hosenträgern sorgte ein buntgestreiftes Bustier als nautisches Detail für das schief auf ihrem Kopf sitzende Matrosenkäppi.

»Was, dieses alte Ding?«, sagte Olivia lachend. »Das trage ich, wenn's mir völlig egal ist, was ich anhabe.«

Nina setzte sich und gab dem Kellner ein Zeichen, der einen Servierwagen mit dampfenden Gerichten vor sich herschob.

»Mein Gott, ich bin so hungrig, dass ich einen Affen in Butter essen könnte. Wie läuft's denn, Miss Nina?« Olivia sah sie lächelnd an.

»Nun, beschissen wie immer«, antwortete Nina und goss Sojasauce in eine kleine Schüssel.

»Wie kann denn etwas, das mit Schuhen zu tun hat, beschissen sein?«, wunderte sich Olivia und nahm sich zwei der Meeresfrüchtegerichte vom Servierwagen.

»Erstens: weil sie nur in digitaler Form vorhanden sind, und zweitens: weil ich jedes Mal, wenn ich versuche, sie realistisch, magisch oder auch nur halbwegs interessant zu gestalten …«

»Oder du wirklich süße Dinger in deiner Quadratlatschengröße entwirfst.«

»Ja, auch das«, sagte Nina. »Jedenfalls werde ich abgeschossen. Oder zurückgepfiffen, was aufs Gleiche rausläuft.«

»Und was gibt's sonst Neues?«, hakte Olivia nach. »Arbeit ist nun mal beschissen. Siehst du, das hier ist deine Chefin, okay?« Sie nahm einen langen Kalamaritentakel von einem der Gerichte vor sich. »Und das hier ist deine

Seele.« Sie deutete auf ein Muschelklößchen. »Und das passiert mit dir.« Sie wand die Tentakel mit dem Ende ihres Stäbchens um das Klößchen, bis das kleine weiße Ding völlig umwickelt war.

»Ich weiß, ich weiß«, stöhnte Nina.

»Sie bezahlen dich dafür, stimmt's?«

»Stimmt.«

»Nun, das ist besser, als vor dem Australia Council zu stehen und um ein Stipendium zu betteln, wie ich das tue. Ach übrigens, das hier bezahlst du.« Sie steckte sich eins der Klößchen in den Mund.

»Ist mir ein Vergnügen«, erklärte Nina lachend. Olivia nagte ständig am Hungertuch, sorgte sich aber nie um die Zukunft, solange sie sich in einem ihrer Kunstprojekte verlieren konnte. Auf diese Weise lebte sie, seit die beiden vor fünf Jahren die Kunstschule abgeschlossen hatten. Dank des sorglosen Optimismus ihrer Freundin wurde es Nina gleich leichter ums Herz. Sie streckte ihre Hand über den Tisch und drückte die von Olivia.

»Ich habe Neuigkeiten, Liv. Gestern hat mich der Anwalt meines Onkels aus der Provinz angerufen.«

»Mmm«, sagte Olivia und schluckte. »Ja, ich erinnere mich. Das Anwesen.«

»Ich habe beschlossen, da rauszufahren.«

»Was?« Olivias Aufmerksamkeit galt schlagartig wieder Nina. »Wandalla war das, oder? Bist du verrückt, Mädchen? Tagelang fahren, fahren, fahren in eine von Fliegeneiern und Maden befallene Stadt, wo es höchstens ein Pferd, aber nichts zum Tanzen gibt!«

Olivia war in Dubbo aufgewachsen, einem regionalen Zentrum auf halbem Wege zwischen Sydney und Wandalla. Sobald sie die Schule abgeschlossen hatte, war sie nach Sydney geflüchtet.

»Es ist eine Wüste – eine Wüstenlandschaft, eine Wüste des Herzens, des Geistes und der Seele.« Olivia sank mit ausgestreckten Armen theatralisch auf dem weißen Tischtuch zusammen. »Tu's nicht! Moment mal, sind das Frühlingsrollen?«, rief sie plötzlich. »Zwei Portionen bitte.«

»Ich *wandere* doch nicht dorthin *aus*, du Idiot.« Nina beugte sich vor und zog das Matrosenkäppi von Olivias Kopf und setzte es sich auf. »Ich werde höchstens zwei Wochen weg sein. Nach Mums Tod habe ich meinen ganzen bezahlten Urlaub aufgebraucht.«

»Dann wirst du also nur all die formalen Dinge erledigen und das Land verkaufen?« Olivia schob eine Frühlingsrolle auf Ninas Teller und den Rest auf ihren.

»Genau so«, bestätigte Nina. »Aber vergiss nicht, Dad ist dort aufgewachsen. Womöglich bekomme ich die Chance, ein wenig mehr darüber in Erfahrung zu bringen, was aus ihm geworden ist.«

»Du hast also den Artikel am Samstag gelesen, oder?«

»Ja.«

»Ich wusste, dass der dich aufwühlen würde.«

Nina vermied es, ihr in die Augen zu sehen, und ließ ihren Blick über die beleuchteten Wasserbecken an der Wand wandern. Hummer, Krabben, Abalone, Fische. »Ich weiß nicht«, sagte sie und betrachtete die Linien, die ihre Gabel auf der Tischdecke hinterließ. »Aber nachdem wegen Mum nun alles geregelt ist, bin ich neugierig auf Dad. Ich weiß ja nicht mal, ob er noch lebt.«

Eine schlanke Kellnerin in einer goldbestickten Weste räumte ihre leere Teekanne ab.

»Mum erwähnte was von einem Doppelleben, das Dad geführt haben soll.«

Olivia hob die Brauen.

»Ich habe die Wohnung auf den Kopf gestellt. Sie ist vollgestopft mit Dingen, die Mum und Dad gehört haben, aber nichts verrät ein Doppelleben, und es gibt keinen Hinweis darauf, wo er hingegangen sein könnte. Es muss da draußen was geben, was mir als Hinweis dienen kann. In Wandalla.«

»Zehn Stunden Autofahrt«, bedachte Olivia. »Da ist einfach jede Menge Nichts da draußen. Nicht mal Zäune.«

Nina biss von ihrem Puddingtörtchen ab und hielt dabei Blickkontakt zu ihrer Freundin.

Olivia lehnte sich zurück und hob abwehrend die Hände. »Okay, okay«, sagte sie. »Aber du kannst nicht in einem Rutsch durchfahren. Du wirst bei Mum und Dad in Dubbo übernachten müssen. Aber ich warne dich, hübsch ist was anderes. Flanelllaken mit Schmusekatzen könnten deine Zukunft bestimmen. Und Koteletts. Jede Menge Koteletts.«

»Danke, Liv, das wäre großartig.«

Olivia beugte sich vor. »Erinnerst du dich noch, wie es da draußen mit ihm war?«

Nina lächelte. »Ja. An das Weihnachtsfest, bevor er uns verlassen hat, ich war damals acht. Es war so heiß, das kannst du dir gar nicht vorstellen ...«

Olivia verdrehte die Augen.

»Hinter dem Haus gab es eine Art großen runden Pool«, erzählte Nina weiter. »Schlammig am Boden, und es stank nach faulen Eiern, aber wir spielten dort den ganzen Tag, ich und die Nachbarskinder. Dad und Onkel Russell stellten eine Art Sprungbrett auf, und wir rannten einfach los und sprangen immer wieder ins Wasser. Und ich war bis über beide Ohren in den ältesten Jungen verknallt – sein Name fällt mir nicht mehr ein –, absolut verknallt.« Wieder spürte Nina die Hitze der Sonne auf ihrer nackten Haut und den Geruch des Schwefelwassers.

»O ja, wenn du die heftig riechenden Schweiger so anziehend findest, dann bist du da draußen genau richtig.«

»Dad hat mich immer aufgezogen und gemeint, er sei ganz in Ordnung und so. Ich meine, wir waren Kinder, und du kannst dir vorstellen, wie peinlich mir das war. Dad ist mit uns gerannt und gesprungen. Er war manchmal selbst noch wie ein Kind.« Sie schüttelte den Kopf. »Aber da draußen in diesem Haus muss es irgendwas geben. Wir sind nie mehr dorthin zurückgekehrt, nachdem Dad verschwunden war, also wer weiß?«

Olivia nickte, wirkte aber nicht sehr überzeugt. »Wonach suchst du denn?«, fragte sie.

»Nach einem Brief, einem Adressbuch, ich weiß nicht. Für E-Mails war es noch zu früh, und an Facebook dachte damals noch keiner. In Krimis durchsuchen sie doch immer die Orte, wo die Menschen zuletzt waren. Befragen die Leute, die sie gekannt haben. Ich glaube nicht, dass das da draußen in Wandalla jemand getan hat.«

»Ich wünschte, ich könnte mitkommen«, seufzte Olivia. »Aber Benedicta würde mir den Hals umdrehen, wenn ich mir jetzt, so kurz vor dem Festival, freinehme. Außerdem bin ich pleite.«

»Ich simse dir jeden Tag«, versprach Nina lächelnd.

Olivia lächelte zurück, und sie stießen mit ihren Teetassen darauf an. »Bon voyage.«

Kapitel 2

Die Straße nach Wandalla bohrte sich Kilometer um Kilometer wie ein Pfeil ins Herz des Horizonts.

Hier jedenfalls war kein Verirren möglich, sagte sich Nina, als sie sich die Locke aus dem Gesicht strich, die ihr immer wieder in die Augen fiel. Was die Landschaft betraf, hatte Olivia schon recht gehabt. Wohin sie auch blickte, überall derselbe graue Staub, khakifarbene Blätter und goldenes Gras. Aber es hatte was Beruhigendes, eine fast hypnotische Wirkung. Grau, gold. Nina fuhr weiter. Grün, grau. Sie gähnte. Grau, pink.

Pink? Wow! Ihr Blick erhaschte einen sich bewegenden Teppich aus pinkfarbenen und grauen Rosenkakadus, die neben der Straße ein Festmahl hielten. Bach bellte und trommelte mit seinen Pfoten an die Scheibe, als sie an Emus vorbeikamen.

Und immer weiter fuhren sie nach Westen. Bereits seit vier Stunden war sie am zweiten Tag ihrer Reise unterwegs. Nina hatte Mühe, die Augen offen zu halten. Sie fuhr an den Fahrbahnrand und stieg aus, gefolgt von einem schlaffen Bach.

Sie stellte sich auf die Zehenspitzen und streckte ihre Handgelenke dem Himmel entgegen in die trockene Luft. Was waren das für grün-gelbe Bowlingkugeln, die verstreut neben der Bahnlinie lagen, die parallel zur Straße verlief? Stachelbeergurken. Das Wort war plötzlich da – Mum hatte es ihr vor Jahren gesagt. Sie sahen essbar aus, waren aber giftig.

Die asphaltierte Straße war gut in Schuss und zog sich auf einem Fahrdamm durch die Ebene. Offenbar gab es hier Überflutungen, obwohl man sich Regenfälle in dieser Gegend nur schwer vorstellen konnte. In den Wolkenbäuschen am Horizont befand sich mit Sicherheit kein Wasser, und die Bäume waren so klein und dürftig, als wäre es selbst dem Eukalyptus zu trocken.

»Komm, mein Junge, spring wieder rein.« Bach ließ sein Schnüffeln sein und kletterte auf den Beifahrersitz, wo er den Kopf in den Luftzug hielt. Mit seinen schwarzen Hundeaugen blitzte er Nina an, als wollte er sagen »Lass uns fahren«. Nina beugte sich über ihn und streichelte ihn.

Am Tag von Julias Beerdigung hatte Olivia Nina nach der Trauerfeier zurückgefahren. Nina hatte aus dem Fenster geschaut und den Welpen eingekesselt und verschreckt vom tosenden Verkehr neben der Autobahn entdeckt.

Olivia war seitlich rangefahren, und Bach kam sofort auf Nina zugerannt, stellte sich auf die Hinterbeine und klammerte sich an ihre Knie, sobald sie die Beifahrertür öffnete. Er war dünn und schmutzig, aber seine lebhaften Augen und der wedelnde Schwanz eroberten ihr Herz auf Anhieb.

»Lass ihn uns Bach nennen«, hatte Olivia vorgeschlagen, als sie zum Leichenschmaus weiterfuhren. »Das passt doch, kurz genug für einen Wauwau, aber man denkt gleich an ein Cellokonzert.«

Sie und Olivia waren schon so lange befreundet, dass Nina sofort verstand, was sie meinte. Während der Trauerfeier hatte ein Streichquartett die Lieblingsstücke ihrer Mutter von Bach gespielt und mit seinen warmen Tönen die Kirche erfüllt.

»Perfekt«, hatte sie lächelnd erwidert. Vielleicht hatte ja der Geist ihrer Mutter diese Begegnung in die Wege geleitet, um für ein wenig Trost zu sorgen. Ein Leben verloren, eins gerettet. Diese Gleichzeitigkeit hätte Mum gefallen.

Sie schaltete das Radio an. Ein liebeskranker Cowboy schmetterte seine Verzweiflung über die Frau heraus, die ihn betrogen hatte. Nina drückte auf die Knöpfe. Preise für Weidevieh, Wetterbericht – kein Regen und wieder traurige Countrymusik. Sie schaltete es wieder aus und scrollte durch die Playlist ihres Telefons. Jeff Buckleys »Halleluja« erfüllte ihren Wagen – ein kleiner Punkt in dieser weiten Landschaft.

Die vergangene Nacht hatte Nina in Olivias Kinderzimmer in Dubbo verbracht und neugierig betrachtet, wofür sich ihre Freundin als Teenager begeistert hatte. Offenbar für Boygroups und kitschige amerikanische Fernsehserien. Aber ihre eigene Teenagerzeit war auch nicht viel cooler gewesen.

Beth, Olivias Mum, hatte zum Abendessen Lammbraten und Baiserkuchen aufgetischt. Und sie musste den Eltern in allen Einzelheiten von ihrem Leben in Sydney und der gemeinsamen Collegezeit mit ihrer Tochter erzählen.

Als Nina es sich dann unter den Flanelllaken und dem rosafarbenen Chenille-Bettüberwurf auf Olivias Einzelbett bequem gemacht hatte, klopfte Beth an und trat ein. Sie stellte einen dampfenden Becher heiße Schokolade auf den Nachttisch und beugte sich herunter, um Nina einen Kuss auf die Stirn zu geben. »Gute Nacht, Liebes.« Wie ihre eigene Mutter.

Nina konnte gerade noch »Gute Nacht« flüstern.

Als Nina am nächsten Morgen ihren Koffer aus dem

Haus trug, schlug Olivias Dad gerade die Motorhaube ihres Wagens zu, und Beth kam mit Bach im Arm und einer grünen Supermarkttüte hinterher.

»Öl ist gut, und ich habe die Reifen geprüft. Alles gut.«

»Danke, Allan.« Nina überlegte, wie lange es wohl her war, seit Olivia zuletzt zu Hause gewesen war, und fragte sich, ob sie wusste, wie glücklich sie sich schätzen konnte.

Als Nina jetzt auf der schnurgeraden Straße mit mehr als hundert Stundenkilometern fuhr, fiel ihr ein Nutzfahrzeug auf, das am Straßenrand stand. Beim Näherkommen bellte Bach die Kelpies an, die hinten saßen. Nina freute sich, andere Hundeliebhaber zu sehen, aber beim Vorbeifahren fiel ihr eine dunkle Gestalt auf, die seitlich vom Wagen hing. Was war das denn? Sie schaute in den Rückspiegel. Du meine Güte. Es war ein schwarzes Schwein, das an den Hinterläufen aufgehängt war und dessen Rüssel zum Boden zeigte. Am Überrollbügel waren zwei Scheinwerfer montiert. Schweinejäger. Sie hatte davon gehört, aber nur als Scherz. Krass. Mehr als krass. Olivia würde es gefallen. Denn das bestätigte alle Geschichten, die über den Westen im Umlauf waren.

Je weiter sie sich von Dubbo entfernten, desto einsamer wurde die Straße. Dann endlich tauchten die Dächer von Wandalla aus dem flimmernden Hitzedunst auf. Ein *Willkommen in Wandalla*-Schild gab die Bevölkerungszahl mit 3096 an, weniger als ein Zehntel der Einwohner von Dubbo. Nina hatte damit gerechnet, marode Baracken zu sehen, aber die Hauptstraße war breit und elegant und von schmiedeeisernen Balkonen überschattet. Sie parkte am Ende der Straße unter einem gewaltigen Roten Eukalyptus. Als sie aus ihrem klimatisierten Wagen stieg, verschlug die trockene Hitze ihr den Atem. Mit Blick auf den breiten braunen Fluss, der tief unten lag, gab Nina Bach Wasser aus seiner Schüssel zu trinken und aß das Sandwich mit Lamm und Tomatensauce, das Olivias Mum für sie eingepackt hatte.

Schwarze, weiße und braune Kinder plantschten kreischend im Wasser, unbeachtet von den Jugendlichen, die am Kai zusammenhockten und rauchten. Die Jugendlichen erinnerten sie daran, wie sie selbst in diesem Alter gewesen war – zu cool, aber insgeheim voller Sehnsucht, einfach mitzumachen. Selbst jetzt noch verspürte sie den Drang, ihre Stiefel auszuziehen und ins Wasser zu springen.

Eine Plakette neben dem Kai informierte darüber, dass Wandalla einst eine florierende Stadt des Wollhandels war und in seinem Hafen Dampfschiffe anlegten, die den Darling River bis hinunter an die Küste fuhren. Das erklärte auch die schicken Pubs und das Gerichtsgebäude, die gebaut worden waren, als mit Wolle noch Geld zu machen war.

Nina stellte Bachs Schüssel in den Wagen zurück und warf einen Blick auf ihr Telefon. Sie hatte gleich ihre Verabredung mit Harrison Grey – einem Mann, der ihren Vater gekannt haben könnte. Aufgeregt holte sie ihren Spiegel heraus und legte etwas Lippenstift nach. Aber als sie mit dem neugierigen Bach an ihrer Seite die Straße hinunterlief, wurde sie nervös. Allem Anschein nach war der Anwalt nicht begeistert davon, dass sie hierherkam. Lag es daran, dass er ein alter Griesgram war? Oder gab es einen anderen Grund?

In der staubigen Luft hing der durchdringende Geruch

der Pfefferbäume. Nina spürte die auf ihr ruhenden Blicke der Einheimischen. Vor allem fiel ihr ein drahtiger Farmer mittleren Alters auf, der wie ein Raubvogel auf der Lehne einer Parkbank hockte. Er hob seinen Hut an und spähte über den Rand seiner Brille, um sie besser sehen zu können, als sie vorbeiging. Vielleicht wirkte er auf die anderen genauso furchterregend, hoffte sie. Eine vom Sonnenlicht eingerahmte matronenhafte Frau, die womöglich sogar jünger war als sie selbst, lehnte mit finsterer Miene an einer Wand im Schatten. Die Arme hatte sie unter ihrem gewaltigen Busen verschränkt und verfolgte Nina mit ihren Blicken ein paar Häuserblocks weit. Nina schüttelte ihr Unbehagen ab und kam zu dem Schluss, dass die Leute einfach nur neugierig waren.

Ein Stück weiter auf der Hauptstraße wurde Nina zu ihrer Erleichterung von gelegentlichem Nicken und Hallos begrüßt. Ihr fiel auf, dass die Hälfte der Einheimischen Aborigines und die andere Hälfte angloamerikanischer Herkunft waren, ganz anders als im multikulturellen Sydney.

Nina war es nicht gewohnt, von Fremden begrüßt zu werden. Sie versuchte, ihr Lächeln zu erwidern und cool zu bleiben, aber die Kleidung, die sie für diesen Geschäftstermin gewählt hatte, kam ihr jetzt wie eine Maskerade vor. Die Cowgirlstiefel gingen ja noch, aber hier trug niemand einen Rock, geschweige denn ein Rockabilly-Kleid mit rotweißen Punkten und passendem rotem Gürtel. Nina setzte ihre verspiegelte Sonnenbrille ab und zog, um etwas weniger auffällig zu sein, die Schleife aus ihrem Pferdeschwanz. Steh drüber, sagte sie sich.

Die Anwaltskanzlei befand sich in einem umgebauten

Wolllagerhaus aus dem neunzehnten Jahrhundert. Hinter dem schlichten Eingang verbarg sich eine altmodische solide Holztreppe mit einem eindrucksvollen Geländer, das vor Doppelglastüren endete. Sie stieg hinauf und stieß hinter den Türen auf den Schreibtisch des Empfangs, der jedoch unbesetzt war. Nina durchquerte den Wartebereich, Bachs Pfoten klackten auf den Dielenbrettern. Goldene Lettern auf Milchglas zeigten ihr, dass sich hier das Büro von Harrison Grey, Anwalt, befand. Sie klopfte an.

»Kommen Sie rein.«

Ein Mann in einem phantastisch geschnittenen Leinenanzug schloss gerade mit schuldbewusstem Lächeln ein Fenster. Als er dann mit ausgestreckter Hand auf sie zukam, roch Nina Zigarrenrauch. »Meine Empfangsdame Suzie ist mal kurz weg«, sagte er.

Harrison Grey war ein gutaussehender Mann in den Fünfzigern, mit graumelierten Haaren, gebräunter Haut und blauen Augen. Ein Silberfuchs, hätte Olivia wohl gesagt.

»Sie haben es also geschafft, wie ich sehe«, meinte er und schüttelte ihr die Hand. »Nun, hoffentlich macht es Ihnen nichts aus, Ihre Zeit zu vergeuden. Wie ich Ihnen bereits am Telefon erklärte, hätte sich alles leicht von hier aus regeln lassen, und ich … und ich …« Der Mann schien die Fassung verloren zu haben, denn er starrte sie an und hielt noch immer ihre Hand fest.

»Mr Grey?«

»Ah, entschuldigen Sie«, sagte er, ergriff dabei aber ihre andere Hand, die Bachs Leine festhielt, und lächelte.

»Es ist nur, Sie ähneln Jim ja so. Es ist schön, Sie zu sehen. Als wir uns das letzte Mal begegnet sind, waren

Sie höchstens acht oder neun.« Er wirkte zurückhaltend, fast schüchtern. »Sie haben die Augen Ihres Vaters. Das ist frappierend.«

Harrison stand da und schaute ihr zu lange ins Gesicht.

Nina trat zurück und löste ihre Hände. Sein bohrender Blick ging ihr auf die Nerven. »Es ist schön, Sie kennenzulernen«, sagte sie. »Es tut mir leid, Mr Grey, aber ich kann mich nicht …«

»Keine Ursache, meine Liebe. Das ist so lange her. Nennen Sie mich doch bitte Harrison.« Er deutete auf einen Ledersessel und wartete, bis sie Platz genommen hatte.

»Sie haben hoffentlich nichts dagegen, dass ich den Hund mitgebracht habe.« Nina bemühte sich, ebenfalls einen lockeren Ton anzuschlagen. »Aber draußen ist es zu heiß.«

»Heiß? Oh, das wird es wohl sein. Möchten Sie einen Drink? Gin Tonic? Wasser?«

»Hm …«

»Dann vielleicht einen Tee?«

»Gerne.«

Harrison schaltete einen Wasserkessel auf dem Sideboard ein.

Nina bemerkte ein Gemälde, das dem Schreibtisch gegenüber hing: Ein Unwetter zog über den Sydney Harbour herein, davor lag Fort Denison, wie bei ihrer Aussicht vom Balkon. Das Fort sah aus wie ein Korken, der auf rauer See schaukelte.

»Dieses Gemälde …«, sagte Nina.

»Sie kennen es?«

»Ja. Gewissermaßen. Dad hat eine Serie davon gemalt«, wusste Nina.

»Das stimmt. Während seiner Zeit mit dem Stir-Kollektiv. Waren es nicht siebzehn in Serie?«

Nina zuckte mit den Schultern.

»Nun, ich bin mir auch nicht sicher. Wer ist das schon? Ich weiß, dass eins davon in The Springs hängt. Er gehörte nicht zu denen, die über alles Buch führten. Aber natürlich findet man in jedem davon dieses unglaubliche Licht. Jedenfalls in den Bildern, die ich gesehen habe. Ich bin ständig auf der Suche, noch eins zu kaufen.«

Nina konnte Harrisons Gesicht nicht sehen, als dieser einen niedrigen Tisch für den Tee deckte.

»Er hatte so verdammt viel Talent. Das habe ich ihm immer gesagt«, erklärte er.

Hoffnung flammte in Nina auf. Hier bot sich eine Gelegenheit.

Aber Harrison fuhr schon fort: »Das mit Ihrer Mutter tut mir leid. Ich … alle haben sich jedes Jahr darauf gefreut, euch drei Weihnachten hier zu sehen.«

Er reichte ihr eine elegante Teetasse mit Untertasse und nahm ihr gegenüber Platz.

»Wie ich sehe, haben Sie den wunderbaren Kleidergeschmack Ihrer Mutter geerbt, wenn auch nicht ihr rotes Haar«, stellte Harrison mit einem breiten Lächeln fest.

»Nun, sie war ja nicht meine leibliche Mutter, deshalb …«

Harrison hielt den Teelöffel starr in der Luft.

»Ihre leibliche …«

»Mum hat mich als Baby adoptiert«

»Aber Jim war doch mit Sicherheit Ihr Vater?«

»Offensichtlich.«

Harrison starrte sie mit vor Staunen geöffnetem Mund

an. Langsam fand Nina das lästig. Was war nur los mit ihm? Bach bearbeitete ihr Knie, weil er offenbar die wachsende Anspannung seiner Herrin spürte.

»Platz«, murmelte sie. »Bitte, Bach.«

Harrison saß gedankenverloren da, Tasse und Untertasse standen verlassen auf dem Kaffeetisch.

»Kannten Sie Dad gut?«, fragte sie.

»Ach, ja ... und wissen Sie irgendetwas über Ihre leibliche Mutter?« Sein forschender Blick war wirklich unangenehm.

»Sie war eine ausländische Studentin«, antwortete Nina kurz angebunden. Deswegen war sie nicht hergekommen. Und es ging ihn auch gar nichts an.

»Oh. Ich meine ... das wusste ich nicht«, gab Harrison zu.

»Nun, Sie werden sich denken können, dass ich, während ich hier bin, so viel wie möglich über Dad, sein Leben hier und was aus ihm wurde in Erfahrung bringen möchte«, sagte Nina.

»Ja, ja natürlich. Das verstehe ich sehr gut. Ich wollte auch gar nicht ... aber ich weiß nicht, inwieweit ich dabei eine große Hilfe sein kann.« Harrison trank nun nachdenklich seinen Tee.

»Sind Sie auch hier aufgewachsen? Mit Dad und Onkel Russell?«

»Nein, nein. Ich bin in Melbourne aufgewachsen. Als ich nach Wandalla zog, war Ihr Vater sich noch unschlüssig, ob er auf die Kunstschule nach Sydney gehen wollte. The Springs war damals noch ein Betrieb mit florierender Viehzucht.«

»Wie war Dad denn, als Sie ihn kennenlernten?«

Harrison zögerte. »Nun, wir wussten, dass er es als Maler zu etwas bringen würde. Seine Arbeit war damals schon ganz außergewöhnlich. Und den ganzen Sommer über – ach, wann war das? – es muss wohl Mitte der Achtziger gewesen sein – da kampierte eine Gruppe von uns draußen in den Flussniederungen. Und wie viele der jungen Leute von hier wollte auch Jim die Welt sehen, und wir malten uns aus, nach Melbourne zu gehen. Meine Familie arbeitete dort am Theater, und ich erzählte ihm von den berühmten Leuten, die ich kennengelernt hatte. Das gefiel ihm.« Harrison lächelte traurig und stellte seine Tasse sanft auf die Untertasse.

»Aber wie war er damals? Als Mensch?«

»Ach, du meine Güte. Das dürfte fast dreißig Jahre her sein ... Macht es Ihnen was aus?«, fragte er und öffnete eine Schachtel mit kleinen Zigarren.

Nina schüttelte den Kopf und trank ihren Earl Grey.

»Ständig versuche ich, es mir abzugewöhnen«, erklärte er lächelnd und sah sie dabei an. »Ich muss schon sagen, es überrascht mich, dass Sie diese Fahrt gemacht haben«, fügte er förmlicher hinzu. »Wie ich bereits erwähnte, es wäre nicht nötig gewesen. Russell starb ohne Schulden und ohne Vermögen, abgesehen von The Springs selbst. Wirklich ein Wunder.« Er sog an der Zigarre, um sie anzuzünden. »Das Haus ist mehr oder weniger zusammengefallen, das macht die Sache einfach. Sie haben einen Käufer und können es verkaufen und dann wieder abreisen.«

Harrison hatte ausgezeichnete Manieren, fand Nina, aber ihre Frage hatte er nicht beantwortet. Sie lehnte sich in ihrem Sessel zurück. »Ist der Käufer in Eile?«, erkundigte sie sich.

»Nicht wirklich. Es ist eine einheimische Landbesitzerin, Hilary Flint. Aber es ist das einzige Angebot, das eingegangen ist. Und es ist ein sehr faires Angebot, denn abgesehen von den Tanks, gibt es kein Wasser auf The Springs. Sie erinnern sich vermutlich noch an das Bohrloch?«

»Ja.«

»Nun, es ist kurz vor Russells Tod ausgetrocknet. So etwas passiert manchmal. Aber Mrs Flint kann das Land beweiden, wenn das Weideland gut ist. Das Vieh kann dort grasen.«

Es war der erste Blickkontakt, den er zu ihr aufnahm, seit er begonnen hatte, über The Springs zu sprechen.

»Wenn Sie sagen ›zusammengefallen‹, meinen Sie damit, dass The Springs praktisch eine Ruine ist? Ich wollte ein paar Tage dort wohnen und das Haus nach Dingen von Dad durchsuchen«, sagte sie.

»O nein, das Haus steht noch gut da. Aber Haushaltsführung war Russells Sache nie. Er hat gehortet. Es dürfte ein ziemliches Durcheinander sein. Hören Sie«, schlug Harrison vor, »Sie sollten heute Nacht lieber im Royal schlafen und erst morgen da rausfahren. Denn ich halte es für keine gute Idee, dort draußen zu bleiben.«

»Ich würde es mir lieber noch heute Nachmittag ansehen«, erwiderte Nina. »Ist es weit?«

»Fast eine Stunde. Eine lange Fahrt, nachdem Sie schon so weit gefahren sind.« Harrison drückte die Zigarre aus und faltete seine Hände.

Nina wartete. »Haben Sie die Schlüssel hier?«, fragte sie schließlich.

»O ja, natürlich.« Harrison ging an seinen Schreibtisch und zog eine Schublade auf.

Resigniert reichte er Nina drei Schlüssel an einem Bund. »Das ist der Schlüssel fürs Tor und der für die Haustür. Wofür der aus Messing ist, weiß ich nicht.«

Nina ging zu Harrison, der vor einer großen Landkarte hinter seinem Schreibtisch stand. Er zeigte auf eine Straße, die in nordöstlicher Richtung zur Grenze von Queensland führte.

»Wie gesagt, etwa eine Stunde auf der North Road, dann sehen Sie schon links die Haupteinfahrt zu The Springs. Aber der Dammweg ist riskant, und Russell hat ihn nie repariert. Sie können auch die Zufahrt des Nachbarn benutzen, etwa einen Kilometer weiter auf derselben Seite. Das Anwesen heißt Kurrabar. Ein schwarzer Kakadu auf dem Briefkasten.«

Auf der Landkarte war kaum etwas zu erkennen. Die Entfernung nach The Springs, eine Stunde Fahrt aus der Stadt heraus, hatte die Länge ihres Lippenstifts.

»Wenn das Tor von Paramour in Sicht kommt, große weiße Säulen, dann sind Sie zu weit gefahren«, ergänzte Harrison. »Biegen Sie hier nach Kurrabar ab, nehmen Sie dann die linke Gabelung und fahren Sie noch etwa einen halben Kilometer weiter. Dann sehen Sie schon das alte Nebentor zu Ihrer Linken. Diese Zufahrt zu The Springs ist zwar ein bisschen holperig, aber es sollte zu schaffen sein. Ich bin vor etwa sechs Monaten so hingefahren.«

Nina nickte und versuchte zuversichtlicher zu wirken, als sie sich fühlte.

»Die drei Anwesen, The Springs, Kurrabar und Paramour waren einmal Teil der Durham-Farm, der größten Farm in diesem Distrikt«, erläuterte er und tippte dabei auf die Landkarte. »Sie erinnern sich, wir haben von den

Ruinen gesprochen. Sie werden sie sehen, wenn Sie aufs Haus zufahren.«

Nina erinnerte sich – eine Mauerecke und ein in die Luft ragender Kamin, Steinblöcke, die im Gras lagen, und ein paar hervorragende Kletterbäume.

»Es ist tapfer von Ihnen, allein da rauszufahren.«

»Was wollen Sie damit sagen?«, fragte Nina. Gab es dort Spinnen, Schlangen, Schweinejäger?

»Kein Strom«, erwiderte Harrison. »Und beim Wasser bin ich mir nicht sicher.« Er schien ernsthaft besorgt zu sein.

Nina lächelte. »Danke für die Vorwarnungen. Ich werde mir Kerzen und eine Taschenlampe mitnehmen. Komm, Bach.«

»Hier ist meine Mobilnummer.« Harrison reichte ihr eine Visitenkarte. »Rufen Sie mich jederzeit an, Tag oder Nacht. Sofern Sie ein Signal haben.«

»Okay.«

Er starrte sie wieder an.

»Ich würde wirklich gerne mit Ihnen über Dad sprechen. Ihre Erinnerungen an ihn. Es gibt so vieles, was ich nicht weiß«, sagte Nina.

»Natürlich, selbstverständlich. Jederzeit«, gab Harrison zurück. »Ich muss schon sagen, es freut mich sehr, Sie kennenzulernen.« Er nahm ihre Hand in beide Hände und schüttelte sie, als wäre sie etwas Kostbares, eine Begegnung, nach der er sich gesehnt hatte. »Schön, wieder eine Larkin hier zu haben, wenn es auch nur für kurze Zeit ist.«

Merkwürdig, fand Nina. Einerseits schien er entzückt zu sein, sie zu sehen, andererseits drängte er sie weg. Offenbar wusste er eine Menge mehr über Jim, als er ihr erzählte, aber sie würde auf einen anderen Tag warten müssen. Jetzt hatte sie erst mal die Schlüssel, das war der erste Schritt, um mehr über Jim herauszufinden. Sie hielt sie fest umklammert.

Noch ein letzter Versuch. Nina hob den schweren Schraubenschlüssel und schlug mit aller Kraft auf das rostige Schloss. Das schwere Metallteil prallte ab, rutschte ihr aus den verschwitzten Händen und flog ins hohe Gras auf der anderen Seite des Zauns. Schmerz durchzuckte ihre Hand.

»O ja, fahren Sie einfach durchs Seitentor und schieben Sie den Schlüssel in das verdammte Schloss. Kein Problem!«, fluchte sie und lief im Kreis. Die Wunde in ihrer Handfläche blutete. Sie hob ihren Rock an und drückte die Wunde gegen ihren Unterrock. Der Schweiß brannte ihr in den Augen, und die Fliegen machten sie wahnsinnig.

Um sie herum erstreckte sich eine staubige flache Koppel nach der anderen – Teil ihres Erbes. Harrison hatte recht. Es war enttäuschend. Nicht das, woran sie sich erinnerte. In ihrer Vorstellung war The Springs ein Ort mit einem riesigen Garten, Bäumen, auf die man klettern, Ruinen, die man erkunden, und das berühmte Bohrloch, in dem man schwimmen konnte. Sie erinnerte sich, in heißen Nächten draußen auf der Veranda geschlafen zu haben, sie hatte die Hühner zum Spaß gejagt und im hohen Gras Verstecken gespielt. Das Gras hier reichte ihr kaum bis zu den Knien, und die Bäume waren so spindeldürr, dass sie nicht mal das Gewicht eines Kindes würden tragen können.

Sie schluckte Tränen des Schmerzes und der Enttäuschung hinunter und ließ sich neben dem Tor in den Staub fallen. Beruhige dich! Überleg deinen nächsten Schritt, dachte sie. Bach kam schnüffelnd auf sie zu, kletterte auf ihren Schoß und leckte ihr den Arm.

»Vielleicht müssen wir umkehren und doch in der Stadt übernachten, mein Kleiner«, seufzte sie. »Aber wenn wir das tun, dann wirst du den Anwalt so kräftig beißen, wie du nur kannst. Okay?«

Sie spürte die Hufschläge wie ein Beben, bevor sie sie tatsächlich hörte und dann die beiden Reiter erblickte. Bach stellte sich beschützend vor sie, als sie stehen blieben, angestrahlt von der tiefstehenden Sonne, die sie blendete.

»Alles in Ordnung mit Ihnen? Was ist passiert?«, fragte die Stimme einer jungen Frau.

Nina rappelte sich auf und hielt dabei ihre verletzte Hand umklammert. »Das Schloss ist verrostet. Ich habe versucht reinzukommen.«

»Das ist Privatgelände, wissen Sie«, sagte ein Mann, der sich geschmeidig über den Rumpf seines Pferdes schwang. Er war jung und schlank, über eins achtzig groß und bewegte sich mit der Selbstsicherheit eines Reiters. Als er sich ihr näherte, erkannte sie die kräftigen gebräunten Gesichtszüge unter dem Hut, und seine weit auseinanderstehenden blauen Augen wirkten ernst und schienen direkt in sie hineinzusehen. Aber vor allem verstörte sie seine Stimme. Es war die Stimme eines Filmstars, wohlklingend und fest.

»Das weiß ich. Es ist mein Privatgelände. Na ja, das bisschen da drüben gehört mir«, erklärte sie.

»Stimmt das? Was ist hier passiert?« Der Mann nahm ihre Hand in seine. Sie spürte eine Hitzewelle durch ihren Körper jagen.

»Wirf doch mal das Erste-Hilfe-Set runter?«, rief er seiner Gefährtin zu. »Entschuldigen Sie, ich hätte natürlich sofort erkennen müssen, dass Sie eine Viehzüchterin sind«, sagte er zu Nina und deutete lächelnd auf ihr gepunktetes Kleid und die roten Stiefel. »Was meinst du, Deb? Passt sich gut der Landschaft an, oder?« Er grinste.

Die Reiterin war eine umwerfende Blondine, jünger als der Mann. Sie trug makellose Reithosen, eine himmelblaue Bluse und Reitstiefel. Und sie schien auf dem Pferderücken zu Hause zu sein. Aber ihr Lächeln war schüchtern.

»Mal im Ernst«, sagte sie zu Nina und holte dabei das Erste-Hilfe-Set aus der Satteltasche, um es dem Mann zuzuwerfen, »das ist ein ganz tolles Kleid. Woher haben Sie es?«

»Das alte Ding? Das ziehe ich nur an, wenn es mir egal ist, was ich anhabe«, antwortete Nina als Echo von Olivias Worten. Sie wurde mit einem Lächeln belohnt. Ich bin in friedlicher Absicht hier, sagte sie sich. »Von einer Secondhandmesse in Newtown im letzten Jahr«, fügte Nina hinzu, als sie bemerkte, dass die Blondine ihr Kleid noch immer bewunderte.

»Secondhand, tatsächlich?«, sagte sie. »Alles, was ich habe, ist neu.« Sie zeigte voller Bedauern auf ihr perfektes Ensemble.

»Wie sind Sie denn an dieses Stück Land hier gekommen, wenn ich fragen darf?«, erkundigte der Mann sich bedächtig.

Er schien tatsächlich alles in Zeitlupe zu machen. Ein typischer Mann vom Land eben.

»Es gehörte meinem Onkel Russell Larkin. Er hat es mir hinterlassen.«

»Tatsächlich?« Der Mann betrachtete sie neugierig. »Und Sie heißen?«

»Nina Larkin.«

Seine Augenbrauen hoben sich. »Nina … äh. Na, so was.«

»Aua«, sagte die Blondine, die ihr Pferd näher heran lenkte, um sich Ninas verletzte Hand anzusehen, die noch immer in der des Mannes lag.

»Ich habe versucht, das Schloss aufzubrechen«, erklärte Nina. Sie fühlte sich schmuddelig neben diesem Paar. »Nun werde ich wohl in die Stadt zurückfahren und mir für die Nacht ein Zimmer nehmen müssen. Danke für eure Hilfe.«

Der Mann blickte hoch. »Moment, ich denke, Sie haben es geschafft.« Er ließ vorsichtig ihre Hand los. Sie sah, dass der Ring des Torpfostens herausgeschlagen war und die Kette und das Schloss herunterbaumelten.

»Da, schauen Sie. Sie kennen Ihre eigene Kraft nicht«, meinte die Frau lächelnd. Sie wandte sich an den Mann. »Entschuldige, Liebling, ich bin schon spät dran für meine Anprobe. Ich sehe dich dann später zu Hause.« Sie beugte sich herunter und küsste ihn.

»Ich bin Deborah Flint. Sie werden wahrscheinlich bald meine Mutter kennenlernen. Sie ist Ihre Käuferin«, erklärte sie Nina.

»Da können Sie sich drauf freuen«, setzte der Mann hinzu, und beide lächelten.

»Vielleicht sehen wir uns ja wieder.« Deborah winkte, als sie das Pferd wendete und davongaloppierte.

»Diese Straße hier gehört zu Kurrabar, meinem Anwesen. Deborahs Anwesen befindet sich auf der anderen Seite von Kurrabar«, erklärte ihr der Mann. »Also sind wir Nachbarn.« Er ergriff erneut Ninas verletzte Hand, diesmal sanfter.

Wieder spürte Nina eine unerwünschte Hitzewelle.

Er tupfte die Wunde mit einem Antiseptikum ab.

Nina zuckte zusammen. Als sie nun zum ersten Mal sein Gesicht aus der Nähe betrachtete, fiel ihr eine dicke, hervortretende weiße Narbe von einer Verbrennung auf. Sie zog sich über seine linke Wange und dann seitlich am Hals entlang, bis sie in seinem karierten Hemd verschwand. Wie gebannt starrte sie auf diese schockierende Verletzung und ertappte sich dabei, dass sie sich der mondartigen Oberfläche neugierig näherte. Er zog seinen Kopf ein und runzelte die Stirn. Nina wandte sich ab.

»Ich … äh – ist es immer so trocken?«, fragte sie. Das Wetter. Wie originell.

Er riss mit seinen kräftigen weißen Zähnen einen Streifen Pflaster von einer Rolle. »Hinter uns liegen ein paar harte Jahre, aber diese Saison ist gut«, erwiderte er und klebte das Pflaster ordentlich über den Verbandmull.

Das ist eine *gute* Saison?

»So, bitte schön. Das hätten wir.« Der Schmerz war fast verschwunden.

Bach stellte sich auf seine Hinterbeine und stemmte sich schwanzwedelnd gegen die Knie des großen Fremden.

»Das ist ja ein Lieber.« Er zauste die wolligen Ohren des Hundes. »Wie nennen Sie ihn?«

»Bach, wie in … nun, es gab da einen klassischen Komponisten namens Bach.«

»Nie von ihm gehört«, sagte er und begann die ersten Töne von »Toccata und Fuge« zu pfeifen, während er das Erste-Hilfe-Set einpackte.

»Verzeihung, ich wollte nicht …«

»Wir sind hier draußen nicht alles Banausen, wissen Sie.«

»Natürlich nicht. Ich meinte es auch nicht so«, verteidigte sich Nina. »Ich weiß nicht, was ich getan hätte, wenn ihr beiden nicht vorbeigekommen wärt. Vielen Dank.«

»Gehört alles zum Service. Fahren Sie den Wagen durch, dann wickle ich ein Stück Draht ums Tor, damit es zuhält.«

Nina öffnete die Wagentür und rief Bach. Der Hund zögerte, blickte hoch zu seinem neuen Freund und rollte sich dann auf den Rücken.

Der Mann lachte. »Wie ich sehe, bist du hier der Boss, Kumpel.« Er kratzte Bach mit seinem Stiefel.

»Hierher, Bach. Sofort!«, rief Nina. »Normalerweise kommt er sofort.« Das war peinlich.

»So, mein Kleiner.« Er nahm den weißen Flauschball hoch und überreichte ihn Nina mit einem Lächeln.

Nina sah zu, wie er das Erste-Hilfe-Set in seiner Satteltasche verstaute. Das Pferd war eine Pracht. Glänzend, schwarz und riesig. Der Mann öffnete das Tor für sie. Er trug eine gut sitzende Moleskinhose und ein helles Karohemd, das seine gebräunten Unterarme betonte.

Lächelnd fuhr sie hindurch und salutierte, wie sie das bei Autofahrern auf dem Land gesehen hatte, und hoffte dabei, dass ihr Gesicht nicht so rot war, wie es sich anfühlte. Ein Blick in den Rückspiegel verriet ihr, dass der Mann noch immer das Tor festhielt und ihr eindeutig nachblickte.

Sie beschleunigte auf der Staubpiste mehr als nötig. Was war nur los mit ihr, was sollte das mit dem »klassischen Komponisten Bach«? Idiotisch. Ihr Gesicht brannte, als sie das Bild der beiden Reiter heraufbeschwor. Sie sahen aus, wie einem Gemälde entstiegen. So passend für diese Landschaft. Wohingegen sie und Bach … Sie schielte auf den kleinen Hund, der jetzt mit weit aufgerissenem Maul bewundernd zu ihr hochblickte. Nun, das war ein Schoßhündchen, wie es im Buche stand. Lächelnd schüttelte sie den Kopf. Über eins war Nina sich im Klaren, dass nämlich ihre Mutter in einer Situation wie dieser wesentlich cooler aufgetreten wäre. Über ihre Mutter machte sich keiner lustig, versuchte es gar nicht erst.

»Okay, Junge, wir sind gleich da.« Sie fuhren an der Magnolie vorbei, dem Landzeichen von Durham House, dem Herrenhaus, das jetzt eine Ruine war.

Als das Blechdach von The Springs auftauchte, verlangsamte Nina ihr Tempo, und die Müdigkeit von der langen Fahrt fiel von ihr ab. Sie stellte den Wagen ab und blieb eine Weile staunend sitzen.

Im rosafarbenen Licht der Abenddämmerung sah der niedrige Holzbungalow mit seiner umlaufenden Veranda wunderschön aus. Er erhob sich aus verbrannter Erde, daneben der Standplatz des Wassertanks und die Geräteschuppen.

The Springs. Hier hatte ihre Familie zum letzten Mal gemeinsam Urlaub gemacht. Bis sie acht Jahre alt war, kamen sie meist Weihnachten hierher. Mum und Dad schienen hier glücklich zu sein. Und die Tage in jenen Sommern wollten nie enden. Sie erinnerte sich an ihren Vater, der lachend seinen Kopf in den Nacken warf.

Bis zum Horizont nichts als grauer Staub und goldenes Gras, die Andeutung von Bergen in der Ferne. Bis auf das Knirschen ihrer Stiefel auf dem Kiespfad herrschte Stille.

Als Nina jedoch näher kam, sank ihr der Mut. Aus der Ferne hatte alles unverändert ausgesehen, aber jeder Schritt, den sie auf das Haus zumachte, gab mehr vom Verfall preis. Lose Planken, abblätternde Farbe, ein Fensterrahmen, der noch an einem Nagel baumelte. Der Wind hatte den Insektenschutz weggerissen, und die Decke der Veranda war voller Spinnweben. Sie öffnete das Tor und lief über den rissigen Beton zur Haustür. Ein paar Rosen hatten sich, o Wunder, behaupten können und blühten.

Nina nahm Bach auf den Arm, holte tief Luft und steckte den größten Schlüssel ins Schloss und betete, dieser möge ihr keinen Kummer bereiten. Der Schlüssel drehte sich. Sie drückte dagegen, und die Haustür öffnete sich.

Drinnen gingen von dem hohen breiten Flur nach beiden Seiten Räume ab. Als Erstes warf Nina einen Blick durch die Tür zu ihrer Rechten in das große Wohnzimmer. Auf allem lag eine braune Staubschicht. Ein paar Möbel schienen noch ganz in Ordnung zu sein, aber überall stapelten sich Papier und schimmelnder Stoff – waren das Kleidungsstücke? Oder Haushaltswäsche? Schwer zu sagen. Gestapelte Kartons, von denen viele offen waren und ihren Inhalt preisgaben, füllten die Ecken. Es roch. Nach Mäusen.

An der gegenüberliegenden Wand hing eine ihr vertraute Leinwand. Fort Denison an einem sonnigen Morgen, das hellblaue Wasser gesprenkelt von Licht. Im Hintergrund die Wohngebäude von Kirribilli in unterschiedlichen Farben wie ein synkopiertes Lied.

»Dad«, hauchte Nina. Dieses Bild kannte sie. Das Wasser schien lebendig zu sein, zu blubbern und zu schäumen. Die Szenerie strahlte Optimismus aus und Freude. Harrison hatte recht, so viel Talent.

Bach wehrte sich in ihren Armen.

»Hast du Hunger, mein Junge?«, flüsterte Nina und merkte, dass sie selbst am Verhungern war. Doch sie registrierte auch, dass das Licht schwächer wurde.

Aber der Sog des Hauses war zu groß. Zuerst musste sie sich alles ansehen. Das Anfang 1900 erbaute Gebäude bestand aus sechs rechteckigen Zimmern, die vom Flur getrennt wurden, den dann ein weiterer Gang kreuzte. Alle Räume hatten hohe Decken aus gepresstem Metall, von denen die Farbe abblätterte, offene Kamine und umlaufende kniehohe Sockelleisten. Und wie das Wohnzimmer waren auch die anderen Zimmer bis zu den Bilderleisten zugemüllt. Wie lange würde es wohl dauern, dieses Haus zu durchsuchen? Um etwas zu entdecken, das die Umrisse ihres Vaters mit Farbe füllte?

Wenn sie auf Besuch hier war, hatte The Springs niemals so ausgesehen. Damals war es fast militärisch ordentlich gewesen. Ein von Männern geführter Junggesellenhaushalt. Ihre Großmutter war gestorben, als Jim und Russell noch sehr klein waren. Ihren Großpapa hatte sie als einen sanftmütigen Mann in Erinnerung, der nach Whisky und Zigaretten roch. Er führte das Haus fast genauso weiter, wie das seine Frau getan hatte – womöglich sein Weg, sie am Leben zu erhalten, wie Nina jetzt vermutete. Das hübsche Geschirr stand in Reih und Glied auf der Anrichte, der Rosengarten war gepflegt.

Jetzt konnte man in dem Raum, der dem Wohnzimmer gegenüberlag, unter all dem Gerümpel gerade noch so eben den Esstisch erkennen. Plötzlich kam ihr ein Familienessen zu Weihnachten in den Sinn, als sie sechs oder sieben war. Es war einer jener drückend heißen Tage gewesen, an denen man die Hitze wegen des üppigen Essens, das aus Truthahn und Pudding bestand, nur noch schlimmer empfand. Kronen aus Krepppapier klebten auf schweißnassen Stirnen und hinterließen Farbe auf der Haut. Ihr Vater hatte die Feenflügel und den Zauberstab in Beschlag genommen, die er unter dem Baum gefunden hatte, summte Tschaikowskys »Tanz der Zuckerfee« und tanzte dazu durch den Raum. Sie musste lächeln.

In einer Ecke entdeckte Nina eine Staffelei und eine Schachtel mit ausgedrückten Farbtuben. Die hatten sicherlich ihrem Vater gehört. Neben ihnen war ein Dutzend Leinwände mit unvollendeten Buschszenen von The Springs und Durham House gestapelt.

Eine davon zeigte ihre Mutter, die lächelnd einen Blick über ihre Schulter warf. Auf einer anderen sah man einen jungen Harrison, glattrasiert, gutaussehend, mit gefühlvollem Blick. Sieh an, du schon wieder, dachte Nina.

Nina räumte den Kaminsims ab und stellte mit nunmehr vom Staub grauen Händen die Leinwand mit ihrer Mutter darauf. Ich weiß, was du tun würdest, wenn du hier wärst, sagte sich Nina, als sie das Gesicht ihrer Mutter betrachtete. Du hättest schon alles für die Nacht fertig.

»Komm mit, Bach«, rief Nina, als sie zum Wagen zurückging. Sie hatte alles Wesentliche mitgebracht. Ihre Kamera, einen Schlafsack, Kissen, eine Picknickdecke, Hundefutter und dank Harrison auch eine große Flasche Wasser, Insektenspray, eine Taschenlampe und Batterien aus dem Supermarkt in Wandalla. Auch Essen hatte sie dabei – die Grundnahrungsmittel: Brot, Schinken, Käse, Saft, Schokolade und Rotwein. Und dann war da noch die grüne Einkaufstüte von Olivias Mum. Nina lachte, als sie hausgemachte Kekse in einer verschlossenen Dose, eine Thermoskanne Tee, haltbare Milch, zwei Rollen Toilettenpapier, eine kleine Flasche Spülmittel, Geschirrtücher und – ganz wunderbar – Zeitschriften auspackte. »Wie kommt es, dass Mütter einfach zu wissen scheinen, was man braucht und haben möchte?«

Wegen ihrer pochenden Hand musste sie fünfmal zum Auto laufen, aber dann hatte Nina alles in der Küche mit dem großen Tisch, der alten Spüle und den alten Armaturen. Sie drehte den Kaltwasserhahn auf. Erst spritzte das Wasser braun heraus, dann lief es kalt und sauber. Erleichterung. Nina schöpfte sich mit der Hand durstig Wasser in den Mund und wusch sich den Staub aus dem Gesicht.

Sie fütterte Bach und band ihr Haar wieder zum Pferdeschwanz zusammen, bevor sie die Ärmel hochkrempelte. Sie räumte den Tisch ab und wischte ihn sauber. So, sagte sie sich, erledigt. Inzwischen war es fast dunkel. Und unglaublich still. Zu still. Sie knipste die Taschenlampe an und stellte sie in eine alte Obstschale, wo sie ihren beruhigenden Lichtschein verströmte.

Wo sollte sie schlafen? Oder besser, wo war es *möglich* zu schlafen?

Nina packte Decke, Schlafsack und Kissen und eilte zurück in den Flur. In welchem Zimmer sollte sie sich niederlassen? Diese Entscheidung hätte sie besser treffen sollen, bevor es stockdunkel war. Sie eilte zur Tür von Russells altem Schlafzimmer, dann – die Katastrophe. Sie lag der Länge nach auf dem staubigen Flurteppich und hielt sich den Knöchel, der direkt durch ein schwammiges Dielenbrett gebrochen war.

»Mist, Mist, Mist!« Bach kam zu ihr und leckte ihr

das Gesicht ab. Langsam zog sie ihren Fuß aus dem Loch und rieb ihn. So schlimm war es gar nicht. Es hätte viel schlimmer kommen können. Sie stand auf und holte tief Luft. Toll! Und wenn sie sich nun den Knöchel gebrochen hätte? Ihr Bein? Keiner hätte davon erfahren. Sie tastete sich vorsichtig zum Schlafzimmer vor. Das war Wahnsinn. Was machte sie hier? Sie hatte keinen Strom und befand sich im Nirgendwo.

Harrisons Worte fielen ihr wieder ein: »*Sie würden besser im Royal übernachten.*« Er war so nervig. Aber er hatte recht. Er hatte damit gerechnet – nein, er hatte *gewollt*, dass sie fernblieb. Sie hob ihr verstreut liegendes Bettzeug auf, stieß die Tür auf und legte es aufs Bett. Ich kann das, sagte sie sich. Und dann stellte sie sich den Ausdruck auf den Gesichtern von Harrison und sogar von Theo vor, wenn ihnen klar wurde, dass sie hier draußen übernachtet hatte. Ganz allein. Ja. Sie konnte das.

In Russells Schlafzimmer sah es gar nicht so schlimm aus. Neben dem Eisenbett stand eine Frisierkommode, es gab einen Kleiderschrank und jede Menge Kartons und Schachteln.

Ninas Blick blieb an der Frisierkommode hängen. Im Spiegel steckte ein abgegriffenes Foto von einer jungen Frau mit toupierten Haaren in Reitkleidung, die steif mit ihrer Hand die Zügel eines scheckigen grauen Pferdes hielt. Als sie das Foto umdrehte, las sie »Hilary 1986«.

Sie öffnete ein Schiebefenster, was mit ihrer verletzten Hand nicht ganz einfach war. Die Farbe vom Fensterbrett bröselte von ihren Händen. Sie lehnte sich hinaus in die Nacht. Es wurde kühl. Sie schloss die Augen und atmete die frische Luft ein, die nach Rosen duftete. Welche Gefahren auch immer die Nacht bringen mochte, sie konnten nicht so schlimm sein wie der Gestank in diesem Zimmer.

Von ihrer Mutter wusste sie über Russell nur, dass er nie geheiratet hatte und nach Jims Verschwinden keinerlei Interesse mehr an seinen einzigen noch lebenden Verwandten zeigte – seiner Schwägerin und seiner Nichte. Zum ersten Mal kam Nina der Gedanke, dass sie sich auch nicht besonders für Russell interessiert hatten. Der Ort atmete Einsamkeit.

Nina schauderte. Mit all den Sachen, die hier von Russell herumlagen, war es viel zu persönlich. Sie kam sich vor wie ein Eindringling. Sie kehrte in den Flur zurück und warf einen Blick in das zweite Schlafzimmer. Das sah vielversprechender aus. Es standen weniger Kartons herum, und es roch auch nicht ganz so schlimm. Diesmal ließ sich das Fenster leichter öffnen.

Bach winselte. »Ich weiß, ich weiß. Ich bin auch müde, mein Junge«, sagte Nina. Sie räumte eins der Einzelbetten ab und sorgte auch dafür, dass rundherum Platz war, ein Ort, den sie für sich in Anspruch nehmen konnte. Aber das *gehört* ja alles mir, erinnerte sie sich. Und trotz ihrer Müdigkeit spürte sie ein aufgeregtes, nervöses Kribbeln.

Nina warf die Picknickdecke über das Bett und legte ihren Schlafsack und ihr Kissen darauf. Gar nicht so schlecht, sagte sie sich und gähnte. Sie zog ihr schmutziges Kleid aus und ein T-Shirt an und eilte dann zurück in die von der Taschenlampe beleuchtete Küche. Sie setzte sich an den Tisch, blätterte in einer Zeitschrift, aß Sandwiches und trank Tee. Aber schon bald forderte der lange Tag seinen Tribut.

Dankbar ließ sie sich auf ihr provisorisches Lager fallen. Bach rannte in kleinen Kreisen erst in die eine, dann in die andere Ecke, bis er sich für ein staubiges Kissen entschied und sich hinlegte.

»Gute Nacht, Bach.« Aber er schnarchte bereits.

Meine Güte, war das dunkel. Was war das für ein Geräusch? Dieses Knacken? Schatten an den Wänden. Sie überlegte, ob sie nicht ein wenig Wein trinken sollte, um ihre Nerven zu beruhigen, aber sie wollte ihren Kokon nicht verlassen.

Vielleicht half Lesen. Sie schaltete ihre Taschenlampe an und las ein paar Minuten. So müde. So müde. So müde.

An der Tür klopfte es. Sie fühlte sich heiter und lebendig. Der alte Türknauf aus Messing drehte sich glatt unter ihrer Hand, und von draußen streifte ein kühler Luftzug ihre Wangen. Der Mann von ihrer Begegnung am Zaun stand im Zwielicht des frühen Morgens mit ernster Miene vor ihrer Tür und sah sie direkt an. Sie trat beiseite, um ihn hereinzulassen, und schloss dann die Tür. Er machte einen Schritt auf sie zu. Sie konnte die Wärme seines Körpers spüren, Pferdestaub und sauberen Schweiß, den Baumwollstoff seines Hemds riechen. Er hob ihre verletzte Hand an, drehte sie und küsste ihre Handinnenfläche, schloss seine Augen. Nina atmete aus, und jede Faser ihres Körpers gab unter seiner sanften Berührung nach.

Er hob den Blick und holte Luft, als wollte er etwas sagen, aber sie schwankte auf ihn zu, so dass ihre Körper miteinander verschmolzen. Er hob ihr Gesicht an, um es zu küssen. Mit einem Ausdruck voller Verzweiflung umfing er ihren Hals mit seiner Hand, und die Spannung seines Körpers war wie ein Lichtbogen. Er kostete ihre Lippen.

Nina schrak aus dem Schlaf hoch. Die Dunkelheit war

so tief, dass sich nichts änderte, als sie die Augen aufschlug. In der Stille hörte sie das Rauschen ihres Bluts in den Ohren. Sie konnte ihn noch immer riechen, aber es fühlte sich wie ein Verlust an, als sein warmer Atem auf ihrem Gesicht schwächer wurde. Das Pulsieren zwischen ihren Beinen empfand sie als störend. In diesem Zustand würde sie nie einschlafen können. Ihre gesunde Hand glitt an ihrem Körper entlang und begann mit liebkosenden Bewegungen, wodurch sich die Intensität seiner blauen Augen wiederbelebte, deren Blicke sich in ihre bohrten und die ganze Welt ausschlossen. Jetzt hob er sie hoch, umfing und knetete ihre Pobacken mit seinen langen Fingern, während ihre Münder sich heiß und schlüpfrig verschlangen. Ihre Beine legten sich um seine Hüften, ihr Schambein presste sich an die Wölbung unter seiner Reithose …

Aufhören. Nina hielt sich die Hand vor den Mund, gestoppt von dem starken Gefühl, dass das, was sie tat, falsch war. Mit Mühe gelang es ihr, das Bild ihres ersten Zusammenseins mit Theo heraufzubeschwören, eins ihrer liebsten Szenarios, seit sie ihn kennengelernt hatte. Sie und Theo eingezwängt auf den Vordersitzen seines Sportwagens, der in einer dunklen Gasse hinter dem Nachtclub geparkt war. In ihrer Phantasie waren ihre Kleider viel provokanter als im echten Leben – ihr Rock kurz, keine Unterwäsche, viel Make-up. Sie saß breitbeinig auf ihm, hatte die Kontrolle. Überraschung und offen gezeigte Lust auf seinem hübschen Gesicht … Aber seine Augen waren geschlossen, sein Gesicht so distanziert wie eine Maske. Der Moment entglitt ihr, ihre streichelnden Bewegungen wurden mechanisch, ihr Verlangen schwand. Was war los? Es hatte doch noch jedes Mal funktioniert.

Ein Seufzer entrang sich den Tiefen ihres Seins, und sie gab nach, ließ zu, dass der Mann mit seinen durchdringenden Augen sie erneut beherrschte, und diesmal fand die Szene in dem Schlafzimmer statt, in dem sie lag. Wunderbarerweise waren sie jetzt beide nackt, sein langer, schlanker Leib hockte auf ihr, während sie sich seine Finger anstelle der ihren und dazu ihre saugenden Münder vorstellte. Sie würde ihre Hand sanft auf seine Narbe legen, die sich anspannen und heiß werden würde, während er im genau richtigen Winkel und in der richtigen Tiefe in sie drang und den langsamen Rhythmus anschlug, den sie brauchte. Ihre Körper würden sich aneinanderklammern. Er würde seinen Kopf drehen, um sie wieder anzusehen, mit einem Blick, der intimer war als ein Kuss. Und endlich verschaffte der Sog der Lust ihr Erlösung und entließ sie in einen traumlosen Schlaf.

Kapitel 3

Lärm. Nina öffnete ein Auge. Ein kratzendes Geräusch, gefolgt von einem Fiepen. Das war Bach, der am Hintereingang winselte. Verdammt! Offenbar hatte er nachts die Fliegengittertür aufgedrückt.

»Warte. Ich bin gleich bei dir«, murmelte Nina. »Lass mich noch eine Minute schlafen.« Sie gähnte und drehte sich zur Seite und quetschte dabei ihre verletzte Hand.

»Autsch!« Sie richtete sich auf, ihre Wunde pochte. Wo

war sie? Oh! Ein Sonnenstrahl fiel durch das Fenster und ließ die Staubmotten in einem goldenen Dunst tanzen. Aber in seinem Licht war nun auch der Inhalt dieses zweiten Schlafzimmers deutlicher zu erkennen.

Nina war umgeben von schrägen Wänden schmutzigen und nicht zu identifizierenden Mülls. Sie rümpfte die Nase und öffnete den Reißverschluss ihres Schlafsacks. Nun, sie hatte überlebt. Lass dir das gesagt sein, Harrison Grey. Es gab so viel zu tun. Sie gähnte. Und da war noch etwas. Dieser Traum. O Gott! Sie verzog das Gesicht. Bach winselte wieder.

»Ist ja gut, mein Junge, ist ja gut.« Nina ging in die Küche, wobei sie mit ihren langen braunen Beinen die Abfallberge umrundete. Und tatsächlich lauerte Bach einer kleinen Eidechse auf. »Das darfst du nicht, Bach.« Sie hob ihn hoch und setzte ihn neben seiner Wasserschale im Haus wieder auf den Boden. »Du rührst dich jetzt nicht vom Fleck.« Sie schüttete gerade etwas Trockenfutter in seine andere Schale, als ihr klar wurde, dass das surrende Geräusch vom Kühlschrank kam.

Strom! Danke, Harrison. Mit Strom würde alles viel einfacher sein, und sie müsste nicht noch eine Nacht ganz im Dunkeln verbringen. Aber warum hatte er sie wieder ans Netz angeschlossen, wenn er gar nicht wollte, dass sie blieb?

Im Morgenlicht sah alles viel schlimmer aus. Sie bekam Beklemmungen von den vollgestopften Zimmern und dem muffigen Geruch. Bach, der eifrig eine Zimmerecke beschnüffelt hatte, musste mehrmals niesen.

»Genau«, sagte Nina, »lass mal sehen, was es dahinten gibt.« Sie drückte die Fliegengittertür zur hinteren Veranda auf und stieß auf einen ganzen Berg von Whiskyflaschen. Und plötzlich gab es eine Erklärung für die Vernachlässigung. Armer Russell!

Sie betrachtete das verschmierte, zerknitterte T-Shirt, das sie letzte Nacht übergestreift hatte. Das war wirklich schlimm. Sie passte sich bereits ihrer Umgebung an. Aber sie wollte keine allzu große Gemeinsamkeit mit Russell. Das Bedürfnis, sich zu säubern, war überwältigend.

Sie überließ Bach seinen Erkundungen und betrat tapfer das staubige Badezimmer. Der Duschkopf vollführte das gleiche spektakuläre Ritual wie der Wasserhahn in der Küche, bis das Wasser schließlich sauber und kalt lief. Wie gut sich das anfühlte, alles in den Abfluss zu spülen – den Schmutz, ihre Ängste der letzten Nacht und den aufwühlenden Traum. Jetzt begann ihr Besuch offiziell. Sie kämmte sich das nasse Haar und zog Shorts und ein rotes Hemd an.

Anschließend ging sie ins Wohnzimmer. Und sofort tauchte verschwommen eine glückliche Erinnerung auf, die sie mit diesem Raum verband. Es war Nacht, und im Kamin loderte ein Feuer. Sie saß in ihrem Schlafanzug mit dem blau-weißen Wolkenmuster auf dem Schoß ihres Vaters, der sie streichelte. Sie erinnerte sich, Schläfrigkeit vorgetäuscht zu haben, damit sie bleiben durfte, wo sie war, und alles aufsaugen konnte. Ihre Mutter kuschelte neben ihnen auf der Couch, und auch sie streichelte Nina, zeichnete mit einer federleichten Berührung ein Muster auf Ninas Rücken. Alles war einfach nur gut gewesen.

Der Kamin war nicht so groß, wie sie ihn in Erinnerung hatte. Auf dem Holzbalken, der als Sims diente, bemerkte sie den antiken Gong in seinem geschnitzten Ständer. Der

Schlegel mit dem kleinen stoffumwickelten Kopf lag darunter. Nina erinnerte sich gut daran. Als kleines Kind war sie davon fasziniert gewesen, durfte aber nicht damit spielen. Onkel Russell erzählte ihr, ein alter Verwandter habe ihn von den Goldfeldern mitgebracht, und er sei sehr kostbar. Ein paarmal hatte er ihn für sie auf den Couchtisch gestellt, damit sie ihn schlagen konnte. Der wunderbare Klang war ihr so vertraut, dass ihr ein erwartungsvoller Schauder über den Rücken lief. Sie nahm den Schlegel und schlug den Gong. Und schon hallte es laut und tief und weich durch das leere Haus.

Die Vergangenheit schien sie aus jeder Ecke anzuspringen. Auf dem Bücherregal entdeckte sie ein verblasstes Exemplar von *Black Beauty*, aus dem ihre Mutter ihr vorgelesen und ihr all die altmodischen Begriffe erklärt hatte, die darin vorkamen.

Und das Bild vom Seewolf. Wie hatte sie das gestern übersehen können. Es hing über dem Klavier, ein mit Barteln versehener Seewolf, der in welligem Wasser schwamm, während im Flussbett darunter drei Yabbie-Krebse gründelten. Über dem Fisch war alles schwarz. Es war ein Trauergesang der Aborigines auf diesen heimischen Fisch, hatte ihr Vater ihr erklärt.

Neben dem Gong auf dem Kaminsims standen Fotos, manche gerahmt, manche einfach mit aufgerollten Rändern vor dem blinden Spiegel aufgestellt. In verblassten Farben sahen Jim im Teenageralter und ein jüngerer Russell sie an. Sie standen mit ihren Eltern vor Durham House, die Arme linkisch abgespreizt, als wollten sie Pistolen ziehen. In einem Silberrahmen posierten die beiden Larkin-Jungs, die inzwischen ein paar Jahre älter waren. Neben Ninas

Vater, der unglaublich gut aussah, machte auch Russell eine recht gute Figur, war kräftig und vielversprechend. Daneben lehnte ein Foto von drei grinsenden Kindern in Unterhosen, die nass und verdreckt in einer Reihe standen und dem Fotografen Schlammkuchen anboten. Nina brauchte eine Weile, bis sie das Mädchen erkannte. Mein Gott, das bin ja ich!, dachte sie.

Die Erinnerung an diesen Tag brachte auch andere zurück. Von den beiden Jungs, die neben ihr standen, war der eine ein paar Jahre älter als sie, der andere etwas jünger. Ein endloser Sommer im Schlamm des Wasserlochs und in den Ruinen. Sie nahm das Foto in die Hand. Das Gesicht des älteren Jungen. Es war ihr so vertraut. Nina hielt sich die Hand vor den Mund. *Nein.* Ihr wurde ganz heiß im Gesicht. Diese peinliche Situation am Tor. Dieser Traum. Jetzt fielen ihr die Namen der Jungs wieder ein. *Heath und Ben Blackett.* Er war es. Der ältere. Heath. Kein Wunder, dass er sie so merkwürdig angesehen hatte, als sie ihm erzählte, wer sie war. Sie stöhnte, als Bach auf sie zugesprungen kam, um sich eine Liebkosung abzuholen. Sie hob ihn hoch und verzog das Gesicht, als ihre Hand wieder zu schmerzen begann.

»Ich bin so ein Idiot, Bach. So ein Idiot.« Das Geräusch eines Autos holte sie zurück in die Gegenwart. Sie spähte aus dem Fenster. »Hey, Bach, wir kriegen Gesellschaft.«

Nina trat hinaus in die kühle Morgenluft auf der Veranda und ließ die Fliegengittertür hinter sich zufallen. Bach befreite sich aus ihren Armen, schoss über die Holzstufen hinunter auf den Vorhof und knurrte warnend. Ihr Besucher kam in einem großen kirschroten Range Rover vorgefahren, bremste am Gartentor und setzte eine

Staubfontäne frei, die sich auf die Reste des Rosengartens legte. Eine große, tadellos hergerichtete blonde Frau mittleren Alters stieg aus – ihre Sonnenbrille reflektierte das Sonnenlicht. Zu ihrer weißen Leinenhose und der weißen Leinenbluse trug sie zur Krönung einen weich fließenden Hermès-Schal. Golden glänzten der Kettengürtel und die baumelnden Ohrringe. Eine riesige Handtasche von Louis Vuitton hing in ihrer Armbeuge.

»Ah, Sie müssen Nina sein«, sprach die Frau sie mit einem aufgesetzten Lächeln an, als sie mit ausgestreckter Hand auf sie zukam. »Wie entzückend, Sie hier in unserer kleinen Gemeinschaft zu sehen. Russell hat oft von Ihnen gesprochen.«

Bach umkreiste unsicher die weißen Lederstiefel der Besucherin. Nina stieg hinunter, um sie zu begrüßen.

»Hilary Flint, Ihre Nachbarin. Uns gehört Paramour, das Anwesen auf der anderen Seite der Blackett-Jungs. Vollblüter und etwas Baumwolle«, ergänzte sie, ehe Nina antworten konnte.

Das also war Deborahs Mutter. Die interessierte Käuferin. Nina lächelte sie freundlich an.

»Oh«, sagte Hilary, die in einer Parfümwolke vor ihr stehen blieb und ihre Dior-Sonnenbrille anhob. »Oh, Sie sehen Jim so ähnlich.« Und plötzlich wirkte diese gestandene Frau unsicher, als würde sie sich gleich auflösen.

»Das sagen hier alle zu mir. Und es tut gut, das zu wissen«, erwiderte Nina.

Nachdem sie sich wieder gefangen hatte, musterte Hilary Nina von Kopf bis Fuß und meinte dann: »Ihm war es auch immer egal, was er anhatte.«

Wenn doch nur Olivia hier wäre, überlegte Nina. Was

für ein Prachtstück! »Vermutlich haben Sie ihn und Onkel Russell gut gekannt, als Nachbarin?«, brachte Nina heraus.

»Der arme gute Russell«, sagte Hilary und wandte sich mit einem Seufzer ab. »Er hatte zweifellos ein hartes Leben, aber das hat er sich selbst zuzuschreiben. Ich habe zu helfen versucht, aber da war nichts zu machen. Stur wie ein Muli und die meiste Zeit betrunken. Sehen Sie nur, wie es hier aussieht. Da hilft nur noch der Bulldozer.« Hilary zeigte mit ihrer Hand auf den Müll und die kaputten Möbel, die auf der Veranda lagen. »Ich bezweifele, dass Sie hier irgendwas Interessantes finden werden. Aber bitte tun Sie sich keinen Zwang an und schauen Sie sich ruhig ein paar Tage lang um.«

Keinen Zwang antun? Moment mal, dieses Anwesen gehört noch immer mir, sagte sich Nina.

Hilary redete einfach weiter. »Ich fahre jetzt übrigens in die Stadt. Wollen Sie nicht mitkommen? Der Vertrag Ihres Anwalts aus Sydney dürfte inzwischen eingetroffen sein. Sie haben ihm doch Anweisung gegeben, oder? Dann können wir ihn gleich unterschreiben.«

Nina spürte, wie das Blut in ihr hochkochte. »Das denke ich nicht. Ich werde vermutlich eine Weile hierbleiben. Es ist wichtig für mich, mehr über Dad in Erfahrung zu bringen.«

»Nina«, erwiderte Hilary, »ihr Mädchen aus der Stadt habt keine Ahnung, was es heißt, auf einem solchen Anwesen zu leben. Es könnte gefährlich sein. Ich meine, Sie sind ganz alleine hier …« Sie schüttelte den Kopf und streckte ihre Hand nach Ninas Arm aus. »Kommen Sie, lassen Sie Vernunft walten und uns den Papierkram erledigen. Wollen wir?«

»Moment«, entgegnete Nina und schüttelte ihre Hand ab. »Ich verstehe nicht, warum Sie es so eilig haben, auf ein paar Wochen kommt's doch wohl nicht an. Ich muss Dads Dinge aussortieren.«

»Tatsächlich?«, sagte Hilary amüsiert. »Alles dreht sich nur um Dad, he? Sie zögern das also nicht hinaus, um aus dieser Müllhalde noch mehr rauszuschlagen? Denn sollten Sie das vorhaben, vergessen Sie's. Ohne Wasser ist dieses Land nichts wert.«

Nina sah sie entgeistert an. Mehr Geld herausschlagen? Wovon redete sie?

»Wenn es nichts wert ist, warum wollen Sie es unbedingt haben?«, konterte sie.

»Ich wüsste nicht, warum ich mit Ihnen über meine Geschäftsentscheidungen sprechen sollte. Und was Ihren Vater angeht, ich – ich war die …« Hilarys Stimme verlor sich.

»Was? Was ist mit ihm?«, fragte Nina.

Hilary atmete tief durch und rückte ihren Schal zurecht. »Es gibt Dinge über Ihren Vater, die werden Sie nie erfahren«, murmelte sie mit zusammengepressten Lippen. »Manche Dinge sollte man einfach auf sich beruhen lassen.«

Nina hatte genug gehört. Was könnte diese Frau ihr über ihren Vater erzählen? Worauf spielte sie an? Sie wusste nicht viel über Dad, aber eins stand fest, er hätte Hilary gehasst.

»Wenn Sie was zu sagen haben, dann sagen Sie es«, gab Nina wütend zurück. Schon wieder machte jemand Andeutungen zu ihrem Vater. Was hatte ihre Mutter noch mal gesagt? Ein Doppelleben?

Hilary schlenderte zurück zu ihrem Wagen, Bach heftete sich an ihre Fersen. »Hier gibt's nichts für Sie«, sagte sie mit stählerner Stimme. Beinahe ohne nach unten zu sehen, schob sie den kleinen Hund mit einer Bewegung zwischen Stups und Fußtritt beiseite und stieg in ihren Wagen.

»Komm her, Bach, schnell«, rief Nina, als die Autotür sich mit sattem Klang schloss. Hilary war der Inbegriff des ländlichen Geldadels, aber es war alles zu glänzend und übertrieben, um überzeugend zu sein. Vom Typ her war sie Nina vertraut – es war die Sorte reicher Kunden, die sich in der Agentur wichtig machten. Im Lauf der Jahre hatte sie gelernt, bei Leuten, die es allzu gewohnt waren, ihren Willen durchzusetzen, unnachgiebig zu bleiben. Die Räder des Range Rovers drehten durch, als er anfuhr, und setzten die nächste Staubfontäne frei. Nina winkte übertrieben. »Und tschüs!«, murmelte sie. O Gott. Wie konnte diese Frau Deborahs Mutter sein.

Und wieder dieser merkwürdige Druck, schnell zu verkaufen. Warum? Das ganze letzte Jahr über hatte das Anwesen leergestanden. Vielleicht war es tatsächlich mehr wert, als Hilary geboten hatte, und man wollte den Kauf über die Bühne bringen, bevor sie sich über den örtlichen Immobilienmarkt informiert hatte.

Sie würde sich von diesem Hai nicht verscheuchen lassen.

Aber was hatte sie über Jim gesagt? Dass es Dinge gab, die Nina nie erfahren würde. Sie würde diesen Ort hier nicht verlassen, bis sie alles wusste. Aber wenn sie tatsächlich diese Müllhalde durchforsten wollte, um etwas Nützliches über ihren Vater herauszufinden, musste sie planvoll vorgehen. Als Erstes brauchte sie eine Einkaufsliste.

Als Nina hinter dem Supermarkt parkte, lag Wandalla bereits in der prallen Sonne. Neben ihr stand ein Nutzfahrzeug mit mehreren Rollen Drahtzaun darauf, die von einem schwarz-weißen Collie bewacht wurden. Nina ließ das Fenster herunter, damit Bach mit ihm in Kontakt treten konnte.

»Bin gleich wieder da, mein Kleiner«, sagte sie.

Nina fragte sich, ob die Einheimischen sie auch diesmal wieder als Neuankömmling begaffen würden. Zum Einkaufen hatte sie Jeans, ihre zuverlässigen roten Cowgirlstiefel und eine über dem Nabel zugebundene Stoffbluse angezogen. Nicht ganz der Durchschnittsstil von Wandalla, aber sie fühlte sich doch weit weniger auffällig als tags zuvor.

Auf der Hauptstraße lehnte ein alter Kauz mit ledrigem Gesicht an der Wand der tiefen Veranda des Pubs, als wäre er Statist auf einem Filmset. Er schielte unter seiner schweißfleckigen Hutkrempe ins Leere, drehte sich mit einer Hand eine Kippe, steckte sie sich in den Mund und zündete sie an – alles in einer einzigen geschmeidigen Bewegung. Ein paar dunkelhäutige Mädchen, die sich vor Lachen nicht mehr einkriegten, schoben Kinderwagen im Tandem. Ein Mann etwa in Ninas Alter in schicken Jeans und einem Businesshemd, unter dem sich ein vorzeitiger Bauchansatz verbarg, eilte über die Straße und verschwand mit seinem Burger und einem Softdrink in einem Firmengebäude.

Nina ging in den Möbelladen und kaufte dort die billigste Schaummatratze, die im Angebot war, und vereinbarte, dass sie ihr geliefert wurde. Danach betrat sie die willkommene Kühle des Supermarkts. Als sie durch das Drehkreuz ging und einen Einkaufswagen nahm, genoss sie das Gefühl, sich auf vertrautem Terrain zu bewegen. Bald schon gesellten sich dicke Gummihandschuhe, Bürsten und ein Mopp zu ihren wenigen Lebensmitteln. Wenigstens die Küche musste sauber sein, bevor sie sich ernsthaft ihrer Suche widmen konnte. Sie fügte ihren Einkäufen einen kleinen Kühlbehälter und etwas Eis hinzu, um die Sachen kühl zu halten, bis sie den Kühlschrank gesäubert hatte.

Dann steuerte sie die Fleischtheke an. Ein Mann mit sandfarbenen Haaren, der im Rollstuhl saß, verstaute Wurstpakete in einer auf seinen Knien liegenden Einkaufstasche. Sie beugte sich über die Theke nach einer Packung Hühnchen, aber dabei stieß ihr Arm gegen die Wurstpakete des Mannes, von denen eins zu Boden fiel und in den Staub unter der Kühlung rutschte.

»Hoppla«, sagte Nina.

Sie sahen einander an und lachten.

»Ich meine, tut mir leid, ich hole es«, erklärte sie, kniete sich auf den Boden und griff unter die Kühltheke.

»Wir hätten es dort liegen lassen sollen«, meinte der Mann. »Das hätte wochenlang keiner entdeckt, bis es zu stinken anfinge.«

Nina machte ein entsetztes Gesicht und legte die Packung in seinen Korb.

»Ich bin Ben«, stellte er sich mit einem breiten Lächeln vor.

»Nina«, erwiderte sie.

Als sie seine lachenden blauen Augen und sein koboldhaftes Grinsen sah, musste auch Nina lächeln.

»Sind Sie die neue Lehrerin? Mein Gott, da hat sich aber was getan, seit ich auf der Schule war.« Er warf einen Blick in ihren Einkaufswagen. »Das reicht doch nicht mal, um einen Spatz am Leben zu erhalten.«

»Nein, ich bin nur auf Besuch hier. Ich wohne für ein paar Tage im Haus meines Onkels, um Sachen auszusortieren. Er ist ... er starb vor einiger Zeit.«

»Dann sind Sie und der Mopp ganz allein?«

Sie lächelte und nickte. Die Freude, jemanden zum Reden zu haben, war unwiderstehlich. Nina erzählte ihm alles über das Haus, seinen Zustand und die Berge von Flaschen.

»Oh, Sie meinen wohl Russells Haus. Dann bist du diese Nina!«, fiel Ben ihr ins Wort.

»Sie kannten ihn? Kannten Sie vielleicht auch seinen Bruder Jim, meinen Dad? Ich versuche herauszufinden, was aus ihm geworden ist.«

»Erinnerst du dich denn nicht mehr an mich, Nina? Heath erzählte, er sei dir begegnet, als du dich am Seitentor zu schaffen machtest. Mensch, du bist es wirklich. Ich bin immer nur hinter dir und Heath hergedackelt, und ihr habt meistens versucht, mich loszuwerden.«

»Du liebe Güte. *Ben*. Tut mir leid, dass ich dich nicht erkannt habe. Aber hast du nicht ... ich meine, du warst doch ...« Sie geriet ins Straucheln.

»Oh, das?« Ben zeigte auf den Rollstuhl, als sie sich auf die Kasse zubewegten. »Nein, das war ein Unfall, ist jetzt drei Jahre her.«

»Oh.«

In dem Moment sah Nina eine große Gestalt in Jeans direkt neben der Tür stehen. Heath. Bilder aus ihrem nächtlichen Traum schossen ihr durch den Kopf. Ihr Gesicht brannte. *Bitte dreh dich nicht um!* Sie konzentrierte sich aufs Ausladen ihrer Einkäufe und wünschte sich an einen anderen Ort. Ben plauderte weiter, und als Nina es wagte, einen Blick zur Tür zu werfen, während sie ihr Portemonnaie zum Zahlen herausholte, sah sie zu ihrer Erleichterung, dass Heath sich entfernte.

»Hey, Erde an Nina.« Ben wedelte mit seiner Hand vor ihrem Gesicht herum. »Ich sagte gerade, komm doch zum Abendessen zu uns, es gibt Würstchen.«

Nina lächelte.

»Alles in Ordnung mit dir?«, fragte Ben.

»O ja«, antwortete sie, verzog das Gesicht und schüttelte den Kopf. »Ich musste nur gerade daran denken, wie ich den Kühlschrank von The Springs sauber kriege – hat was von einem Horrorfilm. Und ich sollte Sachen wegwerfen, ansonsten werde ich die Berge nie abtragen …«

»Gut, dann rede ich mit meinem Kumpel Matty O'Sullivan. Der hat einen Anhänger und kann den Müll für dich wegschaffen. Und wie's aussieht, kannst du auch Moira Inchboard brauchen. Sie wird dir beim Aussortieren helfen.«

»Danke, Ben. Putzt sie auch? Genau das bräuchte ich nämlich. Da habe ich wohl Glück gehabt, dass ich dich angerempelt habe«, sagte sie.

Nina und Ben waren bereits auf dem Weg zu den Schiebetüren, als ein älterer Mann mit dem Schild »Filialleiter« ihnen hinterherrief: »Hey, Ben, sag deinem Bruder, dass ich den tasmanischen Räucherlachs für das Fest auf Paramour bestellt habe. Er kommt am nächsten Mittwoch, und dann sollte er ihn abholen.«

»Danke, Dave. Ich lass es ihn wissen. Augenblick mal«, sagte Ben und schirmte seine Augen mit der Hand ab, als er auf die Straße hinausschaute. »Sie können es ihm auch selbst sagen, wenn Sie wollen. Er steht gleich da drüben am Zeitungskiosk und quatscht wieder.«

Nina drehte sich um und sah Heath im Gespräch mit einem älteren Paar auf der anderen Straßenseite. Trotz der Entfernung konnte sie erkennen, dass die große schlanke Frau sehr adrett gekleidet war und ihr silbergraues Haar kurzgeschnitten trug. Ihr Arm lag auf dem von Heath, während sie plauderten. Er wirkte entspannt, glücklich. Auch der ältere Herr war gut gekleidet und fast so groß wie er. Das mussten seine Eltern sein. Wie hießen die noch mal?

»Gut, Ben«, sagte der Filialleiter. »Dann gehe ich mal rüber auf einen Plausch.« Er zwinkerte Nina zu und überquerte die Straße.

»Hey, willst du nicht mitkommen, dann lernst du gleich noch Tante Kathryn und Onkel Mac kennen?«, fragte Ben und zeigte mit der Hand hinüber, während er mit der anderen seinen Rollstuhl lenkte. »Die sind nicht so oft in der Stadt, aber sie brauchten einen Pumpenschlauch oder so was in der Art. Unsere Großtante und unser Großonkel. Erinnerst du dich an sie?«

Tante und Onkel? Nina war sich nicht sicher.

»Ich glaube nicht, dass ich ihnen mal begegnet bin«, sagte Nina. »Hör zu, Ben, ich komme nicht mit. Ich meine, danke, aber ich muss zurück. Ich habe so … ich habe so viel zu tun.« Nina spürte, wie sie rot wurde.

»Ach ja? Kein Problem. Dann eben ein andermal. Ich begleite dich noch zum Parkplatz – also, ich tue mein Bestes.« Er lächelte.

Sie umrundeten den Supermarkt, wo sie aus dem Blickfeld von Heath und seinen Verwandten waren.

»Augenblick, Princess.« Ben griff nach oben, um den Bordercollie zu streicheln, der auf der Ladefläche des Kleinlasters saß.

»Oh, das ist deine?«, fragte Nina. »Ein Prachtstück. Meiner ist im Wagen.« Sie zeigte auf Bach, der aufgeregt bellend auf dem Beifahrersitz stand.

»Ha! Da werden die Kühe aber nervös werden, wenn jetzt so ein Tier die Gegend unsicher macht.« Ben lachte. »Nun, ich fahre dann lieber mal los. Hoffentlich hat mein verdammter Bruder schon *The Land* gekauft, bevor er zu quatschen anfing, sonst bin ich noch den ganzen Tag hier.«

»The Land?«

»Die Zeitung *The Land*. Ich lese sie im Netz, aber Heath ist altmodisch.«

»Gibt's denn ein Internetcafé in der Stadt, Ben? Ich habe bei mir keinen Empfang und muss Kontakt zu meiner Arbeit halten. Das war die Voraussetzung, dass ich freibekommen habe.« Nina verdrehte die Augen.

»Es gibt eine Bibliothek, aber komm doch rüber zu uns. Da ist der Kaffee auch besser.«

»Wirklich? Und Heath hat nichts dagegen?«

»Dagegen? Was sollte er dagegen haben? Komm jederzeit. Hast du Telefon? Ich geb dir unsere Nummer.«

Nina gab ihm ihre Nummer. »Danke, Ben. Aber du wirst mich in The Springs nicht erreichen können.«

»Dann kommst du einfach so vorbei.«

»Danke noch mal.«

»*De nada*, Kumpel. Ist schön, dass du nach so langer Zeit wieder hier bist.«

Nachdem sie ihre Wagentür aufgeschlossen hatte, bekam

sie mit, wie Ben sich aus dem Rollstuhl auf den Fahrersitz des Lieferwagens hievte. Er drückte auf einen Hebel, und ein mechanischer Arm hob den zusammengefalteten Rollstuhl auf einen Dachgepäckträger.

»Ganz schön raffiniert, nicht wahr?«, meinte er und lächelte sie an.

Nina wurde rot. Natürlich konnte er Auto fahren, sie war nur nicht darauf gekommen.

»Bis bald, Ben«, sagte sie, weil ihr klar war, dass Heath jeden Moment auftauchen konnte.

Es war dumm, das wusste sie. Eine dumme Phantasie, die nichts mit dem wirklichen Leben zu tun hatte, aber sie konnte ihm nicht in die Augen schauen. Nicht heute. Sie fühlte sich wie ein Teenager.

Ein Glück, dass sie Ben getroffen hatte. Sie brauchte einen Freund hier draußen. Sie hatte ihn als frechen kleinen Jungen in Erinnerung, der immer vorauslief und dann in den Weg sprang, um sie und Heath zu erschrecken. Er war auch gut darin gewesen, Bösewichte zu spielen oder eine imaginäre Katze zu streicheln und schmutzig zu lachen. Was war passiert, warum saß er im Rollstuhl?

»Ich überprüfe mal schnell mein Telefon, solange ich in der Stadt bin«, rief sie Ben zu, als sie in ihren Wagen stieg und die Klimaanlage auf der höchsten Stufe einschaltete.

Die erste Nachricht war von Olivia. Ruf mich an oder ich gehe davon aus, dass dich Kannibalen/Emus gefressen haben ☺

Die nächste war von Theo. Vermisse dich. Komm bitte bald zurück. Lieb dich, Theo. Liebe? Das war das erste Mal, dass er dieses Wort benutzte. Für gewöhnlich schrieb er Mach's gut oder Tx. Vielleicht war Abwesenheit dem Verliebtsein förderlich. Nina simste zurück. Xx ruf dich bald an.

Dann schrieb Olivia wieder. Stehe in der Schlange, um an Tickets für die Necks zu kommen. Du solltest hier sein ☹

Nina lächelte, als sie sich die aufgebrezelte Nina in einem Röckchen und ihren Doc-Martens-Stiefeln vorstellte, wie sie mit ihren fuchtelnden Armen die Tanzfläche beherrschte. Die beiden hatten in letzter Zeit viele Clubs unsicher gemacht und Dampf abgelassen – und vermutlich auch zu viel getrunken. Und da konnte es nicht schaden, wenn sie für eine Weile hier an der frischen Luft blieb und sich körperlich verausgabte.

Offenbar vermisste Olivia sie genauso, wie sie Olivia vermisste. Sie sollte sie anrufen, solange sie die Möglichkeit dazu hatte, aber sie hatte die Hausecke im Auge, um die Heath jeden Moment biegen konnte.

»Was ist aus den versprochenen täglichen SMS geworden, meine Liebe? Haben die Wombats dir die Sprache verschlagen?«, lautete Olivias Begrüßung.

»Lass gut sein, Liv, hier draußen am Arsch der Welt gibt's keinen Empfang.«

»Hab ich's dir nicht gesagt? Wandalla ist ein echter Schock, oder?«

»So schlimm ist es auch wieder nicht. Nur verdammt heiß.«

»Wir haben erst November. Es wird noch schlimmer. Und, wie ist das Haus so?«

»Wirklich toll, aber ziemlich kaputt. Wie's aussieht, hat Russell die letzten zwanzig Jahre hier im Vollrausch verbracht.«

»Nicht dein Ernst?«

»Doch. Und sammelwütig war er auch. Überall haufenweise Müll. Das durchzusehen wird viel Arbeit machen. Von den Leuten, denen ich bis jetzt begegnet bin, kennt jeder Dad, das ist also gut. Aber sie geben nicht viel preis. Ich muss sie wohl in die Mangel nehmen.«

»Komm bloß nicht auf die Idee, länger als zwei Wochen da draußen zu bleiben, Nina. Orte wie dieser setzen den Leuten zu und verwirren den Geist. Ganz ehrlich. Du wirst ...«

»Mist!«

Heath bog mit einer Zeitung unter dem Arm auf den Parkplatz ein. Nina ließ das Telefon in ihren Schoß fallen, warf den Motor an und fuhr schneller als beabsichtigt auf die Hauptstraße, wobei ihr Wagen mit quietschenden Reifen ins Schlingern geriet. Sie warf einen Blick in den Rückspiegel und bekam zur Belohnung Heath zu sehen, der seinen Hut nach hinten schob, die Hände in die Hüften stemmte und ihr hinterherschaute. Lächelte er etwa?

»Idiot!«, schalt sie sich, verlangsamte das Tempo und versuchte wie eine Erwachsene zu fahren.

Dann nahm sie das Telefon wieder zur Hand. »Bist du noch dran?«

»Was ist los?«

»Frag nicht. Das erzähl ich dir ein andermal. Hab dich lieb. Bis bald. Tschüs.«

Mit brennenden Wangen legte Nina auf.

»Weißt du, ich bin ein Volltrottel«, sagte Nina zu Bach, als sie auf die Straße nach The Springs eingebogen waren. »Ein Glück, dass du das nicht verstehst. Sonst könntest du deinen Kopf nie mehr hoch tragen. O Mann!«

Als sie an ihre quietschenden Reifen dachte, zuckte sie zusammen. Bach blickte hoch, hielt fragend den Kopf zur Seite und hob ein Bein und drückte es an ihren Arm. Lachend rubbelte sie seinen Kopf. Für einen Hund war jeder ein Held.

Als sie auf The Springs zufuhr, erblickte sie die Ruinen von Durham House, das andere Farmhaus auf dem Grundstück von The Springs. Als sie Kinder waren, hatte es ihnen als Spielplatz gedient, war aber auch ein Geisterhaus.

Einer Eingebung folgend, bog sie rechts ab und fuhr mit dem Wagen über eine zugewachsene Fahrspur zum Tor von Durham House. Nina stieg aus, aber Bach weigerte sich mitzukommen. »Nun komm schon, was ist los mit dir?«, fragte sie ihn erstaunt. Aber Bach blieb stur, und so musste sie ihn schließlich tragen.

Das verrostete schnörkelige Gartentor erinnerte an das Tor zu einem Friedhof. Es gab einen hohen quietschenden Laut von sich, als sie es aufstieß, und schreckte die Krähen auf, die mit rauschenden Flügeln Reißaus nahmen. Kies und getrocknete Blätter knirschten unter Ninas Stiefeln. Sie hatte gelesen, dass Durham House Ende des achtzehnten Jahrhunderts von der Familie Blackett erbaut worden war, nachdem man in der Nähe natürliche Quellen entdeckt hatte. Es war der Mittelpunkt eines gut 400 000 Hektar großen Grundstücks gewesen, ein großes Herrenhaus. Aber gerade mal zwanzig Jahre später war es bei einem Feuer ausgebrannt, und man hatte dafür das viel bescheidenere Haus The Springs errichtet.

Ein über zwei Stockwerke aufragender Kamin bewachte die Szenerie. Steinbrocken lagen verstreut am Fuße einer noch stehenden Mauer. Ihre Größe veranschaulichte, wie spektakulär das ehemalige Gebäude ausgesehen haben musste. Spinnen waren über das Schmiedeeisen hergefallen und ahmten mit ihren Netzen das Spitzenmuster nach.

Ein riesiger Magnolienbaum warf seinen Schatten über einen großen gemauerten Brunnen. Seine wachsartigen Blüten hatten die Größe von Esstellern und übertrumpften die winzigen Blüten der hier heimischen Sträucher. Kein Wunder, dass ihr Vater sie hatte malen wollen. Der Brunnen war etwa drei Meter hoch und bestand aus zwei Schalen, eine über der anderen. Die untere Schale hatte einen Durchmesser von zwei Metern, und obwohl ihr Rand bröckelte, tat dies seinem eleganten Schwung keinen Abbruch. In der oberen Schale balancierte Cupido auf einem Zeh und posierte, um einen Pfeil abzuschießen, den es schon lange nicht mehr gab.

In dieser trockenen leeren Landschaft wirkten die Dimensionen und die Pracht völlig aberwitzig. War der Brunnen erbaut worden, um die Wasserlöcher des Grundstücks zu feiern, in denen sie damals gebadet hatten? Nina erinnerte sich, dass Onkel Russell ihr die Geschichte vom heroischen Kampf, Leben in die Wüste zu bringen, erzählt hatte. Wasser war hier draußen ein Maß für Reichtum, der hierin seinen Ausdruck fand.

Wieder kehrten Erinnerungen zurück. Heath und Ben bedienten sich sämtlicher Schläuche, die es auf dem Grundstück gab, um den Brunnen mit Wasser aus dem Wasserloch zu füllen, damit sie darin plantschen und kleine Boote fahren lassen konnten. Zu dritt kletterten sie auf die Magnolie und bauten sich darin eine Art Nest für ihre Träumereien, hielten Ausschau über die Ebene und erfanden Geschichten. Es diente ihnen als sicherer Ort, wenn sie von feindlichen Beduinen oder Aliens in Raumschiffen angegriffen wurden. Durham House und seine Umgebung war auch ein Rückzugsort vor den Erwachsenen und ihren ständigen Ermahnungen, vorsichtig zu sein. Sie nahmen sich einen Rucksack von allem mit, was sie im Kühlschrank finden konnten, und blieben dann stundenlang auf der Magnolie. Und Nina sagte sich bei dieser Erinnerung, dass sie auch jetzt liebend gern dort hinaufklettern würde, um sich vor der harten Arbeit zu drücken, die auf sie wartete.

Bach wand sich, und Nina setzte ihn auf den Boden, doch er blieb ihr dicht auf den Fersen. Überall bröckelte der Stein, und der Brunnen war fleckig vom Alter und von Moos, aber noch immer in einem bemerkenswert guten Zustand.

Als Nina jedoch näher kam, sah sie, dass von den Augen Cupidos fast nichts mehr übrig war, als hätten Krähen sie herausgepickt. Sie schauderte. Ein Windhauch erfasste die Magnolie und wirbelte Staub auf.

Bach knurrte.

»Okay, ich geb ja zu, dass es ein bisschen gruselig ist, aber du bist ein Feigling«, sagte sie und nahm ihn wieder in ihre Arme, während ihr Fuß auf einen glatten Gegenstand unter den Blättern stieß.

Es war eine alte Sektflasche, erstaunlicherweise noch ganz.

»Guck mal, Bach! Vielleicht hat Dad die Korken knallen lassen, nachdem er das Bild gemalt hatte?«

Aber Bach winselte, sprang aus ihren Armen und rannte zum Wagen.

Nina legte ihre in Handschuhen steckenden Hände auf die Kühlschranktür und nahm all ihren Mut zusammen. Bei ihrer ersten Begegnung mit diesem Monster am Abend zuvor hatte sie des ungeheuren Gestanks wegen die Tür nur einen Spaltbreit geöffnet. Aber sie konnte es nicht länger hinauszögern. Das Eis in ihrer kleinen Kühlbox war fast geschmolzen.

Mit angehaltenem Atem zog sie die Tür auf und kniff dann die Augen zusammen, als ihr der Verwesungsgestank entgegenschlug. So schnell sie konnte, nahm sie mit spitzen Fingern die nicht mehr zu erkennenden Gegenstände und ließ sie in eine extra stabile Mülltüte fallen. Einmal musste sie würgen und rannte hinaus auf die Veranda, aber dann zwang sie sich weiterzumachen. Wenn sie nur genügend Geld hätte, dieses Ungetüm entsorgen zu können.

Zuvor hatte sie bereits einen kleinen Küchenschrank und zwei Regale saubergemacht und die tags zuvor in Wandalla gekauften Lebensmittel ausgepackt. Vielleicht bräuchte sie, wenn sie hier draußen leben wollte, einen Lieferwagen und eine Gefriertruhe. Länger als zwei Stunden hatte es gedauert, nach Wandalla und wieder zurückzufahren. Das konnte man nicht jeden Tag machen. Und das halbe Dutzend Tüten wirkte nach all der Mühe eher armselig.

Als der Kühlschrank leer war, verknotete sie den Müllsack und stellte ihn so weit wie möglich vom Haus entfernt ab. Nun musste sie den Kühlschrank drinnen säubern. Das war noch schlimmer, denn sie war näher am Gestank dran. Nina verwendete zwei verschiedene Sprühflaschen und ein Küchenmesser, um hier und da getrocknete Reste zu entfernen.

»Juhu! Jemand zu Hause?«

Nina erschrak. Eine massige Gestalt zeichnete sich vor der Fliegengittertür ab.

»Nina Larkin?«

Sie eilte zur Tür.

Eine Aborigine mit wallenden weißen Haaren stand auf der Veranda. Sie hatte die dünnen Beine und den behäbigen Bauch und die Brüste einer Koori-Großmutter.

»Ich bin Moira Inchboard, meine Liebe«, stellte die Frau sich vor und schirmte die Augen dabei gegen die Morgensonne ab. »Ben Blackett hat mir gestern in der Stadt erzählt, dass Sie hier Hilfe benötigen. Meinte, Sie wollten das Haus durchforsten und nach Familienandenken suchen. Ich war ohnehin auf dem Weg hierher, um meinen Neffen zu besuchen, und dachte mir, ich schau vorbei. Hat Ben Sie nicht angerufen?«

»Oh, Ben. Natürlich. Das ist großartig«, sagte Nina und öffnete die Fliegengittertür. »Kommen Sie doch rein. Ich bin jedenfalls Nina. Mein Telefon funktioniert hier nicht. Oben an der Straße habe ich Empfang, aber ich war noch nicht dort, um nachzusehen. Ich war beschäftigt.«

»Das sehe ich«, bestätigte Moira, die mit in die Hüften gestemmten Armen alles in sich aufnahm. Mit gehobenen Augenbrauen betrachtete sie den im Lauf der Jahre angesammelten Müll und den vom Schmutz grauen Fußboden.

»Da haben wir ja alle Hände voll zu tun«, meinte sie mit Blick auf den zur Hälfte gesäuberten Kühlschrank, dessen Tür offen stand.

»Ja, jede Menge«, bestätigte Nina. »Das Haus hier sollte bewohnbar sein. Ich versuche, die Sachen meines Onkels auszusortieren, um zu sehen, was …« Sie sprach angesichts des Durcheinanders nicht weiter. Plötzlich hatte sie das Gefühl, der Aufgabe nicht gewachsen zu sein.

»Ich kann Ihnen heute und immer mal wieder einen Tag zur Hand gehen. Zwanzig Dollar die Stunde, ist das in Ordnung?«

»Ist in Ordnung, danke.«

»Tst, der arme alte Russell«, sagte Moira mit Blick auf die Müllhaufen. »Auch wenn er bei seinem Tod erst vierundvierzig war, hat er gelebt wie ein alter Mann. Kopf hoch, meine Liebe, mit einer zusätzlichen Hand kriegen wir das schon hin. Es geht nur ums Tun – nicht ums Überlegen, ums Tun. Wie wollen Sie das alles in Angriff nehmen?«

»Ich weiß es ehrlich gesagt nicht.«

»Was halten Sie davon, wenn wir beim Aussortieren systematisch vorgehen?«, schlug Moira vor. »Verschiedene Haufen: behalten, weggeben und Müll. Auf diese Weise werden wir nichts Wichtiges wegwerfen. Ab Freitag kann ich ein paar Tage für Sie arbeiten, dann sehen wir, wie weit wir kommen.«

»Das klingt gut.«

»Aber damit ich es nicht vergesse«, fügte Moira hinzu, »ich habe eine Matratze für Sie in meinem Lieferwagen. Carl von Campbells Furniture hat mich gebeten, sie mitzunehmen. Und hat Ben meinen Neffen Matty erwähnt? Er bringt den Anhänger vorbei, damit werden Sie die Mülltüten und Sonstiges los.«

Nina konnte nur staunen. Hier kam Hilfe. Hier stand ihr jemand zur Seite. Eine Mutter. Nina nickte und schluckte. Sie spürte, wie ihr die Tränen kamen, und wandte sich ab. Etwas in ihr hätte Moira Inchboard am liebsten umarmt, den Kopf an ihren Busen gelehnt und losgeheult. Sie drängte die Tränen zurück, konnte sich aber nicht vom Fleck rühren und auch nicht sprechen.

»Es tut mir so leid, Liebes«, sprach Moira sie von hinten an.

Nina war dankbar, dass sie sie nicht anfasste – dann hätte sie sich völlig gehenlassen.

»Ich habe gehört, dass Ihre Mutter plötzlich verstorben ist. Das ist schrecklich. Und sie war noch so jung.«

Schweigen.

»Wissen Sie was. Gehen Sie doch raus an die frische Luft, dann koche ich uns inzwischen einen Tee, bevor wir loslegen?«

Nina nickte, die Hände vor den Augen. Instinktiv fand sie die Fliegengittertür, stolperte die Verandastufen hinunter und in den Garten. Was ist nur los mit mir? Ich muss mich zusammenreißen, dachte sie. Sie ging durchs Tor, vorbei an den alten Ställen und auf die Wassertanks zu.

Sie hatte keine Ahnung, warum diese reizende Frau bei ihr eine solche Reaktion ausgelöst hatte. Nina sagte sich, dass es einfach nur ihre Freundlichkeit war. Sie ließ sich auf den Rand eines Zementtanks fallen. Das alte Wasserloch. Sie richtete ihren Blick auf den großen »Pool«, in dem sie und die Jungs einst gespielt hatten. Jetzt lagen dort Blätter, Schmutz und eine kaputte Schubkarre, der rostige Deckel des Wasserlochs voller Spinnweben daneben.

Nina seufzte. Sie sollte wieder hineingehen. Was musste Moira von ihr denken?

Bach kam auf sie zugetrottet und drückte den Kopf

gegen ihre Hand. Nina kratzte ihn am Kinn und zog eine Klette aus seinem Fell. »Du bist schmutzig.« Wie ich, sagte sie sich, als sie ihr fleckiges T-Shirt bemerkte. Es war eine Schande, dass das Wasserloch ausgetrocknet war. Ein kurzes Eintauchen hätte ihnen beiden gutgetan. Bach leckte an ihrem Handgelenk. Sie stand auf und wischte sich den Staub von den Jeans.

»Nun komm schon, Süßer. Tee. Es gibt Tee.«

»Ihr Dad war ein ganz Lustiger. Jim kannten alle«, erzählte Moira, als sie auf der Veranda saßen und aus Russells eleganten Tassen tranken.

»Sie auch, Mrs Inchboard?«

»Nenn mich doch bitte Tante Moira. Das sagen alle. Dein Dad war in der vierten Klasse, als ich nach dem Lehrerkolleg wieder hierher zurückkam. Diamond Jim nannten sie ihn, weil er den Charme eines Teufels hatte, obwohl er nur ein kleiner Racker war. Er hatte immer irgendwelche Geschäfte am Laufen. Er zeichnete seine Freunde und verkaufte ihnen dann die Bilder, brachte Stücke auf die Bühne und verlangte Eintritt dafür. Und gab dann für alle Eiscreme aus.« Moira trank ihren Tee und blickte hinaus zum Zaun, als könnte sie ihn dort in der Ferne sehen. Lächelnd fuhr sie fort: »Und für mich hatte er tausend Entschuldigungen parat, warum er seine Hausaufgaben nicht gemacht hatte, jedes Mal eine andere. Es war nicht nur ›Der Hund hat sie aufgefressen‹, sondern: ›Also, Miss O'Sullivan‹ – ich war damals noch nicht verheiratet –, ›Sie werden es nicht glauben, aber der Hund hat sie gepackt und ist damit weggelaufen. Er wollte sie auffressen, aber dann hat ihn ein anderer Hund gejagt, und es kam zum Kampf, aber dann kam auch noch die Herde wilder Ziegen dazu, die darauf herumgetrampelt sind, weil wilde Schweine hinter ihnen her waren. Und so hätte ich sie wohl kaum mitbringen können, oder?‹, sagte er und sah mich mit seinen großen grünen Augen an. Ich erwiderte ihm darauf, er solle den ganzen Vorfall als Aufsatz niederschreiben und es mir als Hausaufgabe abgeben. Der konnte sich Geschichten ausdenken.«

Nina hörte gebannt zu. Das waren die Geschichten, die sie in all den Jahren vermisst hatte. »Aber für das Leben hier draußen war er zu rastlos«, setzte Moira hinzu. »Kaum dass er siebzehn war, brach er auf zur Kunstschule nach Sydney. Und brach seinem Vater damit das Herz.«

Die alte Frau stellte ihre Tasse auf den Tisch aus Bambusrohr, den Nina unter einem Stapel Zeitungen entdeckt hatte. »Es muss schwer für dich und deine Mum gewesen sein, als er verschwand. Wie alt warst du damals, wenn ich fragen darf?«

»Vermisst wurde er, als ich neun war. Wir, ich meine ich wusste nicht, was mit ihm passiert ist. Keine Ahnung. Er nahm nur eine kleine Tasche und ein bisschen Bargeld mit. Nicht genug, um sehr weit zu kommen.«

»Ja, deine arme Mum.« Moira schaute Nina besorgt an. »Ich habe dich nur ein paarmal gesehen, als du klein warst. Das letzte Mal, als du mit deiner Mum und deinem Dad in Wandalla warst, dürftest du sechs oder sieben gewesen sein. So eine hübsche Familie. Aber dann ist keiner mehr gekommen, und es ging das Gerücht, Jim sei verschwunden. Russell hat nie von ihm gesprochen.«

»Ja. Mum und Russell sprachen nicht mehr oft miteinander, nachdem Dad vermisst wurde. Ich dachte, wenn ich erfahre, wie der echte Jim war, kann ich mir vielleicht eher ein Bild davon machen, was passiert sein könnte.« Nina streckte ihre Hand aus und streichelte Bach.

»Dann bist du also deshalb hier?«, fragte Moira. »Um das Haus zu durchsuchen?«

»Nun, irgendwo in dem Durcheinander muss es doch etwas geben, was weiterhilft. Ich weiß, das klingt albern …«

»Nein, überhaupt nicht. Es ist erstaunlich, was man in so alten Häusern finden kann«, erwiderte Moira. »Und Russell hat nicht viel weggeworfen. Wenn es etwas gab, dann ist es noch immer hier. Diese letzten Jahre waren hart für deinen Onkel. Es war ein Kampf, in vielerlei Hinsicht.«

Nina sah sie an.

»Wir kämpfen alle. Aber er war nicht mehr der Mann, der er in seiner Jugend war. Er wurde mutlos. Enttäuscht. Sagte, er habe auch ein paar Geheimnisse. Wenn du also etwas über deinen Dad in Erfahrung bringen willst, ist das hier ein guter Ort, um damit anzufangen.«

»Da haben Sie recht«, sagte Nina dankbar. Diese Frau schaffte es, aus diesem sinnlosen Unterfangen eine höchst vernünftige Idee zu machen.

»Aber mit Reden kommen wir nicht weiter«, verkündete Moira, stand auf und nahm ihre Teetasse. »Womit möchtest du anfangen?«

»Keine Ahnung, wo ich anfangen soll«, gab Nina zu. »Ich möchte das ganze Haus umkrempeln, aber die Küche sieht besonders schlimm aus. Vielleicht sollten wir dort beginnen.«

»Gute Idee«, meinte Moira. »Der Mensch muss essen, egal was geschieht. Was hältst du davon, wenn ich mich um den Kühlschrank und den Küchenboden kümmere und du schon mal mit dem Zimmer deines Onkels loslegst? Vielleicht findest du dort ja was Interessantes.«

Nina lächelte Moira begeistert an. Mit ihr an der Seite fühlte sie sich der Aufgabe gewachsen, Russells Sachen durchzusehen. Doch die Zuversicht schwand, sobald sie den Raum betrat. Es war ein Museum: leere Tablettenschachteln und Whiskeyflaschen, Zeitungen, Bücher, Spielkarten, und war das … Piloten-Barbie? Sie war es – die Schutzbrille im steifen Nylonhaar, in einer Lederjacke, die mit all den Knöpfen und Nieten richtig süß aussah, einem Schal und einem Snoopy mit Fliegerkappe und Schal. Nina nahm die Puppe in die Hand und verlor sich in Erinnerungen.

Die Jungs von nebenan hatten sie ihr zum letzten Weihnachtsfest geschenkt. Scott Blackett, der Vater der Jungs, hatte die drei in seiner Cessna mitgenommen. Sie hatte das Gefühl von Freiheit und grenzenloser Weite genossen, die Verzauberung, die Welt unter sich so klein zu sehen. Während ihres ganzen Besuchs hatte sie die Jungs damit genervt, Pilotin werden zu wollen. Aber als sie dann The Springs verließen, war die Puppe irgendwie zurückgeblieben.

Allein schon beim Gedanken an Heath setzte ihr Herzschlag aus. Hör auf!, ermahnte sie sich.

In all den Jahren war sie davon ausgegangen, dass sie die Puppe verloren hatte. Sie war damals todunglücklich gewesen. Warum hatte Russell sie ihr nicht geschickt?

Um drei Uhr nachmittags war Nina erschöpft, aber froh, dass sie und Moira so viele Mülltüten gefüllt hatten. Und sie war wieder in Russells Zimmer und füllte die nächste.

»Hey, Nina!«, rief Moira.

Sie nahm die Puppe und kehrte froh um eine Unterbrechung in die Küche zurück. Dort stand ein junger Aborigine in Jeans und Westernhemd und hielt einen Stetson in der Hand. Er sah gut aus und war groß im Unterschied zu Moira.

»Das ist mein Neffe Matty O'Sullivan«, stellte Moira ihn vor. »Nina Larkin, Russells Nichte.«

Nina und Matty schüttelten sich die Hände.

»Matty hat den Anhänger vorbeigebracht«, erklärte Moira.

»Oh, wow, vielen Dank«, sagte Nina, auf Ben Blackett war offenbar Verlass. »Wo sollen wir ihn abstellen?«

»Kommen Sie mit.« Matty hielt ihr höflich die hintere Tür auf.

»Barbie.« Er deutete mit seinem Kinn darauf, als sie hinters Haus gingen.

»O ja, ich habe sie als Kind hier vergessen.«

»Und das Haus gehört jetzt Ihnen?«, erkundigte er sich, ohne aufdringlich zu wirken.

»Ja«, antwortete Nina. »Ist schon verrückt.«

»Das mit Ihrem Onkel tut mir leid«, sagte Matty.

Nina nickte.

Sie standen beide vor dem Haufen leerer Flaschen, Russells Nachlass.

»Wir werden wohl ein paarmal fahren müssen. Rufen Sie mich an, wenn Sie so weit sind, dass ich ihn abholen kann. Tante Moira hat meine Nummer.«

»Herzlichen Dank, Matty, und wie viel wird …?«

»Tante Moira. Die kümmert sich darum. Bis bald«, verabschiedete er sich und ging auf den Berg mit Mülltüten zu.

Nina rannte ihm hinterher. »Kannten Sie meinen Onkel?«, fragte sie.

»Sicher. War ein guter Kerl.«

Vermutlich ist er zu jung, um Dad gekannt zu haben, überlegte Nina.

Als Matty abgefahren war, sagte Moira: »Was sagt man dazu?«, und schaute dabei die Puppe an. »Sieht nicht nach Russells Geschmack aus.«

»Ich habe sie vor Jahren hier vergessen«, gab Nina zu. »Die Blackett-Jungs haben sie mir geschenkt.«

Moira hielt in ihrer Arbeit inne, die Blicke auf die Puppe gerichtet.

»Was ist?«, fragte Nina.

»Es ist nur ... du weißt schon, wie Ben in diesem Rollstuhl gelandet ist?«

»Nein.«

»Ein Flugzeugabsturz. Vor drei Jahren. Die Mutter und der Vater der beiden Jungs kamen dabei ums Leben, und Heath erlitt schwere Verbrennungen. Wie dir vermutlich schon aufgefallen ist.«

Nina starrte Moira mit offenem Mund an und brachte dann mühsam über die Lippen: »Das ist ja schrecklich. Wie kommt man denn über so etwas hinweg?«

»Ich glaube nicht, dass man das jemals kann«, meinte Moira.

Nina berührte den roten Schal der Puppe und musste dabei an Scott Blackett denken. Er hatte ihr angeboten, für sie einen Looping zu drehen, verriet sie dann aber nicht, dass sie sich kurz vor der Landung hatte übergeben müssen.

»Einfach nur schrecklich«, wiederholte Nina.

»Ja, das war schwer für die Jungs«, stimmte Moira ihr mit düsterer Miene zu. »So, meine Liebe, ich werde dich jetzt allein lassen. Denn ich muss mich um die Dekoration für Heath' und Deborahs Verlobungskuchen kümmern, damit ich zur großen Party alles zusammenhabe. Ihre Mum hat sich Tulpen in den Kopf gesetzt und möchte nun, dass ich überall danach suche …«

Nina hörte nichts mehr. Aller Mut verließ sie. So war das also. Sie waren verlobt. Das hätte sie wissen sollen.

»Alles in Ordnung, meine Liebe?«

»Ganz lieben Dank, dass Sie gekommen sind, Moira. Ich …« Nina fand wieder keine Worte.

»Keine Sorge, meine Liebe. Ich muss gehen. Morgen geht's nämlich zeitig los. Ich habe eine Tour mit einem Haufen Beamtenärschen aus Canberra, und unser erstes Ziel sind die Fischreusen von Bree.«

Eine Tour?, wunderte sich Nina.

Moira kramte in ihrer Handtasche und zückte dann eine Visitenkarte. »Hier.« Die Vorderseite zeigte ein Design aus Motiven der Aborigines. Darunter stand: *Darling Dreaming Consultancy. Touren für Nahrung und Medizin aus dem Busch und kulturelles Bewusstsein für Beschäftigte im Bereich Gesundheit und Erziehung von Aborigines. Moira und Roy Inchboard.*

»Du kannst mal mit uns zum Campen kommen. Und deine Freunde aus der Stadt mitbringen«, schlug Moira vor. »Dann zeige ich euch ein paar wirklich authentische Plätze der schwarzen Ureinwohner und jede Menge Felskunst. Ich bringe euch ins wahre Outback. Hab damals auch mal deine Mum mitgenommen. Weißt du überhaupt, dass sie mein Leben verändert hat?«

»Wie das denn?«

»Also sie kam vor vielen Jahren hierher, um ihre Abschlussarbeit für die Uni zu schreiben, und wohnte damals bei Kathryn und Mac Blackett. Sie erforschte die Kontakte zwischen den frühen Siedlern und dem Stamm der Murrawarri. Bis zum Massaker am Hospital Creek und so weiter. Na ja, jedenfalls baten die beiden mich und Roy, mit ihr durchs Land zu fahren und ihr ein paar wichtige Plätze der Ureinwohner und so zu zeigen. Du weißt schon, damit wir ihr unsere Lebensweise erklärten, jedenfalls das, was wir berichten konnten. Und das brachte uns dann auf die Idee, unsere Kulturtouren anzubieten. Und jetzt sieh uns an. Wir haben so viel zu tun wie einarmige Jongleure.«

»Sie hätte sich bestimmt gefreut, wenn sie das gewusst hätte, Moira.«

Moira drückte ihren Arm. »Du wirst alles herausfinden, was du wissen musst.« Sie schlug hinter sich die Fliegengittertür zu. »Dann bis Freitag!«, rief sie.

»Moira«, brachte Nina gerade noch über die Lippen. »Wie bezahle ich Sie?«

»Keine Eile, meine Liebe … das machen wir beim nächsten Mal.«

Nina musste lächeln, als sie Moiras Visitenkarte umdrehte. Die Liste ging weiter: *Putzen, Schneidern, Kuchendekoration und Wasseradern aufspüren.*

Kapitel 4

Es war wieder Montag, und seit dem Vorfall am Tor war eine Woche vergangen, wie Nina sich erinnerte, als sie aus dem Wagen stieg, um genau dieses Tor wieder hinter sich zu schließen. Die Rituale des Landlebens – wie dieses hier – gaben ihr das Gefühl der Sicherheit. Sie hatten mit Dingen wie den Lebensgrundlagen, der Sorge um das Vieh zu tun. Wichtigen Dingen.

Aber zum Landleben gehörte auch, dass man ständig mit dem Auto unterwegs war. Sie war froh um Bachs Gesellschaft auf der langen Fahrt nach Wandalla. Die Strecke war ihr inzwischen vertraut, und es hatte was Beruhigendes, die wenigen Abzweigungen zu anderen Anwesen zu sehen und immer mal wieder einen Blick auf den Fluss zu erhaschen oder am Wrack eines Vorkriegslasters vorbeizukommen. Wenn sie im frühen Morgenlicht nach Südwesten fuhr, sah das Land friedlich und vielversprechend aus mit seinen Flächen aus silbernen Gräsern.

Die Durchforstung des Hauses ging langsamer voran als erwartet. Bis jetzt hatte sie noch keinen Hinweis auf Jims Verschwinden gefunden, aber massenweise Familienschätze ausgegraben. Nina hatte das handgeschriebene Rezeptbuch ihrer Großmutter entdeckt und sich darin vertieft. Seitenweise Einträge in gestochener Schrift für Gerichte wie »Veras Klappt-immer-Biskuit« und »Meine Zitronenmarmelade« erzählten ihr viel über die Solidarität und den Erfindungsreichtum der Landfrauen. Sie fühlte sich inspiriert, diese Rezepte auch selbst einmal auszuprobieren.

In einer anderen Schublade stieß sie auf Jims Schulzeugnisse, von einem Band zusammengehalten. Jedes davon war ein Echo von Moiras Geschichten – Variationen über »begabt, aber faul«. In derselben Schublade lag auch ein Stapel Briefe, den ihr Urgroßvater an Vera, seine Geliebte, von der Front des Ersten Weltkriegs geschrieben hatte. Dies bedeutete stundenlanges Lesen auf der Verandatreppe im Versuch, die hauchdünnen Seiten zu entziffern und die Tränen zurückzublinzeln, wenn sie auf Stellen stieß, wo den Frauen zuliebe Fröhlichkeit vorgetäuscht wurde.

All dies und noch vieles mehr führte ihr ihre Familie lebendig vor Augen. Die Geister, die The Springs bewohnten, waren keine furchterregenden Phantome mehr, sondern echte Menschen.

Zusammen mit Moira war es ihr gelungen, die Küche sauberzumachen, das Wohnzimmer und einen Teil von Russells Schlafzimmer und eine Ecke im Esszimmer leerzuräumen. Matty hatte bereits das Loch im Fußboden repariert und weitere sechs Anhängerladungen Müll weggebracht. Manchmal fiel es ihr schwer, sich von Dingen zu trennen, wie etwa, als sie die Spielsachen von Jim und Russell aussortierte. Kostbare alte Brettspiele wie Mousetrap, unzählige Matchboxautos und ein noch vollständiges Autorennbahnset von Scalextric. Sie musste sich auf eine kleine Schachtel beschränken, sonst würde ihre Wohnung in Sydney zu einem Spiegelbild dieses Orts hier werden. Sie seufzte. Aber diese Dinge bekamen im Secondhandshop wenigstens noch eine zweite Chance.

Während ihrer Arbeit mit Moira hatte sie immer wieder an ihre Begegnung mit Harrison denken müssen. Er wusste etwas. Sie war heute zeitig wach geworden und ging nun in Gedanken die Fragen durch, die sie ihm stellen wollte. Es war höchste Zeit, in die Stadt zurückzukehren und ein paar Antworten zu finden.

Eine Stunde später parkte Nina unter einem Baum auf der Hauptstraße und rief ihn an.

»Sie können jederzeit vorbeikommen«, sagte er ihr am Telefon. »Es gab übers Wochenende keine Fälle von Trunkenheit am Steuer oder Spritztouren in geklauten Autos, also ist es sehr ruhig hier.«

Aber Nina beschloss, zuerst ihre Einkäufe zu erledigen.

Im Supermarkt ging sie wieder in die Obst- und Gemüseabteilung. Für einen schlaffen Eisbergsalat wollten sie sechs Dollar und zehn Dollar für ein Kilo matschige Tomaten. So viel also zu landfrischen Erzeugnissen. Selbst ein einfacher Strohbesen kostete fünfundzwanzig Dollar. Ihr ging allmählich das Geld aus.

Sie verstaute alles in ihrem winzigen Kofferraum, wobei der Besenstiel keck aus dem Fenster ragte. Bach wurde mit einem getrockneten Schweineohr zufriedengestellt.

Die Straße lag verlassen da. Ein hässlicher Ziegelbau, der für sich als Wandalla Bowling Club warb, bot Thekenimbiss und Kleinigkeiten an. Das Gebäude wirkte ebenfalls verlassen, nur dass derselbe alte Knacker wieder seine Selbstgedrehte im Schatten der Veranda rauchte. Kein Kino, eine »Milchbar« ohne Kunden. Der Supermarkt, den sie gerade verlassen hatte, war der belebteste Ort in der Stadt. Nun, wenigstens war Wandalla mit dem Cyberspace verbunden. Und sie zog ihr Telefon heraus und rief Olivia an.

Möge es Champagner für meine echten Freunde geben und echten Schmerz für meine Scheinfreunde. Lasst mich wissen, wo ihr seid, wenn ihr nach dem Piep eure Nach-

richt hinterlasst. Die Stimme von Ninas Freundin spülte eine Welle der Einsamkeit über sie.

»Hey, Liv, ich bin's und rufe dich aus der Stadt mit den anderthalb Pferden an. Ruf mich zurück, wenn du kannst. Hab dich lieb.«

Und jetzt auf zu Harrison.

Als sie die Glastüren aufstieß, drang aus dem inneren Büro leise der Instrumentalteil von Led Zeppelins »Baby I'm Gonna Leave You«. Nina kannte das Stück als einen der Lieblingstitel ihres Vaters.

Eine offenbar vielgelesene Ausgabe von *Schuld und Sühne* lag aufgeschlagen und verkehrt herum auf der Empfangstheke. Auch diesmal keine Suzie. Und auch keine Antwort auf Ninas Klopfen, die daraufhin Harrisons Tür aufstieß. Harrison stand mit dem Rücken zu ihr, nickte und warf die Arme in die Luft.

Nina zögerte. Sollte sie wieder rausgehen und warten, bis das Stück zu Ende war? Nein, das ist albern, überlegte sie. Als das Lied zu seinem melancholischen Schluss kam, räusperte sich Nina.

»Ah! Nina! Haben Sie mich wieder erwischt!« Er lächelte und schaltete die Musik aus. »Tut mir leid, ein alter Lieblingssong. Wir sind die Größten und so, wissen Sie. Haben Sie sich zum Verkauf entschlossen?«

»Noch nicht«, antwortete sie. »Ich wollte mich nur bedanken, dass Sie mich ans Stromnetz angeschlossen haben.«

»War mir ein Vergnügen«, sagte er. »Ich konnte Sie da draußen doch nicht im Dunkeln lassen. Wie wär's mit einem kleinen Cinzano auf Eis? Einem Aperitif sozusagen.« Und dabei kam Glanz in sein schönes Gesicht.

»Warum nicht«, erwiderte Nina und hob die Brauen – es war noch nicht mal Mittag. Aber vielleicht würde Harrison durch einen Drink zugänglicher werden. Er schien sich über Gesellschaft zu freuen, und sie brauchte Antworten. Während sie sich auf die Chesterfieldcouch setzte, überlegte sie, wie sie die Frage nach Jims Verschwinden formulieren sollte. Und dann entdeckte sie wie ein Zeichen den auf dem Couchtisch liegenden Zeitungsbericht über die Sydney-Stir, so gefaltet, dass Jim genau zu sehen war.

Harrison bemerkte, wohin ihr Blick fiel, als er ihr den Drink reichte. »Tolles Foto, stimmt's?«, meinte er. Nina hörte die in seiner Stimme mitschwingende Zuneigung.

Sie betrachteten beide den grinsend auf dem Boden liegenden Jim.

»Über Dad schreiben sie nicht viel«, sagte Nina. »Ich hatte mit mehr gerechnet.«

»Er war der Begabteste der ganzen Truppe, wissen Sie«, versicherte Harrison. »Aber nach der Harbour-Serie schien er sich zu verlieren, spielte nur noch mit seinem Talent. Die anderen wurden von ihrer Arbeit aufgezehrt. Entweder brannten sie aus wie Jenny und Damien oder zogen das große Los wie Martin Whit.« Harrison nahm ihr gegenüber Platz und schlug die Beine übereinander. »Ich denke, als die Kritiker und Sammler sahen, dass Jim seine Arbeit nicht ernst nahm, schrieben sie ihn ab. Man muss das Spiel mitspielen, ein ›Künstler‹ sein. Und darin war Jim nicht gut, weshalb er ausgegrenzt wurde.«

»Aber seine Arbeiten hatten so viel Kraft. Sie hätten ihn danach beurteilen sollen«, ereiferte sich Nina.

»Gewiss, fair war das nicht. Und er wurde depressiv, als er negativ besprochen wurde.«

»Ich erinnere mich nicht, Dad depressiv erlebt zu haben. Er war immer so …«

»Aufgedreht?«

Sie nickte.

»Wenn er mit Ihnen zusammen war, tat er sein Bestes. Er wollte Ihr Held sein. Aber es gab Zeiten, da war er richtig am Boden. Was hier in diesem Artikel steht über ›bipolar‹ … so extrem war Jim nicht, aber er hatte starke Stimmungsschwankungen. Auf und ab.«

»Dann waren Sie gut mit ihm befreundet?«, hakte Nina nach. »Wie kam Dad denn mit Russell zurecht?«

»Oh, gut, sehr gut. In gewisser Hinsicht waren sie beste Kumpels. Das konnte man sehen. Nun, einmal gab es Ärger, aber das war das einzige Mal, das ich mitbekommen habe. Ärger wegen eines Mädchens, als sie noch sehr jung waren, kaum zwanzig. Aber das ist eine alte Geschichte«, fügte Harrison lächelnd hinzu.

»Interessant.« Nina hob die Brauen.

»Nicht wirklich. Russell war vernarrt in sie, aber ihr lag mehr daran, in Wandallas ›Künstlerszene‹ aufgenommen zu werden oder was man als solche bezeichnen konnte. Wann immer es ihr möglich war, hing sie bei Jim herum und versuchte mit ihm über Malerei und so zu reden. Wovon sie überhaupt keine Ahnung hatte.« Harrison lachte in sich hinein. »Was ich ihr nicht vorwerfe. Denn er bot interessanteren Gesprächsstoff als die meisten jungen Kerle hier in der Gegend. Und wie gesagt, Russell wurde lästig. Und war eifersüchtig wie immer. Mehr war da nicht.«

Nun war der Zeitpunkt gekommen. Nina beugte sich vor und sagte fast flehend: »Solange ich hier bin, möchte ich so viel wie möglich über ihn herausfinden. Ich möchte … ich bin an einem Punkt angekommen, wo ich herausfinden möchte, was aus ihm geworden ist. Und ich muss bei den Leuten anfangen, die ihn gekannt haben.«

Harrison nickte. Jetzt sah er aus wie ein freundlicher Onkel, ein Beichtvater. Jemand, dem sie trauen konnte.

»Wann haben Sie ihn das letzte Mal gesehen?«, fragte sie.

Harrison lehnte sich zurück und trank einen Schluck. Er wandte sich ab. »Das müsste an dem Weihnachten gewesen sein, bevor er verschwand«, antwortete er so förmlich, als würde er vor Gericht eine Zeugenaussage machen.

Nina versuchte, sich ihre Enttäuschung nicht anmerken zu lassen.

»Ich fuhr am Weihnachtsabend raus nach The Springs. Jim hatte ein Gemälde für mich – das hier.« Er deutete auf die Fort-Denison-Szenerie.

Okay, dachte Nina. Und dann?

»Alle anderen waren drüben in Kurrabar. Wir waren … wir tranken zusammen ein Bier in der Nähe … auf der Veranda«, fuhr Harrison fort und trank, ohne sie dabei anzusehen.

»Das war auf The Springs? Sie und Dad?«, vergewisserte sich Nina.

»Ja«, sagte Harrison und sah Nina endlich in die Augen.

Das glaube ich nicht, dachte Nina. Für jemand, der als Jurist arbeitete, war Harrison ein schlechter Lügner.

»Worüber haben Sie gesprochen?«, wollte sie wissen.

»Ach, nichts Besonderes. Nur das Übliche.« Harrison stellte sein Glas so achtlos auf den Tisch, dass es überschwappte. Er erhob sich, ging durch den Raum auf die Klimaanlage zu und drückte den Thermostatschalter.

Du elender Lügner, dachte Nina. Sie würde ihn anders anpacken müssen. »War er auch noch mit jemand anderem zusammen, abgesehen von Mum? Bitte, Harrison, das muss ich wirklich wissen.« Ninas Stimme klang selbst in ihren Ohren harsch.

Harrison strich sich mit der Hand übers Haar. »Wie kommen Sie denn darauf?«

»Mum sagte was von einem Doppelleben. Ich habe mich oft gefragt, ob er nicht hierherkam, um eine Freundin zu treffen. Vielleicht das Mädchen, um das es in dem Streit mit Russell ging?«

»O nein, das kann ich Ihnen versichern. Nachdem er Ihre Mutter geheiratet hatte, gab es keine anderen Frauen mehr. Das weiß ich mit Bestimmtheit.«

»Wie können Sie sich da so sicher sein?«

»Man kann in dieser Stadt nichts geheim halten«, erwiderte Harrison in einem Ton, der dem Gespräch ein Ende setzte.

Aber Nina war noch nicht bereit aufzugeben. »Was meinen Sie, kam er vielleicht hierher, nachdem er aus Sydney verschwunden war?«

»Gibt es denn Beweise, die dies nahelegen?« Harrison hatte wieder in seine Anwaltsrolle zurückgefunden.

»Nicht wirklich«, gab Nina zu.

Harrison verschränkte seine Arme. »Wäre er hier gewesen, dann hätte das damals jemand der Polizei mitgeteilt. Ich bin genauso wie Sie daran interessiert, zu erfahren, was aus Jim wurde, aber ich bin es in Gedanken tausendmal durchgegangen, immer ohne Ergebnis. Wie gesagt, meine letzte Begegnung mit ihm lag Monate zurück. Sie könnten jedoch mal mit Possum Brody sprechen.«

»Possum was?«

»Brody. Possum Brody. Wenn Jim in der Stadt war, hat er ihn jedes Mal besucht. Er ist ein Koori-Maler, lebt draußen in der Nähe von Mount Cubba.«

»Gut. Danke.«

»Noch einen?«

Nina schüttelte den Kopf.

Harrison ging zurück an seinen Schreibtisch und setzte sich auf seinen Drehstuhl, als wollte er zur Sache kommen. »Hören Sie, Nina, wir sollten uns wirklich auf den Verkauf einigen. Wollten Sie nicht in ein paar Tagen zurück nach Hause fahren?«

Sofort kehrte Ninas Widerstandsgeist mit voller Kraft zurück. »Ja, ich bin Mrs Flint begegnet«, sagte sie und beobachtete Harrisons Reaktion.

Sein Gesicht blieb ausdruckslos.

»Auch sie hat Dad erwähnt und Andeutungen gemacht, die ich nicht verstanden habe. Ich muss noch mal mit ihr reden.«

Harrison schüttelte den Kopf. »Ich würde Hilary Flint nicht direkt ansprechen. Sie ist ein bisschen empfindlich, und Sie wollen doch sicherlich nicht den Verkauf gefährden. Wenn Sie möchten, kann ich das für Sie übernehmen und sie fragen.«

Ein großer Interessenkonflikt, dachte Nina. Er ist Russells Testamentsvollstrecker und Hilarys Vermittler. Sie kam damit klar – aber welche Funktion hatte sie dabei?

»Ich habe mir überlegt, noch etwas mehr Arbeit in das Haus zu investieren. Um vielleicht einen besseren Preis zu erzielen«, erklärte Nina. Woher kam diese Idee? Sie hatte weder die Zeit noch das Geld dafür.

»Wenn Sie wüssten, Nina, wie schwer es ist, überhaupt einen Käufer hier draußen zu finden, würden Sie das Geld nehmen und verschwinden. Hilarys Angebot ist das beste, was Sie sich auf lange Sicht erhoffen können. Es würde mich überraschen, wenn Sie innerhalb der nächsten zehn Jahre einen anderen Käufer finden.« Harrison beugte sich vor, bedrängte sie zu handeln.

Aber dann schien er plötzlich seine Meinung zu ändern. Er lehnte sich zurück und hielt die Hände hoch, als würde er kapitulieren. »Hören Sie, es ist Ihr Anwesen. Und wann immer Sie bereit dazu sind, ich bin hier um … zu tun, was nötig ist. Nehmen Sie sich Zeit, wenn Sie das für richtig halten.«

Was sollte das denn nun wieder? Nina konnte ihm nicht folgen. Es war wie bei ihrer ersten Begegnung, als er sie bedrängte, in den Verkauf einzuwilligen, dann aber einen Rückzieher machte. Und was das zu bedeuten hatte, da war sie jetzt nicht klüger als damals. Nur weiter so, Harrison Grey. Ich bin noch nicht fertig mit dir, dachte sie.

»Was halten Sie von einem Mittagessen?«, fragte er. »Im Bowling Club gibt's als Spezialgericht am Montag immer geräucherte amerikanische Rippchen.«

Er lachte, als er ihren Gesichtsausdruck sah. »Sind Sie Vegetarierin?«

Sie schüttelte den Kopf.

»Ein Glück, denn sonst könnten Sie in dieser Stadt nie essen gehen. Kommen Sie mit, es ist gar nicht so schlecht.« Er bot ihr seinen Arm an, und Nina hakte sich unter, froh, dass sie noch immer Freunde waren. Oder zumindest freundlichen Umgang pflegten.

Nina fuhr langsamer, als sie den groben Kies auf dem Blackett Track, der Straße nach Mount Cubba, unter den Reifen spürte. Es war am frühen Morgen des nächsten Tags, doch schon machte sich drückende Hitze bemerkbar. Der Kuchen, den sie vor einer halben Stunde in Wandalla gekauft hatte, schwitzte auf der Rückbank in der Sonne. Die Klimaanlage blies nur schwach, weil sie für Bach das Beifahrerfenster geöffnet hatte, damit er die aufregenden Gerüche dieser für ihn neuen Welt einatmen konnte. Nina stellte sich vor, wie er die Witterung von Kängurus, Kaninchen oder Ziegen aufnahm, indem er seine Schnauze in den Wind hielt. Es war schön zu sehen, dass er hier draußen Hundefreuden genoss.

Mount Cubba war ein flacher Hügel – praktisch die einzige Erhebung am Horizont. Nina stellte das Auto am Straßenrand ab und holte die Kamera vom Rücksitz. Wegen des blassen Himmels wirkte die im Schatten liegende Vorderseite des Mount Cubba bedrohlich, als wäre es ein Gemälde von Edward Hopper.

Ninas Fahrt zu Possum war ihr zweiter Termin an diesem Tag. Auf ihrem Weg durch Wandalla hatte sie an der Polizeistation angehalten. Aber Sergeant Kemp, ein Mann um die sechzig mit einem Schnurrbart, hatte nichts zu berichten. Die Akte ihres Vaters bestand aus zwei Blatt Papier – einer alten Kopie der Vermisstenmeldung und einem handgeschriebenen Protokoll eines Gesprächs mit Russell.

Der Sergeant war sehr einsilbig gewesen.

Hatte er mit Russell gesprochen? Ja.

War er draußen in The Springs gewesen? Ja.

Hatte Russell Jim gesehen? Nein. Das ist schon so lange

her, meine Liebe. Vielleicht hatte die Polizeiwache in Sydney mehr darüber. Sie kommen doch von Sydney, oder?

Mutlos verließ Nina die Polizeistation. Ihre Verärgerung über Sergeant Kemp begann bereits, als sie durch die Tür kam und hörte, wie er lachend einem jüngeren Officer zuflüsterte: »Da kommt Ärger auf uns zu.« Sie seufzte. Woher sollten die Leute auch wissen, wie viel ihr diese Spurensuche bedeutete?

Als sie weiterfuhr, wurde der einsame Hügel stetig größer. Sie kam an einer verlassenen Bahnstation vorbei, das »Mount Cubba«-Schild war hinter dem hohen, trockenen Gras kaum noch zu erkennen, das den Bahnsteig in Besitz genommen hatte. Hier draußen gab es so viele stolze alte Gebäude, die vor sich hin bröckelten.

Wenigstens hatte dieser Possum am Telefon freundlich geklungen. Er freue sich darauf, jemanden von Jims Leuten zu sehen, wie er sich ausdrückte. Zehn Minuten später fuhr sie durch das gelbe Tor, das Harrison ihr beschrieben hatte, und rumpelte dann über die Zufahrt auf das verwitterte Holzhaus zu.

Klein und gemütlich hob es sich vor dem Hintergrund der Bergwand ab, wie aus einem Märchenbuch. Das Blechdach lag im Schatten hoher Eukalyptusbäume, die für diese Gegend untypisch waren, und das Haus war umgeben von einem Garten mit heimischen Sträuchern, die in zarten Farben blühten. Ein Haus, das Fröhlichkeit ausstrahlte.

Ein kleiner dunkelhäutiger Mann mit einem langen grauen Bart kam auf den Wagen zugehumpelt. Er trug eine Anzugweste mit vielen Anstecknadeln, jede Menge davon in den Flaggenfarben der Aborigines. Er begrüßte Nina mit leuchtenden Augen, während seine Hunde warnend bellten.

»Ruhig, und ab mit euch!«, sagte er mit tiefer Stimme.

Die Hunde und Bach beschnupperten sich und verschwanden dann seitlich ums Haus.

»Mr Brody? Ich bin Nina. Danke, dass Sie mich eingeladen haben.« Sie überreichte ihm den mitgebrachten Kuchen auf dem Pappteller. Er sah nicht mehr ganz frisch aus.

»Willkommen. Nennen Sie mich Possum. Dass Sie Jims Mädchen sind, ist nicht zu übersehen«, sagte er und nahm ihr den Pappteller ab. »Der hat sich immer genauso umgesehen, ihm ist nichts entgangen. Kommen Sie raus aus der Hitze und begrüßen Sie die Hausherrin.«

Nina folgte ihm über eine mit Luftschlitzen versehene Veranda, auf der Betten mit Metallrahmen und farbenprächtigen Überwürfen standen. In einer kühlen grünen Küche mit einem alten Holzofen saß eine hübsche Aborigine von etwa siebzig Jahren, in einem Batikkleid und Perlen um den Hals. Über eine Gesichtshälfte spielte das Sonnenlicht, das durch das geöffnete Fenster fiel. Was für ein schönes Bild, sagte sich Nina. Wie gern hätte sie es festgehalten. Als die Frau sich ihr mit einem Lächeln zuwandte, bemerkte Nina den langen weißen Zopf, der ihr fast bis zur Taille reichte.

»Freut mich, Sie kennenzulernen, meine Liebe. Ich bin Shona. Ich koche uns mal einen Tee. Milch? Zucker? Jim trank ihn immer schwarz mit drei Stückchen Zucker.«

»Ich hätte gerne einen Spritzer Milch.«

»Setzen Sie sich doch.«

An den Küchenwänden hingen Kunstwerke in verschiedenen Größen und Stilen, von Kinderzeichnungen in Kreide bis zu großen Arbeiten auf Leinwand.

»Erstaunlich. Ist das von Ihnen?«, fragte Nina Possum

und deutete auf das größte Bild. »In The Springs hängt ein ähnliches.«

»Ja, das ist meine Seewolf-Traumgeschichte. Die lässt mich nicht los.«

»Wissen Sie, Nina, er malt noch immer fast jeden Tag«, warf Shona ein. »In den letzten paar Jahren hatte er fünf Ausstellungen und bekommt jeden Monat mehr Angebote, mein Possum.« Sie lächelte voller Stolz.

»Was bedeuten diese Wellenlinien?«, erkundigte sich Nina. »Es sind die gleichen wie hier auf meinem Medaillon.« Sie zog die Kette über den Kopf, um es Possum zu zeigen.

Er lachte. »Das haben wir schon mal gesehen, nicht wahr, Shona?« Er hielt das Medaillon ans Licht. »Jim hat es immer getragen. Hat nicht sein Dad es seiner Mum zu ihrem Hochzeitstag geschenkt, Shona?«

»Sie erkennen es also wieder? Wow! Ja, es gehörte meiner Großmutter.« Nina lächelte zufrieden.

»Wellenlinien konnten Wasser bedeuten oder einen Traumpfad. Das hier sieht mir aber nach Wasser aus«, meinte er und klopfte mit seinem Finger auf das Medaillon. »Aber ich habe nie herausgefunden, was diese anderen Linien bedeuteten. Jim und ich haben oft darüber gerätselt.«

»Und ich habe auch keine Idee«, sagte Nina, als sie die Kette wieder umlegte. Diese beiden hier kannten die Larkins offenbar gut. »Sind Sie auch Malerin, Shona?«, fragte sie.

»Nein, nicht wirklich. Ich meine, ich habe vor ein paar Jahren damit angefangen. Es gab da eine Geschichte aus dem Land meiner Mutter über Baiames Frauen, und als meine Tante starb, baten sie mich, diese Geschichte zu malen. Also habe ich das getan.«

»Aha! Und was ist das für eine Geschichte?«

»Geheime Frauensache«, antwortete Shona mit einem Seitenblick auf Possum, der spöttisch abwinkte. »Erzähl ich Ihnen später.« Sie lachte augenzwinkernd.

»Und dann hattest du noch das Webprojekt«, fügte Possum hinzu und ging zur Kommode und holte eine Digitalkamera heraus. »Sehen Sie.« Er scrollte zu einem Foto, das eine Gruppe von Aboriginefrauen zeigte, die lächelnd einen riesigen Wandbehang ins Bild hielten.

»Ja«, sagte Shona verlegen. »Aber genug von uns. Possum erwähnte, dass Sie was über Ihren Dad erfahren möchten.«

»Ja. Alles, was Sie mir erzählen können, wäre großartig. Ich habe nicht viel, woran ich mich halten kann.«

»Nun, wir sind in der Gegend um den Mount Cubba malen gegangen und haben dort kampiert«, begann Possum. »Das ist mein Lieblingsbild von Jim. Ist das nicht ein Prachtstück?« Er deutete auf eine Leinwand mittlerer Größe neben dem Kühlschrank. Nina starrte auf das wunderschöne in Honig- und Lehmtönen gehaltene Gemälde, dessen raue Textur dem alten Hügel Festigkeit verlieh, während die geschwungenen weißen Linien den Himmel leicht und luftig erscheinen ließen. Zwei Flecke in Grün und Blau deuteten die oben kreisenden Vögel an. Es war ein Fest zu Ehren von Raum und Zeit.

»Und das ist eins, das Ihr Vater aus Sydney mitgebracht hat«, fuhr Possum fort und zeigte auf die Wand hinter Nina. Es war ein Bild aus der Harbour-Serie. Aber eins, das Nina nie gesehen hatte. Die Stimmung des Hafenbeckens war eine völlig andere – absolut still, das Wasser von einem gräulichen Weiß, weil es die Wolken darüber reflektierte. Fort Denison und der Bogen der Brücke waren so ätherisch wie Geistwesen an einem bedeckten Tag, wie die, an denen sie sich oft sehr allein fühlte.

Sie drehte sich um und konzentrierte sich auf ihren Becher mit Tee und atmete bedächtig, um ihre Gefühle zu zügeln. Jedes Mal, wenn sie nah dran war, tat es weh.

»Schneid doch mal den Kuchen an, mein Lieber«, bat Shona Possum, stand auf und öffnete einen Schrank. Nina wusste ihr Taktgefühl zu schätzen und hob den Becher an ihre Lippen.

»Malen Sie auch?«, fragte Possum Nina, als er den Kuchen auf den alten Resopaltisch stellte und ihn mit einem Kuchenheber verteilte.

»Ein bisschen. Ich bin ein Dilettant.«

»Das hat Jim auch immer gesagt.« Possum kicherte. »Er hat nicht viel zu Ende geführt, aber wenn er es tat, dann war es verdammt gut.«

»Wie haben Sie Dad kennengelernt?«

»Nun, er wird um die fünfzehn gewesen sein, als ich ihn traf. Er kam in der Stadt auf mich zu, als ich dort Bildzeichenschrift unterrichtete, und wir kamen ins Gespräch. In der nächsten Woche kam er dann mit einem Zeitungsartikel zu mir, in dem es um die Papunya-Maler ging. Wissen Sie, wenn Jim sich eine neue Idee in den Kopf gesetzt hatte, dann ließ er nicht mehr locker. Shona und ich waren im Jahr zuvor in Alice Springs gewesen, und Jim wollte alles darüber wissen. Er suchte die Gesellschaft. Hier draußen gab es keine künstlerische Gemeinschaft. Jetzt ist das anders, überall laufen einem Künstler über den Weg. Wir hatten einfach einen Draht zueinander, wissen Sie. Und da war es egal, dass er dreißig Jahre jünger war als ich und ein Weißer. Wir verstanden einander.« Seufzend blickte Possum zu Boden.

Nina war froh, dass sie hergekommen war. Und indem sie mit Leuten sprach, die ihren Dad gekannt und geliebt hatten, schien es möglich, dass er durch diese Tür wieder hereinkam.

»Er hat viel Zeit hier verbracht«, sagte Shona und lächelte bei der Erinnerung daran. »Manchmal mussten wir ihn sogar daran erinnern, wieder nach Hause zu gehen, stimmt's, mein Lieber? Wenn er malte, verlor er jegliches Zeitgefühl, und sogar wenn er über Malerei sprach.«

»Kann ich mir vorstellen«, erwiderte Nina. »Mir wäre besonders wichtig, herauszufinden, was mit Dad passiert ist, als er verschwand. Er hat uns zu Hause eine Notiz hinterlassen. Aber darauf stand nur, dass er ein paar Dinge klären müsse und bald zurückkommen werde. Habt ihr ihn denn nach dem dritten November 1997 noch mal gesehen?« Dieses Datum war in ihr Gedächtnis eingebrannt.

Possum rutschte unbehaglich auf seinem Stuhl herum und schielte auf Shona. Sie schwiegen.

»Das mit Ihrer Mum tut mir leid«, sagte Shona. »Ich bin ihr nur ein paarmal begegnet. Sie war eine reizende Frau.« Und dann an ihren Mann gewandt: »Du solltest es ihr sagen.«

»Es ist jetzt schon lange her«, begann Possum langsam, »und manchmal frage ich mich, ob ich es geträumt habe. Ich habe ihn etwa um diese Zeit gesehen. Das dachte ich jedenfalls. Ich erzählte es Shona, weil ich damit rechnete, dass er vorbeikommen würde – das tat er nämlich immer, wenn er hier war. Ich fuhr von Dubbo nach Hause und sah, wie er an der Abzweigung zu unserer Straße, dem Blackett Track, in Hilarys Wagen stieg. Die Sache ist die, ich habe nichts von ihm gehört und Shona ebenso wenig, und als ich Russell in der Stadt traf, schwor er, Jim seit Weihnachten nicht gesehen zu haben.«

Aufregung packte Nina. Endlich hatte sie eine Spur. Aber sie musste sich vergewissern.

»Um welche Tageszeit war das?«, hakte sie nach.

»Gegen vier Uhr. Im hellen Tageslicht.«

»Wie sicher sind Sie sich, dass er es war?«

»Also damals war ich mir ganz sicher. Erst als Russell es abstritt, kam mir der Gedanke, dass ich mich vielleicht getäuscht hatte.«

»Nach diesem Vorfall ging Russell uns aus dem Weg«, berichtete Shona. »Grüßte uns nicht mal mehr, wenn wir uns in der Stadt begegneten. Das fand ich immer sehr merkwürdig.«

»Wow«, sagte Nina. Also war Jim hier gewesen, und Hilary hatte davon gewusst, Russell womöglich auch. Warum hatte Hilary es ihr nicht gesagt?

Oder war es ein Irrtum? Es könnte für Russells Verhalten auch eine ganz unschuldige Erklärung geben. Vielleicht mied er in diesem Stadium seiner Trinkerlaufbahn schon jeden sozialen Kontakt.

»Haben Sie das der Polizei gesagt?«, wollte sie wissen.

»Das hab ich. Nachdem ich erfuhr, dass Jim vermisst wurde und die Polizei sich umhörte, rief ich dort an. Aber sie zeigten sich nicht sehr interessiert, kamen auch nie hierher, um mich zu befragen. Und Hilary hat sowieso nie mit mir gesprochen und Russell danach auch nicht mehr. Es tut mir wirklich leid.«

In der Akte stand keine Notiz von Possums Anruf. Lag das daran, dass man dem Wort eines Aborigine keinen Glauben schenkte? Wenn dem so war, bedauerte Nina das Possums wegen. Sie überlegte, wie sie weiter vorgehen sollte. Noch mal bei Sergeant Kemp vorbeischauen?

Oder Hilary zur Rede stellen?

Genau. Das sollte sie tun. Welchen Grund konnte Hilary haben, nicht mit der Polizei zu sprechen? Sie musste etwas wissen.

Aber Hilary flößte ihr Angst ein. Sie war unverschämt, fühlte sich im Recht und war entschlossen, ihren Willen durchzusetzen. Wie konnte Nina sie zum Reden bringen, ohne dass es zu einem Streit kam?

Plötzlich ertönte lautes Gebell, und gleich darauf kam der kleine weiße Hund ins Haus geflitzt und flüchtete sich in den sicheren Schoß seiner Herrin. Seine Verfolger blieben winselnd an der Hintertür zurück.

»Entschuldigen Sie«, sagte Nina, »er ist so ein Feigling.«

»Das ist doch in Ordnung, er ist so ein kleiner Hund«, erwiderte Possum. »Haben Sie selbst denn eine Idee, was mit Ihrem Dad passiert sein kann?«

Nina schüttelte traurig den Kopf und zuckte mit den Schultern. Sie hatte sich darüber so oft den Kopf zerbrochen. Die zwei möglichen Szenarios waren gleichermaßen schlimm. Dem ersten nach wäre er absichtlich all die Jahre weggeblieben. Er wollte nicht gefunden werden, hatte sich von seiner Familie, seiner Tochter losgesagt. Wenn dem so war, würde er jetzt wohl kaum wollen, dass sie ihn fand.

Die andere Möglichkeit war die, dass er tot war. Aber wo? Wie? Warum?

Und dann gab es da noch all die unwahrscheinlichen

Szenarios, an die sie sich seit Kindertagen geklammert hatte. Vielleicht hatte er einen Schlag auf den Kopf oder eine der seltenen Krankheiten bekommen, die zum Gedächtnisverlust führten, wie sie in Seifenopern oft gezeigt wurden. Vielleicht würde er eines Tages aufwachen und nach Hause kommen.

Nicht wahrscheinlich, aber noch immer möglich.

Als Nina sich bedankte und verabschiedete, drückte sie Shona eine Visitenkarte in die Hand. »Wenn einem von Ihnen noch etwas einfallen sollte, egal was, rufen Sie mich bitte an. Auf The Springs hab ich keinen Empfang, aber ich sehe mir die Nachrichten an, wenn ich in der Stadt bin.«

Aber davon wollte Shona nichts wissen. Sie schloss Nina in die Arme. »Versprechen Sie mir eins«, bat sie. »Versprechen Sie mir, dass Sie vorbeikommen und sich verabschieden, bevor Sie wieder gehen. Wir haben Jim in all den Jahren vermisst. Er gehörte zur Familie.« Ninas Augen brannten, aber sie schaffte es, zu lächeln und zu winken.

Kapitel 5

Die ersten Strahlen der Morgensonne schoben sich durch die dunklen Blätter der Magnolie vor Durham House. Wieder würde es ein heißer Tag werden. Eine leichte Brise kitzelte Ninas Nackenhaare und sorgte dafür, dass Bach sich ekstatisch auf dem Boden wälzte.

Nina hatte Jims Staffelei gegenüber der Magnolie aufgestellt und zeichnete seit nunmehr fast zwei Stunden. Zum ersten Mal seit ihrer Ankunft konnte sie ihre Umgebung genießen. Der Rhythmus ihrer Striche war fast hypnotisch, als sie die Umrisse der Ruinen und des Brunnens mit einem dicken Kohlestift festhielt. Für Nina waren die schwarzen Formen, die auf dem weißen Papier auftauchten, eine Art Kontaktaufnahme zu ihrem Vater. Denn je länger sie zeichnete, desto stärker spürte sie Jims Präsenz, so als würde er ihr die Hand führen.

Sie hätte keinen Grund dafür benennen können, warum sie ihre eigene Version des von Jim gemalten Durham House in Angriff genommen hatte, das in ihrer Wohnung in Woolloomooloo hing. Vielleicht lag es an dem gestrigen Besuch bei Possum und Shona. Gleich nach dem Aufwachen hatte sie den Drang verspürt zu malen, und ehe sie es sich versah, stand sie schon vor dem Brunnen. Nun war ihr unbegreiflich, warum sie diesen Ort bei ihrem ersten Besuch unheimlich gefunden hatte. Es war so friedlich hier. Der Baum sorgte für genau den richtigen Schutz vor der Sonne. Und obwohl der Brunnen ausgetrocknet war, strahlte er Kühle aus. Wie schön wäre es, dieses riesige Becken wieder mit Wasser zu füllen.

»Das wäre eine schöne Badewanne für dich, mein Junge.« Bach hob den Kopf, als er ihre Stimme hörte, und legte ihn dann wieder ab. Er lag ausgestreckt im kühlen Staub des Schattens, den der Brunnen warf.

Während sie arbeitete, hatte sie Zeit zum Nachdenken. Immer wieder kam sie auf das zurück, was Possum ihr enthüllt hatte. Sie wusste, dass sie mit Hilary sprechen musste, aber diese Frau war hinterhältig. Sie musste vorsichtig sein.

Nina trat zufrieden einen Schritt von der Staffelei zurück. Wenn sie die Szene erst mal in Kohle festgehalten hatte, wollte sie sie als Aquarell umsetzen. Aquarellmalerei hatte sie immer kompliziert gefunden, aber sie war zuversichtlich, dass es mit den alten Farben, die sie in Jims fleckiger Arbeitskiste gefunden hatte, klappen könnte.

Der Baum nahm Gestalt an. Ebenso der stattliche Brunnen mit seinem fleckigen Cupido. Es fehlte nur noch der Mann im Hintergrund. Zweimal hatte sie bereits versucht, seine Umrisse zu erfassen, aber jedes Mal entglitt ihr die Erinnerung an das Bild, das sie in ihrem Kopf hatte. Allem Anschein nach schien ihr Vater, wenn er es denn auf dem Bild war, auf Leinwand genauso schlecht zu fassen zu sein wie im wirklichen Leben. Und sie sagte sich, dass dieses Vorhaben wohl doch zu ehrgeizig für sie war. Als Jim so alt war wie sie, hatte er seinen künstlerischen Höhepunkt schon fast erreicht. Jahrelang war es ihm möglich gewesen, von jeder normalen Verantwortung des Lebens befreit, ohne Unterbrechung und Ablenkung zu malen. Julia hatte seine Kunst immer unterstützt und an seine Fähigkeiten geglaubt. Sie hatte ihm Raum gegeben. Und nun gab Nina sich selbst zum ersten Mal in ihrem Leben auch diesen Raum.

Wenn sie doch nur mehr Zeit hätte. Fünf Tage blieben ihr noch, und der Drang, ihre Umgebung mit ihrem Skizzenblock oder dem Pinsel zu dokumentieren, wurde immer stärker. Sie wollte etwas von The Springs mitnehmen können, wenn es Zeit war zu gehen. Zurück nach Sydney, zurück an die Arbeit.

Und schon packten sie Gewissensbisse, wenn sie an die Arbeit dachte, die zweifellos auf sie wartete. Nun sagte sie sich, Helen war damit einverstanden gewesen, ihr Zeit zu geben. Und sie war wirklich fleißig gewesen. Aber die Arbeit, die sie hier machte, war völlig anders als die in ihrem Job, wo es ständig um dringende Abgabetermine für Dinge ging, die eigentlich unwichtig waren. Dort war sie am Ende jedes Tages wie betäubt gewesen, so dass sie ausgehen und feiern musste, um sich wieder zu spüren. Allein der Gedanke daran erschöpfte sie.

Aber hier fand sie neue Energie. Vielleicht gelang ihr die ideale Balance, eine Mischung von körperlicher und kreativer Arbeit. Die Aufräumarbeiten in The Springs waren Teil ihres Lebenszyklus geworden, Zerstörung und Erneuerung, als wäre sie in einem Flow, den zu finden ihr früher nie gelungen war.

Ein Großteil des Hauses war bereits aussortiert. Allerdings war es ihr einen »eindeutigen Beweis« schuldig geblieben, und dennoch fühlte sie sich ihrem Vater näher. Hätte Russell doch nur zu den Leuten gehört, die ihre Geldscheine unter der Matratze versteckten. Langsam, aber sicher ging ihr das Geld aus. Sie musste Moira und Matty bezahlen. Sie dachte an die Nachrichten wütender Kunden oder einer aufgebrachten Helen, die auf sie warteten. Sie schaffte es nicht, ihre Mails auf ihrem Handy oder ihrem Tablet zu lesen. Der Empfang war selbst auf der Straße zu schlecht. Doch sie hatte sich auch keine große Mühe gegeben, wie sie sich eingestand.

Nina begann die Kohlestifte einzupacken. Zwei Stunden? Sie seufzte. War sie tatsächlich schon so lange hier? Sie konnte das nicht länger hinausschieben. Zwanzig Minuten später stand sie am Tor an der einen Stelle, wo sie bisher immer Empfang gehabt hatte.

»Ben, hier ist Nina.«

»Nina! Wie geht's? Du, ich habe ein altes Foto gefunden, da bist du mit drauf. Komm doch her und sieh's dir an.«

»Tatsächlich? Das ist ja großartig. Ich hatte gehofft, dich auf dein Angebot festnageln zu können, bei dir das Internet zu nutzen. Ich muss mich wirklich um meine Arbeitsmails kümmern.«

»Jederzeit. Ich bin den ganzen Tag hier.«

»Schön. Dann komme ich jetzt vorbei.« Es war das kürzeste Gespräch, das sie in letzter Zeit geführt hatte. Alle wollten ausgiebig plaudern. Aber Nina ging davon aus, dass Ben sie nur entlassen hatte, weil sie zu kommen versprach.

Nina hielt vor dem Kurrabar-Tor an und sprang aus dem Wagen, um sich den ihr inzwischen vertrauten Briefkasten genauer anzusehen. Auf ihrem Weg nach The Springs war sie oft daran vorbeigefahren, hatte aber nie angehalten, um ihn zu bewundern. Der schwarze Schmiedeeisenkakadu stand mit geschwollenem Kamm da, und fast glaubte man, sein Gezeter zu hören. Eine zusammengerollte Zeitung in seiner erhobenen Kralle signalisierte, dass in der Holzkiste, auf der er stand, Post lag. Genial. Sie nahm die Zeitung und die Post mit.

Bach hob seinen Kopf und schaute aus dem Fenster, als sie zum ersten Mal in die Hauptzufahrt abbog. Die Staubstraße nach Kurrabar folgte dem Fluss. Große Eukalyptusbäume säumten seine Ufer und markierten seinen Verlauf. Das Wasser sah man nicht, es floss in einer tiefen Schlucht, die sich in die schwarze Erde gegraben hatte.

Harrison hatte ihr erzählt, dass Kurrabar, The Springs und Paramour Teile der ursprünglichen Durham-Farm waren. Ihr fiel es noch immer schwer, sich mehr als 400 000 Hektar Land vorzustellen, aber so groß war Durham gewesen, eine der größten Weideflächen in der Western Division.

Harrison hatte immer wieder betont, wie trocken The Springs war. Da konnten die Jungs von Glück sagen, dass der Fluss durch ihr Land führte, überlegte sie, und dasselbe galt auch für die Flints auf Paramour.

Schwärme grüner Papageien und rosa-grauer Rosenkakadus wurden von ihrem Wagen aufgescheucht. Gelegentlich glitt ein Reiher auf der Suche nach einem guten Platz zum Fischen am Flusslauf entlang. Eine Herde glänzender rot-brauner Rinder in einer Koppel starrte Nina an. Es war eine ihr unbekannte Rasse mit Schlappohren, und sie sahen richtig süß aus.

Nachdem sie einige Kilometer zurückgelegt hatte, tauchte eine Ansammlung von Gebäuden auf. Nina fuhr über ein Weidegitter und hielt vor dem einzigen Gebäude an, das einen Garten hatte.

Es war ein großes weißes Holzhaus aus den Fünfzigern, doch die lange Rampe, die zum Eingang führte, war neu. Weiße Kletterrosen überzogen die Veranda, auf der eine doppelsitzige Hollywoodschaukel stand. Nina klopfte. Keine Antwort.

Mit Bach und der Post unterm Arm klopfte sie noch mal. Wieder nichts. Sie umrundete das Haus. Ein Dutzend junger Kälber presste sich erbärmlich muhend gegen einen Lattenzaun.

»Tut mir leid, ihr Kleinen«, sprach Nina sie an. Sie ging weiter, vorbei an ein paar hölzernen Schuppen, ein paar Tanks auf hölzernen Plattformen und einer Pumpe mit einem Schlauch, der über die steile Uferböschung hinunter zum Fluss führte. Dahinter sah man einen offenen Hangar mit einem kleinen darin abgestellten Flugzeug. Auf dem Dach des Hangars hockte eine Figur über dem Eingang, wie ein Raubvogel kurz vor dem Abflug. Nina ging neugierig darauf zu. Es war eine Skulptur, ein komplexes Gebilde aus Metall, das aussah, als würde es fliegen. Und den Eindruck von Leichtigkeit erweckte. Wie ein Mittelding zwischen Pterodactylus und Flugdrachen, das jeden Moment abheben und dabei das schlichte Gebäude darunter gleich mitnehmen könnte. Das Metall glänzte in der Sonne.

»Es ist eine Wetterfahne.« Heath trat aus dem Hangar und wischte sich die Hände an einem alten Handtuch ab. Hinter ihm kam Princess angeschossen und sprang hoch und begrüßte Bach mit der Energie eines Welpen. Nina setzte Bach auf den Boden, und die beiden Hunde tollten umher. Ihr Herz machte einen Satz, als die hochgewachsene Gestalt auf sie zukam, sie war jedoch entschlossen, sich nichts anmerken zu lassen.

»Ernsthaft? Das ist wunderschön«, sagte sie. »Sieht eher aus wie ein Vogel oder ein Flugzeug oder …«

»Superman?«, fiel Heath ihr lachend ins Wort. »Was führt dich zu uns?«

»Eigentlich wollte ich zu Ben.«

»Hast du inzwischen wieder am Zaun gearbeitet? Wie geht's der Hand?«

»Der Hand geht's gut, danke. Hier ist deine Post.«

»Danke.«

»Den Zaun lass ich erst mal in Ruhe.« Nina räusperte sich und blickte blinzelnd hoch zum Dach des Hangars. »Das ist umwerfend.«

»Gefällt's dir?«, fragte Heath. »Ich fand, dass es da oben recht cool aussieht. Anders.«

»Hast du das gemacht?«, fragte Nina überrascht nach.

»Ja, also das ist so eine Art Hobby von mir, eine Abwechslung zu den Rindern.«

»Gefällt mir. Stellst du deine Sachen auch aus?«

Heath lachte. »Was? Ausgeschlossen. Ich meine, nein. Sag das nicht in Bens Gegenwart. Der lässt dann nicht mehr locker. Dann haben du und Tante Moira also das alte Haus auf den Kopf gestellt?«

»Ja. Hat komischerweise sogar Spaß gemacht. Aber da treiben sich jede Menge Geister rum.«

»Dann bist du also noch immer eine Geisterjägerin?«

Nina schaute ihn fragend an.

»*Ghostbusters*. Erinnerst du dich? Wir waren doch ganz besessen von diesem alten Video, das Russell hatte. Und erinnerst du dich noch an die Kostüme, die wir anziehen mussten? Ben und ich haben kein Wort darüber verloren, dass wir mit einem Mädchen abhingen.«

Nina lächelte und freute sich, dass die Erinnerung noch so frisch war.

Er erwiderte ihr Lächeln und brachte sie für einen Moment aus dem Gleichgewicht. *O mein Gott!* Sie stand da wie verzaubert. Er war hinreißend trotz seiner Narbe. Oder vielleicht sogar deswegen?

»Also ich gehe dann mal zu deinem Bruder und schädige seinen Ruf, indem ich mit ihm abhänge. Ich muss ein paar Mails verschicken. Hast du eine Ahnung, wo er ist?« Sie war um einen lockeren Ton bemüht.

»Im Büro.« Dabei deutete er auf ein Gebäude, das wie ein Klassenzimmer in Fertigbauweise aussah.

»Gut, okay, danke. Und tschüs«, sagte Nina. »Komm mit, Bach.« Sie hob ihn wieder hoch, um die Röte zu verbergen, die sich über ihren Hals auszubreiten drohte. Reiß dich zusammen, sagte sie sich, als sie den Hof überquerte und sich dabei fragte, ob Heath sie wohl mit seinen Blicken verfolgte.

Nina kam an Zwingern mit Arbeitshunden vorbei, einem Lieferwagen mit offener Motorhaube, in den ein großer Mann mit orangefarbenen Haaren seinen Kopf steckte. Er nickte ihr zu. Auf einem kleinen runden Platz trainierte Matty, der seinen Stetson trug, ein riesiges kastanienbraunes Pferd. Er winkte, als er an ihr vorbeikam. Sie war überrascht, ihn hier zu sehen, denn sie war davon ausgegangen, dass er auf Paramour angestellt war.

In einem üppigen Gemüsegarten stand eine überlebensgroße Vogelscheuche aus Maschendraht auf dürren Beinen, deren Arme sich im Luftzug bewegten. Auch sie sah toll aus. Zweifellos wieder eins von Heath' Kunstwerken. Wer hätte das gedacht?

Endlich erreichte sie das containerartige Gebäude und klopfte. Ben öffnete ihr die Tür zu einem ordentlichen, bestens organisierten Büro mit einigen Computern und Aktenschränken. Vor einem der Computer saß Deborah. Und auf dem von Ben waren Tabellen zu sehen.

»Oh, hallo«, begrüßte Deborah sie lächelnd.

»Hi.« Nina lächelte zurück.

»Neens!« Ben grinste. »Erinnerst du dich noch? So haben wir dich immer genannt«, sagte er lachend.

»Äh … ja. Ich bin grade Heath begegnet. Und er meinte, ihr hättet euch damals dafür geschämt, mit einem Mädchen zu spielen.«

»Sieh dir das an.« Ben reichte ihr eine körnige Fotografie der sechsjährigen Nina in Moleskinreithosen und einem Reiterjackett.

»Ben. Kannst du mir nach dem Abendessen mal zeigen, wie ich das PDP ... für die Einladungen? Matty wartet auf mich«, bat Deborah.

»PDF«, korrigierte Ben sie entnervt. »Ich mach das schon.« Der Bildschirm war ein Durcheinander aus lila- und rosafarbenen Sternen. Ein Paar Einhörner mit gebauschten Mähnen und Schweifen stand in Position, um über einen Regenbogen zu springen.

»Entschuldigt, wenn ich mich einmische. Für wessen Geburtstag ist das?«, erkundigte Nina sich bei Deborah. »Ist das für eine Nichte von dir?«

Deborah wurde rot und starrte Nina an, als wünschte sie sich diese weit weg.

»Als ich klein war, hätte ich mich über so eine Einladung gefreut«, redete Nina drauflos und wunderte sich, warum Deborah nichts erwiderte. Ben starrte aus dem Fenster und schien die Luft anzuhalten.

Deborah stand von ihrem Stuhl auf. »Danke für deine Hilfe, Ben«, sagte sie, aber ihr Lächeln wirkte bemüht, und sie würdigte Nina keines Blicks. Auf ihrem Weg zur Tür stolperte sie über ein Stuhlbein und schloss dann entschlossen die Tür hinter sich.

»Was sollte das denn jetzt?«, fragte Nina verdutzt, bis sie mitbekam, dass Ben nur mit Mühe sein Lachen unterdrückte.

»Was denn?«

»Ha ... du!« Ben hob einen Finger und brachte noch immer kein Wort heraus. »Nichte ... mein Gott ...«

»Nun sag schon.«

»Es ist die Hochzeitseinladung!«

Hochzeit? Einhörner? Arme Deborah! Kein Wunder, dass ihr das peinlich war. Nina setzte sich und legte den Kopf in ihre Hände. So konnte man auch Freundschaft mit den Nachbarn schließen, dachte sie.

»Das war einfach zu gut. Ich hatte nicht den Mumm dazu. Aber du, Neens.«

»O nein!« Nina stöhnte. Aber sie konnte sich das Lachen nicht verkneifen. Einhörner passten nun einmal nicht zur adrett gekleideten Deborah.

»Der Ehrlichkeit halber muss ich sagen, dass die Einhörner Hilarys Idee waren. Aber Deborah ist einfach viel zu schwach, um sich ihr gegenüber zu behaupten.«

»Hilarys Idee? Hä? Ich hätte gedacht, dass sie auf erlesenes Design steht.«

»Über Geschmack lässt sich nicht streiten, schon gar nicht, wenn es um Hilary geht. Und Deborah ist ihr kleines Mädchen, das zu allem ja sagt«, meinte Ben.

In seiner Stimme schwang ein Unterton mit, der eine Reaktion darauf fast unmöglich machte.

Sie verfolgten durchs Fenster, wie Deborah den Hof überquerte und zu dem umzäunten Longierkreis ging, wo Matty das Pferd trainierte. Sie war eine makellose Erscheinung. Das Haar war in einem glatten Pferdeschwanz zusammengefasst und ihre Bluse – mit aufgestelltem Kragen – ordentlich in ihre Moleskinhose gesteckt, so dass sie ihre schmale Taille betonte. Heath gesellte sich zu ihr.

Sie lehnten am Geländer und waren sich in ihrer Kleidung so ähnlich, als hätten sie diese im Set gekauft. Deborah steckte ihre Hand in Heath' Gesäßtasche und drehte ihn so, dass er sie ansah und sie ihn auf den Mund küssen konnte, während sie sich an ihn drückte. Heath entzog sich ihr lächelnd. Und Deborah zog ihm die Hutkrempe in die Stirn.

»Sieht aus, als wären sie füreinander geschaffen«, meinte Nina trocken.

»Findest du?«, fragte Ben.

Nina hatte genug gesehen. »Nun, wo kann ich mich einloggen?«

Sie wandte sich dem Bildschirm zu, doch das plötzliche Verlangen, Heath nah zu sein, seine Augen wieder auf sich zu spüren, wühlte sie auf. Es war verrückt. Sie drehte sich um und erhaschte einen Blick auf Deborah, die auf das Geländer kletterte und heruntersprang und leichtfüßig neben dem kastanienbraunen Pferd landete, das Matty führte.

»Was für ein schönes Pferd«, murmelte Nina und beobachtete seinen anmutigen leichten Galopp. Die glänzende Mähne war zu kleinen Zöpfen geflochten, und der Schweif schimmerte wie Mädchenhaar.

»Er heißt Saracen«, sagte Ben, diesmal ohne spöttischen Unterton.

»Warum benutzen sie diesen langen Riemen?«

»Das ist eine Longierleine, um das Pferd vor der Dressur aufzuwärmen. Matty ist ein großartiger Trainer. Er und ich haben früher zusammengearbeitet …«

Nina warf ihm einen Blick zu, aber Ben konzentrierte sich auf das Pferd.

Matty hatte mit wenigen Handgriffen Saracen gesattelt, und Deborah saß auf. Sie saß sehr aufrecht. Anfangs ließ sie das Pferd im Zeitlupentempo einen weiten Kreis ziehen, ging dann in einen langsamen Galopp über und machte dann eine scharfe diagonale Bewegung über den Platz. Saracen kam nicht aus dem Schritt. Schließlich beugte er eins seiner glänzenden Beine und verneigte sich. Anmutig, präzise, elegant.

»Du hast …«, begann Nina.

»Keine Dressur, Campdrafting«, sagte Ben. Er sah Nina dabei an. »Im Grunde genommen ist das die Arbeit, die wir hier machen, wenn wir mit den Pferden aus einer Koppel ein Rind auswählen, das Ganze nur vor Publikum.«

Sie verfolgten beide, wie Deborah die Übung wiederholte.

»Sie ist nicht die Richtige für Heath«, meinte Ben.

Nina sah ihn an.

»Keinesfalls. Er heiratet sie nur, weil sie uns nach dem Unfall beigestanden hat. Aus Dankbarkeit. Und das wird nicht halten.«

»Ja, Moira hat mir erzählt, was passiert ist.« Aber Nina hatte das Gefühl, dass da noch mehr dahintersteckte. Heath und Deborah waren wie die McNallys aus Gidgee Downs, die sie vergangene Woche in der Bowlingbar kennengelernt hatte, als sie mit Harrison dort essen war. Hier draußen waren Paare in erster Linie ein Team. Und genau das waren Heath und Deborah – sie kümmerten sich umeinander. Und Deborahs Pferd wurde auf Kurrabar trainiert, als wären Kurrabar und Paramour bereits ein Anwesen.

Doch das ging sie alles nichts an. Sie tippte auf die Tastatur ein und klickte zu ihrem Posteingang. Mehr als hundert neue Nachrichten. Aber sie war zu abgelenkt, um sie zu öffnen.

»Und Hilary«, fuhr Ben fort, »ist ein harter Brocken. Sie möchte auf Kurrabar Baumwolle, Zitrusbäume und Gott weiß was sonst noch anbauen. Ihr geht's nur ums Geld. Und das entspricht nicht unserem Verständnis.«

Ben nahm ein Buch, das hinter ihm im Regal lag, und warf es Nina zu.

»Handbuch für ganzheitliches Management«, las sie. *»Gesundes Land, gesunder Profit.«*

»Neue Methoden«, erklärte Ben. »Wir wollen achtsam mit unserem Land umgehen und es nachhaltig bewirtschaften, indem wir die Weiden gegen Dürren absichern. Aber Baumwolle lässt sich auf diese Weise nicht anbauen. Na ja, vielleicht schon, aber daran ist Hilary nicht interessiert. Für sie gilt, je größer, desto besser.«

»Genau«, sagte Nina, obwohl sie nicht recht verstand, wovon er sprach. Sie hatte noch nie jemanden Nachhaltigkeit und Landwirtschaft im selben Satz sagen hören.

»Wenn wir schon mal bei Hilary sind, ich habe neulich was Verrücktes gehört«, sagte Nina.

»Verrückt ist bei Hilary normal.« Ben lachte.

»Sie behauptet immer, sie und Dad seien sich nah gewesen. Und dann erzählte mir jemand etwas, das sich ereignet haben könnte, nachdem er vermisst wurde. Es war …«

Der Computer verkündete mit lautem Piep, dass eine neue Nachricht eingegangen war. Sie war von Helen – mit drei Ausrufezeichen.

»Mann, da hast du aber eine Menge aufzuarbeiten«, meinte Ben, der einen Blick über ihre Schulter warf.

Mit sinkendem Mut wandte Nina sich wieder ihren Mails und den Terminen zu, die keine Bedeutung hatten – ihrem richtigen Leben. Mit Sicherheit waren es zwölf als »dringend« gekennzeichnete Mails. Bach legte seinen Kopf auf ihren Fuß, wie er das gern tat, wenn sie vor dem Computer saß. »O mein Gott, Ben. Das ist ja fürchterlich. Ich hätte das schon vor einer Woche erledigen sollen«, sagte Nina, und ihre Schultern sackten zusammen, als sie auf Helens Mail klickte.

»Was genau machst du eigentlich?«, erkundigte sich Ben.

»Graphikdesign«, antwortete Nina. »Jedenfalls *habe* ich das gemacht.«

»Deinem Gesichtsausdruck nach zu urteilen, hätte ich gedacht, du bist Gefängniswärterin.« Er lächelte.

Nina musste lachen. »Tut mir leid. Ich habe meine Arbeit etwas schleifen lassen. Und werde wohl nächste Woche die Suppe auslöffeln müssen. Ich mache diesen Job einfach schon zu lange.«

»Ja, wenn man weiß, wie's geht, sollte man sich was anderes suchen«, sagte Ben.

»Aber ich weiß nicht, was«, erwiderte Nina und seufzte.

»Es findet sich immer was, weißt du, du musst nur offen dafür sein.« Ben betrachtete sie jetzt mit ernstem Blick.

»Wie rosafarbene Einhörner.«

Ben lachte. »Ja, wie rosafarbene Einhörner.«

»Vielleicht sollte ich mir Deborah schnappen und ihr anbieten, ihr bei den Einladungen zu helfen. Keiner sollte schlechte Hochzeitseinladungen haben, nur weil die Mutter so penetrant ist.«

Ben lachte wieder. »Da möchte ich dabei sein. Ich möchte sehen, wie du dich da herauswindest.«

»Hallo noch mal.« Nina blieb in sicherer Entfernung von Heath stehen. Er lehnte am Zaunpfosten und beobachtete Deborah auf Saracen.

Ben kam mit seinem Rollstuhl dazu. Die drei verfolgten, wie Saracen im Galopp lief und ohne zu zögern ein doppeltes Hindernis übersprang.

»Wow!«, machte Nina. Es gab kein anderes Wort dafür. Das Pferd und die Reiterin schienen eins zu sein, als sie regelrecht über das Hindernis flogen.

»Saracen macht sich wirklich gut. Deb hat bei ihm Wunder bewirkt«, erklärte Heath stolz.

»Erstaunlich«, sagte Nina. Sie hatte keine Ahnung von Pferden, aber sie erkannte Perfektion, wenn sie welche sah.

Deborah kam im leichten Galopp auf sie zu und schwang sich aus dem Sattel.

»Hast du das gesehen?«, fragte sie Heath, während sie ihren Helm absetzte. Sie war außer Atem, ihre Augen leuchteten, und ihr Gesicht glühte. »Saracen war einfach brillant. Das macht so viel Spaß. Ich war … oh, Ben. Tut mir leid. Ich wusste nicht, dass du hier bist.«

»Natürlich bin ich hier. Ich lebe hier, schon vergessen«, konterte er mit leiser Stimme.

Nina bemerkte seine geballten Fäuste.

»Beruhige dich, Ben«, warnte ihn Heath.

»Tut mir ehrlich leid, Ben. Ich wollte nicht, dass du dich schlecht fühlst«, entschuldigte sich Deborah noch einmal mit besorgter Miene.

»Ist schon gut, Deborah. Schon gut. Du glaubst doch nicht im Ernst, dass ich vergesse, hier in diesem Ding zu sitzen? Dass ich daran nur erinnert werde, wenn ich dich auf meinem Pferd tänzeln sehe?«

»Lass es gut sein, Ben«, blaffte Heath.

»Wir treffen uns an den Stallungen, Heath«, sagte Deborah. Nina bemerkte, dass sie Tränen in den Augen hatte.

»Ich bin gleich bei dir«, versprach Heath und gab ihr einen flüchtigen Kuss, als sie das Pferd wegführte.

»Ich gehe dann lieber«, murmelte Nina verlegen.

»Verdammt, Ben.« Heath blitzte ihn an.

»Was denn?«, fragte Ben mit verbissener Miene.

»Kannst du sie nicht einmal in Ruhe lassen, nur einmal?«

»Und warum kann sie mich nicht in Ruhe lassen?«

»Sie war dir gegenüber immer nur korrekt, und das weißt du. Es ist an der Zeit, dass du …«

»Darüber hinwegkomme?« Ben drehte Heath den Rücken zu.

»Werd erwachsen, Ben«, entgegnete Heath. »Tut mir leid, Nina. Es ist nur … du weißt schon.«

»Sicher. Keine Sorge.« Der Konflikt ist offenbar nicht neu, dachte sie.

»Ich werde Deb helfen. Gehst du?«, fragte er Nina.

»Ich muss mir erst noch ein paar Mails ansehen.«

»Nimm dir im Büro so viel Zeit, wie du brauchst.« Er nickte ihr zu und lief dann auf die Stallungen zu.

Auf dem Weg zu ihrem Auto lockerte Nina ihre Schultern, die von der Computerarbeit ganz steif geworden waren. Es waren in der Tat sieben Mails von Helen, in denen es um diverse Fragen über Klienten, Druckfahnen und Rechnungen ging. Die letzte war sehr kurz gehalten: *Hören Sie, Nina – ich denke, wir wissen beide, dass Sie sich entscheiden müssen, wo Sie sein möchten. Lassen Sie uns reden. Bald.*

Und dann war da noch eine von Zac. *Du brauchst dir keine Sorgen zu machen, Nina. Die Footsie-Leute waren sehr entgegenkommend, und die Änderungen, die ich an ihrer Webseite vorgenommen habe, gefielen ihnen. Wieso hast du mir nicht gesagt, dass das so phantastische Leute sind? Bin heute Abend zu ihrer Einführungsparty eingeladen. Ich hoffe, du hast nichts dagegen, aber sie möchten, dass ich den Katalog der nächsten Saison gestalte.*

Sie gab sich kurz einer Phantasie hin, in der Zacs Hand und eine zuschlagende Tür des Aktenschranks eine Rolle spielten.

Als sie an den Ställen vorbeikam, sah sie Deborah und Heath. Arme Deborah! Zwischen den Einhörnern und dem Streit mit Ben war es für sie ein harter Vormittag gewesen. Sie ging auf die beiden zu.

»Hallo, hast du deine Arbeit erledigen können?«, erkundigte sich Deborah.

»O ja. Soviel ich verkraften konnte. Tut mir leid wegen vorhin, es lag nicht in meiner Absicht, mich einzumischen«, sagte Nina.

»Kein Problem«, erwiderte Deborah und wirkte viel entspannter. Glücklicher. Natürlich ist sie das, sagte Nina sich reumütig, schließlich hielt sie mit Heath Händchen.

»Wenn du möchtest, könnte ich ein paar Einladungen für dich entwerfen«, bot Nina ihr an. »So was mache ich gerne. Manchmal weiß man selbst gar nicht, was man haben möchte, bis man ein paar Optionen vor sich liegen hat.«

»Wirklich? Das würdest du tun?«

»Das wäre großartig, Nina«, sagte Heath, und in seinen Augen standen Erleichterung und Dankbarkeit. »Danke. Ich weiß ja, dass diese verdammten Dinger dich auf die Palme gebracht haben, stimmt's, Deb?«

»Ich helfe gerne«, bekräftigte Nina und wappnete sich

gegen seinen intensiven Blick. »Aber jetzt muss ich los, du meldest dich einfach, Deborah, wenn du Zeit hast, dann gehen wir das gemeinsam an.«

Bach, der begeistert mit Princess herumgetobt hatte, kam, als Nina ihn rief. Als sie ihn in den Wagen setzte, hörte sie Heath' Stimme.

»Siehst du, Deb, du brauchst dir keinen Stress zu machen. Warum bleibst du heute Abend nicht hier?«

Nina vernahm eine gedämpfte Antwort, als sie den Motor startete, und dann wieder Heath. »Ben geht's gut, wirklich, Deb. Ben geht's gut.«

Erst als Nina das Tor sah, das nach The Springs führte, fiel es ihr wieder ein.

Sie hatte vergessen, Ben zu fragen, wie sie mit Hilary umgehen sollte.

Nur weißes Rauschen war zu hören, also schaltete Nina das Autoradio aus, als sie über die Staubstraße zum Haus rumpelte. Bach verfolgte alles mit wachsamen Augen.

Als Schattenriss im letzten Licht der Abendsonne wirkte The Springs einsam und wie gestrandet inmitten der trockenen Koppeln. Gegen Abend war Wind aufgekommen, und das Geräusch von flatterndem Wellblech verstärkte die Trostlosigkeit.

»Bach, komm her zu mir!«, rief sie, als er in die Dunkelheit schoss, weil sie nicht allein in das leere Haus gehen wollte. Aber Bach hatte anderes im Sinn. »Bach!« Sie schloss die Tür auf.

Der vertraute Geruch von Staub schlug ihr entgegen. Sie ließ die Küchentür offen, um etwas Luft hereinzulassen. Der geschrubbte Holztisch schimmerte im Licht der Hängelampe. Wenigstens sieht der Raum so aus, als würde hier jemand wohnen, sagte sich Nina. Aber der Wind schlug die Tür zu, und sie erschrak. Die Zweige des Granatapfelbaums schabten an der Veranda. Sie atmete tief durch, öffnete erneut die Tür und rief: »Bach! Hierher, Junge. Bach!«

Noch immer kein freundliches kleines Gesicht. Alles fühlte sich so leer an. Weil es das auch ist, du Idiot. Nina öffnete eine Schranktür. Sie hatte vorgehabt, ein richtiges Essen zu kochen, aber nun war ihr nicht mehr danach. Stattdessen griff sie nach einer Schachtel Cracker und einer Flasche Rotwein und holte dann noch ein Stückchen Käse aus dem Kühlschrank.

Als sie den Wein öffnete, senkte sich eine bleierne Schwere auf sie herab. Gepaart mit Traurigkeit. Es war das einsame Gefühl, das sie an Sonntagabenden als Kind gehabt hatte. Lächerlich. Sie wusste genau, was los war. Es war eine Sache, erfahren zu haben, dass Heath und Deborah verlobt waren, aber eine ganz andere, die beiden zusammen zu sehen.

Aber warum? Sie hatte doch selbst einen Freund, oder nicht? Theo entspricht viel mehr meinem Geschmack und passt viel besser zu meinem Leben in der Stadt, dachte sie. Höchste Zeit, darüber hinwegzukommen. Es waren die Reste einer kindischen Schwärmerei, peinlich und dumm.

Nina schenkte sich eins der alten Weingläser voll. Allein trinken. Wie Russell. Zu Hause ging sie mit Freunden aus, um etwas zu trinken, oder trank beim Essen ein Glas mit Theo. Nur dieses eine, redete sie sich ein. Das wird mich aufwärmen. Olivia hatte ihr zwar gesagt, wie heiß es hier draußen werden konnte, aber von den kalten Nächten hatte keiner gesprochen.

Sie wanderte durchs Haus, war neugierig, wie es wirkte, nachdem Moira und sie so viel weggeworfen hatten. Ohne den Müll sah das Wohnzimmer trostlos und nackt aus. Jims leuchtendes Bild von Fort Denison und seine zarten Porträts bestätigten nur, dass die Wände unbedingt gestrichen werden mussten. Das alte Sofa und die Stühle waren solide, müssten aber neu gepolstert und vielleicht mit einem frechen Japanmuster-Stoff bezogen werden. Dieses Haus hatte so viel Potential!

Die Wohnung in Sydney war immer das Zuhause ihrer Mutter gewesen, weshalb sie auch zögerte, Veränderungen vorzunehmen. Das Zusammenwohnen mit Olivia nach dem College hatte viel Spaß gemacht, aber in einer Mietwohnung konnte man sich nicht austoben. Wohingegen dies hier wie eine leere Leinwand war. Eine Affenschande, wie Moira sagen würde. Hilary würde alles abreißen oder zu Staub zerfallen lassen.

Eine heftige Bö riss die Verandatüren auf und warf einen hübschen Couchtisch um. Sie ging, um sie zu schließen, und rief noch mal nach Bach. »Komm her, Junge.« Nichts. Wenn er nicht bald zurückkam, musste sie ihn mit der Taschenlampe suchen gehen. Sie verriegelte die Türen und setzte sich auf den bestickten Klavierhocker.

Hier hatte sie schon früher gesessen. Nina hob den Klavierdeckel an. Die Tasten waren vergilbt, und an einem Ende lag ein kleines Schnapsglas mit eingetrocknetem Likör. Dann hatte also auch Russell hier gesessen. Konnte er spielen? Sie wusste es nicht mehr, obwohl in ihrer Erinnerung die glücklichen Zeiten auch mit Musik verbunden waren. Ja, sie konnte sich hier in diesem Raum sehen, wie sie zusammen mit ihren Eltern sang. Und alle lachten. Nina stellte ihr Glas am anderen Ende der Klaviatur ab.

Erinnerte sie sich noch an das Stück, das so vertrackt war – »Für Elise«? Und ein paar unsichere Noten später fand sie zu einer zögernden Melodie. Was kam dann? Dada da-da … Ihr Fuß erinnerte sich, dass er das Pedal drücken musste, und in diesem Moment kam Leben in das Pianola. Und vor Überraschung warf Nina das Schnapsglas zu Boden. Als sie sich von ihrem Schrecken erholt hatte, trat sie wieder auf die Pedale, und die Geister spielten mit unsichtbaren Händen. Sie lachte, als sie »As Time Goes By« erkannte. Die Schiebewand über der Klaviatur gab den Blick auf die sich wie von Zauberhand drehende Pianolarolle frei. Die kleine Nina war davon fasziniert gewesen und spielte alle Rollen ab, wenn sie Gelegenheit dazu hatte.

Sie hörte auf, die Pedale zu treten, und die plötzliche Stille war überwältigend, bis ein weiterer Windstoß am Blechdach rüttelte. Nina holte ihr Medaillon heraus. Es war glatt, oval und schwer wie ein Stein, das Rotgold schimmerte warm wie eine Mango. Sie trug es jeden Tag, für gewöhnlich unter ihrem Hemd, als ständige Erinnerung an Jim und die Geschichten, die er ihr darüber erzählt hatte. Wenn sie Stress hatte oder sich unsicher fühlte, rieb sie daran wie an Gebetsperlen.

Sie öffnete es, um sich die vertrauten Gravuren anzusehen. Die drei Wellenlinien für Wasser unter einer merkwürdigen Form, die … was sein könnte? Eine Landkarte, eine Konstellation? Der Kopf eines Pferdes? Ein Känguru? Sie erinnerte sich, dass ihr Vater und Russell versucht hatten, das herauszufinden, und ihre Mutter vor Lachen zusammengebrochen war, als eine wilde Erklärung die andere übertrumpfte. Sie sagten, Barkin' Larkin – der Urgroßvater ihres Vaters oder war es der Ururgroßvater? – habe angeblich einen großen Goldklumpen entdeckt, dann versteckt und nie mehr wiedergefunden. Zuvor habe er daraus dieses Medaillon machen und diese Hinweise eingravieren lassen.

»Aber offenbar hat er den Zugang zur Realität verloren, mein Lieber«, hatte ihre Mutter gesagt. »Und du solltest in das alles nicht zu viel hineininterpretieren.«

Es war nur ein weiteres Rätsel in einer ganzen Reihe davon. Und die Lösung könnte sich, wie Nina überlegte und dabei ihren Wein trank, hier in diesem Haus befinden. Es blieb noch immer Zeit, und es gab noch weitere Räume und Schränke, die durchsucht und ausgeräumt werden mussten. Aber der Gedanke, dass dies alles an Hilary Flint fallen sollte, war schrecklich. Wie konnte eine Frau wie sie die eleganten Grundstrukturen von The Springs wertschätzen? Was kümmerte sie die Geschichte der Larkins, die über Generationen zurückreichte? Es war zu traurig, um darüber nachzudenken.

Wenn Nina doch nur finanziell flüssig wäre. Bis jetzt hielten die Unkosten für The Springs sich in Grenzen, doch sie erinnerte sich vage daran, dass Harrison von Gebühren gesprochen hatte, die bald fällig waren. Wenn sie mit Ausräumen fertig war – mit Moiras Hilfe vielleicht in zwei Wochen – und in einen neuen Anstrich investierte, könnte sie sich vielleicht noch ein paar Monate, vielleicht auch ein Jahr lang Zeit lassen, bis sich ein Käufer fand, wie sie Harrison erklärt hatte. Wer weiß, vielleicht hatte ja eine junge Familie Lust, hier draußen zu wohnen, oder ein älteres Ehepaar, das mal was anderes sehen wollte. Zu sehen gab es zwar nicht viel, aber man wusste ja nie, was Leute vorhatten. Das wäre alles besser, als es Hilary zu überlassen.

Ja, alles, was nötig wäre, waren ein paar tausend Dollar, die sie nicht besaß. Sie könnte natürlich einen Kredit auf die Wohnung aufnehmen. Nina stand auf und lief im Raum umher und rückte die Gemälde gerade. Vielleicht könnte sie eins verkaufen? Sie wären schon was wert, aber sie verwarf den Gedanken sofort wieder. Schließlich war sie den Erinnerungen an ihren Vater nicht so lange hinterhergejagt, um jetzt die paar Dinge, die sie von ihm besaß, wegzugeben.

Was dann? Den Kredit zu erhöhen fände sie falsch. Julia hatte immer betont, wie glücklich sie sich schätzen konnten, ihn bekommen zu haben. Den Sprung vom Mieter zum Abbezahlen einer eigenen Wohnung zu schaffen kam im überteuerten Sydney einem Wunder gleich – und war dank eines speziellen Regierungsprogramms möglich gewesen, das sich so nicht wiederholen würde. Und dann die Jahre, in denen Julia hart gearbeitet und sich stark eingeschränkt hatte – alles, damit Nina ein wenig abgesichert war. Leisten konnte sie es sich eigentlich ohnehin nicht. Selbst zu Sonderkonditionen waren die monatlichen Raten hoch für einen Alleinverdiener. Und sie zu erhöhen wäre Wahnsinn.

Sie schrak zusammen, als der nächste Windstoß an den Fenstern rüttelte. Sie trank ihr Glas aus. Bach. Wo war er? Sie ging in die Küche, griff nach der Taschenlampe, die auf der Bank lag, und trat hinaus in den heulenden Wind.

»Bach-Schätzchen? Komm hierher, Junge!« Die Antwort war ein aufgeregtes Bellen. Doch es dauerte einen Moment, bis Nina realisierte, dass das Bellen vom Telefon in ihrer Tasche kam.

»Hallo?«

»Nina?«

»Harrison! Sie haben mich erschreckt. Ich bin draußen. Normalerweise ist mein Telefon hier tot, aber ich scheine eine ideale Stelle gefunden zu haben.«

»Draußen? Ich kann Sie kaum verstehen. Der Wind pfeift so laut.«

»Ja. Er ist heftig.«

»Hören Sie, ich bin mir ziemlich sicher, dass Russell auf dem Hof Feuerholz gestapelt hat, wenn Sie welches brauchen.«

»Danke. Aber ich wüsste gar nicht, wie ich ein …« Ninas Blicke fielen auf einen ordentlichen Holzstapel neben dem Granatapfelbaum.

»Eigentlich wollte ich Ihnen eine Nachricht hinterlassen«, sagte Harrison. »Ich wollte Sie um einen Gefallen bitten.«

»Sagen Sie nur.«

»Möchten Sie meine Begleitung zur Verlobungsparty von Heath und Deborah sein? Die Tanzpartnerin, die ich sonst mitnehme, hat leider keine Zeit. Die Party findet am Samstagabend auf Paramour statt. Es wäre für Sie auch eine gute Gelegenheit, Leute kennenzulernen, die Jim kannten. Alle werden da sein. Hilary und Phillip werden mit Sicherheit alles aufbieten, was sich aufbieten lässt. Ich weiß, dass Sie vorhaben, am Sonntag zurück nach Sydney zu fahren, aber das sollten Sie nicht verpassen.«

Die Verlobungsparty. Natürlich. Vorfreude gepaart mit Traurigkeit flackerte in Nina auf. Der ganze Distrikt an einem Ort versammelt – eine bessere Gelegenheit, Leute über Jim auszuhorchen, dürfte sich nicht mehr finden. Vor allem Hilary. Er hatte recht. Diese Chance konnte sie sich nicht entgehen lassen.

Aber dort würde sie Heath treffen. Heath und Deborah, glücklich vereint. Würde sie damit klarkommen? Natürlich war das zu schaffen. Und notfalls könnte sie sich immer noch in der Küche verstecken.

»Besten Dank, Harrison. Das wäre ... großartig. Aber wird Hilary nichts dagegen haben, wenn ich ohne Einladung komme?«

»Auf meiner Einladung steht ›plus Begleitung‹, also kann sie sich nicht beschweren.«

Nina lachte. »Also gut, dann machen wir das. Und danke für den Anruf.«

»Ist mir ein Vergnügen. Ich hole Sie um sieben ab. Bis dann.«

Nina legte auf. Alles fügte sich zusammen. Sie konnte Hilary zu dem befragen, was Possum ihr erzählt hatte. Und sie hätte auch Gelegenheit, Harrison genauer unter die Lupe zu nehmen. Irgendwas verheimlichte er ihr noch immer, dessen war sie sich sicher. Und wenn alle tranken, wurden die Leute auch gesprächiger.

Sie setzte sich auf die Verandastufe und versuchte, Olivia anzurufen. Verdammt! Die ideale Stelle für Empfang war offenbar zu klein und schon wieder weg. Es war sinnlos.

Sie spürte Bachs Schnauze an ihrem Bein. Er tanzte um ihre Füße.

»Da bist du ja. Macht der Wind dich rammdösig?« Sie hob ihn hoch und drückte ihn an sich. »Was meinst du, sollen wir es uns nicht lieber drinnen gemütlich machen? Ich glaube, ich weiß, was gut für uns ist.«

Sie ging in die Küche, holte ein paar Einkaufstüten und

füllte sie dann mit Holzscheiten und kleineren Ästen, die unter dem Granatapfelbaum lagen. Es war zwar für ein Feuer noch nicht kalt genug, aber Harrisons Worte hallten in ihrem Kopf nach wie eine Herausforderung. Wie schwer konnte das schon sein? Sie genoss die körperlichen Anforderungen, die das Leben hier draußen an einen stellte, und fühlte sich kräftig und nahm alles viel bewusster wahr. Alles war so wesentlich – Feuer, Essen, Schutz.

Nina kehrte ins Wohnzimmer zurück. Sie legte zerknülltes Zeitungspapier in den Kamin und schichtete ein paar kleinere Holzstücke darauf. Dann trat sie zufrieden zurück. Jetzt brauchte sie nur noch Zündhölzer. In der Küche fand sie eine neue Packung genau in der Schublade, in die sie diese auch selbst gelegt hätte. Gott segne Moira!

Sie hielt das Streichholz an das Papier und beobachtete, wie die Flammen lebendig wurden. Sie kniete sich vor das entfachte Feuer und knuddelte Bach. Er leckte ihr die Wange.

Nina setzte ihn ab, um ein größeres Scheit in die Flammen zu werfen.

Sie zog ihre fleckige Jeans aus und ihre Schlafanzughose mit dem Cowboymuster an. Dann schenkte sie sich noch ein Glas Rotwein ein – nun, Bach war ja immerhin Gesellschaft. Sie machte es sich in dem großen Sessel bequem. Der kleine Hund sprang wie eine Katze auf ihren Schoß, legte den Kopf auf ihr Knie und starrte ins Feuer.

Die Party änderte alles. Sie konnte unmöglich feiern und am nächsten Tag nach Sydney fahren. Dies war ihre letzte Chance, Antworten zu bekommen. Sie würde ihren Aufenthalt verlängern müssen – auf insgesamt drei Wochen. Gleich morgen früh würde sie Helen anrufen und sie um eine weitere Woche bitten. Welche Geschichte sollte sie ihr erzählen? Keine Geschichten, beschloss sie. Es kommt, wie es kommt.

Und sie würde ihre Kreditkarten ausschöpfen müssen. Bloß ein paar hundert Dollar. Das hier war schließlich eine Art Notfall.

Nina zauste Bachs Fell und vergrub ihr Gesicht darin, genoss den warmen Feuerschein. So also würde es sich anfühlen, hier zu leben. Vor zehn Tagen hatte sie weder Harrison noch Moira oder Hilary gekannt. Das Leben war so viel interessanter geworden.

Moira saß in Ninas Zimmer auf dem Bett und schüttelte den Kopf.

»Tut mir leid, meine Liebe, offenbar hat Sheree eine andere Figur als du. Da sitzt nichts richtig.«

Nina nickte enttäuscht. Der helle Cremeton stand ihr gut, aber die Proportionen des Kleides stimmten nicht. Der Saum schwebte über ihren Knöcheln, und das Oberteil war zu lang.

»Sheree sah auf ihrem Debütantinnenball darin einfach reizend aus«, meinte Moira seufzend, »aber das können wir vergessen, nicht wahr?«

»Sie haben recht. Das ist nichts für mich«, erwiderte Nina, als sie das Kleid über den Kopf streifte und dann über einen Stuhl legte. »Ich werde Harrison wohl absagen müssen. Was Neues zu kaufen kann ich mir auf keinen Fall erlauben. Ich lebe ohnehin schon über meine Verhältnisse.«

Sie fing ihr Spiegelbild ein und hielt inne. Der zum Kleid gehörende Unterrock umschmeichelte ihre Figur und betonte ihren zarten Knochenbau. Nina schaute Moira an, und sie mussten beide lachen.

»Was denken Sie?«, fragte Nina. »Ist das nicht zu gewagt?« Sie wirbelte herum. Der Unterrock betonte ihre Bräune und umhüllte ihre Hüften mit einem raffinierten Schrägschnitt.

»Der ist perfekt«, sagte Moira. »Es gibt nicht viele, die so was tragen können, du aber schon. O ja, du kannst ihn sehr gut tragen. Mit deinen welligen Haaren und den großen Augen siehst du wie ein Filmstar aus den Dreißigern aus. Hedy Lamarr.«

»Finden Sie?« Nina wandte sich wieder dem Spiegel zu. »Es ist doch nicht zu schlicht, oder? Harrison erweckte den Eindruck, als sei diese Party ein ganz großes Ereignis.«

»Das Schlichte ist das Schöne daran, meine Liebe. Weniger ist mehr«, meinte Moira. Sie erhob sich vom Bett und betrachtete ebenfalls Ninas Spiegelbild.

»Sieh nur.« Sie zog den gepunkteten Kamm aus Ninas Haaren, so dass diese ihr in Wellen über den Nacken fielen.

»Hier, siehst du, was ich mit den Haaren meinte? Vergiss die Pferdeschwänze, den Haarspray und die Lockenstäbe.« Mit flinken Fingern steckte sie das Haar hinter Ninas linkes Ohr und breitete es über der rechten Seite aus, so dass es ihr wie ein weicher Vorhang über das Gesicht fiel. »Hier links vielleicht noch eine frische Blüte und mit deinem hübschen Medaillon, und hier ...« Sie nahm ein besticktes indianisches Schultertuch und drapierte es so um Ninas Schultern, dass das Ende hinten elegant herunterbaumelte. »Damit wirst du nicht frieren. Siehst umwerfend aus«, stellte sie kichernd fest. »Was hab ich dir gesagt? Ich gäbe was drum, Hilarys Gesicht zu sehen, wenn du ihr die Schau stiehlst.«

Nina lachte. »Hilary wird mich gar nicht bemerken, auf einer so großen Party.«

»Wir werden ja sehen.«

Nina setzte sich aufs Bett und betrachtete ihre Hände. »Ich wünschte, Mum wäre hier.«

»Ich weiß, meine Liebe.« Moira setzte sich daneben und legte ihr den Arm um die Schultern.

»Finden Sie auch, dass ich wie Dad aussehe?«, fragte Nina und starrte in den Spiegel.

»Diese Grübchen, die sind ihm wie aus dem Gesicht geschnitten. Das steht außer Frage. Und du hast auch die gleiche Augenfarbe wie er. Die ist wirklich außergewöhnlich. Erinnert mich an einen Billardtisch.«

»Es ist komisch, hier zu sein«, sagte Nina. »Ich habe hier einen ganz anderen Blick auf die Familienangelegenheiten. Eigentlich wollte ich nie wissen, wer meine leibliche Mutter war, weil ich ja schon die beste Mum der Welt hatte. Aber vielleicht ist es doch wichtiger, als ich dachte.«

»Du meinst ...? Davon hatte ich ja keine Ahnung. Julia war nicht deine leibliche Mutter?« Moira war wie vor den Kopf geschlagen.

»Nein. Ich finde es auch seltsam, dass keiner davon gewusst zu haben scheint. Mum und Dad erzählten es mir natürlich, aber in Wandalla erfuhr keiner davon. Nicht einmal Harrison, und der war schließlich Dads bester Freund. Sie hätten sein Gesicht sehen sollen, als ich ihm erzählte, dass Mum nicht meine richtige Mutter war.«

»Nun ja.« Moira runzelte die Stirn.

»Ich habe nicht viel Ähnlichkeit mit ihr. Sie kam aus

Oslo und war deshalb natürlich blond. Ich habe zu Hause ein paar Fotos von ihr.«

»Oslo?«, hakte Moira nach. »Du meinst Norwegen?«

»Ja«, antwortete Nina. »Sie hieß Thora, das bedeutet Donner auf Norwegisch. Sie war eine Künstlerin, die Dad auf der Kunstschule kennengelernt hat, eine Austauschstudentin. Sie arbeitete mit Licht und Klängen, wie ihr Name das nahelegte. Ich finde das ziemlich cool.«

»Wann war das?« Moira beugte sich vor.

»Kurz bevor Mum und Dad sich kennenlernten«, erwiderte Nina. »Nach allem, was er erzählte, hatten sie keine richtige Beziehung. Sie war ein Freigeist und wollte keine Bindung eingehen. Als sie zurück nach Hause fuhr, befand sie, es sei das Beste, wenn ich bei Dad blieb, und so hat Mum mich adoptiert.«

»Ein Glück für deine Mum«, sagte Moira.

»Als ich sieben war, erzählte Dad mir die ganze Geschichte, nachdem Thora bei einem Unfall ums Leben gekommen war. Aber eigentlich wollte ich es gar nicht wissen. Mum meinte immer, ich könne sie hinsichtlich der Adoption alles fragen, aber das wollte ich nie. Ich fand es nicht richtig. Dad vermittelte mir immer, Mum sei nicht gut damit zurechtgekommen, dass er mit Thora zusammen war, und ich wollte es nicht schlimmer machen. Ich wusste nicht mal, ob sie Thora persönlich kennengelernt hatte.«

»Ach, meine Liebe, da hast du ja als kleines Kind schon ganz schön viel verkraften müssen. Aber es muss da drüben doch noch eine Familie geben. Bist du nicht neugierig?«

»Julia war alles, was ich an Familie brauchte.«

»Vielleicht ist das dein nächstes Ziel nach diesem hier. Skandinavien?«

»Ich weiß nicht. Vielleicht. Drei verlorene Elternteile – das macht mich schon zu einer Art Superwaisen, oder?«

Moira kicherte und tätschelte ihr den Rücken.

»Meinen Namen hat Mum, das heißt Julia, ausgewählt«, sagte Nina. »Sie behauptete immer, ich sei ihr Mädchen, ihr Wundermädchen. Auf Spanisch bedeutet Nina Mädchen.«

»Und auf Hindi bedeutet Nina hübsche Augen. Wusstest du das?«, fragte Moira. »Was das betrifft, haben sie also alles richtig gemacht.«

Nina stand auf und stellte sich wieder vor den Spiegel. Sie löste das Tuch und drehte sich hin und her, noch immer in Sorge, das Kleid könnte zu viel preisgeben.

»Wer kann, der kann«, erklärte Moira. »Meine Arbeit hier ist getan.« Sie packte die Tasche mit den Kleidern, die sie Nina zum Anprobieren mitgebracht hatte.

»Sie sind meine gute Fee. Was täte ich nur ohne Sie?«, sagte Nina.

»Mir kommt es vor, als wäre es erst gestern gewesen, dass meine eigenen Mädchen sich herausputzten, um zu ihren Verabredungen zu gehen. Jetzt haben sie alle selbst Mädchen.« Moira war bereits auf dem Weg zur Tür, als sie stehen blieb. »Du musst mir am Dienstag in allen Einzelheiten von dieser Party erzählen. Das ist bestimmt zum Totlachen!«

»In allen Einzelheiten«, versprach Nina, drückte sie und gab ihr einen Kuss.

Kapitel 6

Nichts hätte Nina auf die Szenerie vorzubereiten vermocht, die sie empfing, als sie in Harrisons altem Mercedes in die Einfahrt fuhr. Die Abenddämmerung hatte gerade eingesetzt, und eine zauberhaft angestrahlte Formschnitthecke bildete das Entrée zu Hilarys Haus Paramour. Es erinnerte an eine dreistöckige Baisertorte mit geriffelten Säulen. Doch die noch größere Überraschung war der nach französischem Vorbild um einen großen See angelegte Blumengarten – so etwas kannte man in Wandalla nicht. Wie viel Wasser benötigte man wohl, um so etwas zu unterhalten?, staunte Nina.

Ein weißes, von chinesischen Lampions beleuchtetes Zelt stand auf dem Rasen, und Kellner servierten den Gästen Sekt. Während ein Angestellter sie zu einem ausgewiesenen Parkplatz durchwinkte, wandte Nina sich ungläubig an Harrison.

»Nun, was denken Sie?«, fragte er und grinste sie erwartungsvoll an.

»Ich weiß nicht recht, was ich denken soll.«

»Die übliche Antwort ist: ›Was haben sie sich nur dabei gedacht?‹« Sie lachten.

Doch Nina wurde nervös, als Harrison, der in seiner Abendgarderobe wie ein Filmstar aussah, ihr die Wagentür öffnete. War sie für den Anlass auch angemessen gekleidet? Aber dann berührten ihre Finger das Medaillon, das warm und schwer auf ihrer Brust lag, und sie wurde sofort zuversichtlich. Sie konnte sich sehen lassen, befand sie.

»Warten Sie«, bat Harrison, als er ihr aus dem Wagen half. »Ich will nur ... du meine Güte. Sie sehen ja umwerfend aus.«

»Harrison, Sie alter Softie«, entgegnete Nina und hakte sich lächelnd bei ihm unter.

Sie schlossen sich der Schlange an, die sich über die Eingangsstufen bis zum Portikus hinaufwand, wo die Familie die Gäste begrüßte. Ein Streichquartett spielte Vivaldis »Frühling«. Es ist wie bei einem Firmenempfang, dachte Nina. Nur die Jack-Russell-Terrier, die die Schlange in Schach hielten, passten nicht dazu. Sie trugen Fliegen mit Glitzersteinen.

»Dolce und Gabbana«, stellte Harrison die beiden Hunde vor und kraulte das Ohr eines Hundes.

Nina lachte. »Sie machen Witze, oder?«

»Ist kein Witz.«

Neuankömmlinge reihten sich hinter ihnen ein, und die Kleider der Frauen, die die ganze Farbpalette abdeckten, bauschten sich im leichten Abendwind. Nina stellte fest, dass die jüngeren Männer wie Harrison in Abendgarderobe kamen, aber einige der älteren Herren bei den Tweedjacketts geblieben waren, die sie auch in der Stadt trugen.

»Woher kommen all diese Leute?«, fragte Nina.

»Wie's aussieht, scheinen alle hier zu sein«, erwiderte Harrison.

»Einige von ihnen müssen Dad gekannt haben.«

Harrison sah sie an. »Haben sie auch.«

»Können Sie mich vorstellen?«

Ein Zögern huschte wie ein Schatten über sein Gesicht, das er jedoch gleich wieder unter Kontrolle hatte. »Natürlich«, antwortete er und tätschelte die Hand, die in seiner Ellenbeuge ruhte. »Natürlich. Ich werde mein Bestes tun.«

»Mein Hauptziel ist Hilary«, sagte Nina.

»Das mag schon sein, aber wenn ich Sie wäre, würde ich mich von ihr fernhalten«, gab er zurück und unterstrich dies mit einer abwehrenden Handbewegung. »Sie wird beschäftigt und gestresst sein – keine gute Kombination. Wissen Sie, Hilary ist eigentlich ganz anders, als sie sich gibt. In ihrem Selbstverständnis verkörpert sie die lokale Siedleraristokratie, hält sich für die Königin des Distrikts. Aber wenn Sie mal einen Blick dorthin werfen, sehen Sie die Leute, die das wirklich für sich in Anspruch nehmen können.«

Harrison deutete auf ein großgewachsenes, elegantes Paar, das hinter ihnen in der Reihe stand und ihr irgendwie bekannt vorkam. Die Frau trug ein weich fließendes Kleid mit einem indigoblauen Pashminaschal, der Mann war braungebrannt und schlank und hatte einen gepflegten weißen Bart. Es war das Paar, das sie vergangene Woche mit Heath in der Stadt gesehen hatte.

»Mackenzie und Kathryn Blackett, Großonkel und Großtante von Ben und Heath«, erklärte er. »Das ist der wahre Adel des Distrikts. Und auch das Salz der Erde.«

»Ich habe sie vor ein paar Tagen gesehen, wurde ihnen aber nicht vorgestellt«, sagte Nina.

»Für Heath und Ben sind sie wie Eltern, aber das ist eine andere Geschichte«, meinte Harrison.

»Moira erzählte mir, Mum habe bei ihnen gewohnt, als sie Dad kennenlernte. Also müssen sie ihn auch gekannt haben.«

»Mit Sicherheit. Ihr Anwesen liegt im Westen der Stadt.

›Hinter Wandalla‹, wie sie zu sagen pflegen. Dort draußen ist es trockener, schon halbe Wüste, aber sie haben einen großen Betrieb, vorwiegend Wolle. Jim hat in seinen Schulferien immer für sie gearbeitet.«

»Dann muss ich sie so bald wie möglich sprechen.«

»Wir werden drinnen zu ihnen stoßen«, versprach Harrison.

Nina entspannte sich. Endlich würde sie Dads Leute kennenlernen.

Heath legte die Hände auf Deborahs Schultern.

»Es wird alles gut, Deb. Ich bin an deiner Seite.«

Deborah blickte zu ihm hoch und knabberte an ihrem Daumennagel.

»Warum muss bei ihr alles immer so übertrieben sein?«, klagte sie. Sie ließ den Kopf hängen. »Ich wünschte, es wäre schon morgen, und ich könnte auf die hinterste Koppel reiten, wo ich niemanden sehen muss. Nur die Pferde.«

Er tippte ihr Kinn leicht mit der Fingerspitze an. »Du siehst wunderschön aus.« Und das tat sie auch. Ihr Kleid betonte ihre schlanke Figur, und ihr hochgestecktes Haar brachte ihren langen Hals gut zur Geltung. Heath beugte sich über sie und gab ihr einen Kuss hinters Ohr.

Sie hörten Gelächter aus dem Esszimmer hinter ihnen.

»O mein Gott, lass mich raten, das ist sicherlich etwas ganz Spezielles für das glückliche Paar.« Die Stimme einer Frau.

»Caitlin«, flüsterte Deborah.

Eine der Snobs von der Privatschule. Heath hatte sie am Nachmittag in ihren Landrovern und Mercedeslimousinen eintreffen sehen. Sie redeten alle viel zu laut.

»Ihr haltet das für geschmacklos? Dann hättet ihr erst mal die Hochzeitseinladungen sehen sollen, die sie haben wollte!« Das war Ben. Er setzte zu einer schwungvollen Spöttelei auf ihr Design an, worauf Caitlin sich vor Lachen nicht mehr einkriegte.

Dem werde ich's zeigen, sagte sich Heath und biss die Zähne zusammen. Offenbar konnte Ben Deborah nicht in Ruhe lassen. Und sie hatte sich so viel Mühe gegeben, ihn zu Terminen gefahren, wenn Heath es nicht einrichten konnte, und sich ausgiebig mit Rückenmarksverletzungen befasst. Wenn er ehrlich war, hatte sie sich ein bisschen zu sehr bemüht. Aber sie trug ihr Herz am rechten Fleck.

Wieder hörte man Caitlins Stimme. »Nun ja, wenigstens ist der Schampus erste Wahl. Nun kommt schon, besaufen wir uns.«

Deborah riss sich von Heath los und rannte ins Esszimmer. Er folgte ihr.

»Deb, du wirst dich doch nicht von so etwas ...«

Er sah sie rot werden und bemerkte dann, worüber sie sich lustig gemacht hatten. Es waren die Tabletts mit den rosafarbenen Champagnerflöten, versehen mit den Goldinitialen H & D, die er sie am Morgen hatte verteilen sehen. Ausgewählt von Hilary aus dem Hochzeitskatalog und von Deborah stumm akzeptiert.

Sie waren tatsächlich etwas kitschig, wie er jetzt zugeben musste. Aber es waren Gläser – was machte das schon, solange man daraus trinken konnte?

»Da ist ja das schöne Paar!« Eine der Tierärztinnen aus dem Ort stand in der Tür. Heath fand, dass sie mit ihrem dürren Körper und dem strengen schwarzen Knoten ein bisschen Olive Oyl ähnelte.

»Kommt alle her, sie sind hier«, rief sie über die Schulter. »Wartet mal, ich will euch fotografieren.« Die Tierärztin hielt ihr Mobiltelefon hoch und gab den beiden Zeichen, sich dichter zusammenzustellen, während der Naturwissenschaftslehrer und der Händler für Landwirtschaftsprodukte sich durch die Tür drängten.

»Moment, sagt mal ›Cheese‹«, rief sie ihnen zu.

Heath sah, dass Deborah sich bemühte zu lächeln, ihre Lippen jedoch bebten.

»Ich habe dieses Ding nicht mehr getragen, seit ich meinen Bachelor gemacht habe«, versicherte der Lehrer und versuchte seine viel zu enge Smokingjacke zusammenzuhalten.

»Du siehst aus wie zehn Kilo Scheiße in einem Fünfkilobeutel«, stellte der Händler fest und klopfte ihm laut lachend auf den Rücken.

»Eine phantastische Party, Deborah«, verkündete die Tierärztin. »Dieser Champagner ist *magnifique*!«

Heath bemerkte, dass Deborahs Blick zu der rosafarbenen Flöte in der Hand der Tierärztin wanderte.

»Komm mit, Deb.« Er nahm sie am Arm. »Entschuldigt uns, wir müssen die Runde machen. Schön, euch zu sehen.«

»Bitte, Heath, sag den Kellnern, sie sollen diese Gläser wegbringen und ein paar schlichte aus der Küche nehmen«, flüsterte Deborah.

»Wieso denn? Aber keiner wird …«

»Bitte tu's einfach und spiel es nicht hoch.« Deborah warf einen Blick auf das Trio, das es sich auf der Couch bequem gemacht hatte.

»Aber ich dachte, du wolltest …«

»Siehst du nicht, dass ich sie *nicht* haben will«, rief Deborah mit schriller Stimme und Tränen in den Augen. Es wurde still im Raum.

»Ich kümmere mich sofort darum«, erwiderte Heath halblaut. »Wir sehen uns dann draußen.«

Nina zog ihr Tuch eng um die Schultern, als sie sich darauf vorbereitete, die Familie zu begrüßen.

Hilary stand neben den hohen Türen. Sie sah aus wie aus dem Ei gepellt, aber ihr Kleid, eine Phantasie in Gold mit einem Schlüssellochausschnitt und Schwalbenschwanzschleppe, kam Nina merkwürdig bekannt vor. Dann fiel es ihr ein. Sie hatte es vor ein paar Monaten anlässlich der Oscarverleihung an einer zwanzigjährigen Jungschauspielerin auf dem roten Teppich gesehen. Offensichtlich hatte Hilary es auch gesehen und kopieren lassen. Doch als sie Hilarys von der Sonne faltiges Dekolleté bemerkte, fragte Nina sich, ob dieses Geld gut angelegt war.

Deborah kam dazu und schob das Oberteil ihres auf Figur geschnittenen hellblauen Kleides zurecht. Sie ließ die Haltung vermissen, die sie auf dem Pferd gezeigt hatte. Tatsächlich wirkte sie zutiefst verstört.

»Das ist Phillip Flint«, flüsterte Harrison ihr zu und zeigte auf einen kleinen, zur Glatze neigenden Mann neben Hilary. Philipp hatte den friedfertigen Gesichtsausdruck und die spitze Lippe einer Schildkröte. »Die Kinder hier nennen ihn den Rocket Man wegen seiner pyrotechnischen Fähigkeiten. Aber lassen Sie sich nicht täuschen … er ist so aufregend, wie er aussieht.«

»Kannte er Dad?«

Harrison schüttelte den Kopf.

Mit einem Scheinwerferlächeln richtete Hilary ihren Blick über die Köpfe des Paares direkt auf Nina.

»Noch immer hier, wie ich sehe«, sagte sie in ihrer Singsangstimme und hob eine Braue. »Also wirklich, Harrison, du bist mir ja ein ganz Ungezogener. Du hast mir nie verraten, wen du mitbringst.«

Nina trat vor und streckte die Hand aus. »Danke. Ich hoffe, wir können später plaudern. Mein Dad …«

Harrison kniff sie in den Arm, und sie wandte sich ihm verdutzt zu.

»Sie haben ein Haus, das Sie verzweifelt loswerden wollen, und ich mache dafür ein gutes Angebot. Das ist alles, worüber wir reden müssen«, entgegnete Hilary und lachte künstlich.

»Nun, verzweifelt bin ich nicht«, konterte Nina.

»Rasch, Deborah, die Blacketts sind hier«, verkündete Hilary und sah über Nina hinweg. »Warum hast du mir das nicht gesagt, Heath? Harrison, Gina«, mit diesen Worten wurde sie entlassen.

»Mum, bitte … sie heißt Nina, nicht Gina«, wandte Deborah ein.

Plötzlich stand Heath in der Begrüßungsreihe.

O Hilfe!, dachte Nina. Er sah einfach umwerfend aus in seiner Abendgarderobe.

Er flüsterte etwas in Deborahs Ohr und drückte ihre Schulter. Sie nickte erleichtert.

»Das sieht alles ganz wunderbar aus«, sagte Nina zu Deborah. »Ganz herzlichen Dank für die …«

»Nein, danke, dass du gekommen bist.« Deborah küsste Harrison und lächelte Nina flehend an, als wollte sie die Unhöflichkeit ihrer Mutter wiedergutmachen.

Aber Nina war von Heath' Blick viel zu verwirrt, um darauf eingehen zu können. Seine Augen schienen in ihr Innerstes zu blicken, und zu ihrer Verärgerung wurde sie rot, weil ihr ganzer Körper auf ihn reagierte.

Auch Heath schwieg, erinnerte sich dann aber und streckte ihr die Hand entgegen. »Ben hat mir erzählt, dass es in The Springs vorwärtsgeht«, sagte er mit seiner sonoren Stimme.

Nina nickte, brachte aber kein Wort heraus, als sie seine Hand schüttelte.

»Nun, Harrison«, Heath wechselte das Thema, »ich nehme an, Nina hat dir berichtet, dass wir sie auf Russells Grundstück getroffen haben? Deb und ich haben sie dabei ertappt, wie sie mit einem unserer eher widerspenstigen Tore im Clinch lag.«

»Ja«, warf Hilary ein und winkte den Blacketts zu. »Diese Tore sind teuer. Entschuldigt mich, aber ich muss meine Gäste begrüßen.«

Harrison führte Nina zur Tür, als sie ein letztes Lächeln in Deborahs Richtung schickte und dabei den Blickkontakt mit Heath vermied.

Sie betraten ein riesiges Wohnzimmer, in dem sich die Gäste drängten. Nach allem, was Nina erkennen konnte, war der Raum genauso überladen ausgestattet wie der Außenbereich. Weiße Ledergarnitur, weißer Teppich, ein riesiger Fernseher und ein Flügel – ebenfalls weiß. An einer Wand hing ein Rahmen von der Größe eines Einzelbetts mit unzähligen blauen und roten Preisbändern, die man offenbar zu einer Art Quilt zusammengefügt hatte. Es schienen allesamt Preise von Reitveranstaltungen zu sein.

Harrison sicherte ihnen ein paar Gläser von einem vorbeikommenden Kellner. »Das hätte ich mir auf gar keinen Fall entgehen lassen wollen«, sagte er lächelnd.

Nina musterte die Menge auf der Suche nach Gästen, die alt genug waren, um ihren Vater gekannt zu haben, doch ihr Blick blieb an einem Ölgemälde hängen, das eine Nackte in einem Brunnen zeigte. Es nahm einen Ehrenplatz über dem Marmorkamin ein. Die klaren Linien zeigten zweifellos eine Schönheit, deren blondes Haar und Körperrundungen vom Nachmittagslicht hervorgehoben wurden. Das Gesicht des Modells war im Profil festgehalten. Ansonsten war nur noch ein dunkler Magnolienbaum im Hintergrund zu sehen.

»Dieses Bild«, sagte Nina.

»Ja, eine Schönheit, stimmt's?« Harrison versuchte sein Glas davor zu schützen, angerempelt zu werden. »Sie werden nie erraten, wer das ist.«

»Es ist von Dad«, war Nina überzeugt, die sich gar nicht sattsehen konnte.

»Das steht fest«, murmelte Harrison dicht an Ninas Ohr. »Eins seiner besten. Aber erraten Sie denn, wer diese laszive Frau auf dem Bild ist?«

»Nun, es ist der Brunnen von Durham House. Und der Baum ... aber ...« Nina schaute Harrison an, der anspielungsvoll zur Tür schielte.

»Hilary?«, hauchte Nina. »Unmöglich.«

»Pst«, machte Harrison und lächelte. »Das ist das schlechtestgehütete Geheimnis von Wandalla. Ich war dabei, als Jim es malte, aber Hilary hat es jahrelang abgestritten, bis ein Kunsthändler Phillip erklärte, dass die Frau darauf etwas ganz Besonderes sei. Der einzig bekannte

Moment, wo Hilary sich schüchtern gab. Aber jetzt beherrscht es den Raum.«

»Legt doch mal andere Musik auf. Zu diesem Mist kann doch kein Mensch tanzen«, übertönte ein rotgesichtiger junger Mann den Cool Jazz, der aus den Lautsprechern kam.

»Chiiiselll!«, schrie eine Stimme durch den Raum und bekam dafür donnernden Applaus.

»Aber warum hat Dad sie gemalt? Sie haben doch gesagt, dass er sie gar nicht gut kannte.«

»Es war nur ein Sommer. Ich glaube, es war Hilarys letztes Schuljahr«, sagte Harrison. »Hey, Kumpel, wie geht's?«, rief er, als Matty vorbeikam, der über den Köpfen der Leute ein Tablett voller Horsd'œuvres balancierte. Als er schüchtern lächelte, leuchteten seine Zähne sehr weiß in seinem dunklen schönen Gesicht. Er wurde von einem großen, dünnen Mann verfolgt, dessen Blicke gierig auf das Tablett gerichtet waren.

»Matty kennen Sie ja schon, Nina, und das ist Lobby Murphy, Hilarys Bruder. Er arbeitet drüben in Kurrabar.«

»Hi«, grüßte sie die beiden und erkannte in Lobby den rothaarigen Mann wieder, der an dem Lastwagen gearbeitet hatte, als sie vorbeikam, um ihre Mails zu checken.

Matty bot Nina das Tablett an, und gleichzeitig griff Lobby nach den Lachscrostini. Er nahm sich gleich drei davon und verschlang sie alle auf einmal.

»Hm, und schon ist es ein Clubsandwich.«

Wie bei einem Troll schienen Hilarys Bruder die Haare direkt aus der Stirn nach oben zu wachsen. Er schluckte das Gebäck hinunter und streckte gleichzeitig Nina seine Hand hin.

Cold Chisels »Khe Sanh« wummerte aus den Lautsprechern. Und wie in einen durcheinandergebrachten Ameisenbau kam Leben in den Raum, Körper hüpften und wiegten sich.

»Schön, dich zu sehen, Nina«, schrie Matty. »Ich muss heute Abend zwar für Hilary arbeiten, aber ich komme später mal zu dir.« Und dann tauchte er mit seinem Tablett in der Menge unter.

Lobby schüttelte noch immer Ninas Hand. Er hatte sich offenbar von seiner Fliege verabschiedet, denn sie hing ihm lose um den Hals. Er bemerkte ihren Blick. »Dieser affige Anzug. Ich war nicht wild drauf, aber ohne hätte Hils mich gar nicht reingelassen.« Er lachte.

»Noch was zu trinken, Nina?«, bot Harrison an und rieb sich die Hände. »Wenn Sie wollen, hole ich uns was. Alles in Ordnung, Lobby?« Er entfernte sich in Richtung Bar.

»Woher kennen Sie Deborah?«, erkundigte Lobby sich bei Nina, ehe sie Gelegenheit hatte, bei Harrison abzulehnen.

»Ich kenne sie gar nicht richtig. Ich wohne in The Springs, wissen Sie, das Haus drüben …«

»Oh, Sie sind *das*«, schrie Lobby. »O Mann, Sie wissen, wie man Unruhe stiftet. Hab Hils noch nie so aus der Fassung gesehen. Schon immer hat sie Russells Land als das ihre angesehen. Früher haben wir uns da immer rumgetrieben.«

»Kannten Sie denn meinen Dad?«

»O ja, wir gingen zusammen zur Schule. Und hatten immer was Kühles im Wasserloch bereitstehen. Wir waren gute Kumpel.«

»Wirklich? Haben Sie ihn zufällig im November 1997 in Wandalla gesehen?«

»Mensch, jetzt wo Sie fragen. Nö, keine Ahnung. Oder – 1997 – das war das Jahr, bevor ich zurückkam, hab die drei Jahre davor nämlich in der Gegend von Longreach Schafe geschoren, ja. Also nein.«

Nina ließ sich ihre Enttäuschung nicht anmerken. »Wie war er denn so?«, fragte sie, wohl wissend, dass sie nach Strohhalmen griff. Aber man wusste ja nie, was den Leuten herausrutschte, vor allem jenen, die Hilary nahestanden.

»Oh, Jim, mit dem hatte man immer Spaß, aber die Jungs spielten in einer anderen Liga.«

»Um Himmels willen, Lobby, nun steh nicht schwafelnd hier herum.« Hilary kam im Eilschritt auf sie zu. »Schalt diesen Lärm aus und geh hinaus zum Zelt. Dorothy Crane und die Leute von *Argus* sind hier, um Fotos zu machen. Und sag Matty, dass wir auf der Terrasse Schampus brauchen – er scheint zu einer Buschwanderung aufgebrochen zu sein.«

Und an Nina gewandt, sagte sie: »Hier, nehmen Sie bitte mein Glas?«

»Äh, ja.« Nina nahm das mit Lippenstift verschmierte Kelchglas und stellte es zu ihrem noch halb vollen auf den Tisch.

Lobby folgte Hilary, nachdem er sich noch mal umgedreht hatte, um eine Grimasse zu schneiden.

Harrison kehrte mit vollen Gläsern zurück. Sein Gesicht war gerötet. »So, da wären wir«, sagte er und gab Nina eins.

»Danke, aber wie es aussieht, werde ich uns nach Hause

fahren müssen«, meinte sie und stellte es zu den anderen Gläsern.

»Keine Sorge. Die McNallys können Sie mitnehmen. Ich werde im Auto schlafen.«

Aber sie musste es langsamer angehen lassen, sonst würde sie heute Abend nicht viel herausfinden, überlegte Nina. »Warum haben Sie mich eigentlich vorhin gekniffen, Harrison? Ich wollte Hilary doch nur über meinen Dad ausfragen. Und das ist heute meine letzte Chance, wenn ich Ende der Woche abreise.«

Harrison lachte, schaute sie dabei aber nicht an. »Ich würde Abstand zu ihr halten, wenn ich Sie wäre. Hilary ist keine verlässliche Informationsquelle.«

Was verdammt noch mal sollte das? Ich kann doch wohl noch selbst entscheiden, wer zuverlässig ist, dachte Nina.

Draußen grollte der Donner.

Nina sah hellblaue Seide aufblitzen. Durch eine Lücke in der Menge bekam sie mit, wie Deborah leere Gläser auf ein Tablett stellte. Sie schien den Tränen nahe zu sein. Die dünnen Haarsträhnen, die ihr in die Augen hingen, unterstrichen ihren gehetzten Ausdruck.

»Entschuldigen Sie mich«, bat Nina mit einem Lächeln. Sie quetschte sich an den in Tweed gewandeten Rücken vorbei.

»Kann ich helfen?«

Deborah richtete sich rasch auf und blickte nach links und rechts. »Ich sammle nur *diese* Gläser zusammen«, erklärte sie leise und zeigte dabei auf das Monogramm. »Die sind *so was* von daneben.«

Da hat Hilary wieder zugeschlagen, dachte Nina. »Keine Sorge. Sag doch einfach den Kellnern, dass sie die Gläser wegbringen sollen. Und in der nächsten halben Stunde werden sie in der Küche verschwunden sein.«

Deborah schien nicht überzeugt zu sein, aber sie stellte das Tablett ab.

»Mist«, sagte sie, als sie sich in einem goldgerahmten Spiegel sah. »Mum wird ausrasten. Wir müssen uns für *Argus* fotografieren lassen, und der Friseur ist bereits nach Hause gegangen.« Vergeblich versuchte sie, die losen Strähnchen in ihre Haar-Banane zurückzustecken.

»Kein Problem«, meinte Nina. »Hast du einen Stielkamm und Haarspray?«

»Mum hat das. Das ist alles in meinem Zimmer. Sie hat die Lockenwickler, die Haarglätter, das Onduliereisen und den Föhn – das entsprechende Diplom habe ich nie gemacht! Du rettest mir mein Leben. Wenn die Fotos nicht perfekt sind, lohnt es sich nicht zu leben.«

Sie bahnten sich über eine eindrucksvoll geschwungene Treppe, auf deren Stufen Gäste saßen, den Weg nach oben. Deborah schloss die Tür, und die Stille war fast unerträglich, denn der Teppichboden, der Behang des Himmelbetts und die üppig drapierten Vorhänge am Fenster verschluckten alles wie eine Gummizelle. Hier fanden sich weitere blaue und rote Preisbänder, sie waren jedoch nicht gerahmt oder zum Quilt verarbeitet, sondern hingen einfach über der Vorhangstange.

Deborah ließ sich auf einen Polsterschemel vor einem Frisiertisch mit einem dreiflügeligen Spiegel und einem Bataillon ausgefallener Parfümflaschen fallen – alle voll. Den Ehrenplatz in der Mitte nahm eine silberne Trophäe in Form von gekreuzten Cowboystiefeln ein.

Sie streifte ihre High Heels ab und rieb sich den Fußballen. »Gott sei Dank. Die sind zu klein. In Dubbo haben sie Größe zweiundvierzig nie auf Vorrat, und es war zu spät, sie zu bestellen.«

»Hu, ich kann deinen Schmerz nachfühlen. Ich habe die gleiche Größe! Das ist ärgerlich.«

»Ich ziehe ja am liebsten Reitstiefel an. Männerstiefel, wenn möglich«, sagte Deborah.

Nina nahm den Kamm und stellte sich hinter Deborah und bändigte die losen Strähnen.

»Wofür ist diese Trophäe?«, fragte sie.

»Line-Dancing. Matty O'Sullivan und ich haben letzten Januar die Regionalmeisterschaften gewonnen.«

»Das ist cool. Ich kann überhaupt nicht tanzen. Ich bin eine Art Anti-Tänzerin. Und was sagt deine Mum dazu?«

»Es tut mir so leid wegen vorhin. Mum kann ziemlich direkt sein.« Deborah sah Nina dabei im Spiegel an. »Sie möchte, dass ich Gesellschaftstanz mache, aber Line-Dancing ist mal eine Sache, die ich für mich tue, und das lasse ich mir nicht nehmen.«

»Richtig so.«

Deborah entspannte sich. »Meine Güte, dieses ganze Fest. Es ist völlig außer Kontrolle.«

Nina beschränkte sich auf ein mitfühlendes Lächeln.

»Na gut. Es dauert nicht mehr lange. Ein letzter Schub, dann ist alles vorbei«, sagte Deborah.

»Klingt fast, als bekämst du ein Baby.«

»Ist vermutlich genauso schmerzhaft«, seufzte sie. »Ich wünschte, wir hätten uns schon als Kinder gekannt. Die Jungs haben ständig von dir erzählt. Seit wir von Tamworth hierhergezogen sind, bist du nicht mehr hergekommen.«

»Dann bist du meinem Dad also nie begegnet?«, hakte Nina nach und steckte Deborahs Haar mit einer Haarnadel fest.

»Nein, aber ich habe jede Menge über ihn gehört. Das Gemälde unten ist wirklich ein großes Kunstwerk, aber eigentlich will man seine Mutter nicht jeden Tag …« Deborah verzog das Gesicht und schüttelte den Kopf.

»Spricht sie denn von ihm?«, erkundigte Nina sich so beiläufig wie möglich.

»Wenn sie ein paar Gläser Wein intus hat, hört sie gar nicht mehr auf.« Deborah verdrehte die Augen. »Dann schwärmt sie davon, wie gut er aussah, was für ein großartiger Künstler er war, wie sehr er in sie verliebt war …« Sie schaute Nina an, um zu sehen, warum sie zu kämmen aufgehört hatte.

Nina griff lächelnd nach weiteren Haarnadeln. »Dann kannten sie sich also gut?«

»Das weiß ich nicht, aber wenn man ihr Glauben schenken darf, waren sie eine Art Künstlerkollektiv. Jim der große Maler, Mum seine Muse, Harrison der Wohltäter und der arme alte Russell der kleine Bruder. Russell hat sie immer angeschmachtet«, sagte Deborah, als sie mitbekam, dass Nina ihre Arbeit wieder unterbrochen hatte.

»Aha? Über diese Zeit in Dads Leben weiß ich gar nichts. Und alles, was du mir erzählen kannst, hilft mir weiter.«

»Na ja, ich genieße alles, was Mum von sich gibt, mit Vorsicht. Aber du solltest mit ihr sprechen.«

»Ja, danke, das werde ich auch.« Sie schirmte Deborahs Augen mit ihrer Hand ab und ging mit dem Spray über die Haare. »So, jetzt sitzt wieder alles.« Ihre Blicke trafen sich im Spiegel.

»Danke, Nina, das sieht toll aus.« Und scheu fügte sie hinzu: »Es gibt hier nicht viele Leute, mit denen man was zu tun haben möchte. Alle gehen irgendwann nach Sydney.«

»Nun«, sagte Nina, »ich hoffe, dass ich eines Tages zurückkommen kann. Es ist so schön hier. Und du musst dich bei mir melden, wenn du in die Stadt kommst.«

Deborah lächelte. Sie gingen nach unten, und Nina verabschiedete sich von ihr. Dann schob sie sich auf der Suche nach Harrison an den Tänzern vorbei. So, wie sich die Party entwickelte, wollte sie sich so bald wie möglich mit den alten Blacketts unterhalten.

»Da sind Sie ja, meine Liebe«, rief Harrison ihr über die Musik zu.

»Wären Sie so nett, mich jetzt Kathryn und Mac Blackett vorzustellen, Harrison? Ich würde sie wirklich gerne sprechen, bevor ich gehe.«

»Oh, natürlich. Wenn Sie möchten. Ich habe sie da drinnen gesehen.«

Harrison nahm Nina an der Hand und führte sie ins Wohnzimmer, wo bunte Scheinwerfer blinkten. »Money Money Money«, dröhnte es aus den Lautsprechern. Die Blacketts hatten sich mit ihren Drinks in die hinterste Ecke zurückgezogen, als suchten sie Schutz vor einem Unwetter. Als sie Harrison sahen, erhellten sich ihre Gesichter, und sie begrüßten ihn überschwänglich.

»Und wer ist deine reizende Begleiterin?«, erkundigte sich Kathryn Blackett mit einem freundlichen Lächeln. Ein Netz aus Lachfalten verlieh ihrem markanten und intelligenten Gesicht zusätzliche Ausstrahlung.

»Ah, das ist Ms Nina Larkin«, stellte Harrison sie vor.

»Sie kommt aus Sydney. Jims Tochter. Nina, das sind Kathryn und Mac.«

Nina streckte ihre Hand aus, aber die Frau wurde kreidebleich. »Äh, Nina …«

Nina erlebte ein Déjà-vu. Es war dieselbe Reaktion, die auch Harrison bei ihrer ersten Begegnung gezeigt hatte. Bestürzung. Es gab kein anderes Wort dafür. Was zum Teufel war da los?

»Ihr wusstet also nicht, dass Nina hier ist?«, fragte Harrison und betrachtete die beiden neugierig. »Ihr lebt hinterm Mond.«

»Doch, gehört haben wir es«, erwiderte Kathryn matt.

»Es ist doch schön, jemanden aus Jims Familie zu sehen«, sagte Mac laut, packte Ninas Hand und schüttelte sie, als wollte er damit von der Reaktion seiner Frau ablenken. Nina schaute ihn an, aber er wandte den Blick ab.

»Ja, das stimmt«, bestätigte Kathryn, die sich offenbar langsam wieder gefangen hatte. »Sogar sehr schön, meine Liebe. Sie sehen aus wie er – Ihre Augen –, aber das sagt Ihnen bestimmt jeder.«

Nina nickte, schwieg jedoch und musterte ihre Gesichter.

»Wie haben Sie … das mit Ihrer Mutter tut uns leid. Wir haben die Zeit mit ihr sehr genossen, als sie zu ihrer Recherche bei uns war. Und natürlich auch der Tod des armen Russell. Ich habe ein paar Fotos von Russell, wenn Sie die gerne sehen möchten. Ich könnte sie Ihnen als Mail schicken«, schlug Kathryn vor.

»Danke, das wäre schön«, gab Nina zurück.

Kathryn wandte sich hilfesuchend an ihren Mann.

»Nun, vielleicht sollten wir uns was Frisches zu trinken

holen«, schlug er vor und suchte nach einem Weg durch die Menge.

Seine Frau sah ihn dankbar an.

»Ich würde mich mit Ihnen sehr gerne über Dad unterhalten«, sagte Nina.

Die ältere Frau streifte Nina mit einem Blick und wandte sich dann ab. »Natürlich. Vielleicht ... morgen Vormittag? Wir werden bis zum Mittagessen hier auf Paramour sein, nicht wahr, Mac? Aber dann sind wir leider für eine Woche bei Jane – das ist unsere Enkelin – in Walgett und haben nicht viel Zeit.«

Mac schnaubte. »Sicherlich ...«

Aber jetzt schaute Kathryn Nina so an, als wäre sie diejenige, die Antworten suchte.

»Wann soll ich denn vorbeikommen?«, hakte Nina nach, obwohl Kathryns merkwürdiges Verhalten sie verblüffte.

»Jederzeit, meine Liebe«, antwortete Kathryn seufzend.

»Besten Dank, Mrs Blackett.«

»Nennen Sie mich bitte Kathryn. Ich freue mich.« Sie ergriff Ninas Hand und schüttelte sie sanft, als würde sie sich *tatsächlich* darauf freuen. Das Gespräch mit ihr war wie Aprilwetter. Wenn so eine selbstsichere, elegante Frau die Fassung verlor, dann musste was im Busch sein.

Mac nickte Nina und Harrison zu und führte Kathryn weg.

»Was war das denn?«, wunderte sich Harrison, nachdem die beiden außer Hörweite waren.

»Ich dachte, Sie wüssten es?«

»Ich habe keine Ahnung.«

Aber jetzt hatte sie eine Spur. Ihre Hoffnung wuchs,

als sie die Menge auf mögliche Freunde von Jim hin absuchte.

Nun konnte sie Harrison noch mal befragen. Und mit einigen Drinks intus war er womöglich auch gesprächiger.

»Erzählen Sie mir doch bitte alles über Dad und Hilary. Haben sie die gleiche Highschool besucht. Haben sie …«

Harrison lachte viel zu laut. »Wohl kaum! Nein. Da sind Sie auf dem Holzweg, meine Liebe. Jim besuchte die öffentliche Schule hier vor Ort, und Hilary landete dank Math und Kacryn in einem Alptraum von einer privaten Mädchenschule.« Sie lachten beide. »Mein Gott, ich meine natürlich Mac und Kathryn«, verbesserte er kopfschüttelnd.

»Aber wieso sagen Sie, die beiden hätten sie da hingeschickt?«, hakte Nina erstaunt nach. »Sind sie miteinander verwandt?«

»Na ja, sie hat immer mal wieder bei ihnen gewohnt. Ab und an. Sie nahmen sie einfach unter ihre Fittiche. Es klingt vermutlich befremdlich, aber das war es damals nicht. Sie war ein bisschen wild. Kam aus einer kaputten Familie, und Mac und Kathryn waren anständige Leute. Wohlhabend. Sie haben ihre Ausbildung finanziert.«

»Aber wie haben Dad und Hilary sich dann kennengelernt?«, bohrte sie weiter.

»Mein Gott, ist das heiß. Ich wünschte, es würde regnen.« Harrisons Gedanken weilten eindeutig in der Gegenwart. »Ah, hier kommt der Mann, der einen guten Blick für das Wetter hat. Wie geht's denn, Phillip?«

Nina sah Harrison an, der jedoch den Kopf schüttelte. Phillip hatte Jim nicht gekannt.

»Ach gut, danke, Harrison, ja. Die Flugbedingungen

sind etwas unsicher, aber wir könnten heute Abend was fliegen lassen«, erwiderte Phillip bedächtig.

»Die Raketen werden wie immer der Höhepunkt sein, da bin ich mir ganz sicher. Wann hast du geplant, sie hochgehen zu lassen?«

»Nun, das muss alles präzise getimt sein. Die erste Darbietung ist in fünfundvierzig Minuten geplant.« Er sah auf seine Uhr. »In siebenundvierzig, um genau zu sein.«

»Heartbreak Hotel« wurde abrupt unterbrochen, und kurz darauf hörte man draußen eine Kuhglocke.

»Das wird Hilary mit ihrer Überraschung sein. Lasst uns ins Zelt gehen«, sagte Philipp. Er erhob seine Stimme. »Könnten bitte alle ins Zelt mitkommen? Bitte. Alle.« Er mochte langsam sein, überlegte Nina, aber er war unerbittlich wie ein Gletscher.

»Muh. Muh«, gab Harrison leise von sich. »Sie treibt ihre Herde zusammen. Mit der Peitsche.«

Nina schaute ihn an. Allem Anschein nach hatte er die Alkoholika durchprobiert, während sie Deborah die Haare richtete.

Sie folgten der Flut der Gäste durch die Terrassentüren.

»Die Reden sind der Preis, den wir für die tolle Verpflegung zahlen müssen«, meinte eine pummelige Blondine zu Nina, als sie sich über die Veranda drängten. »Aber der Tausch ist gut.« Die Blonde schob sich die Reste einer Hummerpastete in den Mund und wischte sich die Krümel von ihrem ausladenden Busen.

»Mum!«, sagte ein etwa sechzehnjähriges Mädchen neben ihr. »Du bist so peinlich.«

Die Blondine verdrehte, an Nina gewandt, gutmütig die Augen. »Die einzige Möglichkeit, sie im Zaum zu halten, ist die Drohung, dass ich vor allen einen Cancan tanze, wenn sie sich danebenbenimmt.«

»Mu-um!«

Nina lachte. Vom Druck der Menge wurden sie in das Zelt geschoben, wo sich alle um ein hohes unförmiges Gebilde versammelt hatten, das unter einem roten Tuch mit feuchten Flecken verborgen war.

»Kommt her, Deborah und Heath, hierher«, rief Hilary. »Nun kommt alle. Bist du bereit, Dorothy?« Sie zeigte auf eine Frau mit einer Kamera. Phillip stellte sich neben seine Frau. Nina bemerkte, dass Heath und Deborah Schulter an Schulter standen. Das glückliche Paar machte einen besorgten Eindruck.

Hilary klatschte in die Hände. »Ruhe bitte! Pst, alle. Jetzt ist nicht die Zeit, um Reden zu schwingen, aber ich habe für meine liebe Tochter eine kleine Überraschung, an der ihr an diesem Abend alle teilhaben sollt. Liebling«, sie wandte sich an Deborah, »mein ganz besonderes Geschenk, nur für euch beide.«

Sie zog das Tuch weg und enthüllte dabei eine raffinierte meterhohe Eisschnitzerei aus zwei ungezügelten Einhörnern. Diese ragten aus einer Schale, die mit Eis und in ihrem leuchtenden Pink künstlich wirkenden Garnelen gefüllt war.

Aus der Menge waren Ohs und Ahs zu vernehmen. Nina hörte auch schallendes Gelächter – Ben. Heath starrte seinen Bruder wütend an. Deborah sah aus, als würde sie am liebsten im Boden versinken.

»Diese Einhörner symbolisieren die zukünftige Verbindung unserer beiden großen Familien, der Flints und der Blacketts«, verkündete Hilary. »Unsere Vereinigung wird der Vorbote einer Wiederbelebung der großen Landwirtschaftstradition sein, wie sie durch Durham House symbolisiert wird. Das einstige Durham. Vielleicht möchte auch die Familie Blackett ein paar Worte sagen?«

Alle Blicke richteten sich auf Mac und Kathryn. Sie sahen aus wie im Scheinwerferlicht gefangene Kaninchen, fand Nina.

»Ah … was für eine reizende Geste, Hilary.« Kathryns Stimme war tief und kultiviert. »Heath hätte kein reizenderes Mädchen finden können. Er hat in den vergangenen Jahren viel durchgemacht, und ich denke, wir haben alle gesehen, dass Deborah ihm dabei eine Stütze war, eine, auf die er sich verlassen konnte und die ihm geholfen hat, die dunkelsten Zeiten zu überstehen. Er hat großes Glück gehabt, sie an seiner Seite zu haben, und ihnen ist eine wunderbare Zukunft bestimmt. Wir freuen uns darauf, Deborah in unserer Familie willkommen zu heißen.«

Matty, der neben Nina stand, fing zu applaudieren an, und nachdem die Menge ein wenig geklatscht hatte, zerstreute sie sich wieder.

»Ist das nicht phantastisch, meine Süße?«, hörte Nina Hilary sagen.

»Es ist hübsch, Mum. Danke«, sagte Deborah matt und gab ihr einen Kuss.

»Also wirklich, Liebling, ein wenig mehr Begeisterung könntest du schon zeigen. Du kannst dir gar nicht vorstellen, welche Mühe es mich gekostet hat, das zu bekommen. Außerdem habe ich dazu noch das Tahitian Fusion Lime Dressing besorgt. Stell dir vor, diese verdammten Caterer wollten Thousand Island Dressing dazu reichen! Das ist doch nicht zu fassen?«

»Nein«, bestätigte Deborah, »ist es nicht.« Sie trank ihren Champagner – aus einem schlichten Glas, wie Nina bemerkte.

Hilary hob die Augenbrauen, doch als sie die *Argus*-Leute entdeckte, nahm sie die Verfolgung auf.

»Du lieber Himmel, wenn das die Verlobung ist, wie wird dann erst die Hochzeit aussehen?« Als Nina sich umdrehte, war Ben neben ihr.

»Eine Reihe von Bischöfen in Autoscootern? Ein Helikopter, der die Trauringe einfliegt?« Er unterstrich dies wild gestikulierend.

Nina schaute zu Deborah, um sich zu vergewissern, dass sie es nicht mitbekommen hatte. Ben war wirklich unausstehlich und eindeutig betrunken.

»Sie ist genauso schlimm wie ihre Mutter. Spielt die Herrin des Hauses. *Oh, Ben, willst du nicht kommen und dir mein neues Übungsprogramm mit Saracen ansehen?*«

Nina hörte die echte Wut hinter dem spöttischen Ton.

»Als würde es mir gar nichts ausmachen, in diesem verdammten Ding zu sitzen.« Ben schlug gegen die Seiten seines Rollstuhls.

»Bennyboy!« Ein Mädchen im roten Kleid kam auf sie zugetanzt. Ben stellte sie Nina als Caitlin vor.

»Komm mit und lass uns diese scheußlichen Eismonster aus der Nähe betrachten«, schlug sie kichernd vor.

»Hast du gesehen, ob sie Geschlechtsteile haben?«, fragte Ben lachend, als Caitlin ihn wegrollte, wobei ihre Brüste fast sein Haar berührten.

Nina drehte sich um und flüchtete ins Freie. Gar nicht so leicht, eine Familie zu haben, dachte sie.

In einer dunklen Ecke der Veranda lehnte Heath an einer Säule und sog die frische Luft ein. Im Zelt war es so muffig – die Luft war muffig, die Leute langweilig. Ihm war klar, dass er drinnen sein und Deborah helfen sollte, aber er konnte es nicht. Nicht jetzt. Er brauchte eine Pause.

Wenn Hilary sich doch nur auf Deborahs Idee eingelassen hätte, Line-Dancing auf der Party zu machen. Gewiss, er fand es idiotisch, aber so hätte sie wenigstens das Gefühl gehabt, dass es auch ihr Fest war und nicht nur das von Hilary. Dann hätte sie auch lächeln können.

Er seufzte. Der Gedanke, durch die Ehe an Hilary Flint gebunden zu sein, nahm ihm allen Mut. Er und Deb würden auf Kurrabar wohnen, aber er wusste genau, dass der alte Piranha jeden Tag mit »Vorschlägen« vorbeikommen würde, wie sie alles anpacken sollten.

»Nun, mein Sohn, morgen sieht wieder alles anders aus.« Die barsche Stimme seines Großonkels Mac unterbrach seine Überlegungen.

»Wir wussten, dass du dich irgendwo in einer dunklen Ecke versteckst«, fügte Kathryn hinzu. »Ist es dir recht, wenn Mac und ich uns dazugesellen?«

»Nur zu.« Gott sei Dank waren sie da. Wann immer er ins Wanken geriet, schienen sie da zu sein und ihm Halt zu geben.

Sie setzten sich auf die Gartenstühle und sahen sich das Wetterleuchten in der Ferne an. »Heute sieht man keine Sterne«, stellte Mac fest. »Aber in diesen verdammten Wolken scheint auch kein Tropfen Regen zu sein.«

»Nein. Es ist auch keiner vorhergesagt für die nächsten Wochen. Eine wirklich trockene Jahreszeit«, erwiderte Heath.

»Wie ich sehe, verfolgt Hilary noch immer diese Idee, die Durham-Farm neu aufleben zu lassen«, sagte Kathryn.

»Ja, das tut sie. Manchmal denke ich, dass dies der Hauptgrund ist, weshalb sie möchte, dass Deb und ich heiraten. Dann wären Kurrabar, Paramour und The Springs ein miteinander verbundenes Anwesen von gut vierhunderttausend Hektar. Und als Bonus Durham House.«

»Heath«, Kathryn zögerte. »Willst du das auch? Diese Ehe mit Deborah?«

Heath sah sie überrascht an.

»Wir möchten einfach sichergehen, dass du dich nicht in etwas hineingedrängt fühlst.«

»Hilary macht mir keine Angst. Deb ist ein wunderbares Mädchen. Wir sind ein gutes Team.«

»Du sollst jedenfalls wissen, dass wir dich in allem, was du tust, unterstützen werden«, versicherte Kathryn.

Es folgte eine Pause. »Scott und Jenny wären so stolz gewesen«, sagte Kathryn leise. Heath zuckte bei der Erwähnung seiner Eltern zusammen. Sie griff nach seiner Hand und hielt sie fest. »Es tut mir so leid, mein Lieber.«

»Nein.« Heath seufzte. Darüber hatte er die ganze Nacht gegrübelt. Er stieß die Luft aus. »Du hast recht. Sie mochten Deb vom ersten Moment an – sie kam auf Caspar zu uns geritten, um Mum mit den Hühnern und dem Kompost zu helfen. Dad nannte sie kleine Annie Oakley. Es wäre … es hätte ihnen gefallen.«

Sie blieben in angenehmem Schweigen und lauschten den Geräuschen der Party.

»Und was du über Deb gesagt hast, dass sie mein Halt ist, das ist wahr. Es waren wirklich schwere Zeiten, daran gibt's keinen Zweifel.«

Kathryn drückte ihm die Hand.

»Und ohne euch beide wären Ben und ich …«

»Unsinn«, entgegnete Kathryn. »Wir sind Familie.«

»Nicht jeder hat das Glück, eine Familie wie euch zu haben«, sagte Heath und führte ihre Hand an seine Wange.

Mac räusperte sich. »Hat Madam den Vertrag für The Springs schon unter Dach und Fach?«, wollte er wissen.

»Noch nicht. Die Besitzerin ist nicht sehr erpicht.«

»Ja, wir haben Nina kennengelernt«, sagte Kathryn.

Etwas in ihrer Stimme ließ Heath aufmerken, aber ihr Gesicht verriet nichts.

»Ein sehr hübsches Mädchen«, meinte Mac. »Aber sicherlich nicht der Typ, der allein auf The Springs leben möchte. Früher oder später wird Hilary ihren Willen bekommen.«

Hübsch? Definitiv. Heath erinnerte sich an den Moment in der Begrüßungsschlange. Ihr welliges Haar, das ihr weich ins herzförmige Gesicht fiel. Die auf ihn fixierten grünen Augen. Irgendein weich drapierter Stoff um die Schultern und ein seidiger Saum, der das glatte braune Bein umspielte. Aber sie war schüchterner, als er sie in Erinnerung hatte. Immer schien sie vor ihm wegzulaufen. Dieses Ausweichmanöver von letzter Woche auf der Hauptstraße von Wandalla. Was sollte das?

Und er fand es auch merkwürdig, dass sie ihn nicht wiedererkannt hatte. Er hatte sie sofort erkannt. Dieser direkte Blick war unvergesslich.

Die Verandatür flog auf, und Hilary näherte sich mit vorsichtigen Schritten.

»Was macht ihr denn alle hier draußen? Ich hoffe doch,

ihr lasst euch von Dorothy Crane für die Zeitung fotografieren?« Sie drohte Mac mit dem Zeigefinger.

»Natürlich«, sagte Kathryn höflich. »Es ist eine reizende Party, Hilary.«

»Ja nun, sie war ja auch monatelang geplant. Monate! Aber es ist alles für einen guten Zweck. Heath hat euch sicher schon erzählt, dass ich The Springs kaufe. Ich habe nämlich Pläne für Durham House.«

»Ja, und worum geht's dir da?«, fragte Mac. »Durham House ist eine Ruine. Was zum Teufel willst du denn damit anstellen?«

»Das wirst du schon sehen«, antwortete Hilary und klatschte vor Begeisterung in die Hände. »Es ist eine Überraschung. Ihr werdet von den Socken sein. Direkt. Schwuppdiwupp.« Hilary schien das Gleichgewicht zu verlieren.

Mac und Kathryn schauten sich an.

»Was hältst du davon«, fragte Kathryn und erhob sich, um Hilary wegzuführen, »wenn wir beide uns einen Kaffee holen? Dann kannst du mir von deinen Plänen erzählen.«

Kathryn warf den anderen ein gequältes Lächeln zu und legte den Arm um Hilarys Schultern, während sie sich entfernten.

Heath ließ den Kopf auf die Rückenlehne sinken. Er wurde den Gedanken nicht los, dass die Hochzeit noch schlimmer werden würde.

Vor dem Zelt hatte Nina sich zwei Gästen genähert, die das richtige Alter zu haben schienen, aber sie hatten Jim nicht gekannt. Und es war ihr nicht gelungen, Hilary aufzuspüren. Jetzt taten ihr die Füße weh, ihr Magen rebellierte gegen die cremigen Meeresfrüchte, und vom Champagner bahnten sich Kopfschmerzen an. Sie streifte ihre Schuhe ab und genoss es, den kühlen nachgiebigen Boden unter ihren nackten Sohlen zu spüren.

Als sie müde zum Haus zurücklief, entdeckte sie Hilary, die offenbar allein vor einer Tasse Kaffee auf der Veranda saß. Nina blieb stehen. Dies könnte ihre letzte Chance sein, sie zu sprechen. Aber Hilary war so unberechenbar, dass sie zögerte. Schließlich waren alle Versuche, mit ihr einen Termin auszumachen, erfolglos geblieben. Jedes Mal, wenn sie auf dem Weg nach Wandalla war, hatte Nina auf Paramour angerufen, aber nie eine Antwort bekommen, genauso wenig wie auf ihre zwei Mails. Wenn sie heute Abend nicht mit ihr sprach, war die Wahrscheinlichkeit groß, dass Hilary ihr auch am Morgen aus dem Weg gehen würde, wenn sie vorbeikam, um mit den Blacketts zu sprechen. Sie musste es tun, ihres Dads wegen. Langsam stieg sie die Stufen hinauf und blieb auf der vorletzten stehen.

»Mrs Flint?«

Hilary blickte hoch – wütend, wie Nina fand.

»Ich wollte Sie etwas fragen«, sagte Nina. Sie hatte ein Recht, Fragen zu stellen. Es ging schließlich um ihren Vater.

Hilary stierte sie an.

»Äh … ich habe vor ein paar Tagen mit Possum und Shona Brody gesprochen.«

Hilary hob eine Augenbraue, aber Nina ließ sich nicht aufhalten. »Possum meinte, er habe gesehen, wie Dad am Blackett Track zu Ihnen ins Auto stieg, kurz nachdem er aus Sydney verschwunden war.«

Hilary sah Nina finster an, ihre Lippen ein fester Strich, dann erhob sie sich schwankend und verschüttete dabei ihren Kaffee.

»Dieser alte Lügner, dieser dreckige alte Lügner. Wie kann er es wagen!«

Nina wich einen Schritt zurück.

»Er ... ihm kann man kein Wort glauben. Was er sagt, ist alles Unsinn. Völliger Unsinn. Wie können Sie es wagen, hierherzukommen und mich anzuklagen!«

Nina hielt abwehrend die Hände hoch. »Tut mir leid. Es ist einfach wichtig für mich, herauszufinden, was mit meinem Dad passiert ist.«

»Ja gut, da sind Sie nicht die Einzige, Mädchen. Sie sind nicht die Einzige.« Hilary sank wieder auf ihren Stuhl zurück und betrachtete ihre im Schoß liegenden Hände, als wäre Nina gar nicht anwesend. Sie ist betrunken, dachte Nina. Besser wäre es, erst morgen mit ihr zu sprechen. Sie kehrte auf den Rasen zurück.

Wo war Harrison? Sie musste die McNallys finden. Sie wollte einfach nur zurück nach The Springs und sich mit Bach auf ihrem Bett zusammenrollen.

»Neens! Neeeeens!«, rief Ben ihr vom Zelteingang zu. Zögernd näherte sie sich ihm. Heath stand hinter dem Rollstuhl.

»Ich war zuvor vermutlich ein bisschen überspannt. Mein großer Bruder hat mir grade die Leviten gelesen«, gab Ben zu, machte aber keinen zerknirschten Eindruck. »Ich war ein böser Junge. Lass uns einfach feiern und Spaß haben, okay?«

»Okay.« Sie lächelte, vermied es aber, Heath in die Augen zu sehen. Vielleicht fand sie Harrison im Zelt?

Die bekannten Anfangstakte von »Dancing Queen« erklangen. Der rotgesichtige Chisel-Fan verausgabte sich in der Mitte der Tanzfläche. Seine Sprünge und seine fuchtelnden Arme hatten ein Publikum angezogen. Das Teenagermädchen, dem die Mutter peinlich war, war dieser entkommen und tanzte mit einem geschniegelten Jungen, wobei das reduzierte Mienenspiel beider gelangweilte Duldung widerspiegelte. Nina musste lächeln. Ein Glück, dass sie dieses Alter ein für alle Mal hinter sich hatte.

»Ich schätze, dass ich jetzt von Hilarys Weihnachtsliste gestrichen bin«, übertönte Ben den Lärm. »Den ganzen Abend hat sie mir vorgeworfen, die Eingänge zu blockieren. Mal unter uns, ich halte es für meine feierliche Pflicht, sie bei jeder Gelegenheit zu blockieren.«

Nina lachte. Ben war einfach unwiderstehlich.

»Ein Dank an dich, Jezza, für diese bemerkenswerte Tanzeinlage«, murmelte der DJ ins Mikrophon. »Aber jetzt ist es Zeit für einen Tempowechsel und ein Stück vom King für euch einsame Herzen da draußen. ›Love Me Tender‹. Und vielen Dank.« Der DJ dimmte das Licht.

»Sie spielen unseren Song«, sagte Ben zu Nina. »Willst du tanzen?«

»Verzeihung?«, fragte Nina.

»Ich sagte, dass Heath tanzen möchte.« Ben lachte und schob ihr seinen Bruder zu.

Nina und Heath taumelten halb in die Menge und mussten sich aneinander festhalten, um inmitten des Gedränges nicht das Gleichgewicht zu verlieren. Sie gaben sich beide große Mühe, sich von der Menge fernzuhalten, aber es gab kein Entkommen.

Nina erstarrte. Sie spürte, wie ihr leichter Schal zu Boden

flatterte, die anderen Paare standen im Dunkeln jedoch so dicht gedrängt, dass sie sich nicht mal bücken konnte, um ihn aufzuheben.

Die Musik wurde lauter.

Sie zögerten, kapitulierten dann aber vor den Gegebenheiten. Heath ergriff ihre Hand in einer halben Umarmung, die andere lag leicht auf ihrer Taille. Und wie sie es befürchtet hatte, durchzuckte es sie wie ein Stromschlag.

Nina spürte die Hitze von Heath' Körper. Sie sagten nichts. Aus der Nähe sah sie, wie seine dunklen Haare sich unterhalb der Ohren kräuselten und an der rauen Oberfläche der Narbe am Hals klebten. Seine Lippen teilten sich. Sie sehnte sich danach, sich vorzubeugen und sie sanft zu berühren.

Er nahm die formelle Tanzhaltung ein und legte ihr die Hand ins Kreuz. Sie zuckte zusammen, denn diese Berührung war intimer als die ihrer Hände. Bemerkte er es? Sie ermahnte sich zu atmen, als ihr Körper gegen seine harte Brust und seinen Bauch gedrückt wurde. Bald war es vorüber.

Sie sog seinen Geruch ein. Aftershave und Seife vermischten sich mit seinem männlichen Duft. Die Welt drehte sich langsamer und reduzierte sich auf sie beide. Und es gab nur Hitze, Schweiß und Herzschlag. Die dünne Seide ihres Kleids war nicht mehr als eine Haut und schützte sie nicht vor ihm.

Ihre Bewegungen waren so minimal, dass man sie kaum Tanzen nennen konnte. Einem langsamen Tanz hatte sie sich immer verweigert, aber jetzt schwebte sie in vollkommener Harmonie mit der Musik und mit Heath. Ihre Erregung war kaum auszuhalten, aber gleichzeitig wurde sie von absoluter Heiterkeit getragen. Nina verlor jegliches Gefühl dafür, wie lange sie so standen und sich wiegten, festgehalten von seinen Armen, ihr Kopf unter seinem Kinn ruhend, die Augen geschlossen.

Empfand er dasselbe? Sie blickte hoch. Er sah sie unverwandt an, und sein Blick durchbohrte sie wie ein Speer. Er musste es spüren.

Nachdem sie sich selbstvergessen im zeitlosen Raum bewegt hatten, bemerkten sie schließlich, dass die anderen Tänzer die Tanzfläche verließen und sie nicht mehr zu übersehen waren. Zögernd lösten sie sich voneinander.

»Aha, *da* sind Sie also!«

Alle drehten sich um zu Hilary, die mit einem frisch gefüllten Glas in ihrer Hand am Eingang stand und am ganzen Körper vor Wut bebte. Neben ihr stand Deborah und ließ ihre Blicke von dem Paar auf der Tanzfläche zu ihrer Mutter und wieder zurückwandern.

»Sie!«, geiferte Hilary und zeigte dabei auf Nina. »Genau wie die Mutter! Kommt hierher und nimmt sich alles!«

Und dann setzte Hilary sich in Bewegung – kam in raschen Schritten auf das Paar zu. Wie kräuselnde Wellen in einem Teich wich die Menge an den Rand zurück. Heath beschützte Nina instinktiv mit den Armen, aber nichts vermochte Hilary aufzuhalten.

»Sie«, wiederholte sie mit einer von Verachtung getränkten Stimme. Wie ein Fechter, der einen Ausfallschritt machte, holte sie mit ihrem Rotweinglas aus. Die Menge hielt die Luft an. Der Schwall fühlte sich an, als träfe sie der Strahl einer Arterie, und Ninas weißer Kleidersaum troff vom Wein, als wär's Blut.

Alles war still, alle schwiegen.

»Verdammt, jetzt reicht's«, sagte Ben.

Hilary stand mit finsterem Blick da. Aber dann veränderte sich ihr Ausdruck. Ihre Hand schoss nach vorn und packte Ninas Halskette, zerrte so fest daran, dass sie Nina in den Hals schnitt.

»Woher verdammt noch mal hast du dieses Medaillon?«

Kapitel 7

Deborah?« Hilary klopfte leise an die Schlafzimmertür. »Deborah? Es ist schon fast Mittag.« Hilary presste das Ohr an die Tür. Sie klopfte lauter.

»Sie wird wohl noch schlafen.«

Hilary drehte sich um und bemerkte zu ihrem Verdruss, dass Matty O'Sullivan am Treppenende stand.

»Ich war schon mal hier, um zu sehen, ob sie Lust auf einen Ausritt hat, hab sie aber nicht gesehen.«

»Ich kann mir kaum vorstellen, Matthew, dass sie nach letzter Nacht schon in aller Herrgottsfrühe ausreiten möchte.« Er hielt ihrem Blick stand. Sie verlagerte das Gewicht. »Du hast doch sicherlich Arbeit zu erledigen.«

»Ja, und schon bin ich weg«, erwiderte er lächelnd und ging dann pfeifend zur Eingangstür.

Was war nur mit diesem Jungen los?

»Deborah?« Sie hämmerte gegen die Tür. »Würdest du bitte ...«

Die Tür öffnete sich.

»Mir geht's gut, Mom, du brauchst nicht zu schreien. Was willst du?«

Zu Hilarys Überraschung war Deborah komplett angezogen, trug alte Reithosen und eine kurzärmelige Khakibluse, das nasse Haar war in einem Pferdeschwanz zusammengebunden.

»Wie siehst du denn aus, Liebling? Ich dachte, du hast bestimmt einen …«

»Kater? Nun ja.« Deborah ging zurück in ihr Zimmer. »Aber ich denke, es gibt Schlimmeres.« Dabei blickte sie ihrer Mutter in das blasse Gesicht. »Du siehst selbst auch ziemlich angeschlagen aus.« Sie setzte sich aufs Bett und zog sich ihre Reitstiefel an.

»Ich? Nun mach dich nicht lächerlich, Deborah, mir geht's gut. Ich weiß gar nicht, wovon du redest. Kann ich dir etwas bringen?« Hilary strich ihr Leinenkleid glatt und eine vorwitzige blonde Locke aus den Augen.

Deborah erwiderte mit einem Seufzer: »Nein, Mom, mir geht's wie gesagt gut. Heath kam vorhin vorbei und brachte mir Tee und Saft und Panadol und so.« Sie zeigte auf ein Tablett und einen Blumenstrauß auf ihrem Frisiertisch.

»Das hat er getan?« Hilary schien erleichtert. »Dann habe ich ihn wohl verpasst, als ich die Reinigungskräfte einteilte. Warum hast du mir nicht gesagt, dass er hier war?«

Deborah stöhnte. »Er war gut drauf, Mom. Ihm geht's gut, mir geht's gut, es geht uns allen gut. Aber ich bin beschämt.«

»Hörst du, meine Liebe, es gibt keinen Grund, beschämt zu sein«, entgegnete Hilary und dachte dabei an Deborah, die sich hinter der Statue des Eros übergeben hatte, nachdem die letzten Gäste aufgebrochen waren. »Es wird sich keiner was dabei gedacht haben, dass du ein paar Drinks zu dir genommen hast, nachdem sich diese kleine Larkin Heath an den Hals geworfen hatte – sie hatte Dollarzeichen in den Augen, so eine ist das. Wenigstens waren Mac und Kathryn da schon zu Bett gegangen …«

»Ich bin nicht meinetwegen beschämt, Mom. Verstehst du das nicht? Erinnerst du dich nicht mehr an die Szene mit Nina und dem Wein auf der Tanzfläche und dem …«

»Jetzt reicht's aber, Liebes. Du magst es ja für richtig halten, dich mit einem Vorfall wie diesem zu arrangieren, aber ich tue das nicht. Ich bin einfach für mich eingetreten, ich meine für dich. Sie hatte nicht das Recht, auf deiner Verlobungsparty mit Heath zu tanzen.«

»Aber es ist doch normal, auf einer Party zu tanzen! Begreifst du das denn nicht? Die Einzige, die sich aufgeregt hat, warst du.«

Hilary stieß einen erschöpften Seufzer aus. »Tut mir leid, ich kann auch nichts dafür, dass ich die Einzige hier bin, die deine Interessen vertritt. Ich flehe dich an, Liebes, halt dich von Nina Larkin fern. Ich weiß einfach, dass sie nur Ärger mit sich bringt.«

»Nun lass es gut sein, Mom. Und sag mir bitte, was das ganze Theater wegen Ninas Medaillon sollte? Ich meine, also wirklich, wie peinlich war das denn?«

»Es war nichts, Liebes, nichts«, erwiderte Hilary und spürte, dass sich heftige Kopfschmerzen anbahnten. »Ich dachte nur, ich hätte es schon mal irgendwo gesehen. Alles ist gut. Und wenn ich das richtig sehe, wirst du jetzt rüber zu Heath reiten? Es kann nicht schaden, wenn du allen zeigst, dass du wohlauf, unerschrocken und glücklich bist. So ist's recht.«

»Aber ich habe Heath doch bereits gesehen. Ich habe Matty gestern versprochen, dass wir den neuen Sprung ausprobieren können, an dem er schon eine Ewigkeit herumfeilt. Frische Luft wird mir bestimmt guttun.«

»Also wirklich, Deborah«, tadelte Hilary sie verärgert. »Könntest du nicht ein wenig rücksichtsvoller sein. Außerdem muss Matty arbeiten. Hast du vielleicht mal in Erwägung gezogen, dass ich zum Aufräumen nach der Party gerne Hilfe hätte? Dass dein Vater vielleicht Gesellschaft brauchen könnte, nachdem das mit dem Feuerwerk nicht geklappt hat? Oder dass Heath gerne Zeit mit dir verbringen würde?«

Deborah lachte, als sie aufstand. »Ich weiß doch, dass die Reinigungskräfte den ganzen Morgen hier waren, und Heath geht's, wie ich bereits erwähnte, *gut*. Matty hat heute einen freien Tag. Ich werde mit Dad sprechen, bevor ich aufbreche. Und wie du weißt, wird das Feuerwerk dann beim Hochzeitsempfang zum Einsatz kommen.«

»Darum geht's nicht«, blaffte Hilary. »Du musst dich zusammenreißen. Was ist nur los mit dir? Ich habe mir für dieses ganze Hochzeitsspektakel doch nicht den Hintern aufgerissen, damit es uns dann um die Ohren fliegt. Der gute Name unserer Familie steht auf dem Spiel. Und unsere zukünftige Verbindung mit den Blacketts.«

»Also wirklich, Mom, ich glaube, du bist …«

»Sag nicht ›also wirklich, Mom‹ zu mir. Ich habe den Ausdruck auf Kathryns und Macs Gesichtern durchaus bemerkt. Sie versuchen, mir aus dem Weg zu gehen, leugne das nicht. Es stimmt. Es ist so unfair, ungerecht, ich kann nicht …«

Deborah gab ihrer Mutter einen Kuss auf die Stirn.

»Hör zu, ich weiß alles zu schätzen, was du gestern Abend getan hast, aber zum hundertsten Mal, es ist alles gut.« Deborah griff nach ihrem Helm und ging zur Tür. »Und jetzt gehe ich. Matty wird schon auf mich warten.«

Hilary ließ sich erschöpft auf das Bett ihrer Tochter fallen.

Nun, wenigstens war Heath hier gewesen. Das war ein gutes Zeichen.

Sie schloss die Augen und legte sich hin. Sie war so müde. Es war so schwer, die Einzige zu sein, die das große Ganze im Blick hatte.

Ihre Gedanken kehrten zur vergangenen Nacht zurück und zu dem verdammten Mädchen, das mit dem Medaillon vor ihr stand. Ihr wurde übel. Dieses verfluchte Medaillon. Es war größer und glänzender, als sie es in Erinnerung hatte. Und es war Jahre her, seit sie es zuletzt gesehen hatte. Ein Leben. Es war einfach zu viel.

Es war an einem goldenen Nachmittag vor dem Durham House. Die Erinnerungen holten sie ein. Fast spürte Hilary die Sonne auf ihren Schultern und die leichte Brise mit dem zarten Duft der Rosen darin, die Russell ihr geschenkt hatte.

Sie waren nur zu viert gewesen: sie, ein grübelnder Russell, Harrison – rätselhaft wie immer – und Jim. Der wunderschöne Jim.

Auch damals war Durham House bereits eine Ruine gewesen, und Harrison, Jim und gelegentlich auch ein paar ihrer Freunde aus Sydney hingen dort ab. Wie allen anderen in der Stadt waren auch Hilary Gerüchte darüber zu Ohren gekommen, was sich zwischen den verstreuten Mauerbrocken und dem fleckigen Brunnen abspielte, wenn Jim zu Hause war. Partys, auf denen sich Tagediebe mit Alkohol volllaufen ließen und kifften, bis sie völlig zugedröhnt waren. Orgien, flüsterten die mit mehr Phantasie. *Idioten. Kein Wunder, dass Jim nach Sydney zog.*

Hilary hatte Russell gelöchert, ihr zu erzählen, was sein umwerfender Bruder tatsächlich im Schilde führte. »Pseudokünstlerisches Zeug«, hatte er achselzuckend erwidert. »Malerei, Musik. Jede Menge Geschwafel über Schwachsinn. Da gehst du lieber mit mir in den Pub.« Einmal erzählte Russell ihr, er habe sie nachts vor dem Durham House im Schein der in den Bäumen verteilten Kerzen Gedichte rezitieren sehen. »So was von brandgefährlich.« Ein andermal hatten sie den Brunnen mit Wasser gefüllt – oder war es Sekt? Hilary hatte gebannt zugehört. Das war Magie. Und gleich hier draußen im Nirgendwo. Sie musste dorthin, musste daran teilnehmen. Aber wie? Sie ging noch immer auf diese blöde Schule. Wann immer sie ihren Mut zusammennahm und Jim in der Stadt ansprach, war er freundlich zu ihr, aber distanziert. Er hatte durch sie hindurchgesehen. Erkannte er denn nicht, dass sie wie er war? Er war nur drei Jahre älter. Sie bedrängte Russell, sie mit nach Durham zu nehmen, wenn Jim zu Hause war, aber er weigerte sich jedes Mal mürrisch. Doch sie würde ihr Ziel erreichen, nahm sie sich vor. Sie musste nur Geduld haben.

Als Hilary daran dachte, wie sie sich in Kunsthefte und Bücher aus der Schulbibliothek vertieft hatte, um auch den ein oder anderen Namen fallen lassen zu können oder eine Formulierung parat zu haben, wenn sie die Chance dazu bekam, musste sie lächeln. Und endlich war es dann so weit.

Der Morgen war für einen Ausritt wie geschaffen gewesen, nicht allzu heiß. Es war der zweite Tag der Frühjahrsferien in ihrem letzten Schuljahr. Sie saß auf dem neuen Pony, mit dem Mac und Kathryn sie überrascht hatten, vermutlich um sie zu beschäftigen. Sie ritt auf der Hauptstraße und war in der Nähe von Kurrabar, als Russell mit seinem Lieferwagen neben ihr hielt. Er hatte sie verfolgt.

»Hey, Hilary, wohin willst du? Ist das dein neues Pferd?«, hatte er gerufen und sich über seinen kräftigen entblößten Unterarm aus dem Fenster gebeugt. »Hab davon gehört. Ist wohl in Kurrabar untergestellt?«

»Ja«, hatte Hilary erwidert. Russell wollte immer alles so genau wissen, was sie betraf.

»Was hast du vor? Möchtest du mit mir eine Weile rüber zum Durham House kommen?«

»Vorsicht, Russell, du erschreckst ihn sonst«, hatte sie gereizt geantwortet, während sie das Pferd zügelte und ihm gut zuredete, stehen zu bleiben.

Er schaltete den Motor aus. Sie gab sich mit Russell ab, weil er Jims Bruder war, aber er war so bedürftig, so ein Jammerlappen. Auf gar keinen Fall würde sie allein mit ihm zum Durham House gehen.

»Ist Jim denn schon wieder zurück für die Ferien?«

»Nein«, hatte Russell verdrossen erwidert. »Nun mach schon, Hilary, komm mit zum Durham House.«

Sie schüttelte den Kopf. »Das bringt doch nichts, wenn wir nur zu zweit sind.«

»Wenn du mitkommst, habe ich eine Überraschung für dich.«

Sie verfolgte, wie er aus dem Lieferwagen stieg und sich mit verschränkten Armen dagegenlehnte, wobei ihm seine langen lockigen braunen Haare in die Augen fielen. Er gab sich großspurig, von sich überzeugt.

»Was ist es denn?«

»Wenn ich es dir sagen würde, wär's keine Überraschung mehr.«

»Ich glaube dir nicht.«

Russell hatte die Zügel gepackt. »Nun komm schon, Hils, ich hab wirklich eine.«

»Lass los, Russell. Grabsch mich nicht an.«

»Sieh dir das mal an.« Und da hatte er das Medaillon aus der Tasche seiner ausgebleichten schmutzigen Rugbyshorts gezogen. Er hielt es ihr hin, und das von der Sonne beschienene Gold blendete sie. »Komm doch heute Nachmittag zum Durham House, dann kannst du's tragen.«

Es war so schön, ein leuchtendes Juwel inmitten einer armseligen trockenen Landschaft. Wie alle anderen kannte auch sie die Geschichten, die um das Medaillon kreisten, dass es angeblich Hinweise auf einen Schatz enthielt. Aber sie war nicht darauf vorbereitet gewesen, dass es so schön war.

»Was! Damit ich es für fünf Minuten tragen kann?«, hatte sie erwidert. »Na toll.«

»Komm mit mir, dann bekommst du's.«

Was für ein Narr er doch war. Erst glaubte sie ihm nicht, aber sie hatte es schließlich mit Russell zu tun, und sie wusste, dass er in sie verliebt war. Sie hatte auf ihrem Pony kehrtgemacht und war ihm gefolgt.

Hilary erhob sich von Deborahs Bett und trat an die Frisierkommode ihrer Tochter, auf der Heath' Blumen standen. Deborah konnte sich glücklich schätzen. Sie wusste nicht, wie es war, nie genug zu bekommen. Und sie kehrte zu den aufgeblühten Rosen zurück, die Russell für sie im Garten von The Springs geschnitten hatte …

Als sie das dem Verfall preisgegebene Tor von Durham House erreichte, hielt er sie ihr hin.

Sie hatte vorgehabt, das Medaillon zu nehmen und dann abzuhauen, aber Russell hatte den ganzen Prozess in die Länge gezogen.

»Hier, die sind für dich«, sagte er und drückte ihr die Rosen in die Hände, bevor er ihr half, das Pony anzubinden. Aber sie konnte es nicht mehr erwarten.

»Kann ich es jetzt tragen? Wo ist es?«

Russell hatte gelächelt und wollte gerade antworten, als beide ein Geräusch hörten – ein Lachen, dann Gläserklingen.

Stirnrunzelnd hatte Russell seine Finger an die Lippen gelegt. Beide gingen sie auf den Brunnen zu. *Die anderen! Ein Glück, dass sie eingewilligt hatte herzukommen.*

Jim rekelte sich nackt in der Brunnenschale, die er und Harrison offenbar mit Wasser aus dem Wasserloch gefüllt hatten. Harrison saß mit nacktem Oberkörper am Rand und schenkte sich Sekt ein. Er und Jim lachten. Dann bemerkten sie, dass sie Besuch hatten.

»Was verdammt noch mal macht ihr denn hier?« Russell war wütend.

»O Mist!« Harrison kicherte noch, aber Hilary konnte ihm die Verärgerung ansehen, die über seine Züge huschte. »Sorry, Russell. Wir wollten dir ja sagen, dass Jim wieder da ist. Aber wir wurden, äh, aufgehalten. Schampus?«

Hilary spürte, wie Harrison sich in seiner Lieblingsrolle entspannte, der des Gastgebers. Mit seinen damals fünfundzwanzig Jahren war er der Weltmännische. »Wir haben weiblichen Besuch, Jim«, hatte er gesagt. »Du solltest dir lieber was anziehen.«

»Hey, warum kommst du nicht mit rein? Das Wasser ist schön«, rief Jim und stand lächelnd auf und präsentierte seinen gebräunten muskulösen Körper. Die Sonne stand ihm im Rücken und umriss seine Silhouette. Er stand in seiner umwerfenden Schönheit reglos da, und Hilary glaubte einen kurzen Moment lang zu träumen. Er war eine zum Leben erweckte Statue. Ein griechischer Gott. Dann sprach der Gott wieder. »Komm doch rein. Na los doch, Hilary, hab ich recht? Oder traust du dich nicht?«, sagte er mit spöttischer Herausforderung in der Stimme.

»Verpiss dich, Jim!«, kam es von Russell.

»Ach, Russell, sei doch nicht immer so miesepetrig«, hatte Hilary gemeint und versucht, sich nonchalant zu geben. »Gib mir was zu trinken, Harrison.«

Und so verbrachten sie den Nachmittag träge am Brunnen, Harrison und Jim waren in Bestform, Hilary genoss das Geplänkel und den Sekt. Nur Russell wirkte nervös. Er trank häufig aus dem Flachmann, den er dabeihatte. Hilary war so entspannt, dass sie fast das Medaillon vergessen hätte, bis Russell plötzlich seine Hand ausstreckte und es ihr um den Hals legte.

»Verflucht noch mal, Russell. Wozu bringst du das denn hierher?«, meinte Jim noch immer lachend, um gleich darauf ernster zu werden. »Das Gold passt tatsächlich gut zu deinen Haaren, Hilary. Warte, ich hole meine Malsachen.« Er schlüpfte in den alten Sarong, den er über den Kopf des Cupido geworfen hatte, und sprang in großen Sätzen auf die durchhängende Veranda von Durham House zu.

»Ich dachte, Hilary wüsste gerne, wie sich echtes Gold anfühlt«, sagte Russell und lächelte zum ersten Mal an diesem Nachmittag.

»Nun, solange dir klar ist, dass es dir nicht zusteht, es zu verschenken«, erwiderte Harrison ernst.

»Hey, Hilary«, rief Jim ihr von der Veranda zu. »Spring in den Brunnen ... ich werde dich malen.«

Hilary war in ekstatisches Lachen ausgebrochen. Endlich schien Jim sie zu bemerken, von ihr angetan zu sein.

Dann meldete Russell sich wieder zu Wort. »Ich weiß. Du solltest eine von diesen Nymphen sein, Hilary, und dazu musst du nackt sein.«

Hilary hatte gelacht, aber dann kam er zurück mit seiner Zeichenkohle und der Staffelei. »Keine Nymphe«, sagte er und sah direkt durch sie hindurch, bis sie zitterte. »Ein Wassergeist. Ja, wie Norman Lindsay.« Sie erinnerte sich, dass seine Fingerspitzen die ihren streiften, als er den Joint nahm, der in Harrisons Hand glomm, und ihr reichte. »Russell hat recht, Hilary. Ich würde dich gerne ganz malen.«

Sie nahm den Joint zwischen ihre Finger, wie sie ihn Jim und Harrison hatte halten sehen, und inhalierte den Rest davon, bevor sie ihn auf dem Boden ausdrückte. Sie war sich bewusst, dass Jims Blicke noch auf ihr ruhten – hungrig, wie es schien. Verliebte er sich womöglich in sie?

»Warum nicht«, hatte sie gesagt, bemüht, cool zu klingen.

»Aber dazu nimmst du das Medaillon am besten ab. Wassergeister tragen keinen Schmuck«, hatte Jim gemeint, und seine Stimme war plötzlich ruhig und ernst gewesen.

Er nahm ihr das Medaillon vom Hals und warf es neben seine Malsachen.

Sie erinnerte sich gut an das Zittern ihrer Hände, als sie den obersten Knopf ihrer Bluse aufknöpfte. Alles war still, bis auf das gelegentliche Rascheln der Magnolienblätter im Wind. Dann knöpfte sie den nächsten und den nächsten auf. Und zögerte dann.

»Ich werde es ›Schönheit‹ nennen, denn so siehst du jetzt aus«, erklärte Jim, als er sich über sie beugte und ihr Kinn in seinen Händen hielt. »Das Licht ist perfekt.«

Wie sie sich ihrer übrigen Kleider entledigt hatte, wusste Hilary nicht mehr, aber bald darauf war sie nackt, posierte am Brunnenrand und zog am nächsten Joint, als wäre es das Normalste auf der Welt.

»Für mich nichts von diesem Scheißdreck«, sagte Russell. Er wirkte wütend und pikiert, blieb aber beharrlich unter dem Baum stehen.

»Ich denke, man könnte noch mal nachschenken«, schlug Harrison vor und füllte die Gläser wieder mit Sekt.

Als Jim malte, legte sich Stille über den Brunnen. Er wirkte wie hypnotisiert von Hilary. Und sie genoss es.

»Wenn du dich vielleicht auf diese Seite drehen könntest«, hatte Jim sie gebeten. Er beugte sich über sie, war ganz nah. Als er ihren Arm in eine andere Position brachte, streifte seine Hand ihre Brust, und sie stöhnte.

»Geht's dir gut so, Hilary?«, erkundigte er sich leichthin.

»Natürlich«, flüsterte sie.

Hilary posierte nackt und badete in der ihr entgegengebrachten Aufmerksamkeit. Und alle tranken, alle rauchten, bis auf Jim, der schon vor Stunden damit aufgehört und sich nur noch auf eins konzentriert hatte – sein Gemälde.

Es gibt Erinnerungen, die sind so schmerzhaft, dass man sie fast körperlich spürt. Und Hilary schauderte es.

Die Sonne verschwand langsam vom Himmel. Sie glaubte, durch die Zeit zu schweben. Die Welt gehörte ihr. Sie wusste, dass sie schön war und dank ihrer Schönheit Macht hatte. Endlich hatte diese auch Jim berührt, den Mann, den sie liebte. Aber dann wurde alles verschwommen. Der lange Nachmittag zog sich hin, und schließlich fand sie sich auf einer Picknickdecke wieder. Wie lange lag sie dort schon? Eine Wolke schob sich über die Sonne. Sie fror.

Einen flüchtigen Augenblick lang glaubte sie, gefunden zu haben, was sie immer wollte. Jims Lippen endlich auf ihren. Aber als sie ihre Augen aufschlug, waren es nicht die Lippen von Jim, sondern die von Russell.

Sie schrie und schlug ihm hart ins Gesicht. Sie stand auf und taumelte. Die anderen waren weg, die Malsachen, die Sektgläser und Harrisons Wagen, alles war verschwunden.

»Nicht doch, Hilary, ich liebe dich. Bleib bei mir«, hatte Russell sie angefleht. Aber Hilary sammelte bereits ihre Kleider zusammen. Sie war wieder nüchtern, entsetzt und wütend. Der Tag war fast vorbei und ihr Traum ebenso. Jim war weg.

»Bleib bei mir, und ich hole auch das Medaillon zurück. Du kannst es haben. Das schwöre ich dir«, hatte Russell gebettelt.

»Du bist erbärmlich«, hatte sie ihm gesagt.

Hilary schauderte. Es war so lange her.

Kapitel 8

Am dritten Tag nach der Party schien die Stille im Haus zu summen und lauter zu werden, je näher der Nachmittag rückte. Nina hatte seit der Party mit keinem mehr gesprochen und spürte zunehmend ihre Isolation. Sie hatte sich verzweifelt gewünscht, Kathryn und Mac am Tag nach der Party zu sprechen, war aber nicht in der Lage gewesen, nach Paramour zurückzukehren. Das würde bis Sonntag warten müssen. Sie wollte auf ihrem Rückweg nach Sydney bei ihnen vorbeischauen. Es war zwar die falsche Richtung, aber sie wollte persönlich mit ihnen sprechen.

Im Moment hatte sie nicht das Bedürfnis, jemanden zu sehen. Was jenen Abend betraf, er war eine einzige Katastrophe gewesen, aber was das Schlimmste war – und darüber hatte Nina nun zwei Tage nachgedacht –, ließ sich nur schwer sagen. Waren es Hilarys Anschuldigungen oder die Tatsache, dass sie einen Funken Wahrheit enthielten. Abstreiten konnte sie nicht, dass sie, während sie mit Heath tanzte, eine unmissverständlich sexuelle Energie von *ihm* gespürt hatte. Davor hatte sie noch eine geringe Chance gehabt, ihre Gefühle zu verbergen. Das war jetzt unmöglich geworden, und die Situation war viel schlimmer. Sie wollte ihn nie mehr wiedersehen.

Ja, sie hatte an allen Fronten elend versagt. Sicherlich log Hilary, wenn sie abstritt, Jim auf dem Blackett Track gesehen zu haben, aber es führte zu nichts, ihr noch mal auf den Zahn zu fühlen. Die beste Spur, die sie hatte, war eine Sackgasse.

Sie sehnte sich danach, Moira zu sehen, obwohl es nunmehr sinnlos geworden war, am Haus weiterzuarbeiten. Schleppend bewegte sie sich durchs Haus. Sie trat hinaus auf die Veranda und schlenderte, gefolgt von Bach, durch den alten Rosengarten. Als das Telefon in ihrer Gesäßtasche zu bellen anfing, erschrak sie. Es war erst das zweite Mal, dass sie Empfang unmittelbar am Haus hatte. Auch der echte Bach antwortete, begeistert, »Gesellschaft« zu haben.

»Pst! Beruhige dich, Bach. Hallo?«

»Hey, Schöne. Vermisst du mich?«

»Theo! Hi! Tue ich das manchmal? Ich vermisse dich so sehr.«

»Weißt du was? Ich habe gute Nachrichten. Sie haben Dads Angebot für das Restaurant angenommen. Victoria Street, das kann nicht schiefgehen. Ich habe versprochen, ihm bei den Einstellungsgesprächen zu helfen. Er möchte, dass du das ganze Design übernimmst: Speisekarten, die gesamte Werbung und so.«

»Das ist ja großartig.«

Sie plauderten noch eine Weile über Sydney-Themen, und Nina war sich dabei bewusst, dass sie besonders nett zu ihm war. Gewissensbisse? Aber es war schön, einfach locker und planlos zu plaudern.

Am Tor war eine Staubwolke zu sehen.

»Ich muss aufhören, Theo, es kommt jemand. Ich rufe dich zurück.«

Es war Mattys Lieferwagen. Genau, die Arbeit am Zaun. Nina eilte auf ihn zu, um ihn zu begrüßen. Er lud die verbeulte Werkzeugkiste ab, als hätte sie kein Gewicht. Ein Junge, den Nina auf fünfzehn schätzte, stieg aus der Fahrerkabine und schlug die Tür zu.

»Immer mit der Ruhe, mein Junge«, bremste Matty ihn.

Der Junge trug Jeans, die ihm zu groß waren, ein blaues Trikot, Arbeitsstiefel und eine verkehrt herum aufgesetzte Kappe. Er sah gut aus wie Matty, war aber nicht so groß. Er hatte die längsten Wimpern, die Nina je gesehen hatte. Er ging zur Ladefläche und lud ein paar Zaunpfosten, eine Rolle Drahtzaun und einen Stangenbohrer ab.

»Das ist mein Cousin Alfie«, stellte Matty ihn vor.

»Hi«, begrüßte Nina ihn.

Alfie nickte, ohne sie anzusehen.

»Ich bring ihm bei, wie's geht«, fügte Matty hinzu.

»Danke fürs Kommen, Matty. Ich habe eigentlich erst morgen mit dir gerechnet.«

»Ja, aber da hat Hilary mich schon für etwas eingeplant. Ich hoffe, es macht dir nichts aus.«

Nina nahm einen der Spaten und folgte Matty und Alfie, die das Werkzeug zum Gartenzaun karrten, der in sich zusammengefallen war. Matty streichelte Bach kurz hinterm Ohr, was den kleinen Hund veranlasste, sich gleich an Ort und Stelle ein schattiges Plätzchen zu suchen. Er würde hier bei den Jungs bleiben.

Matty rüttelte an einem der verfaulten Zaunpfosten, um ihn zu lockern, bevor er ihn herauszog, während Alfie, die Hände in den Hosentaschen, die fast bis zu den Knien reichten, seine Füße schlurfend durch den Staub zog.

»Willst du nicht mit anpacken, Alfie?«, forderte Matty ihn auf, und der Junge umklammerte mit beiden Armen die obere Hälfte des Pfostens. Nachdem sie noch ein paarmal daran gerüttelt hatten, löste er sich aus dem Boden. Alfie legte den Pfosten zur Seite, und Matty machte sich daran, den alten Draht zu entfernen.

Die beiden fanden ein System, und ihr Fleiß inspirierte Nina, die alte Gartenschere zu holen, die sie geölt hatte. Der Blauregen, der die Veranda umrankte, musste dringend zurückgeschnitten werden.

Sie arbeiteten während der nächsten Stunde in kameradschaftlichem Schweigen und gingen jeder seiner Arbeit nach. Als die abgeschnittenen Ranken Nina bis zu den Knien reichten, brachte sie diese weg und warf sie über den neuen Zaun. »Besten Dank, Matty. Das sieht doch schon viel besser aus.«

»Na klar«, sagte Matty und lehnte sich gegen den Zaun. »So was mache ich im Schlaf. Es tut gut, mal etwas Abwechslung zu haben. Auf Paramour ist die Stimmung ziemlich geladen.«

Nina seufzte. »Ich habe ein schlechtes Gewissen. Deborah hasst mich sicherlich dafür, dass ich ihre Party ruiniert habe.«

»Deb würde den ganzen Abend am liebsten vergessen. Hilary übt zu viel Druck auf sie aus, und damit kann Deb nicht umgehen.«

»Das habe ich bemerkt, als Hilary diese Skulptur enthüllt hat.«

»Ja.« Matty wechselte einen kurzen Blick mit ihr. Mehr brauchte dazu nicht gesagt zu werden.

Im Laufe des Nachmittags wurde der Rankenhaufen immer größer, und der neue Zaun wuchs Meter für Meter und wurde von Bach patrouilliert. Schließlich legte das Team das Werkzeug beiseite und bewunderte sein Werk bei einer Tasse Tee.

»Ist hier immer so viel los?«, erkundigte sich Matty, als sich der nächste Lieferwagen dem Tor näherte.

Moira stieg mit einem Arm voller Rosen aus dem eigenen Garten und einer Kuchendose aus, die mit eleganten Damen in langen Kleidern und mit Sonnenschirmen verziert war.

»Moira! Ich dachte, Sie sind heute beschäftigt! Was ist aus den deutschen Touristen geworden?« Nina küsste sie zur Begrüßung.

»Die haben abgesagt.« Moira umarmte Matty.

»Gute Arbeit, mein Junge«, lobte sie mit Blick auf Alfie und den Zaun.

Alfie lächelte.

»Wir müssen uns beeilen, Tante, und die Pferde reinholen«, erklärte Matty.

Nina übergab Matty einen Umschlag mit Bargeld. »Sieht ganz toll aus.«

»Keine Ursache«, sagte er und winkte.

Moira setzte sich auf ihren angestammten Stuhl auf der Veranda. Bach ließ sich neben ihr nieder und blickte bewundernd zu ihr auf. Er schien sich auf den zweiten Akt des heutigen Unterhaltungsprogramms einzustellen.

»Hast du der alten Kletterpflanze einen neuen Schnitt verpasst?«, fragte sie.

Nina nickte, warf einen Blick in die Kuchendose und ging dann, um noch mal Tee zu kochen.

»Also, wie ich gehört habe, hast du auf Paramour ziemlichen Wirbel entfacht?«, begann Moira, als Nina mit dem Tablett zurückkam.

»Sie wissen es also schon. Ach, Moira, es war schrecklich. Als ich mit Heath tanzte, schreit Hilary mich plötzlich an und beschuldigt mich, weiß Gott was im Schilde zu führen. Alle hörten es. Ich wäre am liebsten gestorben«, erzählte Nina. »Die arme Deborah. Es war schließlich ihre Verlobungsparty.«

»Nun beruhige dich mal, meine Liebe«, erwiderte Moira und tätschelte ihr den Arm. »Du darfst das, was Hilary sagt, gar nicht an dich ranlassen. Sie hatte nur wieder einen ihrer hysterischen Anfälle. Und was Deborah betrifft – nun, du warst es doch nicht, die sich auf ihrer Party danebenbenommen hat, oder? Es war wie üblich ihre Mum. Sie weiß genau, dass du keine bösen Absichten hattest.«

»Meinen Sie wirklich?«, hakte Nina nach und biss vom Gewürzkuchen ab.

»Natürlich. Sie ist es doch gewohnt, dass Hilary sich wie ein Elefant im Porzellanladen aufführt. Deborah tut das, was Hilary von ihr verlangt, aber das ist nicht die echte Deborah. Und nach dem, was ich gehört habe, waren wohl alle vom Unterhaltungswert einer solchen Szene begeistert. Das kommt bei Festen auf Paramour öfter vor.«

»Danke.« Nina lächelte.

Nach einer kurzen Schweigepause meinte Nina: »Deborah und Heath passen gut zusammen, oder?«, um die immer wiederkehrende Erinnerung an die Umarmung von Heath auf der Tanzfläche zu vertreiben.

»Das müssen die beiden selbst wissen«, sagte Moira. »Hochzeiten sind immer ein glücklicher Anlass. Das gemeinsame Frühstücken sorgt dann für die Probleme.«

Nina kicherte. »Oh, Moira, ich bin so froh, dass Sie gekommen sind. Ich habe Hilary auf das angesprochen, was Possum mir erzählt hat.« Nina erzählte Moira die Geschichte. »Hilary stritt es rundum ab, aber ich bin mir nicht sicher, ob sie die Wahrheit sagt oder nicht.«

»Das herauszufinden kann schwierig sein«, erklärte

Moira. »Sollte Jim hier gewesen sein, dann wohnte er höchstwahrscheinlich auf The Springs. Ich frage mich nur, was er allein hier wollte?«

»Ja. Das ist die Frage. Ich dachte, dass er vielleicht eine Affäre hatte.«

Moira zuckte mit den Schultern.

»Hilary ist in diesem Fall meine beste Spur, aber sie wird jetzt nicht mehr mit mir sprechen wollen. Warum hasst sie mich so sehr, was glauben Sie? Sie kennt mich doch nicht mal.«

Moira stellte seufzend ihre Tasse auf dem Tisch ab.

»Pass auf! Hilary ist verschlagen. Sie hatte einen schweren Start, aber es gibt Leute, die es anfangs auch schwer hatten, dann aber so weiterleben, wie sie es sollten. Andere sind ständig darauf aus, Ärger zu machen, bis der Ärger keine andere Wahl mehr hat, als sie in den Hintern zu beißen. Weißt du, Nina, es gab eine Zeit, da hat Hilary heimlich deinen Vater verehrt, und da du ihm so ähnlich siehst, ist sie vermutlich deswegen etwas aufgewühlt.«

»Hilary und Dad? Ja, das Gefühl hatte ich auch«, gab Nina zu. »Aber warum? Der war nicht reich, so wie Phillip.«

»Nein«, sagte Moira. »Die Leute fangen nicht immer so an, wie sie enden. Hilarys Familie war bettelarm. Die fünf Murphy-Kinder lebten in einer Hütte unten am Fluss, und Hilary kümmerte sich um ihre Geschwister.«

»Harrison erzählte mir auf der Party, dass Kathryn und Mac sie auf ein Internat geschickt haben.«

»Das ist richtig. Und sie war eine andere, als sie zurückkam. Jim war gebildet, ein Künstler. Ein Hingucker. Sie musste sich einfach in ihn verlieben.«

»Und was war der Grund dafür, dass die Blacketts für ihre Ausbildung aufkamen?«

»Bridget Murphy, Hilarys Mutter, hat jahrelang auf dem Blackett-Anwesen gearbeitet, und die Blacketts haben sich der Kinder angenommen. Kathryn und Mac sind gute Menschen.«

Nina verspürte ein wenig Mitleid. Die Eiskönigin Hilary, die in diesem schimmernden weißen Herrenhaus residierte. Und sich so sehr bemühte, eine andere zu werden. Jemand, der besser war, akzeptiert und geliebt.

»Jedenfalls war Hilary vernarrt in Jim, aber die Gefühle wurden nicht erwidert. Sie lief ihm ständig hinterher. Es war traurig, das mit anzusehen.«

Nina schenkte Tee nach. »Weshalb wissen Sie so viel über Hilary?«

»Weil ich sie immer gekannt habe. Wenn wir in Bree angeln waren, brachten wir für die Murphys immer was zu essen mit. Was wir so übrighatten.«

Und dennoch hatte Moira keine Einladung zur Hochzeit bekommen.

»Tatsächlich? Wow! Na gut«, sagte Nina.

»Ich weiß, was du denkst«, erwiderte Moira lächelnd. »Sie möchte nicht an früher erinnert werden. Und das juckt mich nicht. Wo war ich stehengeblieben? Ach ja, dann kam der Abend des einundzwanzigsten Geburtstags von Scott Blackett – das war der Vater von Heath, weißt du?«

Nina nickte.

»Also die Party fand draußen im Westen auf dem Grundstück von Mac und Kathryn satt. Eine Wochenendparty mit Übernachtungsgästen. Auch deine Mum war dort, sie arbeitete an ihrem Geschichtsprojekt, es war in der Zeit, als Roy und ich sie kennenlernten.«

»Ja, ich erinnere mich, dass Mum mir davon erzählt hat.«

»Jedenfalls tauchte Julia in diesem umwerfenden Samtkleid auf, das ihre roten Locken und haselnussbraunen Augen betonte, und schlug ein wie der Blitz, wie man so sagt. Liebe auf den ersten Blick für deinen Vater. Hilary war von der Schule nach Hause zurückgekommen und sah deinen Vater hasserfüllt an, aber er lachte nur über sie. Was für ein Heckmeck! Mir tat Hilary ehrlich gesagt leid, aber es war so am besten. Julia passte viel besser zu ihm. Ich könnte mir vorstellen, dass dein Anblick Hilary an den Kerl erinnert, den sie nicht kriegen konnte.«

»Aber müsste sie inzwischen nicht darüber hinweg sein? Sie griff mich vor den versammelten Partygästen an, ganz zu schweigen von der Sache mit dem Medaillon.«

»Was meinst du damit?«, fragte Moira.

»Mein Medaillon.« Nina zog es aus ihrer Bluse und strich mit dem Daumen darüber. »Hilary fragte mich, woher ich es habe, als hätte ich es gestohlen oder so.«

»Nun, Hilary wird, wie alle anderen hier auch, die Geschichte hinter dem Medaillon kennen.«

»Die Geschichte, die Aussicht auf Gold verheißt? Über einen alten Verwandten genannt Barkin' Larkin? Da hat Dad uns doch einen Bären aufgebunden, oder? Mal im Ernst?«

»Nein, er war echt, es gab ihn«, holte Moira genüsslich aus. »Er dürfte Jims und Russells Ururgroßvater gewesen sein. Barnaby war sein richtiger Name. Ein völlig verrückter Typ. Ein Foto von ihm hängt in der Bibliothek von Wandalla, da steht er vor der Kunstschule. Er hatte einen Zottelbart, trug weite Hosen und einen großen runden Hut. Da besaß er bereits die Farm, aber er war Goldgräber gewesen. Und da wird es interessant«, fuhr Moira fort. »Er war Mitte des neunzehnten Jahrhunderts in Sofala. Er und sein Partner gruben in ihrem Claim seit über einem Jahr, fanden aber kaum genug, um sich selbst über Wasser zu halten. Je länger sie draußen waren, desto angespannter wurde die Stimmung zwischen den beiden. Es heißt, sie hätten kurz davor gestanden, alles dranzugeben, dann aber, an ihrem letzten Tag, einen Goldklumpen ausgegraben. Riesig. Er meinte, er sei so groß wie seine Leber.«

»Seine Leber?«

»Waren wohl starke Trinker. Jedenfalls tranken sie im einheimischen Pub auf ihren Erfolg – bis sie betrunken waren. Das Seltsame jedoch ist, dass sie danach keiner mehr gesehen hat. Sie verschwanden beide einfach. Aber dann, Monate später, tauchte der alte Barkin' hier auf. Er behauptete immer, sein Partner sei mit dem Goldklumpen abgehauen, aber viele Leute, darunter auch meine Großmutter, die mir die Geschichte erzählte, gingen davon aus, dass Barkin' Larkin derjenige war, der seinen Partner kaltgemacht und das Gold behalten hat. Natürlich konnte er es nicht verkaufen, ohne dass ihm jemand auf die Schliche kam. Stattdessen versteckte er es für zukünftige Generationen. Wenn sie klug genug waren, es zu finden.«

Nina lachte.

»Nun, es heißt, Barkin' habe ein Stück aus dem Goldklumpen zu diesem Medaillon verarbeitet und es seiner Frau geschenkt. Und diese Linien sollen angeblich Hinweise darauf sein, wo sich der Goldklumpen befindet, für den

Fall, dass sie jemals Geld benötigen sollten. Deine Großmutter Vera trug dieses Medaillon bis zu ihrem Tod. Es war eine Legende hier in der Gegend. Was danach damit geschah, weiß ich nicht, aber ich nehme an, dass Jim es hatte.«

Nina öffnete das Medaillon und reichte es Moira. »Possum vermutet, dass die Wellenlinien Wasser bedeuten. Wenn ich herausfände, was die anderen Linien bedeuten, könnten wir den Goldklumpen vielleicht finden. Das würde meine Finanzprobleme lösen. Was meinen Sie, ist da was Wahres dran?«

Moira betrachtete die im Medaillon eingravierten Symbole und legte es dann zurück in Ninas Hand. »Das weiß man nie, meine Liebe«, sagte sie lächelnd.

»Aber ich begreife immer noch nicht, warum Hilary so heftig darauf reagiert hat. Sie tat ganz so, als sei es ihres.«

»Ich habe keine Ahnung. Aber man kann nie wissen, was in Hilary so vor sich geht.«

»Noch etwas Tee?«

»Noch mehr Tee? Willst du, dass ich noch eine Stunde hierbleibe und schwatze? Ich fürchte, dann wird es dunkel sein. Ich hau mal lieber ab.«

»Moira«, sagte Nina, die sich darüber im Klaren war, dass sie hergekommen war, um nach der Katastrophe auf der Party nach ihr zu sehen.

»Ja, Liebes?«

»Danke. Danke für alles.«

Moiras Geschichten waren Gold wert. Sie würde morgen in der Stadt überprüfen, was sich über Barkin' finden ließ. Und sie musste unbedingt mit Kathryn und Mac sprechen. Und zwar am Sonntag.

Nina stellte ihr Bierglas ab und begann eine große, seidig glänzende Elster zu zeichnen. Sie beobachtete diese nun schon eine Weile, seit sie sich von einem hohen Eukalyptusbaum herabgestürzt hatte, um die Reste der Chips aus der Packung zu picken, die auf dem Boden lag.

Sie belohnte sich nach einem fleißigen Morgen, den sie infolge ihres Gesprächs mit Moira in den Archiven der Bibliothek von Wandalla verbracht hatte. Ergebnislos. Man findet nur schwer etwas, wenn man nicht weiß, wonach man suchen soll. Doch sie hatte sich gefreut, das Foto des alten Barkin' Larkin zu sehen.

Im Biergarten des Commercial Hotel, wo sie jetzt saß, konnte man mit Blick auf den Fluss den ganzen Nachmittag vertrödeln. Bach lief frei herum und scheuchte die grünen Papageien auf, die auf der Uferböschung saßen, und kam dann von Zeit zu Zeit zu ihr zurück, als hätte er den wichtigsten Job der Welt erledigt. Und Nina musste jedes Mal lächeln.

Sie wusste, dass die anderen Gäste sie neugierig beäugten. Selbst in ihrem gemäßigten Outfit – heute trug sie eine gepunktete Bluse und Jeans mit Farbspritzern, dazu einen im Stil der Fünfziger um den Kopf gewickelten Schal – stach sie heraus. Doch sie hatte entdeckt, dass einen keiner belästigte, wenn man las oder malte. Aber wenn man plaudern wollte, gab es immer ein oder zwei, die einem gleich ihre ganze Lebensgeschichte erzählten, sobald man auch nur das geringste Interesse erkennen ließ.

Das Commercial war Ninas heimlicher Rückzugsort geworden. Noch war es ruhig, aber es war Freitagnachmittag, und bald würde es voll werden.

In der heißen, trockenen Luft waren die Schatten scharf

und dunkel. Langsam öffneten sich ihr die Augen für dieses Land, stellte sie fest, als sie die Flügelspitze des Vogels schattierte. Es war so ganz anders als das feuchte Sydney mit seinem weicheren Licht und der üppigen Vegetation. Die Trockenheit hatte die Luft aufgeladen und gab ihr Energie.

Sie kramte in ihren Kohlestiften.

Am Morgen war sie aufgewacht und an die Leinwand in ihrem »Atelier« geeilt, um noch eine Stunde zu malen, bevor sie in die Stadt fuhr. Sie war entschlossen, den Mann in ihrem Gemälde von Durham House zu vervollkommnen, aber es war sinnlos. Sie hatte schemenhaft eine männliche Gestalt eingefügt, größer als die auf Jims Gemälde. Der Mann war jetzt näher am Betrachter, und sie hatte beschlossen, ihn ein wenig herumzudrehen, damit man sein Gesicht in Viertelansicht sehen konnte. Ein paarmal glaubte sie, seine Haltung genau erfasst zu haben. Dann stimmte sie doch nicht, und so widmete sie sich wieder den weniger schwer fassbaren Elementen des Gemäldes, war am Ende aber so frustriert, dass sie sich ihren Zeichenblock und die Kamera schnappte und in die Stadt fuhr. Und jetzt saß sie im Commercial und zeichnete die protzige Elster, die viel leichter zu porträtieren war als der Mann auf dem Gemälde. Am meisten ärgerte sie jedoch, dass sie eine sehr genaue Vorstellung davon hatte, worauf es ihr ankam. Sie wollte ihre Leinwand ansehen und den Stich des Wiedererkennens spüren, den es ihr jedes Mal versetzte, wenn sie Jims Originalbild betrachtete. Und das ist vermutlich genau das Problem hier, dachte sie. Ein Gefühl zu malen war sehr schwer.

Sie war rastlos und gereizt. Aber warum? Sie wusste,

warum. Sie musste das Gesicht des Mannes auf ihrer Leinwand sehen. Was lächerlich war, denn schließlich war das Gesicht auf dem Original auch nicht zu sehen. Doch sie wusste, dass das Bild erst vollkommen wäre, wenn sie sehen konnte, wer er war.

»O mein Gott. Das ist ja wunderbar!« Deborahs Stimme.

Nina sprang auf und warf dabei ihr Bierglas um. »Was machst du denn hier?«

Deborah, die in Poloshirt und Jeans frisch und adrett aussah, wirkte gereizt. »Ich bin … ich muss eine Bestellung abholen. Mum hat heute Nachmittag so ein Treffen mit Baumwollfarmern.«

»Tut … mir leid«, stammelte Nina, als sie ihr Glas aufstellte und ihre jetzt klebrigen Hände an den Jeans abwischte. »Ich wollte nicht … ich wollte nur sagen, dass es mich überrascht, dich hier zu sehen.«

»Nein, mir tut es leid, dass ich dich erschreckt habe«, entschuldigte sich Deborah.

»Möchtest du dich zu mir setzen?« Nina verfluchte sich dafür, dass ihr die Worte so formell über die Lippen kamen. Seit der Party hatte sie ständig davon geträumt, Deborah oder, Gott bewahre, Hilary über den Weg zu laufen. Sie hatte auch schon überlegt, Deborah anzurufen und sich einfach nur von ihr zu verabschieden, bevor sie die Stadt verließ.

Deborah holte tief Luft, und dann sprudelte es aus ihr heraus. »Hör zu, was Mum auf der Party zu dir gesagt hat, tut mir sehr leid. Das war unverzeihlich. Manchmal gehen sie einfach mit ihr durch. Und dein Kleid. Es tut mir einfach nur leid. Wir kommen natürlich für die Reinigung auf.«

»Nicht doch, keine Sorge. Die Flecken sind beim Waschen rausgegangen. Ich hoffe nur, du denkst nicht, ich hätte versucht ... was Hilary behauptet hat.«

»O mein Gott, natürlich nicht«, erwiderte Deborah und sah sie dabei direkt an. »Als ob ... Mit Mum geht die Einbildung durch, so viel steht fest.«

Die Erinnerung an den Tanz vor fast einer Woche kehrte zurück – und dass sie sich gewünscht hatte, er möge nie enden.

»Du bist so talentiert«, sagte Deborah und zeigte auf Ninas Zeichnung. »Ich wünschte, ich wäre auch gut in so etwas.«

»Was ist mit all den Preisbändern, die bei dir hängen? Du *bist* doch gut in etwas«, gab Nina zurück.

»Nun, eine ganze Menge davon sind von Mum«, entgegnete Deborah schüchtern. »Sie war eine gute Showspringreiterin, als sie jung war. Die Blacketts schenkten ihr ein Pferd. Das war das Einzige, was sie auf der Schule hielt.«

»Wie kam das?«

Das Lächeln verschwand aus Deborahs Gesicht. »Sie wurde gemobbt. Du wirst es nicht glauben, aber ich ging auf dieselbe Schule – DDAGS. Darling Downs Anglican Girls' School.« Sie verdrehte die Augen. »Als ich dort war, war es nicht besser. In jedem Jahr gab es eine Gruppe von Mädchen, deren Aufgabe es war, jede fertigzumachen, die anders war. Mich haben sie meistens in Ruhe gelassen, weil ich eine Flint bin, aber als die arme Mum dort war ...«

Nina hätte gern Mitleid gehabt, aber bei Hilary fiel ihr das schwer.

»Im Laborraum fand ich eingebrannt in eine der Bänke

den Satz: *Hilary Murphy ist ein labberiges Arschloch.*« Und mit einem schiefen Lächeln fügte sie hinzu: »Nicht gut.«

»Möchtest du einen Drink?«, fragte Nina sie.

»Nein. Ich bin nur hier, um für Mum eine Bestellung abzuholen. Ich muss zurück nach Paramour. Saracen lahmt.«

»Ben sagte, du trainierst und züchtest auch noch neben der Showarbeit?«, sagte Nina.

»Hat er das? Es überrascht mich, dass er es erwähnt hat. Wir haben ein kleines Zuchtprogramm begonnen, aber ich würde es gerne ausweiten. Matty ist darin ein richtiger Crack. Er hat im letzten Jahr bei den Verkäufen der Jährlinge einen Champion herausgepickt. Er ist wirklich großartig.«

»Wer, Matty oder das Pferd?«, scherzte Nina und wünschte sich sofort, sie hätte es nicht getan, als sie sah, dass Deborah rot wurde.

»Das Pferd natürlich«, erwiderte sie und wandte sich wieder der Zeichnung zu. »Hast du denn auch auf The Springs Zeichnungen angefertigt?«

»Ja, jede Menge. Die vielen Leinwände, die von meinem Dad herumliegen, haben mich inspiriert, und die Landschaft versetzt mich immer wieder in Erstaunen. Ich versuche, das alles in meinem Zeichenblock festzuhalten, bevor ich wieder weg muss. Und da das Haus jetzt aufgeräumt ist, habe ich auch etwas mehr Zeit.«

Deborah seufzte. »Ja, das Haus. Du hast allein so viel auf die Beine gestellt. Ich bewundere dich wirklich.«

Nein, Deborah, bewundere mich nicht, dachte Nina. Ich bin wirklich die Letzte, die du bewundern solltest.

»Wir sollten dir noch ein bisschen was vom Land zeigen, bevor du wieder fährst«, schlug Deborah vor. »Lass uns einen Ausritt machen. Heath könnte dir eins seiner Pferde leihen. Die sind ein bisschen ruhiger als unsere, und er ist ein großartiger Lehrer.«

Nina wusste nicht recht, was sie darauf antworten sollte, also lächelte sie nur.

»Da bist du ja! Ich habe dich ständig angerufen.« Hilary kam über das Gras auf sie zumarschiert und blieb dann wie angewurzelt stehen, als sie merkte, mit wem Deborah sprach. Nina erhob sich. Sie saß nicht gern, wenn Hilary vor ihr stand.

Hilary schien es die Sprache verschlagen zu haben. Ihr Mund bewegte sich, als wollte sie etwas sagen, aber es kam kein Laut über ihre Lippen.

»Oh, Mom. Ich habe Nina gerade gefragt, ob sie nicht mal mit uns ausreiten möchte. Heath und ich könnten ihr alles zeigen, solange Gelegenheit dazu ist.«

Ein paar spannungsgeladene Sekunden verstrichen.

»Die Sache ist nur, Deborah, es ist keine Gelegenheit dazu. Es steht einfach noch zu viel an vor der Hochzeit. Das wird sie sicher verstehen. Sie kehren doch ohnehin bald wieder in den Großstadtsmog zurück, oder?« Hilary wartete Ninas Antwort nicht ab. »Das ist doch vergeudete Zeit, hier ein bisschen zu reiten, wenn man gar kein Pferd hat. Außerdem kann gar nicht jeder reiten, wie du selbst weißt, Deborah. Und Heath ist viel zu beschäftigt. Es ist eine Menge Arbeit, hier draußen ein Anwesen zu bewirtschaften, da bleibt nicht viel Zeit, in der Gegend herumzuscharwenzeln. Er musste ohnehin schon Zeit aufbringen, um diesen Zaun in der Nähe von The Springs zu reparieren.«

»Wo ist Dad?«, erkundigte sich Deborah. Sie fühlte sich unbehaglich.

»Als du angeboten hast, dich um die Sandwiches für die Konferenz zu kümmern, ging ich davon aus, dass du das Royal meintest. Und genau dort haben dein Vater und ich uns jetzt zwanzig Minuten lang die Beine in den Bauch gestanden«, beschwerte sich Hilary.

Und wie aufs Stichwort tauchte Phillip auf. »Hallo, meine Kleine. Also da drüben auf der Veranda wehte ein angenehmes Lüftchen. Aber ihr beiden habt euch hier auch ein schönes Plätzchen gesucht.« Er gab Deborah einen Kuss auf die Wange. Hilary schnaubte verächtlich und schaute sich im Biergarten um.

»Hallo, Nina«, begrüßte Phillip sie.

»Hi, Phillip.«

»Hier ist Ihre Bestellung«, rief ein kräftiger Kellner, der mit einer Schachtel voller Sandwiches, die seine Schulter überragte, auf sie zukam.

»Stellen Sie das bitte auf den Tisch. Wie werden die wohl aussehen?«, fragte Hilary und spähte in die Papiertüten.

»Als ich hörte, dass die für Sie sind, habe ich obendrauf etwas Petersilie gestreut«, erklärte der Kellner lächelnd.

Phillip gluckste gutmütig. Hilary sah ihn finster an.

»Ich gehe und zahle. Das wird heute ein großer Abend auf Paramour. Zum Glück sind endlich meine großen Feuerräder angekommen«, sagte er nun zu Nina, die ihn von Mal zu Mal sympathischer fand.

»Aber beeil dich, Phillip, hörst du? Wir müssen los«, mahnte Hilary.

»Ach übrigens, Schatz, als ich reinkam, sah ich Smithy an der Bar sitzen«, berichtete er.

»Wer? Was?«, fragte Hilary gereizt nach.

»Du erinnerst dich doch noch an Smithy. Er und sein Kumpel, den sie Fuchs nennen, haben vor Jahren für die Blacketts geschoren. Er erzählte mir, er habe dich als Kind am Fluss gesehen, wenn dort ein Feuerwerk stattfand. Ich erzählte ihm von den neuesten Projektionssystemen für Feuerwerkskörper, die man im Internet bestellen kann. Er war ziemlich …«

»Ich habe keine Ahnung, von wem du sprichst«, unterbrach ihn Hilary. In einer Gruppe von Gästen in Shorts und Badelatschen, die in einer Ecke des Biergartens saßen, brach Gelächter aus. Sie warf einen nervösen Blick in diese Richtung. »Ich möchte jetzt wirklich aufbrechen, wenn es dir nichts ausmacht, bevor wir noch ausgeraubt werden oder so. Ich kann nur hoffen, dass sie dich bei den Sandwiches nicht übers Ohr gehauen haben, Deborah.«

»Ich bin dann auch weg«, sagte Nina erleichtert und erwog einen kurzen Moment lang, ob sie sich bei Hilary wegen der Party entschuldigen sollte, nahm aber rasch wieder Vernunft an. Wenn jemand sich entschuldigen müsste, dann Hilary. Sie spürte, wie der Zorn in ihr hochkochte, schaffte es Deborah zuliebe dann doch, etwas zu sagen.

»Es war schön, dich zu treffen, Deborah.«

»Warte, ich helfe dir, deine Sachen zusammenzupacken«, schlug Deborah vor.

»Um Himmels willen, Deborah, wir müssen los!«, blaffte Hilary.

»Ist ja gut. Tschüs, Nina.«

»Na endlich«, schnaubte Hilary und griff nach Deborahs Tasche.

Beruhige dich, sagte sich Nina, als sie ihre Kohlestifte einsammelte. Sie entdeckte Bach, der verdächtig nah an Hilarys Kunstlederpumps herumschnüffelte. Bitte, Bach, lass das, flehte sie insgeheim.

Der kleine Hund hob sein Bein, aber Nina bückte sich und kam ihm zuvor und rettete ihn vor der sicheren Katastrophe.

»Ekliges Tier!«, platzte es aus Hilary heraus. »Deshalb kommen wir auch nie hierher. Sie sollten ihn besser im Griff haben. Da habe ich im Tierheim schon besser erzogene Hunde gesehen.«

»Mum!«, tadelte Deborah sie.

»Was ist?«, zischte Hilary.

Nina nahm Bach unter den Arm und drehte Hilary den Rücken zu. Höchste Zeit, dass sie diese Frau nicht mehr sehen musste.

Kapitel 9

Nina setzte sich auf und genoss die Frische der Laken an ihren nackten Armen. Die Sonne war gerade erst aufgegangen, aber sie war hellwach. Alles im Raum war an seinem Platz. Die Blüten aus Pressmetall, die die Wände und Decken bedeckten, schimmerten im Morgenlicht, das durch die hohen Fenster fiel. Dieser Raum würde Mum sicherlich gefallen, dachte sie. Die Trauer, die Nina inzwischen vertraut war, wiegte sie wie eine wogende Welle. Und hier auf

The Springs, wo sie mit Julia so viele Kindheitsmomente erlebt hatte, fühlte Nina sich ihr ganz nah.

Auf den Wolkenstreifen lag noch der letzte Schimmer der Morgenröte. Mit Schwung stellte Nina ihre Füße auf den Boden und griff nach dem Skizzenblock mit den Zeichnungen, die sie tags zuvor im Biergarten angefertigt hatte. Sie hatte an ihren Kohlezeichnungen immer mal wieder gearbeitet, aber da bis zu ihrer Abreise nur noch ein Tag blieb, musste sie sich ernsthaft mit dem Durham-Bild beschäftigen.

Im Laufe der vergangenen drei Wochen hatte sie bruchstückhafte Informationen über ihren Vater bekommen, aber sie waren wie Puzzleteile, die sich anscheinend nie zum Ganzen fügen wollten. Seit Jim sie verlassen hatte, hatte sie die Hoffnung genährt, ihn eines Tages wiederzufinden, vielleicht als Erwachsene. Oder dass ihr Telefon klingeln oder es an der Tür klopfen würde und er da wäre und alles erklärte.

Aber in Wahrheit entzog sich die Antwort auf quälende Weise. Ohne Geld konnte sie nicht hierbleiben, aber wenn sie das Anwesen verkaufte, käme dies einem Ausverkauf gleich, und sie hätte das Gefühl, jede Hoffnung auf eine Entdeckung dessen, was passiert war, fahren zu lassen. Wenn sie wieder arbeitete, könnte sie es für sechs Monate bis zu einem Jahr auf dem Markt halten. Und auf diese Weise vielleicht einen besseren Käufer finden oder einen Weg, den Unterhalt praktikabel zu machen.

Hätte sie doch nur den weisen Rat ihrer Mutter.

Nina warf ihren Skizzenblock aufs Bett und lief barfuß ins Atelier. Sie hob das Durham-Bild von der Staffelei und hielt es ans Licht. Sie hatte sich anstatt der Aquarellfarben für Ölfarben entschieden. Auf diese Weise ließen sich die ständigen Revisionen leichter handhaben. Der Baum war schon fast fertig, der Brunnen war gelungen, und sie musste nur noch an der Patina seines alten Mauerwerks arbeiten. Aber der Mann hatte sich wieder verändert. Jetzt wandte er sich leicht dem Betrachter zu, als hätte ihn jemand gerufen. Sie hatte die Anfänge eines Gesichts festgehalten, es war jedoch nicht mehr als ein Fleck. Kein Grund zur Sorge, sagte sich Nina. Das kommt schon noch, allerdings würde sie das Bild jetzt in Sydney fertigstellen müssen. Sie nahm die Leinwand und ihre Malutensilien und stand gleich darauf in ihre Arbeit vertieft auf der Veranda. Sie kleckste Grün-, Grau-, Weiß- und Blautöne auf ihre Palette, vermischte sie und brachte sie auf die Leinwand. Eine Stunde verging wie im Flug. Nun wusste sie wieder, wie sich die Welt mit einem Pinsel in der Hand verzauberte. Sie freute sich, wie gut die Farben passten. Womöglich hatte Jims Präsenz im Haus doch geholfen.

Es war Zeit für einen Kaffee. Nina ging in die Küche und setzte den kleinen Kaffeekocher auf und wartete. Dabei strich Bach ihr um die Beine, um sie an sein Frühstück zu erinnern.

Nina nahm die Kanne vom Herd, holte sich einen Becher aus dem Schrank und ging damit hinaus auf die Veranda.

»Guten Morgen.«

Nina erschrak. Heath Blackett band ein Palominopony am Gartenzaun fest, während sein Hund Princess geduldig aufpasste. Das riesige schwarze Pferd, das er an dem Tag geritten hatte, als sie sich am Tor begegnet waren, schnupperte am Gras und fegte mit dem Schweif eine Fliege von seinem prachtvollen Körper.

»Was … machst du denn hier?«, stammelte Nina.

»Ich wollte dich nicht erschrecken«, sagte Heath. Er sah ziemlich mitgenommen aus, und seine Augen lagen tief in den Höhlen.

»Hast du aber.« Wusste Deborah, dass er hier war? Mein Gott, wusste es Hilary?

Nina wurde schlagartig klar, dass man womöglich ihre Brustwarzen durch das dünne Schlafanzugtrikot sehen konnte. Zum Glück trug sie die lange Hose mit dem Cowboymuster – was, wenn sie hier in Unterhosen stünde?

Doch dann verwandelte sich ihre Verlegenheit in Ärger. Nein, sie würde weder die Arme verschränken noch sich einen Morgenmantel holen. Warum sollte sie sich schämen? Wenn, dann müssten sie es beide tun. Die Party. Ihr Tanz auf der Party. Das Gefühl, von seinen Armen umschlungen zu sein. Sie gäbe alles darum, seine Hände wieder an ihrem Körper zu spüren. Doch da tauchte unvermittelt das Bild der weinenden Deborah inmitten ihres ruinierten Fests auf. Nina schluckte den Kloß hinunter, der schmerzhaft in ihrem Hals steckte.

Es würde nicht dazu kommen.

»Ich habe gestern Deborah getroffen«, sagte Nina.

»Ja, das hat sie mir erzählt.«

Schweigen.

Warum war er hier? Würde er die Party erwähnen? Hilarys Anschuldigungen? Erwartete er von ihr, dass sie es tat? Was könnte ihn bewogen haben, zu so früher Stunde zu ihr in den Garten zu kommen? Das war nicht fair. Sie atmete aus und versuchte, ihr inneres Gleichgewicht zu finden.

»Weißt du, ich hoffe, dass Deborah sich von der Party wieder erholt hat …«, presste sie hervor.

»Es gibt da ein Problem mit ... ein paar unserer Stiere sind womöglich auf dein Grundstück gewandert«, fiel Heath ihr ins Wort. »Könnte sein, dass der Zaun umgefallen ist. Ich wollte das überprüfen.«

Nina sah sich außerstande, darauf etwas zu erwidern.

Heath nahm seinen Hut ab, drehte ihn in den Händen und blickte in die Ferne. Er befeuchtete seine Lippen und holte Luft. »Ich habe dir Rapid zum Reiten mitgebracht.« Er zeigte mit seinem Hut auf das Palominopony, das mit seinen Nüstern das Maul des größeren Pferdes anstupste.

Heath hustete. »Und Jet kennst du ja schon. Wir hätten auch die Quads nehmen können, aber das Land dahinten ist sehr uneben. Wir würden es nicht schaffen, die gesamte Zaunlinie auf diesen Bikes abzufahren. Da nehmen wir besser die Pferde. Wenn es dir nichts ausmacht. So hat das Russell ...«, er räusperte sich, »so haben wir das immer gemacht.« Heath schlug seinen Hut an seinem Hosenbein aus und blickte zu Boden.

Nina holte tief Luft. »Gut. Es ist mein letzter ganzer Tag hier, da schadet es nicht, mir einen Überblick zu verschaffen.«

»Deb meinte, du hättest Freude an einem Ausritt.«

»Oh, Deborah, natürlich«, sagte Nina. »Ich bin Jahre nicht geritten. Also ... äh ... nett. Ich ziehe mich nur schnell um ...«

Sie wandte sich um und lief direkt in ein Spinnennetz, das so zäh und klebrig war, dass sie kreischend zurückprallte und sich aufs Gesicht schlug.

Vor Ekel schaudernd, wischte sie sich die Hände an ihrer Pyjamahose ab und entfernte sich dann schleunigst.

Erst die plötzliche Kehrtwende und jetzt das. In diesem Moment hasste sie Heath. Igitt!

Als Nina verschwunden war, drehte Heath sich um und stampfte fluchend mit dem Fuß auf. Rapid schnaubte, und Ninas kleiner Kläffer fing an, die geduldige Princess zu umkreisen. Warum war er hergekommen? Sicher, Deborah hatte es für eine gute Idee gehalten, eine Art Wiedergutmachung nach Hilarys Auftritt auf der Party. Aber es war früher Morgen. Viel zu zeitig. Er hatte sie in Verlegenheit gebracht. Ninas Anblick, wie sie da stand mit ihrer weichen Haut und dem viel zu dünnen weißen Trikot, das, gerahmt vom Sonnenlicht, alles enthüllte, war ihm noch immer gegenwärtig. Ihr schönes Gesicht war verblüfft, verletzt, wütend gewesen.

Beim Ausreiten würde er wieder einen klaren Kopf bekommen.

Er musste sich nur immer wieder sagen, dass sie sehr bald schon auf dem Weg zurück in die Stadt wäre, aus der sie gekommen war. Und deshalb hatte er auch den Vorschlag Deborahs, einen Ausritt mit ihr zu machen, gut gefunden. Er wusste, dass Nina da nicht glänzen würde. Das war ihr gegenüber zwar unfair, aber der einzige Weg, der ihm einfiel, um sie wieder aus seinem Kopf zu bekommen.

Warum hatte er das mit den Zäunen erwähnen müssen? Er hatte die Zäune selbst vor weniger als einem Monat überprüft. Er hätte sich das vorher genauer überlegen sollen … hätte, hätte, hätte. Aber er hatte seit der Party so schlecht geschlafen, dass er nicht mehr wusste, was er tat. Und daran war nur sie schuld.

Nein, nicht sie. Aber mit Nina zu tanzen hatte ihn völlig

verwirrt. Und er konnte sich keinen Reim darauf machen. Es lief alles in ganz geregelten Bahnen ab. Er war der Gastgeber, der eine Besucherin willkommen hieß. Aber ihr Parfüm und das Gefühl ihrer Taille unter seiner Hand – das hatte ihm den Geist vernebelt. Ganz zu schweigen von … Und jetzt musste er ständig an sie denken.

Ständig verlangte Deborah von ihm, hinsichtlich der Hochzeit Entscheidungen für dies oder das zu treffen, doch er konnte sich nicht konzentrieren.

Heath entfernte sich vom Haus und ging zu den Pferden. Der kleine Hund folgte ihm und wedelte mit seinem flauschigen Schwanz.

Was tat er hier? Er brauchte Halt, brauchte jemand Beständigen. Seit dem Unfall war Deb seine beste Freundin gewesen. Bei ihr fühlte Heath sich sicher. Und jetzt wurden sie Partner fürs Leben. Irgendwie passte alles. Und es passte zu seinem Traum, auf Kurrabar in die Fußstapfen seines Vaters zu treten. Dafür brauchte er eine Frau, jemand wie seine Mum, jemand, auf den er sich verlassen konnte. Und das war Deb.

Und es gab keinen Grund, warum das nicht gutgehen sollte. Sie würden weitermachen und die Träume leben, über die sie sich so lange schon unterhielten. Wenn er doch nur in die Zeit zurückkehren könnte, bevor Nina hier wieder aufgetaucht war.

Die Fliegengittertür schlug zu. Gott sei Dank hatte sie sich vernünftig angezogen, trug Jeans und eine karierte Bluse, aber er sah ihr an, wie nervös sie war. Sehr nervös sogar, wie er bemerkte, als sie auf ihn zukam.

Heath bekam Mitleid mit ihr. »Rieche ich da Kaffee? Sollen wir nicht eine Tasse trinken, bevor wir aufbrechen?«

»Danke! Ich meine, gute Idee.«

Heath folgte ihr ins Haus. Er kam nicht umhin, beeindruckt zu sein. Die Verwandlung, die ihm bereits auf der Veranda aufgefallen war, war in der Küche noch viel offensichtlicher. »Du hast ganze Arbeit geleistet.«

»Moira war oft hier.« Sie reichte ihm eine Tasse Kaffee.

Heath lehnte sich an die Küchenbank und strich mit seiner Hand über das Holz. Eine Vase mit Magnolienblüten stand im Sonnenlicht in der Mitte des Tischs, darum herum die verschiedenfarbig gestrichenen Stühle. Unwillkürlich musste er an die Küche in Paramour denken, auf die Hilary so stolz war – viele Quadratmeter weißer Stein, weiße Fliesen und blitzende Armaturen. In Hilarys Küche konnte man sich nirgendwo hinsetzen, es sei denn, man balancierte auf den unbequemen Designerhockern.

Hier war es behaglich, zu behaglich. Heath kippte seinen Kaffee hinunter, zuckte zusammen, weil er so stark war. »Dann gehen wir wohl besser.«

Dieses Mal lief Nina langsam über die Verandastufen. Sie streckte Rapid die Hand entgegen, damit das Pferd daran riechen konnte. Die Stute drehte den Kopf und kam einen Schritt auf sie zu. Nina zuckte zusammen, aber sie blieb ruhig stehen, während das Tier an ihr roch, und streckte ihre Hand dann erneut aus, um zart über Rapids Hals zu streichen. Sie rieb den Bereich um die Ohren des Pferdes, wo das Zaumzeug saß. »Es ist lange her, seit ich auf einem Pferd gesessen habe. Erinnerst du dich? Du hast mich ein paarmal auf Hector reiten lassen, diesem Shetlandpony, für das du und Ben zu groß geworden wart. Ich kann mich erinnern, dass Hector ziemlich eigensinnig war.« Sie lachte.

»Also es ist wie Rad fahren«, sagte Heath. »Aufsitzen

und los.« Er führte sie zur anderen Seite des Pferdes. »Gib mir den anderen Fuß.«

Heath verschränkte die Hände zu einer Räuberleiter für Ninas linken Stiefel, damit sie aufsitzen konnte. Wieder dieses Parfüm.

»Sie ist klug«, erklärte er, ohne es zu wollen. »Du musst ihr keinen Tritt geben oder an ihren Zügeln ziehen. Beweg dich einfach mit ihr, vertrau ihr.«

Nina sah ihn verständnislos an.

»Sie wird Jet folgen.« Heath stieg auf, und Jet setzte sich in Bewegung. Rapid folgte, Bach hinterher. Princess lief voraus. »Drück einfach mit deinen Beinen.«

»Ich muss mich wenigstens nicht um all das Zubehör kümmern, das du dabeihast«, sagte sie und schaute auf seine Wasserflasche, das Seil und das Gewehr, das er bei sich hatte.

»Das hier? Ich reise mit leichtem Gepäck«, erwiderte er und spürte, wie sich ein Lächeln auf seine Lippen stahl. Dann fiel ihm ein, dass sie »Arbeit« zu erledigen hatten, und er spornte Jet mit den Knien an. Das Pferd trabte los, und Rapid folgte ihm. Heath warf einen Blick zurück auf Nina. Sie war blass, und ihre Hände klammerten sich an den Sattel. Er zügelte sein Pferd.

»Okay. Versuchen wir's etwas langsamer.«

Sie ritten ein paar Stunden lang am Zaun entlang und plauderten gelegentlich. Bach und Princess wechselten unter dem Zaun hindurch von einem Grundstück auf andere und folgten den flüchtigen Gerüchen des Graslandes. Während des Ritts schien Nina an Zutrauen zu gewinnen, und als sie das Tor der hinteren Koppel erreichten, wirkte sie schon viel entspannter. Als sie durchs Tor waren, verfiel

Rapid wieder in Trab, und Heath beobachtete, wie Nina sich diesmal dem immer schneller werdenden Tempo anpasste und ihre langen Beine den Sattel des Ponys nur noch flüchtig berührten.

Er musste gegen seinen Willen lächeln. »Siehst du, du bist ein Naturtalent.«

Ihr Gesicht begann zu strahlen, und ihm wurde warm ums Herz. Das war gefährlich. Hätte er doch nur die Quadbikes mitgebracht. Wie konnte er nur so blöd sein. Sie waren jetzt so weit geritten, dass er die Pferde am Bach tränken musste, bevor sie umkehrten.

»Der Zaun sieht gut aus«, stellte Heath fest.

Nina nickte.

»Wir müssen die Pferde tränken.« Er führte sie durch ein Tor hinüber nach Kurrabar, wo sie sich den großen Eukalyptusbäumen näherten, die sie aus der Ferne gesehen hatten, und dann am Ufer eines Flussbetts haltmachten, in dem kaffeebraunes Wasser träge dahinfloss. Kein Lufthauch bewegte die Blätter der Bäume. Die Mittagssonne spiegelte sich im Wasser. Die einzigen Geräusche waren das Gequake eines Froschs und das Schlabbern der Hunde, die ihren Durst stillten. Sie führten die Pferde über einen steilen Pfad hinunter zum Fluss.

»Ein Glück, dass es flussaufwärts vor ein paar Wochen geregnet hat. Das bedeutet frisches Wasser.« Heath saß ab und ging dann zu Nina, um ihr beim Absitzen zu helfen. Sie zögerte, aber begab sich dann in seine Hände.

Auf dem Boden hatte sie anfangs Mühe, ihr Gleichgewicht zu finden, und er musste sie stützen. Verlangen erfasste ihn, gleich darauf gefolgt von Schuldgefühlen. »Hier, halt die Zügel locker, damit sie trinken können.« Er wandte sich ab und löste die Wasserflasche von Jets Sattel. Dieser ganze Ausritt war ein Fehler gewesen. Er bot ihr die Wasserflasche an. Während sie trank, fiel ihm der Wassertropfen auf, der ihr durch den Staub über den schönen Hals lief.

Neuer Plan – halte dich von Nina zu allen Zeiten fern. Nur gut, dass sie morgen abreiste.

Heath nahm die Flasche, ohne sie anzusehen, und kehrte ihr beim Trinken den Rücken zu. Dann starrten sie schweigend auf den Fluss. Eine frische Brise umtanzte sie, und sie hörten das Meckern wilder Ziegen von irgendwo am Flussufer. Heath spürte Ninas Blick. Er versuchte, seine Haltung zu wahren.

»Wenn du mit diesen Ziegen was machen möchtest, solltest du sie verkaufen. Die bringen gutes Geld. Und du willst sicher nicht, dass sie alles wegfressen.«

Nina gab keine Antwort. Heath fühlte sich wie ein dummer Junge vom Land, der sich über Ziegen unterhielt, aber das war die einzige Strategie, die ihm einfiel. Halt dich an die Fakten, ermahnte er sich.

»Was nicht heißen soll, dass Ziegen nur eine Bedrohung darstellen«, fuhr er fort. »Am richtigen Ort sind sie nützlich. Wenn man zum Beispiel holzige Gräser hat, fressen die Ziegen sie, was sonst kein anderes Tier tut. Dann sind sie wirklich von Nutzen. Als Teil einer allgemeinen Strategie.« Heath hätte sich selbst in den Hintern treten können. Aber noch viel mehr wollte er Nina dafür bestrafen, dass sie solche Gefühle in ihm auslöste. Darum geht es nun mal in der Landwirtschaft, sagte er sich gereizt, um langweilige Fakten und Strategien, nichts, was Mädchen aus der Stadt interessierte.

»Das haben wir vor ein paar Jahren auf Kurrabar angewandt«, fügte er hinzu. »Haben Wildziegen auf Koppeln grasen lassen, wo die holzigen Gräser überhandgenommen hatten.«

»Versteht man das unter ganzheitlichem Management?«, erkundigte sich Nina.

Überrascht sah Heath sie an.

»Ben hat's erwähnt«, sagte sie.

Gewaltsam löste Heath seinen Blick von Nina und wandte ihn den trinkenden Pferden zu. Sie nahmen beide die gleiche Haltung ein, ähnelten Ausschneidemodellen von Pferden.

»Ist das auch Deborahs Ding?«, fragte sie.

»Was?«

»Ganzheitliches Management?«

Warum musste sie Deborah ins Spiel bringen? Er ging rasch zum Wasser, nahm Nina die Zügel aus der Hand und zerrte Jets Kopf vom Wasser weg. Ohne ein weiteres Wort saß er auf, und Nina konnte zusehen, wie sie ohne Hilfe in den Sattel kam. Jet suchte sich seinen Weg über die Uferböschung nach oben, gefolgt von der wachsamen Princess. Rapid trabte gehorsam hinterher. Heath warf einen Blick über seine Schulter. Der kleine weiße Hund blieb abgeschlagen zurück, weil er nur mit Schnüffeln beschäftigt war. Schoßhunde, wozu waren die schon gut, überlegte er.

Hätte er sich doch bloß nicht auf diesen Ausflug mit Nina eingelassen. Was immer er sich dabei gedacht hatte, es war falsch gewesen.

»Komm mit, Bach«, rief Nina. Vor ihr reckte Jet seinen Kopf und beschleunigte seinen Schritt, drängte nach Hause. Bach blieb stehen und schüttelte sich, Wassertropfen tanzten im Sonnenlicht. Mit heraushängender Zunge tollte er hinter ihnen her wie ein verspieltes Lämmchen und versuchte Princess dafür zu gewinnen, mit ihm zu spielen.

Als der Pfad an der Koppel abbog, warf Nina einen Blick auf die idyllische Szenerie, die sie gerade verlassen hatten. Die großen Bäume am Fluss und die blühenden Büsche erinnerten sie an einen anderen Teil des Landes, der näher an Sydney lag.

Aber vor ihr entfernte sich Heath' angespannter breiter Rücken auf dem Weg, der nach Hause führte. Vergiss ihn, sagte sie sich, überlass ihn seiner schlechten Laune. Sie kraulte sanft Rapids Kopf.

Das raue Krächzen eines Kakaduschwarms, der zum Fluss unterwegs war, und der gedämpfte Hufschlag der Pferde waren die einzigen Geräusche, die Nina begleiteten, als sie sich dem wiegenden Rhythmus von Rapids Gangart überließ. Nachdem sie sich einmal darauf eingestellt hatte, war es die natürlichste Sache der Welt.

Sie wandte sich um, um sich zu vergewissern, dass Bach mitkam. Princess folgte Heath, aber von Bach war nichts zu sehen. Nina zog die Zügel an und brachte Rapid zum Stehen.

»Bach … Bach, wo bist du, Junge?«

In der Ebene gab es für einen Hund nur wenige Versteckmöglichkeiten.

»Komm her, Bach. Hierher, Junge«, rief Nina nun lauter.

Heath wendete sein Pferd und trabte zu Nina zurück. »Er kann nicht weit sein«, meinte er entnervt. »Nun komm schon, wir kehren um.«

Hintereinander folgten sie dem Weg, den sie gekommen waren.

Dann hörte Nina Bachs warnendes Knurren. Er stand mitten im hohen Gras vor einem unsichtbaren Feind und bellte durchdringend. Heath sprang von seinem Pferd und rannte auf ihn zu. Nina rutschte von Rapid herunter und folgte ihm, aber Heath blockierte mit seinem Arm den Weg. Er streckte den Arm aus, und da erblickte sie die dicke gewundene braune Rolle – zu dicht an dem kleinen Hund. Etwas Geschmeidiges und Kräftiges bewegte sich mit kaltblütiger Energie.

»Bach!«, schrie sie vor Angst. Aber in diesem Moment stieß das Ding zu, und Bach jaulte auf. Wieder ein metallisch braunes Aufblitzen, und er jaulte erneut. Nina schob Heath zur Seite, aber er drehte sich um seine eigene Achse und hielt sie an den Armen fest. Sie wehrte sich, aber erst als die Schlange davonglitt, ließ er sie los.

Bach taumelte und kauerte sich hin, seine Hinterläufe gehorchten ihm nicht. Nina kniete sich hin und hielt ihn fest, während er sich immer wieder übergab.

»Heath!«, schrie Nina in Panik. »Was können wir tun?« Bach versuchte, Ninas Hand mit seiner Schnauze anzustupsen. Sie nahm ihn in die Arme und drückte ihn an sich. Er zitterte und jaulte so herzzerreißend, wie Nina ihn noch nie gehört hatte. Nina wiegte ihn, aber er beruhigte sich nicht. »Scht, Junge. Alles ist gut, mein Kleiner. Alles wird gut werden«, sagte sie immer und immer wieder. Ein Beben erfasste Bachs Körper, und seine Schreie wurden immer lauter, ein so hoher Ton, der Nina in den Ohren weh tat.

»Mach, dass das aufhört, Heath!«, schluchzte sie.

Princess schnüffelte an Bach und winselte, doch das Wehklagen des kleinen Hundes ließ nicht nach.

Nina spürte Heath' Hand auf ihrer Schulter. »Was können wir tun? Hör doch nur, wir müssen etwas unternehmen«, flehte sie ihn an.

Heath kniete nieder und zog Bachs Augenlid zurück, und Nina sah die Schwärze darin, wie ein nachtdunkler Himmel. Da verließ sie der Mut.

»Das sieht nicht gut aus«, stellte Heath fest. »Er ist so klein, er hat keine Chance.«

Nina atmete tief durch. »Er quält sich. Es muss einen Weg geben. Wir müssen zu einem Tierarzt. Damit er ein … Gegengift bekommt.«

In dem Moment hob Bach seine Schnauze. Er wand sich in ihren Armen, hatte Schaum vor dem Maul.

Sie sah Heath an und fand darin keinen Raum für Zweifel oder Widerspruch.

»Dafür ist keine Zeit«, erklärte er. »Er hat viel Gift abbekommen. Braunschlange. Er blutet noch. Hier und da auch.« Er zeigte darauf. »Er wird längst tot sein, bis wir Hilfe bekommen. Das können wir ihm nicht antun.«

»Nein«, erwiderte Nina schluchzend. »Nein, nicht doch.«

Heath drückte ihre Schulter und ging dann rasch zu Jet, um das Gewehr zu holen. Er lud es.

Vergeblich versuchte Nina, Blickkontakt zu Heath aufzunehmen. Das würde er doch nicht, konnte er doch nicht tun?

Als Nina hörte, wie das Schloss einrastete, drückte Nina Bach noch fester an sich und drehte sich um, schirmte ihn vor dem Gewehr ab. Sie konnte sehen, dass Bachs Augen bereits ins Leere stierten, aber er gab noch immer diese schrecklichen Laute von sich.

Heath legte das Gewehr auf den Boden und löste Bach

aus Ninas Armen. Sie stieß einen Schrei aus, konnte sich aber nicht abwenden.

Heath legte Bach sanft ins hohe Gras und kam dann, um Nina auf die Füße zu helfen. Sie sah ihn verwundert an, hoffte noch immer. Er zog sie dorthin, wo die Pferde standen. »Hier. Halt sie fest.« Jet und Rapid stampften auf und warfen ihre Köpfe herum.

Sie blickte ihn verständnislos an.

»Hast du gehört, was ich sage. Halt sie fest. Sie werden erschrecken«, verlangte er barsch, drückte ihr die Zügel in die gefühllose Hand und schloss sie mit seinen Händen. Nina fürchtete, gleich ohnmächtig zu werden.

Sie verfolgte, wie Heath zurückging und seine Waffe auf das hohe Gras hielt, wo Bachs kleiner Kopf liegen musste. Nina schloss die Augen und vergrub ihr Gesicht in Rapids festem, warmem Hals.

Nina spürte den Schuss in ihrem Körper, als die Pferde scheuten und die Zügel ihr durch die Finger zu gleiten drohten. Sie hielt sie fest und beruhigte die Pferde, aber sie fühlte sich ganz leicht und substanzlos, so als existierte sie gar nicht.

Heath kam zurück und holte eine Regenjacke aus seiner Satteltasche. Er sah Nina nicht an. Sie schaute zu, wie er die Jacke in dem hohen Gras ausbreitete und das schlaffe, flauschige Ding hineinlegte, es einwickelte und die Ärmel fest um seinen kleinen Körper band. Princess schnüffelte an dem Päckchen, setzte sich dann und fing laut zu jaulen an. Nina stand still, sie war noch immer gefangen in der Stille nach dem Schuss.

Heath nahm ihr die Zügel ab und sah sie an. Er verschränkte seine Finger, um ihr beim Aufsitzen zu helfen.

Als sie seine Schulter packte, um sich hochzuziehen, gaben ihre Beine nach. Er fing sie auf, aber sie wollte nicht, dass er sie berührte. Sie trennten sich, ohne sich dabei anzuschauen.

Nina saß ohne seine Hilfe auf, obwohl sie keine Kraft in ihren Armen hatte. Nichts war mehr real. Heath brachte das kleine Bündel zu ihr und legte es ihr in die Arme. Dann nahm er Rapids Zügel, saß selbst auf und trieb Jet mit einem sanften Tritt an, und sie ritten nach Hause.

Als Nina sich aus dem Schaukelstuhl auf der Veranda erhob, war es bereits dunkel. Russells letzte Flasche Whisky war fast leer. Sie lehnte sich an den Verandapfosten und starrte hinaus in die Nacht.

In anderen Nächten hatten die unzähligen Sterne sie ehrfürchtig staunen lassen. Aber heute wirkten sie kalt und abweisend.

Das Licht des Mondes lag bezaubernd über der Hauskoppel und den Ruinen von Durham House dahinter. Nina konnte gerade noch so den frischen Erdhügel neben dem Rosengarten erkennen, wo Heath Bach begraben hatte. Er hatte den Kopf des Grabes markiert und sich dann mit wenigen Worten verabschiedet. Nina hatte benommen zugesehen.

Es war seltsam. Das Ereignis hatte ihr letztes Band zu The Springs, zu dieser Landschaft gekappt. Es war an der Zeit, nach Hause zurückzukehren, dorthin, wo sie hingehörte.

Sie schenkte sich den letzten Schluck ein, kippte ihn hinunter und ging zu Bett.

Nina hievte den letzten der prallen schwarzen Müllsäcke auf Mattys Anhänger und wünschte, sie könnte ihren Katzenjammer hinterherwerfen. Ihr Telefon piepte, es war eine alte SMS von Theo: Vermisse dich. Sie war, wie all die anderen, nur durchgekommen, weil sie unvermittelt einen der wenigen Punkte in der Nähe des Hauses erwischt hatte, wo sie Empfang hatte.

Sie antwortete mit einem Smiley und ging zurück, wobei sie vermied, den angenagten Plastikknochen anzuschauen, der unter dem Granatapfelbaum lag. In der Küche sah sie unter dem Tisch Bachs angeschlagene Wasserschale und sein Bettchen. Sie wegzubringen empfand sie als zu endgültig, zu verfrüht. Sie setzte sich auf einen der buntgestrichenen Küchenstühle und trank gegen ihren dröhnenden Schädel ein Glas Wasser.

Die Küche, von der sie so begeistert gewesen war, der große geschrubbte Tisch, die breiten Bänke wirkten jetzt langweilig und abgenutzt. Selbst die Schränke sahen schäbig aus. Jedes Mal, wenn sie etwas in Angriff nahm, zeigte sich nur, was alles sonst noch getan werden musste. Wie etwa der Deckenventilator, der nicht funktionierte, denn es war drückend schwül in der Küche. Und eigentlich müsste alles gestrichen werden.

Nina fühlte sich überfordert, müde und gefangen. Sie lief durch das stille Haus hinaus auf die Veranda. Dort lachte sie laut und setzte sich auf die Treppe. Wie dumm. Es würde nie fertig werden, jedenfalls nicht durch sie. Für eine Arbeit wie diese brauchte man Energie und musste einen Sinn dahinter erkennen, und beides fehlte ihr.

Als sie an all die Arbeit dachte, die sie, Moira und Matty geleistet hatten, seufzte sie. Es gab hier draußen fraglos eine Menge ganz großartiger Menschen – hilfsbereit und mitfühlend, drangen sie jedoch nicht wirklich zu ihr vor. Sie wussten nicht, wie weh es tat, nicht dazuzugehören. Wie sollten sie auch? Sie waren eine Gemeinschaft, aber wer war sie? Sie war ein Gast, der einen winzigen Blick darauf erhascht hatte, wie ein solches Leben aussehen könnte. Die Blacketts, die Inchboards, diese soliden, überlebensfähigen Familien.

Sie gehörte nicht hierher. Sie betrachtete diese Landschaft nur, war aber nicht Teil davon.

Nina ließ ihren Blick hinüber zur Magnolie wandern, dieser schweigenden Zeugin eines Großteils ihres und Jims Leben. Trotz all ihrer Bemühungen hatte sie herzlich wenig über ihren Vater oder sein Leben hier draußen herausgefunden. Eigentlich fuhr sie mit mehr Fragen zurück, als sie hergekommen war. Langsam gewöhnte sie sich an den Gedanken, er könnte tot sein. Und sollte er noch am Leben sein, hatte er jedenfalls keine Eile, sie das wissen zu lassen. Das wäre womöglich noch schmerzhafter. Auch ihre Mutter, ihr Onkel, ihre leibliche Mutter lebten nicht mehr. Und jetzt war ihr auch noch ihr bester Kumpel genommen worden.

Sie ging zurück ins Haus und sammelte die Gemälde ihres Vaters zusammen. Die Skizze von Bach legte sie auf die große Leinwand mit dem Durham House und ging dann vorsichtig damit hinaus zum Wagen, wo sie alles auf dem Rücksitz verstaute und die Picknickdecke darumwickelte. Ein letztes Mal ging sie ins Haus, nahm ihren gepackten Koffer, einen Umschlag mit Geld für Moira, ihre Kamera und ihre Handtasche.

Nina verschloss die Eingangstür des Hauses und verzog das Gesicht, als sie die leere Flasche neben dem alten Schaukelstuhl auf der Veranda stehen sah, eine schuldbewusste Erinnerung an ihre elende letzte hier verbrachte Nacht. Sie hob sie auf. Noch eine für den Anhänger. Sie zog jetzt weiter, sie war hier fertig. Sie würde nicht wie Russell enden und ihr ganzes Leben lang unglücklich sein.

Sie warf die Flasche auf den Anhänger und trat dann vor den Erdhügel. »Tschüs, mein kleiner Freund, ich vermisse dich so sehr ...« Nina beugte sich herunter, um das Schild geradezurücken, und strich mit der Hand über die Erde.

Als sie ihre letzten Habseligkeiten verstaut hatte, schloss sie den Kofferraum und ließ den Blick über die ihr nun so vertrauten Koppeln, das seltsam flache Land mit seiner schwarzen Erde und den schimmernden Gräsern schweifen, an das sie ihr Herz verloren hatte. Und wie als Echo ihrer Stimmung flog eine Krähe zum Gestell mit dem Tank und stieß ihren krächzenden Schrei aus. Das würde sie vermissen.

Nachdem sie Wandalla hinter sich gelassen hatte, fuhr Nina an den Straßenrand und schickte Harrison eine SMS.

Ich verkaufe. Vertrag wird zugeschickt. Nina.

Kapitel 10

Wenn ich dir zunicke, drückst du den roten Knopf«, sagte Dominic. Sein Grinsen, bei dem er die Zähne entblößte, drohte sich bis zu seinen üppigen dreieckigen Koteletten auszubreiten, während seine Finger über die Kontrollknöpfe tanzten, als würde ein Maestro am Flügel sitzen.

»O mein Gott, ich kann es kaum fassen, dass wir das tatsächlich tun!«, rief Olivia, als sie Nina von hinten umfasste und dabei mit ihrer pinkfarbenen Igelfrisur wippte. »Du bist der Größte, Dom!«

Rote Lichtfinger krochen aus der Kontrollbox über die glatte schwarze Oberfläche von Cockle Bay. Mit einer leichten Drehung am Einstellrad schickte Dominic grüne Punkte hinterher, die auf ihrem Weg durch die roten Streifen und um sie herum platzten und sich zu streiten schienen.

»Warte noch … warte …«, bat er.

Ninas Finger flatterten über dem Kontrollschalter. Wer hätte damals an der Kunstschule gedacht, dass Dom einen solchen Lightshow-Gig bekommen würde? Damals hatte er seine Energie hauptsächlich darauf verwendet, die Wirkung neuer Drogen auszuprobieren.

Doch jetzt war er hier und nahm am neubelebten Sydney Illumination Festival teil. Aus der ganzen Welt waren Künstler eingeladen, hier die Massen mit ihrer Lichtkunst zu begeistern. Und Nina, die erst seit sechs Wochen aus Wandalla zurück war, nahm an dieser Show, in die Dom beinahe ein ganzes Jahr Arbeit investiert hatte, teil, war ihr Beitrag auch noch so klein. Elegant und übertrieben wie immer hatte er sich in einen neuen hochglänzenden Anzug in einem zarten Lindgrün geworfen, der die durch den Raum tanzenden Lichtsprenkel reflektierte.

»Und … *jetzt*!«, brüllte Dom. Nina drückte auf den Knopf, und der Hafen explodierte in einem Farbenspiel aus Gelb, Rot und Orange, das wie ein Buschfeuer über die

Oberfläche des Wassers raste. Trotz der Musik hörte man das Gebrüll der Menge. Nina sprang vor Begeisterung von ihrem Stuhl, und sie und Olivia hielten sich hüpfend in den Armen und kreischten wie Vorschulkinder.

»Unglaublich!«, schrie Olivia, auf deren Gesicht sich die blauen Lichter spiegelten, die jetzt wie Regen auf den roten Sturm niederfielen und diesen nach und nach auslöschten.

Nina spürte die Energie dieses Orts und der Menschen hier. Sie sprang, lachte, tanzte. Nahm Olivia fest in die Arme.

Als sie dann später in eine der Bars im Hafenviertel kamen, stand dort schon ein Dutzend ihrer früheren Kommilitonen bereit, um das Trio mit Jubelrufen zu empfangen. Alice befand sich noch immer in ihrer Kaugummi-Goth-Phase, wie Nina feststellte, als sie dem Mädchen zuwinkte, das in kurzer bunter, pastellfarbiger Kleidung mit Gesichtspiercings auf Plateausohlen an der Bar stand. Alice winkte zurück und schlang dann ihren Arm um das Mädchen neben sich, das wie ihre Doppelgängerin aussah. Sie zeigte auf das Mädchen und hob die Brauen. Nina reagierte darauf mit einem begeistert erhobenen Daumen. Ein Glück, sie schien endlich über Chloe hinweg zu sein.

Nina stellte sich auf Zehenspitzen und suchte die Bar nach Theo ab. Er hatte versprochen, zu kommen und Dom zu gratulieren. Da Dom jetzt endlich etwas Anerkennung fand, schien es Theo der Mühe wert zu sein. Es war zwar gemein, so zu denken, aber es steckte Wahrheit darin, und diese machte Nina zu schaffen.

»Trinkst du immer noch Apfelmartini?«, übertönte eine Stimme links neben ihr die Musik.

Sie drehte sich um und japste vor Freude. Martin und Lin schlangen die Arme um sie.

»Dann hole ich die Drinks. Wir sehen uns draußen«, gab Martin ihr zu verstehen. Er war so groß und dürr, dass Nina sich an eine Gottesanbeterin erinnert fühlte. Er steuerte die Theke unter den Neonleuchten an. Lin zog Nina mit nach draußen in die schwüle Abendluft.

»Ich freu mich so, dass du hier bist! Seit du in den Busch gegangen bist, habe ich dich nicht mehr gesehen. Mein Gott, du siehst umwerfend aus. Woher hast du denn diese Ohrringe? Und diese Nase – ich will diese Nase haben –, die Nase, die direkt aus einem Modigliani zu kommen scheint«, quasselte Lin los.

Nina lachte und umarmte sie. »Ich bin so froh, dass ihr gekommen seid. Dann seid ihr also noch immer zusammen?«

»Ja, zum Arbeiten und zum Spielen.«

Nina hatte die beiden auf der Kunstschule zusammengebracht. Den großen schüchternen Designer und Lin, das winzige Energiebündel aus Hongkong. Bald schon waren sie eine feste Größe auf allen Ereignissen. Das perfekte Paar, das optisch nicht unterschiedlicher sein könnte.

»Wir haben gerade eine Firma für Spieledesign gegründet. Und sind mit unserem ersten Spiel, das wir gern Visionary nennen würden, schon halb fertig. Das wird eins der wenigen Onlinespiele sein, bei denen keine Enthauptungen und Pfählungen vorkommen.«

Als Lin die Details ihres Traumspiels beschrieb, wanderte Ninas Blick zum mächtigen Brückenbogen. Möwen kreisten wie Schneeflocken um die Lichter ihres Scheitelpunkts.

»Wenn dir dieser Anblick jemals langweilig wird, weißt du, dass dein kreatives Leben vorbei ist«, sagte Martin und reichte ihr den hellgrünen Drink. »Kommt Leo denn?«

»Er heißt Theo«, korrigierte ihn Nina. »Ja. Er kommt. Muss zuvor nur noch mit ein paar seiner Kunden plaudern. Da geht's zu wie bei *Mad Men.*«

»Und er ist Don Draper?«, hakte Lin nach.

Nina grinste.

»Oh, es geht doch nichts über ein Leben als Anzeigenverkaufsleiter. Wisst ihr was, kommt doch am nächsten Wochenende zu mir zum Abendessen? Keine Sorge, Lin lasse ich nicht in die Nähe des Herdes. Keine veganen Nudeln oder Vollkornkekse und Eiscreme, das verspreche ich«, sagte Martin und duckte sich weg, als Lin ihre Hello-Kitty-Tasche schwang.

»Ja, wir wollen alles übers Outback erfahren«, forderte Lin. »Hast du eigentlich noch immer das rote Kleid, das du dir auf dem Markt gekauft hast? Zieh das an. Ich muss es für einen meiner Charaktere zeichnen.«

»Wisst ihr was, kommt doch lieber zu mir. Ihr seid schon eine Ewigkeit nicht mehr bei mir gewesen«, schlug Nina vor, weil ihr einfiel, dass Martins Kochkünste noch schlechter waren als die von Lin. »Ich frage auch Liv und Dom. Das wird ein Wiedersehen.«

Lin hielt ihr Glas hoch. »Dann auf uns, den brillantesten Abschlussjahrgang, den es dort je gab.«

Sie stießen an, und Nina genoss ihren gut gekühlten Cocktail. So etwas Leckeres bekam man an der Bowlingbar von Wandalla eher nicht.

»Mein Gott, ich hab euch so viel zu erzählen. Ihr werdet's nicht glauben.«

»Aber heute Abend«, Martin nahm Lin und Nina in die Arme und drückte sie an sich, »wird getanzt, geküsst und der Mond angeheult.« Und dazu stieß er einen Tarzanschrei aus, der übers Wasser hallte, und Nina lachte. Ein gutes Gefühl.

»O Mist!«

»Was ist denn jetzt wieder?«, sagte Theo, der in einer Duftwolke die Küche betrat.

»Jetzt hab ich den Knoblauch vergessen. Ohne Knoblauch wird's nach nichts schmecken«, stöhnte Nina.

»Im Kühlschrank steht ein Glas. Das frische Zeug ist den Ärger nicht wert.«

»O danke, hab ich ganz vergessen.« Nina atmete erleichtert auf.

»Es sind doch ohnehin nur deine ausgehungerten Künstlerfreunde.« Theo kontrollierte sein Spiegelbild im Toaster und fuhr sich noch mal durch die Haare, bis sie richtig standen. »Die freuen sich doch, wenn sie überhaupt was Anständiges zu essen kriegen.«

Nina holte das Glas aus dem Kühlschrank und rührte einen Löffel voll unter die Biryani-Gewürzmischung, die auf dem Herd köchelte.

»Dieser Dom hat für seine Show eine gute Besprechung in der Zeitung bekommen. Hast du sie gelesen?«, fragte er.

»Ja, die war phantastisch. Schade nur, dass du nicht dabei warst.«

»Aber diese Leute von Kraft wollten sich in Sydney einen vergnüglichen Abend machen, und dazu sagt man nicht nein.«

»Stimmt.« Nina wählte ein Messer aus, um die Minzblätter zu hacken. »Habt ihr sie als Kunden gewinnen können?«

»Das erfahren wir am Montag. Weißt du eigentlich, dass du in dieser Schürze unglaublich sexy aussiehst. Hat ein bisschen was von einer lasziven Kammerzofe.« Theo umfing sie von hinten und grabschte nach ihren Brüsten. »Und ich bin der Schlossherr.«

Erschrocken schnitt Nina sich tief in den Finger. Dicke helle Tropfen quollen hervor und fielen auf das Holzbrett, wo sie sich mit den Kräutern mischten.

»Mist!« Nina griff nach dem Küchenkrepp und presste es fest auf die Wunde.

»Das ist sogar noch geiler«, murmelte Theo und drückte ihr seine Genitalien ins Kreuz. »Die verwundete Maid …«

»Verdammt, Theo, hörst du auf, damit herumzuspielen?«, schalt Nina ihn und versuchte, den Druck auf den Schnitt aufrechtzuerhalten. Die Gewürzmischung in der Pfanne war bereits angebrannt.

»Ach, mach doch, bitte? Es wird auch nicht lange dauern«, bettelte Theo und schob dabei ihr Kleid hinten hoch.

»Also, Theo, wirklich.«

»Du weißt, wie sehr mich diese Sache mit Kraft gestresst hat. Bitte. Du wolltest doch immer, dass alles spontaner wird.«

Sie spürte das Pulsieren seiner Erektion an ihrer Haut, als seine Hände sich nach vorn tasteten, um ihr den Slip herunterzuziehen.

»Theo! O Mist!« Der Reis kochte über.

»So ist's gut, gutes Mädchen. Du willst doch meine Küchenhure sein, oder?« Und in einer raschen Bewegung hatte er ihr den Slip bis zu den Knien gezogen und drang in sie ein, wobei seine Finger sich in ihre Hüften gruben.

Nina fühlte sich gefangen. Sie sollte sich losreißen und ihm eine ordentliche Ohrfeige verpassen. Aber dann würde ein beleidigter Theo den ganzen Abend über ihre Freunde herziehen. Sie war sich fast sicher, dass er vor dem Reis fertig war.

»Ja, so ist es recht, wehr dich, Dienerin, du kommst doch nicht weit«, keuchte Theo und begann, sich rhythmisch zu bewegen.

Der Geruch von Verbranntem erinnerte sie daran, dass die Gewürze noch auf dem Herd standen. »Lass das bitte, Theo«, sagte sie mit ihrer vernünftigsten Stimme.

»Ja, bettle darum, nimm mich!«

Wenn sie den Reis nicht gleich vom Kochfeld nahm, würde er verkleben. Sie streckte ihre Hand zum hinteren Kochfeld aus, was Theo nutzte, um seinen Rhythmus zu steigern. Mit ihrer unverletzten Hand zog sie den schweren Topf über die Arbeitsfläche zum Durchschlag. Sie versuchte sich aufzurichten, aber seine Hände drückten ihren Oberkörper zurück über die Arbeitsfläche. Indem sie den Rand der Spüle als Hebel einsetzte, gelang es ihr, den Topf zur Seite zu kippen. Während sein Inhalt dampfend und schäumend aus dem Topf rutschte, kam Theo mit einem letzten atemlosen Stöhnen und ließ sich dann nach vorn fallen.

»Das war doch toll, oder?«, raunte er ihr ins Ohr, als sie mit ihrem Gesicht in den zur Hälfte gehackten blutigen Minzblättern lag.

»Ja, großartig«, stimmte sie ihm zu, ohne zu viel Sarkasmus hineinzulegen. In dem Moment klingelte es an der Tür, und die fröhlichen Stimmen ihrer Freunde waren draußen im Flur zu hören.

»Mm, ein köstliches Essen, Liebling. Genauso köstlich wie die Köchin.« Theo warf ihr über den Tisch hinweg eine anspielungsreiche Kusshand zu.

»Was genau machst du in der Werbebranche, Theo?«, wollte Martin wissen, während er sich vom Palak Paneer nahm. »Bist du Designer wie Nina?«

»Ich kümmere mich mehr ums Business. Sicher, ich hätte auch diesen Weg einschlagen können, aber ich gehöre nicht zu denen, die gerne im Leerlauf fahren. Die kommerzielle Seite fordert einen total. Und einer muss ja schließlich die Rechnungen bezahlen, stimmt's, Leute?«, sagte er und schenkte sich Wein nach.

»Ihr macht die Kunst, Theo den Kommerz«, sagte Nina.

»Das ist doch billig.« Olivia lachte. Sie hob ein Stück Naanbrot hoch, aus dem sie eine Maske geschnitten hatte, und beobachtete Theo durch die Augenöffnungen. »Ich hätte gedacht, du würdest als Model arbeiten. Hübsch genug wärst du ja. Ist er nicht hübsch, Dom?«

»Sicher, wenn man dabei an Michelangelos *David* denkt«, erwiderte Dom und musterte ihn von Kopf bis Fuß.

»Dann lasst uns hoffen, dass die Ähnlichkeit nur von der Taille aufwärts besteht«, meinte Olivia. »Ich kann Männer nicht ausstehen, die da unten nicht viel zu bieten haben.«

Theo wurde rot, aber Ninas Freunde prusteten vor Lachen.

»Ich glaube nicht, dass Nina sich beklagen kann«, entgegnete er, um einen lockeren Ton bemüht.

Nina starrte die Tischdecke an. Sie war wegen der Nummer in der Küche noch immer wütend, aber entschlossen, sich diese seltene Zusammenkunft nicht kaputtmachen zu lassen.

Das gutmütige Gelächter wurde rauer, als Nina dazu schwieg. Theo stimmte matt mit ein.

»Du hast uns noch gar nicht erzählt, was da draußen in der Pampa passiert ist«, sagte Lin, die Friedensstifterin. »Du hast also von deinem Dad ein Haus geerbt?«

»Nein, von meinem Onkel«, erwiderte Nina. »Aber Dad ist dort aufgewachsen. In The Springs – das liegt hinter Wandalla. Es ist ein ganz wunderbares altes Haus, aber man muss viel Arbeit reinstecken. Ich möchte es an jemanden verkaufen, der es wirklich zu schätzen weiß.«

»Wie ist es denn, das weite braune Land?«, fragte Dom. »Ich überlege, meine nächste Installation Outback zu nennen.«

»Nun, es ist leider sehr, sehr weitläufig und sehr, sehr braun um The Springs. Es gibt nämlich keine Quellen mehr, und das Wasserloch ist ausgetrocknet.« Aber als Nina diese Worte aussprach, hatte sie sofort das Bild jenes erhabenen Himmelspanoramas vor sich und hörte das einsame Kra-kra der Krähen. Mag sein, dass es nicht viel einbrachte, aber wertlos war es ganz und gar nicht.

»Sieh's dir an.« Nina reichte Dom ihre Kamera. »Ich hatte vorgehabt, es noch eine Weile zu behalten in der Hoffnung, noch etwas mehr über Dad in Erfahrung zu bringen, doch erfolglos.«

»Ach ja. Das mit deinem Dad hatte ich ganz vergessen«, sagte Martin, als Olivia sich über den Tisch beugte und Nina eine Hand auf die Schulter legte. »Seine Sachen gefallen mir. Kaum zu glauben, dass er von da draußen kam.«

»Weißt du, Martin, nicht jeder außerhalb von Sydney ist ein sechsfingriger Banjospieler«, erwiderte Olivia mit gespielter Entrüstung. »Nur die meisten.«

»Liv!«, protestierte Nina.

»Ich darf das sagen, denn ich komme von dort. Und ich kann euch versichern, dass es noch immer genügend Orte gibt, wo deine Tante auch deine Tochter sein könnte und deine Schwiegermutter dazu«, warf Olivia ein.

»Hör auf!«, warnte Nina lachend.

»Schön, dich lachen zu sehen. Mission erfüllt«, sagte ihre Freundin. »Du bist viel zu still gewesen, seit du wieder zurück bist.« Dabei sah sie Theo anklagend an.

»Waaas?«, fragte er mürrisch.

»Also ich hätte mich gefreut, ein paar alte Verwandte da draußen zu treffen«, seufzte Nina. »Hätte ich welche, dann hätten sie vielleicht ein wenig Licht in die Sache mit Dad bringen können.«

»Aber jemand muss ihn doch gekannt haben. Hast du nicht mit seinen alten Freunden gesprochen?«, wollte Lin wissen.

»Ja, es haben ihn jede Menge Leute gekannt, aber keiner hatte wirklich viel zu sagen. Sobald ich das Gefühl hatte, auf eine Spur gestoßen zu sein, fielen jedes Mal die Türen zu. Und dann habe ich da noch diese unglaublich biestige Frau kennengelernt, die Dad einmal nackt gemalt hat. Natürlich war sie nackt, nicht Dad. Jedenfalls war sie vor langer Zeit mal scharf auf ihn gewesen.«

»Igitt«, sagte Olivia.

»Genau«, erwiderte Nina und setzte dann zu einer ätzenden, aber sehr lustigen Beschreibung von Hilary und Paramour an. »Tatsächlich ist sie meine einzige Kaufinteressentin. Ich muss den Vertrag unterschreiben, den mein Anwalt aufgesetzt hat, aber ich schiebe es immer wieder hinaus. Hilary Flint ist mir nicht geheuer. Ich habe mich mit ihrer Tochter Deborah angefreundet, die wirklich ganz reizend ist, aber viel zu viel Zeit damit vergeudet, ihre Mami zufriedenzustellen. Ein Alptraum.«

»Und wie viel bekommt man heutzutage für so eine von Dürre heimgesuchte Wildnis?«, erkundigte sich Lin.

»Nicht viel. Nicht annähernd das, was du für diese winzige Wohnung hier bekommst. Mir gefiel der Gedanke, als einsame Farmerin dort draußen zu leben, eigentlich ganz gut, und ich könnte mir das für eine Auszeit von der Arbeit wirklich gut vorstellen, aber vermutlich bin ich dazu verdammt, vor dem Computer zu sitzen und anderer Leute Sachen zu entwerfen.«

»Diese Fotos erinnern mich an Sydney Nolan. Die Farben«, unterbrach Dom sie und reichte Ninas Kamera an Martin weiter.

»Wirst du noch mal zurückkehren, bevor es verkauft wird?«, fragte Olivia und bediente sich am Biryani. »Wir könnten einen Ausflug dorthin machen. Du würdest doch mitkommen, Dom, oder?«

»O ja! Ich arbeite an einer Klanglandschaft für das neue Album von The Dead Ends. Ich habe die Geräusche der Stadt so satt. Was von da draußen wäre cool.«

»The Dead Ends, die sind doch wild«, sagte Martin, und es begann eine lebhafte Debatte über das letzte Album der Band.

Theo verdrehte die Augen und sackte auf seinem Stuhl

zusammen. Er zog sein Telefon aus der Hosentasche und ging seine Nachrichten durch. Ninas Blick fiel auf die Reisschüssel. Am Ende war er doch verklebt. In ihr kochte die Wut hoch.

»Was meinst du denn, Theo?«, fragte Lin, im höflichen Versuch, ihn in das Gespräch einzubeziehen.

»Keine Ahnung. Was die machen, ist doch ziemliche Wichserei. Ich meine, die Leute tun so, als würde es ihnen gefallen, aber …« Er wandte sich wieder seinem Telefon zu.

»Aha, okay«, sagte Lin überrascht.

Olivia und Dom kicherten hinter vorgehaltener Hand.

Nina sah Theo als einen launischen, verwöhnten Jungen, der alles ablehnte, was er nicht verstand.

»Ein schönes Foto von Bach«, meinte Martin, als er Ninas Fotos durchging.

Nina biss sich auf die Lippe.

»Was ist denn los?«, fragte Lin und legte ihre Hand auf Ninas Rücken.

»Es ist wegen Bach«, sagte Olivia. »Tut mir leid, Nina, ich hatte bisher keine Gelegenheit, es ihnen zu erzählen.«

»Ist schon okay, Liv. Ich bin nur immer noch ein bisschen …« Ninas Augen brannten, aber sie sprach weiter. »Er wurde von einer Braunschlange gebissen. Mein Nachbar musste ihn erschießen. Er hatte so schreckliche Schmerzen.«

»O nein, wie furchtbar!« Lin bekam vor lauter Mitleid feuchte Augen.

»Nun komm schon, Nina, du kannst diese Geschichte doch nicht ewig ausschlachten.« Theos Ton war lässig, verschwörerisch. Offenbar erwartete er, dass die anderen lachten. Stattdessen starrten sie ihn schweigend an. »Vielleicht sollte ich den Hut rumgehen lassen?«, fügte er unsicher hinzu und wandte sich wieder seinen SMS zu.

»Hey, nun übertreib's mal nicht, Theo«, mischte Dom sich ein und sah Olivia über den Tisch hinweg angewidert an.

Theo schaute sie alle böse an.

Nina bekam Herzklopfen, als eine Woge aus Unmut und Ärger sich in ihrer Brust zusammenballte. »Leg das Ding weg!« Die Stimme, die aus Ninas Kehle kam, hatte nichts mit ihrem sonst üblichen lockeren Tonfall zu tun, und alle schwiegen.

Theo blickte überrascht hoch.

»Leg dieses verdammte Ding weg, Theo. Das hier sind unsere Gäste!«

Allen fielen fast die Augen aus dem Kopf.

»Leg ... es ... hin. Verdammt, du ...« Nina sprang auf. Sie riss Theo das sie beleidigende Objekt aus der Hand, ging zur Balkontür und öffnete sie.

»Nina?« Olivia erhob sich besorgt.

Dom hielt mit einem schadenfrohen Grinsen sein Telefon hoch, um alles auf Video festzuhalten.

Nina holte aus, als würde sie einen Speer werfen.

»Nina! Tut mir leid! Beruhige dich!« Theo machte einen Satz auf sie zu, aber mit einer einzigen Bewegung warf Nina das Telefon in einem eleganten Bogen hinaus. Es traf mit einem befriedigenden Knall das Gebäude auf der anderen Straßenseite.

»Fick dich, Nina.« Theo packte sie am Arm.

»Nein, du dich, Theo. Du kapierst es einfach nicht, oder?«, zischte sie.

»Also ich denke, du beruhigst dich jetzt besser, Kumpel«, warnte Martin und zog ihn weg.

»Das geht dich überhaupt nichts an, blödes Arschloch!«, brüllte Theo und schüttelte ihn ab. »Das ist eine Sache zwischen ihr und mir. Halt dich da raus, du Freak.«

»Wir sollten besser verschwinden, damit die beiden das klären können«, schlug Lin vor.

»Nein. Nicht ihr, sondern er soll verschwinden«, stellte Nina klar, die der Szene unbedingt ein Ende machen wollte. »Geh einfach, Theo.«

Einen Moment war unklar, was er tun würde. Die Luft knisterte. Theo stakste zur Tür und nahm seine Autoschlüssel. »So, das war's. Es ist vorbei. Du bist manchmal wirklich ein Biest, Nina. Ruf mich an, wenn du dich wieder beruhigt hast.« Theo riss die Tür auf und schlug sie hinter sich zu. Dann hörte man nur noch seine im Treppenhaus hallenden Schritte.

Kapitel 11

Heath trat aus der Dusche, sein Körper schmerzte nach dem morgendlichen Zusammentreiben der Tiere. Sein feuchtes Haar würde im Moment für Kühle sorgen, und er genoss den Luxus eines sauberen Hemds. Er war mit dem Lieferwagen hinüber nach Paramour gefahren, hauptsächlich, damit der Wagen bewegt wurde. Es kam vor, dass er ihn tagelang nicht fuhr, weil er die Arbeit mit dem Weidevieh lieber auf dem Pferd erledigte. Er plauderte kurz mit Hilary über seine Arbeit, und sie schickte ihn mit einem kalten Bier hinaus auf die Veranda. Sie hatte nicht gern Publikum, wenn sie mit ihren Angestellten verhandelte.

Über den Gärten von Paramour herrschte Stille bis auf das Ticken der Wassersprenger und das Geklapper aus der Küche. Acht Wochen waren seit dem Fest vergangen, und die weite Rasenfläche und die ordentlichen Beete waren wieder in tadelloser Perfektion. Die Holzgeländer dahinter schimmerten golden im Licht des späten Nachmittags.

Heath suchte für seine angenehm schweren Gliedmaßen eine andere Position in seinem Verandasessel. Als hätte ein Kind ihn gezeichnet, leuchtete am Horizont der Sonnenuntergang in Rot, Orange und Pink. Er war so weit weg, dass er sich einbildete, die Erdkrümmung zu erkennen. Und plötzlich überkam ihn die Erkenntnis, dass er genau da war, wo er hingehörte, dass er Teil dieses Landstrichs war.

Im Kies knirschende Hufe kündigten Deborahs Ankunft auf Saracen an. Er bewunderte ihre aufrechte Haltung und Selbstsicherheit, mit der sie den schönen Fuchs dazu brachte, langsamer zu gehen. Das Pferd warf wiehernd seinen Kopf in den Nacken, und Deborah beugte sich über ihn, um ihm den Hals zu streicheln. Matty kam aus den Ställen auf sie zugeeilt, um sie zu begrüßen, und Heath beobachtete sie, wie sie ein paar Worte wechselten, während sie absaß. Mit einstudierter Lässigkeit entfernten sie Sattel und Zaumzeug und rieben Saracen trocken.

Deborah war schön. Sie hatten in der Woche nach Weihnachten eine phantastische Zeit an der Küste verbracht. Er lachte still in sich hinein bei der Erinnerung, wie sie sich beim Wasserskifahren entschlossen mit einer Hand am Zugseil festhielt und versuchte, mit der anderen ihr rutschendes Bikinihöschen festzuhalten, während sie über die Lagune flog.

Aber so nah sie sich auch waren, war sie bei ihm doch nie so entspannt wie beim Reiten oder der Arbeit in den Ställen. Nach dem Vorfall auf der Verlobungsparty war sie verständnisvoll wie immer, gab sich aber recht verhalten. Sicher war es peinlich für sie gewesen, dass Hilary so viel Theater darum machte. Obwohl natürlich gar nichts dabei war. Es war nur ein Tanz gewesen. Ninas Duft. Der Ausdruck ihrer Augen. Er leerte sein Glas und schüttelte den Kopf, um die sinnlichen Erinnerungen loszuwerden. Es war ein Augenblick der Torheit gewesen, der jetzt Gott sei Dank vorüber war, dachte er. Jetzt ging es geradewegs auf die Hochzeit und die heitere Ruhe des Ehelebens zu.

Er erhob sich und rief Deborah eine Begrüßung zu, die sie winkend erwiderte und ihm mit einem Zeichen zu verstehen gab, er solle zu ihnen kommen. Und als er den Hof überquerte, gelobte er sich im Stillen, dafür zu sorgen, sie so glücklich zu machen, wie sie es verdiente.

Nina lag auf dem Bauch und genoss das tolle Wetter. Die Brandung sorgte für ein kühles Lüftchen, das die Hitze in Schach hielt. Sie hatte ganz vergessen, was für ein Vergnügen es war, über die weiche Dünung des kühlen grünen Wassers hinter den Brandungswellen zu gleiten.

Warum machte sie das eigentlich nicht öfter? Die Monate seit ihrer Rückkehr nach Sydney waren ein einziger Taumel aus Arbeit, Treffen mit Freunden, Nächte im Club und Partys gewesen. Vor allem die Arbeit war zermürbend gewesen. Helen war so kurz angebunden wie noch nie und hatte sich nicht mal erkundigt, wie ihre Auszeit gewesen war. Allerdings konnte Nina ihr auch ihre Verärgerung nicht vorwerfen. Schließlich hatte sie einfach ihre Sachen gepackt und war abgehauen, als es mit den Aufträgen richtig losging. Und jetzt war sie wieder in der Tretmühle gelandet, kam kaum vor sieben Uhr abends aus dem Büro und musste sich oft noch Arbeit mit nach Hause nehmen. Allem Anschein nach rannte Zac ständig mit glänzenden Ideen in Helens Büro, und ihre anderen Kollegen schienen sich über jeden neuen Kunden, jede neue App und jeden neuen Aspekt der Arbeit zu freuen. Nina gähnte. Sie konnte diese Begeisterung nicht teilen.

Sie band ihr Bikinioberteil wieder zu und stützte das Kinn auf ihre Hände. Wann hatte sie das letzte Mal Gelegenheit gehabt, einfach so dazusitzen und nachzudenken? Sich zu entspannen? Sie schloss die Augen, und sofort tauchte das Bild des Sonnenuntergangs auf, den sie von der Veranda auf The Springs sah. Sie seufzte. Die Nachtclubs, die Bars, der Strand, die Läden, Cafés und Kinos hatten, seit sie wieder zu ihrem Alltag gehörten, rasch ihren Reiz verloren. Zwar freute sie sich jedes Mal auszugehen, aber wenn sie sich dann aufgerafft hatte, langweilte sie sich und fühlte sich lustlos. Es schien immer dasselbe zu sein, die Örtlichkeiten wie die Menschen. Vielleicht bin ich einfach auch nie mit dem zufrieden, was ich habe, dachte sie.

Ein paar muskulöse, gebräunte Beine liefen vorüber. Wie lange war es her, dass sie offen für etwas war? Eine Ewigkeit. Sie hatte einfach keine Lust. Seufzend verfolgte sie, wie die gebräunten Beine ihren lockeren Sprint über den Sand fortsetzten.

Den peinlichen Krach mit Theo sah sie jetzt als einen leuchtenden Punkt in einer Reihe kleiner Radarzeichen seit ihrer Rückkehr. Mühelos war er aus ihrem Leben verschwunden. Sie hatte seine Sachen in eine Kuriertüte gepackt und diese an die Wohnung seiner Mama mit der Notiz »Bis dann« geschickt. Es kam keine Antwort, was ihr nur recht war. Sie besuchten dieselben Pubs, dieselben Nachtclubs, aber es kam keine Verlegenheit auf.

Nina schirmte ihre Augen mit ihrer Hand ab und nahm die Parade der schönen, durchtrainierten Körper in sich auf, die sich über den Strand von Sydney bewegte. Alle waren so selbstsicher und sich ihrer Wirkung bewusst. Heath und Ben hätten nur gelacht und gesagt: »Aber die könnten nicht mal ein Loch graben!«

Verrückt! Jetzt sah sie die ihr vertraute Welt mit ihren Augen. Seit wann? Sie war eine Stadtpflanze, sogar ein Strandbaby und definitiv eine, die für den Augenblick lebte. Oder etwa nicht? Das Gefühl, dass ihr Leben sich auf einen Wendepunkt zubewegte, war immer stärker geworden. Draußen auf The Springs hatte es ihr Spaß gemacht, sich mit der Rolle des Countrymädchens zu identifizieren, aber sie war nur auf Besuch dort gewesen. Und doch hatte sie das Gefühl, dort ihrem wahren Ich näher zu sein. Die vielen Stunden, in denen sie ganz für sich war und malte. Die nicht enden wollende Arbeit, das Haus aufzuräumen, die leeren Koppeln vor dem endlosen Horizont. So viel Zeit allein hatte sie noch nie verbracht. Allein, aber selten einsam. Es war wie eine Klausur, wo es außer den eigenen Gedanken keine Ablenkungen gab.

Nina drehte sich zur Seite und betrachtete die grüne Brandung. Und dann war da auch Moira. Sie vermisste ihre Direktheit, ihren Humor, ihr … ihr bloßes Dasein. Ihre Enttäuschung war groß gewesen, als sie feststellen musste, dass Moira nicht zu Hause war, als sie vorbeikam, um sich von ihr zu verabschieden, bevor sie Wandalla verließ. Sie hatte eine Notiz zusammen mit dem Geld, das sie ihr noch fürs Saubermachen schuldete, im Briefkasten hinterlassen, das war natürlich nicht dasselbe wie ein persönlicher Abschied. Nina seufzte. Moira würde es verstehen, sie aus dieser Flaute herauszuholen, oder ihr wenigstens einen anderen Blick darauf zeigen. Sie musste das überwinden, musste damit aufhören, sich passiv dem Leben hinzugeben. Vielleicht sollte sie Shona und Possum schreiben. Hatten sie nicht erwähnt, dass Possum seine Werke manchmal in Sydney ausstellte?

Ein Schatten fiel auf sie.

»Hi, ist das hier der beste Strand zum Surfen?«, wollte ein großer blonder Typ in einer ausgebleichten Surferhose wissen. Vermutlich ein Skandinavier.

»Der beste Strand? Nun, das kommt darauf an, wie weit du raus willst«, erwiderte Nina und setzte sich benommen auf. »Die beste Brandung findest du oben an den nördlichen Stränden oder weiter unten im Süden. Am Bronte gibt es immer Rip-Strömungen.«

»Ja, grade wär ich fast ertrunken. Ist sehr nass hier draußen.« Er grinste. Tiefe Lachfalten zeigten sich auf seinen Wangen.

Nina lächelte zurück.

»Darf ich mich zu dir setzen, bis ich mich erholt habe? Ist das okay für dich?«

»Ich wollte grade gehen. Ich habe schon fast einen Sonnenbrand.«

»Möchtest du vielleicht einen Kaffee trinken gehen, wie das alle hier tun? So viele trinken hier Kaffee. Hast du Lust?«

»Das ist sehr nett von dir, aber nein danke.«

»Schade«, erwiderte er charmant.

Nina hatte eigentlich nicht vorgehabt, schon aufzubrechen, aber sie hatte keine Ruhe mehr. Sie stand verwirrt auf und streckte ihm ihre Hand hin. »Schön, dass wir uns getroffen haben. Hoffentlich findest du die richtige Brandung.«

»Ja, das hoffe ich auch. Tschüs. Jetzt bin ich traurig, aber geh …«

»Tut mir leid«, sagte Nina und lief am Strand entlang. Vor einem Jahr hätte sie womöglich ja gesagt. Er sah umwerfend aus. Wenn sie sich in ihren Tagträumen ein Kennenlernen ausmalte, gehörten dazu immer große, kalte Cocktails und eine lange Nacht in einer eleganten Bar, von der aus man träge hinunter zum Hafen blickte.

Doch als Nina über den heißen Asphalt zu ihrem Auto ging, malte sie sich aus, wie seine kräftigen hellen Arme einen Spaten in die fette Erde von The Springs stießen. Als er dann aber lächelte, wurden seine Augen zu denen von Heath – blau vor dem bunten Himmel.

Kasey Chambers »Little Bird« wurde abrupt unterbrochen und durch einen synkopierten Hiphop ersetzt. Ein paar Jugendliche scharten sich um die Lautsprecher, bewegten ihre Köpfe im dröhnenden Beat und schmetterten den Text mit. Für Deborah sah es so aus, als fände hier ein Sektengottesdienst statt. Sie könnten wirklich »in fremden Zungen reden«.

Die Party auf dem Hinterhof von Moira und Roy war in vollem Gange, als sie die paar hundert Meter hinunterlief, die den Garten vom Ufer des breiten Darling River trennten. Der Hof grenzte direkt an den Fluss. Zikaden lärmten, und der Geruch des Abendtaus lag auf dem trockenen Gras.

»Schön, dass du es geschafft hast, Debs«, sprach Matty sie von hinten an, und sie erschrak.

»Das hätte ich auf gar keinen Fall verpassen wollen. Alles Gute zum Geburtstag, Partner«, sagte sie und gab ihm einen Kuss auf die Wange.

Gemeinsam gingen sie zum Fluss.

»Heath lässt grüßen. Er und Ben durften auf Tante Kathryns Siebzigstem nicht fehlen.«

»Ist schon in Ordnung. Das ist wichtig.«

»Ich dachte, Mum würde zusammenbrechen, als ich ihr erklärte, dass ich nicht mitkommen werde«, sagte Deborah lächelnd. »Du weißt ja, wie sie zu den beiden steht. Als könnten sie Lepra heilen und Tote erwecken.«

»Ja nun. Jetzt bin ich dreißig. Das ist schon fast tot«, erwiderte Matty mit einem breiten Grinsen. »Meinst du, sie könnten was für mich tun?«

»Du brauchst keine Hilfe, Kumpel. Du stehst in der Blüte deines Lebens.« Deborah rempelte ihn an. »Und diese Party geht ja so was von ab mit all diesen Inchboards und O'Sullivans im Haus.«

Als sie das Ufer erreicht hatten, setzten sie sich und sahen ein paar Teenagern zu, die von einem schwingenden Seil in das braune rasch fließende Wasser sprangen und dann wieder ans Ufer schwammen, um sich triefnass und grinsend für den nächsten Versuch anzustellen. Die Ränder der von ihnen geschaffenen Wellenkreise schienen das

Feuer der untergehenden Sonne eingefangen zu haben und schillerten so hell, dass es in den Augen weh tat. Schreie aus dem kümmerlichen Gebüsch deuteten darauf hin, dass die jüngeren Kinder Verstecken spielten.

Gleich darauf bemerkte Deborah, dass die um die Büsche drapierten Lichterketten zu leuchten begannen.

»Hier ist was los. Mir war gar nicht klar, dass du so beliebt bist!«, stellte sie fest.

Matty wandte sich ab, weil er lächeln musste. »Der Meute hier ist jeder Anlass recht«, sagte er. »Vor allem, wenn Tante Moira und Onkel Roy es organisieren!«

Ein paar Männer in Mattys Alter kickten einen Fußball, rangen dabei im Spaß miteinander oder stellten sich ein Bein. Um die Feuerstelle hinter dem alten Plumpsklo scharten sich inzwischen die meisten Gäste in Grüppchen und plauderten. Einige hatten es sich auf Decken, andere wiederum auf Picknickstühlen bequem gemacht, und auf dem Sofa, das man aus einem der Schuppen geholt hatte, hüpften ein paar Kleinkinder herum.

»Ich bin hin und weg vom Geschenk deines Vaters, Debs«, meinte Matty. »Ein solches Auto hatte ich noch nie. Nächste Woche holt er den neuen F6 ab, und dann gehört der Hillux mir allein. Einfach unglaublich!«

»Du hast ihn dir verdient. Nach zehn Jahren Arbeit auf Paramour.«

Ein paar Verwandte stellten Schalen mit Salat, Körbe voller Brot, Teller, Besteck, Servietten und Saucen auf die Tische, die mit ihren filigranen Plastiktischdecken auf der Veranda standen. Alte Tanten und ein paar von Moiras Freundinnen saßen auf Küchenstühlen darum herum und waren in den Dorfklatsch vertieft.

Deborah war glücklich, denn zu ihrer großen Erleichterung fällte hier keiner ein Urteil über sie. Niemanden kümmerte es, was sie anhatte oder welche Preisbänder sie beim Reiten gewonnen hatte oder auf welche Schule sie gegangen war. Solange man nicht von sich selbst eingenommen war und einen Funken Humor hatte, gehörte man sofort zur Familie. Obwohl sie sicherlich auch ihre karierte Bluse mit Perlmuttknöpfen, Jeans, Stetson und importierte Cowboystiefel im Nashville-Stil gutgeheißen hätten

»Hey, Debs. Wie geht's? Gebt ihr beiden uns später eine Tanzvorstellung?« Mattys Bruder hielt ihm eine Platte mit Folienkartoffeln hin.

»Hi, Stu«, sagte Deborah. »Das hängt davon ab, wie gut du dich zwischen jetzt und später benimmst. Wo ist Linda?«

»Oben, sie hilft Tante Moira«, antwortete Stuart. »Wie ich höre, kann man bald gratulieren? Läufst jetzt endlich in den Hafen der Ehe ein? Wird auch höchste Zeit. Aber ein paar gebrochene Herzen wirst du hier bestimmt zurücklassen.«

»Du träumst wohl, Stu.« Deborah lachte.

»Komm, Debs, die Kartoffeln werden sonst kalt«, sagte Matty mit einem finsteren Blick auf seinen Bruder.

Deborah und Matty kehrten auf den Hof zurück.

Roy und Possum hatten die Hausmacht über den Grill, waren aber von Männern umlagert, die ihre Expertenratschläge dazu abgaben, wann der richtige Zeitpunkt zum Umdrehen der Würstchen gekommen war. Deborah fand, dass man sie längst vom Grill hätte nehmen können.

»Könntet ihr mal diese verdammte Musik ändern?«, rief

Roy. »Da wird man ja ganz kirre. Geh du doch mal rüber, Alfie, und leg was andres auf?«

»Mach ich, Onkel.« Der schlaksige junge Mann ging zur Musikanlage.

»Wo willst du die Kartoffeln haben, Tante Shona?«, fragte Matty, während Deborah die Fliegengittertür zur Küche offen hielt. Auf den Küchenbänken standen Geburtstagskuchen, Obstsalat und hausgemachte Kekse für später.

»Die Kartoffeln gehören draußen auf den Tisch mit dem Essen, du Idiot«, sagte Shona zu Matty. »Bist du blind, oder was?«

»Sind die Würstchen schon fertig?«, rief Moira. »Den Rest des Fleischs habe ich hier im Ofen, damit es nicht kalt wird.«

»Ich denke, die sind schon halb verbrannt, Tante«, rief Deborah lachend zurück.

Später, als der Grill leergeräumt war und die kleinen Kinder auf den Picknickdecken schliefen und die Jugendlichen wieder unten am Fluss waren, hatten die meisten Erwachsenen sich ums Feuer gesetzt. Seit die Sonne untergegangen war, war es angenehm kühl, und man genoss die Wärme des Feuers. Ein paar der Onkel spielten auf ihren Gitarren »Stand By Me«.

So entspannt hatte Deborah sich schon seit Wochen nicht mehr gefühlt. Sie saß auf einer Gartenbank, den Hut neben sich, als Roy alle um Aufmerksamkeit bat. Er und Moira standen aufrecht und stolz unter den Ballons, mit denen die Hebebühne geschmückt war.

»Alle mal herhören, ich werde gleich fertig sein, möchte aber aus Anlass seines dreißigsten Geburtstags ein paar

Worte über unseren Neffen Matthew Gerald O'Sullivan sagen. Komm her, Sohn, stell dich neben uns …«, forderte Moira ihn auf.

Zögernd ging Matty unter den Pfiffen und den Jubelrufen der Familie und der Freunde zu Roy und Moira. Dabei hielt er den Blick gesenkt, und die langen Stirnlocken bedeckten fast seine Augen. Sein Nacken, wo die Haare kurzgeschnitten waren, wirkte sehr verletzlich.

Moira erzählte zunächst einige alberne und peinliche Geschichten über die Streiche in seiner Jugend. Und dann war Roy an der Reihe, allen zu sagen, wie stolz sie auf Matty und den Mann waren, zu dem er geworden war. Es komme nicht oft vor, dass um Matty viel Aufhebens gemacht werde, wobei er dies allerdings verdient hätte. Bei Kindern und Erwachsenen sei er gleichermaßen beliebt. Und er arbeite hart und sei der Stolz der Familie. Viele der Jüngeren habe er unter seine Fittiche genommen, wie jetzt Alfie. Er vertrete Wandalla noch immer im Fußball und natürlich auch beim Tanzen. Dann erinnerte Roy die Anwesenden, dass Matty an seinen freien Tagen oft als Tourguide kulturelle Führungen mache und die jungen Leute zu ihm aufblickten.

Deborah lauschte stolz. Sie freute sich über jedes Lob, das Matty bekam. Vielleicht, weil sie schon so lange Tanzpartner waren. Oder vielleicht war es auch eine Gegenreaktion auf ihre Mutter, der es Freude machte, die Aborigines zu demütigen.

Prasselnder Applaus folgte auf die Rede, und alle stimmten in Ma-ttee-Ma-ttee-Ma-ttee-Rufe ein.

Matty hatte die Hände in den Taschen seiner Jeans vergraben und hob langsam seine von dichten langen Wimpern gerahmten Augen. »Danke, Tante Moira und Onkel Roy, für dieses tolle Fest. Und für eure großartigen Worte«, begann er leise.

»Davon glauben wir kein Wort«, rief ein pummeliger Mann, der hinten stand und eine Flasche Bier hob. Die Menge lachte.

»Und danke an euch alle, dass ihr gekommen seid«, fügte Matty hinzu. »Außer dir, Porker. Hätten wir gewusst, dass du hier einfach so reinplatzt, dann hätten wir mehr Steaks auf den Grill gelegt. Nein, im Ernst«, ergänzte er und hielt seine Hand hoch, um die Gäste zu beschwichtigen, »wir alle wissen, wo das Herz dieser Stadt schlägt, und das ist genau hier auf diesem Hof.« Die Menge raunte zustimmend.

»Das sind unsere Leute. Hier sind unsere Erinnerungen.« Dabei zeigte er auf die Älteren, die dicht am Feuer saßen. »Hier haben viele von uns ein Zuhause gefunden. Für mich und Stuart und auch viele andere ist nicht immer alles glattgelaufen – auch jetzt nicht.« Matty nickte Alfie und ein paar der älteren Jugendlichen zu, die am Rand der Menge mit verschränkten Armen in einer Reihe standen. Ein paar von ihnen senkten den Blick und kickten mit ihren Stiefeln gegen imaginäre Grasbüschel. »Aber sie tun gut daran, wenn sie in der Nähe dieses Orts und dieser Menschen bleiben. Und an diesem Ort hier liegt auch unsere Zukunft.« Er lächelte seiner Schwägerin Linda zu, die einen pummeligen schlafenden Zweijährigen auf ihrer Hüfte hatte, dessen Köpfchen auf ihrer Brust ruhte. »Keiner von uns weiß, was morgen oder wer im nächsten Jahr nicht mehr hier sein wird. Aber im Moment haben wir einander. Und das ist … das ist großartig.«

Deborah verfolgte mit feuchten Augen, wie die Gruppe Matty hochleben ließ und in ein dröhnendes »Happy Birthday« einstimmte. Sie gehörten alle zueinander, waren sich so nah, dass sie praktisch miteinander verwoben waren. Und was hatte sie? Einen liebenden, aber distanzierten Vater, eine Mutter, der zu gefallen sie sich ständig abmühte, und Heath. Er war der Einzige, der wirklich ihr gehörte. Aber eines Tages würden auch sie eine Familie wie diese haben. Dann gehörten sie zu den Grauhaarigen und hielten sich an der Hand, während sie stolz auf ihre Kinder und Enkelkinder blickten. Sie seufzte. Diese glückliche Szenerie schien unendlich weit weg zu sein.

Später tanzte Deborah unter den Lichterketten mit Stuart und dann mit dem Geburtstagskind auf dem Rasen. Weil Porker nicht lockerließ, gaben sie eine kurze Vorführung ihrer Line-Dancing-Künste. Wie üblich schienen sie blind zu wissen, wo genau sich der andere gerade in der Sequenz befand. Wie ein einziges Wesen, das ein einziger Geist in Gang setzte, vollführten Knie, Hüften und Knöchel flüssig die Bewegungen. Deborah lachte begeistert und zwang Matty, sich vor den Zuschauern zu verbeugen.

Sie wollte gerade eine Pause machen und sich einen dringend benötigten Drink holen, als »Sisters Better Show Your Moves« aus voll aufgedrehten Lautsprechern ertönte. Linda und die meisten anderen Frauen kreischten los. Die Männer auf der Tanzfläche verschwanden schlagartig, als die Frauen auf den Rasen stürmten und nur darauf warteten, bis sich auch die anderen zu ihnen gesellt hatten.

Die Frauen bildeten einen großen Kreis, hielten sich an den Händen und tanzten auf der Stelle, indem sie lauthals mitsangen:

Kick off the high heels
Kick out the boys
Ladies on the dance floor
Let's make some noise!

We don't need no partners
Time to get down
Sisters better show your moves
Time to paint the town.

Deborah konnte sich nicht erinnern, wann sie zuletzt so viel Spaß gehabt hatte. Sie sang laut mit, eine Hand in der von Linda, die andere in der von Tante Shona, bis Matty sie von hinten an der Schulter packte und sie anschrie, um den Lärm zu übertönen. »Deine Mutter ist hier und alles andere als gut drauf. Ich musste dich holen kommen, weil keiner die Hupe hören konnte. Komm lieber hier raus.«

Kapitel 12

Der Staub aus dem Outback ist dafür bekannt, dass man ihn nicht so leicht loswird. Er setzt sich in deinen Haaren, deinen Kleidern, deinen Radkappen, deinem Herzen fest, so dass du noch lange Zeit, nachdem du es verlassen hast, etwas davon findest.

In ihrem Traum befand Nina sich in einem Wirbel davon, und sie war mit wild pochendem Herzen auf der Suche nach etwas, was sie vermisste. In dem Staub, der an ihr klebte und ihr den Atem raubte, trafen ihre Hände auf etwas Festes, Hartes. Es war eine Tür. Wohin? Sie kratzte an der glatten Oberfläche. Es war sinnlos – die Tür war abgeschlossen. Sie versuchte zu schreien, aber der Staub hatte ihre Stimme so ausgetrocknet, dass sie nur noch ein Krächzen herausbrachte. Verzweifelt fiel sie auf die Knie und tastete um sich. Wenn er doch nur hier wäre. Ein Tropfen Wasser, dann der nächste und wieder einer. Dick und dunkel wie Blut fiel der Regen und absorbierte den Staub.

Nina öffnete die Augen. Sie war schweißgebadet. Das kühle Morgenlicht fiel in ihr Schlafzimmer in Woolloomooloo. Sie war zu Hause in Sicherheit. Der Türsummer ertönte, lange und hartnäckig, als wäre es nicht das erste Mal. Nina taumelte aus dem Bett und drückte auf die Gegensprechanlage.

»Paket«, sagte eine Stimme. Nina drückte auf den Türöffner und zog sich einen Morgenmantel über.

Ein mürrisch dreinblickender Junge mit zu viel Gel im Haar stand vor der Tür und hielt ihr eine Schachtel von einem Kurierdienst und ein elektronisches Pad zum Unterschreiben hin. Merkwürdig. Sie hatte gar nichts bestellt.

»Danke«, sagte sie, aber der Junge entfernte sich bereits.

Nina drehte die Schachtel in ihren Händen um. Auf einem gedruckten Etikett stand: *Wandalla District Hospital. Voller Stolz seit 150 Jahren im Dienste der Western Division.*

Sie holte den Brieföffner aus ihrem Schreibtisch und schlitzte, noch immer verwundert, das Klebeband auf. Drinnen befand sich ein ziemlich ramponiertes, in braunes Packpapier eingeschlagenes Paket, sorgfältig und mehrfach mit Bindfaden verschnürt, ihr Name und ihre Adresse mit Filzstift daraufgeschrieben, als wäre es für einen Versand mit der Post gedacht gewesen. Doch als sie das Paket umdrehte, stand kein Absender darauf. Ein »Mit besten Grüßen«-Zettel fiel heraus. »Wir bitten die verspätete Zusendung zu entschuldigen. Das Paket wurde versehentlich verlegt«, las sie.

Ein Schauder lief ihr über den Rücken. Es sah ... es sah alt aus. Wie eine Nachricht aus der Vergangenheit. Sie atmete aus und schnitt den Bindfaden durch.

Sie hatte recht. Es war alt. Drinnen befand sich eine schwarzgestrichene Spardose, die so zerkratzt und verbeult war, dass sie schon Barkin' Larkin gehört haben könnte.

Natürlich war sie verschlossen. Nina schüttelte sie. Sie war gefüllt, aber es klang nicht nach Münzen. Sie versuchte sie aufzustemmen, doch dabei ruinierte sie ihren Brieföffner. Sie holte einen kleinen Schraubenzieher von ihrem Schreibtisch und versuchte es damit. Wieder kein Glück.

Ein paar alte Schlüssel, die Julia »für alle Fälle« aufgehoben hatte, verwahrte sie in einer Vase. Als Nina sie ausleerte, fiel ihr der eigene Schlüsselbund auf dem Kaminsims ins Auge. Die Schlüssel von The Springs hingen noch immer am Ring, darunter auch der kleine Messingschlüssel, für den sie keine Verwendung gefunden hatte.

Und natürlich passte er. Sie öffnete die Dose und setzte eine modrige Duftwolke frei.

Drinnen befand sich Ramsch, wie man ihn in einem alten Büroschreibtisch finden würde: ein altes Sparbuch, zusammengefaltete Papiere, wellige Notizbücher, alte Münzen und Medaillen. Sie faltete ein blaues Blatt Papier auseinander, das einen offiziellen Eindruck machte. Es war der Trauschein ihrer Eltern aus dem Jahr 1988. Ein ähnliches Blatt Papier war Russells Geburtsurkunde. Russell. Offenbar hatte er diese Spardose im Krankenhaus dabeigehabt, als er dann ... nicht mehr nach Hause zurückgekehrt war.

Unter der Dose lag eine braune Brieftasche aus Leder, die ihr vertraut vorkam. Das Leder war steif und knackte leise, als sie sie öffnete. Aus dem verblassten Foto des Führerscheins schaute das Gesicht ihres Vaters sie mit einem schiefen Lächeln an. Ihr Herz machte einen Satz.

Sie überprüfte das Datum des Führerscheins. Ja, er stammte aus dem Jahr vor seinem Verschwinden. Sie zog ein paar Fünf- und Zehndollarscheine heraus. Dabei flatterten auch ein paar Quittungen auf ihren Tisch. Eine war von einer Eisenwarenhandlung in Sydney vom Oktober des Jahres, in dem er verschwand, und zwar für eine Spitzhacke, eine Grubenlampe und einige Batterien. Eine weitere war von McLeods Gemischtwarenhandlung in Wandalla vom siebten November. Der Siebte. Vier Tage nach seinem Verschwinden.

Ihre Gedanken rasten. Hier hielt sie ihn in ihren Händen. Den Beweis, nach dem sie gesucht hatte, die Spur, die sie nicht hatte finden können. Er war nach Wandalla gegangen. Warum hatte Russell es keinem erzählt? Offenbar hatte Russell die Polizei angelogen. Und wohin war Jim von dort gegangen? Ein winziges Foto fiel heraus, das sie auf Anhieb wiedererkannte.

Sie rannte zum Schrank, wühlte sich durch ein Gewirr aus Schals und Gürteln und zog eine alte Schmuckschatulle heraus, die sie sehr geliebt hatte. Die Ballerina, die Wächterin ihrer Kinderschätze, funkelte noch immer vor ihrem

Spiegel und vollführte ein paar ruckartige Pirouetten. Da war es – das dazu passende Foto aus dem Fotoautomaten. Sie konnte sich noch genau an den Tag erinnern, als sie sich an der Central Station dort hineingezwängt hatten, sie vorn mit kichernd geöffnetem Mund, weil sie sich unter den kitzelnden Fingern ihres Vaters wand. Es gab drei Exemplare dieses Fotos, eins für jeden von ihnen. Das von ihrer Mutter hatte man in Julias Sarg gelegt.

Nina griff erneut in die Schachtel und zog ein paar vergilbte Seiten Kanzleipapier heraus, die offensichtlich zusammengeknüllt und dann wieder glattgestrichen worden waren, geschrieben von der Hand ihres Vaters. Sie begann zu lesen:

Mein schöner Harrison

Es war wie ein Schlag in die Magengrube. Harrison. Ihr Vater hatte Harrison geliebt. Nina erhob sich von ihrem Stuhl und trat mit dem Brief hinaus auf den Balkon. Sie holte tief Luft.

Offenbar hatte Harrison dieses Geheimnis immer bewahrt.

Was soll ich sagen? Es wird nicht leicht für Dich sein, mir zu verzeihen, dass ich nach Wandalla gekommen bin, ohne mich bei Dir zu melden.

Also eine Affäre. Langsam kochte Wut in ihr hoch. Ihre Hände zitterten.

Unsere gemeinsam verbrachte Zeit hat mir durch

einige meiner dunkelsten Stunden geholfen. Immer wieder kehrte ich in Gedanken zu dem Tag zurück, als Du zum ersten Mal meine Hand berührt hast. Einen kurzen Moment lang war ich mir nicht sicher, ob dies tatsächlich geschah oder aber Deine Hand meine nur aus Versehen gestreift hatte. Und dann sahen wir einander an. Ich konnte kaum atmen.

Auch Nina nicht.

Noch jetzt stockt mir der Atem, wenn ich daran zurückdenke. Und dann all die Stunden, die wir am Brunnen verbracht haben. Wo wir lachten, bis wir nicht mehr konnten, trunken von der Sonne. Deine um mich geschlungenen Arme. Manchmal glaubte ich, vor Glück zu platzen. Dieses Glück über die Jahre hinweg zu verbergen gehörte mit zum Schwersten.

Ein Bild von unserer letzten Nacht ist bei mir, wenn ich mich schlafen lege: Du ins Mondlicht getaucht neben dem Brunnen. Ein Gott.

Nun, wie konnte ich nach The Springs fahren, ohne Dich davon in Kenntnis zu setzen? Der Grund dafür ist, dass ich bereit bin, mich zu Dir zu bekennen und mein Leben mit Dir zu führen, wie Du Dir das immer gewünscht hast. Ich weiß nicht, warum ich so lange dazu gebraucht habe. Ich war ein Feigling, das weiß ich. Hätte ich mich eher dazu bekannt, hätte ich womöglich weniger Schaden angerichtet.

Aber vorher schulde ich Julia und Nina noch etwas

für das, was ich ihnen zugemutet habe. Ich muss sie finanziell absichern, bevor ich gehe. Das ist das Mindeste, was ich tun kann. Julia hat immer so hart gearbeitet, und das ist nicht fair. Und Nina vertraut mir. Ich möchte nicht, dass sie im Hass auf mich aufwächst.

Ninas Hände zitterten so heftig, dass sie den Brief auf den Tisch legen musste, um weiterzulesen.

Ich habe mir überlegt, wie ich das anstellen kann. Erinnerst Du Dich an das Goldmedaillon und Barkin' Larkin? Ich dachte immer, es sei nur eine Geschichte, aber ich habe mir die alten Zeitungen von Hill End angesehen, und es ist alles so geschehen, wie sie es erzählt haben. Und ich habe auf dem Medaillon Anhaltspunkte gefunden und weiß jetzt, wo ich suchen muss.
Wenn ich das Gold finde und Julia und Nina damit finanziell absichern kann, so kann ich sie guten Gewissens verlassen, und wir können gemeinsam irgendwo hingehen, weg von der Geschichte, dem Durcheinander, dem ganzen

Das war alles. Sie blätterte weiter. Wo war die nächste Seite?

Wie konnte er dieses andere Leben führen, während er gleichzeitig den loyalen Ehemann und Vater gespielt hatte, wie war das möglich? Sie dachte zurück an den Tag, als sie Harrison begegnete, an den Klang seiner Stimme, als er ihr sagte, wie sehr sie Jim ähnlich sah.

Nina lief unruhig durchs Zimmer.

Harrison. Dieser Lügner. Das erklärte eine Menge. Und sie wünschte sich nichts mehr, als ihn zur Rede zu stellen. Er hätte ihr Antworten geben können. Und doch hatte er sie die ganze Zeit über angelogen, als sie in Wandalla war. Und mit Sicherheit wusste er viel mehr, als er ihr erzählte. Diese Geschichte mit dem Goldklumpen sah ihrem Vater so ähnlich, wie die verrückten Geschäftsideen, denen er ständig hinterherjagte. Typisch. Aber was war passiert?

Und dann musste sie an ihre Mutter denken. Was für ein einsames Leben, mit jemandem verheiratet zu sein, der immer an einen anderen dachte. Nina trat wieder hinaus auf den Balkon, stützte ihre Unterarme auf das Geländer und starrte in den hellen Morgen, ohne etwas wahrzunehmen. Das Gedankenkarussell in ihrem Kopf war in vollem Gang. Es war, als hätte sie den Boden unter ihren Füßen verloren. Dann ist das also sein anderes Leben.

Ihr Vater hatte sie verraten, dennoch wollte sie ihn beschützen, ihn retten, ihn finden. Wo war er?

Vielleicht hatte er den Goldklumpen gefunden und war ausgeraubt worden. Oder getötet. Oder vielleicht war das mit dem Goldklumpen und dem Medaillon auch nur Mist gewesen. Genauso wie er auch über den Rest seines Lebens nur Mist verbraten hatte.

Nina ging wieder hinein und brachte die Schachtel samt Inhalt in ihr Schlafzimmer, um alles gründlich durchzusehen.

Sie faltete den Brief zusammen und steckte ihn zurück. Zwei Notizbücher mit Pappumschlag wurden von einem kaputten Gummiband zusammengehalten. Auf der ersten Seite des ersten Hefts stand in kindlicher Handschrift:

Dies gehört Russell Larkin, 10 Jahre
The Springs über Wandalla, New South Wales, Australien, die südliche Hemisphäre, Planet Erde, das Sonnensystem, die Galaxie, das Universum.
Sollte dieses Buch zufällig irgendwo verloren gehen, packen Sie's ein und schicken Sie es nach Hause!

10. August 1979
10.8.1979: Bin mit Dad und Jim in die Stadt gefahren. Kriegten beide einen großen Shake. Bekam dieses Buch. Mum ist wieder krank. Sie meinte, ich solle meine Gedanken niederschreiben, wo ich jetzt doch 10 bin.
11.8.1979: Habe Floß mit Jim gebaut. Dad mit den neuen Kälbern geholfen. Mum noch immer krank.
12.8.1979 Mathetest, sonst nichts.

Nina malte sich Russells ernstes junges Gesicht aus, als er das schrieb. Sie blätterte ein paar Seiten mit der kindlichen Handschrift durch.

Im nächsten Heft änderte sich die Schrift zu einem Erwachsenengekrakel, mit dem Belangloses festgehalten wurde: Einkaufslisten, Telefonnummern, Kommentare zu den örtlichen Weideviehverkäufen, Listen der Kühe, Kälber und Stiere.

Beim Weiterblättern stieß sie auf eine Seite mit nur einer Notiz.

24. JUNI 1990.
Dad starb heute Morgen im Wandalla District Hospital.

RIP Herold James Larkin
1937–1990

Die nächste Seite begann mit dem Namen ihres Vaters.

NOTIZEN – JIM – WAS ICH WEISS.
17. NOV. 1997
Jim traf am Freitag, dem 7. November, um 6 Uhr ein.
– trank Rum – redete nonstop.
– 3 Uhr morgens – Jim verschwindet, nachdem wir gestritten haben.

ANHALTSPUNKTE:
– hat nicht gesagt, dass er kommt
– hatte nur einen kleinen Rucksack dabei
– fuhr per Anhalter
– Streit mit Julia? Als sie anrief, musste ich sagen, dass er nicht da sei.
– Sie klang aufgewühlt.

FAKTEN:
– Ich sagte, wir sollten uns mit der Farm mehr anstrengen, wo wir doch nur noch zu zweit waren, dazu Julia und die kleine Nina. Er lachte. Das sahen seine Pläne nicht vor. Meinte, er habe alles durchdacht, aber sollte es für mich zu schwer werden, The Springs ohne Dad weiterzuführen, wäre es besser, die Farm zum Verkauf anzubieten.
– Stand auf, weil ich pinkeln musste. Jim war noch immer wach, manisch. Er schrieb einen Brief. Ich

war sauer, weil er gesagt hatte, ich solle hier alles verkaufen. Für ihn mag das ja okay sein, er reibt sich schließlich nicht für die Farm auf, um sie über Wasser zu halten.
– Nahm ihm seinen Brief weg. Da glaubt man, seinen Bruder zu kennen ... Ich meine, verdammt, ich habe oft genug das Bett mit ihm geteilt. Wenn ich daran denke, bekomme ich eine Gänsehaut. Er und diese Harrison-Schwuchtel. Es ist abstoßend.
– Sagte ihm, was ich von ihm denke. Hätte ihn niedergeschlagen, aber er rannte weg. Nahm sein Zeug und verschwand.
– Ich habe das Richtige getan. Er hat Schande über die Familie gebracht. Die Leute hier in der Gegend würden nie mehr mit mir reden. Sie würden denken, ich sei genauso.
21. NOV.
– Julia hat heute schon ganz zeitig angerufen. Wo verdammt ist er? Ich möchte ihr nichts von dem Brief erzählen, womöglich überlegt Jim es sich ja anders und kehrt zu ihr zurück.

Beim nächsten Eintrag war die Handschrift zittrig.

15. DEZ.
– Fand Jims Tasche in einem Baum versteckt am Wasserloch. Der Reißverschluss glänzte in der Sonne und machte mich darauf aufmerksam. Kleider und Brieftasche steckten drin. Stundenlang durchsuchte ich die Gegend ums Wasserloch, fand aber nichts.
– Er wird sich doch nicht umgebracht haben. Un-

möglich. Ich habe schlimme Dinge zu ihm gesagt. Aber hätte er das getan? Ich weiß nicht, was ich tun soll. Trinke zu viel. Kriege nichts mehr auf die Reihe. Wäre er in die Stadt gefahren, um Harrison zu treffen, dann hätte er seine Sachen mitgenommen. Ob ich H anrufen soll? Das gäbe am Ende nur Streit. Und dann würden Ermittlungen eingeleitet werden. Vielleicht ist er einfach in den Busch gegangen, wollte allein sein.

20. DEZ.
– Julia ruft ständig an. Mist … jetzt habe ich zu lange gewartet. Ich kann nicht mehr zur Polizei gehen, sie würden mich fragen, warum ich es nicht gleich gemeldet habe oder spätestens als ich die Tasche fand. Vielleicht würden sie sogar denken, ich hätte was damit zu tun. Ich muss mich am Riemen reißen.

WAS KÖNNTE PASSIERT SEIN?:
1. Er hat sich verirrt. Aber sollte dies der Fall gewesen sein, wäre er irgendwann irgendwo aufgetaucht oder inzwischen tot. Also kann ich nichts tun.
2. Lebt an der Küste. Mein Gott, ich hoffe es. Aber einfach wegzubleiben sieht ihm gar nicht ähnlich.
3. Hat sich umgebracht. Das kann ich nicht glauben. Bis wir uns gestritten haben, war er in Hochstimmung. Bereit, sich mit diesem Arschloch in der Stadt niederzulassen. Lag es am Streit? Dann wäre es MEINE SCHULD. *Ist es meine Schuld?*
4. Er rannte davon und hat es so aussehen lassen, als

hätte er sich umgebracht? Nein. Dann hätte er seine Sachen offen oder im Haus liegenlassen.
5. Jemand anderer hat ihn umgebracht? Möglich.
6. Er hatte einen Unfall. War jeden Tag auf Suche. Habe nichts gefunden. Ob er noch am Leben ist?

25. DEZ. WEIHNACHTSTAG
– Julia hat angerufen, um mir frohe Weihnachten zu wünschen. Ich möchte ihr nichts erzählen, bevor ich nicht herausgefunden habe, wo er ist. Es ist meine Schuld. Sie würde nie verstehen, warum ich nichts gesagt habe, und die verdammten Bullen würden denken, dass ich es war.
– Er ist ein verrückter Mistkerl, so eine schöne und anständige Person wie Julia und die kleine Nina, diesen Engel, einfach zu verlassen.

Der nächste Eintrag war ein wildes Gekrakel.

6. JANUAR 1998
Wo bist du, Kumpel? Ich bin überall gewesen, rund ums Wasserloch, auf den Koppeln … schick ein Zeichen, dass es dir gutgeht … Julia hat sich gerade noch im Griff, das höre ich an ihrer Stimme … sie bemüht sich, so zu tun, als wäre alles in Ordnung, weil die kleine Nina mithört … Wo verdammt noch mal bist du?

Die nächste Seite trug die Überschrift: »FÜR NINA«.
Die Schrift sah zittrig aus, als hätte es ein sehr alter Mann geschrieben. Armer Russell!

Ich schreibe das aus dem Krankenhaus. Ich glaube nicht, dass ich diesmal wieder nach Hause komme. Ich schäme mich so sehr. Ich habe Dir oder Deiner Mum nie erzählt, dass er hier war. Ich hatte einfach Angst. Weil sie dann denken würde, ich hätte es getan. Und Harrison hätte, sobald die Polizei die Ermittlungen aufgenommen hätte, alles über sich und Jim erzählt. Und man hätte gedacht, ich hätte ihn vor Wut umgebracht. Aber Du sollst wissen, Nina, dass ich nie Hand an ihn gelegt habe.
Gut, ich habe schlimme Dinge gesagt. Und wenn ich jetzt zurückdenke, weiß ich, dass ich es nicht hätte tun sollen. Ich habe mich geirrt. Er konnte nichts dafür, dass er so war, genauso wenig, wie ich etwas für mein Trinken konnte. Nichts davon zählt mehr.
Ich schreibe Dir dies, damit Du die Wahrheit kennst. Er glaubte wohl, herausgefunden zu haben, wo der Schatz des alten Barkin' lag. Aber ich kenne dieses Grundstück in- und auswendig. Es kann dort unmöglich ein Versteck geben, von dem ich nichts wüsste. Es ist nur eine Geschichte, Nina. Nur Jim und seine Phantasien.
Du hast eine wunderbare Mutter. Sieh zu, dass Du Dich um sie kümmerst. Sie hat viel durchgemacht. Mehr, als Du weißt.

Nina blickte auf, und alles um sie herum veränderte sich. Der Raum selbst sah anders aus. Alles war anders.

Ich überlasse das Anwesen Dir. Es ist mir nicht leichtgefallen, mit meinem Wissen Harrison wegen des Testaments aufzusuchen. Eigentlich wollte ich auch dies hier bei ihm hinterlegen, aber wenn er es lesen würde? Selbst wenn ich es versiegelte, hätte er es womöglich gefunden, und ich hätte das Nachsehen. Also werde ich die Krankenschwester bitten, Dir dies zu schicken, wenn die Zeit gekommen ist.

Leb ein gutes Leben, meine Liebe. Und hab keine Geheimnisse vor Menschen, die Du liebst. Das ist Gift.

Alles Liebe

Onkel Russell

Nina hielt das Tagebuch mit beiden Händen, während ihr die Tränen über die Wangen liefen.

Kein Wunder, dass Russell in all den Jahren nicht in der Lage gewesen war, sie zu sehen. Hatten seine Worte ihren Vater in den Tod getrieben? Doch Russell tat ihr leid. Ihr war die Zuneigung ihres Onkels nie bewusst gewesen. Und als sie jetzt von seiner Reue erfuhr, empfand sie im Wissen um seinen langen Kampf mit der Flasche nur Bedauern und Zärtlichkeit für ihn. Für sie alle.

Sie musste Harrison treffen. Musste zurückkehren und das klären, egal wie schwer es würde, ihn damit zu konfrontieren. Und diesmal würde sie auch mit Hilary sprechen und endlich die Wahrheit aus ihr herausquetschen.

Nina nahm den Brief ihres Vaters und Russells Tagebuch, schloss beides in die Spardose ein und holte ihren Rollkoffer aus dem Schrank. Sie verstaute die Spardose darin und begann für die Hitze von Wandalla zu packen.

Kapitel 13

Da war er also. Deborah betrat die Küche von Kurrabar auf Zehenspitzen. Heath stand an der Spüle, trank ein Glas Wasser und schaute aus dem Fenster.

»Hab dich«, rief sie, als sie ihn von hinten umschlang.

»Verdammt! Was soll das?«, prustete Heath, und Wasser schwappte auf sein Hemd.

»Nun beruhige dich doch«, meinte Deborah lachend. »Können wir jetzt losreiten?«

»Tut mir leid, Deb, ich kann nicht. Ich sitze an meiner Steuererklärung für Januar und zerbreche mir den Kopf darüber, was wir mit dem Hof machen sollen. Mir schwirrt der Kopf von all den Zahlen.«

Er trank das nächste große Glas Wasser, ohne Deborah anzusehen.

»Soll ich dir helfen?«

»Nein. Ich krieg das schon hin.« Seufzend lehnte er sich an die Küchentheke und starrte auf die in der Gluthitze der Mittagssonne liegenden staubtrockenen Koppeln.

Seit Weihnachten war er nicht sehr gesprächig gewesen. Sie hatte ihn beiläufig gefragt, ob er sich nicht gut fühle, Schlafprobleme habe. Aber sie hatte nie den Mut aufgebracht, nachzuhaken, was los war. Er beruhigte sie jedes Mal, aber er wirkte zerstreut. Und er war auch immer müde … lustlos. Sie hatten zwar noch Sex miteinander, aber es war nicht mehr das, was es einmal war.

Anstelle der alten Kameradschaft war Schweigen getreten. Er erkundigte sich auch nicht mehr bei ihr, was sie machte. Anderen wäre das vielleicht gar nicht aufgefallen, aber sie litt darunter. Und sie konnte tun, was sie wollte, es änderte sich nichts.

»Vergiss nicht, dass wir heute Abend bei mir sein werden, nur du und ich.«

»Wie das denn?«, fragte Heath erstaunt nach.

Deborah zuckte zusammen. Er sah sie an wie ein Tier in der Falle. »Mum wird in der Stadt auf dem Treffen des Landwirtschaftsverbands sein, und Dad besucht Großmutter in Tamworth. Hast du das vergessen?«

»O ja … irgendwie.«

»Können wir uns auch die Speisekarten ansehen, bevor du's vergisst? Ich muss morgen die Caterer informieren«, fügte Deborah hinzu. *Nun komm schon, Heath, wach auf.*

Aber er schaute sie verständnislos an. »Haben wir uns darüber nicht schon letzte Woche unterhalten?«

Deborah seufzte. Warum musste sie sich um alles kümmern? »Da ging's um die Hochzeit. Das ist jetzt für den Polterabend.«

»Polterabend? Du liebe Güte, Deb, was denn noch alles?«

Deborahs Lippen wurden schmal. Konnte sie nicht einmal auf seine Unterstützung rechnen? Zogen sie nicht an einem Strang?

Jetzt lief er wieder davon. Deborah ging ihm hinterher, hoffte, dass etwas von ihm käme, irgendwas.

»Ich muss nur noch den Tank in Koppel drei überprüfen, bevor ich den Papierkram erledige. Alles ist so verdammt trocken«, rief er von der Veranda, ohne sich umzudrehen. Dann sprang er in den Lieferwagen und startete den Motor.

»Dann bis zum Abendessen«, rief sie ihm zu. Er warf ihr

einen kurzen Blick zu und streckte wie immer zum Gruß seinen Arm aus dem Fenster, als er losfuhr. Deborah starrte ihm hinterher. Was war nur los mit ihm?

Ihre Mutter hatte gemeint, es sei das Muffensausen vor der Hochzeit. Vielleicht.

Als Nina die Brücke überquerte, die nach Wandalla führte, fühlte sie sich merkwürdig schwerelos, als wäre sie ein Astronaut, den nur wenig mit der Erde verband. Vor zwei Wochen hatte sie, gleich nachdem sie die Spardose erhalten hatte, die Kündigung eingereicht. Helen nahm sie erleichtert an. Sie hatte keinen Job. Sie hatte kein Zuhause. Ihre Wohnung hatte sie für drei Monate möbliert an ausländische Studenten vermietet. Damit ließen sich wenigstens die Hypothekenzinsen und die Ausgaben bestreiten, bis sie hier alles geklärt hatte. Sie wollte ihren Vater finden, und dem wollte sie sich nun mit aller Kraft widmen.

In der Mittagssonne flimmerten Trugbilder auf der Straße und über den Blechdächern, geisterhafte Seen und Teiche, die ihr Gefühl, von allem losgelöst zu sein, noch verstärkten. Es gab so viele Trugbilder. Und so viele Sackgassen.

Während ihrer Fahrt hatte sie geprobt, wie sie Harrison zur Rede stellen wollte. Manchmal war die Konfrontation in Wut umgeschlagen, manchmal glattgelaufen, manchmal war sie die Anklägerin und manchmal die Trösterin. Und noch immer wusste sie nicht, wie es tatsächlich ablaufen würde.

Sie parkte in der Nähe von Harrisons Büro, nahm die zerbeulte Spardose und stieß die Fahrertür auf. Ganz automatisch griff sie auf den Beifahrersitz, um unbewusst nach dem kleinen wolligen Kopf zu suchen, der nicht mehr da war. Sie biss sich auf die Lippe und trat hinaus ins grelle Licht. Dann eilte sie über den Gehweg, aus dem die Hitze aufstieg, um schnell wieder in klimatisierte Räume zu kommen.

Als sie die Stufen zu Harrisons Büro hochstieg, kochte ihre Wut wieder hoch. Er hatte sie angelogen. Sie hatte in ihm einen vertrauenswürdigen Freund der Familie gesehen, aber er hatte sie hintergangen. Er war so nett zu ihr gewesen, hatte sich um sie gekümmert, mit ihr gescherzt, ihr dabei aber die ganze Zeit über Informationen vorenthalten, die ihr hätten helfen können, ihren Vater zu finden.

Ein halbes Schinkensandwich lag verlassen auf Suzies Schreibtisch. Nina ging direkt zu Harrisons Tür und öffnete sie, ohne anzuklopfen.

Harrison saß an seinem Computer. Seine Finger flogen über die Tastatur. Neben ihm lag ein Stapel Mandate, von einem rosafarbenen Band zusammengehalten. Als er sie bemerkte, erschrak er. »Nina? Was in aller Welt …? Sind Sie bereit, den Vertrag zu unterzeichnen?«, fragte er und sprang auf.

»Nein, das bin ich nicht.« Sie knallte die Spardose auf seinen Schreibtisch. »Ein Geschenk vom Wandalla-Krankenhaus. Das hatte man dort seit dem Tod eines gewissen Russell Larkin in Verwahrung. Wurde offenbar im Lagerraum vergessen.«

»Das tut mir leid, Nina. Hätte ich davon gewusst, dann hätten Sie das längst mit allem anderen bekommen.« Harrison zeigte auf den Besucherstuhl.

»Danke, ich stehe lieber.«

»Was ist da drin?«, wollte er wissen und setzte sich auf

die Schreibtischkante. Er wirkte ruhig und sprach bedächtig, aber seine Augen waren wachsam.

»Russells Tagebuch«, antwortete Nina.

Harrisons Körper schien sich zu entspannen. »Sie müssen verstehen, Russell war ein sehr kranker Mann. Sie haben ihn nie so erlebt wie wir ... mit seinen Eigenheiten.«

»Wirklich? Dann wird es Sie wohl nicht überraschen, wenn ich Ihnen sage, dass Dad hierherkam, als er von uns weggegangen war?«

»Was? Er war nicht hier.«

»Lassen Sie den Blödsinn, Harrison. Ich weiß Bescheid, okay? Ich weiß, dass Sie beide ein Liebespaar waren.«

Aus seinem Gesicht wich alle Farbe, und er machte einen Schritt auf sie zu.

Sie hielt ihre Hand hoch, um ihn aufzuhalten, und spürte ungeahnte Kräfte in sich aufsteigen. Hier hatte sie das Kommando. »Ich bin nicht bereit, mir noch mehr Lügen anzuhören, verstehen Sie?«

Harrison nickte stumm.

»Was haben Sie mir sonst noch verheimlicht? Wann haben Sie Dad zuletzt gesehen? Sind Sie heimlich nach Sydney gefahren, um ihn zu treffen, wenn Mum arbeitete und ich in der Schule war? Sind Sie?«

»Nein. Ich ... wir waren nicht ...« Harrison sah sie an und holte tief Luft. »Er ist seit dem letzten Weihnachten nicht mehr hier gewesen.«

Nina öffnete die Dose, holte Jims Brieftasche heraus und hielt sie hoch. »Sehen Sie das hier? Ist die von Dad.« Sie öffnete sie, damit er den Führerschein sah.

»O mein Gott«, murmelte Harrison mit unsicherer Stimme.

Dann reichte sie ihm die Quittung aus Wandalla, die sie in Jims Brieftasche gefunden hatte. Er hielt sie ans Licht und betrachtete sie angestrengt, um die winzige Schrift lesen zu können. Dann ließ er die Hand sinken, als hätte er alle Kraft verloren.

»Das kann nicht sein. Das war, nachdem Jim vermisst wurde. Wie ist Russell da drangekommen? Ich verstehe das nicht.« Harrisons Verblüffung war echt.

»Dad hat The Springs besucht. Russell schrieb in sein Tagebuch, dass sie einen heftigen Streit hatten. Dad ist dann mitten in der Nacht los. Russell glaubte, er sei weggegangen. Aber eine Woche später fand er dann die Brieftasche und seine Kleider in der Nähe des Wasserlochs.«

»Nein. O nein. Jim.« Harrisons Stimme brach, und seine Hände zitterten. Nina beobachtete ihn genau.

»Ich verstehe das nicht. Er kannte sich so gut aus im Busch, konnte sich aus jedem Schlamassel befreien«, sagte Harrison. »Was ist passiert? Und warum hat Russell nicht die Polizei informiert?«

»Ich denke, er hatte Angst«, erwiderte sie. »Er glaubte, dass man ihm Jims Verschwinden in die Schuhe schieben würde. Er war davon ausgegangen, dass Jim sofort abgehauen war. Als er jedoch die Tasche fand, wusste er, dass das nicht stimmte.«

»Abgehauen? Warum sollte Jim das tun?«

»Sie hatten Streit.«

»Jim wäre nie weggerannt, nur weil er sich mit Russell gestritten hat. Sie stritten sich andauernd, das war nie ...«

»Da ist noch etwas anderes.« Sie hielt ihm das zerknitterte Kanzleischreiben hin. »Ich denke, das hier erklärt den Streit.«

Harrison nahm das Papier und beugte sich zum Licht. Als er die Handschrift erkannte, stöhnte er auf, und sein Körper sackte zusammen.

Ninas Wut geriet ins Wanken. Endlich setzte sie sich auf den Besucherstuhl, schaute auf ihre Hände, die die Tasche auf ihrem Schoß umklammerten. Somit konnte sie nicht Harrisons Gesicht beobachten, während er las. Erst als sie sein tiefes keuchendes Schluchzen hörte, blickte sie auf. Harrisons schönes Gesicht war schmerzverzerrt. Er schluchzte wieder, als wäre jeder Atemzug eine Qual, und er schien weder seine tränenden Augen noch seine laufende Nase noch sonst etwas wahrzunehmen.

Nina stand auf und schenkte ihnen beiden einen Whisky aus der Flasche auf dem Sideboard ein. Harrison kippte seinen hinunter. Es dauerte lange, bis er wieder etwas sagen konnte.

»Was müssen Sie von mir denken? Was müssen Sie denken?« Er trocknete sich das Gesicht mit einem Taschentuch.

»Ich denke gar nichts, Harrison, wirklich nicht. Ich muss nur wissen, wann Sie Dad zuletzt gesehen haben.«

»Wie ich Ihnen bereits gesagt habe. Am Weihnachtsabend, elf Monate, bevor er verschwand.« Harrison trat ans Fenster und faltete und glättete wie in Trance immer wieder den Brief in seinen Händen. Seine Stimme war voller Emotionen, als er fortfuhr.

»Wir saßen nicht auf der Veranda und tranken Bier, wie ich Ihnen das erzählt habe. Wir trafen uns am Brunnen. Das war unser Ort. Jim log Julia an, erklärte, er sei zu müde, um rüber nach Kurrabar mitzukommen, wo die Blacketts zum Weihnachtsumtrunk eingeladen hatten. Er log, damit er mich treffen konnte.«

Nina erinnerte sich daran. Sie hatte sich so darauf gefreut, nach einem langweiligen Tag mit den Erwachsenen mit den Blackett-Jungs zu spielen, aber Dad war nicht mitgekommen. Im Wagen war ihre Mutter nicht so gesprächig wie sonst gewesen. Sie hatte mit den Jungs viel Spaß gehabt, aber als sie wieder nach Hause kamen und ihre Mutter dem fröhlichen Geplauder ihres Vaters mit Schweigen begegnete, wurde ihr mulmig zumute. Jetzt wurde ihr bewusst, dass ihr Dad bestimmt Schuldgefühle hatte und ihre Mutter mehr gewusst haben dürfte, als sie verriet.

»Ich hatte bereits beschlossen, die Sache zu beenden«, sagte Harrison. »Ich konnte einfach nicht mehr damit leben. Ich liebte ihn mehr als mein Leben, aber der Schmerz, den wir allen anderen zufügten, uns selbst auch, war einfach zu viel. Und genau das machte ich ihm klar. Er wollte es nicht glauben. Nachdem ihr wieder in Sydney wart, schrieb er mir. Aber ich verbrannte seine Briefe. Ich musste es tun.«

»Wenn er Sie so liebte, warum hat er sich dann nicht von Anfang an für Sie entschieden?«, fragte Nina mit Tränen in den Augen.

Harrison drehte sich um, und seine Züge wurden weich. »Er hat Sie und Ihre Mutter so sehr geliebt, Nina. Sie verstehen das nicht. Diese Liebe war genauso real wie seine Liebe zu mir.«

»Hat er Ihnen gesagt, dass er Sie liebt? Damals?« Nina konnte nicht lockerlassen.

»Kommt es denn nach so langer Zeit darauf noch an, Nina? Die Tatsache, dass er sich zehn Jahre lang für Sie und Julia entschied, erklärt doch alles, was Sie wissen müssen. Er bemühte sich so sehr, der Mann zu sein, der er für euch sein wollte. Aber man kann die Risse zigmal überkleben, am Ende brechen sie dann doch wieder auf. Außerdem war das damals eine andere Zeit. Man hätte ihn und Russell ausgestoßen.«

Harrison wandte sich dem Gemälde des Hafens von Sydney im Unwetter zu.

»Und was für eine Rolle spielte Mum bei alledem?«

»Wie er in diesem Brief schreibt, hatte er wohl versucht, das Gold zu finden, um euch finanziell abzusichern. Das bedeutet doch nichts anderes, als dass er in erster Linie an euch gedacht hat. Was für ein verrücktes Hirngespinst! Typisch Jim. Julia war das genaue Gegenteil. Er fühlte sich von ihrer Zuversicht und Stabilität angezogen. Ich meine, sie wusste genau, wohin und was sie wollte, wohingegen er den einen Monat himmelhoch jauchzend und im nächsten zu Tode betrübt war. Dank ihr konnte er sein verqueres, richtungsloses Leben hier einfach verlassen und direkt in ihr etabliertes Leben in der Stadt eintauchen. Sie machte es ihm leicht. Und ich muss zugeben, dass er ein besserer Mensch war, wenn er mit ihr zusammen war. Aber wir sind nun mal, was wir sind.«

»Aber welchen Stellenwert hatte Mum?«

»Als sie heirateten, beschlossen wir, dass es zwischen uns ein Ende haben musste. Ich glaubte, das Richtige zu tun, wenn das jetzt auch albern erscheint.« Er stellte mit finsterer Miene sein Glas ab.

»Das Ergebnis davon war, dass wir uns jedes Mal, wenn Jim hierherkam oder ich in Sydney zu tun hatte, sehen mussten. Es war eine Obsession. Tut mir leid, dass Sie das auf diese Weise herausgefunden haben, ich wollte nicht, dass Sie es erfahren.«

Nina konnte ihre Tränen kaum noch zurückhalten. Armer Dad. Arme Mum. Aber da war noch etwas. War das etwa Selbstmitleid wegen ihrer Gefühle für Heath?

Harrison wandte sich wieder an Nina. »Er hasste sich dafür, dass er Ihre Mutter betrog. Aber was uns verband, war so stark ...«

»So stark, dass er beschloss, für immer zurückzukommen?«

Harrison wandte sich ab. »In gewisser Weise wünschte ich mir, Sie hätten mir diesen Brief nie gezeigt. Es ist, als hätten Sie mir durch einen Spalt in der Tür einen kurzen Blick in den Himmel erlaubt, um sie dann wieder zuzuschlagen. Es hätte Wirklichkeit werden können, ich und er. Darf ich ihn behalten?«, bat er und strich den Brief mit den Händen glatt.

Nina nickte und erhob sich. »Ich denke, wir sollten das zur Polizei bringen.« Sie fing seinen ängstlichen Blick auf. »Nur die Brieftasche, das Tagebuch und die Quittung. Ich überlasse es Ihnen, ob Sie ihr auch den Brief überlassen möchten.«

»Danke«, sagte Harrison leise. »Höchstwahrscheinlich wird der Coroner's Court eine Ermittlung einleiten.«

Nina nickte. »Da wäre noch diese andere Sache. Ich habe Ihnen doch erzählt, dass Possum Brody sagte, er habe gesehen, wie Hilary Dad nach seinem Verschwinden in ihrem Auto mitgenommen hat?«

»Das ist höchst merkwürdig. Sie und Phillip waren gerade erst aus Tamworth hierhergezogen. Und sie dürfte die letzte Person gewesen sein, zu der er Kontakt wünschte. Ich habe keine Erklärung dafür.«

Nina sah Harrison an und empfand gegen ihren Willen

Mitleid mit ihm. Sie hatten beide den am meisten geliebten Menschen verloren.

»Es tut mir leid, wenn ich schroff war«, entschuldigte sie sich und stand auf.

»Nein, meine Liebe, Sie hatten recht. Ich hätte Ihnen von mir und Jim erzählen sollen. Die Wahrheit ist immer besser, egal, wie schmerzhaft sie auch ist.« Er kam hinter seinem Schreibtisch hervor, legte ihr die Hände auf die Schultern und gab ihr einen Kuss auf die Stirn, wie einen Segen.

Nina nickte mit feuchten Augen. »Ich werde auf The Springs bleiben«, flüsterte sie.

Harrison senkte den Blick und strich wieder über den gefalteten Brief.

Nina ging zur Tür und wollte nichts wie weg aus diesem Büro, wo die Vergangenheit schwer in der Luft hing.

»Nina, warten Sie!«

Sie drehte sich um.

Er wirkte plötzlich so viel älter. »Da ist noch etwas, was ich …« Er hielt inne.

»Was? Was ist denn?«

Er seufzte. »Nichts. Es ist nichts. Das mit Ihrem kleinen Hund tut mir leid.«

Sie verließ das Büro und lief schnell die Treppe hinunter.

Harrison schloss die Tür seines Büros, sein Herz raste.

Wem haben wir was vorgemacht?, fragte er sich. Als könnte das alles für immer unter den Teppich gekehrt werden. Er schenkte sich noch einen Whisky ein und setzte sich auf die Couch vor dem Fenster. Aber warum hatte er, nachdem er Jims intimste Gedanken erfahren und erkannt hatte, was sie einander bedeutet hatten, ihr noch immer nicht alles gesagt? Als er den Umriss ihrer schmalen, schutzlosen Schultern durch die Tür verschwinden sah, hätte er sie am liebsten noch mal zurückgerufen. Wollte fast auf die Knie fallen und den Rest der hässlichen Geschichte erzählen und sie um Vergebung bitten. Was hatte ihn zurückgehalten?

Er hörte, wie Suzie eine Schublade schloss, mit ihren Schlüsseln klimperte und das Gebäude verließ.

Der Brief. Er kippte seinen Drink herunter und schenkte sich den nächsten ein. Mein Gott. Er verzog das Gesicht, als er daran denken musste, dass er für einen kurzen Moment geglaubt hatte, Nina würde sagen, Jim sei noch am Leben. Aber wie es aussah, bestand kaum noch Hoffnung. Begierig las er den Brief ein weiteres Mal.

Dann war Jim also doch wieder nach Wandalla zurückgekehrt. Er konnte zwischen den Zeilen lesen und begriff, dass Jim in einer Phase der Hochstimmung war. Ein klassisches Symptom dafür war der Wahn von dem versteckten Gold. Immer hatte er eine neue Idee, einen neuen Plan. Warum um Himmels willen war Jim nicht direkt zu ihm gekommen, wie er das sonst immer tat? Undenkbar, dass er in einem Moment wie diesem ausgerechnet Hilary angerufen haben sollte. Aber andererseits fand Hilary immer eine Möglichkeit, Kontrolle über die Leute in ihrem Umfeld auszuüben. Und er wusste sehr wohl, welche Druckmittel sie einsetzen konnte, um an ihr Ziel zu kommen. Wäre es möglich, dass sie etwas mit Jims Verschwinden zu tun hatte?

Die arme Nina mit ihrer hoffnungslosen Suche. Jedes Mal, wenn er sie sah, glaubte er, sein Herz müsste zerspringen. Sie war Jim so ähnlich, und sie besaß auch Julias Beständigkeit, ihre Konzentration und Entschlossenheit.

Er betrachtete sein Spiegelbild in der Glasfront des Bücherregals. Er sah alt aus. Aufgewühlt. Schwach. Das war sein Problem. Hätte er damals doch nur mehr Stärke gezeigt und wäre für sich selbst eingetreten, dann wäre der Ausgang womöglich ein anderer gewesen.

Jim hatte sich nie so viele Gedanken gemacht, er lebte stets im Jetzt. Er schien davon auszugehen, dass sie ewig so weitermachen konnten, war zuversichtlich, dass ihr Geheimnis für immer sicher wäre. Doch dieser Brief offenbarte einen neuen Menschen. Einen, der endlich seine wahre Natur akzeptierte.

Als Jim Wandalla zum ersten Mal verlassen hatte, um mit Julia zu leben, war dies ohne Bedauern geschehen. Er hatte Harrison sogar gebeten, sein Trauzeuge zu sein. Das hatte weh getan. Letztlich übernahm das Russell.

Und jetzt kehrte Harrison in Gedanken zurück zu jener letzten Nacht. Dem Weihnachtsabend. Das letzte Mal, dass er und Jim zusammen waren …

Jim und Julia und Nina waren seit etwa einer Woche auf The Springs, aber er hatte sie kaum zu Gesicht bekommen. Einmal war er unangemeldet vorbeigekommen, aber die Familienidylle mit der glücklichen Julia und der fröhlichen Nina hatte ihn davon abgehalten, Jim allein sehen zu wollen.

Am Tag vor Weihnachten hatte er eine Entscheidung getroffen. Er wollte unter dem Vorwand, mit Russell Papierkram zu erledigen, nach The Springs fahren, hoffte allerdings, Jim allein zu treffen. Doch als er ankam, bemerkte er, dass Russells Lastwagen nicht dastand.

Er hatte gerade seinen Wagen geparkt, als er Julia und

Jim auf der seitlichen Veranda sprechen hörte. Was sie sagten, verstand er nicht. Aber sie schien ziemlich aufgebracht zu sein. Er wollte wieder wegfahren, aber sie hatten natürlich mitgekriegt, dass er da war.

»Alles in Ordnung. Ich möchte nicht darüber reden, okay?«, dröhnte Jims Stimme. Und schon stand er vorn und lächelte scheinbar gelassen. »Was gibt's, Kumpel? Willst du ein Bier?«

Sein Blick wanderte von Jims heiterem zu Julias tränenüberströmtem Gesicht. Und zum ersten Mal fiel Nina ihm auf. Sie saß in dem Hohlraum unter dem Haus, drückte sich eine Barbiepuppe an die Brust und trat rhythmisch gegen die Holzverkleidung vor sich. Ihre Miene war verschlossen, und sie schien weit weg zu sein. Und in dem Moment wusste er, dass es aufhören musste. »Du bist beschäftigt«, brachte er heraus und startete den Motor.

»Warte, Harrison.« Jim sah ihn verwundert an und sagte dann mit gesenkter Stimme: »Wir müssen uns sehen. Ich will dich. Bitte.«

»Sieh zu, dass du zu deiner Tochter kommst und mit ihr spielst. Geh und kümmere dich um Julia. Geh einfach.«

»Okay, okay.« Jim beugte sich über das Fahrerfenster. »Wir treffen uns am Brunnen, am Weihnachtsabend, gegen acht«, flüsterte er.

Harrison hatte gezögert. »Also gut. Aber das muss das letzte Mal sein.«

Harrison lockerte seine Krawatte und trat an den Schreibtisch. Er öffnete die oberste Schublade und holte das Zeitungsfoto mit dem lachenden Jim heraus.

Das alles war so lange her.

In jener Nacht war Vollmond, und er brauchte keine Taschenlampe. Die Magnolienblüten leuchteten. Anfangs sah er Jim gar nicht. Dann hörte er es plätschern. Jim stand im Brunnen, seine muskulöse Gestalt nackt im Mondlicht, das Haar lag wie ein Glorienschein um seinen Kopf.

»Du kommst spät«, sagte er, als er aus dem Wasser stieg und auf ihn zuging. »Warum bist du so still? Hat meine Schönheit dir die Sprache verschlagen?« Er küsste ihn flüchtig auf die Lippen.

»Jim.« Harrison packte ihn an den Schultern. »Hör zu, das kann nicht so weitergehen. Wir müssen aufhören damit. Und das weißt du auch.«

»Scht, Harrison, scht.« Jim legte Harrison einen Finger auf den Mund.

»Um Himmels willen«, flüsterte Harrison, als Jims Lippen seine streiften.

Jim lachte. »Wir wissen doch beide, warum du hier bist.« Er beugte sich vor und küsste Harrison diesmal leidenschaftlich.

Harrison versuchte, ihn wegzustoßen, dann aber packte er Jim grob, rubbelte ihm mit den Händen erst das lockige Haar und ließ sie dann hinunter zu seiner Brust wandern. Es gab keine Worte mehr. Er fing zu zittern an, als Jim an seinem Gürtel zerrte und fluchend an der Schnalle herumfummelte. Und dann fielen mit seinen Kleidern alle Versprechen, die er sich selbst gegeben hatte, von ihm ab.

Er stöhnte auf, als Jim ihn an sich drückte.

»Du siehst, Harrison«, flüsterte Jim ihm ins Ohr und liebkoste und neckte ihn mit der Zunge. »Du bist machtlos dagegen. Du willst mich. Du wirst mich immer wollen.«

»Jim ... ich ... Jim ...«, flüsterte Harrison, aber es gab

kein Zurück. Er zog Jims willigen Körper an sich, saß gleich darauf auf dem Brunnenrand, und Jim kniete vor ihm. Harrisons Beine hoben sich ganz automatisch und verschränkten sich über Jims breiten Schultern, so dass sein Gewicht nur noch auf seinen gespreizten Händen lag und der Kopf in den Nacken fiel. Als sie sich später mit ineinander verschlungenen Gliedern in den weichen Blättern vor dem Brunnen wälzten, wie sie das schon so unzählige Male getan hatten, war der Mond der einzige Zeuge ihres Schauderns und ihrer Schreie, die durch die heiße Nacht hallten.

Als es vorbei war, kehrte Jim in den Brunnen zurück und plantschte wieder wie ein Kind in dem flachen Wasser.

Harrison hatte sich auf den Rand gesetzt und hielt sich den Kopf. »Ich werde dich so vermissen. Das Zusammensein«, sagte er.

»Ach, hör auf. Du hast das doch nicht ernst gemeint, oder? Du willst mir doch nicht etwa sagen, dass du das nicht mehr willst, nachdem du mir gerade diese leidenschaftliche Show geliefert hast«, erwiderte Jim lachend.

»Um Himmels willen, Jim, mir ist es ernst damit.«

»Oh, verstehe. So wie es dir auch ernst war, als ich geheiratet habe?« Jim war aus dem Brunnen gestiegen und stand nun neben ihm. »Das hat ja ausgezeichnet funktioniert.«

»Hör zu, wir können das Julia und Nina nicht antun. Das ist nicht richtig.«

»Mein Gott, Harrison, weißt du nicht, dass ich mir ständig Sorgen um sie mache? Aber der Gedanke, dich hier zu treffen, war das Einzige, was mich den Tag hat überstehen lassen, ohne durchzudrehen.«

»Ich weiß das, ich weiß. Mir geht's genauso. Aber es ist vorbei.«

»Nein!« Jetzt schrie Jim. »Ich liebe dich. Tu das nicht.«

»Sei doch vernünftig, Jim. Es steht zu viel auf dem Spiel.«

»Und wenn wir nun von hier weggehen und irgendwo einen Neuanfang machen würden?«

»Mit was denn, Jim? Und was wird aus Julia und Nina? Willst du sie einfach so verlassen, damit sie sich allein durchschlagen?«

»Natürlich nicht.« Jim war jetzt wütend geworden. »Ich werde schon einen Weg finden. Das werde ich.«

»Nein, das wirst du nicht, Jim. Es ist vorbei. Ich liebe dich, ich liebe dich wirklich. Aber es ist vorbei. Es tut mir leid.«

Harrison hatte geglaubt, ein Schluchzen zu hören, als er zu seinem Wagen gegangen war, aber er stieg ein und fuhr weg, ohne sich noch einmal umgeschaut zu haben.

Kapitel 14

Nina verstaute die letzte Einkaufstüte im Kofferraum ihres Wagens und schlug dann die Heckklappe zu. Sie hatte sich so sehr auf das Treffen mit Harrison konzentriert und in den letzten Wochen nur noch daran gedacht, was sie ihm hatte sagen wollen. Jetzt war es vorbei, und sie hatte die Gelegenheit gehabt, sich freimütig zu äußern. Und hatte nun das Gefühl, jeden Halt verloren zu haben.

»Hallo, meine Liebe! Sind Sie wieder in der Stadt?« Eine Frau, an die sie von der Verlobungsparty eine verschwommene Erinnerung hatte, rief von der anderen Straßenseite und schien auf einen Plausch herüberkommen zu wollen. Das konnte sie nun am allerwenigsten gebrauchen.

»Ja. Vielleicht sehen wir uns ja mal?«, rief Nina zurück und winkte, während sie rasch die Wagentür zuschlug und den Motor startete.

Die Frau blieb sichtlich enttäuscht auf dem Gehweg zurück. Zweifellos war der Vorfall mit dem Weinglas hier noch immer Tagesgespräch, und dass Nina jetzt wieder hier war, würde sich bald in der ganzen Gegend herumgesprochen haben.

Sie fuhr die vertraute Strecke auf dem Highway bis zur Abzweigung von The Springs und versuchte, das gequälte Gesicht Harrisons aus ihrem Kopf zu verdrängen. Es war seltsam, ihren Vater durch die Augen eines Erwachsenen wie Harrison zu sehen und nicht aus ihrer kindlichen Perspektive. Zu begreifen, dass Jim kompliziert war, Fehler hatte und keineswegs dem Idol in ihren Erinnerungen entsprach.

»Er war den einen Moment himmelhoch jauchzend und im nächsten zu Tode betrübt«, hatte Harrison gesagt. Und wie hatte der Kunstrezensent sein Werk charakterisiert? Bipolar. Aber tat sie nicht genau das Gleiche, was auch ihr Vater getan hatte? Warf sie nicht ein absolut glückliches geordnetes Leben in Sydney weg, um sich auf eine verrückte Spurensuche zu begeben? Und plötzlich fröstelte sie und bekam Gänsehaut.

Im Rückblick auf die vergangenen Wochen wurde ihr klar, wie sehr ihr eigenes Verhalten das ihres Vaters spiegelte. Sie hängte einen Job an den Nagel, für den andere Leute alles geben würden, sie vermietete ihre Wohnung, so dass, jedenfalls kurzfristig, eine Rückkehr unmöglich war. Sie arbeitete wie eine Besessene daran, The Springs auf Vordermann zu bringen, obwohl es außer Hilary keiner würde kaufen wollen.

Ihr Herz klopfte wild, und sie hatte das Gefühl, keine Luft mehr zu bekommen. Konnte diese Obsession, ihren Vater finden zu wollen, ein Symptom derselben emotionalen Probleme sein, die auch ihn heimgesucht hatten? Sie war so sehr von dem Tagebuch und dem Brief und deren möglicher Bedeutung gefangen gewesen, dass sie den Blick für das große Ganze verloren hatte.

Und dann war da noch Heath. Ihre Gefühle für ihn waren von Anfang an so überwältigend, so maßlos gewesen. Sie kannte diesen Mann doch kaum. Plötzlich sah Nina sich mit den Augen eines Betrachters – eine verrückte Stalkerin, die eine glückliche, gesunde Beziehung kaputtmachen wollte. Ja, sie *wollte* es.

Sie atmete tief durch und beruhigte sich allmählich. »Ich bin nicht verrückt, ich bin nicht verrückt«, murmelte sie wie ein Mantra vor sich hin. Und plötzlich sah sie ganz lebhaft die Szene wieder vor sich, fast wie einen Film …

»Ich bin nicht verrückt, okay?« Ihr Vater lag unter einer Decke auf der Couch in ihrer Wohnung. Er roch nicht gut, und sein Haar war strähnig.

»Ich sage ja gar nicht, dass du es bist, Liebling.« Die Stimme ihrer Mutter war vorsichtig, beschwichtigend, als würde sie mit einem kranken Tier sprechen. »Viele Menschen nehmen diese Medikamente. Und die meisten finden, dass sie ihnen helfen.«

»Das ist schön, wenn man ›normal‹ sein möchte. Ich

will aber nicht normal sein. Herrgott noch mal, ich bin Künstler. Was hast du mit mir vor? Soll ich mich etwa einer Lobotomie unterziehen? Das würde dir gefallen, du bist ja schließlich ein Kontrollfreak.«

Nina wusste nicht mehr, ob es Tag oder Nacht gewesen war, aber sie saß in ihrem blauen Schlafanzug, ihrem Lieblingsschlafanzug, auf dem Fußboden neben der Couch und war erfüllt von dem panischen Bedürfnis, ihren Vater wieder lachen zu sehen. Sie rappelte sich hoch und schob ihm ihr Hinterteil ins Gesicht. »Sieh nur, Dad! Ich mache eine Popotomie mit dir!«, hatte sie lachend gerufen. Normalerweise hätte auch er gelacht und sie womöglich so lange gekitzelt, bis sie ihn bat aufzuhören. Aber diesmal nicht. Sie bekam einen heftigen Schubs ins Kreuz, der sie bis zur Wand des Wohnzimmers beförderte, wo sie sich die Nase aufschlug, bevor sie, alle viere von sich gestreckt, liegen blieb. Sie setzte sich dann benommen auf, ohne zu begreifen, was geschehen war. Als sie an sich herunterschaute, tropfte Blut auf ihr hellblaues Pyjamaoberteil.

»Bring sie verdammt noch mal raus hier«, hörte sie ihren Vater zwischen den Zähnen hervorstoßen, während ihre Mutter sie hochzog.

Dann hatte sie Eis in einem Handtuch, ein Bad und einen sauberen Schlafanzug bekommen, und keiner hatte mehr ein Wort gesagt.

Ihre Hände zitterten, als sie von der Hauptstraße nach The Springs abbog. Die Erinnerung hatte sie aufgewühlt. Doch genug davon. Sie war jetzt hier. Wenige Meter vor der Veranda stellte sie den Wagen ab, blieb noch eine Weile sitzen und starrte mit auf dem Lenkrad ruhenden Armen vor sich hin. Die späte Nachmittagssonne hatte den Zenit hinter sich gelassen und warf nun lange Schatten, aber die Hitze war noch immer drückend. Einladend lag die Veranda mit ihren Korbstühlen vor ihr.

Nina öffnete die Tür des vollgepackten Wagens. Obenauf lag ihr Gemälde des gesichtslosen Mannes in den Ruinen von Durham House. Sie klemmte es sich unter den Arm und nahm in die andere Hand ihren Koffer. Als sie sich der Eingangstür näherte, blieb sie abrupt stehen. Sie stand offen. War jemand hier gewesen? Waren sie noch immer im Haus?

»Moira?«, rief Nina und öffnete die Fliegengittertür. Vielleicht hatte Harrison sie informiert, dass sie zurück war.

Sie ging hinein und lehnte die Leinwand an die Flurwand. »Moira?«

Nichts.

Nina wurde ein wenig bange. Sie stellte den Koffer ab, atmete tief durch und ging über den Querflur in ihr Schlafzimmer. Keiner da.

Genau wie damals, als bei ihr in Woolloomooloo eingebrochen worden war, stimmte etwas nicht. Ihre Kleiderschranktür stand offen. Ein kleiner Tisch neben ihrem Bett war verrückt worden, und im Raum hing ein Geruch, ein süßlicher Hauch, der ihr vertraut vorkam.

»Moira?« Noch immer keine Antwort. Es ist nichts, sagte sie sich und kehrte zum Wagen zurück, um ihre anderen Sachen zu holen. Ein von den Strahlen der untergehenden Sonne hervorgerufenes metallisches Blinken in der Ferne ließ sie aufmerken. Was war das da drüben am Durham House? Sie schaute hinüber. Zwei Autos. Wer war …?

Bevor sie die Frage zu Ende gedacht hatte, wusste sie bereits die Antwort. Diese Kuh. Eine Welle heißen roten Zorns erfasste Nina, und sie rannte los. Sämtliche Gefühle dieses Tages bündelten sich zu einem gewaltigen Energiestrom, der sich aus ihr heraus auf das Objekt ihres Zorns zu richten schien. Neben dem Tor sah sie den geparkten Range Rover, genauso, wie sie das erwartet hatte. Neben Hilarys Wagen stand ein Lieferwagen mit der Aufschrift *Renovierungen und Restaurierungen – Jack Foot und Sohn, Meisterbetrieb*.

Nina lief den Pfad zum Brunnen entlang und erfasste dabei mit einem Blick die Szenerie. Hilary stand als Schattenriss im abnehmenden Sonnenlicht und rauchte eine Zigarette. Zu ihren Füßen stand ein Karton, aus dem zusammengerollte Pläne ragten. Ein Mann in Hemdsärmeln hielt auf Armeslänge einen großen Plan in den Händen.

Nina kam rutschend zum Stehen. »Verschwinden Sie von meinem Grundstück!«, verlangte sie keuchend und bekam dann einen Hustenanfall.

Hilary drehte sich um. »Oh, Sie sind zurück? Ah, ich rufe Sie später an, Jack. Ich fahre jetzt in die Stadt, aber wir hören voneinander«, sagte sie zu dem Mann, der das Ganze offensichtlich neugierig verfolgte.

Er nickte Nina zu, die wieder Luft bekam, aber sie sah ihn nur finster an.

»Ich bin dann mal weg«, erklärte er und eilte zu seinem Lieferwagen.

»Was wollen Sie hier?«, forderte Nina sie heraus.

»Ich dachte mir, ich sehe einfach mal nach, was sich hier getan hat«, antwortete Hilary und fächelte dabei gegen die

Staubwolke des abfahrenden Lieferwagens an. Sie wirkte völlig gelassen.

»Ich sagte, Sie sollen von meinem Grundstück verschwinden.«

»Nun beruhigen Sie sich doch«, erwiderte Hilary. »Harrison sagte mir, Sie hätten beschlossen, doch noch zu verkaufen. Jeder hier weiß, dass ich Pläne für dieses Gelände habe.«

Sie blies eine Rauchwolke aus und warf Nina ihre Zigarettenkippe vor die Füße.

»Es ist mein Ernst, Hilary. Gehen Sie.« Nina hörte das Beben ihrer Stimme, als sie versuchte, ihren Zorn zu zügeln. »Das ist nicht Ihr Grundstück. Und es wird Ihnen auch nie gehören, wenn ich das verhindern kann.«

Hilary lächelte. »Wir werden sehen.« Sie machte kehrt und ging zu ihrem Wagen.

»Und erzählen Sie mir bloß nicht, dass Sie nicht gerade noch im Haus waren, denn dort stinkt es nach Ihnen«, rief Nina ihr hinterher und schäumte innerlich bei dem Gedanken, dass diese Frau in ihrem Heim gewesen war und sich zweifellos über die von ihr und Moira geleistete Arbeit lustig gemacht hatte. »Wie sind Sie da reingekommen? Das ist Hausfriedensbruch. Ich könnte Sie einsperren lassen.«

Hilary blieb stehen und drehte sich dann zu Nina um. »Ich denke, Sie vergessen, wer ich bin«, gab sie zurück und verschränkte die Arme vor der Brust. »Und natürlich werden Sie mir das Anwesen verkaufen. Der Gedanke, dass jemand wie Sie ein Anwesen wie dieses hier unterhalten könnte, ist einfach lächerlich. Sie sind das Gespött der ganzen Gegend. Nicht mal Ihr verdammter Hund ist hier zurechtgekommen.«

»Sie Miststück«, brachte Nina heraus. Die Wut schnürte ihr die Kehle zu. »Sie sind ein noch größeres Monster, als ich dachte.«

Hilary trat einen Schritt zurück, und Nina fuhr mit eisiger Stimme fort: »Aber bevor Sie abhauen, können Sie mir noch erzählen, was Sie über Dad wissen. Und speisen Sie mich jetzt bloß nicht ab wie auf der Party. Ich weiß, dass er hier war. Sie *haben* ihn auf dem Highway in Ihren Wagen einsteigen lassen, oder?«

Nachdem Hilary Nina lange betrachtet hatte, sagte sie: »Und wenn ich es getan habe?« Ihr Gesichtsausdruck war hart, und ihre Blicke gingen ins Leere. »Ich wusste, dass es nur eine Frage der Zeit war, bis das mit Ihrer Mutter auseinanderging. Und er wusste, ich würde hier sein und ihn auffangen, wenn das passiert.«

»Blödsinn!«

»Er behauptete, dass er weiß, wo das Gold sei. Larkins Goldklumpen. Es war die Chance für ihn, von Ihnen und Ihrer Mutter wegzukommen. Er sagte, ihr würdet ihn kaputtmachen und alle seine künstlerischen Ambitionen ersticken. Und dass ich die Einzige sei, die ihn je verstanden habe.«

»Sie lügen«, erwiderte Nina. Doch sie war hin- und hergerissen. Als Erwachsene wusste sie, dass dies Wahnsinn war, das Ergebnis von Hilarys Fixierung. Aber das Kind Nina hatte das Gefühl, zusammenzubrechen und ins Leere zu stürzen. *Er ging zu ihr … er ging zu ihr.* Sie ließ die Schultern hängen, als eine Welle der Verzweiflung über sie hinwegrollte.

Aber Hilary war noch nicht fertig.

»Ich setzte ihn am Tor ab, und das war das letzte Mal,

dass ich ihn sah, nicht dass …«, Hilary verscheuchte eine Fliege, »Sie das etwas anginge.«

Nina schüttelte verwundert den Kopf. Das war doch unglaublich! »Erlauben Sie mal, er war mein Vater. Natürlich geht es mich etwas an.«

Hilary lachte und zog die Autoschlüssel aus ihrer Tasche. »Nun beruhigen Sie sich doch. Wenn ich es recht bedenke, haben Sie mehr als nur ein bisschen was von Julia an sich. Auch sie hat sich immer in die Angelegenheiten anderer Leute eingemischt. Hat Jim wahnsinnig gemacht.« Hilary drängte sich an Nina vorbei und ging auf ihren Wagen zu.

»Nicht so schnell«, hielt Nina sie zurück. »Antworten Sie mir! Was geschah, als Sie Dad sahen? Und was hatten Sie auf The Springs zu schaffen?«

»Dieselbe Frage könnte ich auch Ihnen stellen«, entgegnete Hilary und öffnete die Wagentür.

»Wissen Sie was?«, sagte Nina und sah sie voller Abscheu an. »Selbst wenn Sie die Einzige wären, würde ich es Ihnen nicht verkaufen.«

»Nun, das werden wir ja sehen.« Hilary stieg ein und lehnte sich aus dem Fenster, während sie den Motor startete. »Das Leben hier draußen ist nicht einfach. Man muss sich auskennen und das Land lieben so wie ich. Dafür sind Sie nicht gemacht. Ihr Vater liebte dieses Land hier, und er liebte mich. Er hätte gewollt, dass ich es bekomme.«

Nun konnte Nina die Wut, die sie im Bauch hatte, nicht mehr kontrollieren. »Halten Sie doch den Mund«, sagte sie mit schneidender Stimme. Und ehe sie wusste, was sie tat, hatte sie bereits ihre Hand durchs Fenster geschoben, den Motor ausgeschaltet und die Autoschlüssel abgezogen.

»Geben Sie die zurück«, zischte Hilary und stieg aus.

»Nein. Und reden Sie nicht so über meinen Vater.« Nervös, aber triumphierend wich Nina zurück.

»Machen Sie sich doch nicht lächerlich«, sagte Hilary und haschte vergeblich nach den Autoschlüsseln, die Nina in die Höhe hielt. »Ich kannte Ihren Vater besser als jeder andere. Sie kannten ihn doch kaum, wenn Sie ehrlich sind. Kehren Sie in die Stadt zurück, da gehören Sie nämlich hin. Lassen Sie um Gottes willen die Hände von diesem Land hier. Und jetzt geben Sie mir schon die Schlüssel.«

»Nein. Nicht, bevor Sie mir erzählt haben, was geschah, als Sie Dad sahen«, beharrte Nina. »Was verbergen Sie vor mir?«

»Mein Gott. Sie sind so langweilig, Nina. Jim hasste langweilige Menschen. Nun geben Sie mir schon die Schlüssel.«

»Ja, fahren Sie nach Hause, Hilary. Gehen Sie zu der armen Deborah. Gott sei Dank war meine Mutter kein Monster wie Sie«, gab Nina zitternd zurück. »Mir tut Deborah leid, wirklich leid. Jeder sieht, dass Sie ihr peinlich sind. Sie sind eine Lachnummer.«

Sobald sie diese Worte ausgesprochen hatte, wusste Nina, dass sie zu weit gegangen war.

Sie sah das Aufblitzen eines Diamantrings, und gleich darauf brannte ihr Gesicht.

»Nehmen Sie das zurück!«, schrie Hilary.

Nina taumelte erschrocken. »Sie schlagen mich? Im Ernst? Verpiss dich, du blöde Kuh!«, schrie sie und drückte eine Hand an ihre brennende Wange. Und dann schlug Hilary erneut zu. Und binnen Sekunden lag Nina mit dem Gesicht auf dem Boden, Mund und Augen voller Staub.

»Gehen Sie runter von mir«, stieß sie hervor. Hilary, die schwerer und aggressiver war, saß breitbeinig auf ihr und drückte Ninas Kopf auf den Boden, als hätte sie das auf der Straße gelernt.

»Nicht, bevor du das zurückgenommen hast«, kreischte Hilary, die Nina regelrecht die Luft abschnürte.

Nina atmete Staub ein. Ihre Augen tränten. Irgendwie gelang es ihr, hinter sich zu greifen und eine Strähne des blonden Haares zu packen, und sie zog so fest daran, wie sie nur konnte.

Hilary schrie auf, als sie von Ninas Rücken rollte und der Länge nach vor dem Brunnen liegen blieb. Doch in Sekundenschnelle war sie wieder auf den Beinen und holte aus, aber diesmal war Nina gewappnet. Sie schubste Hilary, so dass diese zurücktaumelte. Nina ließ sich auf die Knie fallen, wischte sich die tränenden Augen und merkte, dass sie ein Büschel Haare in der Hand hielt.

»Du hast es so gewollt«, knurrte Hilary, die sich wieder aufgerappelt hatte und mit erhobener Hand über ihr aufragte.

Nina stellte sich auf den Schmerz ein.

Schweigen. Sie öffnete die Augen.

Hilary stand schwankend vor ihr. Ihre Haare hatten sich gelöst, ihre Kleider waren zerrissen und dreckig. Nina glaubte, Blut auf ihrem Gesicht zu sehen, aber es war nur der verschmierte rote Lippenstift. Hilary schaute sie aufgewühlt an.

Nina hob rasch die Autoschlüssel vom Boden auf und warf sie Hilary zu. »Verschwinden Sie von meinem Grundstück.« Sie sagte dies mit stillem Nachdruck, der ihre Gegnerin einzuschüchtern schien.

»Ich habe diesen Ort hier mein Leben lang gekannt«, flüsterte Hilary. »Und ich habe jedes Recht, hier zu sein.«

»Gehen Sie einfach, Hilary.«

»Gut. Aber Sie ... Sie halten sich von meiner Tochter fern. Und von Heath. Ich weiß, was Sie vorhaben, auch wenn Deborah das nicht weiß.«

»Nun seien Sie nicht albern. Die Einzige, von der ich mich fernhalten werde, sind Sie«, schluchzte Nina, als das, was gerade passiert war, über sie hereinbrach.

Hilary strich sich das Haar zurück und stieg in ihren Wagen. Sie startete den Motor und lehnte sich noch mal aus dem Fenster.

»Eins verspreche ich Ihnen. Sie werden es bereuen«, sagte sie. Dann gab sie Gas und verschwand in einer Staubwolke.

Mit Herzklopfen und brennenden Augen setzte Nina sich auf den Brunnenrand. Die Magnolie wiegte sich raschelnd im Wind. Nur die Fußabdrücke vor ihr im Staub und das niedergedrückte trockene Gras waren Zeugen dieser Szene, die umso unverständlicher wurde, je länger Nina versuchte, einen Sinn darin zu erkennen. Was auch immer der Grund sein mochte – Geld, Grund und Boden, Jim –, diese Frau hasste sie wirklich, und zum ersten Mal empfand Nina Angst.

Hilary fluchte, als auf der Straße nach Paramour ein leichter Kieselschauer gegen die Windschutzscheibe prasselte. Es war fast dunkel, und sie wusste, dass es hier Kängurus gab. Sie sollte wirklich langsamer fahren. Dieses verdammte Mädchen machte sie so wütend. Hoffentlich konnte sie ihre Haare und Kleider richten und in die Stadt zurückfahren, bevor jemand sie zu Gesicht bekam. Sie wusste, dass sie ein erschreckender Anblick war. Aber sie hatte ausgeteilt, so gut sie konnte. Und dabei ihren Standpunkt behauptet. Nun konnte Nina sich keinen Illusionen mehr hingeben, was mit Durham House passieren würde, oder daran festhalten, dass Jim echte Gefühle für Julia, diese alte Schachtel, gehabt haben könnte.

Mit einem Seufzer verlangsamte Hilary das Tempo, als sie in ihre Einfahrt einbog.

Als sie Jim das letzte Mal gesehen hatte, geschah dies zufällig, als er auf der Straße nach The Springs als Anhalter unterwegs war …

Anfangs dachte sie, sie hätte eine Erscheinung. Seit ihrer Rückkehr nach Wandalla hatte ihr Herz jedes Mal, wenn sie glaubte, seine vertraute Gestalt zu sehen, einen Freudensprung gemacht, doch nur um gleich darauf ernüchtert feststellen zu müssen, dass es jemand anderer war. Aber diesmal war er es wirklich. Er war es, der dort an der Straße stand, als wäre es das Natürlichste auf der Welt. Sie hatte am Straßenrand angehalten, und er stieg in den Wagen. War nur Zentimeter von ihr entfernt. Ihr Gesicht brannte bei der Erinnerung daran, wie sie sich plötzlich verlegen der kleinen Sammlung von My-Little-Pony-Spielsachen bewusst wurde, die im Fußraum verstreut lagen, und hoffte, dass er sie nicht entdeckt hatte. In diesen zehn Jahren war eine Menge passiert. Aber er sollte in ihr noch immer das junge Mädchen sehen, das er am Brunnen gemalt hatte.

»Ich habe alles herausgefunden, Hils. Ich weiß jetzt, wo Barkins Gold ist!« Er lachte, und sein Gesicht strahlte vor Begeisterung.

Anfangs verstand sie nicht, was er meinte.

»Was willst du damit sagen, Jim? Warum bist du hier, was willst du …?«

»Scht«, sagte er mit diesem unschlagbaren Lächeln. »Keine Fragen. Ich kann ein neues Leben beginnen. Mensch, ist das ein phantastisches Gefühl. Die Straße ist voll von … weißt du überhaupt, dass dieses Leben voller Möglichkeiten ist? Und Julia und Nina werden jetzt Gott sei Dank ohne mich gut zurechtkommen. Vielleicht sogar besser.«

»Ein neues Leben?«, hatte Hilary nachgehakt, und ihr ganzer Körper füllte sich mit Hoffnung. »Du meinst uns? Wir beide zusammen? Ist das der Grund, weshalb du hier bist?« Ihre Augen füllten sich mit Tränen. »Ja, lass los, Jim. Nur noch wir beide.« Sie lachte. »Wir könnten überall hin – Thailand, New York, Europa.«

Und dann war es vorbei. Er sah sie derart verblüfft an, dass sie sich wünschte, nichts gesagt zu haben.

»Nein, nein. Du verstehst es nicht«, erwiderte er und packte sie an der Schulter. »Es geht um mich und Harrison. Es ging immer um uns beide. Das wusstest du doch sicherlich?«

Hilary erinnerte sich, dass sie einen Filmriss hatte, als Jim gar nicht mehr aufhörte, von einer Galerie, der Küste, Harrison, dem Geld zu erzählen. Aber die Bilder wollten nicht verschwinden, so sehr sie sich auch bemühte, sie loszuwerden. Die beiden Männer, die nackt miteinander plantschten. Die Art und Weise, wie sie einander berührten. Die vielen Male am Brunnen.

Was war sie doch für eine Närrin gewesen!

Deborah hatte das Esszimmer von Paramour immer schön gefunden. Nur schade, dass seine Ausstattung fast ausschließlich weiß war. Stoffbahnen erdrückten die hohen Fenster, und geschwungene weiße Sessel standen an den Wänden. Als kleines Mädchen fand sie, dass es an einen Märchenpalast erinnerte. Aber schon bald entdeckte sie, dass der Preis, den man dafür zahlte, viel zu hoch war. Denn man konnte die Vorhänge weder öffnen noch schließen, ohne Gefahr zu laufen, den Stoff schmutzig zu machen.

Heath fühlte sich hier immer unwohl. Deborah hätte den Tisch gern auf der Veranda gedeckt, aber es wehte ein heißer Westwind. Und den hasste sie. Er wirbelte den Staub auf und ließ die Pferde nervös werden. Da blieb man besser in klimatisierten kühlen Räumen.

Heath versuchte, sein Verhalten der letzten Tage wiedergutzumachen, das sah sie ihm an, als er den Raum betrat. Er trug ein frisches blaues Hemd, die Haare waren noch feucht von der Dusche. Als wäre er gerade einem Film entstiegen, dachte sie zum hundertsten Mal, als sie sein gebräuntes Gesicht bewunderte. Die weiße Narbe an seinem Hals hatte bei ihr immer einen Schutzinstinkt ausgelöst, weshalb sie ihm auch mehr durchgehen ließ, als sie sollte. Aber sie war dankbar für die geflochtenen Longierzügel, die er ihr geschenkt hatte. Er hatte sogar gemeint, es täte ihm leid, dass er in letzter Zeit, wie er es nannte, ein wenig »abwesend« gewesen sei.

Wenigstens hatte sie diesmal das Essen nicht anbrennen lassen. Die Steaks waren zart, und sein geliebter Applecrumble stand im Ofen.

»Du hast gut gekocht, Deb.«

Sie lächelte. »Und wie kommst du mit der Einschätzung

der Finanzen für Kurrabar voran?«, fragte sie, entschlossen, die Kluft zwischen ihnen zu überbrücken.

»Wie bitte?«

»Woran du heute gearbeitet hast?«

»Oh! Es geht vermutlich so weiter«, antwortete er.

»Dann denkst du also nicht daran, Baumwolle und Zitrusfrüchte anzubauen?«

Heath sah sie verwundert an. »Nicht schon wieder. Das weißt du doch. Und du weißt auch, was Ben und ich von Pflanzungen halten, die nicht nachhaltig sind. Wir können uns die Bewässerung ja jetzt schon kaum leisten. Und im nächsten Jahr wird es noch schlimmer werden.«

Sie schüttelte den Kopf. »Wir leben nicht mehr um 1880. Keiner zahlt mehr für Wolle und Rindfleisch. Sie wollen Baumwolle, Pflanzen, die Geld bringen. Hättest du vor Jahren bereits Zitrusfrüchte und Wein angebaut, wärst du in einer viel besseren Verhandlungsposition. Du musst Kurrabar als Wirtschaftsunternehmen begreifen. Wie Mum das tut«, sagte sie.

Diesen Streit führten sie ständig, aber für gewöhnlich einigten sie sich darauf, unterschiedlicher Meinung zu sein. Deborah wusste selbst nicht, warum sie darauf herumritt. »Dir ist klar, dass wir eine Lösung finden müssen, wenn Mutter The Springs erwirbt. Die Bewirtschaftung eines so großen Anwesens wird für uns alle ein großer Schritt sein.«

»Hilary wird Kurrabar nicht in die Finger kriegen, Deb. Da haben ich und Ben das Sagen.«

Heath schnitt sein Steak, und Deborah konnte sehen, wie die Röte über seinen Hals hochwanderte.

»Und ich, Heath. Es wird auch mir gehören«, fügte sie bedächtig hinzu.

Heath starrte auf die Kartoffeln. Er griff nach der Fertigsauce und spritzte sie sich auf die Lache, die ohnehin schon auf seinem Teller war. »Wir werden das Beste daraus machen, Deb. Aber ich werde mein Land nicht ausbeuten, egal, was deine Mutter auch sagt.«

Er spießte eine weitere Kartoffel auf.

Schweigen. Und Deborah spürte, wie ihr Ärger zurückkam.

So viel also zu Teamwork. Sie war keine Außenseiterin, die Einwände erhob. Sie würde bald Heath' Frau sein. Sie sollte also in der Lage sein, mit ihm partnerschaftliche Entscheidungen über sein kostbares Kurrabar zu treffen.

Und was Hilary betraf, er kapierte es einfach nicht. Ja, ihre Mutter konnte schwierig sein, aber vom Wirtschaften verstand sie was. Und sie hatte doch nur versucht zu helfen.

Heath war einfach ein Dickschädel.

Deborah nahm ihren Teller und Besteck und ging in die Küche.

Heath blieb sitzen und aß weiter. Er hörte, wie Deborah den Teller in die Spüle knallte.

»Du bist nicht der Einzige, der Mutters Pläne durchkreuzt«, rief Deborah aus der Küche. »Matty meinte, Nina sei zurück und wieder bei Harrison gewesen. Es scheint um den Verkauf von The Springs zu gehen.«

Heath erstarrte. Nina war zurück? Er brauchte Zeit zum Nachdenken.

»Du musst dich um dein Gestüt kümmern, Deb. Überlass doch die Einigung über den Rest mir und Hilary.«

»Mum wird so was von unleidlich werden, wenn sie The Springs nicht bekommt, Heath. Warum gehst du nicht zu Nina und sprichst mit ihr? Wenn ihr beide gemeinsam das

Vieh zusammentreibt, kannst du ihr doch auf den Zahn fühlen. Vielleicht kann sie ja auch wieder diesen Hauch von Nichts zu unserem Fest tragen?«

Heath hörte, dass sie schlucken musste. Er eilte in die Küche und sah, dass sie versuchte, die Tränen zurückzuhalten, während sie das Geschirr stapelte. Wie hatte er sie nur so verletzen können? Er küsste sie auf den Nacken und schlang die Arme um sie. Dann schauten sie beide aus dem Fenster.

»Weißt du noch, wann ich das für dich gemacht habe?«, fragte er.

»Mmm.«

In der Mitte des Gartens schimmerte zwischen den Rosenbüschen die Sonnenuhr, ein Geburtstagsgeschenk für Deborah, an dem er zwei Monate lang gearbeitet hatte.

Der Sockel bestand aus Dutzenden hohler Kupferrohre mit zwei Zentimetern Durchmesser. Als er es jetzt betrachtete, musste er an verschlungene Wurzeln, Ranken oder vielleicht ein Schlangennest denken. Einen knappen Meter über dem Boden hielten sie eine Sonnenuhr, die sich aus ähnlichen Formen zusammensetzte. Feine Linien neben dem Zifferblatt, beschriftet mit winzigen Buchstaben, gaben an, wohin jede von ihnen führte.

Wladiwostok: 8779 Kilometer
Wasserloch: 8,4 Kilometer
Horizont: 6,5 Kilometer
Giraffenhütte, Dubbo: 410 Kilometer

All diese Punkte waren für sie beide von Bedeutung. Die Giraffenhütte im Western-Plains-Zoo war der Ort, wo sie während eines Ausflugs zum ersten Mal miteinander geschlafen hatten. Er hatte die Geräusche der Wildtiere und afrikanischen Wildhunde noch im Ohr, die ihnen das Gefühl vermittelten, auf einer Safari in der Serengeti zu sein. Wladiwostok war der Ort, an den er sie, wie er ihr immer scherzhaft drohte, entführen würde, um sie von ihrer Mutter wegzubringen. Heath erinnerte sich daran, dass Hilary sich geweigert hatte, die Sonnenuhr auf Paramour aufzustellen, aus Verachtung für alles »Selbstgemachte«. Und als er jetzt hinausschaute, fiel ihm auf, dass sie die Rosenbüsche so unglaublich dicht daran gepflanzt hatte, dass sie irgendwann unsichtbar werden würde, begraben unter ihren Ranken.

»Wir werden eine Lösung finden, Deb, das tun wir doch immer«, murmelte er und liebkoste ihr Ohr. »Eigentlich wollen wir beide doch dasselbe.«

Er schob seine Hände nach vorn, um ihre Brüste zu streicheln. »Nun komm, lass die blöden Teller, ich weiß, was wir zum Nachtisch wollen!«

Kichernd schaltete sie den Backofen aus.

Ja, überlegte Heath, als sie Hand in Hand nach oben gingen. Es würde anders werden, wenn sie aus diesem Mausoleum herauskam und mit ihm auf Kurrabar lebte. Dort hatten sie es gemütlich und bequem. Im April. Schon so bald.

Kapitel 15

Hey, Neens!« Eine Autohupe ertönte zweimal. »Neeena!«

Wer mochte das sein? Nina wollte niemanden sehen. Die Konfrontation vom Vortag mit Hilary hatte ihr alle Kraft geraubt. Sie stemmte sich vom Küchenstuhl hoch, auf dem sie benommen gesessen hatte, und ging hinaus auf die Veranda. Ben ließ den Lieferwagen im Leerlauf und den Arm aus dem Fenster baumeln.

»Was ist denn los mit dir, hey?«, rief er und schaltete den Motor aus.

Nina konnte sein Lächeln nicht erwidern, doch um ihm das Aussteigen zu ersparen, ging sie zur Beifahrerseite und setzte sich neben ihn.

»Wann wolltest du uns denn mit deiner Anwesenheit beglücken?«, wollte Ben wissen.

»Entschuldige. Ich wollte anrufen. Aber Hilary war gestern hier. Ich habe nicht viel geschlafen.«

Ben zog die Stirn in Falten. »Und was wollte sie?«

Nina spürte, dass sie die Tränen nicht lange würde zurückhalten können. Sie war machtlos dagegen. Sie hielt sich die Hände vors Gesicht und seufzte. Wie schrecklich für Ben, denn sie wusste, dass Männer es nicht ausstehen konnten, Frauen weinen zu sehen. Theo wurde jedes Mal wütend und verließ das Haus, sobald die erste Träne floss.

»Hey. Hey. Ist ja gut. Mach dir nichts draus. Denk nicht mehr dran.« Ben streckte den Arm aus und drückte sie. Nina spürte seine harten Muskeln an ihrer Wange. Mit einer Hand streichelte er ihren Hinterkopf, und die andere hielt ihre Schulter. Ihr Gesicht war in seinem weichen Khakihemd vergraben, das nach Seife und Staub roch.

Nina ließ sich einfach gehen. Ben würde es nichts ausmachen, wenn sie in sein Hemd weinte.

»Hilary Flint ist ein hochgradiges, hundertprozentiges Miststück. Das größte Miststück hier in der Western Division. Keiner nimmt sie mehr ernst.« Ben tätschelte nun Ninas Schulter. Als ihr Schluchzen verebbte, sagte er: »Ich bin froh, dass du zurück bist. Ich dachte mir, dass du vielleicht bei uns das Internet benutzen möchtest.«

Nina löste sich von ihm. Sie war so dankbar, dass Ben keine Fragen stellte. Ihre Freundinnen zu Hause hätten sofort die ganze Geschichte erfahren wollen, nicht aber Ben. Oder war das bei Männern allgemein so? Er holte eine Schachtel Papiertaschentücher aus dem Handschuhfach und stellte sie auf Ninas Schoß. Dann sah er ihr zu, wie sie sich schnäuzte.

»Heath ist wieder unterwegs und spielt Cowboy mit der Herde, wie er das in den vergangenen Monaten jeden Tag getan hat«, erzählte Ben. »Er liebt diese Senepol-Rinder mehr als mich.« Er lächelte. »Wir haben zu Hause drei Kälber. Die sollte ich jetzt füttern. Willst du mitkommen?«

Nina zögerte. Sie hatte Heath seit jenem letzten Tag mit Bach nicht mehr gesehen.

»Er kommt in letzter Zeit nie vor Sonnenuntergang nach Hause«, sagte Ben.

Nina nickte und atmete aus. »Danke.«

»Keine Ursache, Neens. Hilary muss besiegt werden, keine Angst!«

Als sie eine Stunde später auf Kurrabar beim Füttern der Kälber half, heiterte ihre Miene sich merklich auf. Die Kleinen schubsten einander mit aller Kraft und stießen mit den Köpfen gegen den Sauger der Flasche, damit die Milch schneller lief. Sie lachte, als die süße Flüssigkeit auf ihre Shorts spritzte.

»Tee ist fertig!« Ben kam mit zwei dampfenden Bechern, die er auf einem Tablett auf seinem Schoß transportierte, aus der Tür. Er rollte in den Schatten der Hintertreppe neben einen kleinen Metallbullen, der breit genug war, um darauf Platz zu nehmen.

»Sitting Bull.« Ben bedeutete Nina, sich zu setzen.

»Das Werk deines Bruders?«, fragte sie, als sie es sich auf dem Lederpolster des Bullen bequem machte.

Er nickte. »Es ist eine Erinnerung an die alten Hufeisen von Saracen. Er hasst es, wenn etwas vergeudet wird.«

»Oh, verstehe«, sagte Nina.

Sie tranken ihren Tee und beobachteten die lautlos grasenden Rinder. Schwarze Kakadus glitten langsam vorbei, unterwegs zu ihren Plätzen weiter oben am Fluss. Am Ufer stand wie erstarrt ein Reiher. Selbst die Vögel sind hier langsam, dachte Nina. Sie blies in ihren Becher und genoss den zarten Duft des Heus. Wie überall hatte man auch auf Kurrabar seit ihrem letzten Besuch hier das Unterholz abgefackelt. Jetzt konnte sie sehen, wie es während einer Dürre aussehen würde – da kam es ihrer wüstenhaften Vorstellung vom Outback schon näher.

»Was mit Bach passiert ist, tut mir leid«, erklärte Ben.

»Ja, ich weiß. Dein Bruder hielt ihn zwar für nutzlos, aber ich vermisse ihn sehr«, erwiderte sie, und wieder brannten ihr Tränen in den Augen.

»Weißt du, Nina, ein Tier zu verlieren, an dem man hing, ist immer wie ein Tritt in die Magengrube. Aber Heath hatte keine andere Wahl. Als wir noch ganz klein waren, haben wir dasselbe erlebt. Wir waren zu Fuß mit Dingo, unserem Kelpie, weit von zu Hause unterwegs. Eine Braunschlange hat ihn erwischt. Wir mussten ihn zurückbringen, aber es dauerte zu lange. Er litt ganz fürchterlich, bekam keine Luft mehr, konnte sich nicht mehr bewegen. Er quälte sich eine Ewigkeit, bevor er endlich zu atmen aufhörte. Er war viel größer als der kleine Bach, und wir hatten kein Gewehr.«

In Ninas Brust löste sich etwas, etwas Schweres, wie ein Gewicht, das sie belastet hatte. Sie wusste, dass er recht hatte. Es erklärte alles, aber es war leichter gewesen, es Heath zu verübeln, als einen weiteren Verlust hinzunehmen. Davon gab es einfach zu viele.

Nina seufzte.

Ben schlürfte seinen Tee. Für jemand, der immer zu Scherzen aufgelegt war, war seine Fähigkeit, taktvoll zu schweigen, bemerkenswert. Princess ließ sich zu seinen Füßen nieder.

Als Nina sich vorbeugte, um die Ohren des Bordercollies zu kraulen, spürte sie, wie das Medaillon unter ihrem T-Shirt verrutschte. Ein weiteres Geheimnis. Wollte sie es wirklich wissen? Nach der gestrigen Szene mit Harrison war sie sich dessen nicht mehr so sicher. Manchmal war ein gelüftetes Geheimnis eine andere Art von Verlust.

Sie strich mit dem Daumen über das warme Gold des Medaillons. Etwas Schöneres besaß sie nicht. Sie öffnete es, wie sie das schon so oft getan hatte, und studierte die Gravur.

»Das berüchtigte Medaillon, oder?«, fragte Ben.

Sie streifte sich die massive Kette über den Kopf und reichte sie ihm. »Was sagst du dazu?«

»Das ist schon seltsam. Warum hat man die Gravur innen angebracht? Für gewöhnlich ist die doch außen.« Ben beugte sich darüber.

»Nun, es soll eine kodierte Botschaft an uns unbedeutendere Larkins sein. Zu verdanken haben wir es dem alten Barkin'. Angeblich ist es ein Hinweis darauf, wo der Goldklumpen zu finden ist, der irgendwo auf unserem Grund und Boden versteckt wurde.«

»Ich habe diese alte Geschichte immer geliebt. Glaubst du denn, dass da was dran ist?«, hakte Ben interessiert nach.

»Mum sagte immer, es sei Unsinn. Aber wie ich erfahren habe, scheint Dad geglaubt zu haben, dass er den Kode geknackt hatte«, erwiderte Nina.

»Tatsächlich? Diese parallelen Wellenlinien bedeuten auf den Bildern der Aborigines Wasser. Es muss also was … mit Wasser zu tun haben.«

»Ach, was du nicht sagst?« Nina hob die Augenbrauen.

Ben fiel ihr Sarkasmus gar nicht auf. »Aber dieses andere Ding, das sieht aus wie ein verrückter Totenschädel. Den kenne ich von irgendwoher. Wir können ihn googeln oder in den alten Anthropologiebüchern nachschauen, die wir haufenweise im Büro stehen haben. Ich wette, es ist ein Aboriginetotem oder so was in der Art.«

Und bevor Nina ihren Tee austrinken konnte, rollte ihr Ben schon voraus.

Gleich darauf stapelten sich die Bücher auf dem Schreibtisch im Büro, aber sie waren der Entzifferung der Gravur nicht näher gekommen.

»Also, wenn es eine Schatzkarte ist«, meinte Ben, »dann irgendwo in der Nähe von Wasser – das sind die Wellenlinien, und diese Form hier lokalisiert die Stelle. Es könnte natürlich auch ein Wasserloch sein. Die Kooris haben denen, die dauerhaft Wasser führten, Namen gegeben …«

»Was macht ihr zwei da?« Heath' Stimme ließ die beiden zusammenfahren.

»Hey, was ist los?«, sagte Ben. »Du hast uns erschreckt. Du bist heute aber früh zurück.«

Ninas Herzschlag setzte aus, und ihr Mund wurde trocken. Es dauerte einen Moment, bis sie sich wieder gefangen hatte.

»Was führt ihr beiden da im Schilde?« Heath nickte Nina zu. »Sucht ihr nach was?«

Ben und Nina tauschten einen Blick.

»Äh … Totems der Aborigines«, erklärte Nina.

»Aha!« Heath machte auf dem Absatz kehrt und ging wieder.

Nina sah ihm hinterher. Dann stand sie unwillkürlich auf und folgte ihm. Auf dem Flur holte sie ihn ein. »Heath, ich …« Sie fühlte sich unsicher. »Tut mir leid, dass ich keine Gelegenheit mehr hatte, mich zu verabschieden, nachdem …«

»Keine Sorge«, gab Heath ruhig zurück.

»Du hast getan, was du tun musstest.«

Heath sah sie an. »Ja, danke.«

»Ben und ich haben versucht, herauszufinden, was diese Gravur in meinem Medaillon bedeutet. Hast du vielleicht eine Idee?«

Nina zog das von ihrem Körper noch warme Medaillon

über den Kopf und hielt es Heath hin. Er nahm es ihr aus der Hand und streifte dabei ihre Finger.

»Komm mit ins Wohnzimmer«, bat er. »Hier ist es zu dunkel.«

Nina folgte ihm gehorsam. In dem größeren, helleren Raum ging er näher zum Fenster und rieb mit dem Daumen über das Medaillon, bevor er es öffnete.

»Ha! Das ist der Goat Rock«, sagte er. »Was hat der denn da drin zu suchen?«

»Was ist der Goat Rock?«

»Ein Ort, an dem wir als Kinder immer schwimmen waren.« Heath warf ihr einen Blick zu. »Am Wasserloch. Erinnerst du dich?«

Er trat an den Kaminsims und nahm ein gerahmtes Foto herunter. Heath und Ben in Badehose ließen vor der Kamera ihre Muskeln spielen. Heath zeigte nun auf einen Felsen im Hintergrund.

»Aber der sieht doch gar nicht aus wie eine Ziege.«

»Falscher Blickwinkel. Vom Wasserloch aus schon. Wir nannten ihn jedenfalls Ziegenfels.«

»Dann ist es also ein realer Ort«, sagte Nina mit Herzklopfen. »Dorthin muss Dad gegangen sein. Ich muss auch dorthin.«

Ben kam aufgeregt in den Raum gerollt. »Goat Rock? Mensch, was bin ich für ein Idiot. Mir kam es gleich so bekannt vor. Lass mich noch mal einen Blick drauf werfen.« Er nahm Heath das Medaillon ab. »Natürlich! Ich war zu sehr darauf fixiert, eine Landkarte oder etwas Exotisches zu entdecken«, sagte er. »Weißt du, was das bedeutet, Heath? Gold. Du wirst reich sein, Nina.«

»Was, diese öde alte Geschichte? Ein sinnloses Unterfangen«, spottete Heath. »Hast du Lobby wegen des Absaugschlauchs für die Pumpe angerufen?«

»Ich schicke ihm eine SMS. Hör zu, Heath, diese Gravur muss die Karte für den Ort sein, wo der alte Barkin' seinen Goldklumpen versteckt hat. Wir müssen da hin und es überprüfen.«

»Ben, beruhige dich«, bat Heath und sah Nina an.

»Das ist wirklich ganz schön verrückt«, gab sie nachdenklich zu. »Ich habe gerade erfahren, dass Russell, nachdem Dad verschwunden war, seine Sachen gefunden hat, darunter auch seine Kleider, und zwar eingeklemmt in einem Baum am Wasserloch. Russell hat es nie jemandem erzählt. Dad muss auf der Jagd nach dem Goldklumpen dort gewesen sein.«

Heath blickte sie verdutzt an. »Moment mal. Setz dich kurz hin.« Er zeigte auf das Sofa. »Irgendwas muss ich jetzt nicht mitbekommen haben.«

Nina setzte sich. »Es ist so viel passiert«, sagte sie. Sie erzählte ihnen die ganze Geschichte von der Brieftasche ihres Vaters und Russells Tagebuch und dass Hilary ihren Vater gesehen hatte, nachdem er verschwunden war. Den Inhalt von Jims Brief jedoch behielt sie für sich.

»O Mann!« Heath setzte sich neben sie aufs Sofa. »Und was hat das deiner Meinung nach alles zu bedeuten?«

»Bis jetzt war der einzige Anhaltspunkt, den wir hatten, die Nachricht, die er uns hinterlassen hat. In der hat er geschrieben, er gehe für ein paar Wochen weg, um ›Dinge zu klären‹. Und dass er zurückkommen werde.«

»Hast du eine Ahnung, was passiert sein könnte?«, fragte Ben.

Nina schüttelte den Kopf. »Keine Ahnung. Die Polizei

meinte, sie habe alles getan, was möglich war, aber nichts finden können. Damals schwor Russell, er habe ihn nie gesehen. Er ist nie in einer Leichenhalle oder in einem Krankenhaus oder einem Gefängnis aufgetaucht. Er hätte aber auch in Darwin, in Indonesien, in Lightning Ridge landen können – an jedem Ort, wo Menschen gerne untertauchen.«

»Das ist hart«, meinte Heath.

Sie schwiegen.

»Aber wenn«, Nina holte tief Luft, »diese Gravur in meinem Medaillon der Goat Rock ist, wie ihr glaubt, dann … dann weiß ich nicht, was ich davon halten soll. Aber ich muss dorthin.«

»Nein, Neens, zum Wasserloch müssen wir gemeinsam gehen. Nun komm schon, Heath. Du auch«, bedrängte ihn Ben.

»Also ich muss die Herde auf die Zehnerkoppel bringen«, erwiderte Heath. »Der Bodentank dort ist voll und … und …« Er sah Nina an.

»Heath! Na los«, sagte Ben entnervt. »Du musst mitkommen. Ich kann da mit meinen Krücken nicht hoch, aber du und Nina, ihr könnt es. Nina hat schon viel zu lange darauf warten müssen. Nun komm doch mit, um das zu überprüfen. Ich helfe dir dann morgen dabei, die Rinder in die andere Koppel zu treiben.«

»Ich weiß nicht«, gab Heath zurück.

Ben schaute Nina an.

Sie zuckte mit den Schultern.

Er ließ nicht locker. »Nun mach schon, Heath. Das ist unsere Chance. Wie kannst du dich so einem Geheimnis verschließen? Ab morgen bist du dann wieder beschäftigt, da kommt Deborah von ihrem Line-Dancing zurück oder was immer sie sonst macht. Und dann geht's mit Volldampf auf die Hochzeit zu. Wir werden wochenlang keine Gelegenheit mehr haben.« Ben wartete.

Nina stand auf. »Ich danke euch beiden, aber kümmert euch nicht um mich. Ich finde meinen Weg schon allein.«

Heath fuhr sich mit der Hand durchs Haar. »Du wirst auf keinen Fall alleine dorthin gehen. Okay. Zwei Stunden.«

»Cool«, sagte Ben und lenkte seinen Rollstuhl in den Flur. »Gib mir eine Sekunde, bis ich etwas Werkzeug eingepackt habe, dann geht's los.«

Nina wandte sich an Heath. »Das wird aufregend.«

Er zögerte. »Ja, irgendwie schon.«

Ein Schatten legte sich auf sein Gesicht, und ihre Begeisterung ließ ein wenig nach. Wer wusste schon, was sie dort finden würden.

Nina saß in dem alten Lieferwagen zwischen den beiden Brüdern, als sie über eine staubige Straße holperten und wegen der Grasbüschel darauf hin und her geworfen wurden. Sie zog sich den Tupfenschal aus den Haaren und wischte sich damit übers Gesicht. Staub. Mein Gott war das heiß, und doch schien sie hier draußen nie zu schwitzen. Es war eine trockene Hitze.

»Keine Sorge. Schwimmen hat Vorrang«, meinte Ben grinsend. Sie war froh, dass sie vorher noch bei The Springs vorbeigefahren waren, und so hatte sie ihren Badeanzug und ein Handtuch dabei.

»Ich kann's kaum erwarten«, sagte sie, aber als sie schlingerten und sie gegen Heath geschleudert wurde, wurde sie still. Er lächelte ihr aufmunternd zu.

»Halt dich fest, jetzt geht's ab«, verkündete Ben.

Nina grinste und hielt sich am Armaturenbrett fest. »Huhu!«, rief sie, bemüht, sich seinem unbeschwerten Ton anzupassen.

Sie näherten sich dem Gebüsch, wo Bach sein Ende gefunden hatte. Nina erschauderte.

»Alles gut?«, erkundigte sich Ben.

»Ja doch. Mach dir um mich keine Sorgen.«

Heath brach das Schweigen, als sie an der Stelle vorbeikamen. »Weißt du, das hier ist ein guter, geschützter Platz fürs Kalben, aber es waren schon lange keine Zuchttiere mehr hier. Russell hat nur ein paar Stiere gehalten.«

»Wirklich schade, das ist ein gutes Fleckchen Erde«, warf Ben ein. »Hieraus könnte man wirklich was machen, weißt du, indem man es wieder seiner eigentlichen Bestimmung zuführt.«

Stiere, Kalben, Weideland. Nina war gerührt. Die Art, wie die Brüder als Team versucht hatten, sie von ihrer traurigen Erinnerung abzulenken, gefiel ihr.

»Schon möglich, aber ich kann das nicht«, erwiderte sie. »Ich kann es mir gerade mal leisten, drei Monate hier zu verbringen, um so viel wie möglich über Dad herauszufinden, und sobald ich dann einen Käufer gefunden habe, der nicht Hilary ist, bin ich weg von hier.« Sie sah den Blick, den Ben Heath zuwarf.

Heath starrte stur geradeaus. Sie bogen von der Straße in einen Pfad ein, an den Nina sich aus Kindertagen vage erinnerte. Sie erkannte auch die aufragenden roten Felsen und verkrüppelten einheimischen Kiefern wieder, in deren Schutz das Wasserloch lag. Vor vielen Jahren hatte sie hier mit ihren Eltern und den Blacketts gezeltet – hatte über dem Lagerfeuer Würstchen gebraten, war ins Wasser gesprungen, während die Erwachsenen auf Liegestühlen Bier tranken, als wären sie am Strand.

Heath stellte den Wagen im Schatten ab. Auf der anderen Seite des Schwimmteichs ragte ein von Felsgestein gekrönter Hügel auf. Direkt vor ihnen lag ein kleiner Strand mit grobkörnigem rotem Sand, der dann in glatte Felsen und Wasser in der Farbe von Milchkaffee überging.

Nina betrachtete die wenigen Eukalyptusbäume und fragte sich, in welchem ihr Vater wohl seine Habseligkeiten verstaut hatte.

»Erinnert ihr euch noch an das Weihnachtsfest, als wir hier gezeltet haben?«, fragte sie, um sich abzulenken. Mit der Kamera in der Hand kletterte sie hinter Heath aus dem Wagen. In ihren Kindheitserinnerungen wuchs hier weiches goldfarbenes Gras, und es gab blühende Büsche. Ein in der Ebene versteckter Geheimplatz. Jetzt sah es hier so anders aus – so trocken und unerbittlich. »Ich weiß noch, dass man sich in diesem Sand die Fußsohlen aufschürfte«, erinnerte sie sich. »Und dann gab's da ein Seil.«

»Da drüben, siehst du diesen Zweig direkt über dem Wasser.« Ben deutete darauf.

Tatsächlich, dort hing ein Knotenstrick.

»Du hast dich daran immer übers Wasser geschwungen und mit einer Arschbombe alle nassgespritzt«, sagte Nina voller Freude, dass die Bilder zurückkamen. Sie stellte das Objektiv ihrer Kamera ein, um den eleganten Schwung der Eukalyptusbäume vor dem Himmel einzufangen.

»Ja nun. Viele Arschbomben werde ich heute wohl nicht machen«, meinte er fröhlich, auf seine Krücken gestützt.

Nina bekam Gewissensbisse, als sie mitbekam, wie er

sich mit schwingenden Beinen geschickt dem Wasser näherte. Es war das erste Mal, dass sie sah, wie er sich ohne Rollstuhl bewegte. Moira hatte von einer »partiellen« Querschnittslähmung gesprochen. Seine Beine konnten ihn immer nur wenige Sekunden lang tragen.

»Nach dem Tee haben wir ein Lagerfeuer gemacht«, warf Heath ein, »und ihr hattet eine große Tüte Marshmallows dabei und hättet fast Russells Zelt abgefackelt.«

Hier draußen im Buschland schien Heath aufzutauen, fand Nina. Und als könnte er ihre Gedanken lesen, schaute er sie fragend an, also lächelte sie.

Rasch wandte er sich ab.

»Mmm …«, sagte sie.

»Vermutlich hat Russell heimlich Sherry mitgenommen und von Hilary geträumt.« Ben lachte.

»Was meint ihr, war da jemals was zwischen den beiden?«, fragte Nina und musste dabei an die Fotos und Russells verquaste Tagebucheintragungen denken.

»Nee, ›Dillary‹ hat ihn nur zappeln lassen. Und unser Heathy ist das nächste Opfer«, zog Ben ihn auf. »Ich wette mit dir um eine Flasche Bundaberg-Rum, dass sie dich unter ihrer Fuchtel hat, noch bevor du piep sagen kannst.«

»Halt den Mund oder ich werfe dich mitsamt deinen Kleidern rein, das schwör ich dir.« Heath schlug mit dem Handtuch nach ihm.

»Eine nette Art, mit seinem Bruder zu sprechen. Wenn Deb hier wäre, liefe das anders ab, Neens. Sie würde mir mit einem Taschentuch hinterherjagen, um mir die Nase abzuwischen, Heath anschmachten und laut darüber nachdenken, wann Mamilein endlich damit anfangen kann, Kurrabar völlig umzukrempeln.«

»Lass gut sein, Ben«, hielt Heath dagegen, und seine Miene verdunkelte sich.

»Es ist heiß. Lasst uns reingehen«, schlug Nina vor. Die Situation wurde langsam zu heiß, und das nicht nur im wörtlichen Sinn. Und doch musste sie Ben zulächeln, als Heath ihnen den Rücken zukehrte. Insgeheim genoss sie es, diese andere Seite der »perfekten« Deborah zu erfahren.

»Weißt du, deine Mum und dein Dad sind immer nackt reingegangen«, sagte Ben ausgelassen, als er sich die Stiefel auszog.

»Typisch. Sie waren echte Hippies.«

Nina zog ihr Oberteil aus und streifte ihre Shorts ab und stand dann in einem Badeanzug mit grellem Blumenmuster im Stil der Fünfziger da.

Heath zog sich bis auf seine ausgebleichte Turnhose aus und zeigte seine kräftigen, wohlgeformten Beine. Sie schielte verstohlen auf die schreckliche Brandnarbe, die sich wie geschmolzenes Wachs vom Hals bis hinunter zu seiner Brust zog. Er musste Qualen ausgestanden haben, als es passierte. Er sprintete zum Wasser und sprang mit einem Bauchklatscher hinein.

Bens muskulöse Brust und Arme standen in Kontrast zu seinen dünnen Beinen. Er schwang sich ins Wasser, warf seine Krücken geschickt ans Ufer und tauchte vorsichtig kurz unter.

Diese Jungs hatten beide ihre Narben, Narben, die sehr tief waren. Sie musste vorsichtig mit ihnen umgehen.

»Kommst du jetzt endlich rein, Neens?«, rief Ben, der wie ein Hund paddelte.

Nina streifte das Medaillon über ihren Kopf und legte es auf ihre Kleider.

Ben verfolgte, wie Nina auf Zehenspitzen über den glühend heißen Sand ins Wasser lief.

Sie kreischte. Unter der dünnen braunen, von der Sonne erwärmten Oberfläche war das Wasser eiskalt. Sie stieß sich ab und schwamm dann schnell los, um sich aufzuwärmen. Heath schwamm zurück und tauchte dann in ihre Richtung ab.

Bitte komm nicht hierher, dachte Nina. Zum Glück tauchte er wieder auf und stand mit ausgebreiteten Armen auf einem im Wasser liegenden Fels und kehrte das Gesicht der Sonne zu. Das Wasser perlte ihm über die breite Brust.

Es hatte sich so viel verändert seit ihren Kindertagen, als sie gemeinsam hier gewesen waren.

Bis sie The Springs erbte, war sie eigentlich noch immer das sorglose Mädchen gewesen, mit dem sie früher gespielt hatten. Ohne echte Pläne, nur ihrer Vorstellung vom Leben und dem Hier und Jetzt verpflichtet.

Sie schwamm in den Schatten eines Baums und balancierte auf einem unter Wasser liegenden Fels.

»Nun, was sagst du«, meinte Heath, der plötzlich neben ihr auftauchte.

»Das Wasser? Himmlisch«, antwortete sie.

»Der Goat Rock, Dummerchen«, sagte Ben, der auf sie zugepaddelt kam. »Da oben.«

Nina blickte hinauf. Da war er – kurz vor der Spitze der kleinen Erhebung – unverkennbar. »Ich sehe ihn!«, rief sie.

»Da raufzukommen ist ziemlich schwer. Der Hang ist zu steil und voller Geröll, um es von dieser Seite aus zu versuchen«, erklärte Heath. »Wir werden ihn umrunden und uns von hinten hinaufarbeiten müssen.«

»Also das schließt mich wohl aus«, sagte Ben. »Aber

ihr geht doch? Bestimmt liegt Gold in diesen Hügeln.« Er lachte und paddelte zurück zum Strand.

»Nur mit der Ruhe, Ben«, bat Heath.

»Sollen wir noch einen Happen essen und dann hochgehen?«, fragte Nina, die Ben folgte. Sie tauchte aus dem Wasser auf. Die Sonne tat gut, aber angesichts dessen, was sie erwartete, wurde ihr ein wenig bange. Ein flacher breiter Fels eignete sich hervorragend als Sitzfläche, während die Jungs sich noch im flachen Wasser räkelten. Nina schüttelte ihr Haar aus, nahm ihre Kamera, richtete sie auf den Goat Rock und seine Spiegelung im Wasser und machte ein paar Aufnahmen. Sie fummelte an den Einstellungen herum, konnte ihre Unruhe jedoch nicht loswerden. Sie legte die Kamera ab und drehte ihr Gesicht mit geschlossenen Augen der Sonne zu. Alles um sie herum war still.

»Lasst uns was essen«, rief Ben und bespritzte sie. »Ihr braucht Kraft für eure Schatzsuche. Und ein Gespräch. Aber unser Heath hier, der langweilt die Damen zu Tode mit seinem Gerede über Rinder und Rinder und wieder Rinder ...«

Nina lachte, und Heath stimmte mit ein, nachdem er Ben unter viel Trara bespritzt hatte, um ihn zum Schweigen zu bringen.

»Lass gut sein, Ben. Wenn du dabei bist, besteht keine Gefahr, die Ruhe und Stille hier draußen zu genießen.«

»Wir sollten zusehen, dass wir loskommen«, wandte Nina ein.

»Okay«, war Heath einverstanden. Dann drehte er sich um und half Ben aus dem Wasser. Nina sammelte ihre Kleider und das Medaillon ein, holte sich ihr Handtuch vom Lieferwagen und wickelte sich darin ein. Unter der Segeltuchabdeckung auf der Ladefläche des Wagens stand eine Kiste mit einer Thermoskanne, Bechern und Teebeuteln.

»Wollt ihr was trinken?«, rief sie den Jungs zu, als Heath Ben seine Krücken reichte. »Bitte sagt, dass das in der Thermoskanne heißes Wasser ist.«

»Da sind auch Sandwiches«, rief Heath zurück.

Nina goss das heiße Wasser auf die Teebeutel in den Bechern. Und sie aßen einvernehmlich die von Ben zubereiteten Sandwiches mit kaltem Lammfleisch.

»Die schmecken, Ben. Du bist ein guter Fang.«

»Da hast du verdammt recht. Der Fang von Wandalla. So gelobt zu werden, tut gut. Aber nach all dieser Anstrengung habe ich mir eine Siesta verdient«, sagte er und streckte sich aus. »Weckt mich auf, wenn wir reich sind.«

»Bist du dir wirklich sicher?«, erkundigte Heath sich bei Nina, als sie das Essen zusammenpackten.

Sie nickte.

»Zumindest können wir nachschauen«, erwiderte er. »Und wir können jederzeit umkehren, wenn …«

»Ja. Ist okay. Ich will's hinter mich bringen.«

»Also gut. Wird nicht lange dauern, Benny.«

Nina und Heath zogen ihre Kleider über ihre Badesachen, die bereits wieder trocken waren.

»Einen Moment noch«, bat Heath. Er griff in die Ladefläche des Wagens. »Den wirst du brauchen.« Er warf ihr einen alten Hut zu, wie ihn die Viehtreiber und er selbst trugen. Dann ließen sie Ben mit seinem Nickerchen unter dem schattigen Eukalyptusbaum allein.

Nina und Heath liefen schweigend ums Wasserloch.

Plötzlich sagte Heath: »Wow! Warte mal kurz, ich will dir was zeigen.« Er deutete auf die Unterseite einiger riesiger roter Felsen, die übers Wasser hingen. Weiße Gestalten tanzten in einer Reihe.

Ein Schauder lief Nina über den Rücken. Die Figuren waren uralt, sahen aber wie frisch gemalt aus.

»O mein Gott, die sind ja unglaublich.« Nina bestaunte die winzigen Figuren. Rannten sie, waren sie auf der Jagd oder im Krieg? Sie schaute Heath an, der ihr ein breites Lächeln schenkte.

»Das ist mein liebster Ort auf dem Anwesen«, erklärte er. »Die Felslandleute haben das gemacht. Moira kennt die Geschichte. Auch Dad wusste alles darüber, aber damals hat mich das nicht interessiert.«

Heath machte einen glücklichen Eindruck. Und es war das erste Mal, dass sie ihn seinen Vater erwähnen hörte.

»Die sind wunderschön. Danke, dass du sie mir gezeigt hast. Die sind wirklich ganz besonders.«

Er nickte wieder lächelnd und konzentrierte sich dann darauf, den Pfad zu finden.

Nina war gleich leichter ums Herz, als sie ihm folgte.

Der Anstieg war steiler, als er aussah, und bald schon lief ihr der Schweiß über den Rücken. Die runden roten Felsen strahlten Hitze ab, wie Lebewesen, als sie dem schmalen Schafspfad folgten, der im Zickzack zum Gipfel führte. Nina wünschte sich wieder zurück ins kühle Wasser. Heath schritt stetig aus und hielt kaum inne, wenn er rutschigem Geröll oder dornigem Gestrüpp auswich. Als sie einen großen Felsblock umrundeten, schreckten sie eine Herde wilder Ziegen auf, die meckernd über den Abhang das Weite suchten. Endlich erreichten sie den Gipfel. Die weiten Ebenen erstreckten sich in alle Richtungen und verschwammen mit dem Horizont.

»Wow!«, sagte Nina und drehte sich, um das Panorama in sich aufzunehmen. »Schade, dass ich meine Kamera nicht dabeihabe.«

Sie konnten The Springs erkennen und ein Stück weiter weg die Bäume um die Farm von Kurrabar. Dahinter wogte das Weiß der Baumwollfelder von Paramour im Hitzedunst. Drei Keilschwanzadler glitten auf unsichtbaren Luftströmen dahin.

»Ja«, sagte Heath. »Das hat schon was.« Er löste die Wasserflasche von seinem Gürtel und reichte sie ihr. »Siehst du, da ist Ben. Ein Wunder, dass wir ihn hier nicht hören können. Er schnarcht nämlich laut wie ein Güterzug.«

Sie sagte nichts darauf.

»Ist alles in Ordnung mit dir?«, fragte er.

Nina zögerte. »Ja. Ich glaube schon.«

»Was ist denn?« Seine blauen Augen schauten sie forschend an.

»Ich finde nur in kurzer Zeit viel zu viel auf einmal heraus«, erwiderte sie. »Ich habe dir auf Kurrabar nicht alles erzählt.« Sie setzte sich auf einen von der Sonne gebleichten Baumstamm, und er hockte sich neben sie. »Wir sind zwar jetzt schon so weit gestiegen, aber …«

»Was ist?«

»Ich muss ständig an Dad denken. Ich habe einen Liebesbrief gefunden, den er an Harrison geschrieben hat. Und ich bin zurückgekommen, um mit Harrison zu reden und herauszufinden, was da los ist. Jedes Mal, wenn ich mich umdrehe, ergibt sich eine neue Wendung. Ich weiß einfach nicht, was ich finden werde.«

Heath ließ den Blick über die ruhige weite Ebene schweifen und meinte dann seufzend: »O Gott, Nina. Das ist …« Er schüttelte den Kopf. »Wir wussten, dass Harrison schwul ist, aber Jim Larkin? Wusstest du, dass er schwul war?«

»Ich hatte keinen blassen Schimmer. Aber Mum vielleicht schon.«

»Glaubst du denn, dass das etwas mit seinem Verschwinden zu tun hat?«

»Gut möglich.«

Schweigen.

»Ich erinnere mich an deine Mum. Sie war cool«, sagte Heath.

»Das war sie. Die Sache ist nur, in meiner Familie gibt's jede Menge Geheimnisse. Zu viele. Wie etwa das, dass Mum nicht meine leibliche Mutter war.«

»Sie war nicht deine was?«

»Julia hat mich adoptiert. Das wusste ich schon, als ich noch ganz klein war, aber allem Anschein nach haben Mum und Dad es in Wandalla vor allen geheim gehalten. Ich weiß nicht mal, ob Russell es wusste. Ich möchte also etwas über Dad erfahren, aber wie Mum zu sagen pflegte, man muss beim Wünschen vorsichtig sein. Und das wird mir immer klarer. Sie war nicht mal meine richtige Mutter und musste mich dann alleine großziehen.«

»Mein Gott.« Heath war sichtlich betroffen. »Und wer …?«

»Dad hatte ein Techtelmechtel mit einer jungen Norwegerin, kurz bevor er Mum heiratete. Also hat meine leibliche Mutter mich hier bei Dad und Julia zurückgelassen und ist wieder zurück in ihre Heimat. Sie war sehr jung, und ihre Familie hat nie von mir erfahren.«

»Hast du sie mal getroffen?«

Nina schüttelte den Kopf. »Sie kam vor einigen Jahren bei einem Autounfall ums Leben. Das hat mich nicht berührt. Julia war die beste Mum. Ich habe zwei Mütter verloren – wie fahrlässig von mir.«

Aber keiner lachte.

Heath rückte näher an sie heran. Fast berührten die Härchen seiner Arme die ihren.

»Nina, auch wenn es ein schlimmes Ende gibt, du bist nicht allein. Du hast mich und Ben.«

Sein warmer fester Körper roch gut, und Nina wünschte sich nichts mehr, als den ganzen Nachmittag hier zu sitzen und sich in Sicherheit zu fühlen.

Heath stand abrupt auf. »Also bist du bereit?« Er hielt ihr die Hand hin, um sie hochzuziehen. Sie nickte und ergriff sie, ließ sie aber gleich darauf wieder los.

Heath bahnte sich seinen Weg zwischen ein paar Kiefern hindurch. Und gleich darauf standen sie auf dem felsigen Ziegenkopf.

»Ich kann nichts sehen«, sagte Nina. »Ich weiß nicht mal, wonach ich suche.«

»Vermutlich nach allem, was nicht normal zu sein scheint«, erwiderte Heath. »Eine Markierung aus Holz oder Stein, wo er etwas vergraben haben könnte?«

Sie suchten eine halbe Stunde lang in der prallen Sonne.

»Jetzt weiß ich nicht mehr weiter«, sagte Heath und streckte sich.

»Lass mich nur noch …« Nina ging auf den steilen Abhang zu, der vom Ziegenkopf hinunter zum Wasser führte. »Da könnte vielleicht was …« Der lose Sand unter ihren Füßen gab nach, und mit einem Schrei rutschte sie auf ihrem Hinterteil den Hang hinunter, versuchte Halt an Zweigen und Wurzeln zu finden.

»Nina!« Heath rutschte ihr hinterher. »Halt dich an einem Baum fest!«

Nina schlitterte in einen breiten Baumstumpf, der über dem Felssturz stand, der zum Wasserloch abfiel.

»Alles in Ordnung bei dir?«, kam Heaths Stimme von oben.

»Äh … ja. Ich glaube, der Baum hat mich gerettet«, rief sie und blieb einen Moment sitzen, bis ihr Herzschlag sich wieder beruhigt hatte. Und dann sah sie, dass über ihr im Fels ein natürlicher Kamin aufstieg. »Das musst du dir ansehen!«

Heath glitt die letzten paar Meter zu ihr hinunter. »Alles klar?«

»Ja, ja … bestens. Vielleicht ist es das?« Sie zeigte darauf.

Langsam tastete Heath sich über das lose Geröll und fand einen Felsvorsprung, auf dem er Halt hatte, Kopf und Schultern in der Felsröhre. »Hallo?«, rief er. Ein schwaches, aber doch vernehmliches Echo kam zurück.

Nina stand vorsichtig auf und hielt sich am Baumstumpf fest.

»Es ist eine Höhle.« Heath drehte sich mit glänzenden Augen zu ihr um, und für einen kurzen Moment sah sie das Gesicht des Jungen, der er einmal war.

»Warte, ich quetsche mich hinein.« Er stemmte seine langen Beine gegen die Seiten des schmalen Eingangs und wuchtete sich hoch. Dann zog er sich über den Rand einer Öffnung in den Kamin hinein. »Schaffst du das?« Er streckte ihr die Hände entgegen.

Nina hielt sich daran fest und schwang sich dann zu ihm hoch. Als sie sich seitwärts durch den Kamin in die Öffnung zwängte, kollidierten ihre Schultern und die Hüfte mit seinen harten Schenkeln und seinem Bauch, den er angespannt hatte, um ihr Gewicht halten zu können. Er stieß einen Laut aus und packte sie am Oberarm, streifte aber mit der anderen Hand ihre Brust. Es fühlte sich an, als hätte sie sich verbrannt. Ohne zu überlegen, blickte sie hoch in sein erschrockenes Gesicht, das im Halbdunkel lag. Es folgte ein Moment der Stille, dann ließ er sie los. Nur ihr keuchender Atem war zu hören. Sie trat einen halben Schritt zurück.

»Komm weiter«, sagte Heath schroff.

Er drehte sich um und ging durch einen kurzen Felstunnel voraus in eine niedrige Höhle mit felsigem Grund. Sie konnten gerade mal so aufrecht stehen.

Nina schätzte sie auf etwa zehn Meter Länge. Am anderen Ende war der Boden sandig, und Felsen türmten sich darauf wie eine alte Skulptur.

»Lass uns da drüben nachschauen«, schlug Nina vor. Sie suchte Halt auf den kleinen, wackeligen Steinen, bis sie den Sandboden erreichten. Jenseits der Felsen schien sich ein dunkler Hohlraum zu befinden.

»Hilf mir da hoch, dann werfe ich einen Blick hinein«, sagte sie.

Heath machte eine Räuberleiter, und Nina zog sich hoch. Sie sah nichts weiter als schwarze Leere, aber dann bemerkte sie ein zerfranstes Seil, das über einer Felsnase hing. Das musste sie erwischen.

»Schieb mich hoch. Da ist ein Stück Seil.« Nina war sich der Hände von Heath, die ihre Waden umklammert hielten, nur allzu bewusst. Sie reckte sich, bis sie das Seilende zu fassen bekam, um es dann an der Schlinge vom Felsvorsprung zu ziehen. Es war ein blaues Nylonseil, kein Kletterseil, und das lose Ende war nur ein paar Meter lang.

»Okay, ich komme jetzt runter«, rief sie. Seine Hände lockerten den Griff, und sie rutschte rückwärts, bis sie wieder sandigen Boden unter den Füßen hatte.

Sie zeigte ihm das Stück Seil. »Das war ...«, sagte sie mit belegter Stimme und räusperte sich. »Es ist zu dunkel, man kann nicht erkennen, was da unten ist.« Heath nahm das Seil und drehte es in den Händen.

»Wir brauchen eine Taschenlampe«, erklärte er. »Und ein Kletterseil. Wir werden morgen noch mal herkommen müssen.« Er schlang sich das Seil über die Schulter und ging, ohne sie anzusehen, voraus zum Felskamin.

Nina kletterte ohne Hilfe als Erste hinaus und wartete dann, bis er hinterherkam.

Heath ließ das Seil durch seine Finger gleiten und zog leicht daran, um seine Nachgiebigkeit zu testen. »Nylon. Aber schon ein paar Jahre alt. Morgen, mit einer Taschenlampe, werden wir mehr sehen können. Vielleicht kommen wir sogar runter in das Loch.« Er vermied es noch immer, sie anzusehen, und schaute stattdessen über den Rand des Abhangs ins Wasser und dann wieder hinauf zum Ziegenkopf. »Einfacher wäre es für uns, da runterzuspringen und zurückzuschwimmen, anstatt zu versuchen, hier hochzuklettern. Sicherer ist es. Bist du dazu bereit?«

»Natürlich«, antwortete sie.

Sie wandten sich auf dem schmalen Felsvorsprung voneinander ab und zogen sich bis auf ihr Badezeug aus.

»Es sind nur ein paar Meter«, sagte Heath. »Alles klar?«

»Ja«, sagte sie, hatte aber Herzklopfen.

»Ich springe zuerst. Gib mit deine Sachen.« Er schnürte ihre Kleider mit dem Seil zusammen und warf sie auf einen flachen Felsen, der aus dem Wasser ragte.

»Keine Sorge«, meinte er. »Ich kenne hier jede Unebenheit und jeden Stein. Uns passiert nichts.«

Er balancierte am Rand und ließ sich dann einfach fallen.

Nina reckte den Kopf über den Abhang und hielt die Luft an. Dann sah sie, wie sein Kopf mit dem glänzenden dunklen Haar die Oberfläche durchbrach, sich schüttelte, dass die Tropfen nur so spritzten.

»Lass einfach los«, rief er ihr zu. »Lass dich fallen, spring nicht.«

Das wäre schön, sagte sie sich. Sich einfach in seine Arme fallen lassen, ohne sich um irgendwas zu kümmern. »Gut. Ich komme«, rief sie, zögerte aber noch. Sie trat nach vorn, verlor jedoch in letzter Sekunde die Nerven und bewegte sich linkisch rückwärts. Aber dann taumelte sie doch irgendwie hinunter ins Wasser und landete mit einem Bauchklatscher.

»Tsunami!«, brüllte Heath lachend, als sie prustend aus dem Wasser auftauchte.

Er hielt ihre Kleider als Bündel mit einer Hand über Wasser, während er einseitig kraulend zum Ufer strampelte und Nina beobachtete, die ihm folgte.

Die hereinbrechende Dämmerung tauchte die Umrisse der Bäume, die Grashalme und Wellen in ein hellrosa Licht. Sie schwammen gemächlich. Dann stieg Heath mit glänzender Haut aus dem Wasserloch. Nina konnte ihren Blick nicht von ihm abwenden. Ein Glück, dass Ben da ist, dachte sie.

Aber als sie das Ufer erreichten, stand Heath, die Hände in die Hüften gestemmt, vor dem leeren Platz, auf dem vorhin der Lieferwagen gestanden hatte. Stattdessen lagen dort zwei Schlafsäcke, etwas Campinggeschirr und die verbeulte Kühlbox. Die mit einem Messer in einem Baum befestigte Nachricht flatterte im Wind.

»Wo treibt dieser verdammte Mistkerl sich jetzt schon wieder rum?« Heath zog das Messer heraus und las laut vor: »Bin unterwegs zum Hundefüttern, komme später wieder. B.«

»Dieser verdammte Ben. Immer muss er eine verrückte Show abziehen. Auf ihn ist kein Verlass«, schimpfte Heath und fuhr sich mit der Hand durchs Haar.

»Haben wir hier draußen Telefonempfang?«

Heath schüttelte den Kopf und starrte in die Ferne. Endlich drehte er sich um. »Also gut, ich kümmere mich um ein Feuer, und dann machen wir uns was zu essen. Morgen können wir uns dann ganz zeitig umsehen. Und sollte Ben jemals zurückkommen, hat er im Lieferwagen ein Abschleppseil und eine Taschenlampe.«

Nina nickte. Froh, etwas zu tun zu haben, nahm sie ihre Kleider und suchte zum Umziehen Sichtschutz hinter dem größten Baum. Als sie nackt im weichen Dämmerlicht stand, genoss sie den warmen Wind, der über ihren Körper strich und den letzten Rest Feuchtigkeit trocknete. Sie war gelassen und ganz klar im Kopf. Sie schlüpfte in ihre staubigen Klamotten und ging zurück zu Heath. Er wühlte in der Kühlbox und zog eine runde flache Dose heraus.

»Wow!«, sagte Nina, als sie das Etikett las. »Eine Pastete in der Dose?«

»So ähnlich, ja«, neckte Heath sie. »Die liegt da schon seit fünfzig Jahren drin. Man macht ein Loch rein und schmeißt sie ins Feuer.«

Heath schichtete das von Nina gesammelte Anmachholz auf der von ihm angelegten Feuerstelle. Die Pastetendose war rasch warm. Zwei Kartoffeln in Alufolie lagen neben einer Blechbüchse mit Erbsen.

»Wenn wir jetzt noch eine Flasche Rotwein hätten. Ist doch sicherlich schon Happy Hour?«

»Tut's das auch?«, fragte Heath, während er aus ihrem Schlafsack eine Flasche Rum zog. »Wie die Prinzessin auf der Erbse«, meinte er lächelnd.

»Hab gar nichts gespürt. Und das beweist, dass ich keinen königlichen Hintern habe«, erwiderte Nina und hielt ihm ihren Blechbecher hin.

Heath schenkte ihnen beiden einen kräftigen Schluck ein. »Zum Wohl.«

»Nun, wie's aussieht, hat Ben an alles gedacht«, sagte Nina. »Fast so, als hätte er das alles von langer Hand geplant.«

Heath lachte, als er in einem Leinenbeutel kramte. »Du meine Güte, er hat sogar Zahnpasta und Salz eingepackt. Ich hätte es wissen müssen, dass er was im Schilde führte.«

»Ich kapier das nicht«, sagte Nina, als sie später in ihre gebackene Kartoffel biss. »Warum hat er uns hier zurückgelassen? Er konnte doch nicht wissen, dass wir morgen wieder hierher zurückkommen wollten.«

»Weißt du, Ben hat einen Komplex.« Heath schnitt eine Grimasse.

»Wegen seiner Beine?«, hakte Nina vorsichtig nach.

»Nicht deswegen, es geht um Deb. Er mag sie nicht. Er versteht sie nicht. Und wie ich ihn kenne, findet er es vermutlich lustig, dich und mich hier draußen allein zurückzulassen, so dass Deborah irgendwie davon Wind bekommt. Er sollte endlich mal erwachsen werden.« Heath stach seine Gabel in die Pastete.

»Verstehe.« Nina starrte ins Feuer.

Sie spürte Heath' Blick auf sich. Er schien etwas sagen zu wollen, ließ es dann aber sein. Er wirkte verwirrt.

»Hier.« Er schenkte nach und trat dann eins der Holzstücke zurück ins Feuer. Die auflodernden Flammen tauchten die Narbe seiner Wange in rotes Licht.

»Erzähl mir von dem Unfall, Heath«, bat Nina, weil der Rum sie mutig machte. »Moira hat mir ein bisschen was erzählt.«

Heath seufzte und wandte sich aufgewühlt ab.

»Tut mir leid, ich wollte dich nicht aufregen. Und ich bin auch nicht neugierig. Ich wollte es nur verstehen.«

»Es war mein Fehler. Hat Moira dir das gesagt?«, fragte er. Er stand auf und leerte seinen Becher. Sein bitterer Ton verursachte ihr eine Gänsehaut.

»Vergiss es, ich hätte niemals ...«

»Nun, ich war schuld. Ich hatte gerade meinen Flugschein gemacht. Dahinter stand der Plan, ein zweites Standbein zu haben und mit größeren Farmen Verträge für das Zusammentreiben der Tiere abzuschließen. Aus diesem Plan ist nun nichts geworden. Ich wollte zur Feier des Tages einen Rundflug mit der Familie machen. Wir haben auf Kurrabar nur eine zweisitzige Cessna, also borgte ich mir die viersitzige von Mac.«

Nina erinnerte sich an die kleine Cessna im Hangar mit dem Flügelwesen.

»Es lief alles gut, aber dann kam völlig unvermittelt ein tropischer Zyklon auf. Über den Ebenen gibt es bei dieser Hitze heftige Aufwinde. Wir wurden nach oben geworfen, sackten wieder ab, und dann ging es wieder hoch. Ich bekam das Flugzeug nicht mehr unter Kontrolle. Wir gerieten ins Trudeln. Während meiner Ausbildung habe ich ein Dutzend Mal geübt, wie man aus einer solchen Situation wieder herauskommt. Ich hätte wissen müssen, was zu tun war. Aber ich schien alles vergessen zu haben ... Dad schrie und griff nach dem Steuerknüppel, und Ben kämpfte mit ihm und hielt ihn auf seinem Sitz fest. Mum sagte ihm, er solle mich das machen lassen.«

Nina beobachtete ihn auf seinem Weg um das Feuer herum, seine Hand hielt krampfhaft den Becher fest. Schließlich setzte er sich seufzend wieder hin und starrte in die Flammen.

»Und das verfolgt mich immer wieder in meinen Träumen. Dass ich an der Steuerung ziehe, aber nichts passiert. Das Flugzeug streifte ein paar Bäume am Fluss, als es abstürzte. Dadurch verlangsamte sich das Tempo, und wir schlugen nicht ganz so hart auf. Aber es war dennoch ziemlich heftig. Und ich bekam nicht mit, dass der Tank leckte. Mum war bewusstlos. Ben war hysterisch und schrie, er spüre seine Beine nicht mehr. Ich schob meine Arme unter ihn. Er blutete mächtig. Dad schrie mir zu, ich solle ihn wegbringen, weit weg. Ich legte ihn unten am Fluss ab und kehrte dann zurück. Ich konnte sehen, wie Dad an Mums Sicherheitsgurt zerrte. Er sah mich kommen und hob seine Hände hoch ... so«, Heath streckte ihr seine erhobenen Handflächen entgegen. Sie zitterten. »Das Flugbenzin brennt so heiß, dass man es gar nicht sehen kann. Ich kam so dicht an ihn heran, dass ich fast schon seinen Arm packen konnte, aber dann gab es diese Explosion. Und ich spürte überhaupt nichts mehr. Als ich wach wurde, lag ich im Krankenwagen. Sie versetzten mich in ein künstliches Koma. Aber dann mussten sie es mir sagen. Die armen Kerle.«

»Du musst wahnsinnige Schmerzen gehabt haben«, vermutete Nina.

»Was, das hier?« Er zeigte auf die Narbe und lachte bitter. »Das ist gar nichts, meine Liebe. Überhaupt nichts.«

Er schenkte ihre Becher wieder voll. »Ich hatte Glück. Das haben sie mir monatelang immer wieder versichert. So viel Glück.« Er senkte blinzelnd den Blick und trat wieder gegen das Holzscheit.

»Es tut mir so leid.«

»Ja, ich weiß. Ist okay. In den ersten paar Monaten wollte ich nur noch sterben, nachdem ich erfahren hatte, wie es um Ben stand. Ich ertrug es nicht, zu sehen, wie er sich abmühte. All die Dinge, die er nie wieder tun konnte. Er war ein hervorragender Reiter gewesen. Aber er machte mir nie Vorwürfe. Und zum Glück war Deb da. Sie holte mich zurück ins Leben, gab mir zu verstehen, dass ich mich für Ben zusammenreißen musste. Und nach einer Weile begann ich mit den Plastiken. Die auf dem Hangar war meine erste. Irgendwie half es mir.«

»Ja«, bestätigte Nina.

»Ohne Deb wäre ich nicht mehr am Leben.«

Immer wieder Deborah. Kein Wunder, dass sie für ihn so wichtig ist, dachte Nina. Das waren die Bande, die nie rissen. Die heilige Deborah. Nina wusste, wie ungerecht das war, aber sie war wütend auf diese abwesende Frau, deren Präsenz hier am Feuer nur allzu real war. Deborah und Heath waren ein in Stein gemeißeltes Paar. Sie verband weitaus mehr als bloße Anziehung.

Später breiteten sie links und rechts vom Feuer ihre Schlafsäcke aus. Die jetzt kühle Nachtluft strich weich über Ninas Gesicht, als sie sich hineinkuschelte. Sie blickte hinauf in den Sternenhimmel – wie ein Gemälde. Magisch.

»Gute Nacht«, murmelte Heath.

»Gute Nacht«, antwortete Nina. Sie hörte, wie er sich zum Schlafen von ihr wegdrehte. Eine Mopoke stimmte ihr trauriges Lied an. Heath liebte Deborah. Deborah hatte ihm das Leben gerettet. Sie hatte seine Familie und seine geistige Gesundheit gerettet, was immer Ben auch davon halten mochte.

Und dann dachte sie an den nächsten Tag. Gehörte das Seil ihrem Vater? Sie hatte Angst vor dem, was sie womöglich entdeckten, und noch mehr Angst davor, nichts zu finden. Was hatte Russells Geschreibsel schon zu bedeuten? Konnte sie dem vertrauen? Vielleicht hatte Russell ihrem Vater ja doch etwas angetan – sicher war gar nichts. Sie fröstelte. Womöglich war ihr Vater hier draußen gestorben? Es gab so viele Möglichkeiten.

Oder was war mit Hilary? Hatte sie schuld? Sie war die Letzte, die ihn gesehen hatte. Aber die Vorstellung, dass Hilary mit ihren perfekt sitzenden Haaren auf High Heels durch den Busch schlich, war nun wirklich zu lächerlich.

Und was war mit Harrison? Wenn die beiden sich nun gestritten hatten?

Oder ihr Dad hatte sich auf die Suche nach dem blöden Goldklumpen gemacht und war dabei zu Schaden gekommen. Hier draußen. Ganz allein.

Ihre Hand suchte das Medaillon, aber in dieser Nacht fand sie keinen Trost darin.

Kapitel 16

»Aufwachen. Tee ist fertig.«

Nina schlug die Augen auf. Durch den Stoff ihres Schlafsacks drangen kleine Lichtpunkte.

Sie schlug die Klappe zurück und streckte sich genüsslich. Ihr war sehr warm gewesen. Der Schlafsack bestand aus einer Stoffhülle, gefüttert mit Schaumgummi, nichts Tolles, aber sie hatte hervorragend geschlafen. Die Morgenluft war kühl und duftete nach Holzrauch.

Heath hockte neben dem Feuer und schenkte Tee aus einer Blechdose in einen Emaillebecher. Nina fand ihn auch in seinen zerknitterten Klamotten und mit zerzausten Haaren und müden Augen einen erfreulichen Anblick.

»Sehr rustikal«, stellte sie lächelnd fest. Nach ihrem gestrigen Gespräch fühlte sie sich ihm näher. Er reichte ihr den Tee und einen Müsliriegel.

»Wir müssen zurück«, sagte er. »Das Vieh wird durstig sein. Wo bleibt er nur, verdammt noch mal?«

Nina sagte nichts. Sie trank ihren Tee und versuchte, an der friedlichen Stimmung festzuhalten. Am Vogelgezwitscher, der Ruhe, der Isolation. Wie lange war es her, seit sie zuletzt im Busch war?

Heath wuselte um ihren Lagerplatz herum, rollte seinen Schlafsack zusammen, packte Essen ein. Nina legte sich noch mal hin und wickelte ihren Müsliriegel aus. Einen besseren hatte sie noch nie gegessen, süß, aber nicht zu süß, weich, aber nicht klebrig. Die Sonne fiel schräg durch den Holzrauch, der in die Kronen der über ihr aufragenden Eukalyptusbäume aufstieg. Wie schön wäre es, eine Woche hier draußen bleiben und unter den Sternen schlafen zu können.

Camping war eigentlich nie ihr Ding gewesen. Einmal hatte sie mit der Schule einen Ausflug zu den Barrington Tops gemacht. Das undichte Zelt und die Blutsauger waren zwar guter Stoff für eine lustige Geschichte, die sie Mum erzählte, als sie nach Hause kam, hielten sie aber davon ab, die Erfahrung wiederholen zu wollen. Aber das hier war etwas anderes. Die Landschaft war wie geschaffen für das Schlafen im Freien: sandige Flussufer, Holz für Lagerfeuer und kein Regen.

Es war faszinierend, Heath beim Zusammenkratzen der Holzkohle zu beobachten, ohne dass er es mitbekam. Er bewegte sich völlig entspannt.

»Übernachtest du oft hier?«, fragte sie ihn.

»Äh?«, sagte Heath, als erwachte er aus seinen Tagträumen. »Nicht mehr oft seit …« Er hielt inne.

»Es ist wunderschön hier.«

Heath nickte. »Ich weiß.«

In dem Moment hörten sie den Motor des Lieferwagens. Heath presste die Lippen zusammen, und seine Augen wurden zu schmalen Schlitzen.

Oh, oh, sagte sich Nina, kletterte aus dem Schlafsack und rollte ihn zusammen, so gut es ging. Sie strich sich mit den Fingern durch ihre Locken und rieb sich den Schlaf aus den Augen.

Ben schwang sich mit einem schuldbewussten Lächeln im Gesicht aus der Fahrerkabine. »Also? Wie ist's gelaufen?«, wollte er wissen.

»Wo zum Teufel bist du gewesen? Herrgott noch mal, Ben, du hast aber auch manchmal dumme Ideen«, sagte Heath.

»Tut mir leid, Bruder«, gab Ben zurück, als er nach seinen Krücken griff. »Auf der oberen Koppel war überhaupt kein Wasser mehr im Erdtank, also mussten Lobby und ich die Herde umsetzen, und dann war es zu spät, um noch zurückzukommen. Ich wusste doch, ihr würdet klarkommen mit den Schlafsäcken und dem Essen und so.«

»Wie vorausschauend von dir, Kumpel. Fast hellseherisch«, entgegnete Heath sarkastisch.

Ben kam auf seinen Krücken angehüpft und setzte sich auf Heath' aufgerollten Schlafsack.

»Dann hast du also im Dunkeln von deinem Rollstuhl aus die Senepols umgesetzt, Ben?«, fragte Heath mit todernstem Gesicht nach.

»Alles okay. Lobby ist geritten. Der Mond schien, und es ging ja nur an der Straße entlang. Denen geht's bestens.« Ben blickte zu seinem Bruder hoch. »Entspann doch mal. Deborah kommt nicht vor heute Abend zurück. Ist doch nichts passiert.«

»Noch nicht«, sagte Heath düster.

»Habt ihr nun den Goldklumpen gefunden, Leute?«

Er kann es nicht lassen, dachte Nina und musste lächeln.

Heath drehte sich um und ging zum Rand des Wasserlochs, um die Blechbüchse auszuspülen.

»Nein«, antwortete Nina. »Aber wir haben eine Höhle entdeckt. Und da hing ein Seil, das durch einen breiten Spalt, wie ein Brunnenschacht, nach unten führte. Das Seil war ausgefranst oder abgetrennt. Da unten war jemand gewesen. Wir sollten hingehen und es überprüfen. Es könnte sogar …«

»Wir werden eine gute Lichtquelle und ein starkes Seil brauchen, um es uns genauer ansehen zu können«, erklärte Heath und ging zur Ladefläche des Lieferwagens.

»Dann gehen wir da also noch mal hin?«, fragte Nina, bemüht sachlich.

Heath wühlte auf der Ladefläche herum und kam dann mit einem kleinen Rucksack zurück. Er wartete auf sie.

Nina sah ihn an, doch anstatt Vorfreude zu empfinden, wurde ihr mulmig zumute. Jetzt, wo es tatsächlich so weit war, war sie sich nicht mehr so sicher, ob sie es wollte. »Ich wünschte, du könntest mitkommen, Ben.« Und sie hätte es wirklich weniger verfänglich gefunden, nicht wieder allein mit Heath an diesen dunklen Ort zurückzukehren.

»Ich wünschte, ich könnte es«, erwiderte Ben wehmütig und warf ihr Heath' alten Hut wie eine Frisbeescheibe zu, als die beiden aufbrachen.

Um das Wasserloch war der Morgen noch kühl, aber sobald sie vorbei an der Felsmalerei mit dem Aufstieg begannen, nahm die Hitze zu. Als sie den Gipfel erklommen hatten, war das weiche Morgenlicht verschwunden, und die Sonne brannte von einem mattblauen Himmel.

Hintereinander stiegen sie wie am Tag zuvor, vorbei an dornigem Gebüsch, hinauf zum Ziegenkopf. Diesmal bewältigte Nina die Schlitterpartie zur Öffnung des Felskamins auf dem Hosenboden mit mehr Anmut.

Heath folgte ihr und schaute sie erwartungsvoll an. »Bist du okay?«

Sie nickte.

Er stemmte sich über die Öffnung hoch in die Höhle und zog dabei den Rucksack hinter sich her. Nina beobachtete, wie er hineinglitt. Er streckte ihr den Arm entgegen, und nach kurzem Zögern packte sie seine kraftvolle Hand im Affengriff. Sie stemmte ihre Füße gegen die Felsen und hievte sich hoch in die Kühle der Höhle. Als er ihr die Hand drückte, ließ sie los.

»Und was jetzt?«, fragte sie mit belegter Stimme.

Heath hockte sich vor sie und öffnete den Rucksack. Er holte ein aufgerolltes Seil heraus, setzte sich einen Schutzhelm auf und schaltete die Stirnlampe ein. Der Strahl fiel auf die niedrige Decke und die aus herabgestürzten Steinen entstandenen rauen Wände. Heath erhob sich, und Nina folgte ihm bis zu dem Felshaufen am Ende der Höhle. Nina entdeckte ihre Fußabdrücke vom Tag zuvor. Heath beugte sich vor und schwang das Seil über den größten Fels über dem schwarzen Abgrund und befestigte es.

»Ich werde gehen«, erklärte Heath. »Sieht nicht so aus, als wäre es sehr tief, aber diese Lampe ist nicht besonders hell.«

Beklommen blickte Nina in den Abgrund, der ihr Angst machte.

»Es wird nicht lange dauern.« Heath kletterte über den Felsen, hielt sich mit beiden Händen am Seil fest und ließ sich dann vorsichtig über den Rand hinunter. Der Lichtschein sprang vor und zurück, so dass immer wieder neue

Stellen der Felswand beleuchtet wurden. Ansonsten konnte Nina nichts sehen.

Nach weniger als einer Minute wurde das Seil schlaff. Sie wartete. Nichts. »Heath?«

»Ja.«

»Kannst du was sehen?«

Eine Pause. »Äh … nein.«

»Was ist da unten?«, rief sie.

Wieder eine Pause. »Warte.«

»Hast du was gefunden, Heath?« Nina hörte das leichte Zittern in ihrer Stimme.

Der Lichtschein seiner Stirnlampe schwang herum und blieb dann abrupt stehen.

»Ich komme runter«, rief sie und zog am Seil.

»Nein!«, brüllte er. »Du bleibst, wo du bist. Ich werde … Es ist gefährlich, wenn wir beide hier unten sind.«

»Was ist da, Heath? Was ist los?« Sie starrte hinunter in das schwarze Loch. »Heath, bitte, so sag doch was.«

»Ich komme jetzt hoch«, rief er endlich.

Die Höhle war erfüllt von Heath' Atmen, als er sich am Seil nach oben hangelte. Nach einer gefühlten Ewigkeit kam das Keuchen näher, und sein Kopf und seine Schulter schoben sich durch den Spalt. Er stützte sich auf seinen Ellbogen und kletterte über den Felsen.

»Moment noch. Ich bin völlig außer Atem.« Keuchend setzte er sich hin.

»Nun?«, fragte Nina und versuchte, seinen Gesichtsausdruck zu deuten, aber er sah sie nicht an.

Er wischte sich mit dem Ärmel über die Stirn. Dann warf er ihr einen kurzen Blick zu, um sich gleich darauf wieder abzuwenden. Ninas Magen verkrampfte sich.

Heath richtete sich auf, griff in seine Jeanstasche und zog etwas heraus. Einen Ring. Einen goldenen Ehering. Er hielt ihn ihr hin, und als er ihr dabei in die Augen sah, bemerkte sie darin sein Mitgefühl.

In diesem Moment wusste Nina Bescheid. Wusste alles. Und doch ging sie auf ihn zu und nahm den Ring. Sie hielt ihn ins Licht von Heath' Stirnlampe und suchte nach der vertrauten Inschrift, die sie als Kind so oft gelesen hatte.

J. L. & J. B. 1.6.1988. Für immer. Sie umschloss den Ring mit beiden Händen und wiegte sich dann vor und zurück. Heath machte von hinten einen Schritt auf sie zu.

Nina trat an den Rand des Felsens. »Liegt er da unten?«

Heath schluckte und nickte langsam.

»Ich muss da runter und ihn sehen, Heath, er ist schon so lange allein dort. O mein Gott! Er ist da unten im Dunkeln. Ganz allein. Bitte, bitte hilf mir, da runterzukommen«, flehte sie ihn an.

»Nein«, sagte er sanft. »Tut mir leid.«

Das war das Ende. Es gab keine Hoffnung mehr. Sie ließ sich in den Sand fallen, stöhnte und rief verzweifelt: »Es tut mir so leid, Dad.«

Heath ging neben ihr in die Hocke und setzte die Stirnlampe ab. Er legte ihr den Arm um die Schultern.

Schweigend hockten sie da, bis Nina aufblickte. »Ich bin immer davon ausgegangen, dass ich ihn eines Tages finden werde. Er ist nie zurückgekehrt.« Sie lehnte die Stirn auf die Knie. »O Gott.« Sie wiegte sich sanft vor und zurück.

Heath streichelte ihr dabei die Schulter. Sie schien es nicht wahrzunehmen, war versunken in ihrer Welt. Er wusste, dass er für sie da sein musste.

Nach dem Flugzeugabsturz war er in derselben Situation gewesen. Aber sie war wirklich allein, hatte niemanden mehr, alle waren tot. Selbst ihr kleiner Hund. Er hatte wenigstens Ben gehabt, so schwer das auch gewesen war – jemanden, für den er leben konnte.

Er zog sie an sich. Ihre Schultern waren verspannt. Als er ins Dunkel starrte, sah er ihn wieder, den Felsboden mit der platt wie ein Schatten darauf liegenden dunklen Gestalt. Die hellblauen verblichenen Jeans hatten keinen Zweifel daran gelassen, worum es sich handelte. Eine Leiche. Eine Leiche, die dort lange Zeit ungestört gelegen hatte. Das Fleisch war verschwunden, nur noch die Knochen waren übriggeblieben und hielten das Material der jetzt brüchigen Kleidung in Form. Die Beine lagen in einem merkwürdigen Winkel abgespreizt. Der Schädel war merkwürdig nach hinten gekippt, und die Überraschung war in die trockene, ledrige Haut eingebrannt. Mit fasziniertem Entsetzen hatte Heath die menschlichen Überreste betrachtet. Aus der Nähe war der Tod eine merkwürdige Gewissheit. Das schulterlange Haar, der staubige Kragen, der schrumpelige Hals.

Ihr Rücken wärmte seinen Arm, und er wanderte mit seiner Hand nach unten, um ihre Taille zu umfassen. Er drückte sie fest an sich, konzentrierte sich darauf, langsamer zu atmen und das Bild dieser schwarzen eingefallenen Augen loszuwerden, die hinauf ins Nichts starrten. Er spürte sie. »Du wirst darüber hinwegkommen«, flüsterte er.

Er legte seine Wange auf ihr Haar, als wollte er sie mit der Geduld eines Mannes, der mit Tieren arbeitete, ins Leben zurückholen. Er hielt sie, wie die Kuh ihr Kalb nach dem Trauma der Geburt leckte, und jedes Lecken sagte: Wach auf, steh auf, leb. Nina reagierte noch immer nicht, aber Heath merkte, wie sein Körper sich entspannte. Ich könnte den ganzen Tag hierbleiben, dachte er. Auch die ganze Nacht, wenn es sein muss.

Er spürte, wie sie zitternd ihre Schockstarre abschüttelte und sich dann in seiner Umarmung bewegte, den Kopf an seine Schulter lehnte.

Ihm wurde bewusst, dass er ihre Schaukelbewegung aufgenommen hatte und sich mit ihr wiegte. Sie zitterte wieder und ließ schließlich ihren Tränen freien Lauf.

Heilende Tränen. Jetzt war sie auf dem Weg der Besserung.

Aber mit ihm passierte etwas, von dem er nicht wollte, dass sie es bemerkte. Er drückte ihre Schulter, wollte sich von ihr lösen. Aber Ninas Hand glitt über seinen Bizeps und packte ihn wie eine Python. Was zum Teufel …?

Sie nutzte seine Überraschung aus und stieß ihn nach hinten in den weichen Sand, klammerte sich an seine Arme und legte sich auf ihn. Ihre Augen waren leer, ihre Bewegungen jedoch signalisierten unmissverständlich ihre Absichten.

Heath verkrampfte sich und versuchte, sich zur Seite zu drehen. Es ist falsch, sagte er sich, bevor das aufflackernde Gewissen wieder erlosch und sein Körper antwortete. Als sie sich breitbeinig auf ihn setzte, zog er sie zu sich herunter, und endlich schauten sie sich in die Augen. Er packte ihren Kopf mit beiden Händen und küsste sie so innig, als wäre ihr Mund ein reifer Pfirsich. Sie küssten sich eine Ewigkeit.

Nina stöhnte. Sie war von dem verzweifelten Wunsch besessen, mit ihrem Körper so nah wie möglich an seinem zu sein. Sie bog den Rücken durch, damit er ihr die Shorts ausziehen konnte, die er ihr gierig vom Leib riss. Für sie zählte nur noch, dem Leben selbst näher zu kommen. Sie streifte T-Shirt und BH ab und entblößte ihre Brüste mit den harten, braunen Spitzen.

Er legte die Hände um ihre weichen Brüste. Stöhnend beugte Nina sich vor, zog ihm das Hemd aus und strich über sein weiches Brusthaar. Immer heftiger ging ihr Atem, während sie sich liebkosten und sich immer neuen Empfindungen hingaben. Über ihn gebeugt, ließ sie die Brüste über seinen ganzen Körper bis hinunter zum Reißverschluss seiner Jeans gleiten.

Sie befreite seinen Schwanz und nahm ihn in die Hände. Dann küsste sie ihn wieder auf den Mund, während seine Hände über ihren Po bis hinauf zu ihrem Nacken glitten, als wollte er jeden Zentimeter ihres warmen, weichen Körpers erkunden. Sie berührte sanft seine Narbe. Automatisch hob er die Hand, um sie davon abzuhalten, aber sie stieß sie lächelnd beiseite und presste ihre Lippen auf seinen verunstalteten Hals, leckte und saugte daran.

Mit festem Griff drückte er ihre Pobacken und drehte sich dann mit ihr um, so dass sie unter ihm zu liegen kam. Nina musste sich zusammenreißen, als Heath ihr zärtlich die Stirn, die Augen, ihre Nase, Lippen, Wange und Hals küsste. Er nahm ihre Brustspitze in den Mund, strich mit seiner Hand über ihr Bein und streichelte ihren feuchten, seidigen Hügel.

Nina wollte, dass er in sie eindrang. Sie bewegte sich so, dass sie miteinander verschmolzen. Sie nahm seinen Rhythmus auf, beschleunigte ihn. Ihre Körper, ihre Gerüche, ihre Berührungen wurden zum Mittelpunkt des Universums.

Alles war richtig – das Verlangen und der vollkommene Moment der Erlösung. Sie schluchzte, als sie beide aufschrien. Im weichen Schein der Lampe klammerten sie sich aneinander. Schaudernd atmete Nina aus. Heath regte sich, und beide standen langsam wieder auf.

Er drückte ihre Schulter. »Bist du okay? Ich hätte das nicht zulassen dürfen. Du warst nicht in der Verfassung dazu.«

»Nein, ich war es«, widersprach Nina. *Was ist nur los mit mir?*

Nina erinnerte sich an den Abend nach der Beerdigung ihrer Mutter. Da war Theo der Glückliche gewesen. Sie hatte ihn für das selbstgefällige Grinsen gehasst, mit dem er sie anschließend ansah.

Aber dies hier war so viel mehr als das. Nina fing zu weinen an, erst noch wegen der Sache, die gerade mit Heath passiert war, aber dann weinte sie um ihren toten Vater. Heath hielt ihre Hand.

Sehr viel später ließen Ninas Tränen langsam nach, und sie kehrte in die Gegenwart zurück. Nie mehr würde sie Heath in die Augen schauen können oder auch Ben und irgendjemand sonst. Sie würde ihren Koffer in den Wagen werfen und nach Sydney zurückfahren. Diesmal für immer. Beide standen benommen da, zogen sich an, zu verwirrt, um einen klaren Gedanken fassen zu können.

Wortlos und mit leerem Blick stolperte Nina los und ließ sich durch den Felskamin hinunter zur Felswand. Irgendwie schaffte sie es, ohne Hilfe von Heath den Ziegenkopf zu erklimmen und dann zum Strand abzusteigen. Sie hörte, dass er dicht hinter ihr war, und war dankbar für sein Schweigen. Das alles war niemals passiert.

Sie reagierte nicht auf Bens Begrüßung, der im Lieferwagen saß, sondern stürmte an ihm vorbei. Dann blieb sie stehen und beugte sich mit auf die Schenkel gestützten Händen nach vorn. Atme!, ermahnte sie sich.

Heath ging zum Fahrerfenster und sprach ein paar Worte mit Ben.

Nina riss die Beifahrertür auf und kletterte hinein. Ben streifte Nina mit seinem Blick. »Tut mir leid, Freundin«, erklärte er. »Aufrichtig leid.«

Heath setzte sich neben sie. »Fahr los«, forderte er Ben auf.

Als der Lieferwagen vor The Springs hielt, bestand Nina darauf, dass man sie allein ließ.

»Auf keinen Fall, Neens«, erwiderte Ben bestürzt. Sie sah den Blick, den er seinem Bruder zuwarf, um sich dessen Bestätigung zu vergewissern, aber Heath hielt sich zurück.

»Wir können dich doch nicht hier allein lassen«, fügte Ben hinzu. »Du kannst die Nacht auf Kurrabar verbringen. Oder, Heath?«

Heath nickte.

»Nein ... nein«, entgegnete sie. »Ich meine, danke, aber nein. Ich muss hier sein. Zu Hause.«

Ben ließ nicht locker, bis Heath vorschlug: »Also wenn du wirklich hierbleiben willst, was hältst du davon, wenn ich Moira anrufe und frage, ob sie zu dir kommt?«

Nina hatte das Gefühl, gleich wieder weinen zu müssen. Moira. Ja. Ja, sie wollte Moira um sich haben.

Heath sah Nina an. »Ich werde auch Berry Kemp anrufen müssen. Den Polizeibeamten«, erinnerte er sie. »Die

Nachricht wird die Runde machen. Möchtest du, dass ich auch Harrison informiere? Sonst erfährt er auf anderen Wegen davon.«

Nina nickte, weil sie ihrer Stimme nicht traute.

Endlich ließen sie sie aussteigen, und sie lief zum Haus, wie ein Tier, das Zuflucht sucht. Die Fliegengittertür schlug hinter ihr zu, und sie hörte, wie sie wegfuhren. Drinnen lehnte Nina sich für einen Moment an die Wand, weil ihr von der Hitze schwindelig war. Dann bemerkte sie, wie schmutzig ihre Jeans waren, und riss sie sich regelrecht vom Leib. Stolpernd streifte sie sich auf dem Weg zur Dusche ihre Schuhe ab. Ihr einziger Gedanke war, sich alles abzuwaschen, was in der Höhle passiert war. Und das musste sie tun, bevor Moira eintraf.

Mit geschlossenen Augen stand Nina unter dem warmen Wasserstrahl. Sie sah das Seil, das in der Dunkelheit verschwand, den Ehering in ihrer schmutzigen Hand. Ein schrecklicher Tod. Wie lange mochte er da wohl gelegen haben? War es schnell gegangen, oder hatte er dort mehrere Tage, eine Woche lang gelegen? Ein einsamer Tod. Sie schauderte, aber dann nahmen ihre Gedanken eine andere Wendung, und sie stellte sich vor, wie Heath' Hände sich auf ihrem Körper angefühlt hatten. Als sie sich der schieren Wucht ihres Verlangens erinnerte, zuckte sie zusammen. Hatte sie ihm eine Wahl gelassen? Sie drehte das Wasser ab und schäumte sich die Haare ein, schrubbte kräftig. Die Höhle lag hinter ihr. Sie musste es vergessen. Niemals würde Heath ihr gehören. Mit Sicherheit bereute er, was passiert war. Er gehörte zu Deborah.

Sie seifte den ganzen Körper ein und drehte dann das Wasser auf, um alles abzuwaschen, hob ihr Gesicht dem

Strahl entgegen. Die Wasserleitung ratterte, spuckte Wasser aus, das aber schon bald nur noch tröpfelte.

»Mist!« Nina drehte den Hahn ab. Sie fuhr sich über die brennenden Augen und band sich ein Handtuch um den Kopf. Ein weiteres Handtuch wickelte sie sich wie einen Sarong um den Körper und machte sich dann auf die Suche nach einem Eimer. Vorsichtig stieg sie über das struppige Gras hinaus zu den Tanks und kletterte die Leiter hoch, um zum Hahn zu gelangen.

Sie hielt den Eimer darunter und drehte den Hahn auf. Warmes braunes Wasser kam heraus, das immer weniger wurde, bis es ganz aufhörte. Zum Glück war ihr Eimer fast voll.

Das konnte doch nicht wahr sein. Mit Tränen in den Augen kletterte sie wieder herunter. Der andere Tank war schon seit Wochen leer. The Springs war nun ohne Wasser.

Nina nahm das kostbare Nass mit ins Badezimmer, setzte sich in die Wanne und schöpfte Wasser über sich. Wenn sie den Mut aufbrächte, Heath wiederzusehen, könnte sie auf Kurrabar ihre Kanister füllen. Doch sollte sie weiter hier draußen wohnen bleiben, hatte sie wohl keine andere Wahl, als Wasser zu kaufen. Leisten konnte sie sich das höchstens für ein paar Wochen. Das war der Todesstoß für The Springs. Dann blieb ihr nur noch die Räumung.

Sie hatte die Arme auf den Rand des Eimers gelegt und versuchte, die angenehme Kühlung zu genießen. Bis zu diesem Moment war ihr nicht bewusst gewesen, wie sehr die Einbildung, dass der Geist von Jim The Springs belebte, das Haus für sie so besonders und lebendig gemacht hatte. Aber er war schon seit Jahren tot. Viele Jahre. The Springs war leer. Dieses Wissen war wie der Ruf in einen Abgrund, der ohne Echo blieb. Nina ließ den Kopf hängen und ihren Tränen freien Lauf.

Am nächsten Morgen saß Nina schon zeitig auf einem Plastikstuhl und beobachtete die auf Moiras und Roys Rasen herumhüpfenden Kakadus, während es langsam hell wurde. Im Haus schliefen noch alle, sie jedoch hatte eine unruhige Nacht hinter sich und war, als sie die Vögel hörte, nach draußen gegangen.

Moira hatte darauf bestanden, dass Nina bei ihr übernachtete, und Nina hatte ihrem Drängen nachgegeben. Schon sehr bald hatte sich herumgesprochen, was man in der Höhle entdeckt hatte, und sie war gerade mal zehn Minuten aus dem Bad gewesen, als die Polizei mit Sirenen, Blaulicht und einer Menge Fragen zu ihr kam. *»Können Sie bestätigen, dass dies der Ehering Ihres Vaters ist? Wann haben Sie ihn zuletzt gesehen? Woher wussten Sie, wo Sie nach ihm suchen mussten?«* Eine Schande, dass sie, als er vermisst wurde, nicht auch so interessiert waren, dachte Nina.

Moira war aufgetaucht, als die Polizei aufbrach, und gleich darauf saß Nina bei ihr in der Küche und aß kalte Cornedbeef-Sandwiches.

Hier fühlte sie sich wohl. Es ist ein neutraler Ort, dachte Nina, als sie ihr Gesicht der Sonne zu drehte. Hier konnte sie nachdenken, solange die anderen – Heath – sich fernhielten. Sie erinnerte sich, dass Moira gestern Abend noch einen Anruf entgegengenommen hatte. Das war Heath gewesen. Sie hatte nicht ans Telefon kommen wollen, und Moira hatte sie fragend angeschaut.

»Er will nur wissen, ob's dir gutgeht, Liebes. Hab ihm gesagt, du liegst bereits im Bett.«

Ninas Blick wanderte über den Hof und blieb an einem Objekt hängen, das offensichtlich von Heath war. Als sie sich darauf konzentrierte, hörte sie das tiefe Summen einer Pumpe. Die Mitte bildete der dicke dunkle Stamm eines abgestorbenen Baums, der direkt aus dem Boden zu wachsen schien. Vier hellgelbe gebogene Schienen aus Fiberglas waren stufenförmig im Holz befestigt und zogen sich wie Furchen in einem eleganten Schwung nach oben. Über den Rand des obersten Bogens tröpfelte Wasser, das dann durch die einzelnen Furchen bis nach unten geleitet wurde. Nina erkannte auf Anhieb, dass Heath sich für dieses Vogelbad Baumpilze auf Waldbäumen zum Vorbild genommen hatte. Zwei zeternde Rosenkakadus plantschten im Wasser.

Nina stützte seufzend ihren Kopf auf. Ihr Gesicht reagierte empfindlich auf die Berührung, als wäre sie wund gescheuert. Wieso? Heath' Bartstoppeln. O Gott! Schlechtes Gewissen, nein, Lust überkam sie. Was ist nur los mit mir?, dachte sie. Auf gar keinen Fall hätte sie gestern Abend mit Heath am Telefon sprechen können. Moira hätte nur einen Blick auf sie zu werfen brauchen und wäre im Bilde gewesen. Nina wollte ihn nicht wiedersehen. Und mit Sicherheit ging es ihm genauso.

»Nun, meine Liebe?« Roy kam mit zwei Tassen Tee heraus. »Eine kluge Frau sucht sich Ruhe und Frieden, solange das möglich ist«, sagte er und bahnte sich über die Disteln im Rasen seinen Weg zu ihr. »Die Meute ist gerade aufgestanden und wird wohl kaum verschwinden.« Dabei zeigte er zur Fliegengittertür, die von vier Jungs aufgestoßen wurde. Sie stürzten ins Freie, zwei schossen Fußbälle in die Luft, während die anderen beiden Handstände im Gras machten. Gleich darauf tauchte auch Mattys Cousin Alfie auf.

»Guten Morgen, Onkel Roy, Nina«, murmelte er im Vorbeigehen, um dann mit den anderen Fußball zu spielen.

»Ich weiß nicht, wie Sie und Moira das hinkriegen«, meinte sie lachend, als sie Roy den Becher abnahm.

Die Jungs gehörten zu einer Gruppe Jugendlicher, die oft bei Moira wohnten, wenn sie nicht im Haus ihrer Schwester in Brewarrina waren.

»He, Lancey, vorsichtig, okay?«, ermahnte Roy einen der Jungs, der kopfüber von einem Ast hing. »Die bringen mich noch um«, sagte er lächelnd und schüttelte den Kopf. Dann wurde seine Stimme ernst. »Man liest nichts darüber, was einige dieser Kinder durchgemacht haben. Ihre Eltern sind abhängig von Grog und Gras und sitzen die halbe Zeit im Gefängnis.«

»Es sind tolle Kinder«, meinte Nina, die sich an das fröhliche Chaos des letzten Abends erinnerte. Ihre Streiche hatten vorübergehend ihre düsteren Gedanken vertrieben und sie zum Lachen gebracht. Und Alfie war hier gesprächiger, als sie ihn bisher erlebt hatte. Es hatte sie abgelenkt, Moira und Roy zu helfen, die Bande einzusammeln, zu baden und mit Essen zu versorgen. Eine Zeitlang jedenfalls.

»Sie können sich glücklich schätzen, dass Sie und Moira sich um sie kümmern«, sagte sie.

»Ja nun, es sind unsere Leute«, erwiderte Roy, stand auf und streckte sich. »Es ist unsere Aufgabe, sie zu unterrichten.«

Nina nickte. Wo waren ihre Leute? Gehörten Olivia, Martin, Lin und die anderen dazu?

»So, Kinder. Zeit fürs Frühstück, kommt mit rein!«, rief Roy. »Kommst du mit?«, fragte er Nina.

»Danke, aber ich bleibe lieber noch ein bisschen hier sitzen.« Sie sah zu, wie Roy den Kleinsten auf den Arm nahm, einen anderen kitzelte und Alfie dabei half, die kichernde Meute ins Haus zu treiben.

Ein geborener Vater. Und schon kamen ihr die Tränen.

Am gestrigen Abend hatte sie vor Moira und Roy all ihre Erinnerungen an Jim ausgebreitet, als könnte sie ihn durch bloße Worte wieder lebendig machen. Als sie schließlich schlafen gingen, war es bereits sehr spät.

Hier im Morgenlicht überfielen sie erneut die Leere und Einsamkeit, die sie empfunden hatte, als sie gestern in der Badewanne saß. Trauer. Es schauderte sie. Nun konnte sie sich nicht mehr dem Trugbild hingeben, dass ihr Vater eines Tages auftauchen und ihr Leben ins Lot bringen würde. Sie musste praktisch denken, sich den einfachen, harten Tatsachen stellen.

Nina lief übers Gras und vertrieb dabei die Kakadus, suchte dann Schutz unter dem Orangenbaum und blickte hinunter zum großen Fluss.

Am gegenüberliegenden Ufer schimmerte das hohe Gras silbern in der Sommerhitze. Die Eukalyptusbäume am Fluss mit ihren tiefen Wurzeln waren noch voller Laub, aber die Ebenen dahinter kahl. Heute würde es wieder ein heißer Tag werden, ein wolkenloser Tag.

Ohne Zugang zum Fluss und ohne funktionierende Grundwasserversorgung war The Springs nicht überlebensfähig. Das hatte sie immer gewusst, aber solange die Tanks mit Wasser gefüllt waren, hatte sie dieses Wissen verdrängt. Sie konnte daraus kein gutgehendes Geschäft wie etwa ein Bed & Breakfast oder einen Rückzugsort für Künstler machen. Sie konnte es sich nicht einmal leisten, selbst dort zu wohnen.

Nein. Sie würde noch bis zur gerichtlichen Untersuchung hierbleiben und Dad hier draußen, wo er geboren wurde, neben seinem Bruder begraben. Heath hatte Moira ausgerichtet, dass die gerichtliche Untersuchung in etwa sechs Wochen abgeschlossen sein würde. Sechs Wochen Zeit hatte sie also, um den Verkauf von The Springs in die Wege zu leiten. Sie würde noch heute Peter Pappas anrufen.

Hilary war nach wie vor die einzige Kaufinteressentin. Aber das war ihr egal. Am Ende würde The Springs ohnehin an Heath und Deborah gehen, und bei wem wäre es besser aufgehoben? Vielleicht konnten sie das Haus als Verwaltercottage nutzen, dann würde es wenigstens erhalten bleiben.

Nina pflückte sich eine Orange, löste ein Stück der Schale und drückte ihre Lippen auf die Wunde. Es brannte. Ihre Hand strich über die gereizte Haut am Kinn, und sofort war sie in Gedanken wieder in der Höhle – Heath' Hände auf ihrem Körper, ihr hartnäckiges Drängen. Der Rausch der Sinne. Heaths Schreie, als er … Sie sollte diese Bilder verbannen, die Gefühle, die sie immer wieder überwältigten. Aber sie wusste, dass sie für immer bei ihr bleiben würden. Sie würde nicht darüber hinwegkommen. Sie hatte es genossen. Und sie würde immer von der unverfälschten, körperlichen Erinnerung daran zehren. Und deshalb wusste sie auch, was sie zu tun hatte.

Das Glück von Heath und Deborah stand auf dem Spiel. Das Bild der beiden, die sich hier draußen gemeinsam etwas aufbauten, war wahrhaftig gewesen, bevor sie auf den Plan trat. Sie war ein Eindringling. Das waren gute Menschen.

Und nach allem, was in der Höhle passiert war, blieben ihr als Strategie nur Ausweichen und Schweigen. Ihr war es nicht möglich, weiterhin die Maske der freundlichen Nachbarschaft mit Heath – und, oh Gott, mit Deborah – zu tragen, es gab kein Zurück mehr. Sie hatte alles gründlich vermasselt, das musste sie sich eingestehen. Deborah durfte niemals erfahren, was passiert war.

Aber sie würde sie alle sehr vermissen. Solange sie das Haus hatte, stand sie auch in Verbindung zu den Menschen von Wandalla. Nach dem Verkauf würde es womöglich Jahre dauern, bis sie wieder hierher zurückkam, wenn überhaupt.

Sie musste sich zusammenreißen. Einen Plan ausarbeiten. Ihr Verhalten, dieses verrückte Verlangen nach einem Mann, den sie eigentlich kaum kannte, das wahnwitzige Putzen und Ausräumen eines Hauses, das sie sich nicht leisten konnte, war Wahnsinn. Sie fröstelte. Sie war nicht ... sie würde dafür sorgen, dass sie nicht wie ihr Vater war. Es gab keinen Jim mehr, und sie akzeptierte nun, dass er nicht der perfekte Vater ihrer Kindheit gewesen war. Er hatte sie geliebt mit all seinen menschlichen Schwächen, und das musste ihr genug sein.

Ihr blieben sechs Wochen, um einen Ausverkauf des Hausinventars zu organisieren und zu packen. Sechs Wochen, um zu überlegen, was sie in Zukunft machen wollte. Die Vorstellung, nach Woolloomooloo zurückzukehren und sich einen neuen Designjob zu suchen, stimmte sie traurig. Vielleicht war es an der Zeit, nach Melbourne oder nach New York zu gehen. Und eigentlich war es auch egal, wohin sie ging.

Nina berührte ihr Medaillon und drückte es zusammen

mit dem schweren Goldring, der nun auch an der Kette hing, an sich. Jims Ring. Der Ring, der so lange an diesem dunklen Ort gelegen hatte. Gut möglich, dass der Goldklumpen noch immer dort unten lag. Doch wenn sie ihn gefunden hätten, dann wüsste sie das bereits. Es kümmerte sie nicht mehr. Der Preis war zu hoch gewesen. Jetzt zählte nur noch, dass sie ins Hier und Jetzt zurückkehrte. The Springs war der erste Ort, den sie zu ihrem gemacht hatte. Und heute Morgen würde sie zurückkehren und auf den Tanklaster warten. Im Lauf der nächsten Wochen würde sie Freunde besuchen, mit Ben durch die Gegend fahren und vielleicht auch mit Matty ausreiten, um die Zeit zu füllen. Vielleicht schaffte sie es auch, wieder zu malen. Es genügte, diese einfachen Dinge zu tun und ihre Zeit abzuwarten. Das war mehr als genug – es war ein Privileg, hier zu sein.

Heath saß da und lauschte der Trauerrede. Harrisons sonorer Bariton füllte die kleine Backsteinkirche, doch seine Worte gingen immer wieder im Sturm unter, der draußen toste.

Heath hatte eine lebhafte Erinnerung an Ninas Vater. An einem heißen Sommertag hatten sie Kricket gespielt. Er war wie einer der Jungs über den staubigen Hof gerannt und war jedes Mal, wenn jemand punktete oder auch nicht, in Hurra- und Jubelrufe ausgebrochen. Er hatte Ben, der mit nach innen gedrehten Zehen dastand, nachgeahmt, was alle zum Lachen brachte.

Heath sah zur offenen Tür hinaus und bekam zufällig mit, wie eine Plastiktüte, die auf und ab und hin und her geschleudert wurde, sich im Wind drehte. Ein solcher Wind hatte auch geweht, als sie Mum und Dad beerdigten. Und die Schwermut, gegen die er den ganzen Tag angekämpft hatte, überwältigte ihn.

Harrisons Stimme verlor sich und verwandelte sich in die Worte, die sein Onkel Mac vor langer Zeit bei der Beerdigung seiner Eltern gesprochen hatte ... *wunderbare Nachbarn ... ein schwerer Verlust für die Gemeinschaft ... Jenny und Scott waren immer zusammen, selbst im Tod.*

Er verfolgte die in der düsteren Kirche herumwirbelnden und zu Boden segelnden Staubflöckchen. Dann schloss er die Augen, zwang sich aber sofort wieder, sie zu öffnen. Und sofort richteten sie sich auf die einsame Gestalt in der vordersten Bank, auf ihren gebeugten Nacken, an dem das schwere Medaillon hing. Es war Wochen her, seit sie miteinander gesprochen und sich berührt hatten. Er hätte ihr so gern einen Arm um die Schultern gelegt, um sie zu trösten, sie festzuhalten.

Wenigstens blieb ihr der kleine Trost zu wissen, dass Jim sofort gestorben war, weil er sich das Genick gebrochen hatte. Was für ein Alptraum, wenn er in diesem schwarzen Loch einen langsamen und vor Hunger und Durst qualvollen Tod hätte sterben müssen, ohne Hoffnung auf Hilfe. Jims sterbliche Überreste, im Schein seiner Taschenlampe, blitzten vor Heath auf. Wo war all das Leben, all die Freude hin?

Genug damit. Er drückte Deborahs Hand und schaute sie an. Aber sie starrte vor sich hin, hing ihren Gedanken nach.

Wie können es diese Leute wagen, sich hier hereinzudrängen, sagte sich Hilary. Es dürften mehr als sechzig Trauergäste sein. Sicher, ein paar davon waren Freunde von Jim, aber die meisten waren Einheimische, die nur aus Neugier da waren. Trottel.

Und wieso maßte Harrison sich an, dort vorn zu stehen und zu pontifizieren? Ihre Hände in den schwarzen Handschuhen verkrampften sich um ihr Gebetbuch. War Jim tatsächlich von ihnen gegangen? Er hatte ihr das Gefühl gegeben, auf dieser Welt einzigartig zu sein. Keiner glaubte es, aber er hatte sie geliebt. Und als Beweis hatte sie das Porträt. Sie tupfte sich eine Träne ab, die ihr Make-up zu verunstalten drohte. Gemeinsam hätten sie ein wunderschönes Leben haben können, aber irgendwie hatte Harrison ihn in seine Fänge bekommen und dann auch Julia, diese arrogante Kuh. Wie hatte Jim sie nur heiraten können? Sie war so alt und vertrocknet, wohingegen sie, Hilary, jung und schön gewesen war. Jim hatte die Schönheit geliebt. Er hatte dafür gelebt.

Wie ungerecht! Hilarys Hände zitterten, als sie in ihrer Tasche nach ihrer Pillendose kramte und dabei Phillips tadelnden Blick ignorierte. Es war so mühsam, sie zu öffnen, und sie musste dazu ihre Handschuhe ausziehen. Als sie die Tabletten in ihre Hand schüttete, hielt sie inne. Wie viele hatte sie bisher genommen? Als sie nachts aufgewacht war, hatte sie eine geschluckt, genau. Und dann beim Frühstück wieder eine. Aber hatte sie danach noch welche genommen? Sie konnte nicht mehr klar denken. Sie legte sich die Tablette auf die Zunge. Sie musste lediglich daran denken, keinen Alkohol zu trinken.

So war es besser. Alles war gut. Sie betrachtete die Buntglasfenster, von denen eins dank ihrer Großzügigkeit repariert worden war. Diese Menschen schauten zu ihr auf, genau wie Phillip. Sie brauchten sie. Für einen kurzen Moment schweiften ihre Gedanken zu einer anderen Zeit, einer anderen Kirche ab. Sie war sich damals in ihrer gebrauchten Uniform und der unmodernen Frisur so klein vorgekommen. Ausgelacht hatten sie sie, diese biestigen Mädchen auf der Schule. Wenn die sie jetzt sehen könnten. Ihre Blicke fielen auf die Messingplakette am Ende der Bank mit der Aufschrift »Gespendet von Familie Flint«. Jetzt war sie in Sicherheit. Ihr war es gelungen, sich einen Namen zu machen. Sie war jemand. Köpfchen und Mut waren nötig gewesen, um ihr Leben zu ändern, und Köpfchen und Mut würden sie auch fortan weiterbringen.

Wie schafft er es nur, zu sprechen?, fragte sich Nina, als Harrisons Worte die Kirche erfüllten und das Timbre seiner Stimme sich harmonisch mit dem Wind verband, der draußen wehte. Sein Ton war traurig, aber er geriet, ganz anders als sie selbst, nie ins Stocken.

Und doch erkannte sie darin Harrisons starke Gefühle. Nun, sie glaubte, sie zu erkennen. Bei seiner Ankunft an diesem Tag aller Tage hatte er sie nur flüchtig begrüßt. Nur ein kurzes Hallo, und er vermied es, ihr in die Augen zu schauen. Kurz darauf hatte sie es noch mal versucht und ihn kurz an sich gedrückt. Aber Harrison hatte sich merklich dagegen gesträubt und sich entschuldigt, dass er seine Rede noch mal durchgehen wolle. Und von der Kanzel herab schien sein Blick nun auf alle anderen, nur nicht auf sie gerichtet zu sein.

Nina hatte nicht geahnt, wie viel Poesie in Harrison steckte, als sie seiner Trauerrede lauschte:

»… und mit meiner leeren Leinwand und meinen ungeschickten Händen werde ich nun versuchen, das Bild seines Lebens zu malen … lasst mich mit den breiten Pinselstrichen beginnen … Diese letzten Wochen, seit wir von seinem Schicksal erfahren haben, tatsächlich jedoch die Wochen seit seinem Verschwinden, waren für alle von uns, die ihm nahestanden, eine Palette mit den dunklen Erdtönen der Trauer.«

Schließlich erzählte Harrison eine lustige Geschichte über Jims Angst vor Vögeln: *»Wir waren im Hyde Park, und er warf sich tatsächlich auf den Boden, als vor uns ein Taubenschwarm aufflog.«*

Das war für Nina neu gewesen. Aber es gab schließlich so vieles, was sie nie erfahren würde. Ein lautes Schluchzen unterbrach ihre Überlegungen. Hilary. Wie alle anderen drehte Nina sich zu der schwarzgekleideten Gestalt um, die laut in Phillips Hemd schluchzte. Nina erstarrte. Das war wieder mal typisch. Diese Heuchlerin. Hilarys Verhalten war so überzogen, dass was dahinterstecken musste. Schuldgefühle?

Nina seufzte.

Eine Windbö trieb die Hitze des Tages herein, und ein Staubteufel fegte trockene Blätter ins Kirchenschiff. Ninas Blick fiel auf Heath. Er wirkte lädiert, erschüttert, als hätte er einen Schlag abbekommen. Dann bemerkte sie seine Hand, die Deborahs hielt. Sie wandte sich ab in dem Bewusstsein, dass die Plätze neben ihr leer waren.

Dann klopfte ihr jemand aufmunternd auf den Rücken. Das war Moira, die direkt hinter ihr saß und deren großer und ziemlich eindrucksvoller Hut Roy und Matty, die neben ihr saßen, fast verdeckte. Nina schaffte es, ein Lächeln aufzusetzen, und drehte sich dann wieder der Kanzel zu und versuchte sich auf Harrisons Schlussworte zu konzentrieren. Ein »talentierter Künstler«, ein »lieber Freund«. Aber jeder Satz verstärkte ihr Gefühl, allein zu sein, und entfernte sie immer weiter von dem Mann, der im Sarg lag.

Sie schielte zur offenen Tür. War das Theos Wagen? Das hatte ihr gerade noch gefehlt.

Harrison wankte die Stufen von der Kanzel herunter, die Seiten mit seiner Trauerrede an sich gedrückt. Wo war Terence? Seine Augen wanderten über die Gesichter der ersten paar Reihen: Ninas gesenkter Kopf, Hilarys feuchte Augen, die ihn anfunkelten, als wollte sie ihn niederstechen, Heath, der gedankenverloren auf das Kruzifix starrte.

Seine Worte waren wie Rauch verweht und hatten ein Gefühl der Leere zurückgelassen, als würde auch er gleich wegtreiben. Harrison zögerte. Aber dann entdeckte er Terence in seiner National-Parks-and-Wildlife-Uniform, das Gesicht voller Mitgefühl und Liebe. Terence zwinkerte ihm zu, und Harrison fühlte sich wieder besser und spürte seine Füße auf dem Boden.

Als er sich setzte, ergriff Terence seine Hand. Aus Gewohnheit erstarrte Harrison. Nein, nun war es vorbei mit dem Versteckspielen und Verstellen, das ihre Beziehung während der vergangenen drei Jahre bestimmt hatte. Terence lächelte, und Harrison entspannte sich. Es war gut so. Sich in ihrem Alter noch zu verstecken und zu verstellen war einfach albern. Zumal auf Jims Beerdigung. Tränen brannten in seinen Augen.

Und dann, wie von ihm geplant, erfüllte der treibende Bass von Queens »Another One Bites the Dust« das Kirchenschiff. Harrison lächelte. Das war Jim pur. Einige in der Trauergemeinde lachten laut, einige klatschten den Rhythmus mit, und schließlich trampelten sie mit den Füßen und applaudierten. In einer trunkenen Nacht am Durham House hatte Jim diesen Wunsch geäußert. Es war das Letzte, was Harrison für ihn tun konnte.

Aber Nina starrte Harrison überrascht an. Und da fiel ihm ein, dass er vergessen hatte, sie darüber zu informieren. Und er quetschte sich an den anderen vorbei und lief zu ihr.

»Das hat er sich gewünscht«, klärte Harrison sie auf.

»Natürlich. Es ist perfekt.« Und endlich nahm Harrison sie in die Arme und legte die Wange auf ihren Kopf.

Die Trauergäste verließen der Reihe nach die Kirche. Es war vorbei. Und genau in diesem Moment fing Harrison Hilarys Blick ein und zuckte zusammen.

Nina hatte sich in der Kirche verabschiedet und bedankt. Anschließend sah sie sich nicht in der Lage, zur Tür hinauszugehen. Draußen standen alle aufgereiht im heißen staubigen Wind und warteten darauf, dass der Sarg und die Familie die Kirche verließen. Aber Ninas Beine verweigerten ihr den Dienst. Sie fing zu zittern an.

»O mein Gott, was für ein ekelhafter Wind«, meinte Olivia und kam auf sie zugestürmt, während hinter ihr die Seitentür zuschlug.

Nina wandte sich ihr erstarrt zu. »Was? Wie?«

Olivia breitete die Arme zu einer großen Umarmung aus, und Nina ließ sich hineinfallen.

»Das muss schrecklich für dich gewesen sein«, sagte Olivia. »Erst deine Mum und jetzt das. Kommst du klar?«

»Nicht wirklich«, gab Nina zu und fing zu weinen an. Sie hatte den Jahrestag von Julias Tod vor vierzehn Tagen in Einsamkeit verbracht. Und geglaubt, gut zurechtzukommen, bis jetzt.

Olivia drückte Ninas Schultern und setzte ein entschlossenes Lächeln auf. »Ich habe erfahren, dass Theo hochfährt, und die Chance genutzt mitzukommen. Aber zehn Stunden mit ihm im Auto … Du schuldest mir einiges.« Sie sah Nina dabei forschend an.

Nina bemerkte, dass Olivia wie üblich Schwarz trug. Aber es war rührend, dass sie ihren klobigen Schmuck gegen ein kleines Silberkreuz eingetauscht hatte, das Nina seit Jahren nicht mehr an ihr gesehen hatte, und schicke Schuhe anstatt ihrer üblichen Stiefel oder Pantoffeln trug. Selbst ihr pinkfarbenes Haar wirkte weniger grell.

»Hier.« Sie reichte Nina ein schwarzes Spitzentaschentuch. »Nimm das. Ich habe jede Menge davon in meiner Tasche.«

»Und wie war's?« Theo gesellte sich zu ihnen, strich sein vom Wind zerzaustes Haar glatt und rückte seine Krawatte zurecht.

»Was glaubst du denn?«, gab Nina zurück, bedauerte aber gleich darauf ihre Worte, als sie sah, wie er verletzt zusammenzuckte. »Entschuldige. Danke, dass du gekommen bist.« Warum war er hier?

»Ja, ich weiß ja, wie sehr dich so etwas emotional mitnimmt, und ich dachte, du brauchst vielleicht eine Schulter zum Anlehnen.«

Olivia warf ihm einen warnenden Blick zu.

»Ohne Druck und so. Also, wenn ihr bereit seid, warum gehen wir nicht?«, fragte er. »Ich werde Wochen brauchen, um diesen Dreck von meinem Auto loszuwerden. Wir haben gehört, dass es bei dir so eine Art Besäufnis geben soll. Ich kann Drinks ausschenken, oder …«

»Verdammt noch mal, halt's Maul, Theo«, blaffte Olivia. »Zuerst mal muss Nina mit der Familie zum Begräbnis.«

»Ja«, sagte Nina. »Nur, dass es keine Familie gibt – außer mir.« Sie setzte ihre Sonnenbrille auf.

»Nicht mehr«, fügte Olivia hinzu und hielt Ninas Hand fest, als sie durch die Kirchentür traten.

Kapitel 17

Die Hitze brannte von einem farblosen Himmel herunter und bleichte die öde Landschaft. Ein heißer Wind, der immer wieder Staubteufel aufwirbelte, fegte übers Land und hielt die Vögel in ihren Nestern. Das einzige Anzeichen von Leben war die Prozession dreier silberfarbener Autos, die sich wie ein Riesentausendfüßler dem Hof von The Springs näherten, der wie eine flirrende Luftspiegelung aussah.

Hamish Campbell, der Bestattungsunternehmer, Blumenhändler und Mähmaschinenspezialist von Wandalla, fuhr den ersten Wagen. Nina saß neben ihm und hegte die schlimmsten Befürchtungen. Sie wusste, dass sie einer Konfrontation mit Hilary und Heath nicht entkam und vermutlich auch mit ihnen sprechen musste.

Nina schaute im Rückspiegel auf Harrison und Terence im Fond des Wagens. Spiegelbildlich starrten sie auf die

Weideflächen und hingen offenbar ihren Gedanken nach. Terence legte den Arm hinter Harrison auf die Rückenlehne. Ihre Eintracht erinnerte Nina an die verschränkten Hände von Heath und Deborah in der Kirche. Terence machte einen netten Eindruck. Sie war als Einzige allein.

Nina starrte nun aus dem Fenster. Diese Gefühle waren doch jämmerlich. Seit dem fürchterlichen, wunderbaren, erschreckenden Tag in der Höhle war sie Heath aus dem Weg gegangen. Bei einer zufälligen Begegnung in Wandalla hatte er kurz genickt, was sie dann erwidert hatte.

Deborah war eine andere Geschichte. Offenbar hatte sie sie verletzt, weil sie die ihr in den letzten Wochen angebotene Unterstützung und Freundschaft zurückgewiesen hatte. Nina versuchte mit einem Kopfschütteln die Erinnerung an Deborahs verdutzten Blick bei einer Begegnung im Einkaufszentrum zu vertreiben. Es blieben nur noch vierundzwanzig Stunden, bis der Verkauf von The Springs über die Bühne ging und alle aus dem Auge, aus dem Sinn wären.

In den vergangenen Wochen war The Springs nicht die Oase der Ruhe gewesen, die sie sich erträumt hatte. Der Gerichtsmediziner hatte seine Untersuchung abgeschlossen mit dem Ergebnis, dass es keine Beweise für Fremdeinwirkung gab. Als er sich mit »Tod durch Unfall« zufriedengab, war Nina erleichtert gewesen. Die gerichtliche Untersuchung hätte sich auch hinziehen können, wie Harrison ihr erklärte. Man hatte aufgrund eines Gebissabgleichs eindeutig festgestellt, dass es sich tatsächlich um Jim handelte.

Aber Nina hatte noch immer Fragen. Wie das Seil gerissen war, blieb ein Rätsel. Und natürlich hatte der Gerichtsmediziner keine Ahnung, wozu die verrückte Hilary fähig war. Kein Verdächtiger, keine wirkliche Aufklärung. Und wo war das Gold? Das Gold, das, wie sich herausstellte, ihrem Vater das Leben gekostet hatte.

Nina legte die Hand auf die Scheibe. Von der Hitze draußen fühlte sie sich warm an wie ein lebendiges Wesen. Nun war sie also ganz offiziell eine Waise. Und vielleicht endlich auch befreit von kindlichen Phantasien von einem Vater, der eines Tages wieder aus dem Nichts auftauchte.

Im Seitenspiegel sah sie Theo und Olivia, die sich im Wagen hinter ihr kabbelten. Während der Zeremonie am Grab hatte Olivia Ninas Hand gehalten, eingehüllt in den Staub, der zwischen den Cherubim mit den lädierten Gesichtern und den sich absenkenden Schachbrettplatten aufgewirbelt wurde. In jenen letzten Momenten, als der Sarg in das graue staubige Loch hinabgelassen wurde, hatte Nina zu begreifen versucht, dass es sich dabei um Jim handelte. Aber da Hilary, Phillips schützenden Arm um die Schultern, ihr gegenüberstand, war Nina abgelenkt gewesen. Überall, wohin sie auch schaute, war diese Frau. Bei ihrer letzten Begegnung mit Hilary hätte diese sie offenbar am liebsten umgebracht. Aber das damals vor Wut verzerrte Gesicht verbarg sich nun reglos hinter einer großen Sonnenbrille.

Der Wagen rumpelte über das Weidegitter auf den Hof von The Springs und brachte Nina zurück in die Gegenwart. Zu ihrem Entsetzen standen an die zwanzig Autos kreuz und quer um das Haus geparkt.

»O mein Gott, ich hatte ja keine Ahnung, dass so viele Leute kommen würden. Ich habe nur ein paar Kekse gekauft …«

»Keine Sorge, meine Liebe, es ist alles gut«, beruhigte

Terence sie, der ihr die Wagentür aufhielt. Zusammen mit Harrison brachte er Nina zum Hintereingang, wo sie von Gläserklirren und Geschirrklappern begrüßt wurden.

Als Terence die Küchentür aufstieß, fielen Nina fast die Augen aus dem Kopf. Der Tisch war mit Essen überladen. Platten mit hausgemachten Würstchen im Schlafrock und Sandwichpyramiden sowie Krüge voller Fruchtpunsch, an denen das Kondenswasser abperlte, machten sich den Platz streitig. Zwei Biskuitkuchen mit Marmelade und Sahne hockten wie fette Hennen auf einem Paar silberner Kuchenetageren. Unter Moiras Aufsicht köchelte etwas köstlich Duftendes auf dem Herd – Bolognese? Moira, elegant in Schwarz, mit einem opalfarbenen Schal um den Schultern, kam auf Nina zu, um sie zu küssen und zu drücken. Ihr Mitgefühl stand außer Frage, aber zugleich blitzte auch Freude in ihren Augen auf.

»Komm raus aus diesem Wind, meine Liebe. Ich hasse solche Tage. Die machen einen nur verrückt«, sagte Moira und wischte den Staub von Ninas Schulter.

»Sieh nur, was Hamish, dein Fahrer, vorhin vorbeigebracht hat«, erklärte Moira und zeigte auf ein Blumenarrangement, das auf dem Flurtischchen lag. Nina las, was auf der beiliegenden Karte stand: *Für einen unserer Besten. Mögest Du auch weiterhin für Wirbel sorgen, wohin auch immer Du aufgebrochen bist.* Die Namen der noch verbliebenen Mitglieder von Sydney-Stir waren aufgelistet. Nina lächelte. Das hätte Jim gefallen.

Aus dem Wohnzimmer drang Gelächter.

»Nun komm schon. Alle wollen sich unterhalten«, sagte Moira und schob sie ins Wohnzimmer.

»Okay, weiter.« Ein stämmiger Mann mit einem dunklen buschigen Bart sorgte mit erhobener Hand für Ruhe. »Was war Jims bester Streich? Irgendwelche Vorschläge?«

»Ich weiß, ich weiß!«, meldete sich eine sommersprossige Frau zu Wort, die hinten in der Menge stand. »Als er die Inschrift Wandalla High über dem Schultor zu *anal laW High* umarrangierte.« Die Gruppe brach in Gelächter aus. »Das ›d‹ hat man nie gefunden«, fügte sie hinzu.

»Genau, das habe ich Hils erzählt, als sie in den Ferien nach Hause kam«, warf Lobby Murphy ein, der auf dem Klavierhocker saß, das rote Haar abstehend wie die Borsten einer Scheuerbürste. »Sie dachte, ich hätte es mir ausgedacht, aber das hab ich nicht.« Er lachte dümmlich.

Als Ninas Blick über die gutgekleidete Menge wanderte, erkannte sie viele Gesichter von der Beerdigung und aus Wandalla wieder.

»Ich schätze, das muss an dem Tag gewesen sein, als wir Wichser Reeves, den Mathelehrer, bekamen. Erinnert ihr euch?«, sagte ein Mann im weißen Jackett.

»O ja!«, erwiderte der Mann mit dem buschigen Bart. »Ein Klassiker!«

Als daraufhin Fragen laut wurden, ergriff der Mann im weißen Jackett das Wort.

»Also, Rick Reeve war ein Mistkerl, wie er im Buche steht. Für Jim war er nur ›Rick mit dem schlechten F‹. Und so kam er zu seinem Spitznamen Wichser.«

Die Menge lachte begeistert.

»Nun, eines Tages brachte Jim uns alle dazu, leise zu sprechen, damit Wichser dachte, er werde taub. Wir fanden sogar einen Weg, die Tür fast geräuschlos zu schließen. Wichser guckt sich also um, wird zunehmend verwirrter, steckt sich den Finger in sein Ohr, um es zu säubern –«

Der Mann entdeckte die in der Tür stehende Nina und hielt inne. Alle drehten sich zu ihr um.

»Wisst ihr, ich wollte nur …« Ninas Worte erstickten in Tränen.

»Sprechen Sie weiter, meine Liebe«, bat der Mann freundlich.

»Ich danke euch allen fürs Kommen. Das hätte ihm viel …« Ihr versagte die Stimme.

»Ist schon gut. Ich denke, wir wissen alle, was du sagen möchtest.« Moira reichte ihr sowohl einen Becher Tee als auch ein Glas Wein.

»Ich hoffe, Sie haben nichts dagegen, wenn wir hier Geschichten erzählen«, sagte der Bärtige.

»Aber nicht doch. Ich freue mich, sie zu hören. Ich kenne sie nicht. Dadurch wird er lebendig.«

Nina spürte einen Schubs, der sie in den Raum stieß. Als sie sich umdrehte, sah sie Olivia, die mit einer großen Leinwand rückwärts durch die Tür kam.

»Erkennst du's?«, fragte Olivia sie und drehte es um, so dass Nina es sehen konnte. Es war Jims Gemälde von dem Mann, der sich vom Brunnen entfernte. Das Bild, das sie auf ihrer Leinwand nachzuempfinden versucht hatte. Nina sah ihre Freundin verwirrt an.

»Frag mich nicht«, sagte Olivia mit einem Schulterzucken. »Das hier wollte nach Hause kommen. Als ich aus der Tür ging, schien es mir wie ein herrenloser Hund zuzurufen, und ich konnte es einfach nicht zurücklassen.«

Nina starrte mit offenem Mund darauf. Von all den Bildern, die Nina in Olivias Obhut gelassen hatte, hatte Olivia dieses gewählt, um es mitzubringen.

»Du bist mir manchmal wirklich unheimlich, Miss

Olivia, du scheinst meine Gedanken lesen zu können«, erwiderte sie kopfschüttelnd. »Bring es ins Esszimmer. Du wirst schon wissen, wo du es aufhängen musst.«

Die Fliegengittertür schlug zu, und Phillip führte Hilary in den Raum. Sie hatte noch immer ihre Sonnenbrille auf, trug dazu aber noch einen riesigen Hut, dessen Tupfenschleier ihr Gesicht verbarg. Widerwillig musste Nina ihren Stil bewundern. Es war immer zu viel des Guten, aber sie traf damit dennoch den Nagel auf den Kopf. Alle im Raum schienen leiser zu sprechen, als sie die Neuankömmlinge beäugten.

»Einen Drink, Liebling?«, fragte Phillip und brachte Hilary zu einem Sessel. Die Gäste traten beiseite, um sie durchzulassen.

»O nein, nicht um diese Uhrzeit.« Hilary setzte ihre Sonnenbrille ab und zeigte ihre leeren Augen. »Phillip, sag mal, sind das nicht die Bannisters?« Sie stand auf und ging mit ausgestreckter Hand auf sie zu. »Wie wunderbar, euch zu sehen. Freut mich, dass ihr kommen konntet.«

Nina hob eine Braue. Wenigstens in ihrem Auftreten war sie unverändert, wie sie zugeben musste. Dennoch verkrampfte sich ihr Magen in ängstlicher Erwartung, wie immer, wenn Hilary in der Nähe war. Hör auf damit!, sagte sie sich. Morgen würde alles abgewickelt sein, und dann sah sie Hilary nie wieder.

»Nun komm schon, Deb. Wir haben uns sehen lassen. Lass uns jetzt verschwinden.« Heath und Deborah standen im Flur nahe der Eingangstür und kehrten Nina den Rücken zu. Ihr Herz begann zu rasen. Sein Nacken. Seine Schulterhaltung.

»Wie kannst du nur so selbstsüchtig sein«, zischte Deborah und zerrte ihn am Ellbogen. »Du hast noch nicht mal mit Nina gesprochen.«

»Ich könnte mir vorstellen, dass ihr für heute genügend Leute kondoliert haben, findest du nicht?«, erwiderte Heath mit Nachdruck.

»Ich gehe jetzt nicht, Heath, und du auch nicht. So. Und jetzt suchen wir sie.«

Nina zog sich rasch aus dem Flur in die Küche zurück. Natürlich würde sie mit ihnen sprechen müssen, aber jetzt noch nicht.

»Also diese Haare. Ist da ein medizinisches Experiment schiefgegangen, oder willst du damit Mum und Dad sagen ›Leckt mich am Arsch‹?« Bens Stimme übertönte das Stimmengewirr. Olivia hielt ein Messer über einen der Biskuitkuchen auf dem Küchentisch, und im Licht, das durchs Fenster einfiel, leuchtete ihr Haar wie ein Feuerschein.

»Eigentlich beides«, gab Olivia zurück und zwinkerte Nina zu. Sie reichte Ben ein Stück.

Theo fühlte sich wie zu Hause, bemerkte Nina, hielt in der einen Hand ein großes Bier und in der anderen eine Schale Spaghetti. So viel also zum »Helfen«.

»Jetzt möchte ich aber wissen«, sagte Olivia zu Ben, während sie in ihrem Kuchenstück herumstocherte, »warum Nina mich diesem heißen Typen im Rollstuhl noch nicht vorgestellt hat?«

»Olivia, darf ich dir den bewundernswerten Ben vorstellen. Ben, das ist die freche Olivia«, stellte Nina die beiden einander vor.

»Wo hatte sie dich denn versteckt?«, fragte Olivia und leckte sich lächelnd die Sahne von den Fingern.

Zu Ninas Überraschung wurde Ben rot, als er lachend antwortete: »Mich kann mich nicht so leicht verstecken.«

»Das glaube ich gern.« Olivia wandte sich der Hintertür zu. »Dann komm mal mit, Big Ben, oder wie immer du heißt, und mach eine Führung für mich, bevor ich mich zu Tode esse.«

Olivia schnippte gegen ihren Faltenrock und winkte Nina zum Abschied zu, was Nina mit einem erleichterten Lächeln beantwortete. Eine »von ihren Leuten« war hier, jemand, dem sie sich nicht erklären musste. Und sofort entspannte sie sich ein wenig.

»Nina, Liebes, da bist du ja.« Shona hielt Possum die Hintertür auf, der mit einem ganzen Arm voller Leinwände hereinkam. Der Wind hatte ihm den langen Bart um den Kopf gewickelt.

»Du warst hoffentlich nicht sauer, dass wir nicht in die Kirche gekommen sind.« Shona drückte Nina an ihren weichen Busen. »Aber seit ich auf der Missionsschule war, sind mir solche Orte unerträglich. Wenn ich Weihrauch rieche, wird mir schlecht.«

»Ich dachte mir, die Leute wollen vielleicht Jims Arbeiten sehen«, erklärte Possum und hob sein Bündel hoch. »Keine davon ist fertig. Ich habe sie im Schuppen aufbewahrt. Hab wohl geglaubt, dass er sie eines Tages holen kommt. Wo kann ich sie ablegen?«

»Da durch, im alten Esszimmer.« Nina führte sie in den Raum, der jetzt zu ihrem Atelier geworden war. Auf dem großen Holztisch an der Wand lagen Jims Kunstwerke und Familienfotos. Ninas unvollendetes Gemälde des gesichtslosen Mannes stand neben seinem Zwilling: Jims Gemälde zum selben Thema.

»Ich werd nicht mehr!«, rief Possum aus und blieb stehen, um das Bilderpaar zu begutachten. »Das da ist unverkennbar von Jim. Aber das andere ... Von dir?«

Nina nickte verlegen. Neben Jims selbstbewussten Pinselstrichen wirkten ihre Bemühungen tastend, unreif. »Weißt du, dass er nur drei Jahre älter war, als ich jetzt bin, als er starb«, sagte Nina leise, als sie den Rahmen seines Gemäldes berührte. »Im Vergleich zu meinen Arbeiten sind seine so hervorragend. Ich versuche noch immer, alles richtig hinzubekommen. Jedes Mal, wenn ich es mir ansehe, möchte ich an etwas anderem arbeiten, der Form des Baumes, der Farbe des Grases«, gab sie mit einem Seufzer zu.

»Das ist schön, Nina, es hat was Schwermütiges«, meinte Shona und legte einen Arm um Ninas Taille.

»Ja, aber es ist doch nicht das Gras, das dir Kopfzerbrechen bereitet, oder?«, wandte Possum ein. »Er ist es, stimmt's?« Er richtete sein gerecktes Kinn auf die Gestalt des Mannes.

Wie wahr! Nina hatte das Bild nun so gedreht, dass der Mann darauf frontal zu sehen war, wie sie sich das immer schon gewünscht hatte. Aber nach allem, was sie daran herumprobiert hatte, war sein Gesicht noch immer verschwommen, als sähe man es durch milchiges Wasser. Im Laufe der letzten Wochen hatte sie es mindestens fünfmal abgeändert, aber nichts funktionierte. Schicht auf Schicht verschiedenster Gesichtsausdrücke und Ähnlichkeiten lagen unter der Oberfläche, genauso wie ihre alten Vorstellungen von Jim.

»Ich kenne den«, sagte Shona, den Blick auf den Mann in Ninas Gemälde gerichtet. Sie warf ihrem Ehemann und

Nina einen amüsierten Blick zu. »Bamapana nennen sie ihn oben im Norden. Er ist einer, der einem Streiche spielt. Der die Köpfe der Menschen verwirrt, so dass sie sich am Ende bekämpfen.«

»Es ist eine Geschichte der Yolngu«, wusste Possum. »Diesen Geist haben Shona und ich immer in deinem alten Herrn gesehen.«

»Du meinst also, *du* hältst ihn für Dad?«

»Natürlich ist er es. Wer soll es denn sonst sein?«, erwiderte Possum. »Der wird dir immer entwischen.«

»Da hast du recht«, sagte Nina erleichtert. Deshalb konnte sie ihn auch nicht festnageln. Die ganze Zeit war sie davon ausgegangen, mit Jim auch eine Antwort auf ihre Fragen zu finden, aber noch immer hatte sie keine klare Vorstellung davon, wer Jim gewesen war. Für sie war er ein anderer gewesen als für Harrison, wieder ein anderer für ihre Mutter, und Hilarys Vorstellung von ihm war wieder eine völlig andere. Jim war ein Schwindler, ein Gestaltwandler gewesen, wie Shona sagte. War deshalb jeder Versuch, ihn festzuhalten, müßig?

Possum breitete sorgfältig Jims Leinwände und Papierskizzen aus. Voller Stolz überreichte er Nina eine Zeichnung vom Gesicht der sehr viel jüngeren Shona im Feuerschein, der sie von hinten anstrahlte. Ein paar einfache Linien fingen die Schönheit ihres Ausdrucks und die Tiefe ihre dunklen Augen ein, in denen jeweils ein einzelner Funke leuchtete.

»Das ist wunderschön. Das gefällt mir«, sagte Nina und legte es in die Mitte des Tisches.

Auf dem nächsten sah man ein Detail des Steinfundaments von Durham House, akribisch genau in seiner neogotischen Schönheit. Und dann entrollte Possum eine große Leinwand. Die Umrisse der Felswand am Wasserloch waren skizziert, aber nur der Vordergrund war gemalt. Der kleine, vom schimmernden Wasser umspülte Strand erinnerte Nina mit Macht an ihren letzten Aufenthalt dort. Bevor sich alles änderte.

»Wie kommen Sie denn zurecht?« Nina drehte sich um und sah sich Kathryn Blackett gegenüber, die sie freundlich anschaute.

Nina gab ihr einen Kuss auf die Wange.

»Danke, dass Sie gekommen sind«, sagte sie.

»Wir mochten Jim sehr, aber wie geht's Ihnen?«, erkundigte sich Kathryn.

Nina nickte. »Ich bin einfach nur froh, dass jetzt alle Formalitäten erledigt sind.«

»Aber?«, hakte Kathryn nach.

»Ich habe noch immer mehr Fragen als Antworten zu Dad.«

Kathryn verzog mitfühlend den Mund und drückte Ninas Arm.

»Sieh nur, Mac. The Springs in seiner Glanzzeit.« Kathryn nahm eins der Bilder in die Hand.

»Nina tut offenbar ihr Bestes, um es vor dem Abgrund zu bewahren.« Macs Augen glänzten.

»Nun, ich habe getan, was ich konnte. Alles Weitere hängt von der neuen Besitzerin ab«, seufzte Nina und deutete auf die sich nähernde Hilary, vor der sich die Menschenmenge wie das Rote Meer zu teilen schien.

Mac tauschte stirnrunzelnd einen Blick mit Kathryn.

»Sie ist gar nicht so schlimm«, flüsterte Kathryn und tätschelte Ninas Hand. »Ich weiß, sie wirkt ein wenig …«

»Kathryn, Mac«, sagte Hilary, »kann ich euch etwas zu essen bringen? Lobby?« Sie sah sich verwirrt um. »Ich sorge dafür, dass euch jemand was auf einem Teller bringt. Lobby!«, brüllte sie, und die Menge wurde still.

»Hier, Hilary«, sagte Lobby. Er stand mit ängstlicher Miene an der Tür.

Hilary hielt inne, als müsste sie überlegen, weswegen sie ihn gerufen hatte. »Äh … bring mir einen Scotch«, herrschte sie ihn an.

Lobby verschwand.

Hilary trat an den Tisch, um sich die Gemälde anzusehen, die Possum ausgepackt hatte. Sie wählte eine Skizze von Durham House aus, strich darüber und legte sie dann über die Zeichnung von Shona.

Typisch, dachte Nina.

Hilary ließ ihren Blick durch das Atelier wandern. »Jim hat diesen Raum geliebt. Einige seiner schönsten Werke sind hier entstanden«, sagte sie viel zu laut.

»Oh, um Himmels willen …«, setzte Possum an, aber Shona nahm Blickkontakt zu ihm auf und wies mit einem Kopfnicken zur Tür.

»Wir sehen uns später«, flüsterte sie Nina zu, als sie sich durch die Menge zur Tür drängelte, gefolgt von Possum, nachdem er die Zeichnung von Shona wieder oben auf den Stapel gelegt hatte.

»Wir bewunderten gerade die gute Arbeit, die Nina diesem alten Haus hier hat angedeihen lassen, findest du das nicht auch, Hilary?«, sagte Kathryn in beschwichtigendem Ton.

»Du scheinst dich ja sehr für die kleine Nina zu interessieren«, höhnte Hilary, als Lobby ihr eine Flasche Scotch und ein Glas brachte. Nina wurde wieder bange zumute. Aber zum Glück waren Mac und Kathryn hier.

»Nun, wir …« Mac schien um Worte verlegen zu sein.

»Natürlich interessieren wir uns für sie«, kam ihm Kathryn zu Hilfe.

Hilary schenkte sich Whisky ins Glas und trank einen Schluck. »Ah ja. Interesse an jungen Frauen, die von ihrem Weg abgekommen sind und die falsche Richtung eingeschlagen haben, oder Mac? Diese streunenden Mädchen …« Sie hielt inne und betrachtete, offenbar gebannt, Ninas Bild vom Durham House.

»Moment mal …«, begann Mac, bevor Kathryn ihn tadelnd ansah.

»Oh, Jim.« Hilarys verschmierte Lippen bebten.

»Ja, wir werden ihn alle vermissen, Hilary«, sagte Kathryn warnend. »Sie sollten in Erwägung ziehen zu bleiben, Nina«, fuhr sie fort und veränderte geschickt ihre Position, um Hilary abzuschirmen, die Nina giftig anschaute. »Auch wenn die Quelle ausgetrocknet ist, man kann heute aus Land wie diesem sehr viel machen«, fügte Kathryn unbeirrt hinzu. »Unsere Enkelin Jane wohnt draußen in Walgett. Sie hat dort einen Ruhesitz für Künstler geschaffen. Unterbringung und Ateliers. Dafür musste sie natürlich investieren und eine Wasserleitung legen lassen, aber langsam wirft es Profit ab. Sie würde sich sicher gerne mit Ihnen austauschen.«

»Klingt interessant«, erwiderte Nina höflich. Natürlich war das ein Hirngespinst.

»Sie könnten auch ein Wrestlingstudio aufbauen«, schlug Hilary vor und lachte dabei schrill. »Sie ist ziemlich gut im alten Handgemenge.« Sie stupste Kathryn an. »Ich habe noch immer eine kahle Stelle, wo sie mir die Haare ausgerissen hat.«

Kathryn drehte sich ungläubig zu Hilary um. »Was redest du da, Hilary?«

»Hab ich dir nicht erzählt, dass sie dazu neigt, wehrlose Frauen anzugreifen, die doppelt so alt sind wie sie?«, entgegnete sie.

»Es reicht jetzt, Hilary«, sagte Kathryn entnervt.

»Pass auf, Kathryn, man kann nie wissen, was sie mit einer Großmutter wie dir anstellt!« Hilary lachte, musste husten und spuckte und verschüttete den Scotch in ihrem Glas.

»Komm, lass uns an die frische Luft gehen«, schlug Mac mit fester Stimme vor und nahm Hilarys Arm. »Komm mit.«

Nina und Kathryn sahen sich an, aber in Kathryns Blick lag noch etwas anderes, eine Mischung aus Mitgefühl und – war es Angst? Nina schauderte. Sie stellte ihre leere Tasse ab.

Das war jetzt ihre letzte Chance. In wenigen Tagen würde sie von hier weggehen und vermutlich jahrelang nicht mehr zurückkommen, wenn überhaupt. Hilary war betrunken, und in diesem Zustand rutschte ihr vielleicht doch etwas unbedacht heraus.

Entschlossen, mit einem letzten Versuch etwas über Jim in Erfahrung zu bringen, folgte Nina Mac und Hilary nach draußen.

Der durchdringende Fettgeruch der Würstchen mit Tomatensauce setzte Heath derart zu, dass er nur noch ins Freie wollte, selbst in den staubigen Wind. Die Erinnerung an die Beerdigung seiner Eltern war stärker denn je. Er musste weg von hier. Hilary machte Randale, und Deborah verfolgte Nina wie ein verirrtes Kalb. Die Situation war völlig verfahren.

Aber als er in den Durchgang kam, fing Ben ihn ab. »Alles okay mit dir, Kumpel? Siehst käsig aus.«

Käsig. Mums Wort. Heath bekam ein Lächeln zustande. »Ja. Das erinnert mich«, sagte er.

»Mich auch.«

»Angeberwagen«, meinte Ben und deutete auf Theos draußen geparkten BMW Roadster.

Heath seufzte.

»Ninas Freundin Olivia behauptet, er sei ein echter Scheißkerl«, sagte Ben. »Will sicher sein Glück versuchen, wenn er sich schon auf den weiten Weg macht. Bleibt über Nacht.« Er sah Heath an, der keine Miene verzog. »Das Ding ist bestimmt hundert Riesen wert.« Bens Blick lag auf dem in der Sonne glänzenden Cabrio. »Große Klappe und nichts dahinter, schätze ich. Das sind die Wichser, mit denen Nina daheim in Sydney rumhängen muss.«

»Das geht uns nichts an«, gab Heath zurück. Ich muss vernünftig und erwachsen sein, redete er sich ein.

Ben schüttelte den Kopf. Heath bemerkte, wie sich seine verächtliche Miene verdüsterte. »Du weißt schon, dass sie in ein paar Tagen zurückfährt? Morgen wird sie die Papiere unterschreiben, und dann ist die Sache so gut wie gelaufen. *Sayonara*, Nina.«

Heath drehte sich um und ging raschen Schritts zum Bohrloch, um der mörderischen Hitze zu entkommen. Er hätte niemals hierherkommen dürfen.

»Ihr beide seht mir ganz so aus, als könntet ihr ein Tässchen vertragen«, sagte Moira zu Shona und Possum, die in die Küche geflüchtet waren. »Ich hab gehört, wie Hilary explodiert ist.«

»Was hat die nur?«, fragte Shona und löffelte sich Marmelade auf einen Scone. »Die führt sich auf, als hätte sie eine Bulldoggenameise gegessen.«

»Hungrige Geister«, warf Possum ein. »In ihrem Kopf lebt sie noch immer in der Hütte ihres Vaters unten am Fluss.« Er trank einen Schluck Tee.

»Die Leute sagen, sie wisse über das, was mit Jim passiert ist, mehr, als sie zugeben will«, sagte Moira. »Im Wohnzimmer sitzen dreißig Leute, und es gibt siebenunddreißig Verschwörungstheorien.«

»Ja, habe ich gehört«, bestätigte Shona. »Aber sie will es ja nicht anders, indem sie sich aufführt wie die trauernde Witwe. Jim konnte sie nicht ausstehen. Danke, Liebes.« Sie nickten Moira zu, und Moira sah ihnen hinterher, als sie sich in den Schatten der Veranda zurückzogen, wo Matty und Deborah sich mit den McNallys unterhielten. Dabei konnte es nur um Pferde gehen. Bei diesen Leuten drehte sich alles nur darum.

»Da draußen sind mir zu viele«, sagte Lobby, als er in der Küchentür auftauchte. »Kann ich hier bei Ihnen bleiben?«

»Natürlich.« Moira schenkte die letzte Tasse Tee aus der Kanne ein und reichte sie ihm. Lobby war nicht der Hellste, aber er tat auch keinem was zuleide. Ganz anders als seine Schwester.

»Danke, Miss O'Sullivan, ich meine Mrs Inchboard. Sie retten mir mein Leben.« Lobby nahm sich ein Würstchen im Schlafrock und tauchte es in die Schüssel mit Tomatensauce. »Das ist so anders als bei meinem letzten Besuch hier.«

»Aha! Wann warst du denn zum letzten Mal hier?«, erkundigte Moira sich abwesend und stapelte dabei die Teller in der Spüle. Verrückt, wie hungrig die Leute nach einer Beerdigung sind, dachte sie. Bis auf Nina. Die quälte sich heute, aber zum Glück hatte sie ein paar Wochen Zeit gehabt, um sich vorzubereiten. Aber nicht genug Zeit, um zu trauern, vor allem nicht für eine Weiße, fand Moira.

»Ach ja, das muss wohl so vor einem Jahr gewesen sein, als wir hierherkamen, um das Bohrloch zu reparieren«, erzählte Lobby. »War ein ziemliches Durcheinander und keiner da. Aber jetzt ist ja hier wieder Leben, und es sieht wie ein richtiges Zuhause aus.«

Moira hielt inne und sah ihn an. »Das Bohrloch auf diesem Anwesen? Warum das denn? Hat Russell dich gebeten, ihm zu helfen?«

»O nein, es war nachdem ... Hilary ... äh ...« Lobby verschluckte sich, und Blätterteig fiel zu Boden. Er schlug sich auf die Brust und schüttelte den Kopf, bis Husten und Keuchen nachließen.

»Es war eine routinemäßige Wartung, genau das war's. Fragen Sie Harrison. Ich meine ...« Lobby unterbrach sich sichtlich bestürzt, als hätte er sich sein eigenes Grab geschaufelt. »Ich tue nur, was man mir sagt, wissen Sie?«, fügte er lahm hinzu.

»Natürlich. Du schlägst Hilary nichts ab, oder?«, sagte Moira vorsichtig. Armer Kerl!

»Sie werden ihr doch nichts sagen, oder?«, flehte er sie an.

Moira tätschelte Lobbys Arm und legte noch ein Würstchen im Schlafrock auf seinen Teller. »Verschwiegen wie ein Grab, mein Lieber«, versprach sie. »Mach dir deswegen keine Sorgen.«

Nina kam um die Ecke der Veranda und wich sofort wieder zurück. Hilary hatte sich in einen der Gartenstühle gesetzt, während Harrison vor ihr auf und ab lief.

Nina duckte sich hinter die Waschküche, bevor sie entdeckt werden konnte. Sie hatte das Gefühl, dass dieses Gespräch sich als interessant herausstellen könnte, und platzierte sich vor dem Lüftungsgitter.

»Du bist still. Ich bin noch nicht fertig mit dir«, kommandierte Hilary. »Sieh mich an wie ein Mann, falls dir das nicht allzu schwer fällt«, forderte sie ihn heraus.

»Ich denke nicht, dass das ein guter Zeitpunkt ist, Hilary.«

Allem Anschein nach war heute Harrison Hilarys Prügelknabe.

Eine andere Männerstimme – eine raue – kam vom Durchgang jenseits der Waschküche. »Vergiss nicht, Jim konnte auch ein riesengroßes Arschloch sein, wenn ihm der Sinn danach stand. Russell hat oft seinen Unmut zu spüren bekommen. Er wollte der King sein. Und man durfte sich mit Russell nur abgeben, wenn feststand, dass man ihn lieber hatte.«

»Sprichst du damit auf diese Sache mit Hilary an?«, fragte eine unbekannte Frauenstimme.

»Ja schon«, antwortete die raue Stimme. »Er zeigte nur Interesse an ihr, um seinem Bruder eins auszuwischen.« Die Frau schnalzte mit der Zunge.

O Dad, dachte Nina, und es schnürte ihr die Brust ab. Sie versuchte verzweifelt, beiden Gesprächen zu folgen, aber das Brausen des Windes machte dies fast unmöglich.

»Nun, wann ist schon ein guter Zeitpunkt, Harrison? Wann?« Hilary sprach laut, und sie lallte. »Jim liebte mich. Das weißt du. Es wäre ...«

Nina lauschte angestrengt.

»Meine Liebe«, sagte Harrison, »du bist, du warst vieles ...«

»Mmm. Er flirtete also mit allen, oder?«, murmelte die Frau im Durchgang. »Aber es wurde nie was Festes draus. Das Treiben an diesem Brunnen von Durham, wenn er zu Hause war ... gut! Wie ich hörte, sprang man nackt umher und vollführte heidnische Tänze und ...«

»Zu viel Alkohol und dazu das verdammte Gras«, sagte der Mann.

»Egal«, meinte die Frau, »wir haben damals sicherlich alle Dinge getan ...«

»Du hältst jetzt den Mund!«, war Hilary zu hören. »Du hast mir Jim weggenommen. Nach deiner kleinen Eskapade hat das Blatt sich gewendet. Wem tut das jetzt leid, hä? Ich denke, Barry Kemp könnte sich dafür interessieren ...«

Barry Kemp? War das nicht der Polizeibeamte von Wandalla?

»Es heißt, er habe es weiter so getrieben, als er verheiratet war«, fuhr die raue Stimme fort. »War schwer für seine Familie.«

»Nicht passend und geeignet? Sagt man das nicht so, wenn jemand ...« Hilarys letzte Worte endeten in einem schrillen Lachen. »Ganz zu schweigen, was in einer dunklen Nacht vor nicht allzu langer Zeit und nicht allzu weit von hier entfernt passiert ist.«

»Also, ich hörte, dass ein eifersüchtiger Liebhaber darin verwickelt war«, sagte die Frau im Durchgang. »Aber komm lieber mit raus. Ich möchte nicht, dass die Tochter es hört.« Ein Stuhl wurde gerückt.

Nina schlich sich näher ans Fenster und spitzte die Ohren – kein leichtes Unterfangen bei diesem heftigen Wind, der alles durch die Gegend wehte, was nicht niet- und nagelfest war.

»Ich denke, wir beide sollten das abwarten«, sagte Harrison mit einem drohenden Unterton. »Morgen wird das Anwesen verkauft, und dann ist alles vorbei.«

»Wird aber auch Zeit. Denn andere Käufer wird es nicht geben. Und wenn sie bis morgen Nachmittag um drei nicht auftaucht, ziehe ich von meinem nächsten Angebot zwanzig Prozent ab.«

»Lass sie doch in Ruhe. Nina hat deinetwegen schon genug gelitten.«

»Oh! Die edle Nina«, höhnte Hilary. »Die arme kleine Prinzessin. Alle lieben Niiiina. Wo auch immer sie sein mag. Man muss nur aus dem richtigen Schwall … dem richtigen Stall kommen …«

»Hab Erbarmen, Herr!«, brummte Harrison.

»Da bist du ja.« Phillips Stimme. »Hallo, Harrison. Deborah meinte, du seiest müde, meine Liebe. Lass uns gehen.« Er hakte Hilary unter.

»Warte doch. Ich muss nur … mein Schuh …«

»Hab ihn. Wir gehen jetzt. Schön, dich zu sehen, Harrison.« Phillip wirkte fröhlich, als habe er es mit einem

Kleinkind zu tun. Was war das denn für eine Beziehung, fragte sich Nina, die Hilary so fügsam machte?

Ein Rätsel, wie so vieles. Wie etwa das, was sie gerade belauscht hatte. Nun ja, vielleicht war es der übliche Dorfklatsch, aber es wühlte sie trotzdem auf. War Harrison der einzige eifersüchtige Liebhaber, oder gab es da noch einen anderen, und wenn ja, wer war es? Und was verdammt sollte das mit der Polizei? Bezog Hilary sich womöglich auf Jims Verschwinden, als sie etwas erwähnte, was sich »in einer dunklen Nacht hier in der Nähe« ereignet hat? Nein, denn sie sagte, es sei »vor nicht allzu langer Zeit« passiert.

Worum auch immer es ging, Nina hatte genug gehört. Ihr dröhnte der Kopf. Sie trat hinaus in den heißen Wind und genoss beinahe die trockene Luft auf ihrem Gesicht. Sie stieg über die Grasbüschel, und der Saum ihres grauen Kleides schlug gegen ihre Knie. Durham House. Dort konnte sie allein sein und über alles Gehörte noch einmal nachdenken.

»Nina.«

Sie drehte sich erschrocken um und sah sich Heath gegenüber. Was machte er hier? Sie befanden sich im direkten Blickfeld des Hauses. Jeder konnte sie sehen.

»Alles okay mit dir?«, erkundigte er sich leise.

Sie schüttelte den Kopf.

Hinter ihm wendete Hilarys Wagen und fuhr langsam aufs Tor zu. Er verzog das Gesicht, wie um zu zeigen, dass er nicht hier sein sollte.

»Verdammt«, sagte er mit Nachdruck. »Ich weiß, das ist peinlich, aber … Die Beerdigung deines Vaters … ich wollte sichergehen, dass es dir gutgeht.«

Sie war den Tränen so nah, dass sie kein Wort herausbrachte. Sie wandte sich ab und lief weiter über die Grasbüschel, bis sie auf den Weg stieß. Am Tor zu Durham House spürte sie, dass er noch immer hinter ihr war. Sie wandte sich zum Haus um. Die Fenster reflektierten blind das Licht der untergehenden Sonne. Vielleicht hatte sie ja keiner gesehen.

Sie stieß das Tor auf, und gemeinsam gingen sie hindurch. Sie setzte sich auf einen umgestürzten Mauerblock im Schatten der Magnolie, und er hockte sich ein Stück von ihr entfernt in den Staub und hielt Distanz. Die Magnolie ächzte im Wind.

»Nur gut, dass deine … gut, dass deine Freunde gekommen sind. Gut, dass ein paar deiner Leute hier sind«, sagte er.

Nina nickte.

»Du bist sicher froh, nach Hause zu kommen«, vermutete er. »Die Freunde wiedersehen, an den Strand gehen.«

Sie schüttelte den Kopf. Es folgte Schweigen.

»Erinnerst du dich noch an das Baumhaus?«, fragte er sie und zeigte auf die Magnolie.

»Warum … warum muss sich alles ändern?«, brachte sie hervor, als die Gedanken an ihre Verluste ihr die Kehle zuschnürten. Sie schlug die Hände vors Gesicht, unfähig, ihr Schluchzen zu unterdrücken.

»O nein, nicht doch«, bat er. »Es werden auch wieder bessere Zeiten kommen. Ben … und Deb … Du wirst hier immer willkommen sein.«

»Sei bitte still«, sagte sie mit erstickter Stimme.

Heath erhob sich seufzend und schlug abwartend seinen Hut gegen sein Bein.

Endlich hatte Nina sich wieder beruhigt. Sie hatte fast

alles verloren. Sogar Heath, obwohl er gar nicht wirklich zu ihr gehört hatte. Er war an diesem lauschigen Ort direkt neben ihr, aber so wie die Dinge lagen, könnte er genauso gut in einem anderen Land sein. Es war, als läge ein Fluch auf ihr, als wäre sie dazu verdammt, aus Gründen, die sie nicht kannte, immer weiter hoffnungslos zu leiden.

Sie erhob sich.

»Nun …« Das Wort erstarb auf ihren Lippen. Es gab nichts mehr, was sie ihm sagen wollte. Er setzte sich den Hut auf – eine endgültige Geste.

»Ich werde an dich denken«, sagte er.

»Viel Glück mit der Hochzeit und … allem«, erwiderte sie und gab sich alle Mühe, mit fester Stimme zu sprechen.

Er nickte und zeigte auf den Pfad, wartete, dass sie ging.

»Ich warte ein paar Minuten«, erklärte er. Ihre Blicke trafen sich. Würde sie ihn jemals wiedersehen? Unwahrscheinlich.

»Danke.«

Er nickte.

Heath wartete, bis Nina nicht mehr zu sehen war, und ging dann durch die Hintertür zurück zum Haus. Ben fing ihn auf der Veranda ab und verwickelte ihn in ein Gespräch. Seine Augen waren blutunterlaufen.

»Du bist verrückt, Heath.« Bens Atem roch nach Bier. »Du kannst nicht so weitermachen«, lallte er. »Du ruinierst dir dein ganzes Leben. Dein *Leben*, Kumpel.«

»Du bist besoffen«, stellte Heath fest.

»Ich mag ja besoffen sein, aber du bist dumm, und das bleibt auch so, wenn du morgen aufwachst.«

»Was?«, fragte Heath.

»Ich werde wieder nüchtern sein, du jedoch noch immer verlobt. Du kapierst es einfach nicht, oder? Es ist alles falsch, aber du machst einfach weiter, aus irgendeinem beschissenen Loyalitätsgefühl. Weil du glaubst, Leuten was schuldig zu sein. Es wird nicht funktionieren, Heath. Kein bisschen. Werd endlich mal wach.« Ben sackte in seinem Rollstuhl zusammen, er war richtig blau.

Deborah gesellte sich zu ihnen, wollte offenbar aufbrechen. Matty tauchte hinter ihr auf.

»Da ist sie ja, unsere kleine Miss Mustergültig«, höhnte Ben. »Die kleine Miss Weltverbesserin. Auf dem hohen Ross. Auf *meinem* hohen Ross.«

»Okay, das reicht jetzt«, gab Heath zurück. »Entschuldige, Deb, ich muss ihn nach Hause bringen.«

»Keine Sorge, Kumpel, ich kann Debs mitnehmen«, erklärte Matty.

»Aber ich will noch was trinken«, grölte Ben und versuchte, seinen Rollstuhl zu wenden.

»Komm, ich helfe dir«, sagte Matty und packte auf der anderen Seite mit an. Nachdem Ben sich heftig zur Wehr gesetzt hatte, nahmen sie den Stuhl zwischen sich und trugen ihn zum Lieferwagen, wo sie ihn festschnallten, obwohl er noch immer zeterte.

Heath kehrte auf die Veranda zurück, um sich mit einem Kuss von Deborah zu verabschieden. »Völlig überdreht«, meinte er mürrisch und hob die Brauen. Er war nicht in der Stimmung, wütend zu sein, nicht mal auf seinen starrköpfigen Bruder. Das Leben war so kurz. Er war nur froh, dass es vorbei und nichts Schlimmes passiert war.

»Wir sehen uns.« Heath winkte ihr zu.

Kapitel 18

Am späteren Abend saß Nina im Schneidersitz auf der Couch und pickte die Blütenblätter aus einem der Gartenblumensträuße, die im Zimmer verteilt gewesen waren.

Sie ließ ihr Leben vor Wandalla, vor dem Tod ihrer Mutter, Revue passieren. Dachte an ihre Nächte in den Clubs, gefolgt von angenehmer Erschöpfung und keiner größeren Sorge als der, wo sie sich mit ihren Freundinnen zum Brunch treffen sollte. Wie ein Pusteblumenschirmchen hatte sie sich damals von jedem Windhauch treiben lassen. Merkwürdig, überlegte sie, wie die große Stadt auf einmal so klein wirkte, wogegen dieser Ort hier mit seiner Handvoll Menschen für sie die ganze Welt war.

Sie ließ den Strauß in ihren Schoß fallen und lehnte sich zurück. Die Komplimente, die man ihr heute zum Haus gemacht hatte, waren an ihr vorbeigerauscht, aber jetzt nahm sie sich Zeit, anzuerkennen, was sie geschaffen hatte. Doch wie ein heftiger Schlag kam die Erkenntnis, dass die endgültige Übergabe für morgen – o Gott, nein, heute – angesetzt war, denn es war ja bereits nach Mitternacht. Der Verkauf an Hilary. Sie schüttelte den Kopf. Hilary, die sehr wahrscheinlich alles niederreißen würde. Auch die Randleisten, deren ursprünglichen Zustand sie im Laufe eines Vormittags wiederhergestellt hatte, bis ihr der Arm weh tat.

Auch ihr Vater hatte diesen Ort hier aufgegeben. Wer wäre er gewesen, wenn er geblieben wäre? In der Stadt hatte er immer nach dem gegriffen, was sich ihm als Nächstes bot. Schauspielerei, Modellstehen und in mageren Zeiten unten an den Rocks Markets Porträtzeichnungen anfertigen. Von Wandalla aus betrachtet mochte dieses Leben beneidenswert und aufregend erscheinen, aber am Ende hatte man nur Zuckerwatte im Mund. Man stopfte sich mit Leben voll, ohne es zu schmecken.

Julia hatte gemeint, die höchste Form des Glücks sei Ruhe. Aber damals hatte Nina Ruhe für etwas Mittelalterliches, Langweiliges gehalten. Wer wollte schon Ruhe, wenn man mit Tempo zweihundert durchs Leben brausen konnte? Aber jetzt verstand sie zum ersten Mal, was Julia gemeint hatte. Ruhe bedeutete Glücklichsein im Hier und Jetzt.

Olivias Tür ging knarrend auf, und sie kam verwuschelt in ihrem Minnie-Mouse-Schlafanzug ins Wohnzimmer getapst.

»Die Party ist vorbei, Süße. Was machst du da?«, murmelte sie.

»Ich denke nur nach.«

»Ach ja?«, sagte Olivia und ließ sich neben sie fallen. »Über deinen Dad?«

»Ja. Ich frage mich immer noch, ob Hilary nicht mehr damit zu schaffen hatte, als sie zugibt.«

»Wow! Also was die betrifft, hast du nicht übertrieben. Die Frau ist ein Alptraum. Ich rechnete schon damit, dass sie die Leichen ihrer Feinde hinter ihrem roten Panzer wegschleppt.«

»Dazu kommt noch, dass ich heute Nachmittag eine ziemlich seltsame Auseinandersetzung zwischen Hilary und Harrison mitbekommen habe. Sie ergab keinen Sinn. Und deshalb traue ich ihr nicht über den Weg. Außerdem hat die Polizei keinen Goldklumpen gefunden. Vermutlich war Dad auf der falschen Spur. Wieder einmal.« Sie seufzte. »Lieber Gott, ich möchte nicht so enden wie er.«

»Dann darfst du dich auch nicht in eine Höhle zurückziehen.«

»Das meine ich nicht.« Nina lachte. »Ich darf mich nicht einfach treiben lassen. Ohne etwas aus meinem Leben zu machen.«

»Das wird dir nicht passieren. Du bist so begabt, und du hast die besten Freunde.« Olivia lächelte sie an.

»Aber mir gefällt es hier trotz allem. Ich habe das Gefühl, hierherzugehören. Erklären kann ich es nicht. Ich bin hier mehr ich selbst, obwohl ich weiß, dass ich herausteche«, sagte Nina ergriffen.

Olivia sah sie verwundert an. »Was ist denn? Du verschweigst mir doch etwas.«

»Ich wünschte, ich könnte bleiben.«

»Geht's womöglich um den Heathie-Schatz? Erzähl mir jetzt bloß nicht, dass du in einen Typen namens Heath verliebt bist! *O Heathcliff! Komm übers Moor zu mir, mein Geliebter ...*«

Nina öffnete den Mund, um etwas darauf zu erwidern, doch zu ihrem Erstaunen war ihre Stimme von Tränen erstickt. Heath' Gesicht im Garten, seine sanften Augen.

»Du liebe Zeit. Du bist es.« Olivia sah sie mit großen Augen an.

»Nun, es ist sowieso sinnlos, er ist bereits ...« Nina konnte nicht weitersprechen.

»O mein Gott.« Olivia rappelte sich hoch auf die Knie und blickte auf Nina herunter.

»Ja«, konnte Nina noch herauswürgen, bevor ihr

Schluchzen alles erstickte. In ihrer Brust schien etwas aufzubrechen, was ihr wochenlang körperlichen Schmerz bereitet hatte.

»Wie lange geht das schon?«, erkundigte sich Olivia einfühlsam.

»Ich weiß es nicht. Wohl schon seit Kindertagen, als wir um den Brunnen vor Durham House Wendy und Peter Pan gespielt haben.«

»Okay, das ist es. Wir müssen jetzt zu ihm fahren und es ihm sagen.« Olivia zog an Ninas Hand, aber diese schüttelte den Kopf und hielt ihre Freundin fest, während ihr die Tränen übers Gesicht liefen.

»Es ist nicht wie im Film, Liv. Manchmal bekommt das Mädchen den Jungen auch nicht.«

Olivia sah sie verzweifelt an.

»Er ist glücklich«, sagte Nina mit Nachdruck und wischte sich das Gesicht mit den Händen ab.

»Das ist er verdammt noch mal nicht.«

»Er wird eine Frau heiraten, die wirklich nett ist. Es geht hier um deren Leben. Da platzt man nicht einfach hinein und zerstört alles.«

»Was mach ich nur mit dir?«, fragte Olivia.

»Es steht vierzig zu fünfzehn im zweiten Satz«, brummelte Theo vom Zustellbett aus, das im Durchgang stand.

Olivia hielt sich die Hand vor den Mund, um ihr Gekicher zu unterdrücken. »Ich hab ihn ganz vergessen. Wie hat er denn reagiert, als du heute Abend nicht mit ihm schlafen wolltest?«

Nina musste lachen, als sie daran dachte, wie Theo ihr völlig betrunken vorgeschlagen hatte, sich »um der alten Zeiten willen« wieder zusammenzutun. »Eigentlich ganz okay. Du kennst ja Theo. War es grade noch Sex, ist es gleich darauf Tennis.«

»Du musst es ihm sagen – Heath, meine ich –, was du für ihn empfindest.«

»Das bringt doch nichts. Ich muss von hier weg. Ich will es zwar nicht, aber ich sitze in der Klemme. Hab ein großes Haus, aber kein Wasser, hab den perfekten Mann gefunden, aber er steht nicht zur Verfügung. Mein Pech.«

»He, hallo. Seit wann gibst du so schnell auf? Kämpf dafür, Nina. Du willst doch deinen Heathie-Schatz? Dann hol ihn dir. Du willst, dass dieses Miststück von Hilary ihre Finger von The Springs lässt? Dann sorg dafür, dass sie es nicht bekommt.«

»Kapierst du es denn nicht? Ich will ja hierbleiben, aber ich kann nicht«, erwiderte Nina, und schon wieder kamen ihr die Tränen. »Der Gedanke, dass das Anwesen in Hilarys Hände fällt, bringt mich um. Aber ohne Wasser kann ich hier unmöglich bleiben. Da führt kein Weg vorbei. Dabei war ich hier so inspiriert. Siehst du die da?« Nina deutete auf einen Stapel Leinwände, die am Pianola lehnten. »So viel habe ich … noch nie gemalt.«

»Dann bleib doch. Es muss einen Weg geben. Kannst du nicht auf die Wohnung einen Kredit aufnehmen?«

»Ich kann die Zinsen doch so schon kaum abstottern.«

»Dann verkauf sie!«

»Und was soll das bringen? Ich kann hier nicht mit dem Zauberstab wedeln und Wasser herbeizaubern. Außerdem kennst du doch den Immobilienmarkt von Sydney. Theo hat sich lang und breit darüber ausgelassen, dass du, wenn du erst mal verkauft hast, so etwas nie wieder zurückbekommst. Und ich liebe diese Wohnung. Sie riecht sogar noch nach meiner Mum. Wenn ich die verliere ... das hätte etwas Endgültiges.«

»Aber kannst du nicht deine Bilder verkaufen? Dir Wasser kaufen. Freiberuflich als Graphikdesignerin arbeiten?«

Nina musste lachen. »Na ja, mit dem Verkauf meiner Bilder könnte ich mir vielleicht jeden Monat einen vollen Wassertank leisten. Und als Freelancerin? Keine Ahnung. Vielleicht käme ich damit grade so über die Runden. Außerdem müsste ich immerzu das glückliche Paar von nebenan sehen.« Sie schaute Olivia an. »Mach dir keine Sorgen, Liv. Ich komme schon drüber hinweg. Vielleicht gehe ich auf Reisen, mache was ganz anderes. In Sydney bleibe ich jedenfalls nicht. Das habe ich hinter mir.«

Olivia schaute sie lange schweigend an. »Wenn du gehst, wirst du ihn womöglich nie wiedersehen.«

»Ich weiß.«

»Und damit kommst du klar?«

»Muss ich.«

Olivia drückte Nina fest an sich, so dass ihre Stirnen sich berührten. »Also ich freue mich, dass du zurück nach Sydney kommst, und sei es auch nur kurz. Ich habe dich sehr vermisst. Aber ich möchte dich glücklich sehen. Hey, ich könnte für dich ein Auge auf Heath haben, wenn ich für schmutzige Wochenenden mit dem Rollstuhlmann hierherkomme.«

»Oh, Liv!« Nina lachte und drückte sie ganz fest.

Nina beobachtete von der Veranda aus die vom Wind gepeitschten Bäume. Sie saß in ihrem gemütlichen Lieblingskorbsessel. Der Wind war noch stärker geworden, aber das Morgenlicht war weich und die Luft frisch. Sie trank ihren

Tee und genoss die letzten Augenblicke als Besitzerin ihres Anwesens.

»Nina! Ich brauche was zu essen …«, rief eine vertraute Stimme. Dann eine lange Pause. »Ist das Tee?«, ergänzte Theo, als er mit zerzausten Haaren und dem glänzenden Morgenmantel herauskam, den Nina noch nie hatte ausstehen können.

Sie lachte. Typisch Theo. Ihm war es nicht peinlich, dass er sie am Abend der Beerdigung ihres Vaters zu verführen versucht hatte. »In der Kanne.«

Mit Leichenbittermiene vermittelte Theo ihr, dass es nun wirklich zu viel von ihm verlangt war, in die Küche zu gehen, die Kanne zu finden und sich selbst eine Tasse einzuschenken. In dem Moment kam Olivia bereits durch die Fliegengittertür mit einem Frühstückstablett, auf dem auch gebutterter Toast lag.

»Beweg deinen Hintern, Theo«, forderte sie ihn auf, eine Scheibe Toast zwischen die Zähne geklemmt.

Theo setzte sich und beklagte sich über fehlende Marmelade. In einvernehmlichem Schweigen aßen sie und betrachteten die Landschaft. Eine Herde Emus ergriff scheu die Flucht vor einem imaginären Räuber, wobei sich die gewaltigen gefiederten Hinterteile in Zeitlupe bewegten. Am wolkenlosen Himmel kreiste ein Keilschwanzadler.

»Es ist so schön hier, Nina«, sagte Olivia und seufzte.

»Ja«, erwiderte Nina. »Wird mir schwerfallen, das zurückzulassen.«

»Genau.« Olivia wandte sich ihr zu. »Dann hast du es dir über Nacht also nicht anders überlegt?«

Nina schüttelte den Kopf.

»Und was jetzt?«, fragte Theo und verdrehte die Augen.

»Nichts, Theo«, sagte Nina. »Wir sehen uns dann in ein paar Tagen in Sydney. Heute muss ich die Papiere unterschreiben. Und nach drei Uhr nachmittags wird The Springs Hilary Flint gehören.«

»Sei doch froh, dass du's losgeworden bist. Obwohl mir völlig unverständlich ist, wie jemand diese alte Hütte hier haben möchte. Für mich sah Hilary ganz nach Geschäftsfrau aus. Fuhr auch ein tolles Auto.«

»Theo!«, blaffte Olivia ihn an.

»Was denn?«, fragte er verdutzt.

»Mein Gott, was bist du für ein Arsch«, erklärte sie.

»Was hab ich denn gesagt?«

»Ist schon gut, Theo«, seufzte Nina. »Aber du hast recht. Sie ist eine Geschäftsfrau. Und ich würde es dieser Kuh durchaus zutrauen, dass sie sämtliche Fenster und das Holz von The Springs bereits bei eBay reingestellt hat.«

»Siehst du, Olivia«, entgegnete Theo. »Und lass das Kopfschütteln – ich weiß nämlich, wovon ich rede.« Er wandte sich wieder an Nina. »Ich finde es toll, wenn du wieder zurück in die Großstadt kommst. Zurück in die Clubs und zu anständigen Kebabs. Die Leute von Kraft werden bald ein Team für einen Paintballwettkampf zusammenstellen, gefolgt von ein bis drei Veranstaltungen im Pub, sofern euch das interessieren sollte. Manchmal nehmen wir Mädchen mit. Haben ein bisschen Spaß. Wie du's hier draußen so lange ohne jede Beschäftigung ausgehalten hast, übersteigt meine Vorstellungskraft.«

»Die meisten Dinge übersteigen deine Vorstellungskraft, Theo«, warf Olivia ein.

»Mir gefällt es hier, Theo. Wenn ich bleiben könnte, würde ich das tun«, versicherte Nina niedergeschlagen.

»Das sagst du doch nur, weil du trauerst«, erwiderte Theo ernst.

Olivia fing zu kichern an. »Tut mir leid, mein Lieber, aber deine Küchenpsychologie bringt mich immer wieder zum Lachen, vor allem, wenn du diesen grässlichen Morgenmantel anhast.«

Theo ging nicht darauf ein. »Mal im Ernst, Nina, du wirst hier draußen durchdrehen. Und vergiss nicht, du musst noch die Designs für Dads Restaurant fertigstellen, wenn du zurückkommst.«

»Ja. Sicher«, gab Nina leise zurück.

»Wenn du mich fragst, bist du gut davongekommen. Sag du ihr doch, wie dich das Leben auf dem Land erstickt hat, Olivia. Erzähl ihr, was du mir auf dem Weg hierher erzählt hast. Dass man hier nichts tun kann, außer fluffige kleine Kängurus erschießen – das würde dir gefallen, Nina –, dazu überall sexistische Farmer und hässliche Mode …«

»Tatsächlich, Theo? Du bist mein persönlicher Coach. Erzähl mir mehr.«

»Also wirklich«, fuhr er fort. »Ich kann nun wirklich nicht glauben, dass du diese Leute vermissen wirst. Sie kennen dich nicht, sie werden dich nie verstehen. Die Hälfte von ihnen war gestern betrunken. Ganz im Ernst, du hast die richtige Entscheidung getroffen.«

»Also, ich möchte das doch differenzierter sehen«, warf Olivia mit einem Seufzer ein. »Ich werde natürlich immer für dich da sein, aber ich kann mir dich hier draußen inzwischen vorstellen. Dazu kommt natürlich noch die hohe Rate gutaussehender Männer – vor allem die mit Rädern – als zusätzlicher Anreiz.«

»Ihr zwei habt sie doch nicht mehr alle«, stellte Theo angewidert fest. »Glaub mir, wenn du erst wieder zu Hause bist, wirst du an dieses Loch hier keinen Gedanken mehr verschwenden. Was solltest du auch vermissen? Den scheußlichen Kaffee? Die Chance, von Wildschweinjägern mit ihrer Nackenspoilerfrisur und den schlechten Zähnen sexuell belästigt zu werden?«

Nina musste gegen ihren Willen lachen. »Bitte halt einfach den Mund, Theo.«

Eine Stunde später, als sie sich am Tor von den beiden verabschiedete, hörte sie, wie Theo fragte: »Welcher Typ denn? Welche Räder? Die fuhren doch alle Lieferwagen.«

Nina zwinkerte Olivia zu und gab Theo einen Abschiedskuss.

Kapitel 19

Vorsichtig, um die schlafende Gestalt neben ihr nicht zu wecken, griff Deborah nach dem Telefon und schaute auf die Zeit. Fast halb zehn. Sie hätte schon vor zwei Stunden aufstehen sollen, damit Saracen zu seinem morgendlichen Galopp kam.

Aber das, überlegte sie lächelnd, als sie sich auf das von der Sonne beschienene Kissen zurücklegte, kümmerte sie eigentlich nicht. Sie nahm das Chaos in sich auf, das sie gestern Abend verursacht hatten – ihre auf dem Boden verstreute Unterwäsche, seine vor dem Bett liegenden Stiefel.

Seine dunklen Wimpern ruhten auf seinen ausgeprägten Wangenknochen. Sein zerzaustes Haar, die Lippen im Schlaf geöffnet. Er war der schönste Mann, den sie je gesehen hatte. Ihre Blicke wanderten über seine schlanken muskulösen Arme und seinen Rücken und brachten die Erinnerung daran zurück, wie sie sich in der Nacht unter ihren Fingerspitzen angefühlt hatten. Der Raum wirkte wie ein magischer Zufluchtsort vor dem draußen brausenden Wind.

Sie beugte sich über ihn und küsste seine Wange, streifte mit ihren blonden Haaren seine Schulter. Er schreckte aus dem Schlaf und starrte sie an, bis seine Verwirrung vom Begreifen abgelöst wurde.

»Ich dachte, es war ein Traum.« Er lächelte und rieb sich den Schlaf aus den Augen.

Sie schüttelte den Kopf und strahlte ihn an. »Realer könnte es nicht sein.«

Er setzte sich auf, und zwischen seinen buschigen Augenbrauen erschien eine Sorgenfalte. »Ich habe alles ernst gemeint, was ich gesagt habe. Es war nicht einfach nur …«

»Ich auch, Matty.« Sie setzte sich rittlings auf ihn, suchte seine Lippen und küsste ihn leidenschaftlich.

Er erwiderte ihren Kuss, bevor er sie sanft zu sich herunterzog. Er bedeckte ihre Haare, ihre Augenlider, ihre Wangen, ihren Hals mit Küssen … Sie stöhnte, hatte das Gefühl zu fallen und in ihm zu ertrinken. Das war es, was sie wollte, was sie immer gewollt hatte, wie ihr jetzt klarwurde.

Er verweilte küssend und saugend über jeder ihrer Brüste und arbeitete sich dann zu ihrem Bauch vor. Tiefer. Suchte mit seiner Zunge, leckend und streichelnd.

Sie hob ihm ihr Becken entgegen. Er verstärkte seinen Griff um ihren Schenkel. Sie keuchte. Und wieder überließ sie sich der vollkommensten Lust. Es gab kein Zurück. Ihre Hände klammerten sich in das Laken. »Ja«, schrie sie.

»Deborah? Bist du da?« Die Stimme war unmissverständlich.

Matty hielt inne, richtete sich auf.

»Nein, bitte nein«, flüsterte Deborah.

Deborah und Matty waren wie erstarrt, als sie hörten, wie die hochhackigen Stiefel die Ställe unter ihnen betraten. Dann nahm Matty ihre Hand und setzte sich neben sie. Er legte einen Arm um sie und bedeckte sie mit dem Laken.

»Ich komme hier nicht weg, ohne dass sie mich sieht«, flüsterte Deborah.

»Du schleichst dich nicht davon.« Mattys Stimme war sanft, aber entschlossen. »Lass dich von ihr nicht herumkommandieren.«

Deborah drückte seine Hand, und sie kuschelten sich aneinander. Wenn sie sich ihr schon stellen mussten, dann wollten sie das gemeinsam tun.

»Deborah, bist du das da oben?« Sie hörten, wie Hilary ihren Fuß auf die erste Sprosse der Dachbodenleiter setzte.

»Ja, ich bin hier, Mum.« Deborah war von der Kraft ihrer eigenen Stimme überrascht.

»Deborah? Oh, Gott sei Dank.« Hilarys gerötetes Gesicht schob sich über die letzte Sprosse, und ihre Blicke suchten die ihrer Tochter. »Dein Bett sah aus, als hättest du nicht darin geschlafen. Ich war außer mir!« Hilary schirmte die Augen gegen das einfallende Licht ab.

Und dann sah sie ihn.

»Was ist das? Was?« Hilary riss Mund und Augen auf. Wie erstarrt stand sie einen Meter vom Bett entfernt.

»Guten Tag, Mrs Flint«, sagte Matty.

»Was ist ... was geht hier vor sich?«, stammelte Hilary, und ihr Blick wanderte von Gesicht zu Gesicht und senkte sich dann auf ihre gefalteten Hände.

Deborah öffnete den Mund, aber es kam kein Laut heraus. Matty drückte sie fester an sich.

»Debs und ich. Sie sollen es wissen«, erklärte er.

»Du? Du und Deborah. Unsinn.« Hilarys Stimme schwankte, als sie einen Schritt auf die beiden zumachte. »Sieh mir sofort in die Augen, Deborah, und verrat mir, was das zu bedeuten hat.«

»Es bringt nichts, Mum.« Deborah befeuchtete ihre Lippen, »ich liebe Matty«, gab sie ganz ruhig zu, »und ich werde nicht zulassen, dass ich mich deswegen schlecht fühle.«

»Etwas so Lächerliches habe ich noch nie gehört. Du bist verlobt. Hast du denn gar nicht an deinen Verlobten gedacht?«

»Natürlich haben wir das. Du verstehst es nicht, ich ...«, begann Deborah.

»Wir kümmern uns darum, Mrs Flint«, sagte Matty und sah Hilary dabei in die Augen.

»Du kommst jetzt sofort die Leiter runter, junge Dame!« Hilarys Stimme klang so schrill, dass es weh tat.

»Nein, das wird sie nicht tun.«

Hilary beugte sich über ihre Tochter und packte sie an den Schultern, das Gesicht verzerrt in einer Mischung aus Ärger und Wut. »Warum tust du das deiner Mom an? Versuchst du, mir auf diese Weise etwas heimzuzahlen?«

»Hör auf, Mum. Ich liebe dich«, erwiderte Deborah und zog das Laken an sich. »Aber kannst du nicht einmal, ein einziges Mal das unterstützen, was ich möchte? Ich habe alles getan, worum du mich je gebeten hast. Ich weiß, das ist ein Schock für dich, aber so liegen die Dinge nun mal. Bitte, bitte, lass mich einfach glücklich sein.«

»Glücklich? Du glaubst tatsächlich, mit ihm glücklich zu werden?«

»Entschuldigen Sie uns, Mrs Flint«, bat Matty und biss dabei die Zähne zusammen. »Wir müssen uns anziehen. Wir müssen rüber zu Heath. Und zwar sofort.«

»Stopp, Deborah. Denk darüber nach. Wenn er erfährt, dass du mit einem … er wird dich nicht mehr haben wollen«, schrie Hilary. »Es ist wegen Nina, diesem Miststück, oder? Du glaubst, Heath liebt sie. Das ist einfach nur eine dumme Retourkutsche.«

»Es reicht«, entgegnete Deborah. »Bitte, Mum. Lass uns allein. Wir können uns später unterhalten.«

»Gut, ich gehe«, sagte Hilary mit vor Wut bebenden Schultern. Sie hob ein paar Kleider vom Boden auf und schleuderte sie auf Matty.

»Glaub ja nicht, dass du damit durchkommst. Meiner Tochter zu nehmen, was ihr gehört. Du wirst dafür zahlen. Für den Anfang kannst du schon mal deinen Job vergessen. Du bist gefeuert. Ich hätte es mitkriegen müssen, dass du größenwahnsinnig geworden bist. Hast wohl Geschmack am richtigen Leben gefunden, seit du Phillips Wagen fährst? Hast dir gedacht, nachdem du ihm den Wagen unter der Nase weggestohlen hast, könntest du das auch mit der Tochter tun. Indem du dich auf sie wirfst, wenn sie schutzlos ist. Aber du wirst mich nicht herausfordern und dabei gewinnen, du hoffnungsloser Drückeberger. Warte nur, bis Barry Kemp das von dem Wagen erfährt.«

»Mum! Das ist doch lächerlich!«, schrie Deborah.

Matty starrte Hilary ungerührt an.

»Die Polizei wird sich bestimmt freuen, davon zu hören. Als ich zuletzt nachgesehen habe, war der Wagen noch auf unseren Namen zugelassen.«

»Mum! Wag es ja nicht. Ich werde nie wieder mit dir ein Wort wechseln.«

»Ich werde es tun. Alles, was dich davon abhält, dein Leben an einen wie ihn zu vergeuden. Nach allem, was wir für dich getan haben, nach allen Vorteilen, die du hier genossen hast. Ein paar Tage im Knast werden ihm guttun. Das gibt dir wenigstens Zeit, wieder zu dir zu kommen und es bei den Blacketts wieder geradezubiegen.«

»Hör bitte auf, Mum.«

»Und auf Paramour brauchst du dich gar nicht mehr blicken zu lassen, Matthew – du brauchst die Erlaubnis, hier zu sein, und die hast du nicht mehr. Ich fahre jetzt gleich los zu Barry und schlage vor, Deborah, dass du dich anziehst, bevor die Polizei eintrifft.« Hilary verschwand über die Leiter nach unten, und sie hörten, wie sie durch den Stall stampfte und die Tür zuschlug.

Matty fiel zurück aufs Kissen und hielt Deborah nur noch fester. Sie vergrub das Gesicht an seiner warmen Schulter.

»Es tut mir so leid. Was sie gesagt hat …«, begann Deborah. »Sie ist irre. Sie kann doch nicht ungestraft solche Dinge von sich geben.«

»Pst«, beruhigte Matty sie. »Sie ist einfach durchgedreht. Alles okay mit dir?«

»Ja. Irgendwie schon. Aber nur, weil du hier bist. Hör zu,

mach dir wegen des Jobs und des Wagens keine Gedanken. Wenn Dad von der Konferenz zurückkommt, wird sich das klären. Dich zu beschuldigen, du hättest ...«

»Mir könnte es egal sein, was sie über mich sagt«, gab Matty zurück. »Ich will nur nicht, dass sie und Barry Kemp Tantchen in die Mangel nehmen.«

»Ja. O Gott. Moira.« Deb schaute Matty an.

»Pass auf, wir können sie nicht aufhalten«, sagte er. »Alle kennen die Wahrheit. Aber jetzt müssen wir los und Heath treffen. Bist du bereit dazu?«

Deborah drückte ihm die Hand.

»Also lass uns aufbrechen, bevor Hilary für uns die Nachricht verbreitet«, schlug Matty vor.

»Ich glaube nicht, dass sie es ihm erzählen wird. Sie denkt immer noch, dass es für mich und Heath eine Chance gibt, aber die gibt's nicht.«

»Bist du dir ganz sicher?« Matty stützte sich auf einen Ellbogen und sah sie forschend an.

»Ich liebe ihn wirklich, aber wie einen Bruder. Nach dem Unfall hat er mich so sehr gebraucht. Und als er sich dann erholte, machten wir wohl einfach so weiter. Es gab nie Grund genug, sich zu trennen.«

»Nun komm«, bat Matty und sprang auf. »Wir müssen hier weg. Wer weiß, was deine Mutter im Schilde führt und was sie tut. Sie war ziemlich geladen. Ich denke, sie explodiert gleich.«

Sie zogen sich an und rannten zu Mattys Wagen.

Auf ihrem Weg nach Kurrabar wehte ihnen der kräftige Wind entgegen und schickte graue Staubwirbel in die Luft. »Warte, Matty, halt an«, bat Deborah, als sie am Rande von Paramours Hof über das Weidegitter holperten.

»Was ist denn?«, fragte Matty und hielt an.

»Nur das.« Und sie küsste ihn.

Heath saß im Büro, sein Frühstückskaffee war kalt geworden, und auf dem Computer vor ihm hatte er die Prognosen für die Entwicklung von Kurrabar in den kommenden fünf Jahren aufgerufen. Er konnte sich nicht konzentrieren. Die Beerdigung vom Tag zuvor ging ihm nicht aus dem Kopf. Und dabei war es ihm – mehr oder weniger – gelungen, Nina aus seinen Gedanken zu vertreiben. Jetzt konnte er nicht mehr aufhören, an sie zu denken, obwohl er wusste, dass wieder Jahre vergehen würden, bis er sie wiedersah, wenn überhaupt. Packte sie womöglich jetzt gerade ihren kleinen Wagen? Oder überreichte den Kaufvertrag? Oder trank eine Tasse Tee auf der Veranda, wie er sich das oft ausgemalt hatte?

Er stand auf, nahm seinen Hut und schlug die Bürotür hinter sich zu. Er würde Jet satteln und nach der Herde sehen. Zu mehr war er heute nicht zu gebrauchen.

Bevor er jedoch zu Jets Koppel kam, entdeckte er Moiras Kulturminibus, der auf ihn zugebrettert kam. Er schirmte seine Augen gegen die Sonne ab. Normalerweise war sie eine vorsichtige Fahrerin, aber sie raste, als wäre der Teufel hinter ihr her, wirbelte Staub auf und schlingerte auf dem Kies, als sie sich dem Haus näherte. Was auch immer war, es war etwas Wichtiges.

Moira kam mit quietschenden Reifen in einer Staubwolke vor ihm zum Stehen und kurbelte das Fenster herunter. »Heath«, keuchte sie. »Wo ist Lobby?«

»Auch dir einen guten Morgen, Moira. Der hat bestimmt seinen Rausch ausgeschlafen.« Heath zeigte mit dem Hut auf die alten Unterkünfte für die Schafscherer. »Wir haben wohl alle etwas zu viel getrunken auf der …«

Heath hielt inne, als sie sich an ihm vorbeischob und er mitbekam, wie sie mit schwingenden Fäusten auf den Schuppen zuflitzte. Er lächelte. Offenbar bekam der arme Lobby jetzt gleich was zu hören. Neugierig folgte er ihr.

Während sie mit einem Stiefel, den sie draußen gefunden hatte, auf die Tür einhämmerte, rief sie so laut sie konnte: »Lobby! Lobby Murphy! Aufstehen, ein Notfall!«, und öffnete dann, ohne abzuwarten, die Tür und stürmte hinein.

»Was ist denn los, Moira?«, rief Heath ihr zu.

Sie tauchte mit vor Ekel verzerrtem Gesicht wieder auf, hielt sich mit einer Hand die Nase zu und mit der anderen Lobbys dünnen Arm gepackt. Womöglich ist sie die erste Frau, die jemals während Lobbys Anstellung sein Zimmer betreten hatte, dachte Heath.

Blinzelnd und mit roten Augen stand Lobby in seiner herabhängenden roten Unterhose da, genauso, als wäre er noch immer zwölf und auf der Wandalla Area School in Schwierigkeiten.

»Was … Mizo'Sullivan …« Lobby hustete und rieb sich die Arme und verschränkte dann die Hände vor seiner Unterhose. »Aah, Moment mal, lassen Sie mich doch …«

»Heath! Komm her!«, befahl Moira.

»So, und jetzt erzählst du Heath, was du mir auf The Springs über das Bohrloch erzählt hast«, forderte Moira und sah Lobby dabei scharf an.

»Was meinen Sie denn?«, fragte Lobby, und seine Blicke irrten dabei schuldbewusst hin und her. Er hat keine Chance gegen Moira, wenn sie unter Dampf steht, dachte Heath.

»Das Bohrloch von The Springs«, wiederholte Moira. »An dem ihr euch zu schaffen gemacht habt, du und Hilary.«

Heath horchte interessiert auf.

»Es war nicht ... ich weiß gar nichts darüber, ehrlich«, wand Lobby sich.

Moira schielte auf Heath und griff erneut an. »Gestern sagtest du, es sei vor einem Jahr gewesen. Ich habe heute Morgen Tip McIver angerufen. Tip hat einmal pro Woche nach Russell geschaut, wenn er ihm seine ... Lebensmittel brachte.«

Wohl eher seinen Whisky, sagte sich Heath. In diesem Stadium hat der arme Kerl nichts anderes mehr zu sich genommen.

»Tip meinte, das Bohrloch sei etwa einen Monat bevor Russell ins Krankenhaus kam völlig ausgetrocknet«, fuhr Moira fort. »Wäre Russell damals nicht krank gewesen, dann hätte er Wasser kaufen müssen, wie jetzt Nina. Russell sei deswegen ernsthaft besorgt gewesen, erzählte Tip.«

»Wirklich?« Lobby lächelte nervös.

»Wirklich.« Moira verschränkte die Arme vor der Brust und wartete.

»Ich will nur ... ich ziehe schnell meine Hose an«, sagte Lobby.

»Kommt nicht in Frage«, widersprach Moira und hielt ihn am Arm fest. »Erzähl mir einfach, was du und Hilary an diesem Bohrloch getan habt, dann kannst du dich anziehen.«

Lobby seufzte. Er wandte sich hilfesuchend an Heath, aber auch dieser verschränkte abwehrend die Arme.

»Es war Hilarys Idee. Sie erklärte mir, der Wasserdruck

würde verstärkt werden, wenn wir vorübergehend das Bohrloch mit Zement abdecken würden, das wäre dann für Russell eine Überraschung. Und deshalb würden wir es auch nachts machen.«

Heath dachte entsetzt an Nina.

Moira schüttelte den Kopf. »O mein Gott, Lobby.«

»Gegen Hilary bin ich machtlos«, gab Lobby kleinlaut zu.

»Du bist ein Mann von dreiundvierzig Jahren«, sagte Moira verächtlich. »Da wird's mal Zeit, deiner Schwester die Stirn zu bieten. Wir gehen da jetzt hin und erzählen es Nina. Das ist eine ungeheure Schande. Du enttäuschst mich.« Sie schob ihn zu seiner Tür, und er flüchtete ins Haus.

»Wir müssen zu ihr, bevor Nina The Springs zum Schleuderpreis verkauft«, meinte Moira zu Heath.

»Ich fass … es nicht«, stammelte Heath. Wasser war Leben. Jemandem die Wasserversorgung zu kappen war so ziemlich das Schäbigste, was man tun konnte. »Ich meine, selbst Hilary kann doch nicht so …«

Moira schnitt eine Grimasse. »Darauf würde ich nicht wetten. Sie ist verrückt. Das ist Betrug, Hausfriedensbruch oder so. Warum geht sie ein solches Risiko ein, das sie alles kosten kann?«

»Ben und ich sollten besser mitkommen. Und es uns ansehen«, schlug Heath vor.

Moira nickte. »Dann bring auch den Schlappschwanz mit.« Sie zeigte auf Lobbys Zimmer. »Wir haben keine Zeit zu verlieren. Wir müssen Nina noch erreichen, bevor sie in die Stadt fährt.«

Moira stieg bereits in ihren Minibus.

»Alfie!«, rief Heath dem jungen Viehhirten zu, der ein Tor an der nächsten Koppel reparierte.

»Was gibt's, Heath?« Der Junge eilte herbei.

»Lauf rüber zum Haus und bitte Ben, schnell zu kommen. Dann bringst du die Färsen in die Hauskoppel. Das Wetter gefällt mir nicht.« Nachdem der Wind sich gelegt hatte, war es unheimlich ruhig. Manchmal hatte das nichts zu bedeuten, aber hin und wieder war es der Vorbote eines Sandsturms. Er würde im Auto das Radio einschalten müssen, um zu hören, ob es Warnungen gab.

Nina.

Vielleicht gab es ja doch noch eine Chance für sie.

Kapitel 20

Ein Staubteufel fegte vor dem Range Rover über die Straße, als Hilary in die Hauptstraße einbog und das Gaspedal durchtrat. Sergeant Barry Kemp schuldete ihr mehr als nur ein paar Gefälligkeiten, und jetzt war der Zeitpunkt gekommen, sie einzufordern.

Phillip mochte ja geglaubt haben, er überlasse dem jungen O'Sullivan sein altes Auto aus freien Stücken, aber sie wusste es besser. Er hatte es ihm abgeluchst. Jeder wusste, dass vor einem Abo nichts, was nicht niet- und nagelfest war, sicher war. Er hatte es schlicht und einfach gestohlen. Und ein billiges Auto war es auch nicht – ein erst sechs Jahre alter Lieferwagen mit Allradantrieb.

Sie hatte die Zulassungspapiere mitgebracht, und sie liefen noch immer auf Phillip Flint. Solange Phillip auf seiner Konferenz für Pyrotechniker in Canberra war, gab es niemanden, der ihrem vor Barry Kemp geltend gemachten Anspruch widersprechen konnte. Und bei diesem Wind, der immer heftiger wurde, würde Phillip sehr wahrscheinlich heute nicht zurückfliegen. Womöglich saß er tagelang dort fest. Außerdem war Hilary sich sicher, dass sie ihn zur Vernunft bringen konnte. Sie war vorbereitet.

Sergeant Kemp freute sich bestimmt, wenn er das von Matthew O'Sullivan erfuhr. Er war mit Sicherheit scharf darauf, bei Moira eine Hausdurchsuchung durchzuführen. Bei all dem Pack, das dort herumhing, diesen Sozialschmarotzern, die auch vor Hausfriedensbruch nicht zurückschreckten. Ohne Zweifel waren da ein oder zwei kleine Gaunereien im Gange.

Hilary schauderte es bei der Vorstellung, dass die weißen Schultern ihrer Tochter von schwarzen Händen betatscht wurden. Von allein hätte Deborah so etwas nie getan. Das konnte ihr nur Nina Larkin in den Kopf gesetzt haben. Seit dieses Mädchen hier aufgetaucht war und sich in The Springs breitmachte, war alles den Bach runtergegangen. Sie verdiente … Ein Schatten legte sich auf Hilarys Seele. Eine Erinnerung und eine Warnung. Sie geriet kurz ins Wanken, riss sich dann aber wieder zusammen und beschwor die Wut herauf, die ihr Kraft geben würde. Dieses Mädchen brachte nichts als Ärger.

Die Hupe eines Lastzugs erschreckte Hilary. Sie war auf die Gegenfahrbahn abgekommen. Nun, das hätte die Probleme dieses kleinen Miststücks ein für alle Mal gelöst, überlegte sie verbittert. Hilary, die zerschmettert und tot neben der Straße lag. Angesichts der Vorstellung der vielen Leute auf ihrer Beerdigung kamen ihr die Tränen. Was für schöne Blumen und wie hübsch sie in ihrem Sarg aussähe. Deborah wäre in Tränen aufgelöst und verzweifelt beim Gedanken an all die boshaften Dinge, die sie ihrer liebenden und fürsorgenden Mutter angetan hatte. Endlich würde man die Opfer zu schätzen wissen, die sie für alle gebracht hatte.

Hilary schaute auf die Pläne, die neben ihr lagen. Die wunderbaren Entwürfe, die sie sich für die Wiederauferstehung von Durham House ausgedacht hatte. Sie beugte sich vor, drückte einen Knopf, und Sinatras Version von »The Impossible Dream« erklang aus den Lautsprechern. Sie ließ ihren Tränen freien Lauf, während die Stimme des Sängers sich zu den hohen Tönen hinaufschraubte. Dies war *ihre* Aufgabe. Sie würde für ihr Recht kämpfen. Niemals würde sie zulassen, dass ihre wunderbare Zukunftsvision in Frage gestellt wurde. Matty würde als der bloßgestellt werden, der er war: Abschaum wie die anderen. Deborah würde Vernunft annehmen und sich wieder mit Heath zusammentun. Nina würde heute den unterschriebenen Vertrag mitbringen – was blieb ihr schließlich auch anderes übrig? Und dann wären die drei Anwesen wieder vereint, und die Idylle der großen Zeit konnte zurückkehren.

Durch den Staub, der ihr entgegenwehte, sah sie vor sich die Dächer von Wandalla. Jetzt würde das Blatt sich wenden.

Es bedurfte nur eines Blicks auf die aufgeregte Moira, die vor ihrer Fliegengittertür stand, und Nina wusste, dass etwas nicht stimmte. Das war kein Freundschaftsbesuch.

»Nina? Du hast hoffentlich noch nichts unterschrieben, oder?«

»Nicht vor heute Nachmittag. Was ist denn los, Moira?« Nina öffnete die Tür und sah, dass Moira einen ungewohnt kleinlauten Lobby hinter sich herzerrte. Aus dem Augenwinkel bemerkte sie Heath und Ben, die Abstand hielten.

»Nina, Liebes, diese verdammte Hilary hat dich übers Ohr gehauen«, brachte Moira atemlos hervor. »Der Kaufvertrag für das Anwesen. Unterschreib den nicht. Dieses verdammte Bohrloch, dieser blöde Idiot.« Sie stieß Lobby ihren Ellbogen in die Rippen.

»Du lieber Himmel, Moira.« Nina lachte. »Wovon sprichst du überhaupt?«

»Lobby hat uns erzählt, dass das Bohrloch blockiert wurde. Es …«

»Bitte kommt doch erst mal aus diesem Wind heraus.«

Moira folgte Nina ins Wohnzimmer, dichtgefolgt von Lobby und Ben. Heath zog es vor, in der Tür zum Flur zu warten.

»Ich fass es einfach nicht, dass diese Frau ein solches … ein solches …«, setzte Moira wieder an.

»Miststück?«, sprang Ben ihr bei. »Nun, wir wissen, dass sie das war und ist. Und jetzt erzähl es ihr, Moira.«

Moira stellte ihre Tasche ab und sah jeden Einzelnen an, bis sie sich ihrer ungeteilten Aufmerksamkeit sicher sein konnte. »Beim Leichenschmaus ist Lobby was rausgerutscht und hat mich nachdenklich gemacht«, begann sie. »Er erzählte mir, er sei mit Hilary heimlich hierhergekommen, um das Bohrloch zu blockieren.«

»Sie haben was?«, hakte Nina nach.

»Wir wollten verhindern, dass es ausläuft«, fügte Lobby lahm hinzu.

»Was meinen Sie mit ›auslaufen‹?« Nina verstand nicht genau, was er gesagt hatte.

»Nun, Sie kennen doch Hilary. Wenn sie sich was in den Kopf gesetzt hat, gibt es kein Halten mehr. Es tut mir so leid, Nina«, gab Lobby zu.

Nina war völlig verwirrt. Was hatte das alles zu bedeuten?

»Neens«, sagte Ben. »Kapierst du nicht? The Springs könnte noch immer Wasser haben. Lobby, kannst du dafür sorgen, dass es wieder läuft?«

Lobby hob die Hände. »Vielleicht.«

Hoffnung stieg in Nina auf.

»Was meinst du denn, Heath?«, fragte Ben und ruckelte ungeduldig an den Rädern seines Rollstuhls.

Bis auf Lobby, der auf dem Klaviersessel saß und sich am »Flohwalzer« versuchte, wandten sich alle Heath zu, der in der Tür stand.

»Ich denke schon, dass es möglich ist«, erklärte Heath bedächtig.

»Wirklich?«, fragte Nina.

»Nun, alles ist möglich, es hängt davon ab, was sie damit angestellt haben.« Heath trat ein und ließ den Blick durch den Raum wandern, überallhin. Nur sie, wie es Nina vorkam, schaute er nicht an.

»Vielleicht solltest du uns sagen, Lobby, was genau ihr mit dem Bohrloch angestellt habt, und lass ja nichts aus«, sagte Ben. »Und lass um Gottes willen dieses Instrument in Ruhe.«

»Jaa?« Lobby blickte begriffsstutzig hoch. Moira griff

nach einem Buch und schlug ihm damit leicht auf den Kopf.

»Hör zu, wenn man mit dir spricht, Lobby.«

Wie ein geprügelter Hund wandte Lobby sich den Leuten im Raum zu. »Also, Hilary kam und holte mich nach dem Abendessen ab«, begann er, um dann zu einer langen und für Nina hoffnungslos unverständlichen Geschichte über verschiedene Zementarten und deren Preise, Mischmethoden, Rohrdicke und seine schmerzenden Arme auszuholen.

»Mein Gott, Kumpel, was bist du nur für ein Blödmann«, sagte Ben, als Lobby endlich fertig war.

»Nicht doch, Ben«, erwiderte Nina. »Es geht nicht um ihn, sondern um Hilary.« Bilder von Hilary blitzten vor ihr auf – wie sie das Glas Rotwein warf, das Gesicht kreidebleich vor Wut; wie sie über Nina aufragte und mit ihrer Hand zum Schlag ausholte; ihr dominierendes Auftreten beim gestrigen Leichenschmaus, als wäre sie bereits die Schlossherrin.

»Sie ist eine Psychopathin, und ich habe sie so satt«, erklärte Nina und warf die Hände in die Luft. »Ich lasse mir das nicht mehr gefallen.«

»Ju-hu. Weiter so, Neens!«, jubelte Ben und klatschte in die Hände.

»Ich sage euch eins«, fuhr sie fort und genoss die reinigende Wut, die wie ein Schwall durch sie hindurchfegte. »Niemals werde ich ihr dieses Anwesen verkaufen. Niemals. Lieber verschenke ich es. Und … und wenn wir es schaffen, dass dieses Bohrloch wieder funktioniert, dann bleibe ich.« Diese Worte überraschten sie, sobald sie sie ausgesprochen hatte. Und sie bekam mit, dass Heath sich ihr sofort zuwandte. Er sah sie überrascht an … und hoffnungsvoll. Oder bildete sie sich das nur ein? Denn gleich darauf wandte er sich wieder ab.

Hab ich das tatsächlich gerade gesagt?, fragte sich Nina. Aber sie ließ sich nicht aufhalten. »Wenn ich wieder Wasser habe, könnte ich hier was wirklich Großartiges aufziehen. Auf meinem Grundstück …«, ihre Stimme schwankte. »Meinem eigenen Grundstück.«

»Wie schön für dich, meine Liebe.« Moira umarmte sie.

»Ich habe Hunger«, sagte Lobby. »Ist noch Kuchen übrig?«

»In der Küche. In der Dose auf der Bank«, antwortete Nina.

»Also gut, aber bevor wir uns jetzt alle mitreißen lassen, sollten wir doch lieber losgehen und sehen, ob wir dieses verflixte Ding repariert bekommen, oder? Hast du einen Spaten und vielleicht eine Metallsäge?«, erkundigte Ben sich bei Nina.

»Wie wär's mit einem Trennschleifer«, rief ein plötzlich hilfsbereiter Lobby aus der Küche.

»Einen Spaten ja, aber eine Metallsäge, einen Trennschleifer, keine Ahnung«, erwiderte Nina. »In den Ställen gibt's jede Menge Werkzeug.«

»Dann nichts wie los.« Ben lächelte.

In dem Moment hörten sie Schritte im Flur.

»Heath! Komm her!«, bedrängte Lobby ihn, der mit weit aufgerissenen Augen und Krümeln am Kinn in der Tür stand. »Komm!«

»Nun warte doch, Lobby, wir besprechen grade etwas Wichtiges«, warf Moira ein.

»Aber es ist … sie ist … sie sind …« Lobby schüttelte

den Kopf. »Du musst jetzt kommen.« Verdutzt folgten ihm Nina und die anderen den Flur hinunter in die Küche.

»Da, seht nur«, rief Lobby. Sie drängten sich alle vors Küchenfenster.

Nina kriegte den Mund nicht mehr zu. Deborah und Matty kamen händchenhaltend auf das Haus zu, offenbar ohne zu wissen, dass sie Publikum hatten.

»Hab ich's doch gesagt«, murmelte Lobby.

Nina schielte auf Heath. Die Überraschung stand ihm ins Gesicht geschrieben.

»Verdammt! Ich wusste es. Hab ich nicht gesagt, du darfst ihr nicht trauen?«, sagte Ben.

Deborah und Matty hatten das anscheinend gehört, denn sie erstarrten und schraken zusammen, als sie die Gesichter hinter der Scheibe sahen.

»Wartet hier.« Heath' Stimme war ruhig und beherrscht. Er ging hinaus auf den Hof und schloss die Tür hinter sich.

Moira wandte sich mit gehobenen Brauen an Nina.

»Nun kommt schon, Jungs. Da gibt's nichts zu sehen. Lasst die drei das unter sich ausmachen.« Moira scheuchte Ben und Lobby aus der Küche.

»Aber ...«, widersprach Ben.

»Lass ihn«, blaffte Moira und schob seinen Rollstuhl den Flur hinunter.

»Super, jetzt wird gekämpft«, hörte Nina Lobby sagen.

»Das bezweifle ich«, erwiderte Moira.

»Also, wenn wir schon warten müssen, krieg ich vielleicht noch ein Stückchen Kuchen?«, bat Lobby.

»Oh, jetzt ist's aber gut. Du hattest schon mehr als genug.« Nina hörte, wie die Wohnzimmertür sich schloss und die Stimmen verstummten. Keine Kraft der Erde würde sie jetzt von diesem Küchenfenster fernhalten können. Sie wich ein Stück zurück, konzentrierte sich aber auf das, was sich draußen abspielte. Heath stand mit fragend geöffneten Händen da. Deborahs Blicke huschten von Heath zu Matty. Sie wandte sich an Matty, legte beide Hände leicht auf seinen Arm und sagte etwas. Matty hielt seine Hände in vermittelnder Geste hoch, nickte Heath zu und entfernte sich, verschwand hinter dem Haus.

Warum hatte keiner das Auto kommen hören?, fragte sich Nina, und dabei schwirrte ihr der Kopf. Und warum waren sie hier?

Heath nahm Deborah am Ellbogen und führte sie langsam vom Haus weg, während er ihr zuhörte. Nach ein paar Schritten blieben sie wieder stehen und wandten sich einander zu. Deborah hielt seine Hände in ihren und schien ihm etwas zu erzählen. Er starrte auf den Boden. Dann nickte er und schaute Deborah wieder an. Sie lief nun über den staubigen Hof, redete dabei weiter. Nina fing ein paar Wortfetzen auf: »Tut mir leid« – »Glück« – »Du weißt, dass ich recht habe.«

Heath fuhr sich mit der Hand übers Gesicht und schüttelte den Kopf. Er sagte etwas, und Deborah nickte und antwortete.

Zwei Freunde hielten sich nicht so an der Hand, wie Matty und Deborah es taten. Was bedeutete das? Für Heath? Für sie? Begierig nach jedem Anhaltspunkt, trat sie wieder näher ans Fenster, damit sie jede Geste, jeden Gesichtsausdruck sehen konnte. Nur die Küchenuhr tickte, sonst war alles still, als würde das Haus den Atem anhalten.

Nach gefühlten Stunden nickte Heath entschlossen und

nahm Deborah in die Arme. Nina rutschte das Herz in die Hose. Er hielt Deborah fest umschlungen, wiegte sie, küsste sie aufs Haar. Nina klammerte sich haltsuchend an die Küchenbank. Ein schmerzhafter Gefühlsaufruhr tobte in ihr.

Nun ließ Heath sie los und rief nach Matty. Dann standen sie dicht zusammen und sprachen leise miteinander. Nina fiel auf, dass Matty gerade und mit unbewegter Miene dabeistand. Schließlich nickten sie und lösten den Kreis auf. Matty wollte schon den Arm um Deborah legen, zog ihn dann aber linkisch zurück. Heath lächelte und scheuchte die beiden wie ein Maître de Plaisir zum Haus. Das Paar ging lächelnd voran und fasste sich wieder an den Händen.

Von einem Adrenalinstoß angetrieben, rannte Nina über den Flur ins Wohnzimmer. Ohne auf Moiras fragend gehobene Brauen zu reagieren, setzte sie sich auf eine Sessellehne und versuchte, ihre Atmung unter Kontrolle zu bekommen.

»Und?«, fragte Ben. In dem Moment kamen die drei ins Zimmer – Heath ruhig, die anderen beiden strahlend.

Matty trat vor. »Also wisst ihr, Debs und ich …«

»Wir sind jetzt zusammen«, beendete Deborah für ihn den Satz.

Nina hörte Ben schnauben.

»Halt den Mund, Ben. Du weißt nicht, wovon du redest«, sagte Heath.

Ist das wirklich wahr? Nina staunte.

»Wir wollten das alles … ordentlich klären.« Deborah schaute dabei besorgt zu Heath.

»Und jetzt ist es geklärt.« Heath ging auf sie zu und

drückte ihre Schulter. »Wir werden das regeln, und ich wünsche euch beiden nur das Beste. Das Allerbeste. Meine zwei guten Freunde. Die besten, die ich habe.« Er lächelte und sah dabei Ben scharf an. Ben starrte ungläubig zurück.

Es geschieht tatsächlich, stellte Nina fest. Sie war sprachlos und wie gelähmt.

Moira brach das kurze Schweigen. »Also, ich werde die Erste sein, die euch gratuliert«, sagte sie, und ihr Lächeln erfasste dabei ihr ganzes Gesicht. Sie schloss Deborah in die Arme. »Willkommen in der Familie, meine Liebe, und was dich betrifft, Mister Matty, warst du schon immer ein Glückskind, und das hier beweist es mehr als genug.« Moira zerzauste ihm das Haar, und Matty strahlte übers ganze Gesicht und hielt Deborahs Hand fest in seiner.

Lobby schloss sich den Glückwünschen an, und sogar Ben schüttelte Matty die Hand und nickte Deborah entschuldigend zu.

Nina beobachtete Heath. Seine Miene war verschlossen. Seine Glückwünsche kamen von Herzen, aber er war mit Sicherheit verletzt. Er und Deborah waren so viele Jahre ein Paar gewesen und schließlich so gut wie verheiratet. In Ninas Kopf drehte sich alles, und ihr schwindelte fast.

»Und jetzt lasst uns diesen Morgen richtig nutzen und nachsehen, ob wir dieses Bohrloch wieder in Gang kriegen«, schlug Moira vor.

Ja, lasst uns nach draußen gehen, dachte Nina.

»Was?«, fragte Deborah.

Und dann setzten alle gleichzeitig zu Erklärungen an.

»Sag mal, hat Hilary die freudige Botschaft schon vernommen?«, übertönte Ben das Stimmengewirr.

»Hat sie«, bestätigte Matty. »Und sie ist davon nicht grade begeistert.«

Nun redeten alle durcheinander.

»Wir müssen weiter, versuchen Mum noch zu erwischen, bevor sie uns zur Fahndung ausschreiben lässt«, sagte Deborah lächelnd, drückte dann Nina fest an sich und flüsterte ihr ins Ohr: »Ich drück dir fürs Bohrloch die Daumen!«

»Sehen wir uns morgen?«, fragte Nina.

»Ausgiebiger Tratsch«, versprach Deborah grinsend und umarmte sie noch einmal.

»Und was ist mit dem Kuchen?«, fragte Lobby nach.

Harrison lag auf dem Rücken und verfolgte, wie das trübe Morgenlicht langsam über die Decke seines Schlafzimmers kroch und dann an der Wand entlang zum schmiedeeisernen Kaminofen wanderte. Sein Magen war übersäuert von der halben Flasche Gin, die er am Abend zuvor beim Leichenschmaus getrunken hatte. Seit Nina nach Wandalla gekommen war, war regelmäßiges Trinken wichtig für seine Selbsterhaltung.

Ihr in die so vertrauten moosgrünen Augen zu blicken, die Augen des Mannes, den er so sehr geliebt hatte, und so zu tun, als würde er in ihrem besten Interesse handeln, war das Schwerste, was ihm je abverlangt worden war. Und an diesem Nachmittag würde sie um drei Uhr zu ihm ins Büro kommen und auf ihr Geburtsrecht verzichten.

Harrison drehte sich auf die Seite und atmete langsam und tief ein und aus, um seine Verzweiflung zu verdrängen. Die Wurzeln dieses Alptraums reichten so weit zurück – weiter zurück sogar als seine Beziehung zu Jim. War es jetzt tatsächlich schon mehr als dreißig Jahre her, seit er den Job bei Gordon White in Newcastle angenommen hatte?, fragte er sich.

Gordon, ein grau werdender Rothaariger mit rotem Gesicht, war ehemaliger Bürgermeister der Stadt und jedermanns Kumpel, der im Pub ständig irgendwelche Hände schüttelte und auf Schultern klopfte. Wer konnte schon ahnen, was sich unter dieser plump vertraulichen Maske verbarg? Die Vereinbarungen waren verlockend. Harrison würde in den nächsten fünf Jahren in der Kanzlei die Hauptarbeit erledigen und Gordon damit einen Freiraum für seine geplante Kandidatur bei den Vorwahlen verschaffen. Gelang es ihm, Kandidat seines Wahlkreises zu werden, dann könnte Harrison die Kanzlei übernehmen. Und sollte er dabei nicht erfolgreich abschneiden, wollte er sich zur Ruhe setzen und die Zügel aus der Hand geben.

Es war eine schöne Zeit gewesen in Newcastle. Zwar hatte er bis in die späten Nachtstunden arbeiten müssen, es gab aber auch jede Menge Zerstreuung, und er war zu einer festen Größe in der kleinen, jedoch blühenden Schwulenszene von Newcastle geworden.

Nach einigen Monaten jedoch stellte sich heraus, dass mit den Unterlagen, die jeden Tag auf seinem Schreibtisch landeten, etwas nicht stimmte. Treuhandvermögen, Erbschaften – wo immer sich Gordon Zugang zu Geld bot, hatte er einen Teil davon abgezweigt und die Zahlen entsprechend frisiert.

Harrison setzte sich im Bett auf und rieb sich die Augen. Er brauchte gar nicht erst versuchen, noch mal einzuschlafen, wenn diese Erinnerungen in seinem Kopf kreisten. Wie naiv von ihm, dass er Gordon nicht sofort angezeigt hatte, als er es herausfand. Aber er hatte weiß Gott versucht, den alten Mann zu überreden, damit aufzuhören oder auch das Geld zurückzuzahlen. Aber der hatte nur gelacht und ihm versichert, er müsse noch viel lernen, wie dieser Beruf in der realen Welt ausgeübt wurde.

Und dann traf das Unvermeidliche ein. Es war Gordons Hauptrivale für die Vorwahlen, der ihn schließlich verpfiff. Und ehe Harrison wusste, wie ihm geschah, wimmelte es in der Kanzlei auch schon von Beamten des Betrugsdezernats.

Gordon wanderte ins Gefängnis, doch für ihn kam es noch schlimmer, denn er verlor auf unbegrenzte Zeit seine eigene Anwaltszulassung.

Jim war der Hauptgrund dafür, warum er es riskierte, in Wandalla eine Kanzlei aufzumachen. Sie hatten sich kurz nach dem Eklat in Newcastle kennengelernt, als Harrison ziellos durchs Land reiste und versuchte, das Erlebte zu verarbeiten und eine neue Lebensperspektive zu finden. Die Anwaltskanzlei von Wandalla sei seit zwei Jahren verwaist, hatte Jim argumentiert und dabei schelmisch gelächelt. Die Leute würden bestimmt nicht allzu neugierig sein, was Registrierung und Zertifikate betraf – was wussten sie schließlich schon?

Am Ende war die Verlockung, in Jims Nähe zu sein, einfach zu groß gewesen, und er hatte ganz offiziell seine Kanzlei eröffnet, als hätte er das Recht, dies zu tun. Anfangs zuckte er jedes Mal zusammen, wenn neue Klienten kamen, aber bald schon lief alles seinen gewohnten Gang und fast hätte er die Wahrheit vergessen.

Nachdem Jim geheiratet hatte und nach Sydney gegangen war, hatte Hilary es irgendwie herausgefunden. Wie sie von der Geschichte Wind bekommen hatte, wusste er nicht. Den Ausdruck kalten Triumphs auf ihrem Gesicht würde er nie mehr vergessen, als sie ihm einen alten Zeitungsausschnitt des *The Newcastle Herald* auf den Schreibtisch knallte.

Wie oft in all den Jahren hatte sie sich seiner als Marionette bedient?, fragte Harrison sich, als er müde in seine Pantoffeln schlüpfte und ins Badezimmer ging. Als sie dann noch die Wahrheit über seine Beziehung zu Jim herausgefunden hatte, war es noch schlimmer geworden. Und als Jim dann etwa um die gleiche Zeit verschwand, gab ihr das den Rest. Neurotisch war sie immer gewesen, ab diesem Zeitpunkt jedoch entwickelte sie sich zu der skrupellosen, rachsüchtigen Xanthippe, die sie jetzt war. Die Hilary, deren persönliche Mission darin bestand, sein Glück auf jede nur erdenkliche Weise zu zerstören, und die besessen davon war, Durham neu zu erschaffen.

Harrison beugte sich über das Waschbecken und schaute in den Spiegel. Die Ränder unter seinen Augen waren blassgrün, wie ein halbverheilter Bluterguss.

Hilarys überreiztes Gehirn sah in der Heirat von Deborah und Heath die Chance, Kurrabar und Paramour zu vereinen. Aber sie brauchte The Springs mit den Ruinen von Durham House, damit ihre Vision vollständig wurde. Und ab dem Moment wurde es richtig hässlich. Der arme alte Russell.

Harrison drehte den Kaltwasserhahn der Dusche voll auf und stellte sich zitternd unter den Strahl, wobei er nicht wusste, ob er diese Methode zum Wachwerden oder als Bestrafung anwandte.

Wasser war die Grundlage von Hilarys Betrug. Als Russell sich weigerte zu verkaufen, schlug sie zurück. Etwa sechs Monate vor seinem Tod kam sie, vorbei an Suzies Schreibtisch, direkt in sein Büro marschiert und teilte ihm mit, was sie getan hatte. Sie und Lobby waren in der Nacht zuvor draußen auf The Springs gewesen und hatten das Bohrloch mit Beton verstopft und Russell somit jede Möglichkeit genommen, das wenige, was noch von seiner Herde übrig war, zu versorgen. Seine Aufgabe sei es jetzt, hatte Hilary ihm erklärt, die Ergebnisse des Sachverständigen zu fälschen, um zu beweisen, dass der Grundwasserbrunnen auf natürliche Weise ausgetrocknet war.

Und genau das hatte Harrison getan.

Er legte die Hand über seine Augen und versuchte die Tränen zurückzuhalten. Am Telefon war es einfach gewesen, die Täuschung vor Nina aufrechtzuerhalten. Aber dann hatte er sie kennengelernt. Er schluchzte leise und erschöpft. Wie war er zu dieser Person geworden?

Es gab keinen anderen Ausweg. Würde das Wetter sich nicht zunehmend verschlechtern, dann würde er sofort nach The Springs aufbrechen. Er musste Nina jetzt anrufen.

Hilary hielt vor Harrisons Haus. Es stand im alten Teil der Stadt mit Blick auf den Fluss. Voller Verachtung betrachtete sie die bunten Blumen vor dem Fenster, die sein Haus von denen der Nachbarn abhoben. Schwule waren ja so berechenbar. Der sandige Wind peitschte die Blüten.

Zu ihrer Verärgerung war Harrisons Büro geschlossen und von dieser verdammten Suzie nichts zu sehen gewesen, als sie vom Polizeirevier gekommen war. Aber dann überlegte sie, dass der Vertragsabschluss, wenn Harrison bereits nach Hause gegangen war, schon über die Bühne gegangen sein musste. Und sie bereits die neue Besitzerin von The Springs war.

Lächelnd drückte Hilary auf die Klingel und rief sich noch mal den Gesichtsausdruck von Barry Kemp ins Gedächtnis, als sie ihm gezeigt hatte, dass der Wagen noch immer auf Phillip zugelassen war. Er konnte es kaum erwarten, einem weiteren Abo ein Vergehen nachzuweisen.

Harrison öffnete die Tür, sein Mobiltelefon am Ohr.

»Besten Dank, meine Liebe. Und noch mal, es tut mir leid. Ich komme raus, sobald das Wetter es zulässt«, sagte er. Mit einem merkwürdigen Gesichtsausdruck schaute er Hilary an. Stirnrunzelnd bedeutete sie ihm, sein Gespräch zu beenden.

»Ich muss jetzt auflegen. Ich habe ganz besonderen Besuch bekommen«, schloss Harrison, bevor er schwungvoll auflegte.

»Nun, Hilary, das ist aber eine Freude. Komm doch rein«, bat er und lud sie mit einer übertriebenen Verbeugung ein, zum Wohnzimmer durchzugehen.

Sie rauschte an ihm vorbei und stellte befriedigt fest, dass die Urkunden für The Springs auf dem Esstisch lagen. Hilary nahm auf der Couch Platz.

»Wir haben viel zu tun, also notier dir das«, befahl sie. »Erstens möchte ich, dass du für Phillip eine eidesstattliche Erklärung aufsetzt, die besagt, dass er den Wagen Matty O'Sullivan nur geliehen hat und er nie als Geschenk gedacht war. Sorg dafür, dass es juristisch und kompliziert klingt. Dann unterschreibt Phillip es womöglich, ohne es zu überprüfen, wenn ich es ihm nach ein paar Cognacs vorlege.«

Hilary blickte hoch. Harrison lehnte noch immer am Kamin und trug ein irritierendes Lächeln zur Schau.

»Hast du mich nicht verstanden? Warum machst du dir keine Notizen?«, blaffte sie. Also mal ehrlich, er könnte doch wenigstens versuchen, sich einen professionellen Anstrich zu geben, dachte sie.

Harrisons Ausdruck änderte sich nicht. »Nein.« Er sprach das Wort so klar und deutlich aus, als hätte er es noch nie zuvor benutzt.

»Was soll das heißen, nein?« Hilary spürte, wie der Zorn in ihr aufwallte. »Entweder du spurst jetzt oder du weißt, was passiert!«

»Nichts wird passieren, Hilary«, erwiderte Harrison und verschränkte die Arme. »Das eben am Telefon war Nina. Kluges Mädchen. Sie hat ohne jede Hilfe von mir die Wahrheit über das Bohrloch herausgefunden. Und jetzt weiß sie auch über meine Vergangenheit Bescheid. Sie weiß, dass du mich in all den Jahren erpresst hast. Und sie wird The Springs nicht verkaufen. Niemals.«

Panik breitete sich wie Nadelstiche über Hilarys Kopfhaut aus.

»Aber du könntest dafür in den Knast wandern. Ich werde dafür sorgen, dass du …«

»Du meinst wohl, dass wir verhaftet werden«, beendete Harrison gelassen den Satz. »Denn wenn ich untergehe, kannst du darauf wetten, dass ich deinen süßen Hintern da mit reinziehe.«

Sie stand auf, rang nach Luft.

»Was du tun wirst, ist mir völlig egal, Hilary. Aber ich weiß ganz genau, was *ich* tun werde. Als Erstes werde ich mich zur Ruhe setzen. Ich nehme mein Schild ab und werde nie wieder praktizieren. Zweitens werde ich mit Terence zusammenziehen, und zum Teufel damit, was die anderen dazu sagen. Ich habe genug von diesem Leben, das keins ist. Und zu guter Letzt werde ich für den Rest meines Lebens nie wieder etwas mit dir zu tun haben wollen. Von nun an kann ich dich nicht mehr sehen, nicht mehr hören, und ehrlich gesagt würde ich nicht mal mehr auf dich pinkeln, um die Flammen zu löschen, wenn du brennst.«

Hilary stand wie vom Donner gerührt da. Alles um sie herum fiel wie ein Alptraum in sich zusammen, ihre Zukunftspläne zerrannen ihr unter den Händen. Erst Deborah, jetzt das. Alles, wofür sie geschuftet hatte, seit sie ein junges Mädchen war, jahrelanges Planen, ihr Traum von Durham House, alles entglitt ihr.

»Bitte, Harrison …« Sie hatte Mühe, ihre Stimme zu kontrollieren. »Um unserer Freundschaft willen, all dem zuliebe, was wir einander in unserer Jugend waren.«

Harrison beugte sich vor, sein Körper zuckte. Erst dachte sie, er würde schluchzen, aber dann holte er tief Luft, warf den Kopf in den Nacken und lachte.

In dem Moment sah sie ihre Chance, schoss ins Esszimmer, grabschte sich die Urkunden von The Springs und rannte hinaus. Die Anklage wegen des Bohrlochs – nun, da würde Lobby ihr schon Rückendeckung geben. Die Hauptsache war dieses verdammte Mädchen. Wenn es ihr heute nicht das Anwesen überschrieb, würde es das sein Leben lang bereuen.

Obwohl der Wind ihr entgegenpeitschte, als sie die Tür ihres Wagens aufriss, konnte Hilary noch immer das schallende Gelächter Harrisons im Haus hören. Sie schlug die Tür zu und fuhr los nach The Springs.

Kapitel 21

Als wollte er unbedingt unter Beweis stellen, wie leid es ihm tat, erwies Lobby sich als äußerst hilfsbereit, als sie sich das Bohrloch vornahmen. Er wusste genau, wo er graben musste.

Nina setzte sich zu Moira und Heath auf den alten Betontank und sah Lobby dabei zu, wie er die trockene Erde aufhackte. Der harte Boden gab nur wenig nach, wenn er mit seiner Breithacke an der flachen Vertiefung kratzte.

Nina steckte ihr Telefon ein, in Gedanken noch bei ihrem Gespräch.

»Wer war das?«, wollte Moira wissen. »Ich dachte, du hättest hier draußen keinen Empfang.«

»An manchen Stellen habe ich Glück. Es war Harrison.«

»Alles gut, meine Liebe?«, erkundigte Moira sich neugierig.

»Alles gut«, versicherte Nina ihr. Sie konnte nun nichts mehr überraschen. Es dürfte ihm nicht leichtgefallen sein, derart reinen Tisch zu machen. Aber Nina hatte keine Kraft mehr, um sich nun auch noch mit Hilary und Harrison und deren Verschwörungen zu befassen.

Sie massierte sich die Hände, die von den kläglichen Versuchen, Lobby zur Hand zu gehen, noch immer schmerzten. Mehr als zehn Minuten mit der Hacke hatte sie nicht geschafft. Nun saß sie da und schaute Lobby zu, war sich aber sehr wohl bewusst, dass Heath dicht neben ihr saß. Aber sie konzentrierte sich erst einmal auf Lobbys Fortschritte.

Ben gab gelegentlich Anweisungen, nach einer halben Stunde jedoch sackte er in seinem Stuhl zusammen und wurde still.

Es dauerte eine gute Stunde, bis Lobby einen halben Meter des rostigen Rohrs freigelegt hatte, während der Wind immer heftiger blies. Lobby lief der Schweiß trotz der trockenen Hitze in Strömen. »Hört mal.« Er klopfte mit dem Schraubenschlüssel gegen das Rohr. Ein dumpfer Schlag. »Da sitzt der Beton drin«, erklärte er Nina. Dann klopfte er weiter am Rohr entlang nach unten, bis sie alle einen hohlen Klang vernahmen. Lächelnd wandte er sich an Nina. »Jetzt müssen wir dieses verdammte Ding nur noch abschneiden«, meinte er keuchend.

»Bald ist es so weit, Liebes«, flüsterte Moira und tätschelte Ninas Hand.

»Moment«, sagte Nina und versuchte, sich ihre Anspannung nicht anmerken zu lassen. »Ich hole Bier und was vom gestrigen Essen noch übrig ist. Dann können wir entweder feiern, wenn es funktioniert, oder trotzdem auf The Springs anstoßen, wenn's das nicht tut.«

»Wunderbar. Ich könnte ein kaltes Bierchen gebrauchen«, rief Lobby und wischte sich mit seinem Ärmel den Staub aus den Augen.

»Igitt«, stöhnte Ben. »Nach gestern Abend lass ich das mit dem Bier besser sein.«

Nina hatte Herzklopfen. Es stand so viel auf dem Spiel. Mach dir keine allzu großen Hoffnungen, redete sie sich ein. Sie sah Moira, Heath und Ben an – ihre Gesichter spiegelten ihre Anspannung und Aufregung. Sie schienen sich das genauso zu wünschen wie sie. Eine Enttäuschung wäre für alle unerträglich.

Mit zitternden Händen holte sie die Bierflaschen und die Softdrinks aus dem Kühlschrank. »Bau nicht darauf, bau nicht darauf«, war ihr geflüstertes Mantra.

Als sie die Getränke zum Bohrloch trug, konnte sie den Staub in der Luft fast schmecken. Lobbys Hemd blähte sich unter den trockenen Böen.

»Ich werde es so tief wie möglich absägen, Heath. Sobald Wasser fließt, setzt du diesen Rohrstopfen drauf«, brüllte er, um den Wind zu übertönen.

»Ganz wie du meinst, Lobs«, sagte Heath.

Alle sahen zu, als Lobby die Metallsäge am Rohr ansetzte. Es war schweißtreibende harte Arbeit. Jeder Schub seiner Schulter schien eine Ewigkeit zu dauern.

Vor und zurück, vor und zurück. Die Säge fraß sich mit einem nervtötenden quietschenden Ton in das Rohr. Nina trank ihr Bier und biss gegen den Lärm die Zähne zusammen. Metall auf Metall – ein endloser hypnotischer Rhythmus.

»Mensch, Lobs.« Ben stöhnte. »Das hört sich an, als würdest du eine Katze quälen. Ich sollte nach Hause fahren und unseren Trennschleifer holen.«

»Lass es gut sein, Ben«, gab Heath zurück. »Möchtest du vielleicht eine Pause machen?«, rief er Lobby zu.

»Nee, bis Mitternacht sollte ich durch sein, Jungs«, erwiderte er trocken. Lobby richtete sich auf und streckte sich, bevor er weitermachte.

Aller Augen waren auf die Bewegungen der kleinen Metallsäge gerichtet.

Kreisch, kreisch … kreisch, kreisch … Nina fächelte sich mit ihrem Hut Luft zu. Lange halte ich das nicht mehr aus, dachte sie.

Dann war es plötzlich still.

»Was ist los, Lobs?«, rief Ben.

»Ich brauche jemanden zum Festhalten.«

Heath ging zu ihm und hielt das Rohr oben fest, während Lobby noch die letzten paar Millimeter durchsägte und dann das abgetrennte Stück auf den Boden legte.

Lobby spähte in das Rohr.

»Kannst du irgendwas sehen?«, wollte Moira wissen.

»Nichts. Ich meine, ich bin mir nicht sicher«, antwortete Lobby verwirrt.

»Verdammt, Lobs«, rief Ben. »Haben wir eine Chance?«

Noch immer nichts. Alle starrten auf die schartige Schnittkante des rostigen Rohrs.

»Macht nichts«, sagte Nina und ging zu Lobby. »Sie haben es versucht. Wir haben es alle versucht. Vermutlich sollte es nicht sein.« Ihr Ton war leicht, aber sie fühlte sich, als hätte man ihr einen Schlag versetzt.

»Wartet! Lobs, sieh doch.« Heath zeigte auf das Rohr.

Da war eine kleine Blase. Dann ein Tropfen Flüssigkeit. Dann zwei. Es tröpfelte.

»Du kostbares Nass«, rief Moira aus.

Die anderen standen wie gebannt davor, als der Wasserstrahl immer stärker wurde. Und plötzlich spritzte er in die Luft. Als die schweren Wassertropfen auf die ausgetrocknete Erde prasselten, explodierten erst kleine Wolken Staub, bis dieser dann statt grau schwarz wurde.

»Wal in Sicht, und wie er stinkt!«, schrie Moira, die sich die Nase zuhielt und vor Begeisterung im Sprühnebel zu tanzen anfing, den der Wind in ihre Richtung wehte.

Das Wasser hatte einen schwefelartigen Geruch, was

Nina vergessen hatte, sie aber nicht kümmerte. »O mein Gott«, brüllte sie und umklammerte Moiras Arm. »Ich kann es nicht glauben. Ich fass es nicht.«

»Es ist echt. Alles echt. Lobs, du bist der Größte«, lobte Heath. Er hielt seinen Hut hoch, füllte ihn mit Wasser und setzte ihn dann Nina auf den Kopf. Das Wasser lief ihr in schlammigen Rinnsalen über Gesicht und Körper.

Nina wusste nicht mehr, wer wen gepackt hatte, jedenfalls tanzten sie und Heath unter dem rostigen Regen und kriegten sich nicht mehr ein vor Lachen.

»Jetzt hast du genug, um darin zu schwimmen«, schrie Heath.

Nina nickte. Denn der Anblick des Wassers und die Tatsache, dass Heath sie in den Armen hielt, hatten ihr die Sprache verschlagen.

Auch Ben war völlig nass und mit Schlamm bespritzt. »Ach herrje, ich versinke gleich im Morast.« Er lachte.

»Ihr seid ja alle verrückt«, rief Moira aus sicherer Distanz. »Man sagt, das macht der Wind mit einem.«

»Die sind ja völlig außer Rand und Band«, stellte Lobby strahlend fest und stürzte sein Bier hinunter.

»Hilary wird Gift und Galle spucken«, rief Ben. »Wer erzählt es ihr?«

»Ich mache das«, sagten Heath und Nina gemeinsam und lachten, als sie sich wieder im Kreis drehten.

»Mein Gott, in Mattys und Debs Haut möchte ich jetzt auch nicht stecken. Hilary ist so verrückt, dass es schon gemeingefährlich ist«, meinte Ben.

»Gefährlich?«, hakte Nina nach.

»Nein, ich denke, sie ist nur verrückt«, sagte Heath.

»Zerbrecht euch ihretwegen nicht den Kopf. Sie kommt

schon drüber hinweg. Irgendwann«, war Moira überzeugt und grinste. »Meine Güte, ihr seid vielleicht ein Anblick.«

Nina sah an sich herunter. Bluse und Shorts und die nackten Beine waren schlammverkrustet. Und Heath klebte das Hemd an der breiten Brust.

»Apropos Anblick«, sagte Ben und zeigte nach oben. »Seht mal, was da kommt.«

Heath und Nina drehten sich um und richteten ihre Blicke auf die Koppeln hinter der sprudelnden Fontäne. Dort krümmten sich die Bäume unter dem Wind, und Blätter und Schmutz wirbelten in der heißen Luft.

»Verdammt, dieser Wind kommt aber schnell. Sieht nach Sturm aus«, sagte Heath.

»Ja. Ich will euch ja nicht die Party verderben, aber ich denke, wir sollten das Rohr jetzt lieber abdichten. Kannst du das machen, Lobs?«, brüllte Ben.

»Was wollt ihr eigentlich? Gerade noch sollte ich's offen lassen, jetzt soll ich's abdrehen. An, aus«, brummte Lobby, der sich nur ungern von seinem Bier trennte.

»Komm her, ich helfe dir«, bot Heath ihm lachend an.

»O Mann!« Moira wischte sich den Staub aus den Augen. »Ich muss los. Ich freue mich ja so für dich, meine Liebe.«

»O Moira«, sagte Nina. »Ich bin dir ja so dankbar. Für alles. Ich würde dich ja in den Arm nehmen, aber …«

»Wag's ja nicht!« Moira lachte und gab sich entsetzt angesichts der schlammbespritzten Nina.

»Ich fahre lieber auch mal zurück und bringe das Vieh in Sicherheit. Kümmere mich darum, dass alles gegen den Wind verrammelt ist«, rief Ben gegen den peitschenden Wind an.

»Ich sollte vermutlich auch, ich ...«, setzte Heath an, und sein glückliches Gesicht verdüsterte sich.

»Nicht doch, du hörst jetzt ausnahmsweise mal auf deinen kleinen Bruder«, widersprach Ben. »Auf Kurrabar ist alles bestens. Ich fahre zurück und überprüfe alles noch mal. Du bleibst am besten hier und hilfst Nina dabei, alles abzusichern.«

Moiras Kleid bauschte sich, als Nina sie zum Wagen begleitete. Heath half Lobby dabei, das Werkzeug im Schuppen zu verstauen.

»Spring rein, Lobs«, rief Ben.

»Ich komme später rüber«, schrie Heath Ben zu, während Nina ihnen zuwinkte und dabei ihre Augen gegen den herumwirbelnden Staub abschirmte.

Nina hörte, wie die Fliegengittertür zuschlug. Sie drehte sich um, jetzt waren sie nur noch zu zweit.

»Sieht nicht gut aus der Sturm«, sagte sie leise. Plötzlich war sie sich der an ihrem Körper klebenden nassen Bluse und ihrer schlammigen Shorts nur allzu bewusst.

Und sie war von einer seltsamen Unruhe erfüllt.

Heath kam wortlos auf sie zu und zog sie an sich. Er hob ihr Kinn, so dass sie ihn ansehen musste. »Du bist hier ganz schmutzig«, stellte er fest und streifte ihre Stirn mit seinen Lippen. »Und hier auch.« Ihre Nasenspitze. »Und hier natürlich auch.« Seine Lippen strichen über ihre.

Er sah ihr in die Augen. Sie bebte.

Die Luft schien wie elektrisiert.

»Geht's dir denn wirklich gut?«, fragte sie zögernd. »Das mit Deb muss ein Schock für dich gewesen sein. Ihr beide wart so lange zusammen ...«

Er schüttelte lächelnd den Kopf. »Auf dem Hof hat sie mir erzählt, was sie für Matty empfindet. Sie sagte, es sei wie Fliegen. Als würde die Erde wegkippen und ganz klein werden. Und das Einzige, was zählte, sei die Person neben ihr. Diese Worte beendeten meine Verwirrung, denn mir wurde klar, dass es genau das war, was ich für dich empfand … für dich *empfinde*. Das ist etwas völlig anderes als bei Deb und mir. Es ist …«

Nina küsste ihn.

Heath nahm sie an der Hand und führte sie in ihr Schlafzimmer. Es war zwar erst früher Nachmittag, aber im Haus war es dunkel.

»Du zitterst ja«, stellte er fest.

Der Wind heulte. Sie standen sich am Fenster gegenüber.

Heath knöpfte ihre Bluse auf.

Ein Knopf. Dann küsste er flüchtig ihre Lippen.

Zwei. Fünf. Ihre Bluse lag auf dem Boden.

Irgendwo schlug eine Tür. Aufgewirbelter Splitt wurde gegen das Fenster geschleudert.

Heath bückte sich vor und küsste sie oberhalb ihres BHs, bevor er ihn abstreifte. Nina seufzte, als seine noch immer schlammigen Hände ihre Brüste umfingen.

Seine Lippen suchten ihre, und diesmal küssten sie sich leidenschaftlich.

Nina spürte, dass Heath an seinem Gürtel herumfummelte, und gleich darauf zog er sich mit einer schnellen Bewegung das nasse Hemd über den Kopf. Sie hielt ihn fest, und dann wanderten ihre Hände, ihr Mund, ihre Zunge über seine Brust.

Stöhnend öffnete er den Reißverschluss ihrer Shorts.

Und gleich darauf tasteten seine liebkosenden Finger sich voran.

Er hob sie hoch, und sie schlang ihm die Beine um die Taille.

Ihre Lippen fanden sich.

»Du bist so schön«, sagte er.

Nina erwiderte nichts darauf, bedeckte seine Augenlider, seinen Mund, seine Kehle mit Küssen.

Er trug sie zum Bett, streifte seine Jeans ab und zog ihr dann die Shorts aus.

Dann legte er sich neben sie.

»Lass mich dich ansehen«, flüsterte er. Er strich ihr das Haar aus den Augen.

»Komm her«, sagte sie.

Nina zog ihn an sich und stöhnte auf, als seine Hände und dann seine Lippen ihren Körper erkundeten. Sie klammerte sich an seinen Rücken, als er auf ihr lag und ihre Beine sich ineinander verschlangen. Sie wünschte sich nichts mehr, als sich in ihm zu verlieren, wie sie das schon einmal getan hatte. Doch diesmal gäbe es keine Selbstvorwürfe, keine Zweifel. Diesmal war alles anders.

Und dann spürte sie seinen Mund auf sich. Sie gab sich seiner Berührung hin. Ihre Körper fanden den gemeinsamen Rhythmus. Draußen heulte der Wind. Es gab niemand anderen, es gab nichts anderes …

Und mit einem lustvollen Stöhnen beantwortete Nina Heath' Aufschrei.

Manchmal ist die Gefahr bereits da, bevor man sie spürt. Fühlt. Riecht. Matty und Deborah wussten, dass sich ein Sturm zusammenbraute, als sie von The Springs wegfuhren. Bereits auf dem Weg zum Wagen bekamen sie den scharfen Sand zu spüren, der ihnen auf der Haut und in den Augen brannte. Jetzt konnten sie ihn sehen, hörten die Steine, die gegen die Windschutzscheibe flogen.

»Das ist ein ausgewachsener Sturm«, sagte Matty, als sie auf Hilarys Spur die halbe Strecke nach Wandalla zurückgelegt hatten. »Alles okay mit dir?«

»Könnte nicht besser sein«, flüsterte Deborah.

Kapitel 22

Nina kuschelte sich an Heath und genoss seine Umarmung. In diesem Bett hatte sie in ihrer ersten Nacht auf The Springs von ihm geträumt. Und nun war dieser Traum unerklärlicherweise Wirklichkeit geworden. Als wäre sie durch einen Spiegel getreten, um dahinter eine verkehrte Welt zu finden, in der alles, was hoffnungslos erschienen war, plötzlich voller Hoffnung war.

Als sie zu Heath hochsah, ruhte sein Blick auf ihr.

»Hallo, du«, sagte sie lächelnd.

Heath lächelte zurück und drehte sie dann ohne Vorwarnung auf den Rücken und zog das Laken wie ein Zelt über sie. Und verpasste ihr einen riesigen Knutschfleck auf dem Bauch.

»Nein, nicht!«, kreischte Nina, weil sie wusste, dass sie beide von einer dünnen, inzwischen getrockneten Schlammschicht überzogen waren.

Knurrend packte er sie locker um die Taille und schüttelte sie von einer Seite zur anderen wie ein großer Hund, der mit einem Kauspielzeug spielt.

Nina wehrte sich, hilflos vor Lachen, bis sie beide völlig außer Atem wieder in die Kissen zurückfielen.

»Nun sag mir, was da passiert?«, forderte Heath sie auf und nickte auf das Gemälde, das Nina auf die Frisierkommode gestellt hatte.

»Oh … nichts. Das ist …« Nina seufzte.

Heath sah sie fragend an. »Dein Dad?«

Sie nickte. »Aber mit dem Gesicht bin ich noch immer nicht zufrieden. Oder dem Ausdruck. Oder sonst etwas. Ich bin schon seit Monaten dran. Und habe schon so oft gedacht, es getroffen zu haben, aber dann erfahre ich wieder etwas Neues über ihn, und das wirft mich jedes Mal völlig aus der Bahn. Ich dachte, wenn ich es da hinstelle, kommt mir vielleicht eine Idee.«

Heath nickte. »Ja. Wenn mir andere Leute Geschichten über Mum oder Dad erzählen, sage ich mir einfach: *Was soll's?* Es ist eher so, als hätten sie alle ihre eigene Version von ihnen im Kopf, die nichts mit den Eltern zu tun hat, die ich kannte. Sogar Ben.«

Nina lächelte in sich hinein. Sie brauchte ihm nichts zu erklären. Er wusste es. Sie hauchte ihm einen Kuss auf die Wange.

In dem Moment war heftiges Klopfen zu hören. »Nina! Heath!« Und wieder klopfte es.

Es hörte sich an, als wäre jemand an der Küchentür. Sie taumelten aus dem Bett und griffen nach ihren Kleidern, aber es war zu spät. Bens Silhouette schob sich am Fenster vorbei.

»Nina!«, rief Ben.

»Warte!«, schrie Nina, die in Hockstellung unter dem Bett nach ihrem Slip suchte, während Heath fluchend in seine Jeans stieg. Sie riss das nächstbeste Kleid aus dem Schrank und merkte erst, als sie es überstreifte, dass es dasselbe Rockabilly-Kleid war, das sie bei ihrer ersten Begegnung mit Heath getragen hatte.

Sie rannte zur Küchentür und zog sie auf, doch ein Windstoß riss sie ihr aus der Hand und schlug sie fest gegen die Wand. Sie hatte Mühe, sie hinter sich zuzuhalten und gleichzeitig zu verhindern, dass ihr die Haare in die Augen fielen. Ben kam um die Ecke gerollt.

»Mein Gott, da bist du ja.« Er war völlig außer Atem.

»Was ist denn los?«, fragte sie.

»Kein Telefon, kein Radio, du musst dich um einen Anschluss kümmern, Mädchen«, beschwerte er sich. »In den Nachrichten geben sie Alarm für die Viehzüchter. Du musst alles reinbringen und die Fenster verrammeln. Aus Westen nähert sich ein Staubsturm. In weniger als einer halben Stunde wird er hier sein. Ich muss zurück.«

»Oh, ist das alles?« Sie entspannte sich. »Ich dachte, es sei ein Notfall.«

Ben verdrehte die Augen und brummte entrüstet. »Ist Heath hier?«

»Äh …« Nina blickte zu Boden und zeigte mit einer Handbewegung aufs Haus, während die Tür wieder aufschlug. Grinsend rollte Ben an ihr vorbei.

»Bring die Stühle und das andere Zeug rein«, rief er ihr über die Schulter zu.

Nina war träge und orientierungslos, aber sie trat hinaus auf die Veranda und griff nach einem Stuhl. Als sie sich nach anderen herumstehenden Gegenständen umsah, erregte etwas ihre Aufmerksamkeit.

Ein riesiges schwarzes Pferd sprang über den Zaun der Hauskoppel und galoppierte weiter Richtung Durham House. Jet. Selbst aus dieser Entfernung erkannte sie seine rollenden Augen. Er hetzte in die eine Richtung, dann in eine andere, bäumte sich vor einem vorbeirasenden Grasbüschel auf und wechselte erneut die Richtung. Sein schrilles, durchdringendes Wiehern hörte sich wie ein Angstschrei an.

Nina ließ den Stuhl fallen und rannte ins Haus. Heath schob gerade die Kommode vor die Terrassentür im Wohnzimmer. »Heath!«, schrie sie.

Ein Blick in Ninas Gesicht reichte, dass Heath ihr nach draußen folgte, Ben dicht hinter ihm. Heath und Nina rannten über die Koppel, der Staub brannte in ihren Augen und auf ihren Gesichtern. Blätter, Zweige, Gras wirbelten durch die Luft.

Jet stand zitternd vor dem Tor von Durham House, als sie sich ihm jedoch näherten, rannte er davon, fand eine Stelle, wo der Zaun umgestürzt war, und verschwand dann in dessen zerstörtem Garten, als hätte er das schon immer getan.

Außer Atem erreichten sie das Tor und zogen es auf.

»Jet!«, rief Heath. »Jet!«

Hinter der eingestürzten Mauer war man geschützter. Sie fanden Jet unter dem Magnolienbaum, man sah nur das Weiße seiner Augen, und seine schmutzige Flanke bebte. Schnaubend scharrte er mit dem Vorderhuf.

»Jet, Kumpel«, sprach Heath ihn mit sanfter Stimme an und hielt Blickkontakt, als er sich dem Pferd näherte. »Was machst du denn hier, mein Lieber?« Er streckte die Hand aus.

Das Pferd roch daran, und Heath trat näher, streichelte seinen Hals und sprach beruhigend auf Jet ein. Ninas Blick wanderte über das hohe Gras, das der Wind platt drückte. Sie brauchten ein Seil, etwas, um ihn anzubinden. Aber da war nichts.

»Ist schon gut«, sagte er. »Er hört auf mich und beruhigt sich wieder. Ich bringe ihn zum Stall hinter deinem Haus und binde ihn dort fest.«

In diesem Moment ertönte wütend der alte Gong von The Springs wie ein Alarm. Ben versuchte, sie zu warnen. Aber wovor? War The Springs in Gefahr oder Durham House?

Heath griff nach Ninas Hand. »Du solltest lieber zum Haus zurück und nachsehen, was los ist.«

Und dann tauchte plötzlich Hilary auf, kam auf ihren hohen Absätzen auf sie zugestakst. Mit loderndem Blick und einem Stapel Papiere in der Hand. Der Gong schwieg.

»Mein Gott«, sagte Heath.

»Was zum Teufel …?«, setzte Nina an.

»Du!«, keuchte Hilary. »Bleib sofort stehen.« Mit ihren vom Wind zerzausten Haaren und den rot unterlaufenen Augen sah sie aus wie eine vom Staubsturm heraufbeschworene Hexe.

»Heath, du musst sofort nach Paramour«, fuhr sie fort und schien Mühe zu haben, in normalem Ton zu sprechen. »Deborah braucht dich. Sie ist völlig durcheinander, und … du musst mit ihr sprechen.«

Hilary hielt Nina die Faust mit den Papieren drohend vors Gesicht. »Diese … hier … ich habe die Urkunde vom

Grundbuchamt. Das gehört alles so gut wie mir«, sagte sie mit immer lauter werdender Stimme.

Von Hilarys schriller Stimme verstört, begann hinter ihnen Jet zu schnauben und warf seinen Kopf herum. Er war ein großes Tier und unberechenbar, und Nina hatte vor ihm immer Angst gehabt. Nun fragte sie sich, ob Hilary nicht doch die größere Bedrohung war. Sie hielt Heath' Hand fest.

»Beruhige dich, Hilary. Das Pferd«, warnte Heath.

»Es ist vorbei, Hilary«, erklärte Nina mit fester Stimme. »Ich weiß, was Sie getan haben. Ich verkaufe nicht. Und es wird Ihnen nicht gelingen, mich umzustimmen. Gehen Sie bitte nach Hause.«

Hilary machte einen Satz auf Nina zu und packte deren Unterarm. »Nicht so schnell«, blaffte sie.

»Hilary, wir müssen zurück zum Haus«, sagte Heath im gleichen beschwichtigenden Tonfall, den er bei Jet angewendet hatte. Aber seine Stimme schien ihre Wut anzustacheln.

Nina spürte, wie sich Hilarys scharfe Nägel immer tiefer in ihr Fleisch bohrten. »Du egoistisches Schwein! Meine Tochter hat alles für dich getan. Und du …« Sie wandte sich wieder an Nina. »Wenn du nicht wärst, wären sie bereits verheiratet. Du Miststück!«, japste sie.

Jet entfernte sich mit rollenden Augen von Heath' Hand.

»Ich hasse dich. Ich hasse dich.« Hilary riss an Ninas Arm, und das Pferd bäumte sich auf. Heath machte einen Schritt auf Hilary zu und verpasste ihr eine Ohrfeige. Sie schwieg, den Mund weit aufgerissen.

»Sei endlich still, Hilary«, herrschte er sie an und kehrte wieder zu seinem Pferd zurück, das immer unruhiger wurde. »Ich muss Jet in den Stall bringen. Sieh nur.« Der Himmel im Westen färbte sich orange. Ein kleiner Ast fiel in den Brunnen und ließ sie alle zusammenzucken.

»Hier sind wir nicht sicher«, übertönte Nina das Tosen des Sturms.

»Nicht, bevor du eingewilligt hast!«, kreischte Hilary und machte, mit den Papieren fuchtelnd, wieder einen Schritt auf Nina zu. In diesem Moment splitterte und knackte es über ihren Köpfen.

Heath packte Nina und schubste sie in den Laubhaufen neben dem Brunnen. Ein riesiger Magnolienzweig schlug dort, wo sie gerade noch gestanden hatten, auf dem Boden auf. Nina blickte hinauf in den Baum, wo eine weiße Wunde, wie eine Blesse, zeigte, von wo der Ast gekommen war.

Jet bäumte sich auf und schlug mit seinen Vorderhufen in die Luft. Hilary, die vor ihm stand, wich mit abwehrend nach vorn gestreckten Armen zurück. Nina öffnete den Mund, doch ehe sie ihr eine Warnung zuschreien konnte, senkten sich die Hufe des Pferdes wieder herab, verfehlten Hilarys Kopf nur knapp und drängten sie weiter zurück, bis ihr Schädel auf dem Rand des Brunnens aufschlug. Die Papiere, die sie festgehalten hatte, verschwanden im Sog des Sturms. Hilary lag mit geschlossenen Augen und blutendem Kopf auf dem Rücken.

Heath und Nina starrten sich entsetzt an. Sie rappelten sich hoch und hockten sich neben sie. Heath schüttelte Hilary an der Schulter. »Hilary! Wach auf! Hilary!« Er zog eines ihrer Augenlider auf, dann das andere und nickte. Hilarys Hand bewegte sich zaghaft. Nina atmete aus.

»Sollen wir sie wegbringen?«, fragte Nina und versuchte sich verzweifelt an ihren Erste-Hilfe-Kurs zu erinnern.

»Uns bleibt nichts anderes übrig«, überschrie Heath den Sturm. »Sie hat einen heftigen Schlag abbekommen. Ich bringe erst Jet in deinen Stall und komme dann zurück, um dich zu holen.«

Nina richtete einen ängstlichen Blick auf die Magnolie. Der ganze Baum konnte umstürzen.

»Wir müssen sie von hier wegbringen, weg von den Bäumen«, schlug er vor.

Jet stand noch immer nervös und auf der Hut unter der Magnolie, wirkte aber etwas ruhiger.

Heath packte Hilary unter den Armen, und Nina fasste sie an den Fußgelenken, musste dabei aber gegen ihr Zittern ankämpfen. Die Frau war verdammt schwer, aber sie schafften es, sie durchs Tor zu schleppen, wenn auch langsam und mühsam. Nina beobachtete, wie Heath' Jeans und Hemd dort, wo Hilarys Kopf dagegendrückte, mit Blut verschmiert war.

Ihre Augen tränten, und die Nasen liefen. Müll flog vorbei, eine alte Farbdose, ein Plastikkanister. Früher oder später würde irgendwas sie verletzen. Hilarys Rover stand in der Nähe, die Fahrertür war offen, der Schlüssel steckte. Sie legten Hilary auf den Rücksitz.

»Warte hier bei ihr. Ich bin gleich wieder da«, sagte Heath im Schutz der Wagentür. Mit besorgter Miene drückte er Nina kurz und rannte zurück durchs Tor.

Nina sah ihm hinterher und setzte sich neben Hilary. Liegend wirkte sie kleiner und eingefallen in ihren Kleidern. Aus ihrem Gesicht war alle Farbe gewichen, eine Wunde zog sich über ihren Wangenknochen, der Mund stand offen. Sie sah aus wie tot.

Nina nahm Hilarys Kinn und drehte es zur Seite, damit

sie die Kopfwunde untersuchen konnte. In ihrem blondgefärbten Haar leuchtete das Blut schockierend hell. Obwohl ein Teil bereits geronnen war, blutete die Wunde noch immer. Nina holte den Seidenschal von der Kofferraumablage und presste ihn auf die Wunde.

Erschrocken machte sie sich klar, dass sie gar nicht feststellen konnte, ob Hilary noch atmete oder nicht. Sie streckte ihre Hand aus und legte drei Finger seitlich an Hilarys Hals und tastete nach dem Puls. Hilarys Haut war warm, und erstaunlicherweise konnte Nina ein schwaches Pulsieren spüren, das allerdings flatterig war.

Heath lief schnell vorbei, einen Arm um Jets Hals, während er sich mit der anderen Hand sein Hemd vor Mund und Nase hielt. Er warf ihr einen fragenden Blick zu, und Nina versuchte zu lächeln und nickte aufmunternd. Sie sah den beiden Gestalten nach, bis sie nur noch Umrisse im Staub waren.

Von allen surrealen Dingen, die sich an diesem Tag ereignet hatten, war dies das merkwürdigste. Sie kümmerte sich um eine Frau, deren unerbittliche Bosheit sie zu ihrer Feindin gemacht hatte. Ihrer ersten und einzigen. Nina hatte Angst vor ihr gehabt und sie dann sogar gehasst, aber jetzt waren diese Gefühle bedeutungslos. Hier draußen war Feindseligkeit ein Luxus, den man sich nicht leisten konnte.

Die Tür des Rovers ging auf und ließ den Wind herein. Heath nahm auf dem Fahrersitz Platz, Gesicht und Hals braun vor Staub. In dem Moment kam ihr in den Sinn, dass dieser rotbraune Staub von weit her kommen musste, aus der Wüste.

»Alles in Ordnung mit dir?«, fragte er.

Nina nickte.

»Und Hilary?«

»Sie atmet«, erwiderte Nina. Aber warum erwachte sie nicht aus ihrer Ohnmacht? Sie sollte inzwischen längst wieder bei Bewusstsein sein.

In wenigen Minuten hatten sie The Springs erreicht. Ben wartete auf der Veranda auf sie. »Was ist passiert?«

Nina hob den blutdurchtränkten Schal, um ihm Hilarys Kopf zu zeigen.

»Ach, du liebe Scheiße!«, sagte Ben. »Ich habe euch mit dem Gong zu warnen versucht.«

Die bewusstlose Hilary ließ sich nur mühsam aus dem Wagen ziehen und dann auf Ninas Bett legen, aber sie schafften es. Nina kickte ihren abgelegten BH aus dem Blickfeld und schob ein zusätzliches Kissen unter Hilarys Kopf. Es war eine Erleichterung, dem scheuernden Sand und dem peitschenden Wind entkommen zu sein.

»Hast du Verbandszeug und ein Desinfektionsmittel hier, Nina?«, fragte Heath. Er beugte sich über Hilary und lauschte auf ihren Atem. »Fürs Erste kommt sie klar«, sagte Heath, als Nina mit dem Erste-Hilfe-Päckchen zurückkam. Aber Hilarys weißes Gesicht blieb reglos.

Nina zitterte. In den letzten zehn Minuten dürfte die Temperatur um zehn Grad gefallen sein. Sie holte eine Decke aus dem Schrank und deckte Hilary damit zu.

»Der Sturm ist da«, erklärte Heath. »Und vorher wird es immer kalt.«

»Meine Güte, wie ihr ausseht«, sagte Ben.

Nina musterte Heath. Die Blutstropfen, die aus einer kleinen Stirnwunde sickerten, waren das wenigste. Durch sein zerrissenes, schmutziges Hemd sah man seine von Hilarys Blut dunkelbraun gefärbte Brust. Sie hob ihre Hände an den Kopf und spürte dort nur ein staubiges, zerzaustes Durcheinander, Blätter, die in ihren Haaren steckten. Als ihr Blick nach unten wanderte, bemerkte sie, dass ihr Kleid zerrissen und blutig war.

»Wie war's auf Kurrabar?«, erkundigte sich Heath, während er Wasser und Desinfektionslösung in eine Schüssel schüttete.

»Alfie kümmert sich um alles«, antwortete Ben.

Das Geräusch splitternden Glases kam von der anderen Hausseite – offenbar eine Fensterscheibe, die zu Bruch gegangen war. Das Wellblech auf dem Dach flatterte, und immer öfter und immer lauter hörte man es schlagen und krachen.

»Mist!«, sagte Ben und rollte los, um nachzusehen.

»Halt sie fest.« Heath drehte Hilary auf die Seite, und Nina legte eine Hand auf ihre Schulter, um ihre Lage zu stabilisieren. Heath tupfte die Wunde vorsichtig ab.

Der Lärm schwoll immer mehr an, und vom Tageslicht war nur noch ein Schimmer in dunkelstem Orange zu sehen. Hilarys Atem ging nun keuchend und rasselnd. Nina legte die freie Hand auf ihre klamme Stirn.

»Hilary!«, brüllte sie, als könnte sie das aufwecken.

»Deborah?« Hilarys Augen öffneten sich, schlossen sich aber gleich wieder. »Deborah.«

»Was meinst du, Heath?«, fragte Nina.

»Ich … ich denke, wir sollten Hilfe holen.«

»Ja, genau, als wäre das eine Option«, sagte Ben von der Tür.

»Wir müssen sie nach Wandalla ins Krankenhaus bringen«, schlug Heath vor.

»Das soll wohl ein Scherz sein?«, fragte Ben entnervt.

»Im Ernst? Du kannst da jetzt nicht raus. Es ist zu gefährlich.«

»Ich könnte ihn begleiten«, bot Nina an.

»Für sie? Was hat sie denn getan, außer uns allen das Leben schwergemacht?«

»Wir haben keine andere Wahl«, beharrte Heath.

»Keine andere Wahl, dass ich nicht lache!«, schrie Ben. »Ich weiß, worum es hier geht. Du willst nur beweisen, dass du jeden retten kannst. Das ist alles, was für dich zählt. Du kannst nicht mehr klar denken.«

»Das ist doch Unsinn.«

»Es ist kein Unsinn!« Ben war hartnäckig. »Sie ist das Risiko nicht wert.«

Nina hielt ihren Blick auf die Bandage gerichtet, die sie aufrollte, und wollte sich nicht einmischen.

»Sieh sie dir an. Wir können das nicht riskieren.« Heath schaute seinen Bruder entschlossen an.

»Und wenn sie's nicht schafft? Und die Welt dadurch besser wird«, wandte Ben ein.

»Das ist doch wohl nicht dein Ernst.«

»Du bist ein Idiot, Heath.«

»Und du bist ein verbissener kleiner ...«

»Hört auf. Hört beide bitte auf!«, rief Nina.

Stille.

»Ich hole die Schlüssel für den Lieferwagen«, sagte Heath.

»Nein. Also wirklich, wenn dabei was zu Bruch geht, dann lass es was von ihr sein«, warf Ben ein. »Außerdem passen wir in den Rover auch alle rein.«

»Alle?«

»Also, ich bleibe nicht hier«, entgegnete Ben. »Ich kenne

mich in medizinischen Dingen besser aus als du. Wir brauchen mehr Decken und eine Taschenlampe. Und steh nicht rum und glotz, Heath. Beweg dich!«

Heath zog eine Grimasse und schaute zu Boden. »Danke, Ben. Siehst du, ich …«

»Spar's dir. Wenn wir fahren, müssen wir uns beeilen«, sagte Ben barsch.

Heath platzierte seinen Bruder auf dem Rücksitz und klappte dann den Rollstuhl zusammen und verstaute ihn im Kofferraum. Dann trugen Heath und Nina Hilary wieder nach draußen, und mit einiger Mühe gelang es ihnen, sie mit dem Kopf auf Bens Schoß zu legen und zuzudecken. Sie war nach wie vor verstörend schlaff und atmete geräuschvoll.

»So, meine Süße, hallo. Das Glück scheint auf meiner Seite zu sein, wie's aussieht«, sagte Ben sarkastisch, als er sich über Hilary beugte und ihr Gesicht musterte.

»Pass auf!«, schrie Nina, und ihr Herz begann heftig zu schlagen. Ein herumfliegendes Stück Wellblech vom Dach hätte fast Heath' Kopf getroffen, als er sich aufrichtete. Sie sprang auf den Beifahrersitz und schlug die Tür zu.

»Alles gut.« Er stieg ein und drehte den Zündschlüssel. Aber der Motor stotterte und erstarb. Erneut drehte er den Zündschlüssel, und das Spiel wiederholte sich.

»O Gott, bitte, bitte, bitte«, murmelte Nina verzweifelt. Sie sah, wie Heath' Züge sich verhärteten.

Beim nächsten Versuch machte der Wagen einen Satz nach vorn. Nina hielt die Luft an. Die Scheinwerfer brannten kurze Tunnel in die Staubluft.

Heath fuhr schweigend, konzentrierte sich voll und ganz darauf, die Straße nicht zu verfehlen.

»Keine Sorge, Neens«, sagte Ben. »Heath kennt die Straße wie seine Hosentasche.«

Und wie durch ein Wunder schien er jedem Gegenstand auszuweichen, der ihnen in den Weg gewirbelt wurde. Ein paarmal musste er wegen flüchtender Kängurus und einmal für einen Emu bremsen. Sie kamen nur im Schritttempo voran, und Heath war vollauf damit beschäftigt, den Wagen in der Spur zu halten. Die Sichtweite betrug nur wenige Meter.

»Wie geht's ihr?«, erkundigte sich Heath.

»Gleichbleibend«, sagte Ben. »Nicht schlechter.« Er hielt Hilarys Handgelenk mit seinen Fingerspitzen und kontrollierte ihren Puls. Als Nina sich zu ihm umdrehte, musste er lächeln.

Nina starrte aufs Armaturenbrett. Es war gerade mal drei Uhr nachmittags, obwohl es aussah wie drei Uhr morgens. Ihre ganze Welt war auf einen braunen Tunnel zusammengeschrumpft, einen sicheren Pfad durch den Alptraum. Sie war selbst zum Weinen zu müde. Wir werden ewig auf dieser Straße sein, dachte sie.

Endlich sahen sie das *Willkommen in Wandalla*-Schild. Es war fünf Uhr. Sie hatten fast drei Stunden gebraucht, um in die Stadt zu gelangen.

Als sie durch die Vororte fuhren, ließ der Sturm endlich nach. Aber sie trafen eine Geisterstadt an. Alles war von orangefarbenem Staub überzogen, Bäume lagen auf Zäunen, Stromleitungen auf der Straße. Das einzige Fahrzeug, das ihnen begegnete, war ein Geländewagen voller Leute in orangefarbenen Overalls und Helmen. Nina erkannte am Steuer Hamish, den Bestatter, Terence saß neben ihm.

Heath hob zwei Finger, und Hamish erwiderte den Gruß fast ironisch, wie Nina fand. Die Reifen knirschten, als sie die Reste der Ampelanlage passierten und dabei über zerbrochenes Glas fuhren.

»Kein Strom«, stellte Heath fest.

»Das Krankenhaus hat einen Generator«, erwiderte Ben.

Und tatsächlich, das Schild der Notaufnahme war erleuchtet. Darunter parkte bereits ein halbes Dutzend Autos wild durcheinander. Es gab also noch andere Notfälle außer ihrem.

Nina und Heath eilten ins Gebäude.

Binnen einer halben Stunde hatte die überarbeitete Krankenschwester befunden, dass Hilary vorrangig behandelt werden und eine Bluttransfusion bekommen musste. Sobald der Sturm vorüber war, würde man sie für die Operation mit dem Helikopter nach Dubbo bringen.

Heath versuchte, über das öffentliche Telefon Kontakt zu Deborah zu bekommen. Das Wartezimmer war überfüllt. Nina ließ sich auf der Veranda neben Bens Rollstuhl nieder, ohne sich um die Staubschicht zu kümmern, die auf allem lag. Sogar der billige Instantkaffee im Plastikbecher schmeckte jetzt köstlich.

»Sie sind unterwegs«, erklärte Heath. »Sie waren während des Sturms auf der Polizeiwache. Barry Kemp wollte Matty offenbar festnehmen. O Gott.« Er setzte sich neben Nina. Plötzlich hörten sie unten am Fluss einen Vogel zwitschern. Und ein Antwortzwitschern. Der Sturm war vorüber.

»Hör zu, äh … ich hätte das vorhin nicht sagen sollen«, raunte Ben Heath zu.

Nina hatte ihn noch nie zuvor so kleinlaut erlebt. Sie

hätte ihnen gern ihre Ruhe gelassen, aber sie war zu erschöpft, um aufzustehen. Sie schaute hinunter zum Fluss.

Heath schwieg.

»Ich hätte das über dich nicht sagen dürfen ... dieses Rettungsding. Das war gemein von mir«, gab Ben zu.

»Mach dir deswegen keinen Kopf, Kumpel«, sagte Heath, als wollte er nicht darüber reden.

»Nein, wirklich. Ich ... wollte nicht, dass es wieder passiert«, brachte Ben mühsam hervor. »Ich meine dir.«

»Oh«, sagte Heath. Und nach einer Pause: »Richtig.« Seine Stimme klang düster.

»Was auch immer. Du hast jedenfalls das Richtige getan«, erklärte Ben und trank einen Schluck Kaffee.

Heath nickte kurz, hielt aber den Kopf gesenkt.

Nina ergriff seine Hand und drückte sie. Und nach einer Weile erwiderte er den Druck. Sie hob seine schmutzige Hand an ihre Lippen und küsste sanft die Handfläche. Zu dritt beobachteten sie, wie die Sonne unterging, die den staubigen Himmel in leuchtendes Rot tauchte, bis es Zeit war aufzubrechen.

Kapitel 23

Der kastanienbraune Streifen auf dem glänzenden Fußboden des Krankenhausflurs war ihr im Lauf der letzten Tage vertraut geworden und leitete sie durch das Labyrinth des Dubbo Base Hospital. Vom Privatzimmer ihrer

Mutter in die Cafeteria, zum Geschenkeladen und hinaus auf das gepflegte Krankenhausgelände war sie brav dem Leitsystem gefolgt.

Sie lächelte in sich hinein, als sie an Matty denken musste, der gestern Morgen zum Frühstücken heruntergekommen war und ihren Dad am Tisch antraf.

»Bist du ein Schinken-und-Eier- oder ein Müslityp?«, hatte Dad ihn gefragt.

»Ein Vegemite-Toast-Mann, Mr Flint.«

»Gut. Nenn mich Phillip«, hatte Dad gesagt und sich dann wieder seiner Zeitung zugewandt. Und das war es. Wenn Hilary doch Matty nur auf dieselbe Weise akzeptieren könnte. Aber Deborah kannte ihre Mutter gut genug, um nicht darauf zu hoffen.

Deborah und ihr Vater waren für eine Nacht zurück nach Paramour gefahren, um frische Sachen zu holen, bevor sie wieder zu der langen Fahrt nach Dubbo aufbrachen. Unterwegs hatten sie sich ausgiebig unterhalten – mehr als je zuvor, wie es schien. Und Dad hatte versprochen, sie und Matty voll und ganz zu unterstützen.

Von Matty getrennt zu sein tat fast körperlich weh, aber in ein paar Tagen wären sie sicher alle wieder zu Hause. In der Zwischenzeit hatte Phillip Matty die Aufsicht über ganz Paramour übertragen, so als gehörte er bereits zur Familie.

Deborah verließ den kastanienbraunen Streifen und betrat die schwarzgesprenkelten cremefarbenen Linoleumfliesen.

Leise schloss sie hinter sich die Tür von Hilarys Zimmer, wo Phillip in seinem Sessel vor sich hin döste und Hilary, wie üblich, an die Decke starrte.

»Dad.« Deborah tippte ihm auf die Schulter und hielt ihm eine Tasse Tee hin.

»Wa...?« Er schreckte hoch, und sein graues Haar rutschte von der kahlen Stelle, die zu bedecken er sich immer so viel Mühe gab. »O danke, meine Liebe.«

»Bist du dir sicher, dass du nichts möchtest, Mum?«

Hilary drehte ihr Gesicht zur Seite. Ohne Make-up war es blass, der Bluterguss auf ihrer Wange war zu einem zarten Gelb und Blau verblasst.

»Hast du die schönen Nelken gesehen, die die Bannisters geschickt haben?«

Schweigen. Deborah und ihr Vater sahen sich an. Der Heilungsprozess von Hilarys lädiertem Körper verlief zur Zufriedenheit des Arztes, ihre seelisch-geistige Verfassung allerdings nicht.

Deborah hatte ihre Mutter nie so verwundbar erlebt. Es war ein Schock für sie gewesen, sie in der Nacht nach dem Sturm im Krankenhaus liegen zu sehen. Anfangs hatte Deborah sie für tot gehalten. Und selbst jetzt war Hilary noch nicht wieder richtig zu sich gekommen. Ehrgeiz und Bedürfnisse waren die Triebfedern ihrer Mutter gewesen, aber Hilarys Vision einer neuen ländlichen Dynastie war mit dem Staubsturm hinweggefegt und über der Ebene verstreut worden, die sie gern die ihre genannt hätte. Deborah war in Sorge, dass die Mutter, die sie kannte, nie wieder zurückkehren würde. Wenn sie doch nur die Worte finden könnte, die alles wieder ins Lot brachten.

Die reglose Gestalt, die zusammengerollt im Bett lag, war so leicht, kaum vorhanden. Deborah beugte sich über sie, nahm die Hand ihrer Mutter und drückte sie. Hilary wandte ihr den Kopf zu. Ihre schmalen, trockenen Lippen öffneten sich, und sie sah ihre Tochter verwundert an, fast so, als würde sie sie nicht erkennen.

»Wie fühlst du dich, Mum? Du kannst nicht den ganzen Tag im Bett liegen, weißt du. Die Baumwolle ist reif. Dad hat eine neue Vertragsfirma, um die er sich kümmern muss, genauso wie um die Erntemaschine. Wir brauchen dich zurück an Bord, damit du diesen Jungs sagst, was sie zu tun haben. Das schaffen wir nicht ohne dich, Mum.«

»Lass sie, Deborah. Sie braucht Zeit«, sagte Phillip. »Nimm dir alle Zeit, die du brauchst, Hilary. Wir warten auf dich, Boss. Ohne dich ist es ein bisschen zu still.«

Hilary warf ihm ein Lächeln zu.

»Hallo? Bist du das, Hilary?« Kathryn Blackett spähte durch den Türspalt. Sie hatte einen Strauß rosafarbener Rosen in der Hand. »Hast du meine Nachricht erhalten, dass wir heute Nachmittag kommen werden?«

»Aber ja, natürlich.« Hilary versuchte, auf ihren Kissen nach oben zu rutschen, zuckte dabei aber zusammen. Sie bedeutete Deborah, ihre Handtasche aus der Schublade zu holen. Deborah fischte eine goldene wattierte Handtasche heraus und fand darin einen Lippenstift und eine diamantenverzierte Puderdose. Es war lustig, dass sie auch ohne Worte genau wusste, was Hilary wollte.

Kathryn legte die Rosen auf das Essenstablett.

»Du und Deborah, ihr könnt sicher eine Pause gebrauchen«, sagte Mac zu Phillip. »Warum geht ihr beide nicht runter in den Pub und esst etwas, während wir Hilary ein wenig Gesellschaft leisten.«

»Danke, Mac«, erwiderte Phillip mit Blick auf Hilary, die ihm über ihre Puderdose hinweg zunickte.

Deborah spürte die Berührung ihrer Hand.

»Kannst du mir bitte zeigen, wo die Toiletten sind?«, fragte Kathryn.

Draußen auf dem Korridor fragte Kathryn sie vertraulich: »Wie kommt sie denn zurecht? Ich denke, sie hat ein Schädel-Hirn-Trauma.«

»Also wie es aussieht, gibt es keine bleibende Hirnschädigung. Die Operation zur Ableitung der Flüssigkeit ist gut verlaufen. Wir sind froh, dass sie von der Intensivstation hierher verlegt wurde. Ein Glück, dass Heath und die anderen sie ins Krankenhaus gebracht haben.«

»Ja. Wir haben auch gehört, dass sie womöglich eine Art Nervenzusammenbruch hatte.«

»Ich denke, ihr ist das alles nur peinlich. Sie schämt sich«, sagte Deborah. »Sie will keinen sehen und mit keinem sprechen. Die Ärzte überlegen, ihr ein Antidepressivum zu geben, aber davon will sie nichts hören.«

»Hast du ihr gesagt, dass Nina beschlossen hat, auf eine Anzeige wegen des Bohrlochs zu verzichten?«

»Ja. Aber das scheint sie gar nicht zu interessieren. Gibt's einen besonderen Grund für dein Kommen?«, erkundigte sich Deborah und musterte Kathryn dabei, die nervös wirkte und nicht ganz bei der Sache zu sein schien, was sonst nicht ihre Art war.

»Wir möchten nur etwas Zeit allein mit ihr verbringen.« Kathryn gab Deborah einen Kuss auf die Wange. »Wir sehen uns in etwa einer Stunde wieder.«

»Sie wird sehr schnell müde«, klärte Deborah sie auf und zögerte zu gehen. Sie spähte zur Tür hinein und warf einen Blick auf Hilary, die angestrengt in ihre Puderdose starrte und ihre Stirnfransen zurechtzupfte.

»Bis gleich, Mum«, sagte Deborah.

Keine Antwort.

Phillip erhob sich und gab Hilary einen Kuss. »Bin nicht lange weg, Schatz.« Hilarys Blick fiel über seine Schulter auf Kathryn und Mac. So interessiert hatte sie sich bisher noch nie gezeigt. Na endlich, sagte sich Deborah. Und die Schnitzel im Pub von Dubbo waren die besten.

Als sie, erfrischt von ihrem Mittagessen am Tresen, in Hilarys Zimmer zurückkehrten, trafen Phillip und Deborah sie allein an. Hilary war aufgestanden und hatte sich zum ersten Mal vollständig angezogen, geschminkt und gekämmt. Ihre Wangen waren rosig.

Das ist ein gutes Zeichen, dachte sich Deborah, bemerkte aber schnell, dass Hilary angespannt und fahrig war, als hätte sie zu viel Kaffee getrunken. Hilary steckte Kathryns Rosen in eine Vase. Dann kippte sie sie wieder aus, ohne darauf zu achten, dass die Blütenblätter bei derart grober Behandlung abfielen.

»Was ist denn, Hilary?«, erkundigte sich Phillip und ging auf sie zu, um ihr die Hand auf den Arm zu legen.

Hilary schüttelte ihn ab. »Gar nichts«, sagte sie. »Mir geht's gut, aber ich muss allein sein.« Mit geschürzten Lippen steckte sie die Rosen einzeln in die Vase.

Deborah sah zu Phillip. Sein Blick ruhte auf Hilary.

»Mist!« Hilary saugte an einem Finger, den sie sich an einem Stachel verletzt hatte.

»Vorsicht, Mum. Hat dich der Besuch von Kathryn und Mac so aufgewühlt?«, fragte sie. Mit Sicherheit nicht.

»Nein, ganz und gar nicht«, erwiderte Hilary knapp. »Ich brauche jetzt Zeit für mich allein und wäre euch dankbar, wenn ihr mich in Ruhe lassen würdet.« Sie drehte sich um und blickte sie erwartungsvoll an. Deborah fiel auf, dass Hilarys Brust sich beim Atmen heftig bewegte. Noch nie hatte sie ihre Mutter um »Zeit für sich allein« bitten hören.

»Bist du dir da sicher?«, hakte Deborah nach. Kathryn und Mac hatten Hilary immer unterstützt. Was war geschehen? Es war schön, Mum wieder auf den Beinen zu sehen, aber sie war so erregt.

»Geht nur«, sagte Hilary laut. »Ich muss über einiges nachdenken. Mich ausruhen. Ich sehe euch dann morgen.«

»Also gut, meine Liebe, dann bis morgen.« Phillip legte den Arm um sie, um sie zu küssen.

Hilary ließ die Rose fallen, die sie in der Hand hielt, und warf sich Phillip an die Brust.

Erstaunt wich Phillip zurück.

»Was ist denn, Liebling?«, fragte er, als wären sie allein in ihrem Schlafzimmer. Hilary schüttelte den Kopf, aber sie hielt sich die Hand vor den Mund.

»Du machst mir Angst, Mum«, sagte Deborah, den Tränen nah.

Hilary ging in zwei raschen Schritten auf Deborah zu, nahm ihr Gesicht in die Hände und küsste ihre Stirn.

»Und jetzt ab mit euch«, flüsterte Hilary.

Deborah sah, dass ihre Mutter Tränen in den Augen hatte. »Ist wirklich alles in Ordnung mit dir, Mum?«

»Kommt am Morgen wieder.« Hilary wandte sich ab und holte ein weiteres Mal die Rosen aus der Vase.

Als sie den Raum verließen, schaute Deborah sich noch einmal um. Hilary hielt sich die leere Vase vor den Bauch und war wieder in ihrer eigenen Welt.

Nina nahm das Pinselende zwischen die Zähne und trat von der Leinwand zurück. Heath war im Morgengrauen aufgestanden, um nach Kurrabar zurückzukehren und sich um die Rinder zu kümmern. Als er sich im Raum bewegt und dabei vergeblich bemüht hatte, leise zu sein, hatte sie so getan, als schliefe sie noch. Bevor er ging, war er vor dem Bett stehen geblieben und hatte herzzerreißend sanft gehaucht: »Mein Gott, wie bist du schön.« Als sie jetzt daran dachte, musste sie lächeln. Diese zärtliche Seite zeigte er selten direkt, und beim Sex war er alles andere als zaghaft. Sie liebte es, seine rauen heißen Hände auf ihrem Körper zu spüren, deren Finger instinktiv zu wissen schienen, was sie tun mussten, um sie vor Lust vergehen zu lassen.

Sie konzentrierte sich wieder auf das Gemälde: Die Gestalt sah den Betrachter jetzt an und hatte den Anflug eines rätselhaften Lächelns im Gesicht. Aber was dachte sie? Sie mischte etwas Weiß in den Farbklecks auf ihrer Palette.

Es tat gut, mal eine Pause einzulegen und sich von den Tabellen und Geschäftsplänen loszureißen. Im Laufe der letzten Wochen hatte sie endlos mit der Bank, der Handelskammer und dem örtlichen Tourismusverband über mögliche Geschäftsmodelle verhandelt, die sich hier verwirklichen ließen.

Vor zwei Wochen war sie bei Mac und Kathryns Enkelin auf Besuch in deren Künstlereinkehr in Walgett gewesen und voller Ideen zurückgekehrt. Obwohl Jane Blackett und ihre Freundin hatten durchblicken lassen, dass das Geschäft auf wackeligen Beinen stand, schienen sie voller Energie und Begeisterung zu sein. Bevor Nina sich wieder auf den Heimweg machte, hatte sie mit ihrer Hilfe einen Marketingplan erstellt.

Die Ausgangsbedingungen waren auf The Springs besser als auf Jane Blacketts Anwesen, und Nina wusste bereits sehr genau, wie es in fünf Jahren aussehen würde. Wenn die Wasserversorgung erst einmal in Ordnung gebracht war, würde das Haus selbst das Büro und die Gemeinschaftsküche beherbergen. Die früher von den Schafscherern benutzten Gebäude würde man zu Gästezimmern umbauen, und in den alten Maschinenschuppen und Ställen ließen sich eine Galerie und ein Atelier einrichten. Und bei ihren Kontakten zur Kunstschule dürfte es nicht schwer sein, die ersten Events auf die Beine zu stellen. Danach würde die Mundpropaganda über Wohl oder Wehe der Einrichtung entscheiden.

Und sie könnte außerdem Vieh halten. Heath und Ben hatten ihr bereits einen Crashkurs über nachhaltige Bewirtschaftung erteilt – wie man ein geringfügiges Anwesen zukunftsfähig machte, ihr dabei aber noch Zeit für ihre Malerei blieb. Sie hatte die obere Koppel bereits zur Beweidung verpachtet und nahm auf diese Weise etwas Geld ein, das sie auch dringend benötigte. In einer zweiten Phase würde sie sich um ihren eigenen Viehbestand kümmern.

Das schrille Klingeln ihres Festnetztelefons erschreckte Nina. Sie hatte sich noch nicht daran gewöhnt. »Hallo.«

»Nina?«

»Hey, Deborah.«

»Kannst du rüberkommen, Nina?« Deborah war ganz außer Atem.

»Jetzt gleich?«

»Ja. Falls du nicht allzu beschäftigt bist.«

»Stimmt etwas nicht? Ist was mit Hilary?«

»Nein, ganz und gar nicht. Alles bestens.«

»Du hast doch nicht etwa wieder zu viel Espresso getrunken, oder?«, scherzte sie. »Du weißt doch, was letztes Mal passiert ist.«

»Nein, es ist nichts dergleichen. Nun mach schon und sag, dass du kommst.«

Nina unterdrückte einen Seufzer. »Sicher.«

Deborah stieß einen Freudenschrei aus. »Ausgezeichnet. Und bring Heath mit. Bis gleich!«

Na gut. Sie würde auf dem Weg dorthin in Kurrabar vorbeischauen. Vielleicht ließ Heath sich ablenken. Lächelnd warf sie den Pinsel in ein Glas.

Als sie vor Hilarys historischen Rosen parkten, wunderte sich Nina: »Ist das nicht der Landrover von Mac und Kathryn?«

»Ja«, sagte Heath und dehnte seine Schultern.

War das ein Seufzer?, fragte sich Nina. Wie musste er sich fühlen, wenn er jetzt nach Paramour kam, nicht als der erwählte Schwiegersohn, sondern als Partner eines Eindringlings?

Sie blickte hoch zu den Fenstern, die das Licht des späten Vormittags reflektierten. Sicherlich ging die Einladung von Hilary aus, denn sonst wäre Deborah zu ihr nach The Springs gekommen. Was hatte Hilary vor? Entschädigung für die Manipulation am Bohrloch würde sie ihr bestimmt nicht anbieten. Was also konnte es sein?

Nina holte tief Luft. Sie zog ihre Jeans straff und setzte ihren neuen Akubra-Hut auf. Den hatte Ben ihr geschenkt, um ihren Status als echte Landbesitzerin zu feiern. Sie griff nach Heath' Hand, und gemeinsam stiegen sie die Marmortreppen hinauf. Nina drückte auf die Klingel und wartete auf das hysterische Gebell von Dolce und Gabbana.

Bevor die Hunde völlig überschnappten, öffnete Deborah die Tür und warf sich Nina um den Hals. »Ich bin so froh, dass du hier bist.« Deborah hielt Ninas Schultern fest und sah sie mit einem breiten Grinsen an. Blonde Löckchen tanzten um ihr strahlendes Gesicht. So hübsch hatte Nina sie noch nie gesehen.

»Hi, Heath«, sagte Deborah und sah ihn kaum an. Sie nahm Ninas Hand und eilte mit ihr durch den gefliesten Flur in den Salon, und Heath blieb nichts anderes übrig, als den beiden hinterherzulaufen.

Phillip lief vor der verschlossenen Tür auf und ab. Und als sie auftauchten, warf er ihnen einen durchdringenden Blick zu, der sich dann aber neugierig auf Nina konzentrierte. Er öffnete den Mund, als wollte er etwas sagen, doch Deborah kam ihm zuvor.

»Mac ist draußen auf der Veranda, Dad«, sagte Deborah. »Nimm Heath doch mit raus, dann könnt ihr einen Kaffee oder so trinken? Geh mit, Heath. Das hier ist geheime Frauensache.« Sie zwinkerte Nina zu und drückte die Klinke herunter.

Nina warf Heath einen Blick über die Schulter zu. *Was zum ...?* Er zuckte mit den Schultern, bevor er sich von Phillip wieder zurück in den Flur scheuchen ließ.

Hilary saß steif in der Mitte eines der weißen Sofas, die Hände im Schoß verschränkt, den Blick starr ins Leere gerichtet. Kathryn stand neben dem Kamin und schlug sich mit einer zusammengerollten Zeitschrift gegen das Bein. Sie nickte Nina zu. Deborah führte Nina zum Sofa, das dem von Hilary gegenüberstand. Sie nahm neben ihr Platz und knetete Ninas Hand, kaum fähig, stillzusitzen.

»Danke, dass du gekommen bist, Nina«, sagte Kathryn

förmlich. »Deborah hat dich hergebeten wegen eines … einer Familienangelegenheit, die mit … ich werde Hilary sprechen lassen.« Kathryn stellte sich vor die Terrassentür, wo sie den Blick auf ihre Fußspitzen senkte, als wollte sie sich aus dem Gespräch heraushalten.

Nina wurde bange zumute. Kathryn wich ihrem Blick aus, Hilary war weit weg, und Deborah führte sich auf, als würde sie alle ihre Geburtstage auf einmal feiern. Das alles war höchst merkwürdig.

»Mum?«, forderte Deborah Hilary auf.

Hilary saß mit zusammengepressten Lippen da, das Gesicht bleich. Seit Nina sie zuletzt gesehen hatte, war sie um zehn Jahre gealtert, und wie Deborah erzählte, verbrachte sie ihre Tage meist im Bett. Phillip und Deborah hatten versucht, sie zu überreden, einen Therapeuten aufzusuchen, doch Hilary weigerte sich.

»Mum?«, versuchte Deborah es noch mal, sprang zum gegenüberliegenden Sofa und ergriff die Hand ihrer Mutter. »Mum, Nina ist hier. Erinnerst du dich noch, worüber wir gesprochen haben? Mum?«

»Ihr habt keine Ahnung, wie es war.« Hilarys Stimme war so leise, als würde sie ein Selbstgespräch führen. »In einem schmutzigen Kleid und Knoten in den Haaren zur Schule zu gehen, weil deine Mutter wieder mal abgehauen und im Tank kein Wasser ist. Und allein um die Hütte zu verlassen, musst du deinen Vater von der Tür wegzerren, weil er dort am Abend zusammengesackt ist.« Tonlos und ohne Pause spulte Hilary ab, was sie sagen wollte. »Und dabei machst du dich mit Scheiße voll, weil er in der Nacht die Kontrolle über sich verloren hat, und jetzt stinkst du, du stinkst, und keiner will was mit dir zu tun haben.«

»Hilary …«, sagte Kathryn warnend.

Nina bemerkte, dass Deborahs Gesicht wie erstarrt war.

Hilary sah Nina so abrupt an, dass sie von der Wildheit in ihren Augen erschrak.

»Als ich dann auf dieses schnöselige Internat kam, blickten die verwöhnten Viehzüchtertöchter auf mich herab. Vermutlich rochen sie die Scheiße. Sie bemitleideten mich, und das machte mich wütend. Wut ist eine viel bessere Waffe als Tränen.«

Nina schielte zu Kathryn. Die sah jedoch Hilary an, ob ablehnend oder ängstlich, hätte sie nicht sagen können.

»Ich war noch nie tanzen gewesen, hatte nie eine Schallplatte besessen, hatte so gut wie keine Ahnung«, fuhr Hilary fort. »Ich wusste einzig und allein, wie man überlebte. Ich stürzte und stand auf, stürzte und stand auf und kam immer wieder auf die Beine. Ich wollte ein Leben, wie sie es führten, und ich würde es bekommen.« Bis auf das Ticken der Standuhr im Flur war es ganz still im Zimmer.

»Das reicht jetzt, Hilary«, befahl Kathryn.

»O nein, Mrs Kathryn Blackett, das ist nicht annähernd genug«, höhnte Hilary. »Mich gönnerhaft behandeln, damit du gut dastehst. Nun, du hast doch mehr bekommen, als du dir erwartet hast, oder?«

Kathryn war kreidebleich geworden.

»Das … das ist nicht das, weswegen wir dich haben kommen lassen«, sagte Deborah zu Nina und setzte sich rasch wieder neben sie. »Du solltest lieber gehen.«

Nina wagte einen vorsichtigen Blick auf Hilary. Sie saß vorgebeugt, die Hände zwischen den Beinen verschränkt. Vielleicht wollte sie nur Verständnis für das, was sie getan hatte.

»Ist schon gut, Deborah«, gab Nina zurück und war heilfroh, nicht in Deborahs Haut zu stecken. »Sie soll es ruhig sagen. Ich denke, sie braucht das.«

»Und dann fand in der zehnten Klasse ein Ball mit den Schülern von St. Andrews statt«, erzählte Hilary weiter und stand dabei auf. »Sie standen Schlange, um mit mir zu tanzen. Es war das erste Mal, dass ich merkte, wie gut ich bei den Jungs ankam. Dass sie mich wollten. Und es machte Spaß, ihnen was vorzumachen.«

Hilary lief nun mit um den Körper geschlungenen Armen rasch auf und ab. »Und in den Ferien traf ich deinen ...« Ihr Blick streifte Nina. »Ich traf Jim.«

Nina bemerkte die Schweißperlen auf Hilarys Oberlippe und erinnerte sich an ihr Gebaren beim Leichenschmaus. Würde sie sich nun wieder diese Phantasien über ihren Vater anhören müssen? »Ist schon gut, Hilary, Sie müssen nicht ...«, setzte sie an.

»Ich kannte ihn noch von früher, aber dann war er auf der Kunstschule gewesen, und es war, als würde ich ihn zum ersten Mal sehen«, sagte Hilary, als hätte sie ihr Publikum vergessen. »Er saß am Kai und angelte mit Russell. Sein braunes lockiges Haar fiel ihm auf die Schultern, er trug sein Hemd offen und hatte um seinen Hals eins dieser Lederbänder, die man damals trug. Und in dem Moment war es um mich geschehen. Die Bitterkeit, die mich niedergedrückt hatte, wich von mir, und es war, als könnte ich davonschweben. Ich liebte ihn. Das ist alles.« Hilary hielt inne und schaute die Mädchen an.

Und in dieser Pause sah Nina in der unvermittelten Sanftheit ihrer Züge und den Tränen in ihren Augen das junge Mädchen, das Hilary einst war.

»Ich verdiente ihn.« Jetzt war Hilarys Stimme laut und zitterte ergriffen. Sie blickte Nina an. »Stand mir nicht, nach allem, was ich durchgemacht hatte, einmal auch etwas Schönes zu? Nur einmal? Und er entjungferte mich. Das hätte er niemals getan, wenn ich ihm gleichgültig gewesen wäre. Nicht Jim.«

Nina erstarrte. Das konnte doch nur ein Wahn sein. Aber etwas sagte ihr, dass es stimmte.

»Mum!« Deborah machte einen Schritt auf sie zu.

Aber Hilary wandte sich an Nina. »Und dann hast du alles kaputtgemacht. Ohne dich wäre alles perfekt gewesen«, klagte Hilary sie an.

»Ich?«, fragte Nina.

»Keiner wusste, was uns verband. Er war ein Künstler. Ich war seine Muse. Das begriffen nicht viele. Aber er wollte kein Baby. Das hat er mir jedenfalls zu verstehen gegeben.«

Baby. *Welches* Baby?

»Jim konnte wegen seiner Kunst kein Baby haben. Das verstand ich. Aber …« Hilary wirkte durcheinander, als gäbe es da etwas, was sie nicht begreifen konnte. Doch dann kam ihr ein neuer Gedanke.

»Und es war unmöglich, es wäre völlig unmöglich gewesen, dass ich allein ein Baby großziehe. Ein Baby hätte mich wieder zurück in diese Hütte am Fluss gezerrt. Leute hätten sich über mich lustig gemacht. Lieber wollte ich es erwürgen als das.«

Aus Ninas Lunge entwich die Luft, als hätte ihr jemand einen Tritt in den Bauch verpasst.

»Und jetzt bist du wieder da und machst genau das Gleiche. Ruinierst alles«, schrie Hilary. »Ich wollte in all den Jahren nicht wissen, wo du bist. Genau so habe ich es gewollt.«

»Nina, verstehst du denn nicht, was das bedeutet? Wir sind Schwestern!«, sagte Deborah und versuchte Nina von dem Spektakel abzulenken.

Nina starrte Deborah an, ohne einen klaren Gedanken fassen zu können.

Die Verandatüren öffneten sich, und die Männer traten leise ein. Phillip ging zu Hilary und nahm sie in die Arme, wo sie hemmungslos zu schluchzen begann.

»Ist ja gut, meine Liebe«, flüsterte er und strich ihr übers Haar, als wäre sie ein verängstigtes Tier. »Das Schlimmste ist jetzt vorbei.« Und über Hilarys Kopf hinweg schaute er Nina besorgt an.

Nina kämpfte gegen den Drang an, aus dem Zimmer zu rennen und sich irgendwo zu verstecken und sich die Ohren zuzuhalten.

»Debs?« Matty blieb in der Tür stehen, nahm das Schweigen im Raum in sich auf und ging dann auf Deborah zu. »Ich bin den halben Weg gerannt, der Lieferwagen ist liegen geblieben ...«, erklärte er stockend.

Hilary brach erneut in Tränen aus.

Nina stand wie gebannt da und spürte ein merkwürdiges Brennen, das sie wie eine Welle vom Kopf bis zu ihren Füßen erfasste. Die Geräusche um sie herum drangen nur gedämpft zu ihr vor. Deborah löste sich von Matty und kam zu ihr. Sie schien sich zu entschuldigen, sie anzuflehen. Ihre Lippen bewegten sich, aber Nina konnte nichts hören.

Wie durch einen Nebel nahm sie Heath wahr, der sich seinen Weg zu ihr bahnte. Er führte sie zurück auf die

Couch, setzte sich neben sie und nahm ihre Hand. Als Deborah sich erneut näherte, hob er abwehrend die Hand.

»Also gut alle miteinander.« Kathryns Stimme klang autoritär, aber müde. »Ich denke, wir brauchen eine Pause – brauchen Zeit, um das zu verarbeiten.« Sie seufzte, dann war es still, bis auf Hilarys Wimmern und Phillips leise tröstende Worte.

»Ich möchte nur sagen, dass Mac und ich damals ein paar schlimme Fehler gemacht haben. Wir versuchten Hilary und Jim zu helfen – zum Besten aller, auch für dich, Nina. Deshalb haben wir dafür gesorgt, dass Julia und Jim dich gemeinsam aufzogen. Im Nachhinein würden wir es anders machen.«

Nina nickte benommen und schaute zu Hilary – die Frau, die, wie sie jetzt wusste, ihre Mutter war. Hilary erwiderte den Blick, aber er war nicht zu deuten.

Aller Augen waren auf Nina gerichtet, warteten auf eine Reaktion, eine Rede, irgendeine Antwort. Der Raum erstickte sie. »Ich brauche frische Luft«, hörte sie sich sagen.

Heath erhob sich mit ihr. »Komm, ich bringe dich nach Hause.«

Nichts weiter, sagte Hilary sich. Sie schüttelte Phillips Arm ab, eilte nach oben und nahm Zuflucht in ihrem Schlafzimmer.

Jetzt konnte sie auch das Schlimmste nicht mehr zurückhalten …

Nachdem er das Porträt gemalt hatte, verfolgte sie ihn den ganzen Sommer über. Während andere Mädchen über seine Scherze lachten, sich mit ihm betranken, sich an ihn ranmachten, verhielt sie sich still. Beobachtete. Wartete auf ihre Chance.

Oft tauchte sie unvermittelt an seinen Plätzen auf. Anfangs lachten sie zusammen über den Zufall. Dann begann sie, ihm auch in seinem Alltag nachzustellen. Zweimal kam sie überraschend nach The Springs. Nach und nach wurde sie mehr oder weniger zu einer aus seiner Clique. Doch sie musste sich eingestehen, dass dies oft nichts anderes bedeutete, als von Russell begrabscht, von Harrison toleriert und von Jim häufig ignoriert zu werden.

Sie zuckte zusammen.

Es war so schwer gewesen. Sie konnte Jims Schönheit nicht widerstehen und ertappte sich manchmal dabei, wie sie seinen Rücken, seine Schultern, seine kräftigen und doch zarten braunen Hände anstarrte. Und obwohl sie sich nie richtig berührt hatten, hatte sie das Gefühl, seinen Körper in- und auswendig zu kennen. Selbst heute noch sah sie ihn vor sich – wie er ging, wie er seinen Kopf in den Nacken warf und lachte, wie er sich von einer Idee, der Schönheit, einer Wolkenformation mitreißen ließ. Wie oft hatte sie einfach nur den Wunsch verspürt, mit ihren Händen über sein Gesicht zu streichen, ihren Kopf an seine Brust zu legen … In seiner Nähe zu sein war eine einzige Qual, doch sich von ihm fernzuhalten wäre unerträglich gewesen.

Und dann, gegen Ende dieses einen langen Sommers, spitzte sich alles zu.

Eines Tages bekam sie auf The Springs mit, wie er Harrison bat, mit ihm zu den Gungee Picnic Races zu gehen, ein Wochenende dort zu verbringen. Sie würden im The Grand übernachten, und er wollte sich am Abend dort mit ihm treffen. Weder Russell noch sie wurden eingeladen. Dem dummen Russell schien das nichts auszumachen. Sie jedoch war verletzt, enttäuscht wie üblich, aber diesmal entdeckte sie auch eine neue Emotion. Wut. Wieso kapierte Jim es nicht? Sie hielt sich nicht in seiner Nähe auf, um auch was zum Lachen zu haben. Sie wollte mehr. Und so erzählte sie Harrison, Jim habe seinen Plan geändert, und schickte ihn ins falsche Hotel.

Es war bereits dunkel, als Hilary sich in das kleine, schmuddelige Hotelzimmer schlich. Es war nicht allzu schwer gewesen, sich den Schlüssel zu nehmen, der hinter dem großen Eichentresen im Foyer hing.

Es war stickig im Raum, und Mücken schwirrten um die von Fliegenschissen übersäte Lampe, die von der Decke baumelte. Rasch schaltete sie sie aus. Dank der blinkenden gelben Reklametafeln draußen auf dem Parkplatz war es hell genug im Zimmer.

Hilary zog den fleckigen orangefarbenen Überzug von einem der Doppelbetten und stopfte ihn in den Schrank. Sie zog sich nackt aus und trank etwas von dem warmen Sekt, den sie mitgebracht hatte, bevor sie sich unter das muffige Laken legte.

Es verging eine, es vergingen zwei Stunden, dann öffnete sich die Tür, und Jim stand im Zimmer.

»Wo warst du denn, Harrison? Ich …« Jim lallte ein wenig. »Ich habe die halbe Nacht in dieser beschissenen Bar auf dich gewartet. Du? Was zum …« Er war betrunken.

»Sei nicht wütend, Jim.« Sie musste ihn hier festhalten.

»Ich bin nicht wütend. Ich bin … ich bin … wo verdammt noch mal ist Harrison?«

Sie betrachtete sein schönes verwirrtes Gesicht. Das

dunkle, vom Schweiß feuchte Haar lockte sich über dem Bündchen seines weißen T-Shirts. Ein Bartschatten lag auf seinem gebräunten Gesicht. Und als er die Tür schloss, zur Sektflasche griff und einen Schluck trank, sah sie seine Muskeln, die sich unter der dünnen Baumwolle abzeichneten. Diese Hände. Er war ihr so nah, dass sie die Hände ausstrecken und ihn berühren könnte.

Und dann sah er sie an. Sah sie wirklich an.

Bei dieser Erinnerung schauderte es Hilary.

»Harrison ist nicht hier«, hatte sie kühn geantwortet. »Dafür bin ich da.« Und schlug dabei das Laken zurück und entblößte ihren nackten Körper, der im Neonlicht, das durch das Fenster fiel, zu glühen schien.

»Was soll das?«, hatte er gelacht. »Ein Hinterhalt?«

»Könnte man so sagen«, erwiderte sie.

Und dann lag er neben ihr im Bett, schenkte ihr noch mehr von dem warmen klebrigen Sekt ein. Sie nahm beide Gläser und stellte sie auf den Nachttisch. Sie streifte ihm das T-Shirt über die Schultern, besessen davon, seine nackte Haut unter ihren Händen zu spüren. Und endlich berührte sie ihn, ließ ihre Hände und ihren Mund über seine Brust, seine breiten Schultern, seinen Hals wandern.

Anfangs hatte er es mit sich geschehen lassen, aber mit nachlassendem Widerstand verstummte auch sein Spott. Er fummelte an seinem Gürtel herum und fluchte, als er sein Medaillon abnahm, das sich in seinen Haaren verfangen hatte. Dann übernahmen seine Hände die Regie, forschend, drängend und beharrlich. Und er drang in sie ein. Sie keuchte, als plötzlich ein Schmerz durch ihren Körper zuckte. Sein vom Alkohol und abgestandenem Rauch saurer Atem hüllte sie ein. Seine Bartstoppeln scheuerten ihre Haut wund, aber sie packte ihn nur umso fester. Als sie seinen Aufschrei hörte, lag seine Zunge an ihrer Kehle. Jetzt gehörte er ihr. Das war Jim, und Jim war hier. Bei ihr.

Am nächsten Morgen erwachte sie benommen und verkatert, aber glücklich. Bis sie bemerkte, dass er nachts irgendwann verschwunden war.

Über eine Stunde wartete sie in dem stickigen Zimmer auf ihn. Alles war still, bis auf die regelmäßig gegen das Fenster stoßenden Schmeißfliegen. Dann war sie endlich so weit, sich einzugestehen, dass er nicht zurückkommen würde. Sie wusch sich in dem schmutzigen Badezimmer und streifte sich rasch ihre Sachen über, auch die Bluse, die nach Schweiß und verschüttetem Sekt stank. Mutig öffnete sie die Tür und warf einen Blick hinaus auf den Flur. Nichts. Dann hörte sie das Summen eines Staubsaugers. Sie musste weg. Sie nahm ihre Tasche, ihre Autoschlüssel und bückte sich dann, um die Sektflasche mitzunehmen. Wenigstens die bliebe ihr zur Erinnerung. Und dabei sah sie es … ein Lichtstrahl fiel auf seine glatte Oberfläche und brachte es zum Leuchten. Jims Medaillon. Sie hob es auf und hielt es in den Händen. Offenbar hatte er es fallen lassen, ohne es zu bemerken.

Nein, sagte sie sich beim Hinausgehen. Er muss es absichtlich zurückgelassen haben. Für sie.

Sie hatte es in ihre Tasche gepackt und war gegangen.

Heath wanderte auf der Veranda hin und her und raufte sich die Haare.

»Du wirst die Dielen noch abnutzen«, sagte Nina, die auf einer Korbliege lag und ein Kissen an ihre Brust drückte. Dies waren ihre ersten Worte, seit Heath sie vor diesen

Gesichtern, diesen Stimmen gerettet hatte. Gott sei Dank war er so klug gewesen, keine Fragen zu stellen. Stattdessen hatte er sie wortlos in seine Arme geschlossen und ihr dann so vorsichtig, als wäre sie ein Neugeborenes, ins Auto geholfen.

»Alles okay mit dir?«, fragte er jetzt und hockte sich neben sie. »Kann ich dir was bringen?« Er hielt ihre Hand fest. »Mac hat mir die Kurzfassung auf der Veranda erzählt, aber ich konnte es nicht glauben.«

»Ich komme mir vor wie ein Idiot«, sagte Nina. »Ich trete hier von einem Fettnäpfchen ins nächste mit meinen Fragen, wo doch der halbe Distrikt Bescheid gewusst haben muss. Und sich womöglich über dieses dumme Mädel aus der Stadt lustig machte. Ich meine, wer hat es sonst noch herausgefunden – Russell? Harrison? Vielleicht haben sie im Royal darauf gewettet, wann Jims kleiner Bastard auftauchen würde.« Sie sprang vor Wut auf und stellte sich ans Geländer der Veranda.

»Auf keinen Fall«, erwiderte Heath und stellte sich neben sie. »Mac und Kathryn haben keinem was gesagt. Keiner wusste es.«

»Diese beiden. Jedes Mal, wenn ich sie sah, haben sie mir ins Gesicht gelogen. Ich dachte, sie seien so gute Menschen! Was gibt ihnen das Recht, sich ins Leben anderer Menschen einzumischen, als wären sie Gott? Sie sind meiner Meinung nach viel zu weit gegangen. Viel zu weit. Aber der Schlimmste war Dad. Norwegen! Fast könnte ich lachen, so albern ist das. Und dann sagt er mir noch, ich solle mit Mum nicht über Thora sprechen. Es würde sie aufregen. Unser Geheimnis. Und ich freute mich so, ein Geheimnis mit Dad zu haben. Wie hat er mich nur derart anlügen können? Ich habe ihm vertraut, und er hat mich belogen. Es ist wie … es ist eine Art von Missbrauch.«

»Nicht doch.« Heath legte ihr einen Arm um die Schultern und hob ihr Kinn an. »Er hat dich angebetet. Denk doch an all die Stunden, die er mit dir gespielt hat? Immer hat er irgendwelche Spiele und so organisiert. Vielleicht war er in anderen Dingen nicht sehr geschickt, aber du warst alles für ihn. Das steht außer Frage.«

»Aber Hilary. Ausgerechnet sie. Sie hasst mich. Und ich hasse sie.«

»Sie kriegt sich bestimmt ein. Ganz viel von dem, was sie sagt, meint sie nicht so.« Heath hielt inne. »Und Deb ist hingerissen.«

»Deborah. O mein Gott.« Nina legte die Hände auf ihre Wangen. »Sie wird gekränkt sein, dass ich einfach abgehauen bin, aber … es ist einfach alles zu viel.«

Eine Staubwolke signalisierte die Ankunft eines Landrovers. Kathryn stieg aus und schirmte die Augen gegen das Licht des Spätnachmittags ab.

»Behandle sie mit Nachsicht, Nina. Sie ist ein guter Mensch«, bat Heath.

Nina stand mit vor der Brust verschränkten Armen da. Kathryn zögerte, bevor sie die Veranda betrat, als wüsste sie nicht recht, ob sie willkommen war. Sie befeuchtete sich die Lippen und sagte: »Ich kann dir gar nicht sagen, meine Liebe, wie leid es mir tut.«

Nina drehte ihr den Rücken zu und stützte sich mit den Händen auf dem Geländer ab, bemüht, ihre Gefühle unter Kontrolle zu bekommen.

»Mac und ich haben uns oft gefragt, ob wir das Richtige getan haben«, fuhr Kathryn fort.

»Nun, ein wenig schräg ist es schon, oder?«, sagte Nina an Kathryn gewandt. »Was habt ihr euch dabei gedacht, sechsundzwanzig Jahre lang ein Geheimnis zu wahren? Das sind doch nicht mehr die Fünfziger. Wahrscheinlich ist es nicht mal legal.«

»Ich weiß.« Kathryn machte einen Schritt auf Nina zu. »Es lag nicht wirklich in unserem Ermessen. Wären Hilary oder du zu uns gekommen, um uns zu fragen, hätten wir natürlich eine ehrliche Antwort gegeben. Aber uns stand es nicht zu.« Sie brach ab, als Nina angewidert den Kopf schüttelte.

»Bitte, Nina. Bitte. Hör mich an. Ich weiß, dass du wütend bist, aber glaub mir, wir dachten, es sei so am besten.« Kathryn warf einen Blick auf Heath.

Heath reagierte darauf und legte den Arm um Ninas Schultern und gab ihr einen Kuss aufs Haar. Nina entspannte sich in seiner Umarmung. Wenigstens Heath war real.

»Lasst uns hineingehen«, schlug er vor. »Wir machen den Kamin an.«

Kathryn und Nina warteten, bis Heath das Feuer entfacht, eine Flasche Rotwein geöffnet und drei Gläser eingeschenkt hatte. Als Nina und Heath nebeneinander auf der Couch saßen und sich an den Händen hielten, begann Kathryn zu erzählen, den Blick ins Feuer gerichtet.

»Es waren nicht die Fünfziger, aber es war eine andere Zeit«, sagte sie.

»Mein Gott, wie anders konnte die gewesen sein?«, warf Nina ein. »Dad und Hilary? In welchem Paralleluniversum ist das passiert?«

»Ich weiß, ich weiß. Die Hilary von heute ist eine andere

als die Hilary von damals. Sie war sechzehn, als sie ihn kennenlernte, siebzehn, als sie mit dir schwanger wurde. Und sie hatte in ihrem Leben die Liebe nie kennengelernt. Sie hungerte nach Liebe.« Kathryn seufzte. »Mac und ich, wir taten, was wir konnten, schickten sie aufs Internat – aber das war nicht genug. Sie war so klug und auch so verbittert. Und dann lernte sie Jim kennen.

Hilary wartete, bis sie schon im vierten Monat war, bevor sie es ihm sagte. Er ließ keinen Zweifel daran aufkommen, dass er kein Interesse an ihr hatte. Noch dazu fuhr er am nächsten Tag zu Julia nach Sydney, und binnen weniger Wochen waren die beiden verheiratet. Hilary kam zu uns – sie hatte sonst niemanden, nachdem ihre Mutter vor langer Zeit abgehauen und ihr Vater zu nichts zu gebrauchen war. Sie brauchte Hilfe. Sie war entschlossen, das Baby – dich – nicht zu behalten.«

In der langen Pause, die darauf folgte, erstarb Ninas Wut. Die Angst, schwanger zu sein, hatte sie selbst auch erlebt. Und lediglich Glück gehabt, nicht in diese Situation zu kommen.

»Mac und ich sorgten dafür, dass Hilary an die Küste ging, um dort ihr Baby zu bekommen.«

»Hat Dad ihr geholfen?«

»Nun, er erzählte Julia ganz offen von Hilary und dem Baby. Machte ihr nichts vor.«

»Offenheit. Das ist mal was anderes«, sagte Nina bitter und trank einen Schluck Rotwein. »Wie konnte er mich nur so anlügen?«

Kathryn lächelte finster. »Er hatte kaum eine andere Wahl, so wie sich die Dinge entwickelten. Mac und ich unterbreiteten Jim die Idee, und als er Julia davon erzählte, wollte sie dich sofort adoptieren. Während ihrer Zeit bei uns hörte ich sie eines Abends weinen. Sie erzählte mir, sie könne keine Kinder bekommen, weil sie mit Anfang zwanzig ein Eierstockkarzinom gehabt habe. Ich glaube nicht, dass sie sich anfangs deswegen Gedanken gemacht hat, aber inzwischen war sie über dreißig und hatte Jim kennengelernt. Und so schien es die perfekte Lösung zu sein, dass sie Jims Kind adoptierte. Anfangs war Jim nicht ganz überzeugt, aber er ließ sich darauf ein. Und sobald er dich sah, verliebte er sich in dich, Nina. Du warst sein Ein und Alles. Wann immer Mac und ich euch drei zusammen sahen, so glücklich, dachten wir, aus einer schlimmen Situation das Beste gemacht zu haben.«

Heath schenkte allen noch mal nach, schaute Nina an und dann ins Feuer.

»Weißt du, Mum hat in den letzten Jahren so oft versucht, mit mir über meine leibliche Mutter zu sprechen, aber ich ließ sie nicht zu Wort kommen«, sagte Nina voller Bedauern. »Wie dumm von mir. Ich hatte Dad versprechen müssen, das Thema nicht anzuschneiden, und verstand es so, als wäre es mir nicht *erlaubt*, mich dafür zu interessieren. Und nachdem Dad verschwunden war, blieb dies das Einzige, was ich noch für ihn tun konnte – eine Art Verbindung. Und ich wollte über das hinaus, was ich von Dad erfahren hatte, auch wirklich nichts von ihr wissen. Jetzt finde ich das auch merkwürdig. Ich hätte auf Mum hören sollen. Hätte sie reden lassen sollen, bevor sie starb.«

Heath drückte ihr die Hand. Wieder war Nina froh und dankbar für seine Fähigkeit, sie wissen zu lassen, dass er ihr zuhörte, ohne gleich einen Ratschlag parat zu haben.

Sie atmeten den tröstlichen und beruhigenden Duft des Holzrauchs ein. Das Knistern des Feuers beschwor die Vergangenheit herauf und einte sie alle drei in der Erinnerung an diese verzweifelte Zeit, die schon so lange zurücklag.

»Jim hatte Angst vor dem, was passieren würde, wenn Hilary dahinterkam«, erzählte Kathryn weiter. »Jim war allseits beliebt, doch es fiel ihm manchmal schwer, sich den unerfreulichen Dingen des Lebens zu stellen.«

Nina nickte. Das war der Jim, der in ihrem Gemälde Gestalt angenommen hatte. Ein Mann mit Stimmungen, so flüchtig wie eine Seifenblase.

»Und so blieb es sein dunkles Geheimnis«, fügte Kathryn hinzu. »Was hat er dir denn über die Adoption erzählt?«

»Nicht viel. Nur diesen Unsinn über Norwegen.«

Kathryn hob eine Braue. »Norwegen? Das ist typisch Jim.«

Nina trocknete sich die Augen. »Ich kann einfach nicht glauben, dass Hilary meine leibliche Mutter ist. Seit wann weiß sie es denn?«

»Nachdem Jim sie zurückgewiesen hat, wollte sie eine geschlossene Adoption und ließ sich auch nie mehr umstimmen. Also erfuhr sie zum ersten Mal davon, als wir sie nach dem Unfall im Krankenhaus besuchten. Wir hatten das Gefühl, dass die Sache aus dem Ruder gelaufen war. Und da du wieder hier wohntest, musste die Wahrheit auf den Tisch.«

Nina brauchte eine Weile, um das alles zu verarbeiten. »Denkt ihr, ich bin … dass ich ihr irgendwie ähnlich bin?«, fragte sie.

Heath drückte sie tröstend. »Was macht es denn schon,

dass Hilary dich geboren hat? Außer Genen hast du nichts gemeinsam mit ihr.«

»Aber das meine ich doch!«

»Du darfst nicht vergessen, Nina«, fuhr Kathryn fort, »dies ist auch für Hilary ein Schock. Sie hat die ganze Zeit über zu vergessen versucht, dass es dich gibt, und muss jetzt erfahren, dass ihr Baby und ihr Geliebter ihr von derselben Frau weggenommen wurden. Auch sie macht eine schwere Zeit durch.«

»Ja, schon, aber ich sollte wohl diejenige sein, die wütend ist – wütend auf sie, weil sie *mich* verlassen hat! Woher nimmt sie das Recht, mich zu beschuldigen, dass ich lebe?«

Kathryn sah sie gequält an. »Weißt du, es ging immer nur um Hilary, alles musste sich um sie drehen. Du hast die Geschichten doch gehört?«

Nina nickte.

»Dieses Haus. Ihre Eltern. Weißt du, ihre Mum Bridget arbeitete für uns. Als Hilary die Grundschule abgeschlossen hatte, brauchte sie Führung. Sie war außergewöhnlich klug, aber auch sehr eigensinnig, und sie ließ sich schnell aus der Bahn werfen. Wir hielten es für das Beste, sie aufs Internat zu schicken, und boten an, für die Kosten aufzukommen. Sie verbrachte auch in den Ferien viel Zeit bei uns. Wir hatten sie gern. Tut mir leid, dass es sich so entwickelt hat, Nina.«

Sie starrten ins Feuer und tranken ihren Wein.

»Also, ich denke, ich habe auch ein wenig Mitgefühl verdient«, meldete sich Heath mit einem Lächeln zurück. »Da hatte ich gedacht, Hilarys Fängen entkommen zu sein, und schon gehöre ich wieder zur Familie.«

Nina knuffte ihn leicht, und Kathryn grinste in ihr Weinglas. Dann erzählte sie weiter.

»Alles wendete sich, als Hilary Phillip kennenlernte. Nach der Geburt ging Hilary nach Tamworth und arbeitete dort als Buchhalterin für Flint Harvesters. Phillip war der Erbe des Flint'schen Imperiums für Erntemaschinen, und Hilary war damals sehr hübsch. Ich bin mir sicher, dass die Kenntnis von seinem Vermögen seine Chancen bei ihr vergrößerten. Also heirateten sie. Die Hochzeit war ... ihr könnt es euch denken. Nach einem Jahr kam Deborah zur Welt, und sie lebten etwa zehn Jahre lang in Tamworth. Hilary wollte nicht an die Vergangenheit erinnert werden.«

»Und so konnte Dad mich in den Ferien bedenkenlos hierherbringen«, fügte Nina hinzu.

Sie schwiegen wieder und vertieften sich in den Feuerschein. Kathryn hatte alles gesagt.

»Also ich fahre dann.« Kathryn stellte ihr Glas ab.

»Danke, dass du gekommen bist«, sagte Nina, als sie aufstanden. »Es tut mir leid ... wegen vorhin.«

»Nein, mir tut es leid«, erwiderte Kathryn beim Hinausgehen.

Daraufhin umarmte Nina sie und begleitete sie zum Wagen.

»Ich kann es noch immer nicht begreifen«, sagte Nina. Sie lag im Schatten des Brunnens vor Durham House auf einer Picknickdecke, den Kopf auf einem Kissen, die Augen geschlossen. »Es ist so verrückt.«

In den drei Tagen, die vergangen waren, seitdem sie nach Paramour zitiert worden war, hatte Nina sich immer wieder damit beschäftigt. Sie nahm sich die neuere Vergangenheit, die ferne Vergangenheit und die Zukunft vor, aber sie fand das lose Ende nicht, anhand dessen sich das Gewirr der Geschichten und Gefühle, die sie gefangen hielten, hätte aufdröseln lassen. Am Ende war der arme Heath mit der gemurmelten Entschuldigung geflüchtet, er müsse seine Senepols tränken.

Ninas neue Mutter und Schwester hatten sich »mietfrei« in ihrem Kopf eingenistet, wie Julia zu sagen pflegte. Für Nina war inzwischen alles an ihnen – Erscheinungsbild, Gesten, Worte – ein Beweis für ihre Verwandtschaft. Doch Nina war sich der Ironie bewusst, dass sie in Deborah nach Ähnlichkeiten, aber in Hilary nach Unterschieden suchte.

Um ihrem Gedankenkarussell Einhalt zu gebieten, hatte Nina den Morgen damit verbracht, das lange Gras ums Haus mit der Elektrosense zu mähen. Der Lärm und ihr Vernichtungswerk befriedigten sie. Moira war mit einer Abordnung der Universität unterwegs gewesen und hatte bisher keine Zeit gehabt, aber an diesem Morgen war sie mit einem Kuchen aufgetaucht und hatte ein Picknick vorgeschlagen.

Kaum hatten sie sich unter der vernarbten Magnolie zum Picknick niedergelassen, war die ganze Geschichte aus ihr herausgesprudelt. Waren alle diese Dinge wirklich passiert? Jim, ihr geliebter Vater, hatte gelogen. Daran führte kein Weg vorbei. Ihr Vertrauen war erschüttert, und jetzt bezweifelte sie alles, was ihn betraf.

»Mach dir keine Vorwürfe, meine Liebe«, beruhigte Moira sie. »Es zeigt wieder einmal nur, dass Geheimnisse die Menschen verletzen. Aber versuch's doch mal anders zu sehen. Vermutlich wollte er dich nur beschützen. Und immerhin hat er dich hierhergebracht, damit du weißt, woher du kommst. Aber mich wundert es nicht, dass Julia nicht mehr herkam, nachdem Hilary wieder hier lebte. Und es ist so typisch für ihn, sich eine tolle Geschichte auszudenken – was für eine Phantasie! Eine tote norwegische Künstlerin! Fast, als würde er dir von jenseits des Grabes noch was Lustiges erzählen wollen, oder?«

Nina legte sich zurück, schloss die Augen und seufzte. Ihr fiel es schwer, Jims viele Widersprüche zu verdauen, doch der Schmerz in ihrer Brust ließ ein wenig nach. »Und die andere Sache. Hilary.«

»Ich weiß.« Moira trank einen Schluck Tee. »Ausgerechnet ...«

»Genau«, sagte Nina.

»Ich habe dir nie von Hilary und mir erzählt, oder?«

»Erzähl's mir«, forderte Nina sie auf und drehte sich herum, um sich ein Stückchen Kuchen zu nehmen.

Moira schenkte sich noch eine Tasse ein und blies darauf. Die Meisterin der Spannung, dachte Nina.

»Damals unterrichtete ich an der Wandalla Area School und betreute das Korbballteam. Hilary besuchte damals schon das Internat und entblödete sich nicht, zu Hause in ihrer Uniform umherzustolzieren, um vor den Kindern der staatlichen Schule anzugeben. Na ja. Während der Schulferien spielte Hils in meinem Team. Es gab sonst nicht viel Abwechslung. Ich kannte sie von früher, als wir sie mit ihren kleinen Brüdern und Schwestern unterstützt und ihnen Kaninchen und so vorbeigebracht hatten. Aber sie sprach eigentlich nie mit mir. Almosen waren ihr zuwider, erst recht von unseren Leuten.« Moira schlürfte ihren Tee. »Ich brauchte nicht lange, um dahinterzukommen, dass ihre Hochnäsigkeit nichts weiter als Draufgängertum war. Ich hab sie immer gemocht.«

Nina verschluckte sich fast an einem Krümel.

»Ich weiß. Aber damals war sie nur ein Kind wie viele andere, deren Dad jeden Abend betrunken war. Ich bewunderte ihren Mut und wollte ihr im Rahmen meiner Möglichkeiten helfen. Und beim Korbball war sie ein Naturtalent, einfach umwerfend.«

Nun, das trifft auf mich schon mal nicht zu, dachte Nina. Ich war bei Ballspielen immer eine Niete. Machte lieber Yoga. Und Hilary konnte Yoga bestimmt nicht ausstehen.

»Dann, in ihrer dritten Saison, wurde von heute auf morgen ihr Spiel schlecht. Richtig schlecht.« Moiras Haare flatterten im Herbstwind, aber ihr Gesicht war unbeweglich wie ein Fels, und ihre Blicke waren in die Vergangenheit gerichtet.

»Und?«, hakte Nina nach.

Moira kam blinzelnd zurück in die Gegenwart. »Nach dem Spiel nahm ich sie beiseite. Sie wollte mir nicht sagen, was los war, aber an jenem Abend klopfte es nach dem Abendessen an meiner Tür. Wir machten einen Spaziergang, und sie erzählte mir, dass sie schwanger war. Was ich mir schon gedacht hatte. Sie war verzweifelt. Wollte das Baby zur Adoption freigeben, keiner sollte etwas davon erfahren.«

Moira schaute zu Nina, die sich ein zweites Stück Kuchen nahm.

»Wie du dir vorstellen kannst«, fuhr Moira fort, »gab es nicht viele Möglichkeiten. Sie war erst siebzehn. Keinen Augenblick lang kam mir in den Sinn, dass Jim der Vater sein könnte. Er konnte sie nicht leiden. Ich hatte keine Ahnung, was man tun musste, um eine Adoption in die Wege zu leiten. Ich sagte ihr, sie müsse es Kathryn Blackett erzählen. Du hättest Hilary hören sollen, wie sie sich darüber ausließ, in was für Schwierigkeiten sie kommen würde, als wäre sie das erste Mädchen, dem so etwas passierte.«

Moira schüttelte den Kopf.

Das Kreischen einer Elster durchbrach die Stille.

»Und was passierte dann?«, fragte Nina.

»Nun, wir haben nie mehr richtig miteinander gesprochen. Jahre später kommt sie mit Ehemann und Tochter zurück, kauft Deadman's Downs, reißt es ab und nennt es dann Paramour.«

»Deadman's Downs!«, sagte Nina. »Jetzt erinnere ich mich! Da stand doch dieser alte Schuppen, der verhext war, wie die Jungs mir immer erzählt haben.«

Moira schüttelte die Krümel aus ihrer Dose ins Gras.

»Ich wusste nicht einmal, dass Hilary und du ...«

»Nein«, sagte Moira. »Für Hilary ist die Vergangenheit vorbei. Und ich würde natürlich nie etwas sagen. Bis jetzt. Erst als du mir erzähltest, dass Jim dein Dad, aber Julia nicht deine Mum war, habe ich mich gefragt, ob du womöglich Hilarys Kind bist. Aber es stand mir nicht zu, das zu erwähnen.«

»Ich bin zurück nach Sydney gefahren und wollte nie mehr zurückkommen! Ich hätte es womöglich nie erfahren!«

»Aber du bist zurückgekommen«, erwiderte Moira lächelnd. »Etwas sagte mir, dass wir dich noch nicht das letzte Mal gesehen haben.«

Nun sah es so aus, als wäre ihre Rückkehr unvermeidbar gewesen. »Hast du mich mit einem Zauber belegt, Moira?«

»Gut möglich«, sagte Moira und schüttelte würdevoll ein Kissen auf.

»Ich weiß noch immer nicht, wie ich diese ... Tochter für Hilary und die Schwester für Deborah sein soll. Ich kenne doch Deborah. Sie erwartet sicher von mir, dass ich sonntags immer zum Abendessen vorbeikomme.«

»Mag sein. Das heißt noch lange nicht, dass du auch hingehen musst. Was Hilary betrifft, sie hat immer ein Ziel vor Augen. Sie ist wie ein nervöses Pferd. Und sie hat in all den Jahren so viele Geheimnisse angehäuft, dass sie dich anschnauzt, wenn du sie nur schief ansiehst.«

»Was du nicht sagst.« Nina verdrehte die Augen. »Aber was soll ich mit Deborah machen? Sie war vor Freude völlig aus dem Häuschen, und dann bin ich einfach abgehauen. Ich hätte sie anrufen sollen. Ich habe keine Ahnung, was ich sagen soll. Es nervt mich.«

Moira sah Nina an. »Das wird schon alles, meine Liebe.«

Nina stand vor ihrer Staffelei. Ihr Gemälde war fast fertig. Das Cremeweiß der Magnolienblüten hob sich als schöner Kontrast von der schwermütigen Düsternis von Durham House ab. Und auch der Brunnen war gut gelungen. Ihr morgendliches Picknick mit Moira hatte sie inspiriert. Über den Rand der obersten Schale spritzte Wasser, in dessen Tropfen sich das Sonnenlicht brach. Es hatte eine Ewigkeit gedauert, bis sie die Glanzpunkte richtig gesetzt hatte. Auch Cupido hatte sie gut getroffen, und Nina freute sich, dass die Leinwand darunter seinem rundlichen Körper die Textur von Stein verlieh.

Dem Gesicht ihres Vaters fehlte noch der letzte Schliff. In dem Moment, als sie die Härchen ihres dünnsten Pinsels zwischen ihren Fingern drehte, klopfte es an der Tür.

Saracen war am Eckpfosten angebunden, und Deborah stand kleinlaut und ängstlich auf Abstand vor der Tür. Nina biss sich auf die Lippe und ging hinaus, um sie zu begrüßen. Und sofort fielen sie sich in die Arme. Nina hielt Deborahs von Schluchzern geschüttelten Körper fest.

»Hey, was soll das?«, sagte Nina im vollen Bewusstsein, dass sie sich wie eine große Schwester anhörte.

Deborah schüttelte den Kopf und schniefte.

Nina führte sie in die Küche, setzte sie auf einen Stuhl und stellte den Wasserkessel auf.

Dann nahm sie neben ihr Platz und ergriff ihre Hände. »Es tut mir leid, dass ich mich nicht gemeldet habe«, gab Nina zu. »Aber ich bin von all dem ein bisschen überfordert.«

»Das ist schon in Ordnung«, sagte Deborah leise. »Ich verstehe das. Mum war nur … ihr geht es nicht gut. Dad meint, wir müssen ihr Zeit geben. Jede Menge. Aber ich hoffe, wir können Schwestern sein, was auch immer geschieht. Können wir?«

»Natürlich!« Nina strich Deborah die Haare aus den Augen. »Du bist das einzig Gute … Nun, es ist nicht so, dass …« Zum ersten Mal fiel Nina auf, dass Deborahs Oberlippe, ein Amorbogen, genauso aussah wie ihre. Deborah war groß wie Phillip und blond, wohingegen Nina mittelgroß und dunkelhaarig war und Jims dunklen Teint hatte.

Nina stellte die Teetassen auf den Tisch. Dann legte Deborah ihre Hand flach auf den Tisch.

»Siehst du die Form meiner Fingernägel?«, sagte sie.

Nina erkannte sie. Und mit einem bemühten Lächeln trank sie einen Schluck.

»Und unsere großen Füße«, fügte Deborah hinzu. »Erinnerst du dich noch, auf der Party?«

»Es ist ja nicht so, dass ich mich nicht darüber freue, eine … entdeckt zu haben, dass du meine Halbschwester bist«, sagte Nina. Wäre Deborah doch nur nicht so versessen darauf, sie zu vereinnahmen.

»Es geht um Mum, nicht wahr?«, hakte Deborah nach. »Sie ist wirklich nicht so schlimm. Das schwöre ich. Du hast sie wirklich von ihrer schlechtesten Seite kennengelernt.«

»Es ist nicht nur das«, gab Nina seufzend zu, wohl wissend, dass sie nicht ganz aufrichtig war. »Mir fällt es einfach schwer, das alles zu verdauen. Ich komme hierher, um nach einem Elternteil zu suchen, und finde den anderen. Mir ist ganz schwindelig davon.«

Beide schwiegen und hingen ihren Gedanken nach.

Nina machte sich jetzt klar, dass sie allein durch ihr Auftauchen Hilarys Träume zerschlagen hatte, hier im Distrikt als Respektsperson anerkannt zu werden und die Position einzunehmen, auf die sie Anspruch zu haben glaubte. »Hilary muss mich wirklich hassen. Sie beschuldigt mich, ihr Leben zerstört und Dad dazu gebracht zu haben, dass er vor ihr flüchtet. Und sicherlich gibt sie mir auch die Schuld daran, dass ihr euch getrennt habt. Wie man unter solchen Umständen weitermachen soll, weiß ich wirklich nicht.«

»Nicht doch, Nina. Du hast nichts falsch gemacht. Harrison meinte, dass das mit Jim und Mum nie gutgegangen wäre, und Heath und ich … Das sollte auch nie sein. Am Ende wäre ich doch mit Matty zusammengekommen. Es war einfach Glück, dass Heath und ich nicht bis zur Hochzeit kamen. Dafür sollten wir dir eigentlich dankbar sein.«

Nina lächelte. »Bei dir hört sich das so einfach an.«

»Weil es das auch ist. Komm her.« Deborah stand auf und zerrte Nina an der Hand vor den großen Spiegel in Ninas Schlafzimmer. Sich an den Händen haltend, starrten sie ihre Spiegelbilder an und suchten nach Gemeinsamkeiten – die Figur, die Form der Wange, selbst die Art und Weise, wie sie dastanden.

»Okay«, sagte Nina, nachdem sie sich lange genug betrachtet hatten. »Du hast gewonnen.«

Deborah kreischte und kniff Nina in die Seite. »Darf ich mal unten in deinem Schrank wühlen? Ich muss mir ein Paar Sandalen für ein Barbecue bei den Inchboards ausleihen.« Deborah lachte.

»Tu dir keinen Zwang an«, erwiderte Nina.

Nachdem Deborah gegangen war, kehrte Nina ins Atelier zurück. Sie nahm den feinen Pinsel und tauchte ihn in die Farbe. Heath stand neben ihr und sah ihr fasziniert zu, wie geschickt sie die Grundzüge von Jims Gesicht formte. Danach umarmte er sie von hinten, legte das Kinn auf ihren Kopf, und gemeinsam betrachteten sie das fertige Gemälde des Mannes. Es war Jim, ohne Frage, und er schaute direkt aus dem Bild heraus und lächelte, als amüsierte er sich über den Schaden, den er angerichtet hatte.

»Dad«, flüsterte Nina. Dann griff sie erneut zum Pinsel.

Diesmal gab es kein Zögern, kein quälendes Überlegen. Ihre Striche waren rasch und entschlossen. Sie drehte den

Mann wieder weg. Unerreicht und unverstanden sollte er bleiben. Genauso, wie er immer gewesen war.

Kapitel 24

Es ist mir eine große Freude, euch zu Ehemann und Ehefrau zu erklären.«

Stürmischer Applaus und Pfiffe tönten dem Brautpaar entgegen, als der stolze Bräutigam das Gesicht seiner frisch angetrauten Frau mit beiden Händen umfing und sie sich küssten.

Die Band spielte »Stand By Me«, und Nina wischte sich eine Träne ab. Heath' Hände ruhten auf ihren Schultern, als sie sich setzte, um den Trauschein zu unterschreiben. Und deren Wärme erfüllte ihren ganzen Körper mit Wonne. Ich bin die glücklichste Frau, die je gelebt hat, dachte sie.

Die füllige dunkelhäutige Zelebrantin kehrte an ihr Mikrophon zurück. »Meine Damen und Herren, Freunde und Familienmitglieder, noch mal ein herzliches Dankeschön dafür, dass Sie heute hier sind, um an diesem wunderbaren Moment teilzuhaben.« Und an die frisch Vermählten gewandt, sagte sie: »Im Namen aller, die heute hier sind, und derer, die nicht hier sein konnten, wünschen wir euch alles erdenkliche Glück für euer Eheleben. Bitte gratuliert mit mir Matthew und Deborah O'Sullivan!«

Unter die Jubelrufe mischte sich das tief bewegende Lied, das Stu auf dem Didgeridoo spielte und dessen Widerhall zum Abendhimmel aufstieg. Die Gäste drängten sich höflich, aber beharrlich vor, um dem strahlenden Paar zu gratulieren. Nina kam ihrer einzigen anderen Verpflichtung nach, die sie als Brautjungfer eingegangen war: die Menge in Schach zu halten. Sie vertrieb eine Gruppe von kleinen Mädchen in Prinzessinnenkleidern, die kreischend durch die Menge sprangen und Wunderkerzen in den Händen hielten, verfolgt von hysterisch bellenden Hunden.

Auf einen schrillen Pfiff, gefolgt von einem Knall, wandten sich sämtliche Blicke einer glitzernden Silberblüte zu, die hoch über den am Fluss stehenden Eukalyptusbäumen erblühte. Der Pulvergeruch entlockte allen ein Lächeln, und die Menge bejubelte jede neue Explosion – rosa, grün, golden – mit einem langgezogenen *Ahh*.

Nina erblickte Phillip, der, unterstützt von einem begeisterten Alfie, mit zerzausten Haaren und heraushängendem Hemd von einer Rakete zur nächsten flitzte und versuchte, sie so schnell wie möglich zu zünden.

Tante Moira, Onkel Roy und der Rest von Mattys Leuten waren die Ersten unter den Gratulanten. Mattys charakteristisches Lächeln wurde mit Deborah an seiner Hand noch breiter. Seine Verwandten klopften ihm und der Braut auf die Schultern, strichen ihnen durch die Haare, knufften sie und überschütteten sie mit guten Wünschen.

Die nachdrängende Menge trennte Nina und Heath voneinander, schob Nina aber in den Kreis des Brautpaars, wo sie endlich Gelegenheit hatte, ihre Schwester in schweigender Umarmung an sich zu drücken. Als sie sich lösten, um sich anzuschauen, mussten sie lächeln, weil beide vor Freude weinten.

»Nun sieh dich an«, sagte Nina und schüttelte bewundernd den Kopf angesichts Deborahs Brautkleid – ein Cocktailkleid, auf das selbst Grace Kelly stolz gewesen wäre.

»Über die Fußbekleidung kann man allerdings geteilter Meinung sein«, fügte Nina hinzu und lachte über die Cowboystiefel, die unter Deborahs Kleid hervorlugten. Deborah raffte ihr Kleid und stellte einen ihrer weißen Stiefel neben Ninas roten. Sie waren gleich groß.

»Schwesternstiefel!«, erklärte Nina.

»Und passend zum Kuchen«, ergänzte Deborah und zeigte dabei auf den Tisch hinter ihnen. Und tatsächlich standen dort, wo normalerweise die Braut und der Bräutigam ihren Platz oben auf dem Kuchen hatten, zwei winzige Paar Cowboystiefel, eins in Rosa, eins in Blau, in Aufstellung zum Line-Dance.

Nina lachte. Deborah drückte sie noch mal und meinte flüsternd: »Ist das nicht ein verdammt toller Tag!«

»Sagtest du … ›verdammt‹? Also wirklich, Deborah Flint-O'Sullivan!«, kreischte Nina. »Du überraschst mich!« Nina blickte sich um, aber Hilary war nirgendwo zu sehen. Die Sektflaschen waren noch zu, aber sie fühlte sich bereits beschwipst.

»Aber es ist tatsächlich … verdammt …«, sagte sie, und beide kicherten wieder los. Deb war so … sie war einfach Deb. Sie war so anders als Ninas Freunde in Sydney. Und dennoch harmonierten sie gut zusammen. So war es also, wenn man eine Schwester hatte. Einen Menschen, der einem nicht ähnlich, dennoch Teil von einem war.

Bald schon wurden sie von der Menge getrennt. Doch Nina kämpfte sich ihren Weg zurück zum Kuchenbüfett, wo Heath es gerade schaffte, zu Matty vorzudringen.

»Alles Gute, Matty«, sagte Heath, als sie sich die Hand gaben. »Pass gut auf sie auf, Kumpel, sonst kriegst du es mit uns zu tun.«

»Darauf kannst du dich verlassen«, gab Matty zurück.

Ben war der Nächste der Gratulanten.

»Ich bin so froh, dass du kommen konntest, Ben«, sagte Deborah. »Ich weiß, du solltest eigentlich in Sydney sein. Fängt dein Landwirtschaftsstudium nicht diese Woche an?«

»Also, jemand muss diese Party doch aufmischen, oder?«, konterte Ben. Deborah beugte sich zu ihm herunter und umarmte ihn.

Ben zwinkerte Nina zu. In den vergangenen Wochen hatte er seine in der Vergangenheit gezeigte kalte Ablehnung mehr als wettgemacht, indem er für Deborah und Matty unzählige kleine Jobs erledigte.

Hilary und Phillip waren die Nächsten in der Reihe.

»Ich hoffe sehr, dass du glücklich wirst, aber vorstellen kann ich es mir weiß Gott nicht.« Hilary drückte einen Kuss auf Deborahs Wange, ohne Matty zu beachten.

Deborah atmete tief durch und erwiderte den Kuss ihrer Mutter. »Danke, dass du gekommen bist, Mum«, sagte sie aufrichtig.

Nina wusste um alle Schwierigkeiten der letzten Wochen und auch, dass Deborah gar nicht mit dem Kommen ihrer Mutter gerechnet hatte. Seit Deborah ihre Verlobung mit Matty bekanntgegeben hatte, hatte sie sich unglaublich verändert. Sie war selbständig geworden, stand sozusagen ihre Frau. Und sie übernahm auch nicht mehr die Verantwortung für Hilarys Auftreten.

»Deborah, Matthew, ich habe eine Überraschung für

euch. Morgen werdet ihr zu einer einwöchigen Hochzeitsreise auf Hamilton Island aufbrechen«, verkündete Hilary und starrte dabei ins Leere.

»Mum, vielen Dank.«

Nina sagte nichts. Hilary hatte es während der ganzen Zeremonie für unter ihrer Würde gehalten, Moira und Roy auch nur eines Blickes zu würdigen, außerdem vermittelte sie ganz allgemein den Eindruck, lieber woanders sein zu wollen. Die meisten Gäste wiederum machten einen großen Bogen um sie. Die Geschichte vom manipulierten Bohrloch auf The Springs war im ganzen Distrikt in allen Einzelheiten diskutiert und allgemein verurteilt worden. Es würde seine Zeit dauern, bis ihre Gier und ihre Hysterie aus den Köpfen verschwanden.

Aber sie war wenigstens gekommen, musste Nina zugeben, und benahm sich außerdem besser als sonst.

»Nun, ihr beiden«, sagte Phillip und fuhr sich mit einer Hand durchs Haar, »mein Hochzeitsgeschenk wird euch bei eurer Rückkehr nach Paramour geliefert werden. Es ist High Hopes, der vielversprechendste Hengst dieses Jahrzehnts, wie ich mir habe sagen lassen, und ein passender Start für euer eigenes Unternehmen.«

»O Dad!« Deborah hatte Tränen in den Augen, als sie ihren Vater umarmte.

Während Nina und Heath sich Hand in Hand von den anderen entfernten, beobachtete Nina eine Gruppe Jungs im Teenageralter, die, während die Band eine Pause machte, die Tanzfläche in Beschlag genommen hatte. Angeführt wurde sie von Alfie, dessen Hilfe beim Feuerwerk nicht mehr gebraucht wurde. Die kleineren Jungs passten ihre Bewegungen den Hip-Hop-Rhythmen aus den Lautsprechern an. Duftender Rauch wehte von einem Feuer herüber, um das sich die Älteren schwatzend und lachend versammelt hatten. Für Nina rochen das niedergetretene Gras und der feine graue Dunst von Wandalla wie Heimat.

Heath streckte die Hand aus und zog sanft das von ihrem Körper warme Medaillon aus ihrem Ausschnitt. Er öffnete es, und sie zuckte verlegen zurück. Aber es war zu spät – drinnen war ein Foto von ihm.

»Falls du mal nicht in meiner Nähe bist«, erklärte sie matt. »Ist doch großartig, findest du nicht?«

Heath lächelte kopfschüttelnd. Und er sieht auch heute Abend großartig aus, dachte Nina. Sein blaues Leinenhemd unter der Lederjacke betonte die Farbe seiner Augen, und seine Jeans brachten seinen Po gut zur Geltung.

Hier hatten sich keine Designeraccessoires, keine Retromodefreaks zusammengefunden, bis auf Deborah, die sich von Ninas eigenem schlechten Beispiel hatte beeinflussen lassen. Auf der Einladung hatte »bequeme Kleidung« gestanden, und bis auf Hilary hatten sich auch alle daran gehalten.

Ja, solche Hochzeiten gab es nicht in Sydney, überlegte Nina. Sie waren am Nachmittag von Harrison und Terence in dessen altem Morris Minor abgeholt worden. Während der Fahrt hatte sie auf beiden Seiten der Straße immer wieder Stellen gesehen, die wie Schnee aussahen, aber es war Baumwolle. Ganze Bäusche. Eigentlich sollte sie inzwischen daran gewöhnt sein. Aus der Ferne wirkte es, als wäre eine flauschige Wolke geplatzt und hätte sich übers Land ergossen. Ein Lastwagen fuhr vorbei und zog Zuckerwatte hinter sich her. Inzwischen war Juni, die beste Zeit für eine Hochzeit, trotz der kühlen Luft. So würden wenigstens nicht alle zerfließen. Während der ganzen Fahrt hatten die vier aus vollem Hals kitschige Liebeslieder geschmettert. Selbst der Kelpie-Welpe, den Heath ihr geschenkt hatte und der auf den Namen Sydney getauft war – kurz Syd –, jaulte den Refrain und bellte, als alle zu lachen anfingen. Nina warf einen Blick zur Veranda und sah, dass die Kinder sich darum stritten, wer als Nächster dran war, Syd herumzutragen.

Der Garten von Moira und Roy allerdings war dem Anlass entsprechend umgestaltet worden. Mattys Nichten und Neffen waren tagelang damit beschäftigt gewesen, Papierketten und Lampions zu basteln, die jetzt von jedem Zweig und jedem verfügbaren Balken, Pfosten und Geländer hingen. Und sämtliche Lichterketten von Wandalla waren über die Veranda, die Orangenbäume und das Plumpsklo drapiert.

Nina und Heath gingen auf einen mit Hochzeitsgeschenken überladenen Tisch zu. Es gab Gläser, Besteck, von Possum und Shona ein Gemälde, von Ben eine Stiefelablage, von Harrison und Terence einen Gutschein für ein Wochenende in den Blue Mountains. Und neben dem Tisch stand das auffälligste Geschenk von allen, das fand jedenfalls Nina, nämlich ein von Heath gefertigter Tisch aus dem Holz des Roten Eukalyptus. Es stammte von einem gewaltigen Baum, in den vor einem Jahr der Blitz auf Paramour eingeschlagen hatte. Matty und Heath hatten einen halben Tag gebraucht, um ihn in Blöcke zu zersägen.

»Hey, ihr beiden.« Harrison und Terence winkten ihnen von der Wäschespinne aus zu. Zum Glück konnten sie wieder unbefangen miteinander umgehen. Harrison und Nina hatten Frieden geschlossen. Gleich nach Hilarys Unfall war Harrison zu ihr nach The Springs gekommen, um die Suppe auszulöffeln, wie er es nannte. Sie hatten auf der Veranda gesessen, und nach einer langen Pause hatte er zu sprechen begonnen …

»Ich schäme mich ja so, Nina. Ich habe dich von Anfang an verletzt und angelogen. Ich wollte nicht, dass du herkommst. Ich wollte dich nicht mögen. Aber ich konnte nicht anders. Nicht nur, weil du Jims Mädchen warst, sondern weil du du bist. Und ich bin gekommen, um dich um Verzeihung zu bitten.«

Sie war vor dieser Begegnung nervös gewesen und auch noch immer ein wenig wütend auf ihn. Obwohl er ihr bereits einen Großteil der Geschichte am Telefon erzählt hatte, war sie nach wie vor verletzt und fassungslos.

Harrison hatte sich zurückgelehnt. »Im Lauf der Jahre sind so viele Dinge unter den Teppich gekehrt worden. Es war fast ansteckend.«

Als er ihr dann noch mal genauer erklärt hatte, was Hilary gegen ihn in der Hand hatte, ergaben die Puzzleteile auf einmal einen Sinn: das Gespräch, das sie nach Jims Beerdigung belauscht hatte, Harrisons merkwürdige Gefügigkeit Hilary gegenüber.

Stunden später, nach dem Abendessen, war alles gesagt, was gesagt werden musste. Und als Harrison aufbrechen wollte, umarmte Nina ihn.

»Danke«, hatte er flüsternd gesagt. »Ich danke dir. Ich weiß, dass ich das nicht verdient habe.« Er umarmte sie. »Ich hoffe, du kannst lernen, mir zu vertrauen, wie lange es auch dauern mag.« Und mit einem Lächeln fügte er hinzu: »Und da du jetzt hierbleibst, haben wir genug Zeit.«

»Absolut. Ich bleibe für immer hier.«

»Auf dem Land deines Vaters«, hatte er leise erwidert.

»Genau.«

»Ein wunderbarer Abend«, sagte Heath zu Harrison und Terence.

»Ja genau. Wann rechnest du damit, deinen Betrieb aufzunehmen, Nina?«, erkundigte sich Terence.

»Ihr habt mir da was Schönes eingebrockt«, unterbrach Shona sie, die auf einem Tablett Sekt servierte. »Mein Mann ist hin und weg von eurem Vorhaben, und jetzt macht er bei uns zu Hause gar nichts mehr.« Sie lachte. »Nicht dass er sich da je hervorgetan hätte! Aber jetzt heißt es nur noch The Springs da und die Galerie dort.« Augenzwinkernd ging Shona weiter.

»Und was ist mit euch?«, erkundigte sich Heath bei Harrison. »Wollt ihr immer noch an die Küste ziehen?«

»Fürs Erste noch nicht«, erwiderte Harrison. »Der hier ist noch nicht bereit dazu, sich verpflanzen zu lassen, stimmt's, mein Lieber?«

Terence lächelte.

»Nein«, ergänzte Harrison. »Wie es aussieht, wird Wandalla uns noch eine Weile ertragen müssen. Aber ich muss schon sagen, ich freue mich auf den Ruhestand. Das hätte ich bereits vor Jahren tun sollen. Wir müssen uns mal wegen der Auswahl für die Galerie zusammensetzen, Nina. Possum hat uns mit seiner Begeisterung angesteckt. Sieht ganz so aus, als hättest du bei so vielen lokalen Talenten die Qual der Wahl.«

»Das ist doch phantastisch. Und, Terence, wir sollten auch deine Pläne für Touren unter dem Motto ›Nahrung aus der Natur‹ weiterverfolgen. Kommt doch einfach mit

Possum und Shona mal auf ein Barbecue vorbei?«, schlug Nina vor. »Am Samstag fliegt Heath Ben zum Flughafen von Dubbo, also wäre Sonntag am besten.«

Nina und Heath sahen sich kurz an, als sie erwähnte, dass er wieder flog.

»Wie lange wird Ben wegbleiben?«, wollte Terence wissen.

»Hängt wahrscheinlich davon ab, wie lange Olivia es mit ihm in Sydney aushält, oder was meinst du, Nina?«, sagte Heath.

Harrison und Terence lächelten, und Nina rempelte Heath leicht an, ließ dann aber ihren Arm über seinen Rücken gleiten und griff wieder nach seiner Hand.

Die Stimmen wurden immer lauter, während die Inchboards und die O'Sullivans Kebabs vom Grill auf Platten herumreichten und die Menge sich um die langen, weiß eingedeckten Tische mit den anderen Köstlichkeiten drängte. Ein großer Mann ließ sich ein riesiges, in Kokosraspeln und Schokolade getauchtes Biskuit, einen Lamington, schmecken, wobei ihm seine Serviette als Lätzchen diente. Nina erkannte ihn auf Anhieb. »Porker«, sagte sie leise und war stolz, dass sie inzwischen so gut wie jeden hier kannte.

Die Kinder bliesen Seifenblasen in die Luft, und Syd sprang den zerplatzenden Kugeln hinterher. Die Jungs wurden von der Tanzfläche verjagt, damit ihre Eltern sich ein paar Bluegrass-Klassiker wünschen konnten, aber schon bald stellten sich einige Paare, angeführt von Deborah und Matty, in einer Reihe auf und verlangten von der Band, dass sie »Crazy Little Thing Called Love« spielen sollte.

Später nahm Harrison Nina beiseite. Sie hatte das Gefühl, dass es noch immer etwas gab, was er ihr sagen wollte.

»Ich kann es noch immer nicht fassen, dass er mir nichts von dir und Hilary erzählt hat, Nina«, begann Harrison. »Wir waren doch Seelenbrüder. Schließlich habe ich ihm als Einzigem von meinem Berufsverbot erzählt. Ich hätte nie gedacht, dass er *fähig* wäre, mir ein Geheimnis vorzuenthalten. Und als Erklärung fällt mir nur ein, dass er, weil er entschlossen war, dich zu beschützen, ausnahmsweise einmal gegen seine Natur gehandelt und seinen Mund gehalten hat. Ich denke, er hatte recht, Hilary nicht zu trauen. Wer weiß, was sie mit dieser Information für ein Chaos angerichtet hätte.«

Nina nickte. Sie war zu demselben Schluss gekommen, als sie sich vorstellte, was geschehen wäre, hätte Hilary früher erfahren, wer sie war.

Harrison senkte die Stimme. »Bitte, Nina, versuch, ihn nicht zu streng zu beurteilen. Es war eine große Sache für einen Zwanzigjährigen, sich plötzlich um ein Baby zu kümmern – noch dazu nach all den Dramen mit Hilary.«

»Du hast recht.« Sie ergriff Harrisons Hände.

»Und dir lacht das Glück?«, meinte Harrison kopfschüttelnd.

»Das Glück, ja«, wiederholte sie lächelnd.

Nina entdeckte Hilary, die verloren zwischen den Gästen herumlief. Keiner schien sich mit ihr unterhalten zu wollen. Sie beobachtete, wie Phillip zu seiner Frau ging und sie unterhakte. Er schien ihr gut zuzureden. Darin dürfte er inzwischen einige Übung haben, sagte sich Nina. Und doch hatte sie Mitleid mit Hilary. Diese Hochzeit war der komplette Gegenentwurf zu dem großen Ereignis, das sie sich für Deborah auf Paramour erträumt hatte.

Aber hier ging es um Deborahs Leben, ob Hilary das

nun gefiel oder nicht. Und als ihr Blick zu Deborah und Matty wanderte, konnte sie sehen, dass ihre Schwester sich bei Mattys Leuten absolut zu Hause fühlte, in einer Weise, wie das auf Paramour nie der Fall gewesen war.

Deborah fing Ninas Blick auf und kam direkt auf sie zu. »Kommt mit. Lasst uns ein Foto machen, auf dem wir zusammen sind. Nur wir drei.«

Nina winkte Linda, die »offizielle« Hochzeitsfotografin, herbei. »Hier, nimm dafür meine Kamera.«

Nachdem Hilary brummelnd nachgegeben hatte, stellten die drei Frauen sich in unbeholfenem Schweigen auf. Nur Deborah schaffte es, zu lächeln.

»Moment«, schrie Hilary nach der ersten Aufnahme und kramte in ihrer Tasche nach Puder und Lippenstift.

»Du siehst gut aus, so wie du bist, Mum«, bestätigte Deborah.

Nina beobachtete Hilary heimlich dabei, wie sie Rouge auftrug. Die Art und Weise, wie sie ihre Puderdose hielt, und die Form ihrer Wange – es war ihr seltsam vertraut …

»Also, Leute, genug Make-up«, meinte Linda und wedelte mit der Kamera. »Stellt euch zusammen, Mädels, Augen zu mir. Wie ein Ei dem anderen.«

»Wohl kaum«, brummte Hilary. Und fügte dann hinzu: »Also wirklich, Mädels, wie könnt ihr nur solche Stiefel tragen. Die sind nicht gerade vorteilhaft für eure Riesenfüße.« Dabei drehte sie die Spitze ihres Stöckelschuhs fotogen der Linse entgegen.

»Wer kann, der kann«, erwiderte Nina.

Linda drückte auf den Auslöser.

»Unsere Quadratlatschen haben wir dir zu verdanken, Mum«, konterte Deborah grinsend.

»Also es gibt Mittel und Wege, aus den guten Seiten das Beste zu machen und die schlechten zu verstecken. Das habe ich mein ganzes Leben lang getan, und es ist schade, dass die Leute sich keine Mühe mehr geben.« Hilary schaute anklagend auf Ninas Jeans.

»Hm, also dieses Gen habe ich offensichtlich nicht mitbekommen. Was haben wir denn sonst noch von dir geerbt?«, erkundigte sich Nina grinsend.

»Also, dass Deborah nach mir kommt, kann ich nun wirklich nicht behaupten. Aber eins haben du und ich gemeinsam, nämlich, dass wir beide wissen, wie wir das bekommen, was wir uns in den Kopf gesetzt haben.« Und dabei zeigte Hilary den Anflug eines Lächelns. Zollte sie ihr etwa zähneknirschend Respekt?

Es war schon spät, und Hilary stand allein auf der Veranda.

»Hört mal alle her.« Roys Stimme drang aus dem Garten zu ihr hoch.

Es war Zeit für die Reden und für den Hochzeitskuchen, unter dessen kitschiger Dekoration sich zweifellos nur einer von Moiras ganz gewöhnlichen Gewürzkuchen verbarg, sagte sich Hilary. Sie achtete darauf, ihren Wodka-Orange nicht zu verschütten, als sie sich einem alten Korbstuhl näherte und Moiras fette Katze mit einem Fußtritt vertrieb. Drecksvieh. Sie sollte wirklich nichts trinken, aber was Phillip, Deborah und o Gott – sogar Nina – nicht wussten, machte sie auch nicht heiß. Wenn hier jemand einen Drink nötig hatte, dann sie.

Aus der Menge der Hochzeitsgäste hörte man schallendes Gelächter. Hilary blickte zu ihnen hinunter. Es war Nina. Und warum sollte sie auch nicht lachen? Schließlich hatte sie allen Grund, glücklich zu sein. Sie hatte das Anwesen, das sie haben wollte, einschließlich Durham House, und dazu den Mann, den sie liebte.

Hilary wusste, dass sie sich für sie freuen sollte. Dieses Mädchen war schließlich ein Teil von ihr. Sie sollte doch wohl etwas für sie empfinden? Sie trank einen großen Schluck. Diese Abwesenheit jeglichen Gefühls verwirrte sie. Sie schloss die Augen. Da war etwas, es war so lange her. Wenn sie ihre Gedanken doch nur auf die Reihe bekommen könnte, dann wäre es ihr auch möglich, an diesem Gefühl festzuhalten ...

Nach der Geburt war es merkwürdig still im Raum gewesen. In den Filmen stößt der Vater für gewöhnlich zusammen mit der Mutter einen Freudenschrei aus, der Arzt gibt dem Baby einen Klaps auf den Hintern, und es schreit, bevor alle fragen »Ist es ein Junge oder ein Mädchen«. Aber das alles hatte damals gefehlt.

Da war dieses letzte, wilde Pressen gewesen, zu dem ihr Körper sich in einer letzten Welle des Ekels aufgerafft hatte, und dann war das Baby auf der Welt. Sie sah nicht hin. Sie wollte es nicht. Sie wickelten es in ein Handtuch und brachten es weg.

Gut gemacht habe sie es, lobten sie die Krankenschwestern. Sie sei ein gutes Mädchen. Sie erinnerte sich, die Oberschwester zu jemandem – Kathryn? – sagen gehört zu haben, Hilary sei wie geschaffen fürs Kinderkriegen. Es sei zu keinem hysterischen Anfall gekommen.

Sie erinnerte sich, dass sie danach stundenlang im Bett gelegen und dem Plätschern der Wellen in der Ferne gelauscht hatte. Keine Tränen. Bis ...

Es war die Nacht nach der Geburt. Sie hatte gerade ihr auf einem Tablett serviertes Abendessen zu sich genommen und war aus ihrem Zimmer auf den Balkon hinausgetreten, als es an der Tür klopfte. Es war eine Schwester mit einem Baby im Arm.

»Äh … Miss? Ich weiß, Sie wollen das Baby nicht sehen, aber Mrs Blackett hat mich gebeten, sie nur für eine Minute bei Ihnen zu lassen, damit Sie sich von ihr verabschieden können.«

Und sie hatte dieses dumme Mädchen in der viel zu großen Uniform finster angeschaut, aber nichts erwidert. Gelangweilt hatte sie dagestanden und sich das Baby geben lassen.

»In fünf Minuten bin ich wieder da, Miss.«

Hilary erinnerte sich, welche Anstrengung es sie gekostet hatte, dieses Gesicht anzusehen. Die Schwester hatte »sie« gesagt. Ein Mädchen.

Diese perfekten Hände. Sie erinnerte sich, dass ihr Herz einen Sprung gemacht hatte, als sie in dieser winzigen Gestalt etwas wiedererkannte. Jim? Liebe? Die Chance auf Glück? Sie hatte das Baby ein oder zwei Minuten lang fest an ihre Brust gedrückt und es sich dann über die Schulter gelegt, während sie mit ihrer anderen Hand im Koffer kramte, bis sie es gefunden hatte. Sie hielt das glänzende Medaillon vor das Gesicht des schlafenden Babys und wickelte es dann fest mit in die Decke ein, ging davon aus, keins von beidem wiederzusehen.

Die Tür war geöffnet worden und die Schwester hereingekommen. Das Baby wurde ihr weggenommen. Und endlich hatte Hilary weinen können.

Auch jetzt noch fand Hilary den Geruch des Ozeans unerträglich. Sie seufzte. Schon wieder war ihr Glas leer. Sie kippte den Rest aus ihrem Fläschchen ins Glas. Von unten kam ein Schrei, weiteres Gelächter, es wurde getanzt. Zweifellos machte sich einer da unten zum Narren.

Oh, Jim, du hättest an dem Tag, als ich dich von der Straße auflas, auf mich hören sollen. Alles wäre anders gekommen. Na gut, sagte sie sich, während sie schwankend aufstand. Den Goldklumpen haben sie immerhin nicht gefunden.

Nina bemerkte, dass Hilary, wie die böse Fee auf dem Fest, allein auf der Veranda hockte. Und diesmal empfand Nina echtes Mitleid.

»Komm mit, Debs«, rief Sheree. Als Moiras Tochter und Mattys Cousine war sie die inoffizielle Zeremonienmeisterin. »Zeit, den Brautstrauß zu werfen. Alle Mädchen hierher zu mir!«

Und in Windeseile strömten die Frauen allen Alters, aller Körperformen und Hautfarben herbei und tanzten zu »Single Ladies«. Am Ende warf Deborah ihren Strauß über den Kopf nach hinten. Kreischend sprangen alle hoch, um ihn zu fangen. Ein paar der besten Springerinnen waren die Verteidigerinnen des Netzballteams von Wandalla, aber der üppige Strauß aus heimischen Blumen landete unweigerlich in den Händen von Nina, und alle Blicke richteten sich auf Heath.

Den Strauß fest in der Hand haltend, wandte Nina sich an ihn und umarmte ihn. Sie sprang an ihm hoch, schlang ihm die Beine um die Taille und drückte ihm einen festen Kuss auf den Mund. Die Menge kreischte und klatschte.

»Ich liebe dich so sehr, Nina«, flüsterte er.

»Ich dich auch.«

»Was meinst du, ob es ihnen was ausmacht, wenn wir uns einfach verdrücken?«, fragte Heath.

»Ach was! Die sehen wir doch morgen alle wieder.«

Danksagungen

Ein von Herzen kommendes Dankeschön an all die Menschen im Outback von New South Wales, die uns inspiriert haben: insbesondere Noeleen Shearer, Maurice Sullivan, das Brewarrina Aboriginal Cultural Museum, Graham und Cathy Finlayson aus Bokhara Plains über Brewarrina, den verstorbenen Roy Barker und das Keeping Place at Lightning Ridge, Beverley und Richard Meyer aus Caloola über Walgett, The Murray Familie aus Trilby via Louth und Lawrence Shearer.

Wir danken auch unseren Leserinnen Jenny Marchionni, Judith Myers, Jabez Alies, Alinta McGinness, Julia Collingwood, Shirley Richards, Kim Burton, Pookie Webb und Jaffa Witherby.

Unseren Beraterinnen und Beratern Fiona Sontag, Richard Webb, Sally Snow, Caitlin Davey und Angelo Loukakis.

Für ihre Rezepte danken wir Elena Bartolini, Lenore Crocker, Pascal Downie Dear, Molly Greaves, Terri McGinness und Emilie Owens.

Für die wunderschönen Häuser, in denen wir arbeiten durften, der Familie Green, Kurrabar, Blackheath NSW und der Familie Wilcken, Coasters Retreat, Pittwater NSW.

Schließlich danken wir Random House Australia für die

kluge und sanfte Anleitung, vor allem Beverley Cousins, Elena Gomez, Chris Kunz und Fiona Henderson.

Ein ganz besonderer Dank an Penny Mulligan, Anna Mellar – und alle Booksluts.

Und natürlich an unsere geduldigen Familien.

Fragen und Antworten zu Alice Campion

Wer ist Alice Campion?

Alice wurde geboren, als fünf Frauen – Jenny Crocker, Madeline Oliver, Jane Richards, Jane St Vincent Welch und Denise Tart – eine großartige Idee hatten. Wir kamen alle aus der derselben Ecke von Sydney und waren Mitglieder desselben Buchklubs, liebevoll die Booksluts genannt (Motto: Schlampen lesen alles). Wir hatten gerade Dostojewskis *Schuld und Sühne* abgeschlossen und diskutierten darüber, wie gern wir nach Russland reisen und mit der Transsibirischen Eisenbahn fahren würden. Jane R. meinte scherzhaft, wir sollten einen Roman schreiben, um an Geld zu kommen, und von da an nahm die Idee Gestalt an.

Nachdem wir diverse Namen-Variationen durchgespielt hatten, folgten wir schließlich den Empfehlungen unserer Verleger und einigten uns auf Alice Campion. Und Alice Campion wird ihre Schriftstellerkarriere in der einen oder anderen Kombination dieser fünf Autorinnen fortsetzen.

Wie müssen wir uns Ihren Schreibprozess vorstellen?

Es hat gute dreieinhalb Jahre gedauert, bis das Manuskript von *Der bunte Himmel* so weit war, um es an einen Verlag schicken zu können, aber wir haben uns auch nicht unter Druck gesetzt. Wir freuten uns auf jedes unserer Treffen und vor allem auf unsere auswärts verbrachten Wochenenden, wo wir stundenlang in Workshopatmosphäre am Manuskript arbeiteten. Es war aufregend zu verfolgen, welche neuen Charaktere oder Wendungen in der Handlung sich jede von uns hatte einfallen lassen.

Das von uns eingeschlagene Arbeitsverfahren hat tatsächlich funktioniert. Wir haben skizziert, was jede »Szene« eines Abschnitts beinhalten sollte – die Handlung, die Entwicklung der Beziehung zwischen den Charakteren, die Enthüllungen und so weiter. Dann teilten wir die Szenen unter uns auf. Wenn wir unsere Szene ausgearbeitet hatten (die für gewöhnlich einen Umfang von ein bis drei Seiten hatte), ließen wir unser Werk den anderen per Mail zukommen, so dass sie Gelegenheit bekamen, darüber nachzudenken und Vorschläge zu unterbreiten. Beim nächsten Treffen las dann jede Autorin ihren Entwurf laut vor, und die anderen machten Verbesserungsvorschläge. Dann bestimmten wir eine andere Person für die Überarbeitung der Szene gemäß der Vision, auf die die Gruppe sich geeinigt hatte. Auf diese Weise überarbeiteten wir den Text immer und immer wieder, bis jedes Kapitel von jeder Autorin überarbeitet war, was hoffentlich zu einem Text wie aus einem Guss mit nur einer Erzählstimme führte.

Interessant war das Schreiben der Sexszenen. Das Vorlesen der Szenarios vor der Gruppe war eine Herausforderung, zugleich aber auch höchst amüsant, doch am Ende standen wir darüber.

Die letzte Version jeder Szene nicht aus den Augen zu verlieren war schwierig, denn die Verbesserungsvorschläge flogen zwischen uns hin und her, so dass wir schließlich Denise zur »Hüterin der Worte« bestimmten und es dann auch nicht wagten, uns ihrer Methode zu widersetzen!

Gab es jemals Unstimmigkeiten?

Es gab für jede von uns Momente, wo wir etwas opfern mussten, was wir als besonderes Juwel ansahen. Und für das, was man liebt, muss man kämpfen. Manchmal schlug eine von uns einen Handlungsaspekt vor, der bei den anderen nur auf Entsetzen stieß. Ich glaube, irgendwann wurde vorgeschlagen, Hilary sei eigentlich Bens leibliche Mutter! So etwas führte natürlich zu lebhaften Auseinandersetzungen, aber häufig auch zu Alternativen, die der Geschichte nur förderlich waren. Wir stritten uns über »anatomisch korrekte« Wörter in den Sexszenen, über Heath und seine Skulpturen, über alles Mögliche. Denn die von uns geschaffenen Charaktere waren so real für uns, dass wir oft das Gefühl hatten, uns über die Integrität von Menschen auseinanderzusetzen, die wir liebten: »Das würde Nina nie tun!« »Doch das würde sie, das ist typisch für sie!«

Aber da jede die Chance hatte, ihren Beitrag zu leisten, sprachen wir es so lange durch, bis wir eine Einigung erzielt hatten. Ansonsten stimmten wir ab, und insgesamt gesehen, waren diejenigen, die überstimmt wurden, gute Verlierer. Zu Differenzen in der Vorgehensweise kam es, als wir das Manuskript zum Abschluss brachten, doch auch in diesem Fall gingen wir nach derselben Methode vor und hielten die Kommunikationskanäle offen, bis alle gehört worden waren. Das war manchmal schwierig, aber es hat sich gelohnt.

Wie viel wussten Sie über das Leben im Outback, als Sie mit dem Buch anfingen?

Jane S. wuchs auf einer Rinderfarm auf, also war sie unsere »Ansprechperson« für alles, was mit Landwirtschaft zu tun hatte. Jenny und Denise stammten aus dem ländlichen New South Wales, Maddy wuchs in Tasmania auf, und Jane R.s Heimat sind zwar die nördlichen Strände von Sydney, aber sie hat viele Verwandte im westlichen New South Wales, wo unsere Geschichte angesiedelt ist.

2011 unternahmen wir eine Exkursion, um uns mit den Fakten vertraut zu machen, also ein Gefühl für den westlichsten Teil von New South Wales zu bekommen und diesen mit allen Sinnen wahrzunehmen. Wir lernten viel über Dinge, von denen wir keine Ahnung hatten – nachhaltige Weidewirtschaft, Bohrlöcher, Überflutungen und Sandstürme in dieser Gegend. Außerdem machten wir uns mit den Leuten und ihrer Geschichte vertraut. Erstaunlicherweise stießen wir auf Elemente des Buches, die genau das spiegelten, was wir bereits geschrieben hatten. So trafen wir beispielsweise ein Farmerehepaar wie Heath und Nina (womöglich in nicht allzu ferner Zukunft) und erfuhren, dass sie sich kennenlernten, als sie ihm seine verletzte Hand nähte! Und wir kamen auch zufällig an einem verlassenen Haus in der Nähe von Bourke vorbei, das hervorragend in die Anlage von The Springs passte.

Wir trafen Menschen der indigenen Gemeinden von Brewarrina, Lightning Ridge und Bourke, darunter auch Älteste. Sie inspirierten unsere Koori-Charaktere.

Nach unserem Besuch im Outback mussten wir einige unserer Vorstellungen vom Buschland revidieren: Es ist nämlich nicht notwendigerweise so hinterwäldlerisch, wie man denkt, und nicht alle, die dort leben, sind konservativ. Und da Nina in erster Linie ein sehr urbanes Mädchen ist, lag es nahe, sie ihre Erfahrungen aus der Fisch-auf-dem-Trockenen-Perspektive machen zu lassen.

Ein Thema, das im Buch angeschnitten wird, ist Schwulsein im Outback. Wie kamen Sie darauf?
Diese Thematik war ursprünglich nicht angedacht. Sie ergab sich, während wir Jims Charakter entwickelten, fast als würde er uns auf die Schulter tippen und sagen: »Euch ist da was entgangen, Mädels!« Außerdem ist es interessant zu betrachten, wie sich die Einstellung gegenüber Schwulen und Lesben im ländlichen Australien zwischen Jims Jugend in den siebziger und achtziger Jahren und dem Zeitraum, als Nina nach Wandalla kommt, verändert hat. Obwohl die Achtziger noch nicht lange zurückliegen, vergessen wir gern, wie viel Ablehnung und sogar Gewalt den Menschen entgegenschlug, die sich offen dazu bekannten. Heute geht auch die Landbevölkerung viel entspannter damit um und akzeptiert andere sexuelle Ausrichtungen. Schließlich werden in Gegenden wie Wandalla prozentual genauso viele homosexuelle Männer und Frauen geboren wie in Woolloomooloo, und dem sollte Rechnung getragen werden.

Es gibt in Ihrem Buch viele Aboriginecharaktere. Wie ist es Ihnen gelungen, eine authentische Stimme für sie zu finden?
Viele unserer Charaktere wurden von Menschen inspiriert, die uns auf unserer Reise begegnet sind und so großzügig waren, ihre Zeit und ihre Geschichten mit uns zu teilen. Beratung bekamen wir auch von befreundeten Aborigines und Verwandten von Denise. Auch Jenny und Jane S. hatten bereits mit indigenen Gemeinden zusammengearbeitet. Wir haben uns also schon ausgiebig damit befasst.

Im Outback von New South Wales leben viele Aborigenes, deshalb war es für uns nur natürlich, sie in die

Geschichte mit einzubinden. Andererseits machten wir auch die Erfahrung, dass die kulturelle Aneignung und Darstellung von Aborigines in Kunst und Literatur durch Nichtaborigines ein hochsensibler Bereich ist. Aber am Ende kommt es immer auf die jeweiligen Menschen an. Als beispielsweise Moira als Charakter geboren war, wollten wir alle mehr von ihr. Sie schrieb sich praktisch von selbst. Jeder braucht eine Moira in seinem Leben.

Die Kleinstadt Wandalla ist im Buch sehr präsent. Hat eine echte Stadt Pate gestanden?
Sie ist angelehnt an Bourke in New South Wales, eine jener Städte, die ein Grundpfeiler der ländlichen Wirtschaft waren. Historisch gesehen, diente Bourke am großen Darling River als Raddampfer-Verkehrsknotenpunkt. Dürreperioden und der Lauf der Zeit haben ihre Spuren hinterlassen, doch gleichzeitig sind diese Städte voll interessanter Menschen, die sich mit höchst überraschenden Dingen beschäftigen.

Warum bekommt die Kunst einen großen Stellenwert in diesem Buch?
Die Kunst gehört zu den treibenden Kräften der Geschichte und verbindet den schwer fassbaren Jim mit zahlreichen anderen Charakteren. Nina teilt mit ihm sein künstlerisches Talent und benutzt sein Gemälde des geheimnisvollen Mannes dazu, ihrer eigenen Suche einen Sinn zu geben. Aber es verbindet ihn auch mit Possum Brody und Shona und auf andere Weise auch mit Hilary und Harrison, die von seiner außergewöhnlichen Begabung gleichermaßen überwältigt und angezogen waren.

Heath' Skulpturen signalisieren, dass mehr in ihm steckt, als die prägnante »Mann vom Land«-Oberfläche vermuten lässt. Kunst ist ein kreativer Ausdruck, den er und Nina in ihrem zukünftigen Leben teilen werden.

Durch ihre Kunstwerke erkunden wir den emotionalen Zustand unserer Charaktere. Die Kunst gibt uns auch die Möglichkeit, uns ausführlicher mit der Schönheit des Ortes wie auch der spirituellen Landschaft zu befassen.

Was wurde aus dem Goldklumpen?
Was glauben SIE, das aus ihm wurde?

So schmeckt es in Wandalla

Von Moiras heilsamem Gewürzkuchen bis zu den süßen und herzhaften Leckereien, die es bei Nina zum Leichenschmaus ihres Vaters gab, gehörte Essen zu den Dingen, über die wir am liebsten geschrieben haben.

Damit Sie einen Geschmack vom Outback in New South Wales bekommen, verrät Alice Ihnen die folgenden Lieblingsrezepte der ländlichen Küche, die wir von unseren Familien und Freunden bekommen haben. Guten Appetit!

Moiras Gewürzkuchen

2 große Granny-Smith-Äpfel
4 große Eier, getrennt
75 g Zucker
1 TL Vanillearoma
½ TL Mandelaroma
240 g gemahlene Mandeln
1 TL Zimtpulver
½ TL Muskat, gemahlen
1 TL Backpulver

Äpfel schälen, entkernen und kleinschneiden. In einer Pfanne mit ein paar Esslöffeln Wasser bei mittlerer Hitze unter gelegentlichem Umrühren weich kochen. Abgießen, pürieren und abkühlen lassen.

Herd auf 170 °C (150 °C Umluft) vorheizen. Eine Springform mit einem Durchmesser von 20 cm einfetten und mit Backpapier auslegen. Mit einem Elektromixer Eigelb, Zucker, Vanillearoma und Mandelaroma schlagen, bis die Masse hellgelb und cremig ist. Das Apfelmus drunterziehen.

Gemahlene Mandeln, Gewürze und Backpulver durchsieben und unter die Eimischung heben. In einem separaten Gefäß das Eiweiß schnittfest schlagen und dann vorsichtig unter die Teigmischung heben.

In der Springform 50 Minuten lang backen, dann die Hitze auf 150 °C reduzieren und weitere 20 Minuten lang oder so lange backen, bis der Kuchen durch ist (Stäbchenprobe). Herd ausschalten, den Kuchen aber bei leicht geöffneter Tür noch eine Stunde langsam abkühlen lassen.

Aus der Form nehmen und Papier abziehen. Servieren Sie ihn einfach so oder überziehen Sie ihn mit Ihrem Lieblingsguss.

Variation 1

Bestreuen Sie den Boden der eingefetteten Form mit 1 TL braunem Zucker und 1 TL Gewürzmischung, bevor Sie die Teigmischung einfüllen. Fertigen Kuchen stürzen und mit der Gewürzmischung als obere Schicht servieren.

Variation 2

Schneiden Sie einen zusätzlichen Apfel in dünne Scheiben und verteilen Sie diese zusammen mit braunem Zucker und

Gewürzen auf dem Boden der Form, bevor Sie die Teigmischung einfüllen. Gestürzt servieren wie in Variation 1.

Beth' Pavlova

6 Eiweiß
180 g Zucker
3 TL Maismehl
1 TL Essig
½ TL Vanillearoma
Schlagsahne und frisches Obst (etwa Passionsfrucht oder Bananen) zum Verzieren

Herd auf 200 °C (Umluft 180 °C) vorheizen. Backblech mit Backpapier auslegen.

Eiweiß in einer großen Schüssel mit dem Elektromixer aufschlagen. Die Hälfte des Zuckers dazugeben und auf höchster Stufe schnittfest schlagen.

Langsam unter weiterem Schlagen den restlichen Zucker zusammen mit dem Maismehl dazugeben, bis alles sich völlig aufgelöst hat. Geschwindigkeit reduzieren und den Essig und das Vanillearoma dazugeben. Noch 1 Minute schlagen.

Meringen auf das Blech löffeln und kreisförmig anordnen. In den Herd schieben und die Temperatur auf 120 °C (Umluft 100 °C) reduzieren. Anderthalb Stunden backen, bis die Masse fest, aber noch hell ist – sie sollte nicht braun werden. Herd ausschalten, Tür einen Spaltbreit öffnen und die Pavlova im Herd auskühlen lassen.

Mit der Schlagsahne und dem frischen Obst verzieren

(wenn Sie Bananen verwenden, erst kurz vor dem Servieren aufschneiden, sonst werden sie braun).

Wichtig: Wenn Sie die Eier trennen, darf kein Eigelb im Eiweiß sein, sonst wird der Eischnee nicht steif genug.

Veras Klappt-Immer-Biskuit

180 g Mehl
180 g Zucker
180 g Margarine (keine Butter!)
½ TL Vanillearoma
3 große Eier

Füllung
100 g Puderzucker und noch etwas zum Bestäuben
50 g Butter
½ TL Vanillearoma
60 g Marmelade

Herd auf 170 °C (Umluft 150 °C) vorheizen. Zwei Backformen mit 18 cm Durchmesser einfetten und mit Backpapier auslegen.

Mehl in eine Schüssel sieben, Zucker, Margarine und Vanille dazugeben. Dann die Eier unterheben und mit einem Holzlöffel oder einem Mixer so lange schlagen, bis die Masse hell und locker ist. Die Teigmischung auf die beiden Backformen verteilen und glattstreichen.

Auf der mittleren Schiene 30–40 Minuten backen, bis der Teig leicht gebräunt ist. In den Formen 5 Minuten abkühlen lassen und dann auf ein Kuchengitter stürzen.

Für die Füllung den Zucker in eine Schüssel sieben, Butter und Vanille dazugeben und gut aufschlagen.

Die Marmelade auf einen der Biskuitböden streichen, darüber dann die Füllung verteilen. Den anderen Boden aufsetzen und mit Puderzucker bestreuen.

Harrisons Spaghetti Bolognese

reichlich Olivenöl
4 Zwiebeln, gehackt
4 Karotten, fein geschnitten
etwa 12 zerdrückte Knoblauchzehen
4 Lorbeerblätter, 4 breite Streifen Zitronenschale
1 kleine Tube Tomatenmark (100–140 g)
1–2 Bund Basilikum, fein gehackt
1–2 Bund Petersilie, fein gehackt (mit Stielen)
2 TL Zucker
2 kg Rinderhack (siehe Anmerkung)
4 Dosen gewürfelte Tomaten à 400 g
1 Tasse Milch
getrocknete Chiliflocken nach Belieben
4 Handvoll Champignons in Scheiben
Salz und Pfeffer nach Belieben

Jeweils einen großzügigen Spritzer Olivenöl in zwei große Töpfe geben. Die gehackten Zwiebeln verteilen und bei mittlerer Hitze etwa 5 Minuten lang glasig werden lassen. Karotten, Knoblauch, Lorbeerblätter, Zitronenschale, Tomatenmark und Kräuter ebenfalls auf die Töpfe verteilen und verrühren.

Geben Sie einen weiteren Spritzer Öl in jeden Topf und jeweils einen TL Zucker. Verteilen Sie das Hackfleisch auf die beiden Töpfe und garen Sie es so lange, bis sich braune Klümpchen bilden. In diesem Stadium muss es noch nicht völlig durchgegart sein. Fügen Sie jeweils 2 Dosen Tomaten und eine halbe Tasse Milch hinzu. Zum Kochen bringen und mit Chili würzen.

Etwa 1 Stunde lang kochen lassen, bis die Flüssigkeit verdampft ist, und dabei die Hitze reduzieren. Gelegentlich umrühren, damit nichts anbrennt. Während der letzten 15 Minuten Garzeit die Pilze dazugeben. Mit reichlich Salz und Pfeffer nach Belieben abschmecken.

Mit Nudeln oder Reis und geriebenem Parmesan servieren oder auch auf Toast als Junggesellenmahlzeit!

Die Menge ist so groß bemessen, dass Sie den Rest für spätere Verwendung einfrieren können.

Anmerkung: Geben Sie das Fleisch von zwei Schweinsbratwürsten zum Gehackten für ein noch authentischeres italienisches Aroma. Sie können auch Gehacktes halb und halb oder vom Kalb verwenden.

Deborahs Limonade-Scones

Diese Scones sind absolut einfach zuzubereiten
und gehen garantiert auf.
3 Tassen Mehl
1 Tasse Mascarpone oder Crème double
1 Tasse Limonade, Milch zum Bepinseln
Schlagsahne und Marmelade zum Servieren

Heizen Sie den Herd auf 200 °C (Umluft 180 °C) vor und legen Sie ein Backblech mit Backpapier aus. Verrühren Sie das Mehl, die Mascarpone (oder Crème double) mit der Limonade in einer großen Schüssel. Die Mischung wird ziemlich klebrig – das ist normal. Masse auf eine gut bemehlte Oberfläche aufbringen und leicht kneten. Auf eine Höhe von 5 cm zusammendrücken.

Scones mit Hilfe eines mittelgroßen Glases ausstechen. Die Reste zusammendrücken und Vorgang wiederholen. Legen Sie die Scones dicht nebeneinander auf das vorbereitete Blech und bestreichen Sie sie leicht mit Milch.

Etwa 15 Minuten backen oder bis die Scones aufgegangen und die Oberfläche golden ist. Ein wenig abkühlen lassen und dann mit Schlagsahne und einer Marmelade Ihrer Wahl servieren.

Anmerkung: Wenn Sie mögen, fügen Sie der Sahne beim Schlagen ein wenig Puderzucker zu.

Kathryns Würstchen im Schlafrock

4 Scheiben Brot ohne Rinde
400 g Gehacktes vom Schwein (Sausage Mince, sofern verfügbar)
400 g Gehacktes vom Huhn
1 Zwiebel, geraspelt
¼ TL Kräutermischung
1 EL französische Zwiebelsuppe, Instantpulver (optional)
1 EL Worcestersauce (optional)

Salz und Pfeffer
6 Platten gefrorenen Blätterteig, aufgetaut
1 Ei, leicht geschlagen

Den Herd auf 220 °C (Umluft 200 °C) vorheizen und 2 große Backbleche einfetten. Brot in eine Schüssel geben und mit warmem Wasser bedecken. Ein paar Minuten ziehen lassen, bis es weich ist.

Das Gehackte, die Zwiebel und die Würzmischung in eine Schüssel geben. Eventuell Suppenpulver und Worcestersauce hinzufügen. Mit Salz und Pfeffer würzen.

Das Brot abgießen, und das übrige Wasser ausdrücken und der Hackfleischmischung hinzufügen (das Brot absorbiert das Fett der Wurstmischung). Mit den Händen durchkneten.

Die Blätterteigplatten halbieren bzw. lange Rechtecke formen. Dann auf jedes Rechteck auf eine Seite die Hackfleischmischung spritzen oder löffeln, die gegenüberliegende Seite mit der Eimischung bestreichen. Von der Seite mit dem Hackfleisch her einrollen, so dass die Füllung völlig umschlossen und die Nahtstelle unten ist.

Die Röllchen mit dem verbliebenen Ei bestreichen und in 5 cm große Stücke schneiden. Auf die vorbereiteten Bleche legen und 10 Minuten backen. Dann die Hitze auf 180 °C (Umluft 160 °C) reduzieren und weitere 15 Minuten backen, bis die Röllchen goldbraun und durchgegart sind.

Shonas Lamingtons

Kuchen
4 Eier
75 g Zucker
120 g Mehl
30 g Maismehl
25 g weiche Butter, kleingeschnitten
5 ½ EL kochendes Wasser
1 TL Vanillearoma
½ TL Kokosnussaroma

Guss
550 g Puderzucker
60 g Kakaopulver
20 g weiche Butter
12 EL Milch
360 g Kokosflocken

Herd auf 180 °C (Umluft 160 °C) vorheizen. Eine 20 bis 30 cm große Backform einfetten und mit Mehl bestäuben und den Boden mit Backpapier abdecken.

Mit dem Mixer die Eier in einer Schüssel schlagen, bis die Masse hellgelb ist. Nach und nach Zucker einstreuen und so lange schlagen, bis die Mischung dick ist.

Das Mehl darübersieben und die Butter im kochenden Wasser auflösen. Vorsichtig das Mehl unter die Eimischung heben, dann die Buttermischung und die Aromen dazugeben.

Mischung in die vorbereitete Form gießen und 25 Minuten oder so lange backen, bis der Teig bei Berührung federnd nachgibt. 5 Minuten ruhen lassen, dann auf ein Kuchengitter legen und vollständig abkühlen lassen. 20 gleichmäßige Stücke aus dem Kuchen schneiden. Wenn möglich, zum Austrocknen unbedeckt über Nacht stehen lassen.

Für den Guss Puderzucker und Kakao in eine große hitzebeständige Schüssel sieben. Butter und Milch dazugeben und auf einen Topf mit kochendem Wasser stellen (darauf achten, dass der Boden der Schüssel das Wasser nicht berührt). Bei mittlerer Hitze so lange rühren, bis der Guss glatt und dick genug ist und an der Löffelrückseite kleben bleibt. Masse auf zwei kleine Schüsseln verteilen.

Mit einer großen Gabel ein Stück Kuchen in den Guss tauchen, bis es gleichmäßig überzogen ist. Zum Abtropfen über die Schüssel halten. (Wenn der Guss zu zäh wird, stellen Sie ihn während des Tauchens über das heiße Wasser oder erhitzen ihn noch mal unter Zugabe von etwas Milch.)

Die Kokosflocken in eine flache Schale schütten und die Kuchenstücke vorsichtig damit überziehen. Anschließend auf ein Abtropfgitter legen und ruhen lassen.

Anmerkung: Wenn alles andere fehlschlägt, kann auch eine fertige Biskuitmischung, gebacken in einer entsprechenden Form, verwendet werden. Lamingtons lassen sich auch hervorragend einfrieren und stehen bei Bedarf schnell zur Verfügung.

Nina Blazon

Liebten wir

Roman.
Taschenbuch.
Auch als E-Book erhältlich.
www.ullstein-buchverlage.de

Manchmal muss man auf eine Reise gehen, um anzukommen.

Verstohlene Blicke, versteckte Gesten, die Abgründe hinter lächelnden Mündern: Fotografin Mo sieht durch ihre Linse alles. Wenn sie der Welt ohne den Filter ihrer Kamera begegnen soll, wird es kompliziert. Mit ihrer Schwester hat sie sich zerstritten, von ihrem Vater entfremdet. Umso mehr freut sich Mo auf das Familienfest ihres Freundes Leon. Doch das endet in einer Katastrophe. Mo reicht es. Gemeinsam mit Aino, Leons eigensinniger Großmutter, flieht sie nach Finnland. Eine Reise mit vielen Umwegen für die beiden grundverschiedenen Frauen. Als Mo in Helsinki Ainos geheime Lebensgeschichte entdeckt, ist sie selbst ein anderer Mensch.

ullstein

Kylie Kaden

Der Sommer mit Kate

Roman.
Aus dem australischen Englisch von Uta Hege.
Taschenbuch.
Auch als E-Book erhältlich.
www.ullstein-buchverlage.de

Jede Liebe hat ihre eigene Wahrheit – und ihre eigenen Geheimnisse

Kate war ihre beste Freundin – wild, extrovertiert, strahlend schön. Fray verzieh Kate sogar, dass sie mit Jack zusammenkam, obwohl sie selbst ihn liebte. Kate und Fray waren unzertrennlich. Bis zu jener Nacht am Strand, als Kate spurlos verschwand. Bis heute lebt Fray mit dem Verlust. Und mit der Frage: Was geschah wirklich in jener Nacht? Gerade als sie beschlossen hat, nach vorn zu sehen, taucht Jack wieder auf. Fray versucht, die Distanz zu wahren, zu viel ist zwischen Jack und ihr passiert. Doch die Vergangenheit lässt sich nicht so einfach verdrängen – und die alten Gefühle auch nicht …